John Irving

Königin Esther

ROMAN

Aus dem amerikanischen Englisch von
Peter Torberg und Eva Regul

Diogenes

Die Originalausgabe erschien 2025 bei Simon & Schuster,
New York, unter dem Titel ›Queen Esther‹

Covermotiv: Illustration von Edward Gorey

Der Diogenes Verlag wird vom Bundesamt für Kultur
für die Jahre 2021–2025 unterstützt

Die Eingangsseiten des Romans wurden
im Rahmen des Seminars »Themenspezifisches Übersetzen«
2025 an der Ludwig-Maximilians-Universität München mit den
Studierenden des MA Literarisches Übersetzen erarbeitet

Diogenes Verlag AG Zürich
info@diogenes.ch · www.diogenes.ch
In Fragen zur Produktsicherheit (GPSR):
truepages UG (haftungsbeschränkt)
Westermühlstraße 29, 80469 München
info@truepages.de
900/25/44/1
ISBN 978 3 257 07367 6

Für Marty Schwartz

Denn wir sind verkauft, ich und mein Volk,
dass wir vertilgt, getötet und umgebracht werden.

ESTER 7,4

Inhalt

1

Die Bürger der Stadt Pennacook

1629 kam in Plymouth, Massachusetts, ein gewisser Josiah Winslow zur Welt. Sein Vater, Edward Winslow, war ein separatistischer Puritaner, der 1620 mit der *Mayflower* ins Land gekommen war. Edwards jüngerer Bruder John segelte auf der *Fortune* mit und traf 1621 in Plymouth ein. Seit damals folgten immer neue Winslows nach.

James, der heutige Winslow, als Kind Jimmy genannt, blieb angesichts dieser Ahnenreihe unbeeindruckt; er hatte gelernt, sich nicht um seine Abstammung zu kümmern. »Wenn es um deine Vorfahren geht, steht dir weder Anerkennung zu, noch trifft dich irgendwelche Schuld – man kann sich seine Eltern schließlich nicht aussuchen, oder?«, hatte ihm sein Großvater gesagt, der Englischlehrer gewesen war.

James Winslow sollte nur für ein Jahr im Ausland studieren, doch was ihm dort widerfuhr, bestärkte ihn in seinem Glauben an die eigene Andersartigkeit. Es klang wie ein Widerspruch, wenn Jimmy Winslow sagte, er sei einfach nur ein Junge aus New Hampshire. Für die Bürger der Stadt Pennacook war er längst nicht New Hampshire genug; die Leute dort legten Wert darauf zu wissen, woher die Winslows kamen.

Wenn man in den Neunzehnhundertvierzigern und

-fünfzigern in Pennacook im südöstlichen New Hampshire aufwuchs, war es von Bedeutung, woher man kam. Man wusste, dass es in Amerika ein Klassensystem gab, dass es eine herrschende Klasse gab, und man spürte, wo der eigene Platz in dieser Gesellschaft war. Die Ortschaft Pennacook erstreckt sich um die Wasserfälle herum, wo der Süßwasserfluss Pennacook auf den Salzwasser führenden, den Gezeiten unterworfenen Squamscott trifft – einst lebte hier der Stamm der Squamscott, die zu den Pennacook gezählt werden. Der Name *Pennacook* kommt vom Abenaki-Wort *penakuk,* »am Fuße des Hügels«. Gegründet worden war Pennacook von einem Puritaner, der England wegen der religiösen Verfolgung verlassen hatte und der dann, weil er die abweichlerischen religiösen Ansichten seiner Schwägerin geteilt hatte, auch noch aus der Massachusetts Bay Colony verbannt worden war. Die Puritaner hatten das Land einem Anführer der Squamscott abgekauft. In ganz Neuengland gab es ähnliche kleine Ortschaften; sie hatten eine Fabrik oder ein Sägewerk, und jeder wusste genau, wo er hingehörte. Dieses Klassenbewusstsein beschränkte sich nicht auf Pennacook, wo es (bereits seit 1830) eine Tuchfabrik und (seit 1884) eine Schuhfabrik gab. Was Pennacook von den anderen Orten unterschied und dafür sorgte, dass das Klassenbewusstsein dort besonders ausgeprägt war, war eine Privatschule für Jungen.

Die Pennacook Academy, gegründet 1781, war eine unabhängige Schule für Internatsschüler und Externe von der neunten bis zur zwölften Klasse und eine der ältesten weiterführenden Schulen der Vereinigten Staaten. Als James Winslow sie in den Fünfzigern und Sechzigern besuchte, war ihm bewusst, dass sein sozialer Status an der Academy von seinen Mitschülern nicht auf die gleiche Weise bewertet wurde wie in der Stadt.

Anders als die Stadt, war die Academy damals eine Meritokratie; der Schule war es wichtig, dass man etwas leistete, man legte Wert auf gute Noten – die Schüler selbst nicht so sehr. Denen war wichtig, ob man witzig war; sie wollten unterhalten werden, und ein Langweiler zu sein wurde einem nur verziehen, wenn man eine Sportskanone war. Jimmy Winslow leuchtete das mehr ein als die prüfenden Blicke, denen er in der Stadt ausgesetzt war.

Was kümmerte die Jungs an der Pennacook Academy schon die *Mayflower*? Es waren sicher nicht die ersten Kolonisten, die ihr Klassenbewusstsein weckten, und schon gar nicht das Schiff, auf dem sie eingetroffen waren. An der Academy misstrauten die Externen den Internatlern und umgekehrt. In einer internationalen Schule trifft nichts auf alle zu, doch im Allgemeinen waren die Internatler weltgewandter; die Externen wirkten im Vergleich einfacher gestrickt.

James Winslow misstrauten sowohl die Externen als auch die Internatler, weil er auch unter den Externen ein Sonderfall war – Lehrerkinder hatten es ohnehin schwer, und Jimmy Winslow war nicht irgendein Lehrerbalg. Er war der Enkel des am meisten verehrten Mitglieds des Fachbereichs Englisch an der Academy. Thomas Winslow war der beliebteste Lehrer der Schule; seine Schüler vergötterten ihn. Man hätte also annehmen können, die Jungs hätten James Winslow vertraut und die Lehrer ihn freundlicher aufgenommen als alle anderen – aber Jimmy war kein *richtiger* Winslow. Jimmy war ein Niemandsjunge. So viel stand fest: Seine Mutter hatte ihn adoptiert, sein Vater war unbekannt. Und was seine leibliche Mutter anging, die behagte niemandem. Schon deshalb, weil sie eine Waise war.

Für die Bürger der Stadt Pennacook war James Winslow der Junge der Waise (und würde es auch für immer bleiben). Die Academy war da nachsichtiger. Jimmy mochte kein echter Winslow sein, aber es gab ja einen ganzen Haufen Winslows, und sie alle liebten diesen Jungen und kümmerten sich um ihn. (Kein Wunder, meinten die Bürger der Stadt Pennacook, Jimmy war ja auch der einzige Winslow-Junge.)

Jahre später, wann immer James Winslow sich bescheiden gab oder sonst um Worte verlegen war – und er sprach immer quälend langsam –, wiederholte er stets, er sei einfach nur ein Junge aus New Hampshire. Natürlich glaubten die Bürger der Stadt Pennacook, es besser zu wissen; die Winslows waren nun mal nicht wie die anderen, und das galt auch für den Jungen der Waise. Bei all ihrer Aufdringlichkeit – mehr als das wussten sie nicht. Doch schon die Umstände von James Winslows Geburt waren höchst ungewöhnlich. Wenn Kinder so auf die Welt kommen und weitergereicht werden, dass man nicht mal mehr weiß, wem sie denn nun eigentlich gehören, zumindest nicht genau – *muss* so eine Familie nicht völlig aus den Fugen geraten? Die Bürger der Stadt Pennacook warteten nur darauf, dass bei den Winslows alles schiefging. Vor allem bei dem adoptierten Jungen. Dann wären diese Winslows vielleicht nicht mehr so hochnäsig. Die Bürger der Stadt Pennacook hatten die Nase voll von der Anerkennung, die dieser Vorzeigefamilie entgegengebracht wurde, sogar wenn sie den Sohn einer Waise adoptierten.

2
Eine vierte Tochter

Constance war die unerschütterliche Matriarchin der Winslows aus Pennacook. Sie war eine geborene Bradford. William Bradford war an Bord der *Mayflower* gewesen. Die Bürger der Stadt Pennacook gingen davon aus, dass Constance bereits als Bradford nicht weniger unerschütterlich gewesen war; eine Winslow zu werden bestärkte sie nur noch in ihrer moralischen Gewissheit. Nichts konnte sie beirren. Constance war dafür verantwortlich, dass ihre ersten drei Töchter je eine Tugend als Namen trugen: Faith, Hope und Prudence (in dieser Reihenfolge).

Thomas Winslow, dem kleinen Mann des Hauses, schienen Tugendnamen weniger zu bedeuten. Mr. Winslow war der Inbegriff eines Englischlehrers; die Bürger der Stadt Pennacook konnten sich niemanden vorstellen, der noch lehrerhafter wäre als dieser zierliche Mann. Auch seine Ahnen bedeuteten ihm nichts. »An seinen Vorfahren kann man nichts ändern. Man kann nur sich selbst ändern und seinen Kindern ein Vorbild sein«, sagte Thomas Winslow seinen Schülern an jedem ersten Tag eines Schuljahres. Er meinte damit, dass er ihnen beibringen konnte, gut zu lesen, und das begann schon bei der Auswahl der Lektüre. »Und wenn ihr erst gut schreiben könnt, dann könnt ihr auch gut sprechen«, sagte er zu den Jungen. Was den Lesestoff anging –

die Gedichte, Theaterstücke, Geschichten oder Romane –, galt für den Englischlehrer: »Je fantastischer, desto besser.« Was Mr. Winslow dann noch sagte, war der Kern seines Glaubens an Literatur. »Wenn ihr in der Lage seid, euch in andere hineinzuversetzen, kann euch das zu besseren Menschen machen«, sagte Thomas Winslow. Den Bürgern der Stadt Pennacook ging es allerdings auf die Nerven, wenn Thomas Winslow versuchte, *sie* zu belehren. Die Erwachsenen wollten keinen Englischlehrer, der ihnen erklärte, wie sie zu besseren Menschen werden konnten. Es ging Thomas Winslow nichts an, wie sie ihren Kindern Vorbilder sein konnten.

Vor allem die gutbetuchten Erwachsenen ärgerten sich über den winzigen Englischlehrer. Warum sollten sie sich in jemand anderen hineinversetzen? Was dachte sich Thomas Winslow dabei, sie zu besseren Menschen machen zu wollen? Auch Constance konnte auf ihre eigene Art eine ziemliche Wichtigtuerin sein; sie ging den Bürgern der Stadt Pennacook ebenfalls auf die Nerven. Ständig legten die beiden einem ans Herz, was sie gelesen hatten. Das war nicht das Einzige, womit sie einen bedrängten, aber mit den Büchern fing alles an.

Über seine geringe Größe machte sich Thomas Winslow keine Gedanken. Es verärgerte die Männer des Ortes, dass ihn kein bisschen störte, wie klein er war.

Den Frauen ging es anders. Für sie war Thomas Winslow die Schönheit *en miniature*. »Ist er nicht ein *süßes* Kerlchen?«, neckten die Damen des Ortes sich gegenseitig. Denken Sie ja nicht, dass Constance darüber nicht genau Bescheid wusste.

Und doch war es seine Lehrerhaftigkeit, die bei Thomas Winslow jedem zuerst ins Auge fiel; Spontaneität war so ziemlich das Letzte, was den Bürgern der Stadt Pennacook bei dem hübschen kleinen Mann in den Sinn kam. Wenn auch Constance diejenige gewesen war, die ihren Töchtern die Namen Faith, Hope und Prudence gegeben hatte, erinnerte der Abstand von exakt zwei Jahren zwischen den Geburten an die Detailgenauigkeit jener sorgfältig erdachten Romane des 19. Jahrhunderts, die der winzige Englischlehrer so liebte. Der wohlüberlegte Altersunterschied der Tugendtöchter passte auf den ersten Blick perfekt zu Thomas Winslow, nicht wahr?

Nach der Geburt von Prudence (der dritten Tugendtochter) zählten die Bürger der Stadt Pennacook die Jahre. In Anbetracht ihrer Wertschätzung für das *süße Kerlchen* waren es die Damen des Ortes, die am genauesten mitrechneten. Zwei Jahre nach der Geburt von Prudence sah es ganz danach aus, als hätten die Winslows genug vom Kinderkriegen. Das letzte Kindermädchen ließen sie ziehen, als Prudence fünf war. Die Tugendtöchter hatten eine Reihe von Kindermädchen gehabt – drei hintereinander, die Constance beharrlich »Au-pair-Mädchen« nannte. Auch das sorgte im Ort für Trara. Obwohl es nicht ganz zutraf: Die Mädchen waren nicht aus dem Ausland, sie sprachen Englisch, und sie waren (zu alledem) *Waisen*. Für die Bürger der Stadt Pennacook war es von Bedeutung, wo die Kindermädchen *herkamen*.

Constance ließ sich natürlich in ihrem Sprachgebrauch nicht beirren. »Ich nenne unsere Mädchen *Au-pairs,* französisch für ›auf Augenhöhe‹. Unsere Mädchen helfen im

Haushalt oder bei der Kinderbetreuung gegen Kost und Logis. Sie gehören zur Familie«, sagte Constance. Das Wort ›adoptiert‹ benutzte sie nie, und sie bezeichnete die Winslows auch nie als Pflegefamilie. »Unsere Mädchen bekommen keinen Lohn, sondern ein Taschengeld – wie man das eben bei älteren Kindern macht«, wurde Constance nicht müde zu erklären. »Diese Mädchen sind wie unsere Kinder«, sagte sie über die Waisen, und die Bürger der Stadt Pennacook waren konsterniert. »Wir kleiden sie ein, wir helfen ihnen bei den Hausaufgaben. All unsere Kinder wissen, wie wichtig Schule ist.« Die Winslows sorgten dafür, dass ihre Au-pairs aufs College gingen, und die Mädchen wussten, dass von ihnen erwartet wurde, dort auch gute Noten zu schreiben.

Zumindest bei einem dieser Waisenkinder konnte doch etwas nicht stimmen, hofften jedenfalls die Bürger der Stadt Pennacook. Man wusste nicht genug darüber, wo diese Kinder *herkamen*. Bei Waisen ist zu vieles unklar; immer gibt es etwas, das man nicht weiß. Die Bürger der Stadt Pennacook hatten eine (wenn auch nur vage) Vorstellung davon, was mit Waisenkindern passierte, wenn sie nicht adoptiert wurden: Mit vierzehn oder fünfzehn wurden sie zu »Mündeln des Staates«, wie man das nannte. Das klang nicht gut. Es gab Damen im Ort, die fanden, Kinderbetreuung sei zu wichtig, um sie Minderjährigen zu überlassen. Und man bekam die Frage gestellt (wenn man es sich nicht schon selbst gefragt hatte): Würden Sie ein Mündel des Staates auf Ihre Kinder aufpassen lassen?

An den ersten drei Au-pairs der Winslows war rein gar nichts auszusetzen. Die drei waren Musterschülerinnen, und so, wie sie das College mit fliegenden Fahnen absolvierten (und danach auch noch auf gute Universitäten gingen), hätte man sie für Winslows halten können. Dass die drei dann auch noch zu Weihnachten oder in ihren Semesterferien »nach Hause« kamen (wie sie es nannten), irritierte die Bürger der Stadt Pennacook zutiefst. Die drei Tugendtöchter freuten sich dermaßen, wenn sie ihre Au-pairs sahen, man hätte sie tatsächlich für Schwestern halten können.

Und die ›Mündel des Staates‹ verloren nie ein schlechtes Wort über die Winslows. »Gleich von Anfang habe ich mich gut aufgehoben gefühlt, als hätte ich schon immer zur Familie gehört – und das werde ich nun auch für immer«, hatte die älteste Waise gesagt. Sie war das Kindermädchen von Faith gewesen, der Erstgeborenen.

»Eigentlich kann man jemandem nicht einfach so ein Zuhause geben, nicht jemandem wie mir, die noch nie ein Zuhause hatte, doch genau das haben sie getan. Sie haben mir das Gefühl gegeben, zu Hause zu sein«, erzählte Lucie, Hopes Au-pair, den Müttern ihrer Schulfreundinnen, den Damen des Ortes, denen es (ausnahmsweise) die Sprache verschlug.

Und dann war da noch Denise, das Au-pair-Mädchen von Prudence, der jüngsten der Tugendtöchter. Denise war die Schweigsame. Ihre Schweigsamkeit brachte die Bürger der Stadt Pennacook auf den Gedanken, sie könne etwas zu verbergen haben. Doch eigentlich war sie nur schüchtern und zurückhaltend, und sie tat gut daran, vor den Damen des Ortes (und deren Hang zum Geschwätz) auf der Hut zu sein. »Ich wurde wie die anderen Kinder behandelt, wir wurden alle gleich behandelt«, erklärte das jüngste der drei Winslow-Kindermädchen. »Von mir hat man nur erwartet, etwas verantwortungsvoller zu sein, weil ich ein bisschen älter war.«

Nahezu händeringend fragte eine der älteren Kleinstadtdamen schließlich: »Aber wie sprecht ihr denn Mr. und Mrs. Winslow an – wie sollt ihr sie nennen?«

»Ach, die sind doch wie große Kinder. Ich nenne sie Tommy und Connie, so nennen sie sich ja selbst!«, antwortete das Kindermädchen aufgeregt; sie war plötzlich gar nicht mehr so zurückhaltend.

Die Damen des Ortes dachten nicht im Traum daran, Constance Winslow *Connie* zu nennen, genauso wenig wie die Männer sich vorstellen konnten, Thomas Winslow – den kleinen Obermeister der englischen Sprache – *Tommy* zu nennen. Die Staatsmündel machten sich sogar Constances Abstammung zu eigen – die Sache mit den Bradfords und der *Mayflower*. Wenn man die Waisen reden hörte, hätte man glauben können, *ihre* Vorfahren (aus den Familien, die sie weggegeben hatten) seien auf der *Mayflower* gewesen. »Die arme Dorothy!«, klagten die Au-pairs über das Schicksal von William Bradfords erster Frau. Sie war erst sechzehn gewesen, als sie Mr. Bradford geheiratet hatte. Sie hatten ihr dreijähriges Kind in Holland zurückgelassen, bei Dorothys Eltern. Dorothy ertrank; sie fiel (oder sprang) über Bord, als die *Mayflower* vor der Küste von Provincetown Harbor vor Anker lag. Die Bürger der Stadt Pennacook hatten keinen Zweifel daran: Dorothy war ganz bestimmt gesprungen! Sie konnte von Deck aus sehen, welche Wildnis sie erwartete; sie wusste, sie würde ihr geliebtes kleines Kind nie wieder sehen. *Wir wären jedenfalls gesprungen*, dachten die Damen des Ortes und nickten einander zu.

Ganz anders die Kindermädchen. Die wären an Land gegangen und hätten der Wildnis getrotzt. »William Bradford hat wieder geheiratet!«, erklärte Faiths Au-pair, als sei eine erneute Heirat für einen Mann eine Heldentat.

»William Bradford wurde Gouverneur von Plymouth. Er hat ein Buch über die Geschichte der Plymouth Colony geschrieben – *Of Plymouth Plantation*«, hatte Lucie der ganzen Stadt erzählt.

»Bradfords Buch wird immer noch in Kursen zu amerikanischer Geschichte gelehrt!«, fügte Denise hinzu – sie war immer noch schüchtern, doch mit der Zeit nicht mehr ganz so schweigsam.

Selbst zur Herkunft von Constances Vornamen gab es etwas zu erzählen. »Constance ist französisch, kommt aber aus dem Lateinischen«, wiederholte zuerst Faiths Kindermädchen pflichtschuldig, was man ihr erzählt hatte.

»Es handelt sich um eine mittelalterliche Variante von *Constantia* – so hieß es auf Latein«, erklärte Hopes Au-pair.

»Das war der Name der Tochter von Wilhelm dem Eroberer«, sagte Prudences Staatsmündel Denise gar nicht schüchtern.

Und dann, als Prudence zehn war, stellte sich heraus, dass Constance erneut schwanger war. Ab dem vierten Monat sah man es ihr an. Als sie eine vierte Tochter zur Welt brachte, war Prudence elf; Faith und Hope waren Teenager – alt genug also, dass schon der Gedanke, man könne sie bitten, auf das neue Baby aufzupassen, zu Protest hätte führen können; doch sie waren (ihren Namen gerecht werdend) tugendhaft darauf erpicht. Was die drei Kindermädchen anging, die bereits ausgezogen waren, so hatte eine von ihnen schon eigene Kinder, und doch boten sich alle drei an, »nach Hause« zu kommen (wie sie es weiterhin nannten). Die Staatsmündel wetteiferten miteinander; es kam zum Streit darüber, wer sich um das Neugeborene kümmern durfte.

»Ach, meine lieben Mädchen, seid doch nicht albern«, sagte Constance.

»Ihr habt euer eigenes Leben, ihr Lieben«, sagte Thomas.

Es schien den Bürgern der Stadt Pennacook nicht so, als sei die vierte Tochter geplant gewesen. Die Damen des Ortes revidierten nun ihren womöglich voreiligen Eindruck von Thomas Winslow, er sei lehrerhaft; vielleicht war an dem süßen Kerlchen doch etwas Spontanes. Und dann meldete sich die Putzfrau zu Wort; sie verbreitete Geschichten über die Schlafarrangements im Hause Winslow, doch nicht mal in einer Kleinstadt in New Hampshire konnte man davon ausgehen, alles zu wissen, was es darüber zu wissen gab. (Nicht einmal Putzfrauen wissen alles.)

Die Frage der Schlafarrangements im Hause Winslow beschäftigte die Damen des Ortes schon lange. Als die drei ersten Töchter noch klein waren, hatte Thomas Winslow nachts Aufsicht im Wohnheim; die ganze Familie wohnte in einer Lehrerwohnung in der Pennacook Academy. Das muss man sich einmal vorstellen – eine dieser jugendlichen Waisen, die in einem Jungen-Wohnheim wohnt; und doch hatte es keinerlei Geschäker zwischen den Academy-Jungs und den Au-pair-Mädchen gegeben. Thomas und Constance mussten den Jungen im Wohnheim ordentlich ins Gewissen geredet haben. Die Jungs, vor allem die älteren, wussten, dass die Kindermädchen tabu waren. Aber für eine fünfköpfige Familie (plus eins) waren die Wohnverhältnisse recht beengt; Lehrerwohnungen waren nicht für drei kleine Kinder (plus Au-pair-Mädchen) ausgelegt. Und die Bürger der Stadt Pennacook blieben mit der Frage zurück, ob die Academy Thomas Winslow etwas vom Lohn abzog, weil das Kindermädchen mit der Familie am Lehrertisch im Speisesaal aß. (Es ärgerte die Bürger der Stadt Pennacook, dass die Angelegenheiten der Academy den Ort nichts angingen.)

Die leidgeprüfte Putzfrau der Winslows ließ jeden wissen, dass sie es bereute, Boston je verlassen zu haben. Sie war ihrem Mann in den Norden nach New Hampshire gefolgt, aber den hatte man eh in der Pfeife rauchen können; auch das ließ sie jeden wissen. Wer ihr noch länger zuhörte, dem erzählte sie außerdem, warum die ganze Familie hätte in Kildare bleiben sollen. Gertie Eustis war Irin; ihr Vorname war von Gertrud zu Gertie geschrumpft worden, vielleicht war sie auch darüber sauer. Sie war von Anfang an die Putzfrau der Winslows gewesen – bereits in der Lehrerwohnung und auch noch nach dem Umzug in ihr eigenes Haus im Ort.

»Beim Schlafen gibt's keinerlei Regeln, da sind die Winslows sehr liberal«, erzählte Gertie im Ort herum. »Die Kopfkissen der Kinder wandern ständig durchs Haus.« Für die Bürger der Stadt Pennacook war das Wort *liberal* schon Verurteilung genug, bevor Gertie überhaupt zu den wandernden Kissen kam. Das Bettenbeziehen gehörte zu den

Aufgaben der Putzfrau, und mal fand Gertie alle Kopfkissen der Kinder in einem ihrer Betten, mal im Bett des Kindermädchens. In der Lehrerwohnung hatte es nicht genügend Schlafzimmer gegeben – es gab gerade mal genügend Betten. Auch das Kindermädchen hatte dort kein eigenes Zimmer, nur ihr eigenes Bett. »Ständig krabbelt ein Kind, oder sogar alle, bei diesem sogenannten Au-pair ins Bett; da geht's zu wie im Waisenhaus«, befand Gertie Eustis.

Im Zentrum von Pennacook standen weiße Häuser im Kolonialstil – wie das mit fünf Schlafzimmern, das die Winslows bezogen, nachdem Thomas seine Pflicht als Junglehrer erfüllt und keine Aufsicht im Wohnheim mehr hatte. Nun bekam jede der Tugendtöchter ihr eigenes Zimmer, auch wenn sie sich ein Badezimmer teilten. Das Kindermädchen hatte nicht nur ein Schlafzimmer, sondern auch ihr eigenes Bad. Der »Au-pair-Bereich« (wie Constance es nannte) lag am einen Ende des Flurs im ersten Stock, über der Küche; Elternschlafzimmer und -bad am anderen Ende. Ganz wie die Puritaner selbst (was ja zu Thomas und Constance Winslow passte), war das Haus aus dem 17. Jahrhundert eher schmucklos gehalten. Das steile Dach hatte zwei Schornsteine, der Hauseingang einen Säulenvorbau. Das Haus war mit schmalen Latten verkleidet, die weiß gestrichen waren, die Fensterläden waren schwarz.

Doch wie die Putzfrau der Winslows den Bürgern von Pennacook erzählte, konnten weder die guten, alten Sitten Neuenglands noch die passende Anzahl an Schlafzimmern die Tugendtöchter und das Staatsmündel dazu bringen, in ihren eigenen Betten zu schlafen. »Die Kinder und das Waisenmädchen schlafen, wo sie wollen«, erzählte Gertie im

Ort. Die Putzfrau hielt sich für die persönliche Haushälterin der Winslows; Gertie hatte eine gewisse Führungsmentalität. Und weil die Bettwäsche zu ihren Aufgaben gehörte, war es für Gertie von Bedeutung, wo die Kissen der Kinder landeten – vom Kissen des Kindermädchens ganz zu schweigen. Meistens lagen morgens alle Kissen in einem Bett, fast immer in dem des Kindermädchens. Selbst nachdem die scheinbar letzte Waise ans College gegangen war, quetschten sich die Tugendtöchter in ein Bett. »Ich schätz mal, selbst Wanderarbeiter in ihren Baracken halten beim Schlafen mehr Abstand«, sagte Gertie Eustis allen, die es hören wollten.

Den Bürgern der Stadt Pennacook war es piepegal, ob sich die Töchter der Winslows alle in ein Bett quetschten. Was sie hingegen brennend interessierte, war, wie viel Abstand Thomas und Constance beim Schlafen hielten. Thomas hatte den leeren »Au-pair-Bereich« bezogen. Zwar gab es in der Stadt mit Sicherheit noch andere Ehepaare, die in getrennten Zimmern schliefen, doch in Pennacook war man geradezu besessen von der Entfernung zwischen den beiden Zimmern, in denen Thomas und Constance schliefen. Um zum Elternschlafzimmer zu kommen, musste Thomas auf Zehenspitzen an den Kinderzimmern vorbeischleichen, oder er musste erst die Treppe hinunter- und dann die auf der anderen Seite wieder hinaufsteigen, nachdem er das ganze Haus durchquert hatte.

Dass die Bürger der Stadt Pennacook dieser Reise zwischen den Zimmern so viel Bedeutung beimaßen, hatte damit zu tun, als wie anders die vierte Tochter sich erwies. Zunächst einmal wurde die womöglich ungeplant (vielleicht sogar spontan) gezeugte Tochter nicht nach einer Tugend benannt – nicht ganz. Für die Damen des Ortes mochte der Name vielleicht tugendhaft klingen, doch Constance stellte zwei Dinge klar: Tommy hatte ihn ausgesucht, und *Honor*, also Ehre, war ein Name, der eine Erwartung ausdrückte. »Honor ist so ein Name wie Chastity – eine Erwartung ist ja nicht zwingend eine Tugend«, erklärte Constance. Für die Bürger der Stadt Pennacook, vor allem die Damen des Ortes, klang *Honor* dennoch wie ein Name, dem man nur schwer gerecht wurde.

So viel zu der armen Dorothy, der Bradford, die über Bord gegangen und ertrunken war, als die *Mayflower* in Provincetown Harbor ankerte. Die vierte Tochter der Winslows sollte keine Dorothy, nein, sie sollte eine Honor, eine Ehre, sein – nicht gerade ein leichtes Kreuz, das sie da zu tragen hatte. Und bestimmt fragten sich die Bürger der Stadt Pennacook: Was tun Tommy und Connie jetzt? Jetzt, wo die beiden an entgegengesetzten Enden des Hauses schliefen, wer sollte da für die Winslows auf Honor aufpassen?

Wir würden uns nicht noch eine Waise holen, dachten die Damen des Ortes und nickten sich gegenseitig zu. Ihrer Ansicht nach würden die Winslows mit einem vierten Staatsmündel ihr Glück herausfordern. Dabei wussten die Bürger der Stadt Pennacook gar nicht viel über Waisenhäuser. Doch wie so viele Menschen in Kleinstädten in Neuengland hatten sie irgendwo etwas darüber gehört, und was sie irgendwo gehört hatten, genügte ihnen.

3
Woher die Waisen kamen

Viele Bewohner Neuenglands hatten schon vom New England Home for Little Wanderers gehört. In Pennacook war man der Auffassung, es wäre 1865 von Bostoner Geschäftsleuten gegründet worden, um den Waisen des Bürgerkriegs zu helfen. Tatsächlich wurde es schon 1799 gegründet. Wie nur wenige Menschen in Pennacook wussten, war es Bostons erstes Waisenhaus für kleine Mädchen; damals hieß es Boston Female Asylum. Die kleineren Waisenhäuser im Norden Neuenglands waren längst nicht so bekannt wie das Little Wanderers.

Der erste Zug mit Waisenkindern hatte Boston 1850 verlassen und heimatlose Kinder in den Norden, nach New Hampshire und Vermont, gebracht. Thomas und Constance hatten Fotografien der Kinder in den Waisenzügen gesehen. Sie sahen nicht alt genug aus, um Mündel des Staates zu werden. Vielleicht waren einige dieser Kinder bei guten Eltern untergekommen, aber die Winslows hatten auch Geschichten von Kindern gehört, die ausgebeutet worden waren; man hatte sie wie Sklaven gehalten oder sonst wie misshandelt.

Zu Beginn, als die Winslows sich nach älteren Waisen umschauten, die bald Mündel des Staates werden würden, beschränkte Thomas Winslow seine Suche auf New Hampshire. Ihre ersten drei Au-pairs fanden sie in Waisenhäusern dort, doch Constance erkannte eher als Thomas, dass sie die Suche nach einem vierten Au-pair würden ausweiten müssen. Also erinnerte sie Tommy daran, dass es auch in Maine Waisenhäuser gab. Das in St. Cloud's war in der ersten Hälfte des 19. Jahrhunderts ein Holzfällercamp gewesen – zu der Zeit, als die Camps ihren Schaden anrichteten, bis die Wälder dann verschwunden waren. St. Cloud's war eins dieser Städtchen an einem Fluss, die es auch dann noch gab, nachdem die Holzfäller weitergezogen waren. Geblieben waren die Sägemühle (wenn auch nur für kurze Zeit), zusammen mit dem Holzplatz (etwas länger). Es war eine dahinsiechende Ortschaft, die von den Holzfällern zurückgelassen worden war. In ihren Baracken schliefen nun die Waisen, das Kochhaus war die Küche, in der die Kinder auch aßen. Aus den Waisenhäusern, die sie in New Hampshire kannten, hatten die Winslows widersprüchliche Geschichten über den Arzt zu hören bekommen, der das Waisenhaus von St. Cloud's, Maine, leitete.

Zunächst einmal waren die Winslows beeindruckt, dass der Leiter ein Arzt war, zudem galt er als belesen. Er las den Kindern laut vor, ja er ermutigte die Kinder, auch selbst zu lesen. Aber man verschwieg den Winslows nicht, dass der Waisenhausarzt »zu Tiraden neige«.

»Worüber?«, hatte Thomas Winslow gefragt. Für einen Englischlehrer waren Tiraden an sich noch nichts Schlechtes, solange es einen Grund dafür gab.

Der Arzt wetterte über »die Schändung des Waldes«; er sagte, die Holzfällerkompanien und die Papierhersteller hätten es versäumt, neue Bäume für die zu pflanzen, die sie gefällt hatten. »Als das Flusstal rings um St. Cloud's gerodet war und das Unterholz überall wucherte wie Sumpfunkraut, was war da noch geblieben?«, fragte der Waisenhausarzt. Und dann sagte er es einem: »Das Sägemehl, das narbige Flussufer, aus dem die Flöße eine neue Küstenlinie herausgeschabt hatten; das Sägewerk mit den zerborstenen Scheiben ohne Fensterläden; das Hurenhotel; die katholische Kirche für die Frankokanadier, die zu sauber und ungenutzt wirkte, um nach St. Cloud's zu passen, wo sie nicht halb so beliebt war wie die Huren, die so viel Verstand hatten, mit den Holzfällern weiterzuziehen.« Der Waisenhausarzt machte eine Pause, um Luft zu holen oder sich zu zügeln.

»Und warum hat die katholische Kirche den Ort aufgegeben, nachdem die Huren und Holzfäller weitergezogen waren?«, fragte der Arzt beinahe unschuldig. »Weil es niemanden mehr gab, der etwas zu beichten hatte. Waisen haben ein reines Gewissen.«

»Der Arzt klingt tatsächlich ein wenig verrückt, Tommy«, meinte Constance.

Die katholische Kirche hatte Interesse daran gezeigt, sich an der Leitung des Waisenhauses von St. Cloud's zu beteiligen; der Arzt hatte sich dagegen ausgesprochen. »Wir sind kein konfessionelles Waisenhaus«, sagte er, das war alles. Die Winslows waren keine Kirchgänger und gehörten auch keiner Konfession an. Sie kannten sich mit den angeblichen Übeln der Holzfällerei oder der Papierherstellung nicht aus. Vielleicht war der Waisenhausarzt ein wenig verrückt, was die Schändung des Waldes anging oder wessen Schuld es war, dass keine neuen Bäume gepflanzt worden waren;

die Winslows wussten so gut wie nichts über Wälder oder Bäume.

»Ich mag das mit dem Lesen. Die Kinder zum Lesen zu ermutigen klingt für mich nicht verrückt, Connie«, sagte Thomas zu seiner Frau. Constance war die Bibliothekarin der Pennacook Public Library, ein Gebäude aus gelben Ziegeln vom Ende des 19. Jahrhunderts, gleich neben dem Campus der Academy an der Front Street. Die Bürger der Stadt Pennacook fanden Constance Winslow ebenso lästig wie ihren Mann; ständig erzählten einem die beiden, was man lesen sollte.

»Mir gefällt das mit dem Lesen auch, Tommy, aber ich wette, die Vorstellung von einem konfessionslosen Waisenhaus gefällt dir sogar noch besser«, sagte Constance. Abgesehen davon, dass sie ihren Mann unzählige Male hatte sagen hören, dass Religion der Fluch der Zivilisation sei, wusste sie auch, dass er einen Groll gegen den Staat Maine hegte.

»St. Cloud's ist sehr schwer zu erreichen. Maine ist einfach zu weit weg, Connie«, sagte Thomas Winslow. (St. Cloud's liegt mitten im Nirgendwo, das sagt man in ganz Neuengland.) In den Wintermonaten war das Landesinnere von Maine eingeschneit, und der Frühling unterschied sich davon nur durch den auftauenden Matsch. Die alten Forststraßen waren in dem Schlamm unpassierbar. Wollte man im Winter oder Frühling dorthin, so war man gut beraten, den Zug zu nehmen.

Allerdings, so erfuhren die Winslows, würden die Mitreisenden auf einen herabsehen, wenn man in St. Cloud's ein- oder ausstieg. Außer dem Waisenhaus gab es dort nichts. Und mit den Waisen in Verbindung gebracht zu werden war ein Stigma. Diese drohende Verachtung der Mitreisenden bekräftigte Thomas Winslows Groll gegen Maine nur noch.

In Maine finden sich von 1840 und 1841 die frühesten Anti-Abtreibungsgesetze des ganzen Landes; sie stellten jeden Versuch einer Abtreibung bei einer Frau, »die schwanger geht«, unter Strafe, »gleich ob das Kind sich regt oder nicht« und unabhängig von den benutzten Methoden. Die Durchführung einer Abtreibung wurde mit einem Jahr Gefängnis oder tausend Dollar Geldstrafe oder beidem geahndet. War man Arzt, konnte man seine Zulassung verlieren. Andere Staaten folgten. Bis 1910 war die Abtreibung in den ganzen Vereinigten Staaten verboten; das blieb so bis 1973, als die Entscheidung des Obersten Gerichts in Sachen Roe gegen Wade fiel, das Recht der Frau auf Abtreibung sei ein Grundrecht.

Die Winslows waren Befürworter des Rechts auf Abtreibung, bevor die restlichen Bürger der Stadt Pennacook überhaupt groß über das Thema nachdachten. Hörte man sich in unter ihnen um, hätte man glauben können, Abtreibung sei schon immer verboten gewesen. Die meisten Amerikaner wussten nicht viel über die Geschichte der Abtreibung in Amerika; dazu zählten auch die Bürger der Stadt Pennacook.

Aber das war nicht der Grund für die Einführung der Town Talks – Constances Beitrag zur Erwachsenenbildung in Pennacook. Die Winslows gingen allen damit auf die Nerven, dass sie die Beziehungen zwischen Stadt und Academy verbessern wollten. Dabei waren die Beziehungen seit jeher angespannt und ganz bestimmt verbesserungswürdig.

Die Town Talks mochten die Idee der Bibliothekarin sein, aber die Bibliothek von Pennacook, in der Ruhe die erste Regel war, war für eine Vortragsreihe nicht der ideale Ort. Einen anderen zu finden war leicht; die Hörsäle der Academy standen unter der Woche leer, wenn die Studenten an den Abenden lernten. Was jedoch die Themen anging, über die gesprochen werden sollte, Themen, die sowohl den Bürgern der Stadt als auch den Lehrkräften der Academy genehm waren, da wurde es schon schwieriger. »Tommy ist der Lehrer, die Themen sind seine Sache«, sagte Constance jedem, der fragte.

Die Damen des Ortes waren an Literatur interessiert. Für Thomas Winslows Town Talks über Romane und Autoren fanden sie sich in Scharen ein. »Literatur wird von Frauen gelesen. Wir leben stärker in unserer Vorstellung, als Männer das tun«, sagte Constance Winslow. (In dem Versuch, einem weiszumachen, dass sie rein als Bibliothekarin sprach und nicht die geringste Ahnung hatte, dass die Damen des Ortes fanden, ihr Mann sei ein süßes Kerlchen.)

Thomas hielt zwei Vorträge über Charles Dickens; er hatte die Damen gebeten, *Klein Dorrit* und *Große Erwartungen* zu lesen (und zwar in dieser Reihenfolge), um dann dafür zu plädieren, dass *Große Erwartungen* der bessere Roman sei. Thomas Winslow sollte feststellen, dass die Damen (selbst jene, die sich in ihn verguckt hatten) sich nicht so leicht von ihrem Lehrer überzeugen ließen wie die Academy-Jungs. Die Damen liebten die Vom-Gefängnis-zum-Millionär-Geschichte und die herzensgute Klein Dorrit.

Männer waren bei den Town Talks zu Dickens kaum anwesend. »Du redest zu einem Haufen Frauen, Tommy. Frauen werden ein Heiratsmelodram dem Bildungsroman eines Jungen vorziehen«, sagte Constance.

»Recht hast du, Connie«, sagte Thomas. Er hielt zwei Vorträge über George Eliots *Middlemarch*. Beim ersten der Town Talks zu Eliots Roman saßen überraschend viele Männer im Publikum. »Ich habe sieben oder acht Männer gesehen, Connie«, sagte Thomas. Beim zweiten Vortrag waren allerdings keine Männer anwesend. Thomas Winslow war ganz geknickt.

»Vielleicht wussten die Männer, die beim ersten Vortrag waren, nicht, dass George Eliot eine Frau war, Tommy«, sagte Constance zu ihm.

»Recht hast du, Connie«, sagte Thomas. Er hielt vier Vorträge über die bekanntesten Romane der Brontë-Schwestern; die ersten beiden über Emilys *Sturmhöhe*, die letzten beiden über Charlottes *Jane Eyre*. Constance fragte ihn, warum er mit Emily anfangen wollte. Wusste Thomas denn nicht, dass Charlotte die ältere der beiden gewesen war, ganz abgesehen davon, dass *Jane Eyre* vor *Sturmhöhe* erschienen war, wenn auch nur ein paar Monate davor? »Recht hast du, Connie«, erwiderte ihr Mann nur.

Constance kannte ihn gut; sie war sich sicher, er hatte einen Grund dafür, mit Emily anfangen zu wollen, nicht sicher war sie sich jedoch, warum er ihr den Grund nicht verriet. Als kein einziger Mann bei seinen Town Talks über die Brontë-Schwestern erschien, blieb Thomas gelassen. »Zumindest wissen wir jetzt genau, wie klug die Bürger der Stadt Pennacook sind, Connie, klug genug, um zu wissen, dass die Brontë-Schwestern Frauen waren«, sagte Thomas zu ihr.

Constance lächelte, drohte ihm mit dem Zeigefinger und flüsterte ihm zu: »So etwas solltest du nicht in aller Öffentlichkeit sagen.«

Sie war überrascht, wie ihr Tommy den ersten Vortrag über die Brontë-Schwestern einleitete. Der Hörsaal war bis zur obersten, hintersten Reihe gefüllt. Constance bewunderte, wie ihr Mann ohne irgendwelche Notizzettel vor dem Rednerpult stand; hätte er dahinter gestanden, dann hätten die Damen in den ersten Reihen ihn nicht sehen können, so klein war er. »Ich frage mich«, begann er, »ob Sie mir sagen können, ob Emily oder Charlotte das hier geschrieben hat.« Als er aus dem Gedächtnis zitierte, nahm er den Blick nicht von den Gesichtern der Frauen im Publikum. Thomas Winslow trug vor, was Emily oder Charlotte Brontë geschrieben hatte, aber Constance sah, was ihr Mann tat; er studierte die Gesichtsausdrücke der Frauen. Von ihrem Platz aus, einem einsamen Stuhl auf dem Podium neben dem Pult, konnte Constance ebenfalls die Gesichter lesen. Die Damen wurden von dem, was sie da hörten, kalt erwischt; dieses eine Mal konnten die Gesichter dieser gerissenen Frauen nicht verbergen, was sie fühlten. Beileibe nicht alle Damen des Ortes wurden so entlarvt; nur jene, die sich von dem, was sie hörten, angegriffen fühlten, nur die Frauen, die Widerstand oder Feindseligkeit gegenüber dem spürten, was der Englischlehrer ihnen sagte.

»›Konventionen sind nicht mit Moral gleichzusetzen‹«, zitierte er und bemerkte die Damen, die ein Gesicht machten, als hätte man sie geohrfeigt. »›Selbstgerechtigkeit ist nicht dasselbe wie Religiosität‹«, fuhr Thomas fort, »›Erstere anzugreifen bedeutet nicht, sich an Letzterer zu vergehen.‹« Und damit schloss Thomas sein Zitat mit rügender Stimme.

Da erkannte Constance die Kirchgängerinnen im Publikum, die Damen mit den geschürzten Lippen und den zu Schlitzen verengten Augen; die Kirchgängerinnen waren es, die das Zitat ihres Mannes entlarvt hatte. Constance Winslow hatte sich näher mit den Damen des Ortes befasst als ihr Mann. Er hatte sie aus der Reserve locken wollen, begriff Constance. Aber warum war ihm das wichtig, fragte sie sich. Sie lasen doch nur die Brontë-Schwestern. Und der Absatz, den er zitiert hatte, verwirrte Constance – wenn auch nur zu Anfang und nicht für lange.

Die Damen hatten zuerst Emily Brontë lesen sollen. Beim ersten Vortrag waren sicherlich einige von ihnen noch nicht fertig mit *Sturmhöhe*, und kaum eine war bis zu *Jane Eyre* vorgedrungen, bis auf diejenigen, die den Roman vielleicht in der Schule oder am College gelesen hatten. Und woran würden die sich noch erinnern? Vielleicht an den wundervollen ersten Satz. Constances Lippen bewegten sich ganz leicht, als sie ihn sich stumm selbst vorsagte. (»An einen Spaziergang war an diesem Tag nicht zu denken.«)

Warum würde ihr Tommy vor einer Gruppe von Damen, die gerade erst mit dem Lesen von *Sturmhöhe* begonnen hatten, aus Charlotte Brontës Vorwort zur zweiten Ausgabe von *Jane Eyre* zitieren? Dann erkannte Constance, warum er mit Emily eingestiegen war. Thomas Winslow wollte, dass Charlottes Themen – Konvention und Moral, Selbstgerechtigkeit und Religion – alle Frauen im Publikum überraschten. Constance wusste, was ihr Mann von dem religiösen Ende von *Jane Eyre* hielt, und sie begriff, dass Thomas das Feld bereitete für das, was er über Janes zwiespältige Gefühle zum Christin-Sein sagen wollte. Jane entscheidet, glücklich mit Rochester verheiratet zu sein, zu ihren eigenen Bedingungen, statt St. John Rivers zu heiraten, den sie (auf ihre eigene christliche Art) sehr bewundert. Jane entscheidet sich nicht dafür, ihm in Indien zur Seite zu eilen, wo St. John im Sterben liegt und auf seinen lieben Herrn Jesus wartet. Constance schätzte sehr, was für ein guter Lehrer ihr Mann war, aber sie kannte ihren Tommy zu gut. Er bereitete nicht nur seinen Vortrag zum Ende von *Jane Eyre* vor – zu einem Zeitpunkt, zu dem er noch kein Wort über den Anfang von *Sturmhöhe* verloren hatte. Constance wusste, dass Thomas alles vorausplante. Er dachte weiter als nur bis zu seinem Vortrag zum Ende von *Jane Eyre;* Constance erkannte, dass er seinen Vortrag über die Geschichte der Abtreibung in Amerika vorbereitete. Sie wusste, dass der ihm Sorge bereitete, das ging ihr genauso.

Constance bemerkte auch, dass keine der Damen im Hörsaal sich zu raten trauen würde, von welcher der Brontë-Schwestern Thomas' Zitat stammte. Diese Frauen träumten von Heathcliff und Catherine, oder aber sie hatten genug von *Sturmhöhe* gelesen, um Alpträume über dieses Monstrum von Mann zu haben. Sie dachten nicht an *Jane Eyre,* schon gar nicht an Charlotte Brontës Vorwort zur zweiten Auflage.

»Ich nehme an, Connie weiß, um welche Brontë es sich handelt«, sagte Thomas, ohne sich zu ihr umzudrehen.

(Constance begriff, dass ihr Tommy sich die ungehaltenen Mienen der Kirchgängerinnen einprägte.)

»Klingt für mich nach Charlotte, Tommy«, sagte Constance.

»Recht hast du, Connie«, sagte er und seufzte. Unter den versammelten Frauen gab es bei denen, die ihn für ein *süßes Kerlchen* hielten, etwas Gekicher, doch Thomas Winslow machte einfach weiter. »Zu Charlotte kommen wir später«, sagte Thomas den Damen des Ortes. »Heute ist Emily unsere Brontë-Schwester. Und was für eine Schauergeschichte sie da geschrieben hat!«, rief er plötzlich und hob die Arme über den Kopf. »Aber halten wir uns nicht damit auf, was für ein Monstrum Heathcliff ist«, ermahnte er sie. »Sie sollten sich eher Sorgen um Catherine machen. Arme Catherine«, sagte er sanft.

Constance sah, wie sich die Lippen der Damen bewegten. Unwillkürlich und lautlos wiederholten diese Frauen, was Thomas zu ihnen gesagt hatte – *arme Catherine*. In ihrem Herzen konnte Constance Catherines eigene Worte hören, als Catherine krank ist und an die Vergangenheit denkt, als sie ungehindert mit Heathcliff zusammen sein konnte. (»Wäre ich wieder ein Mädchen, kühn, halb wild, frei!«, sagte Catherine.)

Ungeachtet ihres Mitgefühls für Catherine ignorierte Constance die Anweisung ihres Mannes. Während sie reglos auf dem Podium saß und Thomas weiterredete, erlaubte Constance sich, in Gedanken bei Heathcliff zu verweilen. Sie wusste, welcher Aspekt an Heathcliff der beunruhigendste war. Heathcliff ist ein Waisenkind und kein besonders liebenswertes, wie sich herausstellt.

Der drängendere Grund zur Sorge im Leben der Winslows war Honor, die vierte Tochter. Nachdem die früheren Au-pair-Mädchen das Haus regelrecht überrannten und ungebeten ihre Hilfe anboten, schliefen im Hinterzimmer häufig zwei erwachsene Frauen in einem Doppelbett. Noch dazu bekamen die Winslows von Faith und Hope (und sogar von Prudence) zu hören, dass diese, ihre eigenen Kinder, vollkommen in der Lage seien, selbst auf die neugeborene Schwester aufzupassen. Thomas schlief jetzt wieder im Elternschlafzimmer. Schrie Honor in der Nacht und wollte man dem armen Kind zu Hilfe eilen, konnte man glatt über den Haufen gerannt werden.

Sollten die Bürger der Stadt Pennacook ruhig denken, dass die Winslows mit einem vierten Staatsmündel ihr Glück herausforderten, doch Glück war nicht das, worüber sich Constance Sorgen machte. Die ganze Familie hatte von drei fabelhaften Au-pair-Mädchen profitiert, die nun zu drei wunderbaren jungen Frauen herangewachsen waren. Aber Constance verstand auch, warum diese Waisenkinder nicht adoptiert worden waren. Menschen, die mutig genug waren, um ein Kind zu adoptieren, wollten in der Regel ein Neugeborenes. Sie wollten ein Kind ohne Geschichte, keins, das man im Waisenhaus sitzenlassen hatte, kein Kind, das alt genug war, um sich an ein früheres Leben (und die Menschen darin) zu erinnern.

Waren es denn nicht die Waisenkinder, die sich erinnerten, dass man sie hatte sitzenlassen, die vielleicht voller Zorn waren? Man konnte es ihnen ja nicht zum Vorwurf machen, wenn sie wütend waren, dachte Constance; aber sie wusste, dass es das letzte Waisenkind war, das Thomas und sie zu retten versuchten, und wollte keins der schlechten Sorte in die Familie holen.

Ach, Tommy, dachte Constance, denn ans Beten glaubte sie nicht, *bitte gib den Groll auf, den du gegen Maine hegst*! Ihre Lippen bewegten sich nicht dabei; mit Blick auf die Damen des Ortes saß sie reglos wie ein Stein. Constance wollte es mit dem Waisenhausarzt aus St. Cloud's versuchen, dem Leser, wie sie den Arzt im Geiste nannte, der das Haus leitete. Constance war es gleich, ob es schwer war, dorthin zu kommen, oder dass man den Zug nehmen musste. Sie teilte den Groll ihres Mannes gegen religiöse Institutionen. Die Winslows waren nicht gläubig; sie hüteten sich vor jenen Menschen, die sich nichts dabei dachten, einem ihre Religion aufzuzwingen. Was den Waisenhausarzt anging, der St. Cloud's leitete, so sprach der Teil, dass er nicht religiös war, die Winslows durchaus an; nur der Teil mit Maine stand ihnen im Weg.

4

Ein Brief von Dr. Larch

In Maine gab es noch andere Waisenhäuser. Das in Augusta, das Maine Children's Home, war weiter nördlich als St. Cloud's, aber leichter zu erreichen – man kam mit dem Auto hin. Constance erfuhr, dass es den Ruf genoss, Kinder in vertrauenswürdigen Pflegefamilien unterzubringen. »Trotzdem Maine, Connie«, sagte Thomas nur zu Augusta.

Dann gab es noch das in Lewiston, das Constance gar nicht erst erwähnte, und nicht nur, weil es ein Waisenhaus für Jungen war. Es wurde von den Schwestern der Barmherzigkeit geleitet; die Nonnen waren Ende des 19. Jahrhunderts aus Saint-Hyacinthe, Quebec, nach Maine gekommen. Constance konnte sich lebhaft vorstellen, wie ihr Mann den Akzent jenes unglücklichen Kindes nachahmen würde, das bei französischsprachigen Nonnen Englisch gelernt hatte.

Constance wusste, dass von Nonnen geführte Waisenhäuser nicht auf der Liste ihres Tommys standen, nicht mal in New Hampshire. St. Peter's in Manchester wurde ebenfalls von den Schwestern der Barmherzigkeit geführt. (»Diese Nonnen aus Quebec sind einfach überall!«, rief Thomas.) Das St. Mary's Waisenhaus in Dover leiteten sie schon seit 1887. »Keine Nonnen, Connie«, sagte Tommy nur. Nicht, dass er sich Sorgen machte, Honor könnte aus Versehen durch den Rosenkranz eines Au-pair-Mädchens erdrosselt werden, auch wenn es Gerüchte gab, die Schwestern der Barmherzigkeit hätten Bettnässer geschlagen. Worüber Thomas Winslow sich Sorgen machte, waren potenzielle Missionarinnen – unter den nicht adoptierten Waisen (und baldigen Mündeln des Staates), die von den Nonnen indoktriniert worden waren.

Auch beim Gedanken an das zweite Waisenhaus, das es in Dover gab, war den Winslows nicht wohl. Das Dover Children's Home war von Temperenzlerinnen gegründet worden, der Woman's Christian Temperance Union.

»Sie sagen ja nicht, dass sie nur Kinder von Alkoholikern nehmen, Tommy«, gab Constance ihm zu bedenken.

»Sie sagen auch nicht, dass sie uns einen Alkoholtest machen lassen, Connie«, entgegnete Thomas. Sie alberten nur herum; es war nicht die Nüchternheit, die ihnen Sorgen bereitete, sondern das Christentum.

Im Coit House in Concord, einem der vielen Waisenhäuser, die für die Waisen des Bürgerkriegs gegründet worden waren, brauchten sich die Winslows nicht mehr blicken lassen. Sie hatten Faiths Kindermädchen dort gefunden, hatten aber zu viele Fragen nach der Verbindung zwischen dem Waisenhaus und der St. Paul's School sowie der Episkopalkirche gestellt. Im Laufe der Zeit duldeten die Winslows nicht mal mehr den Hauch einer Konfessionszugehörigkeit. Mit dem Daniel Webster Home in Franklin verabredeten sie gar nicht erst einen Termin, nachdem sie erfahren hatten, dass es von einem Kaplan August Mack gegründet worden war; allein das Wort »Kaplan« hielt die Winslows ab.

»Brechen wir nicht zu viele Brücken hinter uns ab, Tommy?«, hatte Constance gefragt. Faiths Kindermädchen war ein großartiges Mädchen, obwohl sie aus dem Coit House gekommen war; sie hatte nicht versucht, Faith zu indoktrinieren, episkopal zu werden. Ursprünglich hatten die Winslows daran gedacht, Faiths Au-pair aus einem nicht religiösen Waisenhaus in Berlin im nördlichen New Hampshire zu holen, keine hundert Kilometer von Quebec entfernt.

Die Wasserkraft in Berlin stammte vom Androscoggin River und betrieb die Zellstoff- und Papiermühlen. »Paper City« lag so weit im Norden und so nah an Quebec, dass es viele Bewohner gab, die frankokanadischer Herkunft waren, aber das örtliche Waisenhaus war schon immer von einem Arzt und Krankenschwestern betrieben worden, nicht von Nonnen.

Ein von einem Arzt geleitetes, nicht religiöses Waisenhaus war genau richtig für die Winslows, nur der Name des Hauses schreckte Thomas ab: die Androscoggin Children's Mission klang ihm arg katholisch. Möglicherweise legte der Englischlehrer das Wort »Mission« zu streng aus. »Ich verstehe unter Mission die ›Aussendung des Heiligen Geistes in die Welt‹, Connie«, erklärte Thomas.

»Vielleicht meinte der Arzt Mission nicht im lateinischen Sinn, Tommy«, gab Constance ihm zu bedenken; aber eben die lateinische Bedeutung des Wortes »Mission« war der Grund gewesen, warum die Winslows Faiths Au-pair (ihr erstes nicht adoptiertes Waisenkind) aus dem Coit House geholt hatten. In der Zeit darauf durchlief der Name des nicht religiösen Waisenhauses in Berlin immer neue Veränderungen. Als Erstes verschwand das Wort »Mission«. Aber der neue Name war in anderer Hinsicht irreführend.

Bei »Androscoggin Wayward Children's Home« kam Thomas Winslow auf den Gedanken, dass der Waisenhausarzt wohl ein gescheiterter Schriftsteller sein müsse – einer, der sich keine Titel ausdenken konnte. Das Wort »wayward«, auf Abwegen, klang, als seien die Kinder selbst schuld an ihrem Waisendasein. Dann erfuhren die Winslows, dass dank einer der Krankenschwestern ein dritter Name gefunden worden war. »Diesem Arzt sollte man nicht erlauben, irgendetwas zu benennen, Connie, nicht mal ein neues Medikament!«, sagte Thomas.

»Und noch viel wichtiger, Tommy, auch kein Waisenkind«, stellte Constance richtig.

»Recht hast du, Connie«, sagte Thomas; er blieb ganz liebenswürdig, wenn er mal übertrumpft wurde. Und weil eine der Krankenschwestern (aber nicht der Arzt) das mit dem Namen hinbekommen hatte, holten die Winslows das zweite und dritte Staatsmündel aus dem Androscoggin Children's Shelter in Berlin. Und das aus keinem besseren Grund, fragte sich Constance, als dass das Waisenhaus nicht in Maine war?

Die Winslows mochten Dr. Roland Remillard und seine Krankenschwestern sehr. »Sicher, sie waren Frankokanadier, Connie, aber weit und breit kein Kruzifix«, hatte Thomas zu seiner Zufriedenheit festgestellt. Schwester Bergeron mochten sie am liebsten, aber auch Schwester Pinette war sehr nett. Lucie und Denise, die beiden Au-pair-Mädchen, die die Winslows aus dem Androscoggin Children's Shelter holten, waren unadoptiert gebliebene Frankokanadierinnen. Diese beiden Staatsmündel waren wunderbare junge Frauen. Wie die Winslows bemerkten, ging Lucie ab und zu einmal in die Messe, Denise hingegen gar nicht.

Pennacook lag im südöstlichen New Hampshire, die Bürger der Stadt waren nicht so vertraut mit Frankokanadiern wie ihre Nachbarn weiter im Norden; doch selbst die Damen des Ortes liebten Lucie und Denise. An diesen Waisen gab es nichts auszusetzen, was Constance als schlagender Beweis präsentiert wurde. Sie wusste, ihr Tommy war absolut dagegen, Honors Kindermädchen irgendwo anders als in Berlin zu holen.

Constance machte sich Sorgen über einen Mangel an vierzehn- oder fünfzehnjährigen Mädchen im Androscoggin Children's Shelter. Doch sie hätte sich keine Gedanken machen müssen, dass Berlin die nicht adoptierten Waisen ausgehen könnten. Wie Lucie eines Tages den Winslows gegenüber sagte: »Wir waren die ganze Zeit dort über *transitoire* und haben nur darauf gewartet, dass uns jemand nimmt.«

»Wenn einen keiner will, bis man vierzehn oder fünfzehn ist, dann bleibt man für immer *transitoire*. So ist das eben als nicht adoptierte Waise«, sagte Denise den Winslows. Die beiden sprachen ausgezeichnet Englisch. Constance sagte immer, Lucie und Denise hätten es wohl weniger schmerzlich gefunden, »übergangsweise« auf Französisch zu sagen.

»Recht hast du, Connie«, sagte ihr Mann. Ihre beiden Töchter Hope und Prudence sollten später dank der Hilfe dieser wunderbaren Frankokanadierinnen in der Schule in Französisch glänzen.

Was die frankokanadischen Kinder anging, die sie in der

Pennacook Public School kennenlernten, so freundeten Lucie und Denise sich mit ihnen an. Zu ihrer Überraschung sprachen die meisten Frankokanadier in Pennacook kein Französisch. (In Berlin war das anders.) Die frankokanadischen Kinder aus Pennacook gingen in der Schule noch nicht mal in den Französisch-Unterricht. Lucie und Denise hatten auch einige der Eltern ihrer Schulkameradinnen kennengelernt, und selbst die sprachen daheim kein Französisch. Ab und an gab es Großeltern, die Französisch sprachen, aber auch nur ungern, erzählten Lucie und Denise den Winslows. Französisch zu sprechen habe sie gesellschaftlich isoliert, hatten die Großeltern Lucie und Denise gesagt. »Ich möchte nicht, dass meine Enkel Französisch sprechen; sonst sind sie genauso isoliert wie ich!«

Wie sich herausstellte, stammte die Hälfte der frankokanadischen Kinder, die Lucie und Denise kennengelernt hatten, aus einer einzigen Familie. Das überraschte die Winslows nicht. Die Beaudettes waren berühmt für ihre Zeugungskraft. Die Bürger der Stadt Pennacook waren den Beaudettes gegenüber ebenso abweisend wie den Winslows, wenn auch auf andere Weise. Niemand im Ort hätte die Winslows zu vieler Kinder beschuldigt, aber selbst die Damen des Ortes meinten, die Beaudettes »vermehrten sich wie die Karnickel«.

Die Kindermädchen der Winslows hatten Mitleid mit den Beaudettes, wie auch Thomas und Constance Winslow. Ungeachtet des ständigen Gebärens waren die Beaudettes zu allen freundlich. Mutter und Vater, Josephine und Antoine, hatten nur Mädchen bekommen, eins nach dem anderen, bis Josephine dafür zu alt wurde. Die Beaudette-

Mädchen ertrugen es gutmütig, dass sie mehr Schwestern hatten, als man zählen konnte.

Die Bürger der Stadt Pennacook waren der Ansicht, dass der alte Antoine wohl einen Sohn hatte haben wollen; deshalb habe er nicht aufhören können. Die Damen des Ortes waren eher der Ansicht, dass Josephine nicht Nein sagen konnte. Man musste sich nur die Beaudette-Mädchen ansehen. Ein paar von ihnen wurden schon schwanger, als sie noch zur Schule gingen. Fast alle Beaudette-Mädchen bekamen Kinder, statt aufs College zu gehen. Die Einzige, die aufs College ging, war Chantal, und sie sprach als Einzige Französisch. Und die Beaudette-Mädchen bekamen noch mehr Mädchen, in der ganzen Familie gab es nur vier Jungs. Diese Jungs benahmen sich ordentlich. Sie blieben in der Schule und beendeten das College. Bis auf Arnaud heirateten alle spät und hatten kleine Familien.

Arnaud Beaudette sollte Jimmy Winslows Freund werden; er war der einzige Beaudette, der die Pennacook Academy besuchte.

Chantal war die kleinste und jüngste von Antoines und Josephines Töchtern. Es war schon merkwürdig, dass Chantal nur ein paar Jahre älter war als Arnaud, ihr Neffe – der Sohn einer ihrer Schwestern. Die arme Chantal, fanden die Damen des Ortes und bedauerten sie stillschweigend untereinander; damit meinten sie ihre Kleidung, die aufgetragenen Sachen. Chantal trug die übergroßen Blusen und Pullover ihrer älteren, größeren Schwestern auf. »Und das ist auch gut so, Tommy, diese Beaudette-Mädchen sind viel zu üppig ausgestattet, das ist nicht gut für sie«, sagte Constance Winslow.

»Recht hast du, Connie. Chantal verdient eine Chance, die Schule zu beenden und nicht übermäßige Aufmerksamkeit zu erregen«, erwiderte Thomas. »Für mich bist du gut genug ausgestattet, Connie«, konnte er sich nicht bremsen zu sagen.

»Hör bloß auf, Tommy«, antwortete sie immer darauf, denn Constance und ihre Töchter waren nur mäßig ausgestattet.

Chantal Beaudette war auch längst nicht so breit in den Hüften wie ihre älteren, größer gewachsenen Schwestern; deren Röcke und Kleider konnte sie nie tragen. Niemand in Pennacook hatte Chantal je in Rock oder Kleid gesehen. Sie trug nur Jeans oder Hosen; sie passten ihr genau, es konnten also keine aufgetragenen Sachen sein. Jimmy Winslow liebte sie.

Selbst die Bürger der Stadt Pennacook waren klug genug, um sich vorzustellen, dass Chantal den Beaudette-Busen geerbt haben musste. Sogar unter ihren locker sitzenden Oberteilen, diesen ausgebeulten Blusen und schlabbrigen Pullovern, glaubten die Damen des Ortes, Großes zu erkennen. Chantal Beaudette musste doch große Brüste haben, oder etwa nicht? Sehr viel später, lange nachdem die Winslows ihr viertes nicht adoptiertes Waisenkind fanden, verbreitete sich die grausamste Theorie bezüglich der fehlenden Umrisse von Chantals Brüsten in ihrer weiten Kleidung. Was, wenn sie mit nur einer einzigen, großen Brust zur Welt gekommen war – wenn sie nun einen Einteiler hatte?

Bevor die Bürger der Stadt Pennacook so in den Bann der vollbusigen Beaudettes gerieten – lange vor Jimmy Winslows Geburt –, konzentrierten sich die unbeirrbaren Winslows weiterhin darauf, eine vierte Waise zu suchen. Die letzten beiden, die wunderbaren Frankokanadierinnen, hatten ihnen gute Dienste geleistet. Verständlich, dass die Winslows erneut ein Mädchen aus dem Waisenhaus in Berlin wollten.

Aus dem, was in jenen Tagen in New Hampshire als Nachrichten durchging, ließ sich keineswegs recht erklären, was sich im Androscoggin Children's Shelter genau zugetragen hatte. Zwischen dem Ende des Ersten und dem Beginn des Zweiten Weltkriegs waren Waisen nicht die Einzigen, die einen Mangel an Beständigkeit spürten, aber die Winslows begriffen, dass es Waisen durchaus gestattet sein sollte, diese Vergänglichkeit persönlich zu nehmen. Ein Waisenkind ist mehr Kind als die anderen, wenn es um den Wunsch geht, die Dinge, die sie lieben, mögen täglich und nach Plan geschehen. Ein Waisenkind verzehrt sich ein Leben lang nach allem Guten, das das Versprechen in sich birgt zu bleiben.

Als die Winslows sich um einen Termin bemühten, erfuhren sie, dass das Androscoggin Children's Shelter geschlossen war. Die Waisen waren auf andere Einrichtungen verteilt worden, die sich um ungewünschte Kinder kümmerten. Es tröstete die Winslows nicht sehr zu hören, dass »Kirchengruppen« ihre Hilfe bei dieser Umverteilung angeboten hatten.

Als die Winslows sich direkt mit Dr. Remillard in Verbindung setzen wollten, erfuhren sie, dass es dem Arzt nicht länger erlaubt war, in New Hampshire zu praktizieren. Und als die Winslows nachfragten, was denn aus

Schwester Bergeron und Schwester Pinette geworden sei, so antwortete jemand recht grob: »Die Schwestern sind wohl zurück nach Kanada, und vielleicht ist Dr. Remillard mit ihnen mit – nicht, dass irgendjemand in Quebec sie haben will.«

Dem, was in New Hampshire als Nachrichten durchging, konnten die Winslows nur entnehmen, dass ein Arzt aus Berlin, ein gewisser Dr. Patrice Grenier, für das ehemalige Waisenhaus »in Bereitschaft war«, falls eines der Kinder krank wurde oder aus anderen Gründen einen Arzt aufsuchen musste. Zudem wurde berichtet, dass die Kirchengruppen sich um die Waisen kümmerten, die noch umverteilt werden mussten.

Die Winslows nahmen an, dass ihre beiden Waisen aus dem Androscoggin Shelter wussten, was in Berlin vor sich ging. Lucie und Denise waren schon immer sehr aufgeweckt gewesen, auch mit gerade einmal vierzehn und fünfzehn. Die beiden Frankokanadierinnen bestätigten nur, was die Winslows schon vermutet hatten.

»Der liebe Dr. Remillard! Sie müssen ihn erwischt haben, oder eine der Frauen, denen er geholfen hat, hat was verraten!«, rief Lucie aus.

»Schwester Bergeron oder Schwester Pinette hätten es niemals jemandem verraten. Das war eine von denen, die sich schwängern lassen hat und die jemanden brauchte, den sie verantwortlich machen konnte«, sagte Denise.

»Dr. Remillard hat den Frauen gegeben, was sie wollten. Entweder er hat ein Baby auf die Welt gebracht, das sie zurücklassen konnten, oder eine Abtreibung vorgenommen«, erklärte Lucie, aber das hatten sich die Winslows schon zusammengereimt. Zu jener Zeit, als Abtreibungen in Amerika verboten waren, konnte sich eine ungewollt schwangere Frau höchstens an einen Arzt im Waisenhaus wenden. Ein Arzt in einem Waisenhaus wusste, was oder was nicht mit ihnen passierte, diesen Kindern, die zurückgelassen wurden, die keine Babys mehr waren und nicht adoptiert wurden (wie Lucie und Denise).

Dr. Remillard, der den Frauen gab, was sie wollten, wünschten die Winslows alles Gute, wie auch Schwester Bergeron und Schwester Pinette (wo immer sie nun waren und wie immer sie es schafften, ein neues Leben zu beginnen).

Selbst die Bürger der Stadt Pennacook hatten eine leise Ahnung davon, was in einigen der Waisenhäuser vor sich ging. Wenn ein Mädchen in der Highschool (oder Junior Highschool) sechs Monate oder noch länger in der Schule fehlte, dann flüsterten die Damen des Ortes untereinander. Vielleicht hörte man, wie eine von ihnen sagte, das Mädchen sei ins Waisenhaus gegangen. Die Bürger der Stadt Pennacook verfügten gelegentlich über gesunden Menschenverstand. Wurde ein Mädchen schwanger, unterbrach sie den Schulbesuch, bevor man etwas sehen konnte; sie hielt sich bedeckt, bis sie ins Waisenhaus ging, ihr Baby bekam und es dort zurückließ. Die Damen des Ortes beobachteten genau. Blieb ein Mädchen der Schule nur für zwei, drei Monate fern, war sie vielleicht ebenfalls ins Waisenhaus gegangen. Nicht, um dort ihr Kind zu bekommen, sondern für eine Abtreibung.

Seit die illegalen Abtreibungen zur Regel geworden waren, hatten die Winslows eine tiefliegende Unbarmherzigkeit bei den Bürgern der Stadt Pennacook bemerkt, vor allem bei den Damen des Ortes. Die Kirchgängerinnen waren am unbarmherzigsten. »Jetzt muss sie für den Spaß bezahlen«, hieß es über eine unverheiratete Frau oder ein junges Mädchen, das schwanger wurde. Sie hatte es also verdient, ein ungewolltes Kind zur Welt zu bringen; verdient, dafür bezahlen zu müssen, schwanger geworden zu sein. Die Winslows waren der Ansicht, dass denjenigen, die gegen die Abtreibung in den Kreuzzug zogen (Männern wie Frauen), egal war, was mit dem ungewollten Kind geschah, zumindest, nachdem es auf der Welt war. Diese Kreuzzügler interessierten sich nur dafür, die Mutter abzustrafen.

Was die lange Fahrt nach Berlin betraf, so ließen die Winslows es bleiben. »Vielleicht ist es besser so, Tommy. Wir sind mehr als genug Personen im Haus, die sich um Honor kümmern können«, sagte Constance zu ihrem Mann. Aber Thomas Winslow machte sich keine Sorgen um das Neugeborene. Bei drei Töchtern, die sich darum stritten, auf ihre kleine Schwester aufzupassen, und deren früheren Au-pairs, die sich einfach nicht von ihnen lösen konnten, würde Honor nicht unbeaufsichtigt bleiben. Eine ganze Armee von Aufpasserinnen stand bereit, um nach der vierten Tochter der Winslows zu sehen.

»Ich habe schon die Fahrkarten für die Eisenbahn gekauft, Connie. Ich dachte, wir versuchen es mal bei diesem Leser in St. Cloud's«, sagte Thomas. Maine erwähnte er mit keinem Wort.

»Du solltest noch eine dritte Fahrkarte für die Rückfahrt kaufen, Tommy, falls es ein Mädchen gibt, das es mit uns versuchen möchte«, sagte Constance.

»Recht hast du, Connie«, sagte Thomas und zeigte ihr die dritte Fahrkarte für die Rückfahrt von St. Cloud's. Constance begriff, wie sehr er sich gedrängt fühlte, den nicht adoptierten Waisen zu helfen, die man schon bald davonschicken würde.

Als Thomas Winslow an das Waisenhaus in St. Cloud's, Maine, schrieb und die Familienumstände und das Glück darlegte, das sie mit ihren drei Au-pairs hatten, die früher mal Mündel des Staates gewesen waren, hatte der Waisenhausarzt in St. Cloud's nicht lange mit einer Antwort gezögert. (Thomas Winslow erklärte, die Verzögerung habe allein mit dem Postweg nach und von Maine zu tun.) Nach dem Datum der Antwort zu urteilen (die Thomas ihr zeigte), konnte Constance erkennen, dass ihr Tommy schon nach St. Cloud's geschrieben haben musste, bevor sie erfahren hatten, dass das Waisenhaus in Berlin geschlossen hatte. Natürlich freute es Constance, dass ihr Mann die ganze Zeit über eine Alternative nachgedacht hatte.

Der Arzt redete nicht lange um den heißen Brei herum. Sein Name lautete Wilbur Larch. »Wir brauchen hier in St. Cloud's mehr Informationen zu Ihrer finanziellen Situation«, begann Dr. Larchs Brief. »Sie sind Lehrer von Beruf, Mr. Winslow, und Ihre Frau ist Bibliothekarin. Bei vier eigenen Kindern sollte man meinen, dass Sie eine Familie mit bescheidenen Mitteln sind. Es ist löblich, dass Sie und Ihre Familie drei ehemaligen Mündeln des Staates den Collegebesuch ermöglicht haben, aber wie können Sie sich das leisten? Teilen Sie uns das doch bitte mit, Mr. Winslow.« Und das war noch lange nicht alles, was der Arzt von den Winslows wissen wollte.

»Du meine Güte, Dr. Larch hält nicht gerade hinterm Berg, nicht, Tommy?«, fragte Constance.

»Es ist eine berechtigte Frage, Connie«, antwortete Thomas. Die Winslows wussten, dass diese Frage die Bürger der Stadt Pennacook lange geplagt hatte, nicht zuletzt die Damen des Ortes, die ganz versessen darauf waren zu erfahren, woher das Geld der Winslows kam. Natürlich hätte niemand die Winslows nach ihrem Familienvermögen gefragt, zumindest nicht so direkt, wie Dr. Larch es tat. Im Klassenkampf, der in den kleinen Ortschaften Neuenglands tobte, ging das Vermögen einer Familie alle an, ganz zu schweigen von irgendwelchen Annehmlichkeiten, die einem nicht zustanden. Für die Bürger der Stadt Pennacook hatte das Geld der Winslows mehr Bedeutung als deren Ahnen von der *Mayflower.*

5
Die Geschichte der Abtreibung in Amerika

Thomas Winslow schrieb an Dr. Wilbur Larch, dass es wohlhabende Familien namens Winslow und Bradford im Großraum Boston gab; Constance und er stammten von dort und waren dort aufgewachsen. Sie waren auf Privatschulen geschickt worden; sie hatten die Pennacook und die Abbot Academy besucht. (Abbot war eine Schule für junge Frauen in Andover, Massachusetts.) Thomas und Constance standen kurz vor dem Abschluss, als sie sich eines Sommers in Marblehead, Massachusetts, kennenlernten, wo sowohl die Bradfords als auch die Winslows Sommerhäuser besaßen. Falls Sie das Gemälde von Emanuel Leutze kennen, auf dem Washington den Delaware überquert: Das waren Leute aus Marblehead, die den General hinübergerudert hatten. Später wurde die Bürgerwehr von Marblehead zu einem Regiment in George Washingtons Armee. Am Ende der Revolutionskriege gab es in der Ortschaft Marblehead 459 Witwen und 865 Waisen.

Marblehead entwickelte sich vom Fischerdorf zur Bostoner Pendlersiedlung; in den Sommermonaten lebten dort vor allem Segler und Touristen. Constance Bradford und Thomas Winslow erinnerten sich an die Segelboote im Hafen, auch wenn sie selbst keine Segler waren, sondern beide unentwegt mit Lesen beschäftigt waren. Während die anderen jungen Sommergäste in Marblehead segeln gingen, blieben sie mit ihren Büchern an Land. So lernten sich Constance und Thomas kennen. In Marblehead und um die ganze Bucht herum waren sie wahrscheinlich die Einzigen in ihrem Alter, die lasen.

Während der Hexenprozesse von Salem gab es in Marblehead nur eine einzige Hexe. Sie wurde der Hexerei für schuldig befunden und 1692 gehenkt. Ihr Name war Wilmot Redd; ihr Mann war Fischer. Aus irgendeinem Grund nahm sich die junge Constance Bradford zu Herzen, dass Wilmot für ihre Reizbarkeit bekannt gewesen war. »Die arme Wilmot war bestimmt eine Leserin, Tommy. Wahrscheinlich hat ihr Fischer sie gehasst, weil er nie etwas gelesen hat«, sagte Constance zu dem jungen Mann, den sie eines Tages heiraten würde.

»Recht hast du, Connie. Die arme Wilmot wurde des Lesens für schuldig befunden, und dafür wurde sie gehenkt!«, erwiderte Thomas seiner Jugendliebe.

»In anderen Gegenden der Welt«, sollte Dr. Wilbur Larch eines Tages an Thomas Winslow schreiben, »ist es ganz allein Ihre Angelegenheit, was Ihre Frau und Sie als Jugendliche dachten und fühlten. Aber hier in St. Cloud's müssen wir wissen, wie sie beide in dem Alter waren, bevor wir eins unserer jungen Mädchen in Ihre Obhut geben können.«

Deshalb also schrieben die Winslows Dr. Wilbur Larch und erzählten ihm alles; sie fingen damit an, dass sie ihm sagten, sie seien keine echten Marbleheader. Des Weiteren erklärten die Winslows, sie seien zwei junge Menschen gewesen, die eine Sommerromanze gehabt hätten; das sei nur passiert, weil sie nicht segelten, sondern lasen. Die beiden ersparten dem Arzt keinerlei Einzelheiten; ihre Geschichte von der Hexe, die in Marblehead gehenkt worden war, machte auf Dr. Larch den Eindruck, Wilmot Redd müsse eine Verwandte der Bradfords oder der Winslows gewesen sein und dass die arme Wilmot gehenkt worden sei, weil sie gelesen hatte.

Constance geriet ins Schwärmen, als sie von der Abbot Academy und ihrer Schulzeit berichtete. Sie meinte, Abbots lateinisches Motto habe sie inspiriert: Facem Praetendit Ardentem – Sie hält eine brennende Fackel hoch. »Nicht dazu, Brandstifterin zu werden, nein«, schrieb Constance dem Waisenhausarzt, »aber ich wollte mich weiterbilden. Und noch mehr lesen!« Sie konnte sich nicht zurückhalten und ging noch über ihre Jugend hinaus. »Ich habe einen Magisterabschluss in Bibliotheks- und Informationswissenschaften«, schrieb sie, »und Tommy hat einen Magister in Englischer Literatur.«

Um sich nicht ausstechen zu lassen, teilte Thomas Winslow Dr. Larch seine Gedanken zum lateinischen Motto der Pennacook Academy mit: Finis Origine Pendet – Das Ende hängt vom Anfang ab. »Meine Schulkameraden, alles Jungs, neigten nicht dazu, mir ihre innersten Gefühle anzuvertrauen, und es hatte auch keiner von uns irgendwelche nennenswerten Erfahrungen vorzuweisen«, schrieb Thomas Winslow. »Es waren die mutigen jungen Charaktere in den Romanen, die ich liebte, die ihre innersten Gefühle (und erschütternden Erlebnisse) mit mir teilten. Diese literarischen Charaktere lehrten mich, wer ich war.« Der Englischlehrer zählte ein paar dieser Figuren auf, angefangen bei Pip in *Große Erwartungen* bis hin zu Catherine Earnshaw in *Sturmhöhe*. Er hatte gerade erst angefangen, und so bekam Dr. Larch alles über Ishmael in *Moby-Dick* zu hören, dann über James Steerforth in *David Copperfield*, und schließlich wurde Thomas mitgerissen von der unbeugsamen Jane Eyre.

Ein Wunder, dass Thomas überhaupt noch daran dachte, dem Arzt von den Philanthropen der Familien Bradford und Winslow zu berichten, jenen Familienmitgliedern, die erheblich mehr Geld verdienten als ein Lehrer und eine Bibliothekarin.

So erfuhr Wilbur Larch alles über diese Winslows, die nach St. Cloud's kommen wollten. Als er ihnen antwortete und ihren Termin im Waisenhaus bestätigte, hielt er sich kurz und kam auf den Punkt.

»Ich denke, wir haben hier in St. Cloud's eine junge Frau, die gut für Sie geeignet sein könnte. Mit Sicherheit könnte sie in Sachen Bildung von der Begleitung und Unterstützung durch Ihre Familie profitieren«, schrieb der Arzt. »Und kümmern Sie sich nicht um unseren Stationsvorsteher, falls Sie ihm bei der Ankunft oder Abfahrt Ihres Zuges begegnen. Er ist ein religiöser Dummkopf und glaubt an den Jüngsten Tag«, fügte er noch hinzu.

»Du meine Güte, Tommy«, sagte Constance nur. Trotz des Stationsvorstehers in St. Cloud's, der an den Jüngsten Tag glaubte, freute sie sich darauf, Pennacook einmal hinter sich zu lassen, vor allem, um den Town Talks zu entkommen. Thomas war nicht der einzige Englischlehrer der Academy, der ein, zwei Vorträge hielt. Derjenige zu Wordsworth, Coleridge und den späteren Romantikern war gut besucht. Aber kein Mensch kam zu dem Vortrag über Literatur in Übersetzung; Dante, Cervantes, Balzac und Zola waren praktisch allein. Auch die beiden Vorträge von Geschichtslehrern waren eine bunte Mischung. Der über die Kolonialzeit Amerikas war beliebter als jener über den Amerikanischen Bürgerkrieg, obwohl sich Thomas Winslow bei beiden Kollegen beklagte. Sie hätten (zumindest) erwähnen können, dass Abtreibungen zwischen 1620 und der Mitte des 19. Jahrhunderts weit verbreitet und nicht verboten waren.

»Nun, Thomas, ich würde nicht gerade behaupten, dass Abtreibung für die Kolonialzeit der Vereinigten Staaten von Bedeutung ist«, erwiderte einer der Historiker.

»Nun, George, wenn du eine schwangere Frau gewesen wärst, die kein Baby haben wollte, dann wäre eine Abtreibung für dich schon von Bedeutung, ganz gleich, in welcher Zeit«, beteiligte Constance sich an der Unterhaltung.

»Recht hast du, Connie«, sagte Thomas.

»Nun, ich kann dir versichern, Constance – und auch dir, Thomas –, dass die Möglichkeit zu Abtreibungen keine Rolle im Amerikanischen Bürgerkrieg gespielt hat«, sagte der Bürgerkriegshistoriker.

»Nun, Frank, wenn du eine schwangere Witwe gewesen wärst und dein Mann bei der ersten Schlacht am Bull Run gefallen wäre, dann wäre die Möglichkeit einer Abtreibung für dich von größter Bedeutung«, erwiderte Thomas. (Bei den Winslows konnte man das Thema Abtreibung einfach nicht ausklammern.)

Das Problem mit den Town Talks war, dass keine jungen Leute teilnahmen. Thomas hätte zu Jugendlichen und Frauen Anfang zwanzig sprechen müssen – zu denen, die bei einer ungewollten Schwangerschaft am meisten zu verlieren hatten.

Keiner der Town Talks aber war so schlecht besucht wie der, den Thomas Winslow zur Geschichte der Abtreibung in Amerika gab; es war mit Abstand der unbeliebteste aller Vorträge. Keiner der Historiker ließ sich blicken und nur wenige Englischlehrer. Von den Damen des Ortes waren nur die Kirchgängerinnen da, und die waren gekommen, um Ärger zu machen.

»In der Zeit der Puritaner, unserer tiefreligiösen Gründerväter, war Abtreibung bis über das erste Trimester hinaus erlaubt – bis in den vierten oder fünften Monat«, begann Thomas. Die Kirchgängerinnen kräuselten die Lippen und verengten bereits die Augen zu Schlitzen. »Über zwei Jahrhunderte lang, seit der Landung der Pilger in Plymouth, Massachusetts, war Abtreibung weitgehend erlaubt«, fuhr Thomas Winslow fort. »Die Entscheidung, abzutreiben oder das Kind auszutragen, lag allein bei der Schwangeren, mit der Hilfe von Hebammen«, sagte Thomas zu seinem spärlichen Publikum, das zumeist aus Frauen bestand. Die einzigen anwesenden Männer (abgesehen von den paar Englischlehrern) waren Ärzte – drei an der Zahl. Constance saß da wie immer und regte sich nicht; sie wusste, dass nun der Teil mit den Ärzten an die Reihe kam.

Dann erhob sich zittrig eine der Kirchgängerinnen wie ein zögerliches Schulmädchen im Unterricht. Constance flüsterte leise den Namen der Frau – so leise, dass nur Thomas sie hören konnte. »Sollten Sie nicht auch das Kind im Mutterleib berücksichtigen, Mr. Winslow?«, fragte die Kirchgängerin. »Das Kind im Mutterleib ist auch ein menschliches Wesen.« Plötzlich rief sie: »Das Kind im Mutterleib hat eine Seele, wissen Sie?« Das Wort Seele dürfte genügen, dachte Constance bei sich.

»Bei allem Respekt, Mrs. Sweeney, wenn Sie glauben, dass ein ungeborener Fötus eine Seele hat, dann sollten Sie nicht abtreiben. Es zwingt Sie ja keiner dazu«, sagte Thomas. Mrs. Sweeney war mit Sicherheit über das gebärfähige Alter hinaus; niemand konnte sich vorstellen, dass sie ein Kind bekommen oder abtreiben würde.

»Selbst Sie haben eine Seele, Mr. Winslow. Jeder hat vom Augenblick der Zeugung an eine Seele!«, rief Mrs. Sweeney.

»Aber Mrs. Sweeney, wenn ich nicht daran glaube, eine Seele zu haben, dann glaube ich auch nicht, dass ein Fötus eine hat«, erwiderte Thomas.

Constance schob den Stuhl nach hinten und stand auf; sie ging direkt zu ihrem Tommy vorn auf dem Podium und nahm ihm das Mikrofon ab. Bei dem kleinen Publikum brauchten die beiden kein Mikrofon. »Frauen sind schon immer von Männern in Machtpositionen unterdrückt worden. Damals, beim Thema Abtreibung, waren diese Männer die Ärzte«, erklärte Constance; sie achtete sorgsam darauf, nicht die drei Ärzte anzuschauen, sondern nur Mrs. Sweeney, der es die Sprache verschlagen hatte. Mrs. Sweeney stand einfach nur da.

»Recht hast du, Connie. Ich glaube, das Mikrofon ist überflüssig«, fügte Thomas hinzu. Constance legte das Mikrofon auf dem Podium ab und kehrte zu ihrem Platz zurück. Mrs. Sweeney blieb noch immer stehen.

»Von den Vierzigerjahren des 19. Jahrhunderts an kämpften die Ärzte darum, das Geschäft mit der Fortpflanzung zu kontrollieren«, setzte Thomas Winslow erneut an. Diesmal sprach er direkt zu den drei Ärzten und kümmerte sich nicht weiter um Mrs. Sweeney. »In diesem neuen Berufszweig waren die Hebammen Konkurrenz, denn die Ärzte wollten das Geld, das die Hebammen verdienten«, sagte Thomas.

Constance versuchte den Wunsch zu unterdrücken, Mrs. Sweeney möge einfach in Ohnmacht fallen, umkippen und so die drei Ärzte ablenken. »Vielleicht unterschätzten die Ärzte, wie groß das Bedürfnis nach Schwangerschaftsabbrüchen war. Wir wissen, was die Mediziner wollten, und sie erreichten es auch: Sie drängten die Hebammen aus dem Abtreibungsgeschäft. Aber wir wissen nicht, welche Gründe die Ärzte hatten, Abtreibungen für illegal zu erklären«, fuhr Thomas Winslow fort. Das war der Augenblick, als der erste der Ärzte aufstand und ging.

Constance wusste, dass die anderen beiden bald folgen würden. »Vielleicht wollten die Ärzte nun doch nicht mehr so dringend ins Geschäft einsteigen, als ihnen klar wurde, wie viele Abbrüche die Hebammen vorgenommen hatten. Eine Geburt ist viel gefährlicher als ein Abbruch im ersten Trimester, doch die Ärzte erzählten Lügen über die Gefahren einer Abtreibung, um die Hebammen um ihre Arbeit zu bringen. Hebammen bringen auch heute noch Kinder zur Welt!«, rief Thomas den abziehenden Ärzten nach. Nun folgten auch die Kirchgängerinnen den beleidigten Ärzten – alle bis auf Mrs. Sweeney, die offenbar im Boden des Hörsaals Wurzeln geschlagen hatte.

Constance schob erneut den Stuhl nach hinten, stand auf und rief allen hinterher: »Die Geschichte, wie Hebammen das Geschäft mit den Abtreibungen verloren, lässt Ärzte und Männer ganz schlecht aussehen!« Zu diesem Zeitpunkt waren die einzigen verbliebenen Zuhörer ein paar wenige Männer – Thomas' Kollegen aus dem Fachbereich Englisch. »Connie meint nicht euch Männer. Danke, dass ihr gekommen seid«, sagte Thomas zu ihnen. Die Winslows sollten sich noch lange an die Begeisterung der Männer erinnern, dabei gewesen zu sein; sie hatten es noch nie erlebt, dass Thomas ein Publikum nicht in seinen Bann ziehen konnte. »Die Geschichte der Abtreibung in Amerika ist nun mal keiner meiner geliebten Romane des 19. Jahrhunderts«, sagte Thomas zu seinen Kollegen, während Mrs. Sweeney einfach weiter dastand. »Sie hat keinen erkennbaren Spannungsbogen, keine gut skizzierten Charaktere, man ahnt das Ende nicht voraus – als Erzählung ist sie ein Kuddelmuddel«, sagte er zu seinen Kollegen, die jedes Wort liebten. Sie fanden ihn unterhaltsam, selbst wenn er das Publikum nicht in seinen Bann gezogen hatte.

Ganz anders Mrs. Sweeney, die noch immer stocksteif dastand. Constance wusste, dass sie nur darauf wartete, eine letzte spitze Bemerkung loszuwerden.

»Danke, dass Sie gekommen sind, Mrs. Sweeney«, sagte Thomas aufrichtig.

»Vielleicht haben Sie ja tatsächlich keine Seele, Mr. Winslow. Vielleicht sind Sie nur ein Gotteslästerer«, erklärte Mrs. Sweeney.

»Gute Nacht, Mrs. Sweeney – niemand hat eine Seele«, entgegnete Constance. So viel zur Verbesserung der Beziehungen zwischen Ort und Academy. Bei anderen Town Talks, auch jenen, die ein Reinfall waren, verließ niemand den Saal. Zum Vortrag des Geologen über die Gesteinsarten Neuenglands kamen mehr Leute (und blieben). Der Vortrag des Biologen zur Genetik verlief sich in Anekdoten über die gescheiterten Experimente seiner Studenten mit Fruchtfliegen. Ungeachtet der Fliegen verließ niemand den Saal.

Die Pennacook Academy war keine konfessionelle Schule. Morgens gab es eine Versammlung, keine Andacht. An den Wochenenden mussten die Schüler irgendeinen Gottesdienst ihrer Wahl besuchen. Viele der Jungen, die nicht religiös waren, entschieden sich für den katholischen, weil die erste Messe des Tages die kürzeste war. Die jüdischen Schüler wurden mit dem Bus zum Temple of Israel, einer Synagoge in Portsmouth, gefahren. Der Schulgeistliche war Presbyterianer, er unterrichtete an der Academy Religionsgeschichte. Neutral gegenüber allen Konfessionen hielt er einen Town Talk über Religionen im Vergleich. Es kamen Frauen wie Männer, der Andrang war mäßig.

Die Winslows waren beeindruckt, dass der Schulgeistliche einen jungen Kollegen aus dem Fachbereich Englisch zu sich aufs Podium bat. Daniel Rosenthal und seine Frau Naomi waren den Winslows eines der liebsten Paare an der Academy. Die Winslows und die Rosenthals trafen sich oft. »Daniel ist Jude, er ist heute bei mir, um Fragen zu beantworten, die Sie vielleicht zum Judentum haben«, sagte der Geistliche zu den Bürgern der Stadt Pennacook.

Niemand stellte Daniel Rosenthal eine Frage, und die Winslows fühlten mit ihrem jungen Freund. Ihnen war bereits aufgefallen, dass Naomi nicht mit zum Town Talk gekommen war, sie musste geahnt haben, dass es unangenehm werden würde. Die Stille im Publikum weckte bei den Winslows den Verdacht, dass viele Neuengländer wohl insgeheim Antisemiten waren.

Constance spürte, dass ihr Mann Daniel eine Frage stellen wollte; sie wusste, dass er nicht wusste, welche. So viele Bücher die beiden gelesen hatten und so gebildet sie waren, hatten die Winslows doch praktisch keine Ahnung vom Judentum. »Frag nichts, Tommy. Dem armen Daniel wird klar sein, dass du es nur aus Mitleid tust«, flüsterte Constance. Wenn es jemals eine »Recht hast du«-Situation gegeben hatte, dann diese, erkannte Thomas Winslow, aber er flüsterte nichts zurück. Er erinnerte sich, dass die Juden von den Israeliten und Hebräern abstammten; dunkel kam ihm in den Sinn, dass sie aus dem historischen Israel und Juda stammten, und das auch nur, weil er mit Daniel Rosenthal kürzlich darüber gesprochen hatte. Thomas Winslow wusste, dass es ein Königreich Israel und ein Königreich Juda gegeben hatte, aber er brachte sie ein ums andere Mal durcheinander. Daniel und Naomi erinnerten ihn immer daran, dass beide zerstört worden waren.

Ausgehend von den Juden, die sie an der Pennacook Academy kannten – sowohl den Lehrern als auch den Schülern, und die die Winslows alle mochten –, fanden die Winslows, dass das Judentum eine erfrischend weltliche Religion war. Daniel und Naomi lachten, als Thomas ihnen das erzählte. »Die Juden in Pennacook sind so weltlich, wie wir nur sein können!«, meinte Naomi.

»Es gibt sehr religiöse orthodoxe Juden, aber mit ihnen

haben Naomi und ich nicht viel gemeinsam«, hatte Daniel Rosenthal zu den Winslows gesagt. Sie hatten sich über den offensichtlich geringen Missionierungseifer bei den Juden unterhalten. Die Winslows hießen das gut. »Bislang hat noch nie ein Jude versucht, mich zu bekehren!«, hatte Thomas zu den lachenden Rosenthals gesagt. Die Rosenthals waren nicht daran interessiert, einen Nichtjuden zum Judentum zu bekehren. Und was die Juden unter den Schülern an der Academy anging, die alle Internatsschüler waren, so wollten ihnen die Rosenthals das Gefühl geben, dass sie Teil einer Familie waren. Die Winslows hatten den Eindruck, dass die Juden im Grunde eine Gemeinschaft mit einer Geschichte waren. Sie alle stammten nun mal zufällig aus einer bestimmten Gegend in der Levante, die als Eretz Israel bekannt war.

»Selbst im Exil oder als Junge auf einem Internat, fern von zu Hause, spürt der Jude eine gewisse Solidarität mit dem jüdischen Volk«, sagte Daniel Rosenthal zu den Winslows. Die Winslows wiederum, so unreligiös sie auch waren, verspürten ebenfalls eine ungewöhnliche Solidarität mit dem jüdischen Volk – zumindest mit den Rosenthals. All diese Gedanken lenkten die Winslows von dem vergleichenden Vortrag des Schulgeistlichen über Religionen ab. Die Winslows erinnerten sich später an kein einziges Wort. Ihre Gedanken waren bei den wenigen Dingen, die sie über das Judentum und das jüdische Volk wussten. Und das wenige, was sie wussten, gefiel ihnen. Außerdem war dieser Vortrag der letzte Town Talk gewesen, an dem die Winslows teilnahmen, bevor sie in den Zug nach St. Cloud's stiegen. Sie waren bereits mit dem Waisenhaus und dem Waisenkind beschäftigt, das sie dort kennenlernen würden. Natürlich hofften sie, dass ihr letztes Waisenkind auch das beste sein würde.

6
Die jüdische Waise

Der Zug nach St. Cloud's ging in aller Frühe und hielt an jeder Milchkanne. Er hielt auch an Stationen, an denen niemand aus- oder einstieg, aber die Winslows nahmen sowieso kaum Notiz von ihren Mitreisenden. In Portland und später dann in Lewiston, wo die Winslows beiläufig den Androscoggin River wahrnahmen, stiegen mehrere Personen ein und aus. In Richtung Nordnordwest konnte man dem Androscoggin nach Berlin, New Hampshire, folgen, aber der Zug nach St. Cloud's nahm seinen eigenen Weg, nach Norden, und begleitete den Fluss nicht allzu lang. Nördlich von Lewiston, wo sich die Winslows von dem breiten Strom trennten, kam ihnen alles fremd vor, auch wenn es dort andere Flüsse gab. Vielleicht fragten sich die Winslows, wie nahe sie Quebec waren, oder Thomas hatte seine eigenen Gründe für die Feststellung: »Eine weitere Frankokanadierin wäre für mich in Ordnung, Connie.«

»Hauptsache, ein gutes Mädchen, Tommy«, sagte Constance.

Ein neuer Schaffner kam durch ihren Wagen, in dem die Winslows fast die einzigen Passagiere waren. Auf der anderen Gangseite saß ein jüngeres Paar, und auf derselben Seite wie die Winslows, nur ein Stück vor ihnen, saßen zwei ältere, streitsüchtige Männer. Die beiden alten Käuze verloren kein Wort, als der Schaffner ihre Fahrkarten kontrollierte. Auch zwischen dem jungen Paar und dem Schaffner kam es zu keiner Unterhaltung. In Maine, dachte Thomas Winslow bei sich, gab es wohl eine strikte Schweigepflicht im Beisein von Männern in Uniform. Constance hatte die Fahrkarten in ihrer Tasche; sie reichte sie dem Schaffner, einem untersetzten Mann mit grauem Schnurrbart, die Augen unter dem Schirm seiner Schaffnermütze verborgen.

»Wir fahren nach St. Cloud's!«, verkündete Thomas Winslow dem gesamten Wagen, was die beiden alten Käuze vor Bestürzung aufschreien ließ. Die junge Frau auf der anderen Gangseite holte scharf Luft, und sein plötzliches Erstarren ließ die Mütze des Schaffners verrutschen. Die Winslows sahen, dass er ein gutes und ein Glasauge hatte.

»Jawohl, St. Cloud's, so steht's auch auf den Fahrkarten«, sagte der Schaffner mit dem Glasauge zu Thomas und reichte sie Constance zurück.

Die beiden Käuze flüsterten miteinander, wie ein Paar zischende Schlangen, dann drehte einer von ihnen sich um und rief über den Rücken seines Sitzes hinweg: »Sie müssen ja nicht gleich so einen Lärm darum machen, wo Sie hinfahren!«

Constance hielt die Hand ihres Tommys. Sie wusste, er wäre enttäuscht gewesen, wenn er die Mitreisenden nicht mit dem Thema St. Cloud's hätte aufstacheln können. Aus demselben Grund waren die Winslows enttäuscht, beim Aussteigen nicht dem Stationsvorsteher zu begegnen, der an den Jüngsten Tag glaubte. An dem verlassen wirkenden Bahnhof und drumherum war niemand zu sehen; kein anderer Fahrgast stieg in St. Cloud's aus oder ein. Und auch die Schotterpiste zum Waisenhaus war nicht so schlammig, wie die Winslows erwartet hatten. Sie hatten sich ihre Schlammstiefel angezogen, brauchten aber nur den Spurrillen auszuweichen. In Pennacook war es Frühling geworden, aber noch nicht in diesem Teil von Maine. In den Wäldern lagen überall noch Schneewehen; die Winslows stapften weiter. Der Abend brach herein, und im Licht der Dämmerung wirkten die Gebäude des Waisenhauses unscharf. Die Winslows konnten grob drei Häuser erkennen, zwei getrennte Baracken mit einem Gebäude dazwischen, wohl der Speiseraum mit der Küche.

Aber wo war das Krankenhaus? Es musste doch irgendwo einen Ort geben, an dem die Babys geboren wurden, und für die Säuglinge, nahm Thomas Winslow an. Kinderstimmen waren keine zu hören. Es war Abendessenszeit, dachte Constance. Als sie zu dem ersten Gebäude kamen, sahen sie Stufen, die auf eine Veranda und (vielleicht) zu einem Eingang führten.

Schwester Edna hörte die Winslows klopfen und ließ sie herein; sie habe sie schon erwartet, sagte sie. Sie führte sie einen Flur entlang; durch die Glasscheiben einer Doppeltür erhaschten sie einen Blick auf Babykrippen und eine Schwester mit einem Baby auf dem Arm. »Schwester Angela kommt gleich, und Dr. Larch auch, sobald er zu Abend gegessen hat. Er ist mit den Kindern im Speisesaal«, erklärte Schwester Edna. Sie erläuterte so geduldig die Anlage des Waisenhauses, als würde sie mit einem frisch eingetroffenen Waisenkind reden. Das Gebäude, in dem sie sich befanden, war der Jungenbereich; die Kojen waren oben, ebenso die Waschräume. Im Erdgeschoss, wo die Säuglinge waren, gab es zwei Entbindungszimmer mit chirurgischer Ausstattung. Dr. Larch schlief im Jungenbereich, dort hatte er auch sein Büro. Das Gebäude auf der anderen Seite des Speisesaals war der Mädchenbereich. Die Jungen und Mädchen machten alles gemeinsam, aber das Schlafen und Waschen und Umziehen fand in getrennten Gebäuden statt.

Schwester Edna ließ die Winslows in Dr. Larchs Büro zurück und ging, um dem Arzt Bescheid zu geben. Als Constance die Fußstützen an dem gynäkologischen Untersuchungsstuhl sah, schaute sie schnell weg. Flüsternd unterhielten sich die Winslows über den Geruch im Raum. Es roch antiseptisch oder irgendwie medizinisch. Constance glaubte, den Geruch zu kennen, konnte ihn aber nicht zuordnen. Ihr wurde davon ein wenig übel.

Das Büro war ein Labyrinth aus Büchern und Gerätschaften, aber der Schreibtisch weckte die Neugier des Lehrers. Herzstück war die Schreibmaschine. Die drumherum verteilten Papierstapel wiesen eine gewisse schriftstellerische Symmetrie auf, eine Ordnung, die Thomas Winslow an Dr. Larchs Briefe erinnerte. In diesem Augenblick trat die Schwester, die sie mit dem Baby gesehen hatten, herein und öffnete ganz automatisch ein Fenster. »Ein wenig Frischluft täte gut. Sie müssen die Winslows sein«, sagte Schwester Angela. Thomas stellte sich und Constance vor, und seine Frau fragte nach dem Geruch. »Ach, das ist nur Äther«, sagte Angela so leichthin, wie sie hereingekommen war.

Die Schwester sah keinen Grund, den Winslows zu verraten, dass Dr. Larch süchtig war. Außerdem betrachteten die Winslows gerade anerkennend die gerahmten Diplome des Arztes – vom Bowdoin College und der Harvard Medical School. Schwester Angela kannte nicht die schmutzigen Details dessen, was Dr. Larch zwischen diesen beiden Abschlüssen zugestoßen war. Nicht mal die Schwestern wussten, warum Larch vom Portland seiner Jugend enttäuscht war – nur, dass er es mit Sicherheit war.

In seinem ersten Jahr im Medizinstudium hatte sich Wilbur Larch eine bakterielle Infektion zugezogen, die ihm Schmerzen bereitete und ihn beschämte. Gonorrhöe, indirekt ein Geschenk seines alkoholsüchtigen Vaters. Der war so stolz auf Wilbur gewesen, dass er ihn mit diesem Präsent an die Medizinische Hochschule schickte. Er trieb für seinen Jungen eine Hure in Portland auf und ermöglichte ihm so eine sexuelle Erfahrung in einer der Fremdenpensionen am Kai. Es war ein Geschenk, das Wilbur in seiner Verlegenheit nicht abzulehnen vermochte. Der junge Larch war gerührt, dass ihm sein Vater überhaupt etwas geschenkt hatte. Der Name der Hure war Mrs. Eames. »Reimt sich auf screams!«, hatte Wilburs Vater zu ihm gesagt.

Es war keine geringe Leistung, dass der alte Larch es geschafft hatte, in Portland zu Bürgermeister Dows Tagen ein Säufer zu werden. Dow war verantwortlich für das Gesetz, das in Maine die Prohibition einführte. Alles, was Larchs Vater in jenen Tagen zu trinken finden konnte, war Scotch Ale oder Bitter-Bier; er musste dieses schwache Gebräu eimerweise trinken, um einen derartigen Rausch zu bekommen, dass er es für eine gute Idee hielt, seinem Sohn eine Hure zu besorgen.

Das war noch in der Zeit vor Penicillin. Die Gonorrhöe lebte monatelang im jungen Larch und bescherte ihm sein leidenschaftliches Interesse für die Bakteriologie, bevor die Krankheit von selbst ausbrannte. Sie ließ seine Harnröhre vernarbt zurück. Sie hinterließ ihm auch eine Schwäche für Äther, denn der Ätherschlaf, den Larch sich verabreichte, befreite ihn von dem brennenden Gefühl. Diese einmalige und schmerzhafte Begegnung mit sexueller Lust wie auch seine Erinnerung an die lieblose Ehe seiner Eltern überzeugten den Medizinstudenten davon, dass ein Leben in sexueller Enthaltsamkeit sowohl aus medizinischen als auch philosophischen Erwägungen vernünftig sei. Der Weg, der Larch zur Gynäkologie führte, war mit Bakterien übersät – seinen eigenen. Jeden Morgen molk er einen Tropfen Eiter aus seinem Penis auf einen gefärbten Objektträger. Auf mehr als das Tausendfache vergrößert, waren die Gonokokken, die er unter dem Mikroskop sah, immer noch kleiner als gewöhnliche rote Ameisen. Als die Gonokokken verschwunden waren, war Larch äthersüchtig.

Während die Winslows weiter in seinem Büro auf Dr. Larch warteten, betrachteten sie nun ein gerahmtes Foto auf einer Ecke seines Schreibtischs. Sie hätten Dr. Larch aus all den Soldaten auf Tragen und unter den Ärzten, die sich um die Verwundeten kümmern, nicht herausgekannt – sie waren ihm ja noch nicht begegnet. Im Übrigen war Dr. Larch gar nicht auf dem Bild. Wie Schwester Angela wusste, hatte er das Foto gemacht.

»Ist das ein Feldlazarett? War Dr. Larch im Krieg?«, fragte Thomas Winslow Schwester Angela.

Auf dem körnigen Schwarzweißfoto leuchtete das Verbandszeug der Soldaten hell weiß. Schwester Angela hätte erzählen können, womit Dr. Larch es dort zu tun gehabt hatte – mit Patronen- und Granatensplittern, Schrapnellen, schmutzigen Uniformfetzen, die mit einem Geschoss in eine Wunde eindrangen. Mit einer Infektion, die immer wieder ausbrach, aber was brauchten die Winslows davon zu wissen? »Ein vorgeschobener Verbandsplatz in Frankreich. Wir haben Dr. Larch hier sehr vermisst, solange er dort war«, sagte Schwester Angela nur.

In diesem Augenblick betraten Dr. Larch und Schwester Edna das Büro. Es gab kein Hin und Her bei der Sitzordnung. Von den zwei Stühlen vor dem Schreibtisch aus war der Blick der Winslows auf Dr. Larch teilweise von der Schreibmaschine blockiert. Die beiden Schwestern saßen zusammen auf dem Untersuchungstisch; die Fußstützen störten sie nicht.

»Ideal ist nichts hier in St. Cloud's, aber wir geben unser Bestes«, begann Dr. Larch. »Das Mädchen, das wir im Sinn haben, das etwas für Sie sein könnte, ist etwas ganz Besonderes. Die anderen Mädchen lieben sie alle und schauen zu ihr auf.«

»Und die Jungs auch«, ergänzte Schwester Edna.

»Sie ist vierzehn, fast fünfzehn, aber sie wirkt viel älter. Sie ist sehr reif für ihr Alter«, fuhr Dr. Larch fort.

»Sie ist auch sehr groß. Und sie wächst immer noch«, sagte Schwester Angela.

»Aber sie muss doch ausgewachsen sein. Noch größer kann sie doch nicht werden!«, rief Schwester Edna.

»So, wie ich sie kenne, wächst sie noch weiter. Sie ist gern groß, und sie ist sehr willensstark«, erklärte Dr. Larch den Winslows.

»Sie klingt wunderbar!«, sagte Constance.

»Nun ja, wir wissen nur, was wir mit eigenen Augen sehen können. Man hat uns nur sehr wenig über sie erzählt«, sagte Dr. Larch. Zweifel lag nun in seiner Stimme.

»Sie ist wunderbar, Wilbur«, warf Schwester Angela ein, als wisse sie, was der Doktor als Nächstes sagen würde, und wünschte, er würde es nicht tun.

»Wie sie hierherkam, das war wie gewöhnlich. Sie wurde eines Nachts zurückgelassen, als sie noch klein war, ohne jede Erklärung und mit nur wenigen Angaben«, setzte Dr. Larch an, hielt dann aber inne. Er sah zu den Schwestern auf dem Behandlungstisch hinüber. »Sie sind dran«, sagte er zu ihnen.

Es war eine kalte, schneereiche Nacht 1908 gewesen, als das kleine Mädchen auf der vorderen Veranda zurückgelassen wurde. Schwester Edna war bei den Säuglingen, als sie ein lautes Klopfen an der Tür hörte. Sie musste erst noch ein Baby ablegen, bevor sie nachschauen konnte. Dr. Larch war schon zu Bett gegangen, war aber noch wach. Das Klopfen war laut genug, dass auch er es hören konnte.

»Wenn ein Kind im Dunkeln hier abgesetzt wird, dann weint es in dem Alter normalerweise. Aber das hier nicht«, berichtete Schwester Edna den Winslows. Das zurückgelassene Mädchen war wütend. Sie trat gegen den Treppenpfosten am oberen Ende der Verandastufen, aber sie unternahm keinen Versuch, der Frau nachzulaufen, die sie hergebracht hatte. Im trüben Schein der Verandalampe konnte Schwester Edna die Frau sehen, die bereits wieder in Richtung Bahnhof davonging. »Bitte gehen Sie nicht! Bitte sagen Sie mir doch noch etwas über sie!«, rief Edna der Frau hinterher. Dann erkannte Schwester Edna, dass es sich um zwei Frauen handelte. Eine von ihnen war bereits außerhalb des Lichtscheins im Dunkeln. Die Stimme der unsichtbaren Frau hallte durch die Nacht.

»Sie ist Jüdin!«, rief die unsichtbare Frau.

»Und das weiß sie«, sagte die Frau, die Edna sehen konnte. »Sie weiß auch ihren Namen und wie alt sie ist, mehr weiß sie nicht.« Auch sie bewegte sich vom Lichtschein weg in die Dunkelheit.

»Ist eine von Ihnen die Mutter?«, fragte Schwester Edna die Frau, die sie noch sehen konnte.

»Sie hat keine Mutter!«, rief die unsichtbare Frau, dann waren beide Frauen im Dunkeln verschwunden.

»Wie heißt du denn, mein liebes Kind?«, fragte Edna das wütende kleine Mädchen, das immer noch gegen den Pfosten trat.

»Esther, wie die Königin. Königin Esther«, antwortete das Mädchen. Seine Aussprache war ungewöhnlich klar, sie klang nicht wie ein Kind.

»Königin Esther! Ich heiße nur Edna«, sagte Schwester Edna zu dem kleinen Mädchen.

»Ich heiße nur Esther«, sagte es und versetzte dem Pfosten einen etwas weniger heftigen Tritt.

»Wie alt bist du denn, Esther?«, fragte Edna. Sie schätzte das Mädchen auf fünf, eine große Fünfjährige mit merkwürdig erwachsener Aussprache.

»Ich bin fast vier«, antwortete Esther.

Eine sehr große Dreijährige, fand Edna, als sie einen der Säuglinge weinen hörte. Vielleicht war es das Baby, das sie ablegen musste, bevor sie auf die Veranda trat. Auch Esther hörte das Baby weinen.

»Ist das ein Baby? Ich habe noch nie ein Baby gesehen«, sagte sie. Als Edna sie fragte, ob sie Husten oder Schnupfen hätte, wurde sie wütend. »Ich bin nicht krank. Ich bin nur müde!«, sagte sie zu Edna. »Gibt es hier noch andere Kinder? Ich kenne sonst keine Kinder«, fügte Esther hinzu. (So langsam konnten die Winslows sich ein Bild machen.)

Schwester Angela hatte die unsichtbare Frau bis in den Mädchenbereich hinüber rufen hören können (und auch, was sie gerufen hatte). Auch ein paar Mädchen, die noch nicht schliefen, hatten es mitbekommen. War man wach, war es fast unmöglich, es nicht zu hören, wenn jemand rief »Sie ist Jüdin!« und »Sie hat keine Mutter!«.

Schwester Angela teilte Schwester Edna mit, dass Dr. Larch noch nicht schlief. Er wartete in seinem Büro auf das neue Waisenkind, im Schlafanzug. Auch er hatte die Rufe gehört, ebenso ein paar der Jungen. Kinder wiederholen, was sie hören, und so würde die Runde machen, was die wütend klingende Frau gesagt hatte.

In einem Waisenhaus gibt es viele Kinder, die keine Mutter haben. Der gewichtigere Teil von Esthers Geschichte war, dass sie jüdisch war. Jüdin zu sein bedeutete ihr viel. Es hatte recht merkwürdig geklungen, als Esther in Dr. Larchs Büro in der dritten Person von sich zu erzählen begann.

»Esther hat keine Mutter und keinen Vater«, waren die ersten Worte, die sie zu dem Arzt sagte.

»Tut mir leid, das zu hören, Esther«, sagte Dr. Larch.

»Der König liebt Esther mehr als die anderen Frauen«, sagte Esther.

»Gut gemacht, König!«, rief Dr. Larch. Er war aufgestanden und suchte im Bücherregal nach seiner selten benutzten Bibel.

»Der Böse heißt Haman. Er will alle Juden umbringen«, fuhr Esther fort.

»Klingt wirklich sehr böse, dieser Haman«, sagte Larch. Er hatte seine Bibel gefunden und schlug das Inhaltsverzeichnis auf.

»Esther und Mordechai retten die Juden. Sie sind selbst Juden«, erklärte Esther.

»Klingt, als sei das einer der Guten, dieser Mordechai«, meinte Larch. Esther nickte nur, sie ließ sich von niemandem in ihrer Geschichte unterbrechen. »Sollte Esther dem König nicht erzählen, dass Haman eine Verschwörung gegen die Juden anzettelt?«, fragte Dr. Larch. Er wusste, es handelte sich um eine Geschichte aus der Bibel, ganz bestimmt aus dem Alten Testament, dachte er.

Esther seufzte und nickte wieder. Unterbrochen werden war das eine, aber sie ließ sich auch nicht hetzen. »Der König hängt Haman«, sagte sie. Offenbar billigte sie die Hinrichtung.

»Gut gemacht, König!«, rief Larch erneut.

»Und Hamans Kinder auch, zehn von ihnen«, fügte Esther hinzu.

»Geschieht ihnen recht!«, rief Dr. Larch. Offensichtlich fand Esther das auch, denn sie nickte energisch. Wer erzählte oder las denn bitte einem Kind so eine alttestamentarische Töte-oder-werde-getötet-Geschichte vor, fragte sich Larch. Er hatte im Alten Testament das Buch Ester gefunden. »Und du bist nach der Ester in der Bibel benannt?« Diesmal wurde ihr Nicken von einem Lächeln begleitet –

einem kleinen nur. »Wer hat dir gesagt, dass du jüdisch bist?«, fragte Dr. Larch.

»Meine Mutter wollte, dass ich es weiß«, antwortete das Kind fest.

»Aber wer hat es dir gesagt, Liebes? Eine der beiden Frauen, die dich hergebracht haben?«, fragte Edna das Kind.

»Die nicht. Er hat gesagt, er wäre ein Rabbi«, antwortete Esther. »Da war noch ein anderer Mann dabei, der hat alles aufgeschrieben.«

»Der Rabbi in deiner Synagoge … du bist also jüdisch aufgewachsen?«, fragte der Arzt, doch Esther schüttelte heftig den Kopf.

»Ich kenne gar keine Juden. Aber ich wünsche es mir so!«, rief Esther. »Ich kenne auch keine anderen Rabbis«, fügte sie hinzu.

»Ist deine Mutter tot, Liebes? Weißt du, ob sie lebt?«, fragte Schwester Edna.

»Der Rabbi hat gesagt, dass sie tot ist. Ich weiß nur, dass ich Jüdin bin«, sagte Esther. »Meine Mutter wollte, dass ich das weiß«, wiederholte sie leise.

»Hier gibt es noch andere Kinder, Esther. Du wirst schnell Freunde finden«, sagte Schwester Angela zu dem verwaisten Kind. »Wir finden eine jüdische Familie für dich. Das tun wir doch, Wilbur?«, hatte Angela den Arzt gefragt.

7

Furcht ist Liebe

Von ihrer Zugfahrt wussten die Winslows, dass St. Cloud's näher an Lewiston lag als an Portland. Dr. Larch erzählte den Winslows, dass die ersten jüdischen Familien sich in den Neunzigerjahren des 19. Jahrhunderts in Lewiston angesiedelt hatten. Zu jener Zeit wohnten die meisten von ihnen in der Gegend um Lincoln und Chestnut Street, wo auch die erste Synagoge gebaut wurde. Um die Jahrhundertwende waren einige der jüdischen Familien über den Fluss nach Auburn gezogen, unweit der Barker Mill und der Second Street.

Nach Esthers Ankunft im Waisenhaus hatte Dr. Larch sich mit einem Rabbi und zwei Männern aus der jüdischen Gemeinde von Auburn getroffen. Die Männer nahmen Anteil an Esthers misslicher Lage, aber sie hielten dem Arzt gegenüber nicht hinter dem Berg. Der Rabbi würde den Familien in seiner Gemeinde die Umstände des verwaisten Kindes erläutern, aber die beiden anderen Männer befürchteten Zweifel, weil keine Unterlagen Esthers Jüdischsein belegten. Der Name von Esthers Mutter war nicht bekannt. War Esthers Mutter Jüdin?, hatte der Rabbi in Auburn gefragt.

Allein das Wort »Unterlagen« genügte schon, dass Larch in die Luft ging. »Viele unserer Kinder hier in St. Cloud's haben keinerlei Unterlagen, aber in Esthers Fall sollen wir auch noch die Geschichte der Mutter kennen!«, rief Dr. Larch aus.

»Nicht solche Tiraden, Wilbur«, ermahnte ihn Schwester Angela. Es fand sich keine jüdische Familie in der Folge von Dr. Larchs Besuch in Lewiston und Auburn. Die Winslows fragten sich, warum Larch mit seiner Suche nicht in Portland begonnen hatte. Die Stadt war der zweitgrößte Hafen von Neuengland und älter und größer als die Zwillingsstädte Lewiston und Auburn. Müsste Portland dann nicht eine ältere und größere jüdische Gemeinschaft haben?

Im Sommer 1917, als Dr. Larch in Frankreich war, bezog die jüdische Gemeinde in Auburn in der Second Street eine neue Synagoge. Schwester Angela traf sich mit dem neuen Rabbi dort. Sie mochte ihn, und er hatte Mitgefühl für Esther, aber das nicht adoptierte Kind war inzwischen fast ein Teenager und damit nur noch schwerer zu vermitteln. Es ließ sich nicht beweisen, dass Esthers Mutter Jüdin gewesen war, auch wenn ihr Judentum Esthers Fundament war – Jüdin zu sein war der Kern ihrer Identität.

Esthers Interesse an der Geschichte der Juden nahm noch zu, je älter sie wurde, und stand ihrer Leidenschaft für Romane in nichts nach. Weil sie ihr über das Judentum vorlasen, hatten Larch und die Schwestern mehr über das jüdische Volk gelernt, als sie sich je hätten vorstellen können. Trotzdem fürchtete der neue Rabbi in der neuen Synagoge in Auburn, dass einige Familien in seiner Gemeinde sich an Esthers mangelndem religiösem Hintergrund stören könnten.

Larch ging erneut in die Luft. »Was hat uns hier in

St. Cloud's bitte ein religiöser Hintergrund je gebracht?«, rief der Arzt.

»Wilbur, du warst ja nicht hier, du warst noch drüben in Frankreich«, entgegnete Schwester Angela. (Bei ihr hörte sich das an, als sei er im Urlaub gewesen.)

Ein halbes Jahr später, Anfang 1918, erklärte Schwester Edna den Winslows, brannte die neue Synagoge in der Second Street ab. Angela und der Rabbi blieben in Kontakt, doch noch immer war keine Familie aus der Gegend von Lewiston und Auburn daran interessiert, Esther zu adoptieren.

Die Winslows wussten nicht viel über Juden, aber was Portland anging, hatten sie recht. Von den 1860ern bis Anfang des 20. Jahrhunderts kamen die Juden, die nach Portland einwanderten, zumeist aus Osteuropa. Sie sprachen Jiddisch. Seither hatte sich Portlands jüdische Gemeinschaft verändert. Nun gab es nicht mehr nur orthodoxe, sondern auch konservative und Reformsynagogen.

Als Larch aus Frankreich zurückkehrte, war Esther alt genug, um sich in einer Synagoge benehmen zu können. Sie war außerdem alt genug, um orthodoxe Synagogen, in denen Frauen und Männer getrennt saßen, kritisch zu sehen. Bis Larch einem Rabbi in Portland geschrieben und sich mit ihm getroffen hatte (in einer Reformsynagoge, in der Männer und Frauen zusammensaßen), hatte sich Esther einmal quer durch die Thora gelesen. Sie hatte bereits entschieden, nicht an Gott zu glauben.

»Recht hast du, Esther!«, rief Thomas Winslow.

»Tommy!«, sagte Constance. Dann fragte sie Dr. Larch, warum Esther nicht an Gott glaube.

»Was hat Gott schon für sie getan?«, entgegnete Larch. Esther hatte alle Stellen in Exodus gezählt, an denen von Gottes starker oder ausgestreckter Hand die Rede war. Trotzdem bezweifelte sie, dass Gott genug getan hatte, um den Israeliten zu helfen. »Gott hat jedenfalls nicht genug für Esther oder ihre Mutter getan«, sagte Dr. Larch zu den Winslows.

»Esther hört auf dich, Wilbur. Sie denkt über Gott, was du denkst«, sagte Schwester Angela.

»Der Apfel fällt nicht weit vom Stamm«, meinte Schwester Edna.

»Was hat Gott denn jemals für uns hier in St. Cloud's getan?«, fragte Dr. Larch die Schwestern.

»Genau das meinen wir, Wilbur«, sagte Angela.

»Das Buch Ester ist aus der Hebräischen Bibel. Es ist eine der Festrollen«, erklärte Larch den Winslows. »Das Buch Ester und das Hohelied sind die einzigen Bücher im Tanach, in denen Gott nicht erwähnt wird«, fuhr Larch fort. »König Ahasveros, sein Name kommt vom altpersischen Namen für Xerxes I. Ester jedoch müsste fiktiv sein«, sagte Dr. Larch. »Persische Könige haben sich nicht außerhalb des persischen Adels verheiratet, es gab wohl nie eine jüdische Königin. Und Ester ist eine jüdische Waise, die bei ihrer Krönung nichts von ihrer Herkunft verrät. Ester erzählt König Ahasveros erst, dass sie Jüdin ist, als sie ihm von Hamans Verschwörung berichtet, der ihr Volk vernichten will – sie eingeschlossen!«, rief Dr. Larch aus.

»Was für eine gute Geschichte!«, rief Thomas Winslow.

»Ja, aber es ist nur eine Geschichte. Ester ist die Schönste in Ahasveros' Harem, also bekommt sie ihren Willen«, sagte Larch.

»Wilbur«, konnte Schwester Angela nur sagen. Constance wiederum konnte nur daran denken, dass Dr. Larch ihrem Tommy ähnelte, so wie er einfach nicht zu bremsen war.

Dr. Larch beschrieb ein Gemälde Rembrandts, Ahasveros und Haman beim Fest der Ester. An der Art, wie die Schwestern die Augen verdrehten, war ersichtlich, dass sie bereits von dem Gemälde gehört hatten. Die Winslows waren verwirrt, als Larch plötzlich über Purim sprach, das jüdische Fest, das die Rettung des jüdischen Volkes vor Haman feiert – ein Tag des Schlemmens und der Freude. »Es gibt ein Gebäck, das aussieht wie Hamans Ohren«, erklärte Larch den Winslows.

»Auf Jiddisch heißen sie Hamantaschen. Auf Hebräisch nennt man sie ›Hamans Ohren‹, wegen ihrer Form«, erklärte Schwester Edna. Sie bemerkte, dass die Winslows, betroffen von der eigenen Unkenntnis des Judentums, nicht mehr mitkamen.

»Die Menschen tragen Masken und Kostüme, es wird viel getrunken, und Umzüge gibt es auch«, fuhr Larch fort.

»Und Spenden für die Armen, Wilbur. Es geht nicht nur ums Feiern«, sagte Schwester Angela.

»Ich habe in der Jewish Encyclopedia Einträge zu Purim gefunden. Eines Abends habe ich sie den Kindern vorgelesen, da war Esther zwölf oder dreizehn«, erzählte Dr. Larch den Winslows und sagte dann zu den Schwestern: »Sie sind dran.«

Laut Schwester Edna und Schwester Angela hatten sich

die Kinder für Esther gefreut, als sie von Purim hörten – die Umzüge, Kostüme und Masken, junge Leute, die ihren Spaß hatten. Doch Esther schluchzte. »Ich werde nie lernen, Jüdin zu sein! Ich habe viel zu viel nachzuholen!«, hatte sie gerufen. Niemand hatte sie je zuvor weinen sehen.

»Wir helfen Esther, das alles nachzuholen. Wir werden sie mit anderen Juden zusammenbringen. Sie wird ihr Volk finden«, sagte Thomas zu Dr. Larch.

»Sie sollten wissen, eines Tages wird Esther dorthin reisen wollen«, sagte Larch zu den Winslows.

»Wohin?«, fragte Constance.

»In die historischen Königreiche der Israeliten und Hebräer, ins historische Israel und Juda. Als ob man dorthin reisen könnte!«, rief Dr. Larch.

»Wilbur«, sagte Angela nur.

»Ins Gelobte Land, ins Heilige Land«, erklärte Edna den Winslows.

»Wilbur, Esther will nur nach Jerusalem«, sagte Angela.

»Na, welch eine Erleichterung – nur Jerusalem!«, rief Larch aus.

»Esther würde gern nach Jerusalem reisen, wenn sie älter ist. Wenn sie erwachsen ist und erwachsene Entscheidungen treffen kann«, erklärte Edna den Winslows.

»Erwachsene Entscheidungen!«, rief Dr. Larch aus und hielt sich den Kopf mit beiden Händen.

»Wo wir gerade bei erwachsenen Entscheidungen sind – Sie sollten den Winslows von Esthers Tätowierung erzählen, Wilbur«, sagte Angela.

»Esther hat eine Tätowierung?«, fragte Constance den Arzt.

»Das hieße, das Pferd von hinten aufzuzäumen«, sagte Schwester Edna.

»Das hieße, den Pflug vor die Ochsen zu spannen«, sagte Schwester Edna.

Was Edna meinte war, dass Portland der Ochse war, der vor die Tätowierung gehörte; Portland war der Dreh- und Angelpunkt in der Frage nach Esthers Herkunft. Weil Dr. Larch nicht in die Stadt zurückwollte, die er als junger Mann verlassen hatte, hatte er es vor sich hergeschoben, in der dortigen jüdischen Gemeinde Nachforschungen anzustellen, dabei würde sein erstes Treffen mit dem Reformrabbi in Portland alles verändern. Larch hatte betont, dass Esther erst drei (fast vier) war, als man sie in St. Cloud's zurückgelassen hatte, und doch waren ihre Aussprache und Ausdrucksweise sehr erwachsen gewesen. Sie sprach nicht wie ein Kind. Esther hatte dem Arzt und den Schwestern erzählt, sie kenne keine anderen Kinder.

»Wer immer ihre Mutter war, sie hat mehr getan, als Esther nur vorzulesen. Das Kind konnte Esters Geschichte aus der Bibel praktisch auswendig«, erzählte Larch dem Rabbi. »Und es muss ihre Mutter gewesen sein, die ihr das Sprechen beigebracht hat.«

»Manchmal trifft man hier in Portland auf jüdische Einwanderer, die Englisch gelernt haben, bevor sie hergekommen sind«, erwiderte der Rabbi. »Wenn diese Einwanderer dann ihren Kindern Englisch beibringen, sprechen die Kinder wie Erwachsene«, fuhr er fort. Der Rabbi hieß Leopold Herzfeld. Er hielt es für möglich, dass Esther noch in Europa zur Welt gekommen war. Sollte Esther noch sehr klein oder ihre Mutter sogar noch schwanger gewesen sein, dürfte sie sich einem Rabbi anvertraut haben. Rabbi Herzfeld nahm weiterhin an, dass Esthers Mutter sich zu diesem Zweck wahrscheinlich an die Kongregation Shaarey Tphiloh gewandt hätte.

1904 baute Shaarey Tphiloh eine Synagoge in der Newbury Street im alten Hafenviertel. Die meisten Gemeindemitglieder kamen aus Ost- und Mitteleuropa, manche waren erst eingetroffen, andere die Kinder von früheren Einwanderern. Zwei Gruppen orthodoxer Juden hatten sich zusammengetan, um die Synagoge zu bauen. Shaarey Tphiloh heiße »Tore des Gebets«, erklärte Larch den Winslows.

»Ausgesprochen wird es Scha-a-rei t'-fi-la, Wilbur«, verbesserte ihn Schwester Angela.

»Es ist mir egal, wie man es ausspricht. Genau die Synagoge hatte jedenfalls die verdammten Unterlagen!«, rief Dr. Larch.

»Die Synagoge kannte die Geschichte von Esthers Mutter«, erklärte Schwester Edna den Winslows. »Es ist noch ein sehr langer Weg bis zu der Tätowierung«, fügte sie hinzu.

Rabbi Herzfeld lag richtig damit, sich bei Shaarey Tphiloh nach Esther zu erkundigen. Einer der Vorsteher der Synagoge fand Esthers Geschichte im Gemeindearchiv. Esther Nacht war 1905 in Wien geboren worden. Der Geburtsname ihrer Mutter lautete Meyer – vom hebräischen Wort »meir«, das »erleuchtet« bedeutet. Hanna Meyer, die (1880) ebenfalls in Wien geboren worden war, heiratete Simon Nacht. Der stammte aus Deutschland, aus Bremen. Simon starb bei der Überfahrt nach Portland, wie auch andere Passagiere an Bord des deutschen Schiffs aus Bremerhaven. An einer bakteriellen Lungenentzündung, einer, wie Pneumokokken sie auslösen, aber das wusste Hanna Nacht nicht. Sie betete nur, dass ihr Baby nicht daran sterben würde. Der Name ihres Mannes, Simon, war hebräisch und bedeutete »hören« (oder »der Erhörte«). Alles, was Hanna hörte, die gesamte lange Überfahrt nach Portland, war sein Husten.

Die vormalige Hanna Meyer wurde ihrem Mädchennamen gerecht. Mit jedem Wort, das sie zu dem Rabbi der Gemeinde Shaarey Tphiloh sagte, brachte sie Licht ins Dunkel. Sie legte ihre Situation und ihre Furcht um ihre Tochter dar, und wie es manchmal vorkam bei den jüdischen Einwanderern, war ihre Geschichte so verwickelt, dass der Rabbi einen der Vorsteher der Synagoge bat, die Unterhaltung zwischen ihm und der neuen Einwanderin aufzuschreiben. Der Rabbi von Shaarey Tphiloh zeigte Larch die Aufzeichnungen. Was an der ausführlichen Dokumentation von Hanna Nachts Unterhaltung mit dem Rabbi ungewöhnlich war, war die Entsetzlichkeit der Lage, in der Hanna steckte. Sie hatte Angst um ihre zweijährige Tochter und um sich selbst. Weder der Rabbi noch der Vorsteher hatten Hanna Nacht je zuvor gesehen. Bei all ihren Gebeten auf der langen Reise von Bremerhaven war Hanna keine praktizierende Jüdin; sie hatte sich mit niemandem aus der Gemeinde von Shaarey Tphiloh angefreundet. Dr. Larch war einfach davon ausgegangen, dass Esther zu jung gewesen war, um in den jüdischen Unterricht zu gehen.

»Sie haben keine Ahnung von jüdischem Unterricht,

Wilbur«, unterbrach Schwester Angela die endlose Geschichte.

»Bei dem Tempo sind wir alle tot, bis wir zu der Tätowierung kommen«, warf Schwester Edna ein.

In Wien hatten Simon und Hanna Nacht beide eine Ausbildung gemacht, um Englisch als Fremdsprache unterrichten zu können. Hanna schlug vor, nach der Geburt des Kindes in die Vereinigten Staaten oder nach Kanada auszuwandern. Wie immer war sie hellsichtig, ihrer Zeit voraus. Sie wusste, dass der Antisemitismus langsam und unterschwellig auf dem Vormarsch war – in Österreich noch mehr als in Deutschland, fand Hanna. In Portland hätten zwei Deutsch sprechende Juden, die Englisch unterrichten konnten, sich und ihre neugeborene Tochter vielleicht durchbringen können. Die Anzahl der Einwanderer nahm zu; Hanna und Simon hätten sich darin abgewechselt zu unterrichten und auf Esther aufzupassen. Doch nun war Hanna Witwe und alleinerziehende Mutter, das bisschen Geld, das sie verdiente, gab sie für Kinderbetreuung aus, und Hanna fand nur zwei Jugendliche, die auf Esther aufpassten. Wilbur Larch wusste um die zwielichtigen Gestalten, die im alten Hafenviertel lebten, in den Straßen parallel zum Wasser. Sie lebten in Pensionen wie jener, in die Hanna gezogen war.

Eine ältere Prostituierte, die dort ebenfalls ein Zimmer hatte, deutete Hanna an, als Prostituierte könne sie mehr verdienen als damit, Einwanderern Englisch beizubringen. »Ruhelose junge Männer gibt es überall«, sagte Hanna zu Rabbi Herzfeld. Das schrieb der Vorsteher der Synagoge natürlich auf, der die Gespräche protokollierte. Hanna musste wohl an die jungen Matrosen gedacht haben, die durch das alte Hafenviertel strichen. Auch in ihrem Unterricht gab es ein paar junge Matrosen, die bei der hübschen Lehrerin Englisch lernten. Einer von ihnen erzählte Hanna, er habe vor, die ganze Welt zu sehen, indem er in einem Hafen anheuerte, in einem anderen wieder von Bord ging. So ein Matrose auf Abwegen war kein passender Gesprächspartner für eine hübsche Witwe und alleinerziehende Mutter. Diese Furcht brachte Hanna im Gespräch mit dem Rabbi und dem Vorsteher von Shaarey Tphiloh zum Ausdruck, doch größere Angst als vor jungen Matrosen hatte sie vor »diesen Christinnen«. Hanna meinte damit nicht nur die Frauen aus der Woman's Christian Temperance Union; es gebe da noch »mehr Frauen wie die«. Ihre Angst vor den Frauen war sogar größer als die, Prostituierte zu werden. »Wenn mir irgendetwas zustößt, lassen Sie bitte nicht zu, dass diese Frauen Esther in die Fänge kriegen«, sagte Hanna.

Hanna hatte gespürt, dass sich in Wien der Antisemitismus schleichend ausbreitete. Und auch in Portland waren die Temperenzlerinnen gegen mehr als nur den Alkohol, sie waren auch gegen Einwanderer. Diese Christinnen behielten Hanna im Auge, weil sie eine hübsche Jüdin war. Die Frauen sahen ja, wie die Männer Hanna beäugten. Sie sahen auch, wie sehr sich Hanna um Esther sorgte. »Es wäre für Ihre Tochter sicherer, wenn sie nicht jüdisch wäre«, sagte eine Frau zu Hanna, die vorgab, von der Woman's Christian Temperance Union zu sein.

»Ist Ihre Tochter denn alt genug, um zu wissen, dass sie jüdisch ist?«, fragte eine andere. »Esther wäre besser dran, wenn sie nie erfährt, dass sie Jüdin ist.«

»Anscheinend breitet sich auch in Portland der Antisemitismus schleichend aus«, sagte Dr. Larch zu den Winslows, doch die hatten das bereits vermutet. An jenem Tag in St. Cloud's, als Larch, die Krankenschwestern und die Winslows beisammen waren, schämten sie sich. Denn natürlich hatten sie alle diesen Gedanken gehabt – dass Esther vielleicht besser dran wäre, wenn sie nie erfahren hätte, dass sie Jüdin war.

Doch Hanna wollte, dass Esther von ihrem Jüdischsein erfuhr. Sie übergab dem Rabbi ihre Reisedokumente, ihren und Esthers Pass, zusammen mit den Geburtsurkunden. »Wenn mir etwas zustößt«, sagte Hanna, »dann soll Esther unsere Pässe haben. Sie soll wissen, wer sie ist und woher sie stammt.«

Was genau Hanna zustieß, blieb unklar. Ihre Leiche wurde in der Waschküche der Pension gefunden. Sie war dort erschlagen worden. Niemand sagte, dass sie sich auf Prostitution eingelassen habe. Wenn ein Freier sie umgebracht hätte, wäre das wohl eher in ihrem Zimmer passiert. Hannas Schüler wurden von der Polizei befragt, auch der Matrose auf Abwegen, der in Portland abgeheuert hatte. Ihre Schüler waren offensichtlich unschuldig, und der fragliche junge Matrose wirkte auf alle wie der Unschuldigste unter ihnen. Wahrscheinlich waren es zwei Täter gewesen. Wer immer es auch gewesen war, sie hatten Hanna über einem Waschbecken festgehalten und mehrfach mit einem Schraubenschlüssel auf ihren Kopf eingeprügelt – einem Gegenstand, den jeder aus dem Werkzeugschrank in der Waschküche hätte nehmen können. Es gab keinerlei Hinweise darauf, dass Hanna sexuell missbraucht worden war.

In weiser Voraussicht hatte Hanna Esthers Babysitterinnen gesagt, wohin sie gehen sollten, falls ihr etwas zustoßen sollte. Wie Rabbi Herzfeld später zu Dr. Larch sagte, hatten sie bei Shaarey Tphiloh getan, was sie konnten – alles, was sie konnten. Esthers Erinnerung an ihr Treffen mit dem Rabbi war bemerkenswert genau. Sie war drei (fast vier) gewesen, als der Rabbi ihr gesagt hatte, dass ihre Mutter tot war. Was Esther vergessen hatte, war ihre Antwort, die sie dem Rabbi gegeben hatte, als der sie dem Willen ihrer Mutter gemäß wissen ließ, dass sie jüdisch war. »Ich weiß!«, hatte Esther gesagt. Der Vorsteher der Synagoge schrieb auch das auf.

Die Babysitterin, die Esther in die Synagoge gebracht hatte, hatte den Rabbi über Hannas Ermordung informiert. Natürlich erzählte der Rabbi Esther nicht, wie ihre Mutter umgekommen war. Eine »Delegation« (im Sinne einer »Abordnung«) von Frauen aus der Gemeinde würde Esther aus der Pension abholen kommen.

Die junge Babysitterin war nicht jüdisch, aber sie war Esther gegenüber sehr fürsorglich. Das Problem war nur, wie lange es dauerte, Frauen aus der jüdischen Gemeinde zu finden. Obwohl Esther eine Wiener Jüdin war, die Englisch sprach, und ihre Mutter Jüdin gewesen war, hatte keine Frau in der Gemeinde sie gekannt. Zudem würde, wer immer Esther adoptierte, dem Kind einmal sagen müssen, dass seine Mutter umgebracht worden war.

Es dauerte bis zum Morgen des folgenden Tages, dann erklärten sich drei Frauen aus der jüdischen Gemeinde bereit, die Verantwortung für Esther zu übernehmen. Die drei sollten sich gemeinsam um Esther kümmern, bis sich eine jüdische Familie fand, die das Kind adoptierte. Als die Frauen zu der Pension kamen, fanden sie Hannas Zimmer in Unordnung vor. Esthers Babysitterinnen saßen schluchzend zwischen den verstreuten Sachen von Hanna und Esther. Zwei Frauen hatten Esther am Tag zuvor abgeholt. Die Babysitterinnen hatten nicht verstanden, dass diese Frauen nicht von der Synagoge kamen – die beiden waren nicht jüdisch gewesen.

»Wir haben gedacht, das wären Sie«, sagte eine der Jugendlichen zu den Frauen von Shaarey Tphiloh.

»Esther weint nicht. Sie wird nur wütend«, sagte das andere Mädchen.

Alle waren der Ansicht, dass diese beiden Frauen, die Esther geholt hatten, nicht unbedingt von der Woman's Christian Temperance Union gewesen sein mussten. Vielleicht waren sie überhaupt keine Temperenzlerinnen gewesen, möglicherweise nicht mal Christinnen. Doch wer immer die beiden Frauen auch waren, sie waren Antisemitinnen. Wer immer sie waren, sie hatten sich alle Mühe gegeben, um zu verhindern, dass ein jüdisches Kind als Jüdin in einer jüdischen Familie aufwuchs. Doch die beiden Frauen mussten mit Esther gesprochen haben; sie mussten erkannt haben, dass es zu spät war, Esther ihr Jüdischsein auszureden. Also brachten sie sie nach St. Cloud's und ließen sie dort zurück. Sie gingen einfach davon aus, dass eine jüdische Familie sich nicht dorthin wagen würde.

Rabbi Herzfeld arrangierte ein Treffen zwischen Dr. Larch, dem Rabbi und dem Vorsteher der Shaarey-Tphiloh-Synagoge – Larchs zweite Fahrt zurück nach Portland. Er war dankbar, dass man ihm die Mitschrift von Hannas Geschichte zeigte. Ihn beeindruckte besonders, was Hanna dem Rabbi von ihrer Tochter erzählte, als Esther erst zwei, fast drei war: »Sie wird einmal groß. Sie hat jetzt schon die langen Beine und langen Finger von ihrem Vater. Und seine starken Hände.«

In seinem Büro in St. Cloud's wiederholte Larch den Winslows, was er im Jahr zuvor in der Synagoge gesagt hatte. Mit dreizehn (fast vierzehn) war Esther größer als alle anderen Kinder (und alle Erwachsenen) im Waisenhaus. Sie hatte auch die stärksten Hände. Der Koch in St. Cloud's machte gern Früchte und Gemüse ein und liebte Einmachgläser mit Schraubdeckeln. Wenn er ein Glas nicht aufbekam, dann schickte er nach Esther. »Das Mädchen hat so starke Hände, die kriegen alles aufgeschraubt!«, hatte Dr. Larch dem Rabbi und dem Vorsteher der Synagoge erklärt.

»Ich möchte sie kennenlernen. Ich möchte ihr die Pässe geben, die ihr gehören«, hatte der Rabbi von Shaarey Tphiloh zu Larch gesagt.

Der Vorsteher der Synagoge, ein älterer Herr, war in Tränen aufgelöst. »Wir haben gehofft, jemand wie Sie würde sie finden, Dr. Larch. Wir haben gebetet, dass sie in guten Händen ist«, erklärte er.

Wenn auch die Winslows und Dr. Larch nicht zu den Gläubigen zählten, so hatten sie doch Respekt vor diesen Männern des Glaubens, die nie aufgehört hatten, für Esther zu hoffen. Natürlich stimmte Larch zu, Esther in die Synagoge zu bringen, obwohl sie nicht an Gott glaubte (und Larch wusste, dass Shaarey Tphiloh eine orthodoxe Synagoge war). Larch hatte es Rabbi Herzfeld anvertraut, dass Esther nicht gläubig war, aber nicht den Männern von Shaarey Tphiloh. Vielleicht fiel es dem Rabbi einer Reformsynagoge leichter, Esthers Ungläubigkeit zu akzeptieren.

»Bei dem, was Esther durchgemacht hat, ist es nicht an mir zu beurteilen, was sie glaubt«, sagte Rabbi Herzfeld zu Dr. Larch. »Esther verdient es zu erfahren, wer sie ist und woher sie kommt und wie viel Angst ihre Mutter um sie gehabt hatte. Furcht ist Liebe«, sagte der Rabbi.

8
Ein BH für Esther

Das Fenster, das Angela in Dr. Larchs Büro geöffnet hatte, stand noch immer einen Spalt offen. So konnten die Winslows das Spektakel im Mädchenbereich hören, wo alle weinten und jammerten.

»Esther sitzt schon seit Stunden auf gepackten Koffern. Sie wollte nicht abwarten und Sie erst einmal kennenlernen«, erklärte Edna den Winslows.

»Esther hat Ihre Briefe gelesen. Sie hat beschlossen, sie mag Sie«, sagte Larch. »Falls Sie beschließen, sie nicht zu nehmen, wird sie trotzdem versuchen, mit Ihnen zu gehen«, warnte der Arzt die Winslows vor.

»Sie braucht eine Ewigkeit, sich von den Mädchen zu verabschieden. Deshalb weinen alle so!«, rief Edna.

»Bei den Jungen wird es schneller gehen, aber die werden noch lauter weinen«, prophezeite Schwester Angela.

»Sie sollten sich alle für Esther freuen. Esther hat eine Familie gefunden!«, rief Larch.

»Sie freuen sich für Esther, Wilbur. Ihre Traurigkeit gilt ihnen, sie werden sie vermissen«, sagte Angela.

»Wir alle werden sie vermissen«, sagte Dr. Larch zu den Winslows.

»Sie sollten ihnen von der Tätowierung erzählen, bevor Esther kommt«, erinnerte Edna den Arzt.

Die Winslows schauten zu, wie Schwester Angela das Fenster schloss. Entweder hörten die Mädchen auf zu weinen, oder ihr Klagen drang nicht mehr bis in Dr. Larchs Büro. Wie sich herausstellte, war die Geschichte der Tätowierung mit Larchs dritter Fahrt nach Portland verknüpft – diesmal fuhr er mit Esther. Er hatte Zeit gehabt, sie auf das Treffen mit dem Rabbi und den Leuten von Shaarey Tphiloh vorzubereiten. Esther wusste, dass auch einer der Vorsteher anwesend sein würde, und sie wusste, warum man sie treffen wollte: Nicht nur, um ihr die Pässe zu geben.

Bevor sie in den Zug nach Portland stiegen, teilte Dr. Larch der Vierzehnjährigen mit, dass sie in Wien geboren worden und was ihrer Mutter zugestoßen war. Esthers Reaktion auf die Ermordung ihrer Mutter sei sehr gefasst gewesen, sagte Larch zu den Winslows. »Diese beiden Frauen sollte man finden und umbringen, aber dazu wird es nicht kommen«, hatte Esther nur gesagt.

Noch überraschender für Larch war ihre Reaktion auf Portland. Esther hatte mehr Erinnerungen ans alte Hafenviertel, als erwartet. Sie waren am Abend in der Synagoge eingetroffen und wohnten in einem Hotel am Hafen. Sie aßen in einem Fischlokal, wo sie ein Gespräch mithörten. Ein Tätowiergeschäft ging pleite, vielleicht war es auch von Anfang an ein Reinfall gewesen. »Matrosen lassen sich doch tätowieren, oder? Warum sollte denn ein Tätowiergeschäft in Portland nicht laufen?«, fragte Esther Dr. Larch.

»Ich habe nicht die leiseste Ahnung. Eine Tätowierung kann man nicht wieder entfernen, das weißt du, oder?«, antwortete Larch. »Das Pigment wird in die Haut eingestochen, das bleibt für immer, Esther.«

»Ich weiß. Ich möchte eine haben. Ich möchte mit einem Tätowierer darüber sprechen«, sagte Esther. An dieser Stelle wurde die Geschichte von dem pleitegegangenen Tätowiergeschäft von den Jungen unterbrochen; ihr jammervolles Schluchzen kam vom Stockwerk über Larchs Büro, wo sie eigentlich in ihren Betten sein sollten. Niemand hätte den Klang einer solchen Trauer verschlafen können. Die Klagelaute der Jungen spiegelte die Unermesslichkeit ihres Kummers wider.

»Du meine Güte!«, rief Larch und stand von seinem Schreibtisch auf. Er stampfte hinaus zur Treppe im Flur und rief nach oben. Die Jungen waren außer sich vor Kummer über Esthers Abschied. »Sie hat eine Familie gefunden! Freut euch für Esther, ihr Heulsusen!«, rief er. »Und nimm nicht ihre ganze Kleidung mit, Esther!«, fügte Larch hinzu.

Als er ins Büro zurückkehrte, war Schwester Angela verstört. »Die Jungen sind keine Heulsusen, Wilbur. Sie lieben sie einfach, genau wie wir alle«, sagte Angela.

»Esther hat sich ein paar Klamotten von den Jungen genommen. Die meisten Sachen sind ihr zu klein, weil sie sowieso größer ist als die meisten«, erklärte Edna den Winslows.

»Esther braucht nicht noch ein Flanellhemd. Den Jungen sind die Hemden bestimmt schon ausgegangen«, sagte Schwester Angela den Winslows.

»Esther zieht nicht gern Frauenkleidung an?«, fragte Constance die Schwestern.

»Männerkleidung mag sie lieber«, antwortete Edna.

»Einen BH trägt Esther nie, da weigert sie sich rundheraus«, sagte Angela zu den Winslows.

»Esther hat kleine Brüste, und sie ist erst vierzehn. Ich denke, sie kann es sich erlauben, keinen BH zu tragen«, sagte Dr. Larch. Was die drei Frauen im Büro des Arztes anging, Constance eingeschlossen, so hatten sie alle den gleichen Gesichtsausdruck, der Larch in dieser Hinsicht deutlich widersprach.

Alles, was Constance sagte, war: »Wir werden unser Bestes tun, um einen BH für Esther zu finden, den sie mag.«

»Viel Glück dabei«, sagte Larch zu Thomas, der nur lächelte. Angesichts all der Frauen in der erweiterten Familie der Winslows hatte Thomas gelernt, sich um seine eigenen Angelegenheiten zu kümmern, wenn es um BHs ging.

Die verzweifelten Laute der Jungen oben klangen ein wenig ab, als Edna Dr. Larch drängte, sich zu beeilen und die Geschichte mit der Tätowierung zu Ende zu bringen.

Es war schon dunkel, aber noch nicht sehr spät, als Larch mit Esther zu Anchor Al's in der Commercial Street ging. Al war ein Tätowierer der alten Seemannsschule, er kam aus New York, einer anderen Hafenstadt. Als sie eintrafen, packte Al gerade seine Vorlagen ein: Anker und Meerjungfrauen, Großsegler auf See, Wahre-Liebe-Motive – blutende Herzen, von Dolchen durchbohrt. Um Esthers willen hoffte Larch, dass es keine Meerjungfrau werden sollte. Was Esther genau wollte, wusste er immer noch nicht.

Al wusste, dass es Esther war, die eine Tätowierung haben wollte, trotz der Tatsache, dass sie höchstwahrscheinlich nicht alt genug dafür war.

»Lassen Sie mich raten, junge Dame«, sagte er, »Sie sind nich auf der Suche nach nem blutenden Herz oder nem Seemanns-Tattoo.«

»Sie ist nicht alt genug für eine Tätowierung, aber sie stellt sich für die Zukunft eine vor«, erklärte Larch dem Tätowierer.

»Es sind nur Wörter, keine Bilder, keine Haie oder Seeschlangen«, sagte Esther entschuldigend.

»Wörter bedeuten so viel wie Bilder, junge Dame«, versicherte ihr der alte Seemann. »Ich geh zurück in die Bowery, aber sagen Sie mal, an welche Wörter Sie gedacht haben und wohin die sollen.«

Dr. Larch kannte Esther gut genug, um zu wissen, dass er sie hätte im Auge behalten sollen, aber er tat es nicht. Vielleicht hatten ihn die nackten Brüste der Meerjungfrauen abgelenkt; sie seien »Vorboten« zu Esthers Tätowierung gewesen, wie Larch später den Winslows erzählte. Als Larch sich Esther wieder zuwandte, hatte sie bereits ihren Parka geöffnet und das Flanellhemd aufgeknöpft. Eben zog sie ihr T-Shirt aus der Hose. Bevor Larch sie noch davon abhalten konnte, hatte sie es schon bis zum Kinn hochgezogen und entblößte ihren langen Oberkörper vom Bauchnabel bis zum Schlüsselbein. Anchor Al bewahrte seine respektvolle Würde.

»Kein BH, Connie«, erinnerte Thomas sie.

»Ich weiß, Tommy«, entgegnete sie säuerlich.

»Ich will die Wörter hier haben, wenn sie passen und die Buchstaben dann nicht zu klein zum Lesen sind«, erklärte Esther dem alten New Yorker.

»Nicht, dass du die Tätowierung jedem zeigen wirst, hoffe ich zumindest«, ermahnte sie Dr. Larch.

»Sie kennen die Wörter, die ich haben will. Sie kennen alles, was ich gelesen habe, und wissen, was mir gefällt«, sagte sie zu Larch. »Es ist mir egal, wenn sie nie jemand sieht außer mir, und ich muss sie ja rückwärts im Spiegel lesen, da werden die Buchstaben verkehrt rum sein.« Augenblicklich wusste Larch, was sich das große Mädchen tätowieren lassen wollte, vorausgesetzt, ihr Oberkörper bot genug Platz. Larch hatte gehört, wie Esther den Mädchen Jane Eyre vorgelesen hatte, und später auch den Jungen. Dann wiederholte sie immer einen bestimmten Abschnitt. Esther fand, der Abschnitt verdiene es, wiederholt zu werden, besonders vor den Jungen.

»›Mich kümmert's‹«, begann Esther. Wenn nicht ihre Worte, so hielten zumindest ihre hübschen Brüste den Mann aus der Bowery in Bann. Sie waren entschieden kleiner als jene der Meerjungfrauen ringsumher.

»›Mich kümmert's‹«, wiederholte Thomas Winslow ehrfürchtig. Wie auf Befehl stand er in Dr. Larchs Büro stramm. Constance wusste, wie oft er mit den gefühllosen Jungen an der Pennacook Academy Jane Eyre durchgenommen hatte. Er hatte den unsensiblen Kerlen ein wenig Sensibilität eingetrichtert. Thomas hatte sie den Abschnitt zum Ende des 27. Kapitels auswendig lernen lassen. Und selbst der Stumpfsinnigste unter ihnen würde sich an diesen Satz von Charlotte Brontë erinnern. Der Abschnitt war der Inbegriff von Janes unbeugsamem Willen.

»›Je einsamer ich bin, je weniger Freunde ich habe, je weniger man mir hilft‹«, rezitierte Esther für den alten Tätowierer, »›desto mehr will ich mich selbst achten.‹«

Larch sah zu den Vorlagen. Lieber wollte er Haie und Seeungeheuer anstarren als Esther, die sich weiter dem Seemann präsentierte.

»Suchen Sie was?«, fragte Anchor Al Dr. Larch.

»Falls Sie ein Stück Papier haben, könnte ich Ihnen den Text aufschreiben, damit Sie ihn im Ganzen sehen«, antwortete Larch.

»Aber klar hab ich Papier. Wenn ich nicht grade tätowiere, zeichne ich«, sagte der alte New Yorker. Als Larch zu schreiben begann, zog Esther endlich ihr T-Shirt wieder herunter. Sie schaute zu, was er schrieb, um sicherzugehen, dass er keinen Fehler machte.

»Ich kenne diesen Abschnitt fast so gut wie du«, sagte Larch zu ihr.

»Es sind dreiundzwanzig Wörter und sechs Satzzeichen – ein Apostroph, drei Kommas und zwei Punkte«, teilte Esther dem alten Tätowierer mit. Noch hatte sie ihr Flanellhemd nicht zugeknöpft. Larch nahm an, dass sie sich für alle Fälle bereithielt.

»Beim Tätowieren zählt man auch die Zwischenräume. Bei Schriftzügen zählt man die Leerräume und die Buchstaben, junge Dame«, erklärte Anchor Al.

Larch schrieb, und Esther zählte Leerräume und Buchstaben. Danach wusste sie, dass es ungefähr so viele Leerräume gab wie Buchstaben.

Der alte Seemann ging seine Vorlagen durch. Er fand ein paar Schriften und zeigte sie Esther. Luminari gefiel ihr nicht, eine Fettschrift aus verschiedenen mittelalterlichen Stilen. »Ist vielleicht zu dunkel und ernst für Sie«, meinte Al.

»Sieht mir vor allem zu religiös aus, wie eine heilige Schrift oder so was«, sagte Esther. Harrington mochte sie auch nicht, eine Schrift aus London, gegen Ende des 19. Jahrhunderts. »Die ist zu feminin für mich«, sagte Esther nur. (Larch fand die Harrington zu blumig für Esther, aber das behielt er für sich.)

Goudy Old Style gefiel Esther. »Schlicht und einfach Goudy«, sagte der Seemann dazu. Es war eine amerikanische Schrift, sie war neu. »Und Sie finden sie nicht zu schlicht?«, fragte Anchor Al.

»Ich finde, zu schlicht passt zu mir. Ich bin zu schlicht, und das werde ich auch immer sein«, antwortete Esther. Ihr gefiel auch Didot, eine französische Schrift, aus dem 18. Jahrhundert. »Sie ist zu dünn, aber ich ja auch. Zu dünn passt zu mir«, meinte Esther zu dem alten Tätowierer. Er zeigte ihr, wo die Zeilenumbrüche sein sollten. Ihre Tätowierung würde sich vertikal über den ganzen Oberkörper erstrecken. Die Zeilenumbrüche folgten ihrer eigenen sonderbaren Symmetrie. »Würden Sie meine Brüste tätowieren oder drum herum arbeiten?«, fragte Esther den Mann aus der Bowery. (Nicht ihre Brüste – drum herum!, dachte Larch, sagte aber nichts.)

»Wenn es so weit ist, junge Dame, liegt das ganz bei Ihnen. Ich würd lieber drum herum arbeiten«, sagte der Seemann und klang dabei, als warte ein nasses Grab am Meeresgrund auf ihn.

In der ersten Zeile gab es fünfzehn Zeichen, inklusive Leerzeichen. Die erste Zeile war Esthers Schlüsselbein am nächsten – Mich kümmert's. Die zweite Zeile, noch immer über ihren Brüsten, hatte zwanzig Zeichen – Je einsamer ich bin, mit einem Komma am Ende. Die folgenden zwei Zeilen – je weniger Freunde ich habe, je weniger man mir hilft, – zogen sich über ihre Rippen. Das waren die beiden längsten Zeilen; achtundzwanzig und fünfundzwanzig Zeichen. Die letzten beiden Zeilen lagen unterhalb ihres Bauchnabels – desto mehr will ich und mich selbst achten. Beide Zeilen hatten jeweils neunzehn Zeichen. Es war viel Text für einen Oberkörper, selbst für einen so langen, aber Esther konnte nun beruhigt sein, dass die Tätowierung passen würde, und sie mochte es, dass ihre Brüste untätowiert blieben – genau wie Dr. Larch.

»Ein Wort mit acht Buchstaben ist etwa fünf Zentimeter lang«, sagte der Tätowierer. Bei der von ihm vorgeschlagenen Schriftgröße war jeder Buchstabe knapp anderthalb bis zweieinhalb Zentimeter groß. »Nicht sehr groß, junge Dame, aber groß genug, dass man es lesen kann, selbst verkehrt rum im Spiegel«, sagte Anchor Al.

Larch wollte, dass die Winslows wussten, wie entschlossen Esther war, sich Jane Eyre tätowieren zu lassen. Sie war auch entschlossen, nach Jerusalem zu reisen. Und nachdem sie den Rabbi bei Shaarey Tphiloh getroffen und ihren Pass und den ihrer Mutter gesehen hatte, war sie außerdem entschlossen, nach Wien zu reisen. Schließlich stammte sie von dort, sie war dort geboren. »Und sie will Deutsch lernen, die Sprache ihrer Mutter und ihres Vaters, deren erste Sprache«, erklärte Dr. Larch den Winslows.

»Natürlich, was für ein gutes Mädchen sie ist!«, rief Constance.

»Recht hast du, Connie«, sagte Thomas.

Dann wurden sie von den Beschwörungen abgelenkt, die über Dr. Larchs Büro gemurmelt wurden. Die Jungen wiederholten mechanisch, wovon sie wussten, dass sie es sagen sollten, aber sie waren nicht mit dem Herzen dabei. »Freuen wir uns für Esther Nacht. Esther hat eine Familie gefunden.« Es klang wie ein Klagelied, nicht wie Jubel.

»Gute Nacht, Esther!«, heulte ein Junge.

»Gute Nacht, Esther!«, riefen die Jungen im Chor.

»Du meine Güte!«, sagte Edna.

»Sagen Sie ihnen ja nicht, dass sie sich freuen sollen, Wilbur«, sagte Angela zu dem Arzt.

Es gab ein dumpfes Geräusch, als würde etwas Schweres Stufe für Stufe die Treppe hinuntergewuchtet. »Das klingt nach Esthers Rucksack, der wiegt eine Tonne«, erklärte Edna den Winslows.

»Es hört sich an, als hätte sie einen der Jungs in ihren Rucksack gestopft. Ich frag mich nur, welchen!«, rief Larch.

»Du weißt doch, was sie in ihren Rucksack gestopft hat, Wilbur. Das arme Mädchen hat zu viele Bücher mit. Da ist kein Platz mehr für ihre Kleider«, sagte Angela.

»Esther kümmert es nicht, was sie trägt«, sagte Larch schwach. Daran, wie er angezogen war, sahen die Winslows, dass es ihm ähnlich ging.

»Wir leben in einer Stadt mit einer Hochschule und einem guten Buchladen. Wir können Esther jedes Buch besorgen, das sie will. Und Connie ist Bibliothekarin«, erinnerte Thomas Winslow den Arzt.

»Esther will ihre eigenen Bücher haben, in denen sie die Absätze markiert hat, die sie immer wieder liest. Ich bin überrascht, dass sie nur eine Tätowierung will«, flüsterte Larch. Sie konnten an ihrem schweren Atem hören, wie nah Esther schon war.

»Was für ein gutes Mädchen«, wiederholte Constance ganz leise.

»Recht hast du, Connie«, flüsterte Thomas.

Nun konnten sie Esther schnaufen hören, als sie die Bücher hochstemmte und sich in die Schulterriemen des Rucksacks zwängte. Doch die Winslows waren nicht auf das große, breitschultrige Mädchen gefasst, das nun in der Tür zu Dr. Larchs Büro stand. Trotz der entwaffnenden Offenheit des Arztes und seiner Schwestern – und ihrer bewundernswerten Hingabe zum Detail –, hatten die Winslows Esther Nacht unterschätzt. Der vergilbte Pass des Kindes war (wie der ihrer Mutter) noch von der Österreichisch-Ungarischen Monarchie ausgestellt worden, und das alte Wappen war ganz verblichen. Selbst der Schriftzug von Franz Josefs Namen wirkte alt und müde. Sie waren fünf, die da in Larchs Büro auf Esther warteten. Sie alle wirkten alt und müde und klein im Vergleich zu der resoluten jungen Frau, die turmhoch in der Tür stand.

Esther Nacht war vierzehn und wirkte wie vierundzwanzig. Die direkte Art, mit der sie die Winslows ansprach und ansah, ließ keinen Zweifel an ihrer Aufrichtigkeit. »Tut mir leid, dass ich Sie habe warten lassen, aber wie man sich verabschiedet, muss ich noch lernen. Vielleicht gibt es auch keinen guten Weg«, sagte Esther. Die Winslows würden Grund haben, sich daran zu erinnern, aber Esther war bereits weitergegangen. Sie sah Dr. Larch fest an, als sie mit ihm sprach, nicht weniger direkt.

»Sie wissen, dass ich meinen rechten Arm für Sie geben würde. Das wissen Sie doch, oder?«, fragte Esther den Arzt.

»Und du weißt, dass du deine Arme besser bei dir behalten solltest, beide Arme, Esther!«, erwiderte Larch.

»Wilbur«, sagte Schwester Angela nur, dann fing sie an zu weinen. »Ich schau mal nach unserem Bettnässer. Wir haben einen armen Jungen, der ins Bett macht, wenn Esther ihn zu sehr aufregt«, erklärte Schwester Edna den Winslows. Edna drehte sich von Esther weg, bevor sie weitersprach. »Wenn ich dich jetzt in den Arm nehme, Esther, dann lass ich dich nie wieder los. Das weißt du doch, oder?«

»Ja, ich weiß«, antwortete Esther, und Edna verließ das Büro. Esther wandte sich wieder an die Winslows. »Der nächste Zug ist meistens pünktlich. Wir sollten aufbrechen«, sagte sie. Angela hatte den Kopf auf den Behandlungstisch gelegt und schluchzte. Dr. Larch hatte sich von allen weggedreht, so sah keiner, wie er weinte.

»Ihr Winslows kriegt die Beste«, sagte er.

»Und dafür danken wir Ihnen«, erwiderte Thomas.

»Du weißt ja, wo ich bin, Esther, falls du in Schwierigkeiten steckst«, sagte Larch.

»Sie kennen mich doch, ich gerate in Schwierigkeiten und komme auch wieder raus«, sagte Esther zu ihm. Die ganze Zeit über schaute sie die Winslows unverwandt an.

»Wir sind bereit, wenn du es bist, Esther«, sagte Constance.

Thomas behielt sein »Recht hast du« diesmal für sich. Die Winslows hatten sich noch nie für etwas weniger bereit gefühlt als jetzt.

Dr. Larch schaute noch immer niemanden an. »Esther, wenn dir der Stationsvorsteher begegnet, dann freu dich einfach, dass es das letzte Mal ist. Versuch, ihn nicht umzubringen«, sagte er.

»Sie kennen mich doch. Ich versuch es immer wieder«,

entgegnete Esther. Sie war mit den Winslows bereits an der Tür. Larch und Schwester Angela wussten, dass Esther keinen Blick mehr zurückwerfen würde.

Draußen in der Dunkelheit lag eine glatte Reifschicht auf der ausgefahrenen Schotterstrecke. Doch die Winslows drohten nicht auszurutschen, nicht mit dem großen Mädchen zwischen ihnen, das sie beide an den Oberarmen gepackt hielt. Sie würden blaue Flecken bekommen, so fest war Esthers Griff, aber die Winslows fühlten sich in ihren Händen in Sicherheit. Worüber sie sich Sorgen machten, war, ob auch Esther in guten Händen war. Die Winslows waren gebildet, sie waren privilegiert, sie hatten gute Absichten, aber wieder dachten sie daran, was sie alles nicht wussten. Die Winslows waren keine Juden. Wie konnten sie einer jungen Jüdin dabei helfen, sich selbst zu finden?

Esther musste gemerkt haben, dass die Winslows sich Sorgen machten; vielleicht spürte sie die beiden unter ihren starken Händen zittern. »Keine Sorge«, sagte Esther und drückte ihnen schmerzhaft die Arme. »Ich weiß, was ich zu tun habe. Alles werde ich für Honor tun. Das Mädchen bekommt, was immer ich geben kann«, versicherte sie ihnen.

»Daran haben wir keinen Zweifel, mein liebes Mädchen. Wir machen uns nur Sorgen, dass wir dir nicht genug geben können«, sagte Constance.

»Recht hast du, Connie!«, fügte Thomas hinzu. »Wir machen uns Sorgen, Esther, dass wir nicht genug wissen, um dir beim Jüdischsein zu helfen«, sagte Thomas.

»Das ist nicht Ihre Aufgabe«, sagte Esther zu den Winslows. Sie drückte ihnen liebevoll, aber noch schmerzhafter die Arme. »Sie ermöglichen mir Bildung, Sie machen mich klüger. Zu lernen, wie man Jüdin ist, ist meine Aufgabe«, stellte Esther fest.

Dann entdeckte sie den Stationsvorsteher auf dem Bahnsteig. Streng beobachtete er sie und die Winslows; er schaute nicht das Gleis entlang in die Richtung, aus der der Zug kommen sollte.

»Na toll, da ist der Kerl ja«, sagte Esther leise. »Er hasst mich.«

»Das ist der mit dem Jüngsten Tag, Connie«, flüsterte Thomas.

»Ich weiß, Tommy«, sagte Constance lauter, als sie beabsichtigt hatte.

»Er mag Versandhauskataloge, die für Unterwäsche, mit BHs und Miedern. Vor allem mag er Frauen in Still-BHs«, wisperte Esther.

»Still-BHs!«, versuchte Thomas leise zu sagen, aber da waren sie bereits alle auf dem Bahnsteig. Der Vorsteher hatte ihn gehört.

»Sie nehmen die da? Sie nehmen das jüdische Mädchen?«, fragte der Stationsvorsteher missbilligend. Alle konnten den Zug kommen hören, aber keiner schaute das Gleis entlang.

»Wir nehmen die Beste, und sie ist die Beste«, antwortete Constance.

»Sie ist die Beste, das jüdische Mädchen«, sagte Thomas.

»›Mich kümmert's‹«, sagte Esther bei sich, als seien Jane Eyres Worte bereits auf ihren Oberkörper tätowiert.

Dann stiegen Esther und die Winslows in den Zug, ohne sich noch einmal nach dem reglosen Stationsvorsteher umzudrehen, der auf dem Bahnsteig stand wie ein Wachposten. Vielleicht stellte er sich auch Frauen in Still-BHs vor. Doch in seiner Uniform mit den glänzenden Metallteilen daran wirkte er, als würde seine Missbilligung bis in alle Ewigkeit anhalten.

Im Zug fand Esther vier Plätze zusammen – einen für ihren Rucksack. Sie waren die einzigen Passagiere, die in St. Cloud's zugestiegen waren, und setzten sich auf die vom Bahnsteig abgewandte Seite des Zuges. Sie konnten den Stationsvorsteher nicht sehen, aber alle im Waggon konnten ihn hören. »Sie ist Jüdin! Die nehmen das jüdische Mädchen!«, rief der missbilligende Vorsteher, als der Zug losfuhr.

Nur die Winslows sahen Esther an. Die Mitreisenden konzentrierten sich auf die Winslows. Alle konnten sehen, dass das Waisenkind eine junge Frau war, fast noch ein Mädchen. Wie jeder weiß, können Waisenkinder sich nicht aussuchen, wer sie sind oder woher sie kommen. Aber wer würde ausgerechnet eine Jüdin adoptieren? Auf diese Art musterten ihre Mitreisenden die Winslows.

Die Rufe des Vorstehers wurden leiser, doch Esther und die Winslows verstanden ihn noch immer klar und deutlich. »Sie ist Jüdin – die haben die Jüdin genommen!«

»Keine Sorge, so ist das nun mal«, sagte Esther leise zu den Winslows, als seien sie die Kinder. »Sie zeigen den Hass meistens nicht so offen, aber auf die heimliche Art ist es ja immer noch Hass, oder?«, fragte Esther. Die Winslows nickten zustimmend. Ihnen wurde klar, dass Esther längst erwachsen war. Sie würden noch eine Menge von ihr lernen.

Das große Mädchen musste sehr müde gewesen sein, von all den Büchern, die es gepackt hatte, und von all den Abschieden. Esther schlief so tief und fest, dass sie alle Zwischenhalte verschlief. Irgendwie schaffte sie es, auf zwei Plätzen zu schlafen, die langen Arme um den Rucksack geschlungen. Einmal hörten die Winslows, wie Esther im Schlaf (wie zum Gebet) den Abschnitt aufsagte, den sie aus Jane Eyre so liebte. »›Je einsamer ich bin, je weniger Freunde ich habe, je weniger man mir hilft‹«, murmelte Esther, »›desto mehr will ich mich selbst achten.‹«

»Die Tätowierung, die sie will, wird mit BH nicht funktionieren, Tommy«, sagte Constance nur.

»Recht hast du, Connie«, erwiderte Thomas.

Und so wussten die Winslows, noch bevor sie ihre am größten gewachsene Waise nach Hause brachten, dass es für Esther wohl keinen BH geben würde.

9
Eine bereits bestehende Idee

Fünfzehn Jahre später lernten die Winslows von Esther Nacht. Noch immer fühlten sie sich in Esthers Händen sicher, wenn auch ein wenig lädiert. Ihre vierte Tochter Honor war inzwischen vierzehn, fast fünfzehn, also im selben Alter wie Esther, als das jüdische Mädchen zu den Winslows gekommen war. Prudence, die erst elf gewesen war, als sie Esther das erste Mal gesehen hatte, war nun sechsundzwanzig. Sie machte gerade ihren Master in Organischer Chemie und hatte sich fürs Medizinstudium beworben. Ein junger Mann hatte ihr einen Antrag gemacht. Sie sei zu beschäftigt, um zu heiraten, hatte Prudence ihm gesagt, nachdem sie Esther gefragt hatte, wie sie ihn abweisen solle.

»Erst mal sagst du, du bist zu beschäftigt. Aber wenn er dir weiter Anträge macht, wirst du seine Gefühle stärker verletzen müssen«, riet ihr Esther.

Hope war dreizehn gewesen, als Esther bei den Winslows einzog, sie war anderthalb Jahre jünger als Esther. Faith wiederum war nur ein paar Monate älter als Esther, und sie waren die ganze Highschool über in derselben Klasse. Jetzt war Hope achtundzwanzig und Faith war dreißig; sie waren verheiratet und hatten eigene Familien. Faith hatte ein dreijähriges und ein einjähriges Kind, und Hope war schwanger.

»Wenn Esther hierbleiben würde, würd ich noch einen Haufen Kinder kriegen«, erzählte Faith allen.

»Ich auch!«, sagte Hope. Esther hatte die Zeit gefunden, nach Faiths Kleinen zu sehen, damit Faith und ihr Mann ab und zu einen freien Abend hatten. Und Esther hatte sich schon bereit erklärt, da zu sein, wenn Hope ihr Baby bekam.

Wenn Esther noch geblieben wäre, um weiter nach Honor zu sehen, witzelte Prudence, dann hätte sie den Kerl heiraten können, der ihr den Antrag gemacht hatte, und Medizin studieren können. Das war Prudences Art zu sagen, dass sie die Hochachtung ihrer älteren Schwestern für Esther teilte. Selbst die Bürger der Stadt Pennacook waren klug genug, um zu wissen, dass Prudence den Kerl nie geheiratet hätte. Ihm fehlte es an der höheren Bildung, die die Winslows voraussetzten.

1934 war James Winslow noch nicht mal geboren. Es sollte noch fast dreißig Jahre dauern, bevor er im Ausland studieren würde. Viel eher allerdings sollten Thomas und Constance Winslow erkennen, dass es die Idee von ihrem Enkelkind bereits gab. Doch 1934, als Esther den Winslows zum ersten Mal erzählte, dass sie nach Wien reisen würde, schienen Honor Winslow und Esther einander einfach nur besonders zugetan zu sein. Esther war schließlich schon früher weitergezogen (und wieder zurückgekehrt). »Esther und ich haben einen Pakt geschlossen. Sie kehrt zurück, wenn der richtige Zeitpunkt gekommen ist«, erzählte Honor ihrer Mutter mit derselben Selbstbestimmtheit, die man auch von Esther kannte.

»Du meine Güte, einen Pakt«, sagte Constance nur. Mit

fünfzehn war ihre vierte Tochter so beredt und selbstsicher, wie Esther es in dem Alter gewesen war. Constance konnte nicht anders, als sich zu fragen, was diese beiden Seelenverwandten wohl im Schilde führten. Das Band zwischen Honor und Esther schien unzertrennlich.

Wann immer die Winslows sich wegen Esthers übermäßigem Interesse für das Exil der Juden aus dem Land Israel Sorgen machten (Esther war besessen von der jüdischen Diaspora), wandten sie sich zur Beruhigung an Daniel und Naomi Rosenthal. Die Rosenthals waren nicht mehr ganz jung, und obwohl sie sich entschieden hatten, keine Kinder zu bekommen, waren sie zu Esthers jüdischer Ersatzfamilie geworden. Auch den jüdischen Jungen der Academy boten Daniel und Naomi Rosenthal ein zweites Zuhause. Die meisten jüdischen Schüler an der Pennacook waren aus New York, ein paar aus Boston.

Die nächstgelegene Synagoge war in Portsmouth. Der Temple of Israel hatte sich in der ehemaligen Methodistenkirche in der State Street eingerichtet. Es war eine konservative Gemeinde, nicht locker genug für die nicht praktizierenden jüdischen Jungs aus Boston und New York. Und vielleicht konnte keine Synagoge wenig genug praktizieren für Esther Nachts Geschmack – oder den der Rosenthals.

Im Puddle-Dock-Viertel am Ufer gab es ein paar koschere Metzger, eine jüdische Bäckerei und einige jüdische Lebensmittelgeschäfte. Das Essen interessierte Esther mehr als die Synagoge, dasselbe galt auch für die Academy-Juden einschließlich der Rosenthals.

Esther wollte Hebräisch lernen, es richtig lernen, sodass sie es auch sprechen konnte. Die Rosenthals wussten, dass der Unterricht am Temple of Israel nichts für Esther war. »Das wäre ein Witz, wenn Esther dort in den Unterricht gehen würde, die geben dort nur Religionsunterricht«, erklärte Naomi Rosenthal den Winslows.

»Am besten Hebräisch lernen kann Esther in Jerusalem«, sagte Daniel Rosenthal zu Thomas und Constance. Da wussten die Winslows, dass Esther wirklich ins Land Israel gehen würde – erst nach Wien, dann nach Jerusalem. Esther stand zu ihrem Wort und behielt ihre jüdischen Angelegenheiten für sich.

Um Deutsch zu lernen, musste Esther nicht warten, bis sie nach Wien ging. An der Pennacook Academy wurde nicht nur Französisch gelehrt, die Jungen konnten wählen zwischen Französisch, Spanisch und Deutsch. Isaac Drucker, leitende Lehrkraft für Deutsch, war ein Wiener Jude. Wie Esthers Eltern war Isaac mit seiner Frau Bluma vor dem Ersten Weltkrieg aus Österreich ausgewandert. Bluma und Isaac waren in Wien Lehrer gewesen, aber an der Academy gab es keine Lehrerinnen.

Die Druckers waren ein liebenswertes Paar, das von Schülern wie Lehrern gleichermaßen verehrt wurde. Die jüdischen Jungen hörten gern, wie Bluma ihr Schicksal beklagte: »Eine Lehrerin, gestrandet auf einer Insel pubertierender Jungen!«, sagte sie (auf English, Deutsch und Jiddisch). Isaac lachte mit den Jungen.

Die Rosenthals fanden beide, dass in ihrer Beziehung Naomi diejenige war, die zum Drama neigte. Folgerichtig war es auch Naomi, die Bluma von Esther erzählte – eine in Wien geborene Jüdin, in einem Waisenhaus in Maine aufgewachsen, die Mutter von Antisemiten in Portland ermordet! (Das war die Geschichte, die Esther von sich erzählte, es brauchte gar keine weiteren dramatischen Ausschmückungen.) Die Rosenthals wussten, dass Esthers Geschichte bei den Druckers einen Nerv treffen würde. Es war Blumas wunder Punkt, dass ihr einziges Kind ihnen keine Enkel geschenkt hatte. Sie würde Esther Deutsch beibringen!

»Endlich habe ich eine Schülerin – ganz ohne Penis!«, jubelte Bluma, nur auf Englisch, nur Isaac und Naomi waren da und konnten sie hören. Isaac hielt es für angebracht, Naomi zu erklären, dass das Wort für Penis auf Englisch dasselbe war wie auf Deutsch. Naomi wusste das bereits, tat aber überrascht. Bluma sah davon ab, eine ganze Reihe an obszönen jiddischen Ausdrücken für Penis aufzusagen. (Naomi kannte wahrscheinlich alle.)

Eines warmen Tages, als die Rosenthals mit Esther und den jüdischen Jungen der Academy zum Temple of Israel nach Portsmouth fuhren, erlaubten die Rosenthals den Jugendlichen, einen Spaziergang zu machen – vorausgesetzt, sie blieben zusammen und kehrten zur vereinbarten Uhrzeit zur Synagoge zurück.

Sie gingen die Marcy Street entlang, in der Nähe des Flusses. Die jüdischen Jungen brachten Esther die Etymologie der verschiedenen Wörter für Penis bei, derjenigen mit jiddischen Wurzeln. Das Wort »schlong« kannte Esther natürlich – vom jiddischen Wort »schlang« wie Schlauch oder Schlange oder eben Penis.

»Bäh!«, sagte Esther. In der Entfernung sah sie einen Marinesoldaten, er ging in ihre Richtung. Der Marinehafen von Portsmouth lag auf Seavey's Island mitten im Piscataqua River, zwischen Portsmouth und der Stadt Kittery an der südlichen Grenze von Maine. Sowohl Kittery als auch Seavey's Island gehörten zu Maine – folglich galt der Portsmouth Navy Yard als Teil von Kittery. Diese verwirrende Geografie ergab für die jüdischen Jungen aus New York und Boston überhaupt keinen Sinn.

»Es sollte Kittery Navy Yard heißen«, hatte einer der Jungen argumentiert.

»Oder Seavey's Island sollte zu New Hampshire gehören«, forderte ein anderer Junge aus New York oder Boston.

»Los, sagt mir noch mehr jiddische Wörter für Penis«, drängte Esther. Die langweilige Angelegenheit mit der Bundesgrenze interessierte sie nicht.

»Da gibt's noch shvantz und schmeckel«, sagte einer der Jungen, während der Soldat näher kam.

»Ein shtickl ist ein kleiner«, erklärte einer der Jungen.

»Ein petzl ein schmutziger«, so ein anderer Junge.

»Igitt!«, sagte Esther. »Und jetzt sagt nicht, es gibt kein jiddisches Wort für weibliche Genitalien – wehe, ihr lügt«, sagte Esther, als der Marinesoldat nah genug war, dass sie sein kurzärmliges Hemd und die tätowierten Arme sehen konnten.

»Du hast eine shmoonda oder eine shmoochky!«, rief einer der jüdischen Jungs.

»In meine shmoonda oder shmoochky kommt keiner rein, bis ich es sage«, erklärte Esther den jüdischen Jungen. Mit all den lachenden Jungen um sich herum fühlte sie sich sicher genug, den Marinesoldaten anzusprechen. »Entschuldigung, haben Sie Ihre Tätowierungen hier aus der Gegend?«, fragte Esther.

»Ich hab mich in New York tätowieren lassen«, antwortete der Matrose, »ich kenn keine Tätowierläden in Kittery oder Portsmouth.« Auf einem seiner Oberarme prangte der Adler der U.S. Navy, mit einem Anker in den Fängen. Auf dem anderen Arm wurde ein blutendes Herz von einem Dolch durchbohrt; vom Namen Alice tropfte Blut.

»Treffen Sie Alice noch?«, fragte ihn Esther.

»Ab und zu«, sagte der Matrose schulterzuckend. Wie die Jungs bemerkten, hatte er in diesem Augenblick nur Augen für Esther.

»In meine shmoonda oder shmoochky kommt keiner rein, bis ich es sage«, ließ Esther den Soldaten wissen, nur um zu sehen, ob sie die Wörter richtig aussprechen konnte.

Der Portsmouth Navy Yard war der älteste Hafen der U.S. Navy, es gab ihn seit 1800. 1917 fingen sie damit an, U-Boote zu bauen, das ging lange Zeit so.

»Sind Sie auf einem U-Boot?«, fragte einer der jüdischen Jungs den Navy-Mann, nur um das Thema zu wechseln, weg von Esthers shmoonda (oder ihrer shmoochky).

»Grade nicht«, antwortete der und ging weiter.

»Ich hab es nicht eilig mit meiner Tätowierung. Ich kann warten«, sagte Esther zu den jüdischen Jungs, als sie zur Synagoge zurückgingen. Was sie damit meinte, war, dass ihr Jüdischsein an erster Stelle stand – dass sie Deutsch und Hebräisch lernte, dass sie nach Wien und Jerusalem reiste. Esthers jüdische Identität hatte Vorrang vor dem Jane-Eyre-Zitat.

Ungeachtet ihrer Verehrung Jane Eyres waren die Winslows erleichtert zu hören, dass Esther gewillt war, mit der Tätowierung noch zu warten. »Recht hast du, Esther. Jane wäre die Erste, die das versteht!«, sagte Thomas Winslow zu ihr. Die Damen des Ortes hatten Constance Winslow einen Floh ins Ohr gesetzt, was Juden und Tätowierungen anging. Es war typisch für diese Damen, ihre Hintergedanken in etwas zu verbergen, das wie eine unschuldige Frage klang.

»Stimmt es, dass Juden nicht auf einem jüdischen Friedhof begraben werden dürfen, wenn sie tätowiert sind?«, fragte eine der Damen des Ortes Constance. Natürlich hatte Constance keine Ahnung, und Esther zu fragen traute sie sich nicht. Nachdem man ihr eine jüdische Kindheit vorenthalten hat, dachte sie, wird Esther wohl eine jüdische Beerdigung wollen. Esther hat ihr Leben nicht unter Juden beginnen können, dann wird sie es sicher unter Juden beenden wollen, dachte Thomas.

Die Rosenthals wussten, dass sich die Winslows stets Sorgen um Esther machten, und beschwichtigten dann stets. »So ein Verbot gibt es nicht. Esther kann auf einem jüdischen Friedhof begraben werden, selbst wenn sie mit dem gesamten Text von Jane Eyre tätowiert ist«, erklärte Daniel Rosenthal den Winslows.

»In orthodoxen Gemeinden sind Tätowierungen tabu«, sagte Naomi zu den Winslows, »aber selbst die haben kein Problem damit, jemanden Tätowiertes zu begraben, das ist ein Mythos.« Wie die Winslows nach und nach mitbekamen, gab es viele Mythen über Juden. Sie waren auch den Bürgern der Stadt Pennacook zu Ohren gekommen; die erinnerten sich an jene, die am merkwürdigsten klangen.

Bis zum Beginn des Zweiten Weltkriegs war die jüdische Gemeinschaft in Portsmouth angewachsen. Der Name der

Gemeinde würde eines Tages zu Temple Israel verkürzt werden. Esther hatte schon lange zuvor aufgehört, irgendeine Synagoge zu besuchen, genau wie die Rosenthals, die so wenig praktizierende Juden waren wie Esther. Ein jüngeres Lehrerpaar begleitete nun die jüdischen Schüler der Academy zur Synagoge nach Portsmouth.

In der öffentlichen Bibliothek in Pennacook gab es (wegen Constance Winslow), ebenso wie in der Bibliothek der Pennacook Academy (wegen der Rosenthals und der Druckers), Bücher über die jüdische Diaspora und die Entstehung des modernen Zionismus in Mittel- und Osteuropa gegen Ende des 19. Jahrhunderts. Wegen der Druckers und Rosenthals hatte Esther von einem Heimatland für das jüdische Volk gehört, das in Palästina entstehen sollte – als Reaktion auf den zunehmenden Antisemitismus in Europa und die antijüdischen Pogrome im russischen Zarenreich. Wegen Bluma und Isaac Drucker sollte Esther in ungewöhnlich frühem Alter aus Theodor Herzls *Der Judenstaat* zitieren können, auf Deutsch und Englisch.

Zu einer Zeit, als viele Juden Europa verließen, machte es den Winslows Angst, dass Esther dort hinreisen wollte. »Esther ist dafür bekannt, stets gegen den Strom zu schwimmen, Thomas«, erinnerte ihn Daniel Rosenthal.

»Denk an Wellesley, Tommy«, sagte Constance.

»Recht hast du, Connie«, meinte Thomas. Wellesley College war Constances Alma Mater. Auch Faith, Hope und Prudence wurden Wellesley-Mädchen wie ihre Mutter.

Thomas Winslow war auf die Boston University gegangen, die BU war seine Alternative gewesen, als Harvard ihn nicht nahm, und er hatte es dort geliebt. Die früheren Au-pairs der Winslows – ihre ersten drei Waisen, wie die Bürger der Stadt Pennacook sie nannten – gingen zum Studium alle an die BU. Doch Esther war eine derartige Ausnahmeschülerin, dass Constance sie ermutigte, es mit Wellesley zu probieren. Man konnte Constance keinen Vorwurf daraus machen, dass sie etwas dick auftrug, als sie an ihre Alma Mater schrieb und Esther Nacht empfahl. Constance zitierte Naomi, die ja auch nur wiederholt hatte (wenn auch recht lautstark), was Esther von sich erzählte. (Dass sie »eine in Wien geborene Jüdin« war, »in einem Waisenhaus in Maine aufgewachsen, die Mutter von Antisemiten in Portland ermordet!« – den Teil.)

Esther wurde nicht nur in Wellesley angenommen, sie weckte auch die Aufmerksamkeit der Wellesley Students' Aid Society.

»Hochverdient, Connie – gut gemacht, Esther!«, sagte Thomas zu ihnen.

Zudem gab es Jüdinnen in Wellesley, und das nicht nur aus Boston und New York. Gelegentlich brachte Esther an langen Wochenenden oder über kürzere Ferien ein paar ihrer neuen Freundinnen nach Pennacook mit, damit sie die Winslows kennenlernten. Thomas und Constance waren vernarrt in diese klugen jungen Frauen, nicht zuletzt, weil sie Honor so viel Aufmerksamkeit schenkten. Noch lange nach Esthers Jahr in Wellesley erinnerten sich die Winslows an die Namen dieser Freundinnen. Esther hatte so glücklich gewirkt in Wellesley.

Faith Winslow war in ihrem ersten Jahr am College, als Esther dort anfing. »Niemand hatte je so viel Spaß in ihrem ersten Jahr wie sie«, sagte Faith später über Esther. Esther hatte bereits entschieden, was ihre Hauptfächer sein sollten: Zoologie und Physiologie. Zudem war sie entschlossen, ihr Deutsch zu verbessern. Und sie interessierte sich für einen Kurs zur Geschichte, Literatur und Auslegung der Bibel.

»Ich weiß nicht, ob mir das gefällt, Connie«, sagte Thomas Winslow.

»Du weißt nicht alles, Tommy«, erwiderte Constance.

In ihrem zweiten Jahr wechselte Esther an die Boston University. Sie meinte, das Motto von Wellesley habe sie dazu inspiriert: Non Ministrari sed Ministrare – Nicht um sich dienen zu lassen, sondern um zu dienen.

»Ich habe zu viel Spaß. Ich gehe nicht zur Uni, um mich zu amüsieren«, erklärte Esther. Sie hatte entschieden, Krankenschwester zu werden.

Nach diesen recht utilitaristisch klingenden (und enttäuschenden) Neuigkeiten gelang es den Winslows nur mit Mühe, dem komplizierten Weg von Esthers umfassender Ausbildung zur Krankenschwester zu folgen. Sie machte einen Bachelor an der Boston University und ging zur weiteren Ausbildung an die Schwesternschule des New England Hospital for Women and Children.

Was am Ende bei den Winslows von alldem hängen blieb, war, dass Esther einen Abschluss in Krankenpflege hatte – »es entspricht einem Bachelor of Science in Nursing«, erklärte Esther. Was die Winslows Mühe hatten zu verstehen, war, wozu Esther das alles getan hatte. Anscheinend benötigte Esther einen BSN von einem anerkannten Studiengang (oder etwas Vergleichbares), um für das Schwesternkorps der U.S. Army infrage zu kommen.

»Sie geht zur Armee, Tommy!«, rief Constance aus. »Braves Mädchen, Esther!«, rief Thomas Winslow.

Die armen Druckers. Sie mussten den Winslows die jüdische Diaspora erklären – die Zerstreuung der Israeliten oder Juden aus ihrem ursprünglichen Heimatland (Land Israel) und ihre Neuansiedlung in anderen Teilen der Welt. Die armen Winslows. Das Exil der Juden hatte für sie bisher keine große Bedeutung gehabt. Isaac Drucker ließ mehrere Jahrhunderte aus und beschloss, mit der zunehmenden Zerstreuung und Umsiedlung im Mittelalter einzusteigen, die die Juden in zwei geografische Gruppen teilte: die Aschkenasen in Nord- und Osteuropa und die Sepharden in Spanien, Portugal, Nordafrika und dem Nahen Osten.

»Die Aschkenasen und die Sepharden waren häufig denselben Vertreibungen, Verfolgungen und Massakern ausgesetzt«, ließ Bluma Drucker die Winslows wissen. »Und Isaac hat die vorrömische Diaspora ausgelassen. Die Juden sind ständig besiegt oder gestürzt worden. Und dann wurden wir in die Sklaverei verkauft«, fuhr Bluma fort, während Isaac den großen Jüdischen Krieg übersprang, der mit der Eroberung von Jerusalem und der Zerstörung des Tempels endete. Isaac ließ die ganze Sache mit Byzanz, dem Islam und den Kreuzzügen aus. Doch trotz der Gräuel, die er übersprang, kapierten die Winslows das Wesentliche. Bluma verstand, warum ihr Mann so durch die Geschichte eilte. Die Winslows machten sich Sorgen um Esther. Isaac Drucker war ein zweckorientierter Lehrer. Er leitete die Winslows zur zionistischen »Negation der Diaspora«, weil er wusste und verstand, warum Esther fest entschlossen war zu gehen.

Esther war in einem Alter und auch so veranlagt, dass sie verlorene Zeit aufholen wollte. Sie wollte die beste Jüdin werden, die sie sein konnte. Ihrer Ansicht nach bedeutete das, sich ihrem Jüdischsein ganz zu verschreiben. In seinen verschiedenen Phasen veränderte sich der Zionismus immer wieder – das zumindest wollten die Druckers den Winslows vermitteln. »Bluma und ich sind alt, Tommy«, sagte Isaac. »Esther ist jung, und sie ist rebellisch. Ist doch klar, dass sie sich da einer grundlegenden zionistischen Prämisse verschreibt – Bluma würde wohl sagen, der radikalsten und strengsten Prämisse des Zionismus«, fügte er hinzu. (Und tatsächlich sagte Bluma das so.)

Es beunruhigte die Winslows, dass Esther sich der jüdischen Einwanderung nach Palästina anschließen wollte. Esther glaubte, dass die Juden im Exil niemals frei von Diskriminierung und Verfolgung sein würden – nicht in Europa, nicht in den Vereinigten Staaten. »Schau doch, was Esther in Maine zugestoßen ist! Gab es in Portland für Esthers Mutter Toleranz und Assimilierung?«, fragte Isaac die Winslows.

»Esther will weder verfolgt noch assimiliert werden, Connie«, erklärte Bluma.

Was die Winslows zusätzlich beunruhigte, war, dass Daniel und Naomi Rosenthal dem Zionismus sehr viel skeptischer gegenüberstanden als die Druckers. Die meisten amerikanischen Juden stammten von aschkenasischen Juden ab, die im 19. Jahrhundert in die USA eingewandert waren. Wie Daniel und Naomi den Winslows erklärten, waren amerikanische Juden die am stärksten Assimilierten, es gab zahlreiche Ehen zwischen Juden und Nichtjuden.

»Für viele amerikanische Juden fühlt es sich nicht so an, als würden sie im Exil leben, Tommy. Naomi und ich haben nicht das Gefühl, Teil der jüdischen Diaspora zu sein, nicht mehr«, sagte Daniel Rosenthal zu Thomas Winslow.

»Esther hat definitiv das Gefühl, dass sie Alija machen sollte. Sie glaubt, dass die Rückkehr ins Land Israel die einzige Lösung für sie ist«, erklärte Naomi den Winslows, die (natürlich) keine Ahnung hatten, was Alija machen bedeutete.

Alija zu machen, »hinaufzuziehen«, ist ein zentraler Grundsatz des Zionismus, das hebräische Wort »alijjah« bedeutet »Aufstieg«. Die Rosenthals bemühten sich, den Winslows zu erklären, dass alijjah das Gegenteil des hebräischen Worts »yerida« war, das »Abstieg« bedeutet – nämlich die Auswanderung der Juden aus dem Land Israel.

Zwar hielten sich die Winslows für politisch interessiert, doch wussten sie nicht, wie streng die Vereinigten Staaten 1921 die Einwanderung beschränkt hatten – trotz der Verfolgung der Juden in Europa. Die Winslows wussten gerade einmal, dass die Briten das Mandat für Palästina innehatten. Von der Fünften Alija wussten sie rein gar nichts. Die fünfte Welle der jüdischen Einwanderung nach Palästina begann 1929. Hitlers Machtergreifung in Nazideutschland sollte zwischen 1933 und 1939 zu einer Massenflucht führen; damals wanderten bis zu 55 000 Juden aus Deutschland und Österreich ins Mandatsgebiet ein. Ohne Esther, soll heißen ohne die Druckers oder die Rosenthals, was hätten die Winslows da schon vom Arabischen Aufstand gewusst oder vom britischen Weißbuch von 1939, das die jüdische Einwanderung stark beschränkte?

Die Winslows hatten Mühe, Esthers Abmachung mit der U.S. Army zu verstehen. Weder die Druckers noch die Rosenthals konnten den Winslows dabei helfen zu verstehen, wie Esther ihren aktiven Dienst im Schwesternkorps »aufschieben« konnte, »bis andere Abmachungen eingehalten sind«, erklärte Esther vage. (Was kümmerte denn die Druckers oder die Rosenthals auch das Militär oder der Einsatz von Krankenschwestern in der Armee?)

Was die Winslows langsam begriffen, war, dass die Druckers Esther ihre Neigung zum Zionismus eher nachfühlen konnten als die Rosenthals. Isaac und Bluma waren in Wien geboren worden. Die Rosenthals stammten aus New York; ihre Eltern waren zwar aus Europa eingewandert, aber die Rosenthals waren assimilierter als die Druckers. Isaac und Bluma wussten, dass sie in ihrer Privatschule für Jungen in privilegierter Isolation lebten – in einem Elfenbeinturm, wo sie akzeptiert waren und sich als Juden sicher fühlten. Sie wussten aber auch, dass die Juden in Wien nicht sicher waren.

Was die Winslows nicht wussten, ja nicht einmal die Rosenthals, war, dass Isaac und Bluma Drucker Esther bereits mit ein paar alten Sozialdemokraten in Kontakt gebracht hatten, die nun zum österreichischen Widerstand in Wien gehörten. Als Esther es den Rosenthals erzählte, waren die Winslows noch mehr beunruhigt darüber, dass die Rosenthals beunruhigt waren.

»Ihr könnt es Esther nicht verübeln, dass sie ihren Worten Taten folgen lässt«, meinte Isaac zu den Winslows.

»Isaac wünschte, wir hätten mehr Taten folgen lassen«, sagte Bluma nur zu den Winslows und den Rosenthals.

Sowohl die Winslows als auch die Rosenthals fanden, dass österreichischer Widerstand gefährlich klang. Aber sie wussten alle längst, dass Esther Nacht sich durch drohende Gefahr nicht abschrecken ließ.

Aber waren die betagten Druckers nicht schon zu lange fort aus Wien? Wie alt waren denn ihre alten Freunde in Wien – diese Sozialdemokraten, die jetzt im österreichischen Widerstand sein sollten? 1934, als Esther auf dem Weg dorthin war, hatten die Faschisten die Macht in Wien übernommen; die österreichischen Faschisten hatten die Partei der Sozialdemokraten verboten. Viele sozialistische Anführer hatten Österreich in Richtung Tschechoslowakei verlassen. Isaac und Bluma Drucker zufolge waren viele ihrer jüdischen Freunde aus Wien ebenfalls im Exil in der Tschechoslowakei.

»In Brünn kann man sich einen neuen Pass besorgen«, sagte Isaac.

»Bernard und Joanna Morgenstern werden sich um Esther kümmern. Sie haben Wien nicht verlassen«, sagte Bluma den Winslows und den Rosenthals.

»Noch nicht«, fügte Isaac hinzu – ahnungsvoll, wie die Winslows fanden.

Die Rosenthals wussten, was die Winslows dachten. Für Thomas und Constance mit ihren hohen literarischen Ansprüchen klangen all diese Machenschaften wie ein Spionageroman – ein schäbiger Reißer. Züge, die zwischen Brünn und Wien hin und her fuhren, österreichische Juden und Sozialdemokraten im Exil in der Tschechoslowakei, falsche Pässe und heimliche Grenzübertritte.

Die Winslows konnten verstehen, warum Esther Deutsch

lernen und in Wien sein wollte – an ihrem Geburtsort, in dem Land, aus dem ihre Eltern ausgewandert waren; aber warum musste sich Esther mit alten Sozialisten im österreichischen Widerstand einlassen? An dieser Stelle war Esthers Festlegung darauf, Alija zu machen, von Bedeutung. Esthers Annahme des Zionismus wurde von den Druckers mit viel mehr Mitgefühl aufgenommen als von den Rosenthals.

Wien war für Esther ein notwendiger Zwischenschritt auf dem Weg ins Land Israel, das sie für das rechtmäßige Heimatland des jüdischen Volkes hielt. Mehr Juden würden (und sollten) Europa verlassen, glaubte Esther – nicht nur Österreich. In Europa war der Faschismus auf dem Vormarsch, nicht nur in Österreich – das erzählten jedenfalls die Druckers den Winslows und den Rosenthals.

Honor schien mehr über Esthers jüdische Angelegenheiten zu wissen als der Rest der Winslows. Sie erzählte ihren Eltern, wie Esther ihren aktiven Dienst im Schwesternkorps aufgeschoben hatte. In Wahrheit hatte Esther sich gegen den Eintritt in den Militärdienst entschieden. Wie Honor Thomas und Constance erklärte, hatte Esther beschlossen, in ihr jüdisches Heimatland nach Palästina auszuwandern, statt in das Schwesternkorps einzutreten.

»Das klingt ja, als würde Esther für immer nach Palästina ziehen«, sagte Thomas Winslow zu seiner Tochter.

»Ich dachte, Esther und du hättet einen Pakt«, sagte Constance. »Du hast doch gesagt, sie kommt zurück, wenn der richtige Zeitpunkt gekommen ist.«

»Sie kommt nur noch ein Mal zurück. Esther wird für mich ein Kind bekommen«, sagte Honor ihren Eltern. »Esther kommt zurück, wenn sie schwanger ist, aber das Baby ist meins, ganz allein meins. Das ist unser Pakt«, sagte Honor. Das war der Augenblick, als Thomas und Constance erkannten, dass ihr Enkel Jimmy – der noch nicht gezeugt, geschweige denn geboren war – bereits als Idee bestand.

10

Die Idee mit den zwei Moms

Die Bürger der Stadt Pennacook verließen sich darauf, dass Honor das schwarze Schaf der Familie sein würde. Schließlich war sie ja angeblich ungeplant gewesen, ein Kind der Leidenschaft, und außerdem war sie um einiges jünger als ihre drei Schwestern. Die Damen des Ortes warteten darauf, dass Honor Unfrieden zwischen den Winslow-Mädchen stiften würde. Ging Honor etwas ab? War da ein Loch in ihr?

»Wer hätte denn je gehört, dass sich vier Töchter bedingungslos lieben und unterstützen?«, fragten sich die Damen des Ortes.

Thomas und Constance Winslow waren nicht überrascht, dass Faith, Hope und Prudence bereits von Honors Pakt mit Esther wussten. Die drei Älteren hießen den Plan allesamt gut, den Honor und Esther sich überlegt hatten. Faith äußerte sich als Erste. Sie drückte sich ihren Eltern gegenüber mit größtmöglicher Offenheit aus. »Honor will ein Baby. Sie möchte ein Kind großziehen, aber sie will nicht, dass ein Penis in ihrer Vagina herumstochert.«

Um nicht hinter ihr zurückzustehen, richtete Hope ihren Fokus auf die Sache mit der Geburt. »Honor will Mutter sein, sie will nur nicht, dass sich etwas von der Größe eines Kinderkopfs aus ihrer Vagina hinausdrückt«, erklärte sie.

Prudence hatte gewartet, bis sie an die Reihe kam. Offensichtlich hatte sie sich ihre Gedanken genau zurechtgelegt zu den ungewöhnlichen Umständen, unter denen ihre jüngere Schwester Mutter werden wollte. »Honor wird eine wunderbare Mutter sein, und natürlich werden wir ihr dabei helfen. Dank Esthers Angebot gibt es keinen Grund, dass Honors Vagina involviert sein muss. Niemand kommt rein, niemand kommt raus«, erklärte Prudence.

»Also wirklich!«, rief Constance.

Thomas Winslow sagte kein Wort. Ungeachtet der Tatsache, dass er Vater von vier Mädchen war, gehörte die Vagina nicht zu seinem Fachgebiet. In den Romanen des 19. Jahrhunderts wurden vaginale Angelegenheiten nicht anschaulich gemacht. Honors Kind wird zwei Moms haben, das war alles, was Thomas dachte.

Auf die Frage, was dieser Plan für Honors höhere Schulbildung bedeutete, waren die Winslows ähnlich unvorbereitet. Jetzt, da Esther in Wien war, hatte Constance daran gedacht, Honor auf die Abbot Academy zu schicken. Honor war eine gute Schülerin, und die Mädchenprivatschule hätte für sie in einer Zeit, in der Honor vielleicht Esther vermisste, eine größere intellektuelle Herausforderung bedeutet. Abbot bot ein umfangreiches Vorbereitungsprogramm auf die Universität an – Englisch, Fremdsprachen, Mathematik, Naturwissenschaften, Geschichte und Bibelkunde.

»Honor sollte ihre Zeit nicht mit Bibelkunde verschwenden, Connie«, beschwerte sich Thomas.

Constance enthielt sich eines Kommentars, auch wenn sie sich noch immer an Abbots Schulordnung erinnerte.

Die Worte, die 1829 verfasst worden waren, also vor über einem Jahrhundert, ärgerten sie: »Zur Zügelung des Charakters, zur Vervollkommnung des Geschmacks, zur Disziplinierung des Geistes und zur Formung der Sitten der Jugend.« Meine Güte!, dachte Constance Winslow. Was würden die Verfasser dieser Schulordnung wohl von der Idee mit den zwei Moms halten?

Für eine private Mädchenschule war die Weltwirtschaftskrise in den Dreißigern eine schwere Zeit. Im Schuljahr 1933/34 gab es in Abbot nur 71 Internatsschülerinnen, 1929/30 waren es noch 135 gewesen. Constance hatte gedacht, sie könne ihrer strauchelnden ehemaligen Schule helfen und Honor dorthin schicken. Doch daraus sollte nichts werden. Die Idee mit den zwei Moms gewann die Oberhand über die Ambitionen der Winslows in Bezug auf Honors Schulbildung, und sie ging auf die öffentliche Schule in Pennacook. Dort war Honor eine derart überqualifizierte Schülerin, dass sie alle Fortgeschrittenenkurse belegte und ihre Fächerzahl um ein Drittel erhöhte. Sie beendete die Schule anderthalb Jahre vor der Zeit mit Bravour – mit den besten Noten und der höchsten Wertschätzung ihrer Mitschüler.

»Und ohne Bibelkunde, Connie!«, frohlockte Thomas.

Er hatte hochfliegende Pläne für seine vierte und jüngste Tochter gehabt. Honor war die beste Leserin unter seinen Kindern. Mit dreizehn und vierzehn hatte sie bereits jene Romane des 19. Jahrhunderts gelesen (und geliebt), die ihr Vater so liebte. Thomas hatte sich vorgestellt, dass Honor auf dem College oder an der Uni einen Abschluss in Literatur machen würde. Schade für die Abbot Academy, aber für Thomas war es in Ordnung, dass Honor die Schule lieber schnell durchzog. Ihm war nicht klar, warum sie es so eilig hatte.

Esther hatte ihren eigenen Zeitplan; sie wusste, wann sie schwanger werden und das Kind bekommen wollte. Esthers Pläne ließen ihr reichlich Zeit für eine Schwangerschaft, doch es war nicht viel Zeit für Honor, um ihre Hochschulbildung abzuschließen.

»Für Esther geht es darum, wie alt sie ist, wenn das Kind zur Welt kommt«, sagte Faith zu ihrer Mutter und ihrem Vater.

»Wenn Esther bis 1942 wartet, ist sie siebenunddreißig. In dem Alter würde ich kein Kind mehr kriegen wollen«, meinte Hope.

»Siebenunddreißig, das klingt fast wie vierzig!«, erklärte Prudence.

»Sechsunddreißig klingt besser, als wäre man knapp über fünfunddreißig. Esther sagt, ihr Baby kommt 1941 zur Welt«, erklärte Faith ihren Eltern.

»Anfang 1941, je früher, desto besser«, fügte Hope an.

»Deshalb hat es Honor so eilig. Sie will mit der Schwesternschule fertig sein, bevor sie ein Kind kriegt«, sagte Prudence zu ihren Eltern, die das mit der Schwesternschule nicht hatten kommen sehen.

Thomas und Constance hatten sich angesichts von Honors Bewunderung für Esther schon Gedanken gemacht, Honor würde Esther nachzuahmen versuchen. Es war ja nur natürlich, dass sie in Esthers Fußstapfen treten wollte. Natürlich hatte Honor auch Jüdin werden wollen, doch die Idee hatte ihr Esther ohne zu zögern wieder ausgetrieben.

Wie Esther zu Thomas und Constance Winslow sagte: »Meine Aufgabe ist es, auf Honor aufzupassen, sie zu beschützen. Aber jemanden, der jüdisch ist, kann man nicht beschützen. Ich muss es ja wissen, oder?« Nicht mal die Druckers oder die Rosenthals wussten, wie Esther es Honor gegenüber formuliert hatte, aber die bat nicht länger darum, Jüdin zu werden.

Es war Esthers Idee, dass Honor auf die Schwesternschule am New England Hospital for Women und Children gehen sollte, einer Uniklinik, an der Frauen Medizin studieren und praktizieren konnten und wo Frauen und Kinder nur von Ärztinnen behandelt wurden. Die Vollzeitstellen waren ausschließlich mit Frauen besetzt, als Patienten wurden ausschließlich Frauen und Kinder aufgenommen. Was Esther ein »reines Frauenkrankenhaus« nannte, war das erste Krankenhaus im Land mit einer Schwesternschule.

Das brachte Constance zu der Frage, ob Honor wohl Frauen »mochte«.

»Nicht so, wie du meinst, Mommy. Honor mag weder Frauen noch Männer. Sie ist asexuell«, sagte Faith.

Hope, die das Thema auf Honors Studienfächer lenken wollte, erwähnte Geburtshilfe, Pädiatrie und Gynäkologie, in dieser Reihenfolge. In ihrer knappen Art versuchte Hope ihren Eltern zu erklären, dass Honor vor allem an Geburtshilfe interessiert war und hoffte, mit Entbindungsärztinnen und Hebammen arbeiten zu können. »Und was die Pädiatrie betrifft«, beeilte sich Hope, »wird Honor pränatale Entwicklung studieren, und ich nehme an, es gibt auch noch andere Themen, wie pädiatrische Erstversorgung.«

Thomas Winslow war erleichtert, dass Hope sich nicht weiter über den gynäkologischen Teil der Ausbildung ausließ. Er war entschlossen, das Thema zu wechseln, hätte aber wissen müssen, dass Prudence auch noch etwas zu sagen hatte. Die Frage ihrer Mutter, ob Honor Frauen mochte, hatte sie wohl verärgert. »Honor studiert Gynäkologie, Mom, es geht nicht darum, ob sie sich zu anderer Leute Vagina oder Penis hingezogen fühlt!«, sagte sie.

»Ich versteh schon, ich hab ja nur gefragt!«, rief Constance.

»Ich möchte wissen, wie die beiden Moms sich den Vater vorstellen«, warf Thomas Winslow ein. »Welche Eigenschaften soll der Vater von Esthers Baby haben, der potenzielle Vater von Honors Kind?«, fragte Thomas.

Die drei älteren Winslow-Töchter sahen sich nicht an, sie hielten die Köpfe gesenkt, Constance ebenfalls. Faith sprach als Erste. »Er sollte klein sein, Daddy«, sagte sie nur.

»Auf jeden Fall nicht so groß wie Esther. Sie ist für eine Winslow zu groß!«, rief Hope.

»Im Idealfall sollte er klein sein, um Esthers Größe auszugleichen«, fügte Prudence hinzu. Sie war die einzige der Töchter, die Medizin studieren würde, und Prudence hütete sich zu versprechen, dass Körpergröße zu beeinflussen war.

»Winslows sind recht klein, Tommy, wir wollen doch nicht, dass sich Honors Kind in unserer Familie wie ein Riese vorkommt«, sagte Constance. Sie hob den Kopf und sah ihren Mann, das süße Kerlchen, liebevoll an.

»Ich dachte eher an andere Eigenschaften, mehr an väterliche Qualitäten als an seine Größe!«, rief Thomas Winslow aus. Seine Familie wusste, dass er wegen seiner Größe nicht empfindlich war. Thomas war es ehrlich gesagt völlig gleichgültig, ob Honors Kind wie ein Winslow aussah.

»Esther mag Männer, aber sie müssen sie respektieren. Sie würde nie einen Mann tolerieren, der sie herumschubst«, sagte Faith.

»Der potenzielle Vater muss mit Leib und Seele bei der Sache sein, so wie Esther. Er muss anpacken können«, gab Hope zu bedenken.

Im Geiste des Ausgleichs einer von Esthers charakteristischen Eigenschaften schlug Prudence vor, dass der Vater von Honors Kind nicht zur Eile neigen sollte. »Wir alle wissen, dass Esther verlorene Zeit aufholen will, aber vielleicht wäre es besser, wenn der Vater ihres Babys eher ein umsichtiger Mann wäre – einer, der langsam macht, der sich Zeit lässt«, formulierte Prudence es vorsichtig.

Thomas Winslow hatte plötzlich das Bild eines hartnäckigen, aber uninspirierten Studenten vor sich, eines sich abmühenden Arbeitstiers. Er hatte viele solcher Schüler gehabt, solche, die fleißig waren, aber doch zurückfielen. Thomas bewunderte und bedauerte sie zugleich. »Langsam kann ich mir ein Bild machen«, verkündete er. »Die beiden Moms suchen nach einem arbeitsamen, zähen Zwerg!«

»Du meine Güte, Tommy!«, rief Constance.

Sie alle konnten Honor im Nebenzimmer lachen hören. Keiner hatte gewusst, dass sie dort war und lauschte. Als Honor sich zu ihnen gesellte, waren sie erleichtert zu sehen, wie gelassen und selbstbewusst sie wirkte – und wie gewählt sich die Jugendliche ausdrücken konnte. »Esther ist sich bewusst, dass sie ihrer Impulsivität etwas entgegensetzen muss. Sie sucht nach einem kleinen Mann, der ein

Ausbund an Bedachtsamkeit ist«, erklärte Honor. Selbst die jüngste Winslow wusste, dass ein bedachtsamer kleiner Mann in den Herzen ihrer Eltern eine Saite anschlagen würde. Falls es Honor an etwas mangelte, dann nicht an Herz.

»Er sollte außerdem gerecht sein, Honor«, sagte Thomas.

»Vor allem gerecht, Daddy«, erwiderte Honor.

Wohl am meisten hassten die Bürger der Stadt Pennacook die Einträchtigkeit der Winslows, die sogar beim Namen von Honors Kind einer Meinung waren. Wenn Esther ein Mädchen bekam, dann sollte es ebenfalls Esther heißen. Die Winslows waren klug genug, um gar nicht erst den Versuch zu unternehmen, die Idee mit den zwei Moms vor den Bürgern der Stadt Pennacook geheim zu halten. Die Damen des Ortes würden es als Erstes wissen, oder sie würden zumindest so tun als ob.

Dies veranlasste Thomas Winslow zu einer Tirade, die eines Dr. Larch würdig war. Selbst wenn Honor für ein ganzes Jahr nach Palästina ginge und sie mit ihrem Kind nach Pennacook zurückkäme, würden die Damen des Ortes wissen, wessen Baby es war. Da konnte Esther ihren schwangeren Bauch auch gleich der ganzen Stadt präsentieren, dann konnte sie es auch gleich im städtischen Krankenhaus zur Welt bringen. »Wir sagen die Wahrheit, wir haben nichts zu verbergen. Wir erklären den Bürgern der Stadt Pennacook einfach, wessen Baby es ist und wessen Kind«, schloss Thomas Winslow. Selbst über die Leute waren sich die Winslows einig. Was sie über einen sagten, sagten sie einem nicht ins Gesicht. Ihr Antisemitismus war nicht immer von der stillen Art, aber niemals würden sie Esther oder die Winslows auf Esthers Judentum ansprechen.

Und was, wenn Esther einen Jungen bekam? Thomas Winslow hatte eine Schwäche für den Namen James. Alle Winslow-Frauen liebten den Spitznamen Jimmy. Wieder waren sich die Winslows einig. Ein Junge würde Jimmy und James heißen. Also worüber machten sich die Winslows noch Sorgen? Selbst die Bürger der Stadt Pennacook konnten sehen, dass ihnen etwas Sorgen bereitete. Und wohin war eigentlich das jüdische Mädchen verschwunden?, fragten sich die Leute. Die Jüdin war nicht so lange dageblieben wie die früheren Waisen, dachten die Damen des Ortes bei sich. (Noch nicht einmal die Winslows hatten da herausgefunden, dass Esther es sich zur Lebensaufgabe machen würde, sich um Honor zu kümmern, und dass – in Esthers Vorstellung – dazu auch gehörte, sich um Honors Kind zu kümmern.)

Es war Honor, die laut aussprach, worum sich die Winslows noch Sorgen machten. »Wie alt, denkt ihr, sollte mein Kind sein, wenn wir ihm oder ihr die ganze Geschichte erzählen?«, fragte sie. Am allgemeinen Kopfnicken sah man, wie angemessen alle die Frage fanden. Und die Antwort war allen Winslows klar – auch Honor. Wir sollten es deinem Kind sagen, bevor irgendjemand in der Schule was ausplaudert, hätte Faith gern gesagt, schwieg dann aber. Das mit der leiblichen Mutter sollte es von uns erfahren, zusammen mit dem, was wir über den Vater wissen!, tat Hope sich schwer, nicht zu sagen. Wir sagen es deinem Kind, bevor irgendeine der Damen des Ortes etwas sagen kann!, schrie Prudence nicht heraus.

»Dein Kind erfährt es von uns zuerst – von uns allen, Honor«, versicherte Constance ihrer Tochter.

»Recht hast du, Connie – von uns allen!«, rief Thomas.

Angesichts der Tatsache, wo Esther war und wohin sie wollte, gab es keinen Zweifel, dass der Vater des Kindes jüdisch sein würde. Die Winslows wussten alle, dass der Tag kommen würde, an dem Honors Kind sich fragen würde, ob es jüdisch sein sollte. Esther hatte Honor bereits erklärt, was sie dann sagen sollte. »Dir und mir zuliebe solltest du nicht jüdisch sein, aber steh auf jeden Fall für Juden ein«, würde Honor Winslow ihrem Kind sagen. Die Winslows waren sich ganz sicher: Esthers Kind würde für Juden einstehen.

Es würde sicher noch mehr Grund zur Sorge geben, ließen die Druckers die Winslows wissen. So, wie sich die Dinge in Europa und im Mandatsgebiet Palästina entwickelten, war Esthers Zeitplan vielleicht gefährdet. Dabei dachten weder die Druckers noch die Rosenthals an Esthers Pläne für eine Schwangerschaft – sie machten sich Sorgen um ihre Reisepläne.

Sie zweifelten nicht daran, dass Esther es irgendwie schaffen würde, Österreich zu verlassen und im Hafen von Haifa oder Jaffa einzutreffen. In dieser Zeit verließen viele Juden Europa und schlugen sich nach Palästina durch. Aber wie gedachte Esther, von einem dieser abgelegenen Mittelmeerhäfen in die Vereinigten Staaten zu kommen? Würde sie nicht erst ein oder zwei Häfen in Europa anlaufen müssen, bevor sie über den Atlantik fahren konnte? Und selbst wenn Esther bis nach London kam und von dort in die USA gelangte – wie schwanger wäre sie wohl, bis sie es nach

Pennacook schaffte? Sie würde nicht hochschwanger sein wollen, nicht auf einer derart langen Schiffsreise.

Wenn Esther Ende Juni, Anfang Juli 1940 schwanger wurde, wenn sie Ende Sommer oder im Herbst 1940 aus Haifa oder Jaffa abreiste, dann würde man es sicher schon sehen, wenn sie um Weihnachten herum in Pennacook eintraf. Dann würde Esthers Baby im März 1941 zur Welt kommen. Und selbst wenn all das nach Plan lief, wie würde Esther im Frühling 1941 zurück ins Mandatsgebiet Palästina kommen?

»Esther wird sich für den Jischuv unverzichtbar machen müssen, selbst wenn das bedeutet, dass sie sich bei den Briten nützlich macht«, meinte Isaac Drucker zu den Winslows.

Jischuv bedeutet »Siedlung« auf Hebräisch, wie Bluma erklärte, doch Isaac verwendete das Wort im zionistischen Sinn für die jüdische Bevölkerung im Mandatsgebiet, diejenigen, die ins Land Israel eingewandert waren.

Was den Winslows niemand erklärte, war, wie Esther sich wohl für die jüdische Bevölkerung in Palästina unverzichtbar machen konnte. Und was den Teil mit den Briten anging – Constance wusste, was ihr Tommy davon hielt. Den Briten misstraute der eingefleischte Yankee sogar noch mehr als den Leuten aus Maine.

Beim Stichwort Maine musste Thomas an seine fortdauernde (wenn auch unregelmäßige) Korrespondenz mit Dr. Larch denken, daran, dass Larch geschrieben hatte, Esther sei offensichtlich bestrebt, sich »nützlich« zu machen. In Wien begann sie damit bei Bernard und Joanna Morgenstern.

Die beiden geächteten Sozialdemokraten halfen anderen österreichischen Juden und Sozialisten, die im Exil in der Tschechoslowakei waren. Sie schrieben den Druckers, wie sehr sie Esther schätzten, die bereitwillig und einfallsreich als Kurierin mündliche Botschaften und Dokumente überbrachte. Mit ihrem amerikanischen Pass konnte Esther sich gut als Touristin ausgeben. Die Frage war nur, wie lange noch. In Esthers Pass stand, dass sie in Wien geboren worden war. An der Grenze zwischen Brünn und Wien würden die Wachen eines Tages bemerken, dass sie sie schon gesehen hatten, immer und immer wieder. Sie mussten doch wissen, dass Nacht ein jüdischer Name war.

Auf dem Rückweg von Brünn achtete Esther darauf, dass ihr vom Bahnhof in Wien aus niemand folgte. Sie hütete sich davor, jemanden zu den Morgensterns zu führen. »Du wirst schon merken, wenn dir jemand folgt«, versicherte ihr Joanna Morgenstern.

»Das ist dann der Tag, um dich auf den Weg nach Haifa oder Jaffa zu machen«, sagte Bernard Morgenstern zu ihr. Doch bevor sie noch vom Bahnhof aus verfolgt werden konnte, hatte Esther einen noch drängenderen Grund, Österreich zu verlassen.

»Esther hat jemanden kennengelernt. Er steckt in Schwierigkeiten. Sein Name ist Moshe Kleinberg«, erklärte Honor ihren Schwestern und Eltern. »Moshe ist die hebräische Form von Moses. Wenn Esther mir schreibt, nennt sie ihn zum Spaß Moses Little Mountain«, sagte Honor.

»Aber es ist kein Spaß, dass Mr. Little Mountain in Schwierigkeiten steckt, oder?«, fragte Thomas Winslow seine vierte und jüngste Tochter.

»Willst du damit sagen, Esther hat jemand im romantischen Sinn kennengelernt?«, fragte Faith als Erste.

»Hat Little Mountain Vaterpotenzial?«, wollte Hope wissen.

»Little Mountain klingt jedenfalls ganz so, als könnte der Mann klein genug sein!«, rief Prudence.

»Mädchen, Mädchen, lasst Honor doch mal erzählen!«, entgegnete Constance. Wie Esther ließ auch Honor alles, was das Muttersein betraf, ihre Angelegenheit sein.

»Ich will nur wissen, was es mit diesen Schwierigkeiten auf sich hat«, sagte Thomas.

Moshe Kleinberg war 1906 in Wien geboren worden und damit ein Jahr jünger als Esther. Als er sechzehn war, starb seine Mutter, und sein Vater lernte in München eine Frau kennen. Moshe wollte zu seiner Tante Reva ziehen, der Schwester seiner Mutter, aber er musste mit seinem Vater nach München. »Der Junge hätte zu mir ziehen sollen. Er wollte es, und ich wollte ihn!«, erklärte eine verzweifelte Reva, die nie heiraten sollte, den Morgensterns. Esther lernte Reva bei den Morgensterns kennen. Noch bevor Esther Moses Little Mountain traf, hatte sie schon alles über ihn gehört.

Mit siebzehn wurde Moshe Mitglied in einem Münchener Sportverein. Da er klein war, gefiel ihm möglicherweise, dass es im Ringen verschiedene Gewichtsklassen gab. Warum Moshe sich für Griechisch-römisch und nicht für den Freistil entschied, wusste Esther nicht, und es war ihr auch egal. Esther machte sich nicht die Mühe, sich Moshes Gewichtsklasse zu merken. Sie hatte Deutsch gelernt, gewöhnte sich aber nie an, in Kilogramm statt in Pfund zu rechnen. Sie wusste nicht, und es war ihr auch egal, ob Moshe sechzig oder zweiundsechzig Kilo wog. Mit Kilogramm gab sie sich nicht ab.

»Moshe wiegt etwa hundertdreißig Pfund«, schrieb Esther an Honor. »Ich wiege mehr als Moshe, aber er kann mich hochheben und ich ihn.« Esther machte sich auch nicht die Mühe, Moshe zu messen, um zu sehen, wie groß er war. Stattdessen schickte sie Honor ein grässliches Foto. Offenkundig waren weder Tante Reva noch die Morgensterns besonders gute Fotografen.

»Man kann Moses Little Mountain überhaupt nicht sehen!«, klagte Faith. Moshes Gesicht war gegen Esthers Brustkorb gedrückt, seine Nase lag an ihrem Brustbein, genau zwischen Esthers nicht wahrnehmbaren Brüsten.

»Wenn Esther größere Brüste hätte, würde Little Mountain keine Luft bekommen«, bemerkte Hope. Esther, die mit ihrer großen Hand Moshes Hinterkopf umfasst hielt, lächelte in die Kamera.

»Moses hat keinen Hals, aber er hat ziemlich breite Schultern für seine Größe«, sagte Prudence. Und Moshes Oberarme wirkten stark. Er hatte die Arme um Esther geschlungen, aber man konnte nicht sehen, wo sich seine Hände trafen; vielleicht auf Höhe von Esthers Taille oder ihren Hüften. Esthers Taille war unterhalb des Fotos.

»Wenn Moshe Esther hier hochhebt, beugt er vielleicht die Knie. Womöglich ist er gar nicht so klein, wie er aussieht«, gab Constance ihrer Familie zu bedenken.

»Recht hast du, Connie«, erwiderte Thomas, aber alle merkten ihm an, dass er endlich von den Schwierigkeiten hören wollte.

»Ob Little Mountain nun die Knie beugt oder nicht, er gleicht Esthers Größe mehr als aus. Er ist auf jeden Fall klein genug«, ließ Honor ihre Familie wissen.

Bedeutsamer für die Schwierigkeiten, in denen Little Mountain steckte, war die Tatsache, dass er sich einen Namen in griechisch-römischem Ringen gemacht hatte, gegen andere Vereine antrat und im Leichtgewicht rang. »Moshe ist Leichtgewicht, mehr musst Du nicht über seine Gewichtsklasse wissen«, schrieb Esther an Honor.

Bevor er und Esther sich kennenlernten, hatte Moshe Kleinberg bereits ein paar Medaillen und Trophäen gewonnen. Zu jener Zeit sahen die Trophäen im Ringen aus wie griechische Statuen. Vielleicht sollten sie an die Ringer im alten Olympia erinnern. Moshe hatte Fotos von seinen Trophäen an Tante Reva geschickt, die sie wiederum Esther gezeigt hatte. Reva machte ein Foto von Esther und schickte es Moshe. »Ist sie nicht schön wie eine Statue? Du solltest nach Wien zurückkommen und sie kennenlernen!«, schrieb Reva ihrem geliebten Neffen.

»Hast du Moshe geschrieben, wie groß ich bin?«, fragte Esther Tante Reva.

»Ich habe vielleicht ein wenig übertrieben, meine Liebe. Moshe hat bei den großen Mädchen immer zweimal hingeschaut«, antwortete Reva.

»Also hatte Little Mountain Esther schon gesehen. Er war schon hin und weg, bevor sie sich trafen!«, warf Faith ein.

»Little Mountain ist wie geschaffen dafür, Vater zu sein!«, rief Hope.

»Esther wird aufpassen müssen, sonst kriegt sie Little

Mountains Baby zu früh«, gab Prudence zu bedenken. Thomas und Constance rangen die Hände und beknieten Honor, endlich von den Schwierigkeiten zu berichten.

Bei einem gesamtdeutschen Ringertreffen 1931 hatte Moshe Kleinberg beeindruckende Leistungen gezeigt. Esther schrieb, er habe »eine Art Anerkennungsurkunde« erhalten. Sie war von Hindenburg unterzeichnet worden, dem damaligen Reichspräsidenten. Moshe hatte Tante Reva ein Foto von der Urkunde mit Hindenburgs Unterschrift geschickt. Esther schickte Honor ein Foto des Fotos. Die Fotos waren schwarzweiß, zu sehen waren der Reichsadler und eine Art geprägtes Wappen. Die Schrift war in Großbuchstaben, größer und besser zu lesen als Hindenburgs Unterschrift.

RINGEN: LEICHTGEWICHT
KLEINBERG

Hindenburg war bereits in seinen Achtzigern, als er die Urkunde signierte. Der ehemalige Feldmarschall und Held des Ersten Weltkriegs war Reichspräsident der Weimarer Republik von 1925 bis zu seinem Tod im August 1934. Nach seinem Tod wurde Hitler Reichspräsident, schaffte die Position dann umgehend ab und erklärte sich selbst zum »Führer und Reichskanzler«. Doch bereits vor der Machtergreifung der Nationalsozialisten in Deutschland 1933 waren viele Juden schikaniert worden. Weil es ihr die Morgensterns erklärten, verstand Esther, wie Moshes sportliche Erfolge zu seiner Verfolgung führten. Moshe hatte nur knapp gegen den deutschen Meister in Griechisch-römisch verloren, es sollte sein letzter Ringerwettkampf in Deutschland sein.

»Hinter den erfolgreicheren Juden sind sie am meisten her. Je besser wir sind, desto mehr hassen sie uns«, schrieb Esther an Honor. Esther sagte, Moshe Kleinbergs Name stünde auf »einer Art Schwarzen Liste«. Was ihm drohte, war unklar, aber man hatte ihn gewarnt, er solle vorsichtig sein. Mit den Nazis an der Macht hatten jüdische Sportler erhebliche Einschränkungen hinzunehmen. Die Morgensterns hatten genug Zeit, um Moshes Einwanderung in Israel 1934 zu arrangieren, da war Moshe achtundzwanzig. Seine ihm treu ergebene Tante Reva sollte mit ihm gehen, aber die Morgensterns machten sich Sorgen. »Die zwei sind wie Kinder, sie nehmen kaum wahr, was um sie herum vorgeht«, sagte Joanna Morgenstern zu Esther.

»Aus unterschiedlichen Gründen sind Reva und Moshe die Letzten, die die politische Lage begreifen«, sagte Bernard Morgenstern. Esther pflichtete ihm bei. Reva schwärmte so sehr für ihren Neffen, dass sie die Welt um sich herum vergaß. Moshe hatte andere Scheuklappen auf. Er widmete sich ganz dem Ringen und seinem Training, war aber im richtigen Leben verloren. »Moshe ist so ein Schätzchen, Du würdest ihn lieben«, schrieb Esther an Honor.

Constance begriff, was kommen würde. »Esther sollte mit Little Mountain und Tante Reva gehen. Die beiden brauchen Hilfe, und Esther ist gut darin, auf jemanden aufzupassen!«, rief Constance.

»Natürlich geht Esther mit ihnen, Mommy. Esther will ja sowieso dorthin«, erklärte Honor allen anderen.

In der vierten und fünften Alija gelangten viele Juden in

die Hafenstadt Haifa. Die Briten hatten den Hafen als Ölumschlagplatz ausgebaut. Esther hatte nicht vorgehabt, in Haifa zu bleiben, ihr Ziel hieß Jerusalem. Moshe und Reva jedoch hatten andere Vorstellungen. Als ihr Schiff in Haifa eintraf, entschieden sie, dass sie weit genug gereist seien; sie wollten nicht mehr weiter. Natürlich blieb Esther bei ihnen – zumindest so lange, bis diese beiden Kinder sich eingerichtet hatten.

Es war Esther, die die anderen Ringer ausfindig machte. Die europäischen Ringer, die in Haifa hängengeblieben waren, kamen aus Deutschland, Österreich, der Tschechoslowakei und Ungarn. »Vielleicht fällt Ringern das Loslassen schwer«, schrieb Esther an Honor.

Im Mandatsgebiet Palästina lebten fast dreimal so viele Araber wie Juden. Die jüdischen Ringer in Haifa fanden eine Arbeit für Moshe und eine Wohnung für ihn und seine Tante. Sie fanden sogar eine Arbeit für Reva in einem hebräischen Kindergarten. Esther schrieb, dass Reva »Kindergarten-Hebräisch« lernte.

1935 bekamen die Ringer Zugang zur Turnhalle einer Schule in Haifa und stellten eine professionelle Mannschaft zusammen. Der Ringerclub in Haifa war der einzige im Land, der so gut ausgestattet war wie vergleichbare europäische Clubs und ebenso gut geführt wurde.

Er wurde von einem israelischen jüdischen Sportverband namens Hapoel betreut – hebräisch für »Der Arbeiter.« Das Wappen von Hapoel war eine Variante von Hammer und Sichel, die einen Boxer umkränzten. Esther musste Moshe versichern, dass Hapoels Verbindungen zur sozialistischen Arbeiterschaft für sie in Ordnung waren.

Um 1938 lebten 48 000 Juden (und 51 000 Moslems und Christen) in Haifa. Auch in Tel Aviv gab es nun einen Ringerclub, und die besten Wettbewerbe waren die zwischen den beiden Clubs in Haifa und Tel Aviv, bei denen Moshe Kleinberg die meisten seiner Kämpfe im Leichtgewicht gewann. Es gab auch Wettkämpfe zwischen dem Ringerclub in Haifa und der britischen Achten Armee (die in Haifa stationiert war).

Im September 1939, als der Zweite Weltkrieg ausbrach, wurden einige der Ringer aus dem Club von der britischen Armee rekrutiert, darunter auch Moshe. »Arbeite ruhig mit ihnen zusammen. Fürs Erste sind die Briten unsere Freunde«, sagte Esther zu ihm. Esther hatte in Haifa Freunde beim britischen Militär gefunden, man hatte sie ebenfalls rekrutieren wollen. Vielleicht hatte die Achte Armee sie auch tatsächlich als Krankenschwester rekrutiert, doch Esther blieb da vage.

»Ich lasse meine Verbindungen zum britischen Militär bestehen, aber die wissen, dass ich mich jetzt erst mal in Jerusalem um meine eigenen Angelegenheiten kümmere«, schrieb sie nur an Honor.

Thomas und Constance Winslow waren frustriert, dass Esther sich genauer über Moshes Angelegenheiten ausließ als über ihre eigenen. Esther dagegen war entschlossen, sich dazu weiter nur vage zu äußern, aber das hatte sie ja auch früher schon getan. 1939 war sie vierunddreißig.

Thomas machte sich Sorgen um Esthers langfristigen Plan. Das wahre Leben war nun mal kein Roman des 19. Jahrhunderts. Diese Werke hatten die Vergänglichkeit im Griff, lange Zeitsprünge gehörten zu dem, was sie am besten konnten. Vielleicht war Moshe schon hin und weg, als Esther und er sich 1934 kennenlernten. Aber wie lange konnte Esther darauf vertrauen, dass das auch so blieb? »Little Mountain könnte eine andere kennenlernen, bevor Esther bereit ist, schwanger zu werden. Vielleicht sind viele Frauen Ringsportfans!«, sagte Thomas zu seiner Familie. »Little Mountain könnte heiraten! Esther ist zwar gut darin, das Kommando zu übernehmen, aber nur im Roman kann man beeinflussen, was die Zeit bringt«, fuhr er fort.

»Du solltest ihr schreiben, Daddy. Esther ist gut darin, Versprechen zu halten, und sie ist gut darin, dafür zu sorgen, dass ein Typ ihr gegenüber sein Versprechen hält«, sagte Honor zu ihm. (Sie verheimlichte offensichtlich etwas.)

»Esther sollte es dir selbst sagen, Daddy, du würdest es uns sowieso nicht glauben«, warf Faith ein.

»Little Mountain und Esther haben eine Abmachung: Auch wenn er Frau und Kind hat, schwängert er Esther, sobald sie es will«, sagte Hope zu Thomas und Constance.

»Also wirklich!«, rief Constance aus.

»Das würde doch jeder Mann machen, Mommy«, erklärte Prudence.

»Recht hast du, Prudence«, sagte Thomas und fügte schnell hinzu, »nicht, dass ich so eine Abmachung treffen würde, Connie, nicht, wenn ich mit dir zusammen wäre!«

»Du bist mit mir zusammen, Tommy«, erinnerte ihn Constance. Ehrlich gesagt, wussten alle Winslows, Constance eingeschlossen, dass Little Mountain nicht der einzige Mann war, der mit Esther so eine Abmachung treffen würde.

11

Von der alttestamentarischen Sorte

Thomas Winslow war auch frustriert darüber, dass Esthers Anschriften stets wohnhaft bei lauteten. In der kurzen Zeit in Wien war sie wohnhaft bei den Morgensterns gewesen; in Haifa *wohnhaft bei* Moshe Kleinberg. Und nun in Jerusalem – was immer sie dort tat – wohnte Esther bei einer fremden Person nach der anderen. Und nicht alle Adressen von Esther waren in Jerusalem. Thomas Winslow schrieb Esther an die eine Anschrift, und wenn sie ihm nur wenig später antwortete, lautete die Anschrift schon wieder anders.

»Esther lebt ja wie eine Wanderarbeiterin. Was macht sie denn nur?«, fragte Thomas seine Familie.

»Viel wichtiger, Daddy, hat Esther dich überzeugt, dass Little Mountain seiner Aufgabe nachkommen wird?«, fragte Honor ihren Vater.

Esther könnte jeden davon überzeugen, sie zu schwängern, und das zu ihren Bedingungen, dachte Thomas Winslow. Er hatte keinen Zweifel daran, dass der Ringer voller Eifer dabei wäre: Moses Little Mountain würde sein Versprechen halten und Esther schwängern, sobald sie es wollte.

Hinsichtlich der Frage, was Esther denn nur im Mandatsgebiet Palästina machte, schienen die Druckers entschlossen, ebenso vage zu bleiben wie Esther. Isaac, der gerade in den Ruhestand gegangen war, und Bluma standen in engem Austausch mit ihr.

»Gut möglich, dass die Regeln Esther daran hindern, sich über ihre Tätigkeit bei der Hagana zu verbreiten, vor allem schriftlich«, sagte Isaac zu den Winslows. Das war das erste Mal, dass sie von Esther im Zusammenhang mit der zionistischen paramilitärischen Organisation hörten. (Honor musste wohl davon gewusst, aber nichts gesagt haben, dachten ihre Schwestern.)

Hagana ist hebräisch für »die Verteidigung«. Zweck war der Schutz jüdischer Siedlungen vor arabischen Angriffen. Die Winslows waren überrascht zu hören, wie viele solcher Angriffe es gegeben hatte, zum Beispiel bei den Unruhen von 1920, 1921 und 1929 (ganz zu schweigen vom arabischen Aufstand 1936 bis 1939). Havlaga wiederum (»die Zurückhaltung«) war die offizielle Haltung der Hagana – Mäßigung also, zumindest bis zum Ende des Zweiten Weltkriegs.

Für linke Unterstützer der Zionisten wie die Druckers war Havlaga eine moralisch überlegene Politik. Auf Racheakte gegenüber den Arabern zu verzichten (also die unschuldige arabische Bevölkerung nicht anzugreifen) war eine Möglichkeit, weiter freundschaftlich mit den Briten verbunden zu sein. Außerdem schadete es nicht, wenn der Rest der Welt einen positiven Eindruck von der zionistischen Ideologie hätte.

Doch die Winslows verwirrten vor allem die beiden Wörter selbst, Hagana und Havlaga klangen zu ähnlich. »Verteidigung und Zurückhaltung klingen in meinen Ohren nach einem potenziellen Widerspruch«, sagte Thomas

Winslow zu den Druckers, die nichts erwiderten. Isaac und Bluma wussten gut um diesen Widerspruch Bescheid. Schon 1931 hatte es innerhalb der Hagana eine Spaltung gegeben, ihre militanteren Kämpfer hatten der Politik der Havlaga widersprochen. Vielen von ihnen kam es defätistisch vor, keine Gegenangriffe auf arabische Banden (oder ihre Gemeinden) durchzuführen.

Weder die Winslows noch die Druckers nahmen an, dass Esther Soldatin war. Angesichts ihrer Ausbildung zur Krankenschwester (und im Lauf der Zeit dann auch ihres Alters) war Esther höchstwahrscheinlich Sanitäterin wie so viele Rekrutinnen der Hagana. Was die Winslows und die Druckers unausgesprochen ließen, war etwas, das Honor, und auch ihren Schwestern, keine Ruhe ließ. Sie alle wussten, dass Zurückhaltung nicht Esthers Sache war.

Aber Esther Nacht wusste den rechten Augenblick abzupassen: Sie plante weit im Voraus. Indem sie Zurückhaltung bewies, machte sie sich bei den Briten unentbehrlich. Die erkannten die Hagana offiziell nicht an, aber britische Geheimdienste kooperierten mit der Gruppe. Im Zweiten Weltkrieg meldeten sich etwa viertausend Frauen der Hagana freiwillig zum Dienst bei den britischen Hilfskräften. Und als es 1941 darum ging, eine mögliche Invasion Palästinas durch die Achsenmächte von Nordafrika aus zu verhindern, kooperierte die Hagana natürlich mit den Briten.

Die Palmach, die Eliteeinheit der Hagana, wurde im Mai 1941 gegründet. Nach der Unabhängigkeit Israels 1948 bildete die Hagana den Kern der Israel Defense Forces (IDF), und Mitglieder der Palmach übernahmen das Oberkommando.

»Die Hagana, die Palmach, die IDF – das sind einfach zu viele Namen, um sie sich zu merken, Connie«, sagte Thomas.

»Sie brauchen wohl alle Krankenschwestern, Tommy«, erwiderte Constance.

Isaac Drucker hatte auf seine vage Art etwas ganz Ähnliches gesagt. »Ganz gleich, wie sie sich nennen, beim Militär hat man bestimmt Bedarf an Krankenschwestern.«

Honor Winslow hatte ihre eigene Art, das in Worte zu fassen. »Man kann ja nicht für immer Soldat sein, Daddy, aber Krankenschwester kann man bleiben, solange man will. Um irgendjemanden wird sich Esther immer kümmern.«

Was Esther im Land Israel auch vorhaben mochte, sie behielt Moshe Kleinberg im Blick. Moses Little Mountain war verheiratet und seine Frau in anderen Umständen, als es Zeit für ihn war, Esther zu schwängern. Die Rosenthals hatten sich bei den Gesprächen über die Zionisten und die Hagana etwas zurückgehalten, aber beim Thema Little Mountain lagen sie, die Druckers, und alle Winslows sowieso, auf derselben Wellenlänge. Untypischerweise war Esther dieses Mal sehr zurückhaltend, sie verriet nicht, wie oft Little Mountain und sie Sex hatten.

Noch Jahre später – als Jimmy Winslow längst kein Kind mehr war – waren Esther und Little Mountain Thema bei den Winslow-Töchtern. »Die schwangere Gattin war ein vielversprechendes Zeichen«, würde Faith dann als Erste sagen.

»Wir wussten, dass Moses' Waffe geladen war«, würde Hope dann hinzufügen.

»Und dass Little Mountain nicht mit Platzpatronen schoss«, würde Prudence hinzufügen.

»Mädels, Mädels, kein Gerede von Waffen und Platzpatronen vor Jimmy!«, würde Constance mahnen.

Die Winslow-Enkel, die alt genug waren, um in die Schule zu gehen, und auch jene, die erst im Kindergarten waren, hatten Weihnachtsferien, als Esther »nach Hause« kam, wie auch sie Pennacook nannte. Das war Ende Dezember 1940, der Geburtstermin war erst zwei Monate später. Esther hatte kein Risiko eingehen wollen, auf See eine Fehlgeburt zu erleiden. Sie war so groß und schlank wie immer, aber sie zögerte nicht, jedem ihren kleinen, aber wachsenden Babybauch zu zeigen. Esther wollte alle wissen lassen, dass sie schwanger war.

Was die Rosenthals, Druckers und Winslows anging, die wollte Esther wissen lassen, dass sich ihre Gefühle gegenüber den Briten geändert hatten. 1939 hatte das britische Weißbuch die Zuwanderung der Juden nach Palästina stark eingeschränkt, die Zionisten waren stocksauer. Esthers Meinung nach waren die zionistischen Anführer nicht sauer genug. Ben-Gurion hatte gesagt: »Wir werden im Krieg gegen Hitler kämpfen, als gäbe es kein Weißbuch, aber wir werden gegen das Weißbuch kämpfen, als gäbe es keinen Krieg.«

Das klang für Esther, die eines Tages für die Sabotageaktionen der Hagana gegen die Briten sein würde, längst nicht sauer genug. Esther unterstützte es, dass die Hagana dabei half, Juden gegen den Willen der Briten nach Palästina zu holen. Und als die Hagana nach dem Zweiten Weltkrieg Brücken, Eisenbahnlinien und Schiffe der Briten (mit denen illegale jüdische Immigranten deportiert werden sollten) bombardierte, war Esther auch dafür.

»Das ist, als würden uns die Araber angreifen. Natürlich wehren wir uns«, sagte Esther zu den Rosenthals, den Druckers und den Winslows. »Wenn Juden nach Palästina kommen wollen, dann müssen sie das dürfen. Und wenn die Briten keine Juden reinlassen, dann schmeißen wir die Briten raus«, sagte Esther. (Das mit dem Briten-Rausschmeißen klang für einen Neuengländer wie Thomas Winslow nach einer guten Idee.)

Dass die Vereinigten Staaten noch nicht in den Krieg eingetreten waren, kommentierte Esther nicht weniger geradeheraus. Sie meinte den »Krieg gegen Hitler«, wie Ben-Gurion ihn genannt hatte.

»Warum sind die USA noch nicht in den Krieg eingetreten? Warten wir erst ab, bis jemand uns zuerst angreift?«, fragte Esther. (Die Winslows würden sich im kommenden Dezember daran erinnern, als die Japaner Pearl Harbor angriffen, Deutschland und Italien den Japanern folgten und den USA den Krieg erklärten.)

Doch an diesem Weihnachten 1940, als Esther schwanger war, teilte sie mit den Winslows nur ihre Gedanken zum Brand der Synagoge in der Fasanenstraße in Berlin. Die liberale jüdische Synagoge war 1936 von den Nazis geschlossen worden. Sie wurde während der »Reichspogromnacht« 1938 in Brand gesteckt. Noch lange danach sprach man von dieser Nacht als »Reichskristallnacht«. Die Bezeichnung kam, so Esther, von den vielen Glasscherben, mit denen die Straßen übersät gewesen waren, nachdem man jüdische Geschäfte und Synagogen zertrümmert hatte. Diese Nacht der

Scherben hatte die Familiennamen Nacht oder Nachtmann für immer gezeichnet. Jeder jüdische Name mit dem Wort »Nacht« darin erinnerte nun an die Kristallnacht.

»Ich behalte meinen Namen. Ich bin eine Nacht und das bleibe ich auch«, sagte Esther zu den Rosenthals, den Druckers und den Winslows.

»Gar nicht mehr vage, Tommy. Unsere Esther ist zurück«, sagte Constance.

»Recht hast du, Connie. Ich hatte mir schon Sorgen gemacht«, erwiderte Thomas. Was den beiden weiterhin Sorgen machte, war, wie vage Honor blieb.

Für Honor und ihre Schwestern waren Esthers Neuigkeiten über die Frau von Little Mountain von größerem Interesse. Sie hatte einen Jungen zur Welt gebracht.

»Vielleicht macht Little Mountain nur Jungs«, sagte Faith als Erste.

»Es wäre mal was anderes, wenn es in dieser Familie einen Jungen gäbe«, traute sich Constance zu sagen.

»James Winslow hört sich doch gut an, Connie«, sagte Thomas.

»Wenn es ein James wird, dann wird er ein Jimmy«, beharrte Hope.

»Ich wette, Little Mountain hat einen Jimmy gemacht!«, rief Prudence.

All das Gerede über Hitlers Krieg hatte Honor beunruhigt. Wenn die Vereinigten Staaten an einem Krieg teilnahmen, dann würden die jungen Männer mitmachen müssen, dachte sie. Faiths Mann war vielleicht zu alt, außerdem hatte er Knieprobleme, aber Hopes Mann war sicher jung und gesund genug. Vielleicht möchte ich gar keinen Jungen, überlegte Honor. Sie sorgte sich darum, dass ihr Kind ein junger Mann war, wenn die USA an einem Krieg teilnahmen, sagte aber vorerst nichts.

Alles, was Honor sagte, sagte sie so vorsichtig, wie Constance es wohl getan hätte. »Ich will einfach nur ein Kind. Ich werde eine gute Mutter für Esther oder Jimmy sein.« Man konnte die Bedenken in ihrer Stimme hören.

Es war die öffentlich zur Schau gestellte Bedenkenlosigkeit der Winslows, die die Bürger der Stadt Pennacook irritierte. Am meisten irritierte sie die Damen des Ortes, als Esther zwei Monate lang ihren Babybauch durch Pennacook trug.

»Es ist mein Baby, aber er oder sie wird Honors Kind sein«, sagte Esther gleich als Erstes. »Wenn es ein Junge wird, heißt er James oder Jimmy, und wenn es ein Mädchen wird, heißt sie Esther, wie ich!«, fügte sie stets hinzu. Sie trug keinen Ring an ihren langen Fingern. Esther machte nicht nur deutlich, dass sie nicht verheiratet war, sie brachte auch ihre Zweifel darüber zum Ausdruck, ob sie es je sein würde. »Ehe und Mutterschaft sind für mich nicht vorgesehen. Ich will niemandes Frau sein oder Mutter«, sagte sie rundheraus. »Ich will nur wissen, wie es ist, schwanger zu sein und ein Kind zu bekommen. Ich will das einfach mal ausprobieren«, fügte sie hinzu.

Für die Bürger der Stadt Pennacook, vor allem die Damen des Ortes, war Esther ein schamloses Flittchen, aber sie genierte sich nicht im Geringsten. Wie die Winslows allesamt wussten, hatte Esthers Radikalität schon immer zu ihr gehört. Die Rosenthals fühlten sich daran erinnert, wie Esther zur Synagoge gegangen war – nur, um es mal auszuprobieren, nicht weil sie die Religion je praktizieren oder unbedingt wieder hingehen würde. Und niemand kannte Esther besser als die Druckers. Ihrem Verständnis nach hatten Ehe und Mutterschaft nichts damit zu tun, warum Esther nach Jerusalem gehen, das Land Israel zu ihrem dauerhaften Zuhause machen wollte. Was Isaac und Bluma von den anderen Bürgern der Stadt Pennacook unterschied, ging über ihr Jüdischsein hinaus. Sie waren klug genug zu wissen, dass es allein Esthers Angelegenheit war, was sie mit ihrer Vagina machte. Oder wie Esther jeden wissen ließ: »Ich will das Stillen ja nicht zu meinem Beruf machen, ich will es nur mal ausprobieren.«

Wenn Esther Ende Dezember 1940 und in den ersten beiden Monaten 1941 nicht bei den Winslows war, dann besuchte sie die Beaudettes. In Esthers Jahren in Pennacook waren Josephine und Antoine so etwas wie ihre zweiten Eltern gewesen, und sie hatte viel Spaß mit den Mädchen der Familie gehabt. Für eine Waise wie Esther war es eine wunderbare Sache, mehr Schwestern zu haben, als man zählen konnte.

Die Beaudette-Mädchen waren »viel zu üppig ausgestattet, das ist nicht gut für sie«, hatte Constance Winslow gesagt, als seien die Mädchen ihrer Brüste wegen so notorisch fortpflanzungsfreudig. Und Thomas und Constance konnten nicht anders, als sich ihre Liebe zu höherer Bildung zu bewahren. Sie wünschten sich vor allem, dass die Beaudette-Mädchen aufs College gingen, bevor sie Kinder kriegten.

Wann immer die Bürger der Stadt Pennacook den Beaudettes ihre ausufernde Fortpflanzung vorwarfen, stellten sich Thomas und Constance auf die Seite der Beaudettes.

Alle Winslow-Töchter hatten die Beaudette-Mädchen gemocht, und die Beaudettes waren zu allen nett. Es war Thomas nicht verborgen geblieben, warum die Beaudettes und die schwangere Jüdin beste Freundinnen waren. Für die Damen des Ortes waren die Beaudettes typische frankokanadische Katholiken mit zu vielen Kindern. Und Esther war eine unverheiratete Jüdin, die für eine andere ein Baby bekam!

»Die Bürger der Stadt Pennacook mögen niemanden, der anders ist, Tommy«, sagte Constance.

»Recht hast du, Connie. Braves Mädchen, Esther! Gut gemacht, ihr Beaudettes!«, sagte Thomas.

Honor Winslow wusste, dass sie bei den Beaudettes stets willkommen war. Sie hatte schon eine Weile kein Baby mehr im Arm gehabt – nur so, wie man es als Krankenschwester tat. Honor wusste, Mütter hielten ihre Kinder anders. In den Wintermonaten 1941 waren Faiths Kinder zehn und acht. Hope hatte nur ein Kind, das bereits sechs war. Honor wusste, dass es bei den Beaudettes immer Babys gab.

»Ich hab dich kurz nach deiner Geburt im Arm gehalten«, sagte Josephine Beaudette zu Honor. »Ich hatte einen Blaubeerkuchen für euch gebacken. Da wusste ich noch nicht, was für gute Blaubeerkuchen Esther backen konnte, dabei war sie da erst vierzehn!«, sagte Josephine und lachte. Esther lachte nicht.

»Das hab ich in der Küche in St. Cloud's gelernt. Da hab ich auch lesen gelernt. Und wie man ein Baby hält«, begann Esther, doch dann versagte ihr die Stimme.

Honor umarmte Esther als Erste. Honor kannte die Geschichte, die Beaudettes ebenfalls, und sie umarmten Esther auch. Sosehr Esther Dr. Larch auch liebte, sie wollte ihr Kind nicht im Waisenhaus bekommen. Dort weinten die Babys anders. Ihre Mütter hatten sie verlassen und ihre Muttermilch mit sich genommen. Jetzt, wo es Babynahrung aus Milchpulver gab, gediehen auch Neugeborene, die nicht gestillt wurden, doch früher überlebten nicht alle dieser schreienden Babys. Esther hatte während ihrer Schwangerschaft Albträume, in denen jene verlassenen Babys schrien.

James Winslow kam am 2. März 1941 im New England Hospital for Women and Children zur Welt. Zu dieser Zeit wurden die meisten männlichen Babys in den USA beschnitten, um bestimmten Geschlechtskrankheiten oder einer Harnröhreninfektion vorzubeugen oder sie besser behandelbar zu machen. Wie Constance Winslow widerwillig zur Kenntnis nahm, gab es eine schier endlose Liste dubioser Gründe. Honor Winslow hatte ihre Mutter bekniet, die Bücherei in Pennacook mit medizinischen Fachzeitschriften auszustatten. Esther wurde noch deutlicher. »Wir suchen nach der medizinischen Geschichte der Beschneidung, Connie, eine Art Chronik, die Vor- und Nachteile«, sagte sie. Constance Winslows Abschluss in Bibliothekswissenschaft wurde auf eine harte Probe gestellt, doch dann wurde aus der öffentlichen Bücherei in Pennacook eine Fundgrube der Penisbeschneidungsgeschichte. Sehr zu Constances Missfallen stritten sich Honor und Esther ausgerechnet in ihrer heiligen Bibliothek über die Vorteile und Schrecken der Beschneidung, nur selten waren sie einer Meinung.

1855 hatte der englische Arzt Jonathan Hutchinson einen Artikel veröffentlicht, in dem er – basierend auf seinen Studien über Geschlechtskrankheiten bei jüdischen und nicht jüdischen Männern – behauptete, die Beschneidung würde Syphilis vorbeugen.

»Blödsinn«, sagte Esther.

Honor hatte argumentiert, unter einer Vorhaut könnten Geschlechtskrankheiten gut gedeihen. »Nicht in der Bücherei, hier wird nicht über Vorhäute gesprochen«, ermahnte sie Constance.

Die beiden stritten sich auch darüber, ob die Frage nach Klitoridektomien für die männliche Beschneidung relevant war. Um 1850 herum wurden Klitoridektomien als Behandlung von Hysterie, Epilepsie, Masturbation und anderen sogenannten Nervenkrankheiten bei Frauen eingeführt. Honor beharrte darauf, dass männliche Beschneidung etwas anderes war.

Zumindest in einem Punkt waren die beiden sich einig. Ebenfalls um 1850 herum hatte James Copland die Vorstellung in die Welt gesetzt, Beschneidungen seien eine Möglichkeit, Jungen vom Masturbieren abzuhalten. »Ist doch nichts falsch daran, sich einen runterzuholen!«, rief Honor, und Esther nickte wie verrückt.

In einem Artikel im Lancet von 1860 hatte auch Athol Johnson erklärt, Beschneidungen seien ein Heilmittel gegen Masturbation. Arschloch Johnson nannten Honor und Esther ihn. »Nicht in der Bücherei«, wiederholte Constance. Später dann wurde Beschneidung als Mittel gegen Masturbation ein Jahrhundert lang zum medizinischen Dogma in Großbritannien; in den USA gar für 150 Jahre.

1865 bezeichnete William Acton die Vorhaut als »Quelle ernsthaften Unheils.«

»Ich glaube, die Vorhaut ist der heikelste Teil«, sagte

Esther. Honor wusste nicht, was sie davon halten sollte. Constance wusste, dass es kein Thema für eine Bücherei war. 1870 führte Lewis Sayre, ein New Yorker Orthopäde, Beschneidung zur Behandlung bei Lähmungen, Epilepsie und Masturbation ein. »Mir fehlen die Worte«, sagte Esther.

Was die Beschneidung als Präventivmaßnahme anging, so gab es in den Neunzigern des 19. Jahrhunderts eine regelrechte Hysterie, als Ärzte die Vorhaut mit Schlaflosigkeit, chronischer Verstopfung, Asthma, Bettnässen, Erektionsstörungen, Hautkrebs und Wahnsinn in Verbindung brachten. Honor Winslow war klar, dass all das vollkommen irre war.

Esther plädierte für Eugen Levit, einen jüdischen Arzt aus Wien. Er veröffentlichte 1874 ein Pamphlet, das die Juden dazu aufrief, die Beschneidung abzuschaffen und durch einen harmloseren Ritus zu ersetzen. Zu diesem Zweck zitierte Esther auch einen Londoner Arzt, Herbert Snow, der 1890 die Ausbreitung der Beschneidung beklagte – er sprach von »Barbarei«. Doch Esther hatte die Geschichte der Beschneidung nicht auf ihrer Seite. Ab 1900 gewann Honor Winslow die Oberhand, denn da veröffentlichte E. Harding Freeland einen Artikel im Lancet, demgemäß die männliche Beschneidung das Vorkommen von Syphilis um 49 Prozent senken könne.

Das Jahr 1914 brachte Esther mit einem Artikel von Abraham Wolbarst, einem jüdischen Arzt aus New York, auf die Palme, der im Journal of the American Medical Association die standardmäßige Beschneidung zur Prävention von Syphilis, Krebs und Masturbation forderte. »Dieses ›und Masturbation‹ macht den ganzen Rest zunichte«, so Esther.

1932 behauptete ebenjener Dr. Wolbarst, das Smegma unter der Vorhaut führe zu Peniskrebs, doch da las Esther schon nicht mehr, was er schrieb.

Etwas früher, 1928, empfahl ein amerikanischer Arzt (Thomas Bolling Gay), die Beschneidung routinemäßig im Kleinkindalter durchzuführen, um Phimosen zu verhindern. Honor war entsetzt darüber, dass Jungen unter einer Vorhaut leiden konnten, die zu eng war, um sie zurückzuziehen. Und auch wenn Esther es ihren »Penishygienefimmel« nannte, blieb Honors vordringlichster Grund, in männliche Beschneidung zu vertrauen, die bessere Behandlung von Geschlechtskrankheiten.

»Und wie ist dein Dr. Larch damit umgegangen?«, fragte Honor.

Esther erinnerte sich daran, wie in St. Cloud's die Krankenschwestern nachgesehen hatten, ob die kleinen Penisse der männlichen Babys nach der obligatorischen Beschneidung gut verheilten. Damals wurden alle Jungen, die in St. Cloud's geboren wurden, beschnitten, weil sich Dr. Larch an seine Schwierigkeiten im Ersten Weltkrieg erinnerte, als er unbeschnittene Soldaten »gegen dies und das« behandelt hatte. Esther gab das Streiten einfach auf.

»Ich weiß genau, was das war, ›dies und das‹: Geschlechtskrankheiten!«, rief Honor Winslow. Alle in der Bücherei hörten es.

Esther meinte, sie fühle sich wohler beim Gedanken an eine medizinische Beschneidung als an eine Brit-Mila-Zeremonie. »Wenn schon jemand meinem Baby die Vorhaut abschneidet, dann soll das ein Arzt tun, kein Mohel«, sagte Esther. Vollends aus der Fassung brachte sie die Tatsache, dass die Vorhaut begraben wurde. »Wenn eine Vorhaut wichtig genug für eine Beerdigung ist, dann sollten sie sie doch lieber gleich dranlassen!«, verkündete Esther.

Constance las zwanghaft alles, was sie in den vermaledeiten medizinischen Zeitschriften zur Beschneidungsgeschichte fand, bis ein Artikel dem ein Ende setzte. 1935 schrieb ein gewisser Dr. R. W. Cockshutt im British Medical Journal, alle Jungen müssten als Anreiz zur Keuschheit beschnitten werden. Constance war so aufgebracht, dass sie sich mit Naomi Rosenthal darüber unterhielt. »Er heißt tatsächlich Cockshutt!«, sagte sie.

»Das mit der Beschneidung ging mit Abraham los. Gib ihm die Schuld, nicht diesem Cockshutt«, sagte Naomi Rosenthal nur. »Was die Beschneidung als Bund zwischen Gott und Abraham angeht, ist Esther so wenig praktizierend, wie man es als Jüdin nur sein kann. Ich liebe diese Frau!«, rief Naomi.

Als Jimmy Winslow aus dem Krankenhaus nach Hause kam, stillte Esther ihn noch. Honor wechselte die Windeln und kümmerte sich um den kleinen Penis. »Das ist Sache der Mutter. Ich hab's nicht so mit winzigen verletzten Penissen«, sagte Esther. Sie ließ sich Zeit damit, Jimmy abzustillen. Die Winslows nahmen an, Esther würde wieder gehen und sie würden sie dann nie wiedersehen, sobald Jimmy erst aus der Flasche trank.

Auch die Druckers zögerten etwas hinaus, zumindest Isaac: Er behielt die Neuigkeit über die Morgensterns für sich. Sie hatten so viele Juden gerettet, aber Bernard und Joanna Morgenstern waren zu lange in Österreich geblieben; sich selbst hatten sie nicht gerettet. Nachdem Esther zurück nach Palästina gegangen war, erzählte Isaac den Winslows von den Morgensterns, die »weggebracht« worden waren. Wohin, wusste Isaac entweder nicht, oder er behielt es für sich. »Die Nazis machen Jagd auf die Juden. Sie treiben uns zusammen«, war alles, was er sagen konnte.

»Du sagst ihnen nicht alles, was du mir gesagt hast, Isaac. Du solltest den Winslows alles sagen«, drängte Bluma ihren Mann.

»Eines Tages wird Esther Nazis jagen. Wenn das jemand macht, dann sie«, sagte Isaac zu den Winslows.

Zu jenem Zeitpunkt und eingedenk dessen, was über Hitlers Krieg bekannt war, konnten sich Thomas und Constance Esther nicht als Nazijägerin vorstellen. Thomas dachte, der alte Isaac werde langsam senil; waren sie erst pensioniert, alterten Lehrkräfte schneller. Schon bald würden Isaac und Bluma im bevorzugten Altersheim pflegebedürftiger Lehrer verschwinden. Das Heim hieß The Meadow, die Wiese, aber so nannten es nicht alle.

Die Bürger der Stadt Pennacook nannten es den Sumpf. Dort, wo das Altersheim stand, auf der Salzwasserseite der Stadt, war eher ein Sumpf als eine Wiese. »Feuchtgebiete«, hatten die Damen des Ortes das Heim getauft. Der Squamscott war ein Salzwasserfluss, bei Flut staute sich das Flusstal auf.

Die Bewohner von The Meadow hatten ihren eigenen Namen dafür: Die letzte Lehrerkonferenz. Dieser Name fand auch Anklang bei den Lehrern, die noch an der Academy unterrichteten – und bei ihren Frauen. (In der Tat traf sich dort dann der letzte Rest Verstand.)

Die vier Töchter der Winslows planten nicht so weit voraus bis ins Altersheim. Anders als ihre Eltern konnten sie sich sehr gut vorstellen, wie Esther Nazis jagte.

»Unsere Esther ist nicht von der neutestamentarischen Sorte. Sie kauft niemandem die Bergpredigt ab, und sie hat es auch nicht so mit dem Matthäus-Evangelium«, verkündete Faith.

»Dieser Mist mit der anderen Wange ist nichts für Esther. Sie ist eher so der Typ ›Auge um Auge‹!«, erklärte Hope.

»Unsere Esther ist nach der Ester im Alten Testament benannt. Als Haman eine Verschwörung anzettelt, um die Juden zu vernichten, zögert diese Ester nicht, Rache an ihm zu nehmen«, sagte Honor, und wieder dachten ihre Schwestern, was für eine gute Leserin sie doch war. Die Esther, die Honor kannte und liebte, war von der alttestamentarischen Sorte.

Dann wandte Honor sich schnell wieder den unmittelbar anstehenden Dingen zu. Es lag in ihrer Natur, eine äußerst gewissenhafte Mutter zu sein. Am Tag nach der Beschneidung lag ein gelblicher Film auf der Wunde. Eine Krankenschwester zeigte Honor, wie man Jimmys wunden Penis mit Gaze und Vaseline versorgte. »Wenn die Gaze festklebt, geben Sie erst warmes Wasser drauf, bevor Sie sie abziehen«, sagte die Schwester, und Honor kamen die Tränen. Nach drei, vier Tagen ging es Jimmys Penis schon besser. Er weinte nicht mehr beim Pinkeln. Thomas Winslow dachte bei sich, dass sowohl eine gute Mutter als auch eine gute Leserin zu sein mit Freude am Detail zu tun hatte. Honor würde eine äußerst gewissenhafte Mutter werden, so wie sie sich um Jimmys Penis kümmerte. Nach einer Woche oder zehn Tagen war Jimmys Penis nicht mehr rot und geschwollen, doch noch eine ganze Weile erschien er Honor rot und geschwollen im Traum, wie sie ihrer Mutter erzählte.

»Man kann auch zu viel Freude am Detail haben, Tommy«, sagte Constance nur zu Honors Obsession mit Jimmys Penis.

»Recht hast du, Connie«, war Thomas klug genug zu antworten.

Als kleiner Junge sollte es James Winslow nicht an Aufmerksamkeit mangeln. Wenn die Beaudette-Töchter da waren, wechselten sie sich sogar beim Wickeln ab. Wie Josephine Beaudette selbst sagte: »Weißt du, Honor, kleine Penisse kriegen wir nicht allzu oft zu sehen.«

Josephine und Antoine hatten nur Töchter, die ebenfalls fast ausschließlich Töchter hatten. Einer von Josephines vier Enkelsöhnen, Arnaud Beaudette, kam fast genau ein Jahr nach Jimmy Winslow zur Welt. Nachdem bei beiden die Beschneidungen abgeheilt waren, war es eine große Erleichterung, ihre kleinen Penisse zu betrachten, ein kleines Wunder, für Josephine Beaudette wie für Honor Winslow.

Falls Honor sich je schuldig fühlte, weil sie Jimmy hatte beschneiden lassen, dann muss es ihr ein Trost gewesen sein, dass Josephine Beaudette, die keine Jüdin war und die so viele Kinder gehabt hatte, ebenfalls an Beschneidung glaubte. War der alte Antoine Beaudette ebenfalls beschnitten? Thomas Winslow war es, aber er und Constance sprachen nicht darüber. Constance fragte sich, ob ihre Töchter überhaupt wussten, dass ihr Vater beschnitten war. Bei allem, was sie über die Geschichte der Beschneidung gelesen hatten, nie fragte Honor Winslow ihre Mutter, ob

Thomas beschnitten war – oder was Constance über Vorhäute dachte.

»Ist doch nur ein Penis. Mach nicht so einen Wirbel darum«, mehr hatte Esther dazu nicht zu sagen.

12

Kinder hören einen sehr wohl

Im Dezember 1942 beendete eine präsidentielle Verfügung den freiwilligen Eintritt ins Militär für alle Männer zwischen achtzehn und siebenunddreißig. Diese Männer wurden fortan zum Dienst eingezogen. Honor sah, wie erleichtert Hope war: Ihr Mann war neununddreißig, fast vierzig, und er hatte sich schon zweimal dieselbe Schulter ausgekugelt. Der junge Mann, der um Prudences Hand angehalten hatte, ging in den Krieg. Um ausgemustert zu werden, merkte sich Honor, war eine ausgerenkte Schulter gut. Prudence, die Ärztin geworden war, meinte, ein schwere Knieverletzung sei noch besser. Auch das merkte sich Honor.

Wann immer James Winslow als Kind nicht schlafen konnte oder etwas ihn aufgeschreckt hatte, beruhigte ihn seine Mom mit einem Lied. Es war gar kein richtiges Lied, aber Honor sang es wie eins. »Kein Krieg, kein Krieg, kein Krieg«, flüsterte sie ihrem kleinen Jungen ins Ohr wie ein Schlaflied, doch eigentlich war es eine magische Beschwörung.

»Wie lang wird es dauern, bis Jimmy sich daran erinnert, was er gehört oder gesehen hat?«, fragte Honor ihre Schwestern.

»Bevor Jimmy drei wird, wiederholt er Wörter, die er

gehört hat«, antwortete Faith als Erste, klang dabei aber unsicher.

Hope hatte nur ein Kind und klang noch unsicherer als Faith. »Mit vier, fünf wird Jimmy so was wie ein lineares Gedächtnis entwickeln. Er wird den roten Faden erkennen und Zusammenhänge herstellen«, sagte Hope.

Prudence hatte keine Kinder, aber sie war Ärztin. Sie drückte sich unverständlich aus. »Verbale und visuelle Rekognition sind zwei verschiedene kognitive Prozesse«, hob sie an, schwieg dann aber, denn sie wusste, wann niemand in ihrer Familie zuhörte.

Thomas Winslow war ganz außer sich vor Kummer über einen derart beklagenswerten Mangel an Genauigkeit. Als Englischlehrer und als Leser jener sorgfältig erdachten Romane des 19. Jahrhunderts war Genauigkeit Thomas ein Anliegen. Im September 1947 würde Jimmy Winslow sechseinhalb werden und damit nach Constance Winslows Ansicht ein Jahr älter als für die Vorschule nötig. Als Bibliothekarin schätzte Constance Genauigkeit genauso sehr wie ihr Mann. Jimmy würde alt sein für ein Vorschulkind, fand seine Großmutter, aber seine Anmeldung war verschoben worden, bis auch Jimmys Freund Arnaud Beaudette in die Schule kam.

Auf ihre wohlmeinende Art nahmen es die Winslows sehr genau damit, wann Jimmy die Geschichte von seiner leiblichen Mutter zu hören bekommen sollte. In der Vorschule bestand immerhin die Möglichkeit, dass ein anderes Kind etwas zu ihm sagte oder er irgendetwas aufschnappte.

»Wenn jemand ›der Sohn der Waise‹ sagt oder was Schlimmeres«, sagte Faith.

»Ja, vielleicht ›der Sohn der jüdischen Waise‹«, sagte Hope.

»Selbst wenn Jimmy hören würde, wie ein Kind ›die Jüdin‹ sagt, wäre das schon schlimm genug. Es würde bestimmt auf gehässige Weise gesagt werden«, meldete sich Prudence zu Wort.

»Recht hast du, Prudence. Wir sagen James, wer er ist, bevor dem guten Jungen irgendwas Gehässiges zu Ohren kommt«, sagte Thomas.

»Oder sobald ihm das erste Mal irgendwas zu Ohren kommt. Dann sagen wir es ihm!«, rief Constance.

Doch dass es nur sehr langsam mit dem Krieg zu Ende ging, sollte die besten Absichten der Winslows auf die Probe stellen. Noch nie hatten die Bürger der Stadt Pennacook so viel darüber gehört, was mit den Juden geschah (oder geschehen war). Noch vor Kriegsende deckten alliierte Streitkräfte das Ausmaß des Holocausts auf. Je tiefer die Alliierten in Deutschland eindrangen, desto mehr kam über die Arbeits- und Konzentrationslager ans Licht. Als Bergen-Belsen im April 1945 befreit wurde, gab es dort sechzigtausend Gefangene. Amerikanische Truppen stießen auf Dachau, wo sie die verbliebenen Wachmänner der ss zwangen, die Leichen einzusammeln und in Massengräbern zu beerdigen. Ebenfalls im Frühling 1945 wurde der Todeszug aus Buchenwald entdeckt, vierzig oder fünfzig Güterwaggons, in denen über viertausend Gefangene von Buchenwald nach Dachau gebracht wurden. Mehr als die Hälfte von ihnen verhungerte auf der Fahrt; der Zug war drei Wochen unterwegs. Ebenfalls im April befreiten die Amerikaner Ohrdruf, ein Außenlager Buchenwalds, sowie

Dora-Mittelbau und Flossenbürg. Nicht einmal die Bürger der Stadt Pennacook konnten den Wochenschauen und den Fotos in den Zeitungen ausweichen, auch wenn das, was sie sahen, einige nicht davon abhielt, den Holocaust zu leugnen. Als die Gräuel aus den Todeslagern der Nazis veröffentlicht wurden, wurde jedem die systematische Ausrottung der Juden vor Augen geführt. Für eine kleine Ortschaft in New Hampshire wurde ziemlich viel über Juden gesprochen.

Im Herbst 1945 kam eine der Damen des Ortes auf Constance zu, die sie bislang für eine der stillen Antisemitinnen Pennacooks gehalten hatte. Die Frau klang aber ganz aufrichtig, als sie sich mit zittriger Stimme bei Constance erkundigte, ob mit Esther »alles in Ordnung« sei. Offenbar redete man mehr über Juden, wenn Juden in den Nachrichten waren. Das verstärkte Constances Sorge, was Jimmy wohl zu Ohren kommen könnte.

»Kinder haben ein feines Gespür dafür, wenn Erwachsene mit Erwachsenen reden, Tommy. Sie hören vielleicht nicht immer zu, wenn man ihnen etwas sagt, aber Kinder hören einen sehr wohl«, sagte Constance.

»Recht hast du, Connie, und sie wiederholen auch, was sie hören. Es muss gar nichts Gehässiges sein, es könnte auch ganz unschuldig oder mitfühlend gemeint sein«, erwiderte Thomas.

Die Winslows sahen voraus, dass die Gräuel des Holocausts bei manchen Leuten im Ort Mitgefühl für die Juden wecken könnten, ganz zu schweigen von den Nachrichten über die Nazis und faschistische Kriegsverbrecher, die jetzt aus Europa flohen. Nicht mal die Bürger der Stadt Pennacook wollten, dass die Kriegsverbrecher ungeschoren davonkamen.

»Rattenlinien«, sagte der alte Isaac Drucker auf Deutsch zu den Fluchtrouten der Nazis und anderer Faschisten, die sich nach Lateinamerika in Sicherheit bringen wollten. Es gab zwei davon. Eine ging von Deutschland über Spanien nach Argentinien; die andere nach Rom oder Genua und von dort aus in verschiedene Länder Südamerikas. Es gab Rattenlinien des Vatikans, bei denen katholische Geistliche ihre Hände im Spiel hatten. Isaac und Bluma Drucker hassten Bischof Alois Hudal, einen österreichischen Katholiken und Nazisympathisanten, der Rektor eines römischen Kollegs für österreichische und deutsche Priester war. Bischof Hudal half gesuchten Kriegsverbrechern bei der Flucht, unter anderem auch Franz Stangl, dem Lagerkommandanten von Treblinka, und Adolf Eichmann, der nach Argentinien entkam. (Auch Josef Mengele floh nach Argentinien, und dann in weitere Länder, bis er in Brasilien starb.)

Im März 1946 ermordete eine Gruppe von Palmachkämpfern der Hagana Gotthilf Wagner, den Anführer der deutschen Templer-Gemeinde in Palästina. In ihrem Brief drückte sich Esther ein wenig vage aus und nannte Wagner »ein früheres (vielleicht aktives) NSDAP-Mitglied«.

»Vielleicht sind die Klammern mit Absicht widersprüchlich, Connie, oder in Esther ist doch noch eine Spur Vagheit geblieben«, sagte Thomas.

»Esthers jüdische Angelegenheiten sind ihre Sache, nicht unsere, Tommy«, erinnerte ihn Constance.

1948 gab es weitere Attentate, um die Deutschen aus Palästina zu vertreiben. Da hatten die Briten die Templer längst als »feindliche Staatsangehörige« bezeichnet und viele von ihnen verhaftet und nach Australien deportiert. Es hatte Templerkolonien in Haifa, Jaffa, Jerusalem und Sarona gegeben (nun ein Vorort von Tel Aviv). Die Kolonien wurden von Juden übernommen. Nach der Unabhängigkeit Israels 1948 äußerte sich der Staat deutlich zu den Templern, unter denen es Nazisympathisanten gegeben hatte. Israel würde es ethnischen Deutschen, die mit den Nazis sympathisiert hatten, nicht gestatten, nach Israel zurückzukehren oder dortzubleiben. Die Templer, die deportiert worden waren, durften nicht zurückkehren; die in Israel verbliebenen mussten gehen.

1946 schrieb Esther nicht sonderlich viel über die Templer. Ohne Kommentar hatte sie ein altes Foto beigelegt, auf dem der Ringerclub zusammen mit den Ringern der britischen Achten Armee zu sehen war. Honor fand die muskulösen Männer in ihren Einteilern abstoßend und deutete nur zurückhaltend auf Moses Little Mountain. Die anderen Winslows interessierten sich mehr für das Foto, auf dem ein paar der Ringer tätowiert waren, auch Moshe Kleinberg.

»Mögen Ringer Tätowierungen?«, fragte Thomas.

»Keine Ahnung, Daddy. Esther hat nichts dazu gesagt«, antwortete Honor.

»Haifa ist ein Hafen. Schätze, dort kann man sich tätowieren lassen«, sagte Thomas vorsichtig.

»Keine Ahnung, Daddy«, wiederholte Honor.

Als Esther allen ihren Babybauch gezeigt hatte, war den Winslows aufgefallen, dass sie sich das Jane-Eyre-Zitat noch nicht hatte tätowieren lassen, und sie fragten sich, ob sie ihre Meinung dazu geändert hatte.

»Wird sich Esther je Jane Eyre tätowieren lassen?«, fragte Constance.

»Sie will sich tätowieren lassen, wenn die Schwangerschaftsstreifen verblasst sind«, antwortete Honor.

Bei Ausbruch des Zweiten Weltkriegs war die Templer-Kolonie in Sarona in ein Internierungslager umgewandelt worden. Nach dem Krieg wurde daraus eine Militärbasis der Briten. Nach dem Ende des britischen Mandats sollten die alten Templerhäuser und Armeekasernen zu israelischen Regierungsgebäuden werden, darunter Büros für die IDF und die Geheimdienste.

Doch hier verloren die Winslows den Faden, selbst Honor, die den engsten Kontakt zu Esther hatte.

Hatte Esther tatsächlich geschrieben, dass Ben-Gurion den Namen Sarona zu Kirya geändert hatte? Honor glaubte schon, konnte aber den entsprechenden Brief nicht finden.

Und was war mit den israelischen Geheimdiensten?

Als Israels erster Premierminister gründete Ben-Gurion den Mossad. Doch Esther erwähnte den Mossad nirgendwo in ihren Briefen an Honor, nicht ein einziges Mal. Nicht dass die Winslows davon gewusst hätten oder sich daran erinnerten, aber Ben-Gurion übertrug die Leitung des Mossad einem ehemaligen Berater des Außenministeriums, Reuwen Schiloach.

Am 2. März 1951 befahl Ben-Gurion Schiloach, alle Auslandseinsätze zu übernehmen. Nicht dass die Winslows davon gewusst hätten oder sich daran erinnerten – schließlich war es Jimmys zehnter Geburtstag.

Was das für Einsätze sein würden, jenseits der israelischen Grenzen … Im Lauf der Jahre sollten auf jeden Fall die geheime Beschaffung von Informationen und die Verfolgung von Nazikriegsverbrechern darunter sein. Nicht dass die Winslows davon gewusst hätten; und Esther schrieb davon auch kein Wort an Honor. Auf Hebräisch bedeutet Mossad nichts weiter als »Institut«.

Zwei Monate nach Jimmys zehntem Geburtstag wurde der Staat Israel gerade mal drei Jahre alt. Doch was den Mossad anging, dauerte es nicht lange, bis es Gemurre gab. Unter den missbilligenden Kommentaren fand sich irgendwann der, dass Israel als ein Geheimnisstaat geführt werde, in dem unbefugte Kräfte unabhängig von den Gesetzgebern operierten. Hinter dieser Kritik stand die Überzeugung, der Mossad agiere als eine Art Schattenregierung. Es war Ben-Gurions Absicht gewesen, dass der Mossad allein dem Premierminister Rechenschaft schuldig sein sollte, nicht der Knesset, den Abgeordneten Israels. Manche amerikanische Juden, darunter auch die Rosenthals, beklagten sich gelegentlich über die Taktiken des Mossad.

Als es so weit war, dass der Mossad außerhalb der Grenzen Israels agierte, waren Isaac und Bluma Drucker bereits nach The Meadow umgezogen. Grund war ein Küchenunfall gewesen: Auf dem Herd war ein Topflappen in Flammen aufgegangen und hatte Blumas Haar in Brand gesteckt. Isaac hatte zufällig ein volles Glas Orangensaft in der Hand gehabt, das er Bluma über den Kopf goss. Der Zwischenfall bedeutete das Ende ihrer Selbstsicherheit. Die Druckers waren eine willkommene und liebenswerte Ergänzung der letzten Lehrerkonferenz, aber vor allem der alte Isaac konnte schon mal in die Luft gehen. Der Zionist war ein leidenschaftlicher Fürsprecher des Staates Israel. Er duldete keinerlei Kritik am Mossad. »Es ist mir egal, was der Mossad für Taktiken anwendet! Es macht keinen Unterschied, wo man Nazis zu fassen kriegt oder wie man sie umbringt!«, sagte Isaac seinen ahnungslosen Kollegen in The Meadow, wo die Winslows und die Rosenthals nun zu den häufigen Besuchern zählten.

Falls Esthers ständig wechselnde Anschriften etwas zu bedeuten hatten, so behielt sie das für sich. 1951 lautete die Anschrift für eine Weile HaYarkon-Straße in Tel Aviv; ursprünglich hatte sich dort das Büro des Mossad befunden. »Das könnte auch Zufall sein«, sagte Isaac Drucker nur. Später zog das Hauptquartier des Mossad in die Büros des Außenministeriums in Sarona, das Esther die Kirya nannte; es hätte auch Zufall sein können, dass Esther dort ebenfalls eine Anschrift hatte.

Auf Hebräisch ist Kirya ein weiblicher Name, der »Ort« oder »Siedlung« bedeutet, doch Esther sprach in ihren Briefen abwechselnd von »Lager« oder »Gelände«, als ob der Name (oder der Zweck) des Ortes sie nichts weiter anginge.

Honor bemerkte: »Es ist, als ob die Krankenpflege Esther überhaupt nichts mehr bedeutet. Sie verliert nie ein Wort darüber.«

Constance erinnerte sich noch, was sie einmal in Bezug auf die Hagana, die Palmach und die IDF gesagt hatte: »Sie brauchen wohl alle Krankenschwestern, Tommy.«

Und die Winslows erinnerten sich auch, was Isaac Drucker auf seine vage Art dazu gesagt hatte: »Beim Militär hat man bestimmt Bedarf an Krankenschwestern.« Jetzt nicht – nicht mehr. Einmal, als die Winslows die Druckers in The

Meadow besuchten, sagte Isaac sogar: »Der Mossad hat nicht unbedingt Bedarf an Krankenschwestern, Tommy.«

»Falls unsere Esther für den Mossad arbeitet, dann nicht als Krankenschwester, Connie«, fügte Bluma hinzu. Für die Druckers war das entschieden deutlicher als sonst.

Constance ärgerte sich über Esthers starrsinnigen Mangel an Genauigkeit. Als sie und Tommy allein waren, sagte sie sogar: »Bei Esther ist mehr als nur eine Spur Vagheit geblieben. Ich glaube, sie hat sich die Unbestimmtheit zu eigen gemacht, Tommy.«

»Esthers jüdische Angelegenheiten sind ihre Sache, nicht unsere, Connie«, erinnerte Thomas sie.

Doch es war Honor, die sie im Laufe der Zeit immer wieder daran erinnerte: »Wenn es darum geht, auf mich aufzupassen, ist Esther kein bisschen vage.« Vielleicht hatte sich Honor die Unbestimmtheit auch zu eigen gemacht, dachte Constance.

Trotz der besten Absichten der Winslows war die Geschichte von Jimmy Winslows »anderer Mutter« bei einer Verabredung zum Spielen herausgekommen, als der Junge gerade sechs geworden war. Natürlich hatte James Winslow schon früher nach seinem Vater gefragt. Wer war er? Warum war er nicht da?

Und natürlich hatte Honor darüber nachgedacht, was sie sagen würde, sie wusste ja, dass Jimmy Fragen stellen würde. »Dein Vater wohnt ganz weit weg, in einem anderen Teil der Welt. Wir werden ihm nie begegnen, Jimmy«, sagte sie.

»Denkt er an mich?«, fragte James Winslow.

»Ich weiß nicht; er führt jetzt ein anderes Leben und hat

noch andere Kinder«, antwortete Honor. Sie hatte mit ihren Schwestern geübt, was sie sagen wollte.

»Ganz gleich, was du sagst, Honor, Jimmy wird immer wieder fragen«, sagte Constance.

»Er wird wissen wollen, wie sein Vater aussieht«, sagte Thomas.

»Du bist derjenige, der wissen will, wie er aussieht, Daddy. Du schaust dir ständig diese alten Fotos an«, erinnerte ihn Honor. Das stimmte. Thomas Winslow suchte in seinem geliebten James nach Ähnlichkeiten mit Moshe Kleinberg. Auf den Fotos, die Esther geschickt hatte, hatten die meisten Ringer übermäßig trainierte Oberkörper im Vergleich zu ihren Beinen. Bei Little Mountain war der muskulöse Torso länger als seine Stummelbeine. Thomas konnte nur hoffen, dass es der Einteiler war, der die Länge des Torsos und die Kürze der Beine so verzerrte.

»Sehe ich aus wie er?«, fragte James Winslow seine Mutter.

»Es ist noch zu früh, um das genau zu wissen, Jimmy, aber du wirst einmal gut aussehend, das ist alles, was ich sagen kann«, antwortete Honor. Sie versprach, ihm mehr von seinem Vater zu erzählen. »Wenn du älter bist, Jimmy«, sagte Honor immer wieder.

Jimmys besagte Verabredung zum Spielen war mit Arnaud Beaudette gewesen. Chantal Beaudette war Josephines jüngste Tochter – ihr letztes Kind und eine frühreife Achtjährige, aber sie spielte oft mit Jimmy und Arnaud. Es war schon lustig genug, dass Arnaud nur ein paar Jahre jünger war als Chantal, seine Tante, ganz zu schweigen davon, dass sie kleiner war als er. (Es blieb Josephine oder Honor nicht verborgen, dass Chantal Beaudette ebenso klein war wie Jimmy Winslow.)

Weil sich Honor und Josephine in der Küche unterhielten, hörten sie nicht, was Arnaud Jimmy fragte. Chantal hingegen hörte deutlich, wie ihr Neffe fragte, ob es Jimmy traurig machte, was mit den Juden geschehen war. (Und merkte bestimmt, dass Jimmy die Frage nicht verstand.)

»Arnaud meint, ob es dich traurig macht, wenn die Juden umgebracht werden. Wegen deiner anderen Mutter«, erklärte Chantal Jimmy.

James Winslow war nicht der einzige Sechsjährige, der nicht wusste, was mit den Juden geschehen war, aber er dürfte in Pennacook zu einer Minderheit gehört haben, weil er nicht wusste, dass er zwei Moms hatte. »Welche andere Mutter?«, fragte Jimmy Arnauds Tante Chantal.

»Na, deine andere Mutter, die jüdische!«, hatte Chantal gerufen. Das hörten Honor und Josephine. Beide wussten, dass Chantal und Arnaud Jimmy liebten und Jimmy sie auch. Honor und Josephine wussten auch, dass sich in der Küche der Beaudettes immer irgendwelche Erwachsenen unterhielten. (Und dass im Haus der Beaudettes auch immer irgendwelche Kinder mithörten.)

Im ersten Augenblick konnten Honor und Josephine einander nur in den Arm nehmen, aber sie wussten natürlich, was nun geschehen musste. Von nun an durfte nichts mehr verschwiegen werden, alles musste ans Licht. Der Zeitpunkt war gekommen, an dem James Winslow die ganze Geschichte kennen musste, auch wenn er gerade erst sechs geworden war und einiges davon für ihn schwer nur zu begreifen sein würde.

»Esthers Geschichte kann ganz schön verwirrend sein, wenn man erst sechs ist«, warnte Constance Honor.

»Esthers Geschichte war schon verwirrend, als sie erst drei war, Connie. Frag mal Dr. Larch!«, rief Thomas.

Die Winslow-Töchter waren ein gut eingespielter Chor. Als sie Jimmy die Geschichte seiner leiblichen Mutter erzählten, scheuten sie nicht vor den Details zurück. »Esther war die Mom, die schwanger geworden ist, Jimmy. Deine Mom hat das mit der Schwangerschaft nicht gemacht«, sagte Faith. (Das mit der Schwangerschaft bedurfte genauerer Erläuterung.)

»Esther war die Mom, die dich im Bauch hatte, Jimmy«, sagte Hope und hielt sich zur Veranschaulichung den Bauch dabei.

»Esther hat dich zur Welt gebracht, Jimmy«, sagte Prudence. (Thomas konnte nicht dabei zusehen, wie Prudence diesen Teil vorführte, doch James Winslow wandte den Blick nicht von ihr ab.)

»Esther hat dich mir gegeben, Jimmy. Du warst ihr Geschenk an mich, weil sie wusste, wie sehr ich dich haben wollte«, sagte Honor zu ihrem Kind. Falls James Winslow darüber nachdachte, dass er der einzigen Mutter, die er kannte, geschenkt worden war, behielt er das für sich.

So viele Erklärungen konnten verwirrend sein, und alle Wege führten Jimmy zurück zu seinem Vater. Der Junge schien Esthers Geschichte zu akzeptieren, selbst den Teil, dass sie ihm keine Mutter hatte sein wollen. Aber James Winslow fragte immer wieder, warum sein Vater ihn nicht sehen wollte, nicht mal auf Fotos.

»Er weiß nicht mal, wie ich aussehe, Grandpa!«, sagte

der Junge entrüstet. (Jimmy erzählte seiner Mutter, er wünsche sich, Grandpa Tommy wäre sein Vater.)

»Wir sollten unserem lieben James die Fotos von seinem Vater zeigen. Vielleicht inspiriert Little Mountain den Jungen ja dazu, Ringer zu werden«, sagte Thomas zu seiner Familie. (Die Fotos von Moshe Kleinberg und den anderen Ringern in ihren Einteilern weckten zumindest bei Thomas die Vorstellung von seinem Enkel als zukünftigem Ringer.)

Die Winslow-Frauen waren entsetzt bei dem Gedanken, ihr Schätzchen Jimmy könnte Ringer werden. »Also ehrlich, Tommy, wir sollten dem guten Jungen Fotos von seiner leiblichen Mutter zeigen. Jimmy wird Esthers Hände haben«, sagte Constance nur.

Also bekam der sechsjährige James Winslow die Fotos von seinen leiblichen Eltern zu sehen, und Honor und ihre Schwestern taten ihr Bestes, um ihn an die biologischen Aspekte des Vater- und Mutterseins heranzuführen. Natürlich taten alle Winslows ihr Bestes, um den Jungen nicht mit zu vielen Informationen zu verwirren, auch wenn es später durchaus für Verwirrung sorgen würde, Jimmy die Sache mit dem Schwängern als Teil des Reproduktionsvorgangs zu ersparen. Constance, die entschlossen war, nicht über geschlechtliche Fortpflanzung zu sprechen, beeilte sich mit dem, was sie über Esthers Hände sagen wollte. (Auf den Fotos, die Esther geschickt hatte, konnte man die langen Finger ihrer großen Hände sehen.)

»Du hast Esthers Hände, Jimmy«, sagte Constance und wies auf eines der Fotos. (Sie hätte sich nicht so beeilen sollen. Sie hätte sagen sollen, dass Jimmy Hände haben würde wie die von Esther.)

Der Sechsjährige schaute entsetzt. »Hat denn Esther jetzt keine Hände mehr, Grandma?«, fragte er und starrte seine Hände an.

Nachdem diese Verwirrung ausgeräumt war, hatte der junge James Winslow noch weitere Hürden zu nehmen – angefangen mit dem langsam aufziehenden Bewusstsein, woher er kam. Ihm war bewusst, dass seine Hände vergleichsweise größer waren als der Rest von ihm. Wenn er seine übergroßen Pranken von der großen Frau hatte, die ihn geboren hatte, was würde er dann wohl von seinem Vater erben, fragte sich Jimmy.

Wie sein Großvater war James Winslow fasziniert von den Fotos von Moses Little Mountain. Der Junge schien entschlossen, Ringer zu werden. Jimmy wünschte sich, einen ebensolchen Einteiler zu tragen wie die Männer auf den Bildern. »Ich weiß nicht, ob es Einteiler für Kinder gibt, Schätzchen«, sagte Honor.

Arnauds Tante Chantal mochte in diesem Herbst 1947, als James Winslow und Arnaud Beaudette zusammen in die Vorschule kamen, vielleicht nur zwei Jahre älter sein als Jimmy, aber sie war erheblich klüger. Natürlich hatten die Beaudettes die Fotos von Moshe Kleinberg gesehen – auch Chantal. Sie nahm Jimmys erkennbar größere Hände in ihre schmalen, hübschen Hände und drückte sie. »Du hast Esthers Hände, Jimmy, aber du wirst eher wie Little Mountain aussehen, nicht wie Esther. Du wirst klein bleiben, Jimmy, vielleicht bleiben wir für immer gleich groß.«

Auf einem der Fotos, die Esther geschickt hatte, bemerkte der junge James die Blumenkohlohren von Moshe Kleinberg. »Kriege ich seine Ohren?«, flüsterte Jimmy Arnauds Tante ins Ohr, damit sein Freund Arnaud nichts davon mitbekam.

»Schau dir doch deine Ohren an, Jimmy. Du hast nicht solche Ohren wie Little Mountain. Ich glaube, das liegt am Ringen«, flüsterte Chantal zurück. (Sie war auch erheblich klüger als die meisten Kinder in ihrem Alter.)

Ohne dass seine Familie davon wusste, stattete Thomas Winslow dem Ringertrainer der Pennacook Academy einen Besuch ab. Die Academy hatte, solange sich Thomas erinnern konnte, ein Ringerteam gehabt, aber Coach Ted (wie ihn jeder nannte) war ganz neu dabei. In der Ringerszene kannte man Coach Ted allerdings schon länger, wie Thomas erfuhr.

Er war für Illinois bereits zweimaliger Champion bei den Big Ten gewesen, als James Winslow noch ein Baby war. Der Coach war auch zweimal All-American gewesen und 1941 und 1942 Dritter und Zweiter bei den Landesmeisterschaften geworden. 1945 zog Coach Ted dann nach New Hampshire und wurde Trainer an der Pennacook Academy. Zwar fand niemand, dass er unzufrieden wirkte, aber eigentlich hielten ihn alle für überqualifiziert für diesen Posten. (Seine Teams würden das Ringen in den Privatschulen Neuenglands über dreißig Jahre lang dominieren.)

Als sich die beiden Männer trafen, war es für Thomas Winslow von großer Bedeutung, dass er sich von Anfang an auf Coach Teds Diskretion verlassen konnte. Nachdem Thomas als Erstes vom biologischen Vater seines lieben Enkels erzählen wollte, war das unabdingbar. Coach Ted bestätigte natürlich den Grund für Moshe Kleinbergs Blumenkohlohren auf den Fotos und ihre Authentizität. Little

Mountains geschundene Ohren waren das Resultat wiederholten Reibens – nicht nur auf der Matte, auch die Köpfe von Ringern rieben ständig aneinander, erklärte der Coach.

Thomas Winslow fragte auch, ob Coach Ted glaubte, dass die Neigung zum Ringen angeboren war.

»Söhne von Ringern werden auch eher zu Ringern, und kleine Brüder von Ringern genauso«, setzte Coach Ted auf seine gemessene Art an. »Aber das lässt sich wohl eher darauf zurückführen, dass sie mit dem Ringen aufwachsen, nicht, weil es etwas Angeborenes wäre«, sagte der Coach. Der Englischlehrer bewunderte Coach Teds Genauigkeit ebenso wie seine Diskretion. Und Thomas fand Gefallen an dem Gedanken, dass sein Enkel mit dem Ringen aufwuchs. Um Jimmy den Sport näherzubringen, schlug er vor, mit Jimmy zum nächsten Wettkampf in Pennacook zu kommen. »Nicht so schnell. Lass dir Zeit«, sagte der Coach. »In ein paar Jahren hab ich ein besseres Team, Tommy, bis dahin ist dein Jimmy auch alt genug, bei einem Wettkampf stillzusitzen.« Nach Ansicht von Thomas Winslow würde sich Coach Ted als vorausschauend und genau herausstellen.

Im Winter 1950 gewannen Teds Ringer die meisten ihrer Wettkämpfe. Da schauten Thomas und James Winslow schon gebannt zu. Thomas sah Jimmy nie so stillsitzen, wie wenn er einen Ringkampf beobachtete. Arnaud Beaudette begleitete sie, auch er war vom Ringen begeistert. Manchmal kam auch Arnauds Tante mit, Chantal war eine lebhafte Zuschauerin. Sie schloss die Augen, zuckte zusammen, war voreingenommen gegenüber den Schiedsrichtern. Sie wusste, welche sie mochte und welche nicht. Als der Schiri einmal einen der Pennacook-Ringer wegen Passivität verwarnte, brüllte Chantal ihn an. »Der andere ist passiv!«, schrie sie.

Thomas und James schauten lieber beim Leichtgewicht zu als bei den schwereren Klassen, und das nicht nur, weil klar war, dass Jimmy in einer der leichteren Klassen ringen würde. Die Leichtgewichtler waren schneller und bewegten sich mehr. »Bei den Kleinen zuzuschauen macht mehr Spaß«, bemerkte Chantal. Es war offensichtlich, dass Arnaud Beaudette in einer der schwereren Klassen ringen würde. (Coach Ted und Thomas Winslow sahen sich bereits nach Möglichkeiten um, Arnaud ein Stipendium an der Academy zu beschaffen.)

»Ich weiß, ihr seid beste Freunde, aber ihr werdet eher nicht gemeinsam trainieren«, sagte Thomas.

»Wenn Jimmy und Arnaud beste Freunde sind, ist es sowieso besser, wenn sie nicht gemeinsam trainieren«, sagte Coach Ted.

1950 war James Winslow neun. Arnauds Tante war elf. »Wir sind immer noch in derselben Gewichtsklasse«, hörte Thomas Chantal zu Jimmy sagen.

In demselben Jahr war Moshe Kleinberg vierundvierzig und gewann eine Medaille bei den landesweiten Hapoel-Meisterschaften. Little Mountain wurde auch ausgewählt, Israel bei der 3. Makkabiade zu vertreten, »so was wie die jüdische Olympiade«, schrieb Esther. Dort gewann Moses eine weitere Medaille. »Keine Goldmedaille, vielleicht nur Silber oder Bronze«, schrieb Esther an Honor. Sie schickte auch keine Fotos.

1954 hörte Moshe Kleinberg mit den Ringwettkämpfen auf, während Arnaud Beaudette und Jimmy Winslow es kaum erwarten konnten, endlich loszulegen. Little Mountain wurde mit achtundvierzig Schiedsrichter und Trainer. Auch davon schickte Esther keine Fotos.

1954 war Chantal Beaudette fünfzehn; sie ging nicht mehr mit zu den Wettkämpfen. »Wenn ihr beiden ringt, komme ich und schaue zu«, sagte Chantal zu Jimmy und Arnaud.

Jimmy Winslow fiel mit einem Mal auf, dass Chantal die weiten Blusen und ausgeleierten Pullover ihrer älteren, größeren Schwestern trug. »Chantal mag es nicht, wenn jemand sieht, dass sie Brüste hat«, vertraute Arnaud Jimmy an, der bereits in Chantal verknallt war. Mit dreizehn konnte sich James Winslow nicht vorstellen, Arnaud von seinen Gefühlen für Chantal zu erzählen. Es Arnaud aber nicht zu sagen, schien ihm wie Verrat an seinem besten Freund.

13
Es mit der Liebe versuchen oder nicht

Zu Jimmy Winslows fünfzehntem Geburtstag im März 1956 schenkte sein Großvater ihm ein Exemplar von *Große Erwartungen,* dem vorletzten Roman, den Charles Dickens vollendet hatte. »Wir werden ihn uns gegenseitig vorlesen, James. Ich lese die ungeraden Kapitel, du die geraden«, sagte Thomas zu seinem Enkel. Thomas und Constance bewunderten Jimmys Entschlossenheit, die emblematischen Romane des 19. Jahrhunderts zu lesen, die sein Großvater an der Academy unterrichtete. Aber James Winslow war ein langsamer Leser; beim Lesen bewegten sich seine Lippen. »Als würde der Junge jedes einzelne Wort schreiben, Connie«, sagte Thomas.

Constance wusste, dass ihr Mann noch einen anderen Grund hatte, *Große Erwartungen* laut zu lesen. Die Lehrer an der Pennacook Academy durften ihre eigenen Kinder (oder Enkel) nicht unterrichten. Der Fachbereich Englisch hatte Thomas Winslows Wunsch abgelehnt, in Jimmys Fall eine Ausnahme zu machen, obwohl Thomas bei seinen Kollegen als der Mann für Dickens galt. Constance war sich darüber im Klaren, dass ihr Tommy glaubte, er hielte die Rechte daran, *Große Erwartungen* zu unterrichten.

»Wenn der liebe James den Roman laut hört, Connie, wird ihn das als Leser voranbringen«, meinte Thomas.

»Wenn du ihn nur nicht zu Tode belehrst«, fiel Constance dazu nur ein. Sie hatte seine Vorträge zu *Große Erwartungen* gehört, die alle ausgezeichnet gewesen waren. Thomas hielt *Große Erwartungen* für den einfühlsamsten und am besten komponierten Roman der englischen Sprache.

»Und er veranschaulicht großartig die eine Sache, die die Leser an Dickens am meisten hassen«, hatte Constance ihren Mann sagen hören. »Dickens ist es wichtiger, einen emotional anzurühren, als einen intellektuell zu überzeugen«, sagte Thomas immer. »Mein lieber James, du wirst in *Große Erwartungen* die Figuren lieben, die du lieben sollst, und die hassen, die du hassen sollst«, hörte Constance ihren Mann sagen. »Man kann nicht einem Rechtsanwalt begegnen, der so erschreckend ambivalent ist wie Mr. Jaggers, und sich je wieder freiwillig in die Hände eines Anwalts begeben. Jaggers ist zwar nur eine Nebenfigur in *Große Erwartungen*, aber vermutlich steht keiner so wie er gegen das Leben nach abstrakten Regeln«, dozierte Thomas Winslow. Der Lehrer übersah nicht, dass Dickens' Vater finanzielle Probleme gehabt hatte oder Dickens als Kind, mit elf Jahren, hatte arbeiten müssen. Dickens kannte gesellschaftliche Missstände aus erster Hand, mit fünfzehn ging er von der Schule. (Constance war sich wohl bewusst, dass Jimmy fünfzehneinhalb sein würde, wenn er im Herbst 1956 auf die Pennacook Academy kam.)

Constance war ganz verzweifelt darüber, wie ihr Mann in einem fort dozierte. »Du wirst merken, dass Dickens' opulente Sprache im Lauf der Geschichte immer schlichter wird«, hörte sie ihn zu Jimmy sagen. »Sowohl ihre Üppigkeit, wenn er etwas ausschmücken will, aber auch, wie sparsam er sein kann, wenn es ihm einzig darum geht, die Geschichte voranzutreiben. Dickens ist sich seiner Leser stets bewusst«, fuhr Thomas fort. »Und er übertreibt es mit den Satzzeichen! So sorgt er dafür, dass man lange und potenziell schwierige Sätze langsamer liest, dafür fallen sie einem leichter. Seine Satzzeichen sind eine Art Regieanweisung«, sagte Thomas Winslow. Er wusste nicht, dass Honor ihm zuhörte, zusammen mit ihrer Mutter.

»Scheiß auf Dickens' Satzzeichen, Daddy!«, rief Honor. »Um Himmels willen, Tommy ... Jetzt lest euch doch einfach vor!«, sagte Constance.

Weil Thomas die ungeraden Kapitel vorlas, war er es, der anfing. Es kam Constance und Honor so vor, als würde er den zweiten Satz des zweiten Absatzes jenes ersten Kapitels besonders betonen. »Da ich weder meinen Vater noch meine Mutter gekannt und nie ein Porträt von ihnen gesehen habe (denn sie lebten lange vor der Zeit der Fotografien), fußten meine ersten Vorstellungen auf ihren Grabsteinen.«

Constance und Honor fragten sich beide, ob Thomas erreichen wollte, dass Jimmy sich wegen seiner eigenen Umstände besser fühlte. (Zumindest hatte der Junge Fotos von Esther und Moses Little Mountain gesehen – nicht nur Grabsteine.)

Wahrscheinlich legte Thomas aus ähnlichen Gründen eine Pause ein, vermuteten Constance und Honor, bevor er jenen ominösen Abschnitt aus dem siebten Kapitel las, wenn der junge Pip darüber nachsinnt, dass man in den Sümpfen erfrieren konnte. »Und dann sah ich zu den Sternen und dachte mir, wie grauenhaft es für so einen Mann wäre, zu ihnen hochzublicken, während er erfror, und in all der glitzernden Vielfalt keine Hilfe und kein Erbarmen zu sehen.« War dies Thomas Winslows Art, seinem Enkel zu versichern, dass James nie ohne Hilfe oder Erbarmen sein würde, weil der Junge aus einer liebenden Familie kam? (Inzwischen gab es nicht mehr nur die Lauscher im Nebenzimmer – wann immer Thomas und James sich gegenseitig vorlasen, hörte die ganze Familie zu.)

Und was für eine lange Pause trat erst ein, nachdem der junge James den ersten Satz von Kapitel vierzehn gelesen hatte, der wohl etwas wie eine Verkündung war: »Es ist ein überaus scheußliches Gefühl, sich für das eigene Zuhause zu schämen.« James Winslow wurde von seinen Gefühlen überwältigt, der gute Junge musste sich erst fassen, bevor er weiterlesen konnte. Es bedeutete den Winslows alles, dass Jimmy sich nicht für sein Zuhause schämte. Schon allein die Vorstellung fanden sie abscheulich.

Erst als Thomas jenen Absatz kurz vor dem Ende des neunzehnten Kapitels las – kurz vor dem, was Dickens »Das Ende von Pips Erwartungen« nannte –, erkannte Constance, warum ihr Tommy sich die ungeraden Kapitel herausgesucht hatte. (Das war ebenso wohlüberlegt gewesen wie alles andere, was ihr Mann seinen Enkel lehrte. Er wollte jenen Abschnitten eine Stimme geben, in denen Dickens' Absicht aufschien, den Leser emotional anzurühren.) »Der Himmel weiß, dass wir uns unserer Tränen nie zu schämen brauchen, denn sie sind Regen auf den blindmachenden Staub der Erde, der sich auf unseren harten Herzen ablagert.«

Constance und ihre Töchter waren nicht überrascht, als Thomas im neunundzwanzigsten Kapitel Miss Havisham »eindringlich flüstern« ließ, als sie dem armen Pip sagt, »was wahre Liebe ist«. (In dieser Hinsicht, so viel verstand Constance, waren Dickens und ihr Mann Seelenverwandte; ihr Hass auf Miss Havisham kannte keine Grenzen.) Beim Thema »wahre Liebe« hielten sich weder Thomas Winslow noch Miss Havisham zurück. »Es ist blinde Hingabe, bedingungslose Selbsterniedrigung, völlige Unterwerfung, Vertrauen und Glaube wider besseres Wissen und gegen die ganze Welt, sich mit Herz und Seele demjenigen auszuliefern, der den tödlichen Schlag führt – wie ich es tat!«, rief Thomas Winslow in der Rolle der Miss Havisham.

Womöglich führte Thomas' Deklamieren von Miss Havishams Verdammung der Liebe dazu, dass es James Winslow niemals mit der Liebe versuchte, so wie es auch Honor nie getan hatte. Honor konnte gar nicht verhindern, dass sie ihre eigenen Ängste auf Jimmy übertrug. (Welche Mutter würde nicht wollen, dass ihr Kind es mit der Liebe versuchte, auch wenn sie es selbst nicht getan hatte?)

Constance kannte ihren Mann gut, vor allem seine Lehrmethoden, und sie wartete auf die noch ausstehende Stunde zu den beiden Enden von *Große Erwartungen*. Bevor Thomas das letzte, das neunundfünfzigste Kapitel vorlas, bat er den jungen James, den ursprünglichen Schluss zu lesen – Pips letzte Begegnung mit Estella, die ihm einst das Herz gebrochen hatte. Irgendwie will Dickens uns glauben machen, dass Pip Estella ansieht, ihr Leiden wäre »ein machtvollerer Lehrmeister« für sie gewesen als Miss Havisham – noch schwerer ist es, sich vorzustellen, dass Estella überhaupt ein Herz hat! Pip glaubt, dass irgendetwas sie verstehen gelehrt hat, »wie sein Herz einst beschaffen war«. (Wer Estella kennt: Viel Glück mit dieser Annahme!)

Thomas Winslow und sein Enkel waren einer Meinung, was den ursprünglichen Schluss anging. Der Ton ist selbstmitleidig und damit moderner als Dickens' romantische Umarbeitung. »Im ursprünglichen Schluss liegt so eine neuzeitliche Distanziertheit, eine Selbstgefälligkeit sogar, und das passt überhaupt nicht zu Dickens«, sagte Thomas zum jungen James. »Was noch schlimmer ist: Pip bläst Trübsal, und das passt noch weniger zu Dickens!«, rief Thomas aus. Dann las er das letzte Kapitel laut vor (das revidierte Ende), und zwar mit Tränen in den Augen, als er zu der Stelle kam, wo Pip und Estella zueinanderfinden.

»Ich sah keinen Schatten einer Trennung von ihr.« Das sind Pips letzte Worte: Er erklärt Estella seine ewige Liebe – seiner ewigen Peinigerin. Constance bewunderte, was ihrem Mann da gelungen war. Er hatte das neue Ende als das richtige für den Roman gelobt, Jimmy aber zugleich berechtigte Zweifel hinsichtlich Estella eingepflanzt.

»Ich habe kein gutes Gefühl bei Pip und Estella als Paar«, sagte Jimmy zu seinem Großvater, nachdem sie sich *Große Erwartungen* zu Ende vorgelesen hatten.

Constance wusste, worauf das hinauslaufen würde, sie hatte den Vortrag ihres Mannes dazu schon gehört, es war einer seiner besten. Dass ja Pips Erwartungen schon zuvor enttäuscht worden waren, dass wir zu der Überzeugung gelangt sind, seine Erwartungen seien sowieso nicht sonderlich groß gewesen. Wie wir wissen, hat Pip mitbekommen, dass Estella »ein äußerst unglückliches Leben« führt, denn der Gatte, von dem sie sich getrennt hat, hat sie »mit großer Grausamkeit behandelt«. (Honor Winslow fühlte sich schlecht dabei, dass sie an Estella als gebrauchte oder beschädigte Ware dachte.) Darüber, sich verliebt zu haben, sagt Pip: »Doch wie sollte ich, ein armer geblendeter Dorfbursche, mich der verblüffenden Inkonsequenz entziehen, der die besten und klügsten Menschen jeden Tag zum Opfer fallen?« Als er Estella später wiedersieht (als sie beide schon älter sind), sagt er rundheraus: »Die Frische ihrer Schönheit war allerdings verschwunden.«

»Es ist das richtige Ende für den Roman, mein lieber James, aber ich finde, Pip tut sich keinen Gefallen, wenn er sich ›keinen Schatten einer Trennung von ihr‹ mehr vorstellen kann«, sagte Thomas.

»Ich würde vor ihr davonlaufen, so weit ich nur könnte!«, rief Jimmy Winslow.

»Was für ein gerissener alter Fuchs du doch bist, Tommy – als Lehrer, meine ich!«, sagte Constance. Thomas Winslow sollte recht behalten; *Große Erwartungen* laut vorgelesen zu bekommen brachte den jungen James tatsächlich als Leser voran.

Womit Thomas Winslow allerdings nicht gerechnet hatte, war, dass *Große Erwartungen* laut zu lesen Jimmy Winslow dazu brachte, Schriftsteller werden zu wollen, aber nur einer, wie Charles Dickens es gewesen war, sagte der junge James zu seinem Großvater.

Thomas hatte nie vorgehabt, den Jungen mit einem derart altmodischen Wunsch zu belasten. Ein Schriftsteller wie Charles Dickens werden zu wollen, erschien Thomas als ein Dinosaurier unter den Ambitionen – und Thomas liebte

Dickens wirklich sehr. Doch er wusste auch, dass viele seiner Kollegen es altmodisch fanden, Dickens zu unterrichten. Und er wusste, dass die meisten seiner Schüler Dickens hassten. Wäre James Winslow als ein solcher Schriftsteller nicht bereits überholt, bevor er überhaupt angefangen hatte, zur Namenlosigkeit verdammt? Was hat mich nur dazu bewegt (bewogen)?, sorgte sich Thomas Winslow (ganz der Englischlehrer). Er bedauerte, seinen geliebten Enkel dazu ermutigt zu haben, ein Schriftsteller des 19. Jahrhunderts werden zu wollen, dabei hatte er dem Jungen mit dem Lesen nur über seine Schwierigkeiten hinweghelfen wollen.

Wie sein Großvater befürchtet hatte, tat sich James Winslow als Schüler an der Pennacook Academy schwer. Der Junge hielt sich in Geschichte und Englisch tapfer, er las noch immer langsam, aber gewissenhaft. Thomas bemerkte, dass James schriftliche Aufgaben peinlich genau nachbesserte (und dabei eher zu viele Satzzeichen verwendete). Er gab sich die Schuld für die zwanghafte Umschreiberei seines Enkels, wofür an einer leistungsorientierten Schule nie genug Zeit blieb. Jimmy Winslow würde in Mathe ins Hintertreffen geraten, überhaupt in allen Naturwissenschaften. Er würde es auch nicht schaffen, eine Fremdsprache zu lernen – aber nicht, weil er es nicht versuchte. Sein Großvater hatte ihm Spanisch empfohlen. (Laut Thomas' Kollegen an der Academy sei dies die leichteste Fremdsprache.) Doch den jungen James hatte nachhaltig beeindruckt, wo seine biologischen Eltern herkamen. Schon zu Beginn der Oberstufe hatte er davon geträumt, nach Wien zu gehen und als Student ein Auslandsjahr einzulegen. Die einzige Fremdsprache, die James Winslow lernen wollte, war Deutsch.

Natürlich bewunderte Thomas die Hartnäckigkeit seines Enkels. Charles Dickens war der Held des guten Jungen, und Jimmy hatte mit eigenen Augen gesehen, wie dieser Held das Ende von *Große Erwartungen* noch einmal umgeschrieben hatte. Dummerweise konnte man die Academy erst abschließen, wenn man drei Jahre einer Fremdsprache vorzuweisen hatte, dasselbe galt für Mathematik. James Winslow brauchte fünf Jahre, um drei Jahre Deutsch zu bestehen, und fünf Jahre für Mathematik.

Es war eine kleine Erniedrigung für Jimmy, dass er seinen Abschluss nicht zusammen mit der Klasse des Jahres 1960 machte, so wie sein bester Freund Arnaud Beaudette. Alle Beaudettes waren gekommen, auch Tante Chantal. Weil James in sie verliebt war, versuchte der Junge, sie nicht anzustarren, aber er bemerkte trotzdem, wie sie ihn beobachtete. Chantal war klug genug, um sich Sorgen um ihn zu machen.

Coach Ted war ebenfalls klug. Nach der Abschlusszeremonie schwirrten alle umher, und Coach Ted nahm Jimmy beiseite. »Es ist egal, wann du deinen Abschluss machst, Jimmy. Es kommt nur darauf an, dass du dein Ziel erreichst«, sagte Coach Ted. »Außerdem ist ein fünftes Jahr nicht nur schlecht. Dann hast du noch mal ein ganzes Jahr Ringen vor dir«, sagte der Coach.

Dass er noch ein weiteres Jahr ringen konnte, war James Winslow ein gewisser Trost, auch wenn er in Neuengland nie eine Meisterschaft gewann. Wie auch Little Mountain war er bei ein paar Titelkämpfen dabei, einmal wurde er

Vierter, zweimal Dritter. Auch als Ringer besserte er ständig nach. Er war, was Coach Ted planvoll nannte. Ted hatte ihm beigebracht, auf seine Technik zu achten, von Anfang an defensiv zu agieren, auf Konter zu setzen. Jimmys erste Griffe waren nie schnell oder kraftvoll genug. James Winslow gewann seine Kämpfe dadurch, dass er die ersten Griffe seiner athletischeren Gegner konterte. Vierter in Neuengland zu werden war gar nicht so schlecht; zweimal Dritter zu werden galt als ziemlich gut. Aber Jimmy war kein großer Sportler. Sein einziger angeborener Vorteil war die überlegene Kraft seiner Hände. Er hatte tatsächlich Esthers Hände, mit denen er die Handgelenke seiner Gegner im Griff behalten und ihre Knöchel packen konnte. Mit seiner Handkontrolle und seiner Technik konnte er einige bessere Athleten besiegen, aber Coach Ted machte ihm keine Illusionen. Er war offen mit ihm, was Jimmys Chancen als Ringer jenseits der Schulliga anging. Nicht schlecht oder ziemlich gut – das würde für die nächste Stufe nicht reichen, sagte er dem Jungen. Bei Arnauds Abschlussfeier ermutigte ihn Coach Ted, tatsächlich der Schriftsteller zu sein, der er einmal werden wollte.

»Wenn du das hier einmal hinter dir lässt, Jimmy, und das wirst du, dann halt dich ans Schreiben. Halt dich ans Schreiben, so wie ein Ringer sich ans Ringen halten würde«, sagte Ted. »Hier kommt jemand, mit dem du sprechen solltest, Jimmy. Hör auf Chantal.« James Winslow entging nicht, dass die Menschen, die sich um ihn sorgten, miteinander gesprochen hatten. Er wusste, dass es nun an Chantal war, ihn beiseite zu nehmen.

Anders als die anderen Beaudette-Töchter war Chantal

aufs College gegangen, bevor sie ein Baby bekommen konnte. Soweit Arnaud und Jimmy wussten, hatte Chantal noch nie einen Freund gehabt. Wie die Winslows wussten, waren die Bürger der Stadt Pennacook nicht so sehr an Frankokanadier gewöhnt wie die Leute im nördlichen New Hampshire, und die meisten Frankokanadier in Pennacook sprachen kein Französisch, um nicht noch mehr aufzufallen. Aber Chantal Beaudette wollte noch mehr auffallen, als sie es ohnehin schon tat.

Chantal studierte Französisch an der University of New Hampshire. Sie hatte gehofft, ein Jahr nach Paris zu können, um richtiges Französisch zu lernen. Aber sie hatte ihre Pläne ändern müssen. Sie ging nicht nach Paris, sondern blieb zu Hause, um ihrer Mutter zu helfen. Josephine Beaudette war zu alt und zu müde, um auf all ihre Enkelkinder aufzupassen. Chantal pendelte jeden Tag zur University of New Hampshire. Sie sagte, sie bräuchte von Pennacook nach Durham nur zwanzig Minuten – »wenn ich mich ans Tempolimit halte, eine halbe Stunde« –, aber James Winslow war durchaus klar, dass Durham nicht Paris war. (Arnaud hatte Jimmy erzählt, dass seine Tante Französisch nicht nur im Hauptfach studierte, Chantal wollte einen Master machen, mit dem sie Französisch am College oder an der Universität unterrichten konnte.)

Bei Arnauds Abschlussfeier an der Academy konzentrierte sich Chantal allerdings auf Jimmys Zukunft. »Im Fachbereich Englisch an der UNH gibt es zwei Schriftsteller«, sagte sie. »Da kannst du deine Texte anderen Schriftstellern zeigen. Das ist dir doch am wichtigsten, oder?«, fragte sie Jimmy. »Es ist egal, dass die UNH kein Ringerteam hat. Für dich ist Schluss mit dem ständigen Gewichthalten«, erklärte Chantal. »Wenn du weiter ringen willst, such dir einen Trainingspartner an der Academy, dann kannst du Ted auch gleich beim Trainieren helfen«, sagte sie. »Wir können ja manchmal zusammen nach Durham fahren«, fügte sie hinzu.

James Winslow war schon früher mit Chantal nach Durham gefahren – es gehörte zu seinen schönsten Erinnerungen an die prägenden Teenagerjahre mit Arnaud. Als Chantal noch nicht alt genug für den Führerschein war, bekamen die beiden Jungen ausschließlich aktuelle amerikanische Filme zu sehen, denn das örtliche Kino zeigte keine ausländischen Filme. Durham hingegen war eine Universitätsstadt, und das Franklin Theatre war ein Programmkino. Sie zeigten dort nicht nur erfolgreiche ausländische Filme, sondern auch immer wieder die alten Meisterwerke.

Als sie noch recht klein waren, sahen Arnaud und Jimmy ein paar Westernklassiker im Kino von Pennacook. 1952, als Jimmy elf war, sahen sie sich zweimal *12 Uhr mittags* an, und *Mein großer Freund Shane* dreimal im Jahr darauf. Chantal wusste noch, dass Arnaud und Jimmy erst elf und zwölf gewesen waren, als die Winslow-Mädchen die Jungs und sie ins Kino in Pennacook schmuggelten, um sich *Verdammt in alle Ewigkeit* anzuschauen – und damit ihrer Meinung nach ein wenig zu jung, auch wenn sie selbst erst vierzehn gewesen war. Sie erinnerte sich noch daran, was sie alles hatte erklären müssen, weil Arnaud und Jimmy auf jeden Fall zu jung gewesen waren, um die Sache mit dem Ehebruch zu verstehen – ganz zu schweigen von der Sache mit der Prostitution.

Drei Jahre später, 1956, dachte Chantal daran zurück, wie sehr es ihr missfallen hatte, dass diese Kinder *Verdammt in alle Ewigkeit* gesehen hatten, als sie die beiden Jugendlichen nach Durham fuhr, wo das Franklin Theatre *Der dritte Mann* von Carol Reed zeigte. Die Jungs waren vierzehn und fünfzehn, als Chantal sie mitnahm, um sich die Abwasserkanäle unter dem Wien der Nachkriegszeit anzusehen, wo Harry Lime (Orson Welles) für seine furchtbaren Verbrechen büßt. Harry Lime verkrüppelt oder tötet Kinder mit gestrecktem Penicillin.

Wenn sich Arnaud und Jimmy von ihrer Begegnung mit Ehebruch und Prostitution erholt hatten, würden sie doch wohl nicht vor einem *Film noir* erschrecken, jetzt, wo sie älter waren. Aber sie konnte sehen, dass die melancholische Musik (Anton Karas auf der Zither) beide Jungs von Anfang an beklommen machte. Und da begriff Chantal, dass sich eine verhängnisvolle Liebesgeschichte auf James oder Arnaud, die sich bislang noch nie mit einem Mädchen verabredet hatten, womöglich ungünstig auswirken konnte. Und sie hätte wissen müssen, dass die beiden Jugendlichen hin und weg von Anna (Alida Valli) sein würden, der Geliebten von Harry Lime. Als Anna am Ende des Films den Friedhof verlässt, auf dem Harry Lime begraben wurde, zeigt sie Holly (Joseph Cotten) die kalte Schulter. Es bricht ihm das Herz, auch er ist hoffnungslos in Anna verliebt. Holly ist ein mittelmäßiger Schriftsteller, er schreibt Western.

Anna ist eine gebildete Europäerin und Holly ein naiver Amerikaner, dachte James Winslow und versuchte sich vorzustellen, wie er in Wien einer älteren Frau wie Valli begegnen würde.

Chantal sah, dass die beiden Jungen untröstlich waren; sie hatten damit gerechnet, dass Anna und Holly am Ende zusammenkommen. »Begreift ihr denn nicht?«, fragte sie die Jungs, als sie das Kino verließen. »Sie war in Harry verliebt! Holly hat keine Ahnung, und Anna hat schon alles gesehen!«, erklärte Chantal. Vielleicht, so dachte sie, waren Pessimismus, Fatalismus und drohendes Unheil im Vergleich zu Ehebruch und Prostitution für Jungs schwerer zu verstehen.

Thomas Winslow wies den jungen James darauf hin, dass das Drehbuch zum *Dritten Mann* Graham Greene geschrieben hatte, ein Romanautor. Jimmy nickte nur. Bislang hatte er gedacht, wenn es um ältere Frauen gehe, gebe es für ihn nur Arnauds Tante Chantal. Wer hätte auch gedacht, dass es auch in Wien ältere Frauen gab, solche wie Valli. Was Coach Teds Rat anging, dass Jimmy sich ans Schreiben halten solle, machte sich Thomas Winslow sowieso schon Sorgen, dass sein Enkel nur eins im Sinn hatte. Der Junge schrieb ständig. James dachte sich Geschichten aus, statt seine Hausaufgaben zu machen, und schien als angehender Schriftsteller in einer Parallelwelt zu leben. Jimmy war ein Tagträumer, die Welt der Fantasie war ihm näher als die Realität. Thomas' Meinung nach brauchte man seinen Enkel nicht noch ermutigen, sich ins Schreiben zu vertiefen.

James Winslow war zwanzig, als er die Academy beendete, und zum Teil war das Schreiben schuld. (Und man bedenke, dass seine Großmutter einst Sorge hatte, er sei alt für die Vorschule.)

Derweil trieb Honor Winslow Coach Ted in den Wahnsinn. Ständig wollte sie von ihm wissen, was die schlimmsten Ringerverletzungen waren. Natürlich dachte der Coach, er habe es mit einer weiteren übervorsichtigen Mutter zu tun, und versuchte, sie zu beruhigen. »Wenn man sich beim Ringen verletzt, dann verheilt es meistens auch wieder«, erklärte der Coach.

»Aber was sind die schlimmsten, solche, die nicht mehr verheilen, zumindest nicht vollständig?«, beharrte Honor.

Thomas Winslow machte sich keine Gedanken über mögliche Verletzungen seines Enkels, eher über das Schreiben. Wenn man es als Schriftsteller nicht schafft, dachte Thomas, dann verheilt das vielleicht nie. Warum hätte Thomas auch länger über Honors Obsession mit den schlimmsten Verletzungen nachdenken sollen, die sich ihr geliebtes Kind beim Ringen zuziehen konnte? Honor war einfach nur eine gute Mutter, die ihre größten Ängste zum Ausdruck brachte – jedenfalls dachte Thomas das.

Darüber hinaus hatte Jimmy seine leibliche Mutter stolz gemacht; er hatte schon gezeigt, dass er bereit war, für Juden einzustehen. Honor hatte nicht gezögert, Esther die ganze Geschichte zu erzählen. Der erste Fliegengewichtler in der Ringermannschaft der Academy war einer der nicht praktizierenden Juden aus New York. Jonah Feldstein war eine Klasse unter seinen Mannschaftskameraden Jimmy und Arnaud, aber Jonah war vermutlich weltgewandter als die beiden. Er war ein kleiner Kerl, aber mit den Wassern der Großstadt gewaschen.

Die große Selbstsicherheit, die der kleine Jonah ausstrahlte, war es dann, die ihn in Schwierigkeiten brachte, zusammen mit seiner Jarmulke. Arnaud und Jimmy hatten Jonah noch nie Kippa tragen sehen. Er war nicht orthodox, und er war nicht auf dem Weg in die Synagoge. Es war Sonntag, und Jonah war auf dem Weg in den einzigen Laden im Zentrum von Pennacook, der sonntags geöffnet hatte.

»Bedecke dein Haupt«, sagt der Talmud, »damit du Gottesfurcht habest.« Jonah war nicht einmal gläubig, er neigte nicht zur Andacht. Aber Jonah betete, dass seine ältere Schwester Sarah nicht schwanger war. Aus Respekt vor Sarah trug er eine Kippa, um ihr seinen Segen zu schicken.

Man hatte die Schüler der Academy ermahnt, sich von Morrison's fernzuhalten. Der Laden war Treffpunkt der örtlichen Raufbolde. Morrison's befand sich in der Gegend um die Mill Street herum, gegenüber der Textilfabrik auf der anderen Seite des Flusses. Wenn sich Schüler schon dort hinwagten, riet man ihnen, wenigstens nicht allein zu gehen. Jonah war allein mit seiner Kippa, als er auf die Duval-Brüder traf. Die zwei Schläger konnte niemand auseinanderhalten. Marcel und Marceau waren keine Zwillinge, dafür aber unzertrennlich. Sie sahen sich nicht nur ähnlich, sie waren auch dieselben Tyrannen. Jonah verließ gerade Morrisons Laden, als die Brüder ihn auf dem Gehweg anpöbelten. »He, Judenbengel, du gehörst hier nicht her«, sagte einer der Brüder.

»Juden verboten«, sagte entweder Marcel oder Marceau.

»Den Judenhut kannst du hier nicht tragen«, sagte wiederum einer der Duvals und griff nach der Kippa. So fing es an. Und Jonah wäre nicht so übel verprügelt worden, wenn er nicht erst den Bruder zu Boden gerungen hätte, der nach seiner Kippa gegrapscht hatte.

Beim Ringen hätte man gesagt, dass das Fliegengewicht seinen Gegner als Erstes auf die Matte brachte, aber den

Wettkampf gegen die zwei größeren Brüder Duval auf dem Gehweg der Mill Street verlor er. Die Polizei von Pennacook schien der Ansicht, es wäre ausreichend, die Brüder Duval zu verwarnen. Es stimmte nicht ganz, als die Polizei sagte, Jonah Feldstein zu verprügeln sei das erste Vergehen der beiden Brüder gewesen. Marcel und Marceau hatten auch schon andere Schüler der Academy verdroschen.

»Vielleicht bin ich der erste Jude, den die Duvals vermöbelt haben, vielleicht meinen die Cops das«, sagte Jonah zu seinen Teamkollegen und brachte so einen Aspekt seiner Weltläufigkeit zum Ausdruck. Der jüdische Junge aus New York hatte Antisemitismus nicht nur auf dem Schirm, er war ihn gewohnt.

Marcel und Marceau waren nicht die einzigen Jungs der Familie Duval. Die Duvals hatten Jungs, wie die Beaudettes Mädchen hatten, und den Beaudette-Mädchen wurde schon in jungen Jahren eingetrichtert, sich von den Duval-Jungen fernzuhalten. Es war nicht unbedingt hilfreich, dass beide Familien in der Gegend um die Mill Street wohnten. Jimmy hatte die Idee, Arnaud solle Marcel und Marceau verprügeln, so wie die Brüder Duval es mit Jonah Feldstein getan hatten. Arnaud nahm ein paar Ringerkollegen mit, vor allem solche aus höheren Gewichtsklassen, aber Jimmy Winslow begleitete sie. Sie kamen ohne Umwege zur Sache. Alle Ringer hielten Marcel oder Marceau fest, während Arnaud den anderen Bruder vermöbelte, dann war Marceau oder Marcel an der Reihe, von Arnaud vermöbelt zu werden.

Arnaud Beaudette und Jimmy Winslow kamen mit einer Verwarnung davon. Diesmal stimmte es, als die Polizei sagte, die Brüder Duval zu verprügeln sei das erste Vergehen von Arnaud und Jimmy gewesen. Die anderen Ringer erwähnte die Polizei, warum auch immer, mit keinem Wort. (Es handelte sich um Internatler, aber das war ja kein Grund, sie nicht zu verwarnen.)

Der Disziplinarausschuss an der Pennacook Academy verwarnte die beteiligten Ringer sehr wohl. Einer der Lehrer ging so weit, sie als »Miliz« zu bezeichnen. Außer den Verwarnungen blieb die Sache ohne Folgen, doch die Feldsteins in New York wussten Jimmys und Arnauds Milizentum zu schätzen.

Einmal nach Thanksgiving fuhr Sarah Feldstein Jonah zurück zur Academy. Sie besuchte ein College irgendwo in der Nähe von Boston. Jonah führte Sarah einmal durch die ganze Schule, bis sie Arnaud und Jimmy fanden. »Meine Schwester will euch umarmen und euch einen Kuss geben«, sagte Jonah beiläufig, dann sah er weg, als Sarah sie umarmte und küsste. Arnaud und Jimmy waren noch nie so umarmt und geküsst worden wie von der dunklen, glühenden Sarah. Noch mehr zum Thema ältere Frauen, sollte James Winslow (der Schriftsteller) später über diese Episode denken.

In seinem fünften Jahr an der Academy waren der junge James und Jonah Feldstein beste Freunde. Arnaud war bereits auf dem College, also traf sich Jimmy jetzt mit Jonah. Jonah gestand Jimmy, dass er ebenfalls in Arnauds Tante Chantal verknallt war.

Und Chantal hielt Wort. Sie sah sich alle Kämpfe von Jimmy an der Academy an. Und sie fuhr ihn weiterhin ins Kino nach Durham, selbst als er bereits einen Führerschein hatte. Das Highlight all der fremdsprachigen Filme, die er mit Arnaud und ihr gesehen hatte, war sicherlich Ingmar Bergmans *Das siebente Siegel*. Bei dem gab es für Chantal eine Menge zu erklären. Sie begann mit der Geschichte des mittelalterlichen Ritters, der von den Kreuzzügen nach Schweden zurückkehrt. Den Teil zu verstehen fiel den Jungs noch leicht. Die Pest als Schwarzer Tod im 14. Jahrhundert war für die zwei in einer Winternacht des Jahres 1958 in New Hampshire schon schwieriger zu begreifen. Wie der Ritter den personifizierten Tod trifft und wie hoch der Einsatz beim Schachspiel der beiden war, war Jimmy und Arnaud absolut klar, ebenso die Begegnung des Ritters mit einer Karawane von Schauspielern – und auch, wie der Tod den Teufel lang genug ablenkt, damit das junge Paar mit ihrem Kind entkommen kann. Beide Jungen verstanden, dass diese »eine bedeutungsvolle Tat« als Akt der Erlösung für den Ritter steht.

Schwieriger wurde es für Chantal, als sie zu erklären versuchte, warum das »Schweigen Gottes« für den Ritter so eine große Sache ist. Chantal realisierte, dass Gottes Schweigen für Arnaud und Jimmy die Norm war. Die Jungen waren nicht im Geringsten religiös.

Dann verlor sie sich in dem Bibelzitat (Offenbarung 8,1), mit dem der Film beginnt und das zum Ende hin noch einmal wiederholt wird. Sie ließ den Teil mit dem »siebenten Siegel« aus und sprang direkt zu der Stelle, als da »trat im Himmel Stille ein, etwa eine halbe Stunde lang«. Beide Jungen mussten lachen.

»Die Stille dauerte nur eine halbe Stunde?«, fragte Arnaud und brach in hemmungsloses Gelächter aus.

»Ich dachte, im Himmel ist immer Stille«, sagte James Winslow mit mehr Ernst zu Chantal, die entschied, nicht auf die letzte Filmszene zu sprechen zu kommen: der Ritter und seine Gefährten beim Totentanz.

Sie würde dem Sechzehn- und dem Siebzehnjährigen die Erinnerung an die Allgegenwart des Todes ersparen, beschloss Chantal (die selbst erst neunzehn war). Kein *danse macabre* für Arnaud und Jimmy. Nicht mal die Bürger der Stadt Pennacook waren derart mit der Unvermeidlichkeit des Todes beschäftigt wie die Menschen im späten Mittelalter, dachte Chantal.

Wie sich herausstellte, hatte Jonah Feldstein nicht nur *Das siebente Siegel* gesehen, sondern auch noch weitere Bergman-Filme. (Natürlich hatte er das, Jonah lebte in New York, dort gab es mehr als nur ein Kino wie das Franklin.) Aber Jonah war mit Jimmy einer Meinung, dass *Das siebente Siegel* eine der Erfahrungen gewesen war, die sie »geformt« hatte. Der Tod würde für immer ein menschliches Antlitz haben – das mondhafte Gesicht des schwedischen Schauspielers Bengt Ekerot.

Bei Dickens waren die beiden Jungen unterschiedlicher Meinung. Jonah akzeptierte, wie prägend *Große Erwartungen* für Jimmy gewesen war; im Gegenzug räumte der junge James ein, dass die Darstellung des Fagin in *Oliver Twist* antisemitisch war.

Was für die beiden Jungen unstrittig war, war *Das Tagebuch der Anne Frank*. Sie waren sich noch nicht begegnet, als sie es beide gelesen hatten. Für Jonah war das *Tagebuch* sein *Große Erwartungen*. Es war das Buch, das ihn dazu gebracht hatte, Schriftsteller werden zu wollen – kein Tagebuchschreiber, sondern Autor, Geschichtenerzähler. Für den jungen James Winslow war *Das Tagebuch der Anne Frank* das erste Buch, das ihn zum Weinen gebracht hatte, auch wenn es kein Roman war. Es berührte ihn ebenso wie die Romane des 19. Jahrhunderts, die er so liebte.

Anne Franks Tagebuch war 1952 auf Englisch erschienen, als Jimmy elf war und Jonah erst neun. Damals fanden sowohl die Winslows als auch die Feldsteins, dass die Jungen noch viel zu jung waren, um es zu lesen. Die Winslows erlaubten Jimmy im Sommer, bevor er auf die Academy kam, *Das Tagebuch der Anne Frank* zu lesen, da war er fünfzehn – so alt wie Anne Frank, als sie ihren letzten Tagebucheintrag schrieb. (Sie starb drei Monate vor ihrem sechzehnten Geburtstag in Bergen-Belsen.) Jonah las das Buch etwa zur selben Zeit, als er noch in der Mittelstufe war; er war erst dreizehn – so alt wie Anne Frank, als sie ihr Tagebuch bekam.

In ihrem Leben vor und nach dem Ringen würden sich Jonah und Jimmy beide immer wieder plötzlich an Abschnitte aus Anne Franks Tagebuch erinnern und sie vortragen – mit je nach Abschnitt bestürzender Spontaneität. Als junge Schriftsteller erinnerten sich die beiden Jungen gern gegenseitig an einen der frühesten Einträge: »Es kommt mir auch so vor, als würde später weder ich noch jemand anders die Herzensergüsse eines dreizehnjährigen Schulmädchens für wichtig halten.« Noch lange nach ihrer Schulzeit brachten die beiden Freunde, wann immer sie gemeinsam ein Bier tranken, denselben ernsten Trinkspruch aus – zwei Zeilen, die Anne 1942 als Kommentar in ihr Tagebuch geschrieben hatte: »Ich habe große Angst, dass wir entdeckt und dann erschossen werden. Das ist natürlich eine weniger angenehme Aussicht.« (Die Kurzfassung davon verwendeten die beiden Freunde oft ehrfürchtig als Refrain, einfach nur: »eine weniger angenehme Aussicht«.)

Doch bevor sich die beiden kennenlernten, in dem Sommer, als Jimmy erst fünfzehn war und er *Das Tagebuch der Anne Frank* zum ersten Mal las, trug der Junge schon seiner Mutter die Abschnitte vor, die er auswendig gelernt hatte. Es gab einen Eintrag vom Oktober 1942, den der junge James eines Abends ganz beiläufig aufsagte, als sie gerade abspülten. »Unsere jüdischen Bekannten werden gleich gruppenweise festgenommen.« Honor hatte es den Atem genommen. Sie hatte erst gedacht, Jimmy würde sich nur mit ihr unterhalten.

Als Honor an Esther schrieb und ihr erzählte, wie sehr Jimmy Anne Frank verehrte, schickte sie auch ein paar der bevorzugten Zitate ihres Sohnes mit. Esther schrieb zurück und bat Honor, ihre eigene Liste mit Lieblingszitaten an Jimmy weiterzugeben, beginnend mit: »Und im Übrigen gibt es keine größere Feindschaft auf dieser Welt als zwischen Deutschen und Juden.«

Honor war nicht überrascht, dass Esther den letzten Satz eines Eintrags vom Januar 1944 mochte: »Hätte ich nur eine Freundin!«

Und als Esther einen langen Abschnitt von Anne Franks Eintrag aus dem April 1944 zitierte, spürte der junge James eine große Nähe zu seiner leiblichen Mutter. »Wenn wir all dieses Leid ertragen und noch immer Juden übrig bleiben, werden sie einmal von Verdammten zu Vorbildern werden. Wer weiß, vielleicht wird es noch unser Glaube sein, der die

Welt und damit alle Völker das Gute lehrt, und dafür, dafür allein müssen wir auch leiden. Wir können niemals nur Niederländer oder nur Engländer oder was auch immer werden, wir müssen daneben immer Juden bleiben. Aber wir wollen es auch bleiben.«

Wie Esther wurde auch Jimmy von Anne Franks letztem Tagebucheintrag im August 1944 berührt, von ihrer Suche »nach einem Mittel, um so zu werden, wie ich gern sein würde und wie ich sein könnte, wenn … wenn keine anderen Menschen auf der Welt leben würden«.

Thomas und Constance Winslow behielten ihre Gedanken zum Ende von Annes Tagebuch für sich – »wenn keine anderen Menschen auf der Welt leben würden«. Für die beiden, die Esther so gut kannten, klang das mehr nach Esther als nach Anne. Und warum schickte Esther keine Fotos mehr?, fragten sich die Winslows. Versuchte sie zu verschwinden?

Für einen Schüler, der fünf Jahre auf der Pennacook Academy verbracht hatte, gab es auch von James Winslow recht wenige Fotos in seinen Jahrbüchern, nichts, was seinen Kampf mit der deutschen Sprache abbildete, nichts, was dokumentierte, wie er in anderen Fächern ins Hintertreffen geriet. Nicht ein Foto von Jimmy, wie er schrieb, dabei erinnerten sich die Winslows vor allem daran – wie er mit gesenktem Kopf an einem Tisch saß, ganz ins Schreiben vertieft.

Natürlich gab es in den fünf Jahrbüchern Ringerfotos von James Winslow. Bilder von Jimmy beim Kampf und in den gestellten Fotos des Ringerteams, dort saß oder stand er neben den anderen Leichtgewichtlern. Die Einteiler der

Schuljungen waren nicht so tief ausgeschnitten wie jene, die Moshe Kleinberg und andere internationale Ringer trugen.

Thomas Winslow fragte sich, warum die Ringer in Neuengland Strumpfhosen unter ihren Einteilern trugen, ihre Beine waren bedeckt. Lag es an der amerikanischen Züchtigkeit, dass die Ringer nicht so entblößt waren, oder hatten sie einfach gern mehr an?, fragte sich Constance. Das war keine Frage für Coach Ted, entschied Thomas, es betraf nicht ausschließlich das Ringen.

1961 war Moshe Kleinberg fünfundfünfzig und Schiedsrichter bei der 6. Makkabiade in Israel. Esther schickte ein Foto von seinem Richterausweis, wahrscheinlich, weil Honor ihr Fotos von Jimmy beim Ringen geschickt hatte. »Abgesehen davon, wie klein er ist, ähnelt Jimmy eher mir«, hatte Esther zu den Fotos nur geschrieben. Honor zeigte ihrem Jimmy ganz begeistert Moses Little Mountains Blumenkohlohren, denn gewissenhafte Krankenschwester, die sie war, stach Honor den Bluterguss jedes Mal auf, wenn ihr Sohn mit einem Blumenkohlohr nach Hause kam.

»Little Mountains Ohren sehen aus wie Tierkötel«, sagte Faith und betrachtete den Ausweis voller Abscheu.

»Ich hab schon Sachen in einer Babywindel gesehen, die so aussehen«, erzählte Hope jedem.

»Wir sollten Little Mountain ›Kackwurstohr‹ nennen«, hatte Prudence noch hinzuzufügen.

Jimmy war der festen Überzeugung, dass seine beiden Moms ihn zu dem gemacht hatten, der er war. Auf dem Ausweis seines Vaters fand er nichts von sich selbst wieder. (Es war wie bei einem Passbild, man sah nicht, wie klein Moses Little Mountain war.)

Es war eine Andersartigkeit in ihm, glaubte Jimmy, und die kam nicht nur von Esthers Entschluss, in ihr jüdisches Heimatland zu ziehen. Auch die Idee mit den zwei Moms trug ihren Teil zu dem Gefühl der Andersartigkeit bei, darüber war sich der Junge sicher.

Warum hätte Jimmy nicht davon überzeugt sein sollen, dass es zwei verschiedene Dinge waren, ein Kind auf die Welt zu bringen und Mutter zu sein? Und Jimmy verstand auch, was seine beiden Moms gemein hatten: Sie würden sich nie auf einen lebenslangen Partner einlassen. Natürlich hielt der junge James diesen Unwillen für etwas ganz Normales. Und warum hätte Jimmy nicht überzeugt sein sollen, auch das mache einen Teil seiner inneren Andersartigkeit aus?

James Winslow liebte ausländische Filme, als wären Filme mit Untertiteln etwas ganz Normales. Es schadete nicht, dass er sich die Filme mit Arnauds Tante Chantal anschaute. In seinem letzten Schulhalbjahr fuhr Jimmy allein mit Chantal ins Franklin Theatre, um sich Godards *Außer Atem* anzuschauen, einen dramatischen Krimi mit einer verhängnisvollen Liebesgeschichte.

Im Februar 1961 war Chantal einundzwanzig und Jimmy neunzehn, sie erfüllten alle Voraussetzungen für ihre eigene verhängnisvolle Liebesgeschichte. Nicht, dass Chantal den jungen James je ermutigt hätte, es auch nur im Entferntesten für eine Liebesgeschichte zu halten, wenn man sich gemeinsam ausländische Filme anschaute. (Jean-Luc Godard und François Truffaut, der Drehbuchschreiber, waren Franzosen, und Chantal nahm alles Französische sehr ernst.)

Im selben Schuljahr hatte Thomas Winslow seinem Enkel ein Buch geschenkt, *Vier Drehbücher* von Ingmar Bergman. Man muss dazu nicht mehr sagen, als dass Jimmy Winslow schon vor seinem zwanzigsten Geburtstag ausreichend informiert war über Liebe und Verhängnis.

Im März 1962 war James Winslow gerade einundzwanzig geworden. Es war sein erstes Jahr an der UNH, und es hätte Chantals Auslandsjahr sein sollen. Diesmal rief Jimmy Chantal an und lud sie ins Franklin ein, wo sie Truffauts *Jules und Jim* zeigten. »Wahrscheinlich wieder eine verhängnisvolle Liebesgeschichte«, sagte er.

»Ich weiß schon, Jimmy«, erwiderte Chantal. Es handelte sich sogar um eine noch verhängnisvollere Liebesgeschichte, als sich der junge James bis dato hatte vorstellen können. Am Ende des Films, als Catherine Jim bittet, zu ihr ins Auto zu steigen, sie hätte ihm etwas zu sagen, sagt sie noch zu Jules, er solle gut hinsehen. Jules sieht, wie Catherine das Auto von einer kaputten Brücke in einen Fluss stürzen lässt – Jim und sie kommen um. Dann ist da nur noch Jules, allein bei ihrer Einäscherung.

Chantal schluchzte den ganzen Film über und hielt während der Autoszene Jimmys Hand. Dem jungen James wurde klar, dass sie den Film schon gesehen hatte, allein oder bei einem Rendezvous, aber das war nicht wichtig. Jimmy wusste nicht, was er sagen sollte, also sagte er einfach etwas, nur um etwas zu sagen.

»Das war fast wie ein Rendezvous«, sagte er. »Du hast geweint, und du hast meine Hand gehalten. Ich weiß wirklich nicht, was ich da rede«, gab er zu.

»Nein, das war nun überhaupt kein Rendezvous, Jimmy«, entgegnete Chantal verärgert. »Du hast nicht an meinen

Brüsten rumgemacht, während ich dich weggeschubst habe, und du hast mir nicht die Zunge in den Hals gesteckt, während ich versucht habe, sie abzubeißen«, sagte sie mit einer Gewissheit, die jener ähnelte, mit der Jeanne Moreau ihr Auto von der Brücke lenkt.

»Ach«, war alles, was Jimmy erwidern konnte. Im selben Jahr, 1962, starb Moshe Kleinberg im Alter von fünfundfünfzig an Prostatakrebs. Esther schrieb es Prudence, die ja die Ärztin in der Familie war. Prudence sagte zu Jimmy, er solle sich keine Sorgen machen; sie würde seine Prostata im Auge behalten. Jimmy wusste nicht, wie er um jemanden trauern sollte, den er nie kennengelernt hatte. Er hatte schon um Figuren in Romanen getrauert, aber die hatte er auch gekannt.

Als sein Vater starb, las James Winslow gerade Shakespeares Hamlet zum zweiten Mal – als Erstsemester an der UNH. Das erste Mal hatte er Shakespeare an der Academy gelesen. »Sein oder Nichtsein, das ist hier die Frage«, grübelt Hamlet bei sich.

Jimmy meinte es ernst, als er zu Chantal sagte: »Es mit der Liebe versuchen oder nicht, das ist hier die Frage!«

»Das ist einfach nur peinlich, Jimmy«, sagte Chantal. Aber Jimmy fragte sich ernsthaft, ob er es jemals mit der Liebe versuchen würde.

Genau wie die einzige Mutter, die Jimmy kannte und liebte – und auch wie seine leibliche Mutter, nach allem, was er gehört hatte –, hatte der junge James Winslow Grund, daran zu zweifeln, dass er sich einmal verlieben würde. Und er glaubte, dass Moses Little Mountain, sein verstorbener Vater, ihm seine Zweifel nicht verübeln würde.

14
Genau wie du

Ein weiterer Gedanke, den Thomas Winslow für sich behielt, hatte mit dem Jona zu tun, nach dem Jonah Feldstein benannt war – dem hebräischen Propheten im Tanach (der hebräischen Bibel) und im Buch Jona im Alten Testament. Das ist der Jona, der einmal von einem riesigen Fisch verschluckt wird. Jona verbringt drei Tage und Nächte betend im Bauch des Fisches. Dann befiehlt Gott dem Fisch, Jona wieder auszuspucken. Wenn Jonah Feldstein einen Ringkampf verlor, sah er aus wie jemand, der von einem Fisch verschlungen und wieder ausgespuckt worden war. Zumindest fand Thomas das; er behielt es aber lieber für sich, nur seiner Frau erzählte er davon.

»Sag das nur nicht den Feldsteins, Tommy, sonst halten sie dich noch für einen Antisemiten«, sagte Constance.

Thomas bezweifelte zwar, dass ihn irgendjemand für einen Antisemiten hielt, nur weil er Jonah Feldstein mit dem Jona aus den Bibeln verglich, aber er teilte seine Beobachtung auch nicht mit Coach Ted. Von einem Fisch verschluckt und wieder ausgespuckt zu werden waren ja schließlich keine Ringertechniken, beschloss Thomas.

Von einem Fisch verschlungen und wieder ausgespuckt zu werden waren auch nicht die Art von Ringerverletzungen, von denen Honor Winslow so besessen war – sie interessierte sich nur für die schlimmsten. Was niemand wusste: Honor fand, die schlimmsten Verletzungen waren die besten. In dieser Hinsicht war Honor Winslow ihrer Zeit voraus, sie suchte bereits nach einem hieb- und stichfesten Grund, weswegen ihr lieber James nicht eingezogen werden konnte. Honor wollte, dass Jimmy ausgemustert wurde: »Wegen eines körperlichen, geistigen oder sittlichen Defekts nicht für den Militärdienst geeignet.« Honor peilte den körperlichen Defekt an. Von einem Fisch verschlungen und wieder ausgespuckt zu werden würde wohl höchstens einen geistigen Defekt begründen (einen sittlichen eher nicht). Honor Winslow wusste sogar, welche Knieoperation sie für Jimmy im Sinn hatte.

In den Siebzigern, als die arthroskopische Teilentfernung (oder Reparatur) des Meniskus die offene Operation ersetzte, war eine Verletzung keine große Sache mehr. Heutzutage gilt der arthroskopische Eingriff bei einem gerissenen Meniskus als eine der einfacheren Knieoperationen. Nicht so in den Sechzigern, als man mit dem Smillie-Meniskusmesser drauflosschnitt, um den gesamten Knorpel zu entfernen (wie Honor Winslow genau wusste).

Eine knallharte Totalentfernung, so lief das in den Sechzigern. Honor Winslow hatte ein Foto von einem Smillie-Meniskusmesser auf ihrem Schreibtisch stehen. Der Griff sah aus wie der Buchstabe T und die Spitze wie ein Spatel. Damit schnitt man in die Menisken im Knie. Nicht, dass Jimmy Winslow das gewusst hätte. Jimmy wusste nur, dass seine Mutter Krankenschwester in der Gynäkologie war. Er würde sie bestimmt nicht fragen, was das für ein Instrument war.

Welche Pläne Esther auch sonst verfolgte, sie war ausgebildete Krankenschwester. Honor schrieb ihr von der »Nützlichkeit« einer bestimmten Art von Ringerverletzung für ihren lieben James, eine Verletzung, die eine offene Meniskus-OP erforderte, wäre »wünschenswert«, schrieb Honor. Griechisch-römische Ringer seien nicht so anfällig für Knieoperationen, schrieb Esther zurück.

Esther kannte ein paar Greco-Römer aus dem Club in Haifa, die eine »Smillie-OP« (wie sie das nannte) gehabt hatten. »Wir werden unseren Jungen aus einem Krieg raushalten«, versicherte Esther. »Wenn es so weit ist, finden wir hoffentlich eine bessere Möglichkeit als das Smillie.« Honor fand, es gab keine bessere Möglichkeit. Die Operation richtete ziemlichen Schaden an; aus der Perspektive einer liebenden Mutter schrie sie geradezu nach Wehruntauglichkeit.

James Winslow wusste, dass seine Mom und Chantal Beaudette sich dieser Tage öfter sahen, nur die beiden zu zweit, aber warum hätte der Junge groß darüber nachdenken sollen? Von Arnaud wusste Jimmy, dass seine Tante Chantal Jimmys Mom bewunderte. Vielleicht war Honor Winslow eine Ikone der Unabhängigkeit für eine junge Frau wie Chantal, die sich von allem ferngehalten hatte, das auch nur entfernt an eine Beziehung erinnerte. (Chantals Nähe zu seiner Mutter machte Jimmy die hoffnungslose Natur seiner Schwärmerei für Arnauds verführerische Tante nur noch deutlicher.)

Und warum hätte Coach Ted mehr als sonst darüber nachdenken sollen, als Honor Winslow ihn fragte, ob die schlimmsten Verletzungen denn bei den Wettkämpfen passierten und nicht im Training? Ted sagte ihr, da gebe es keinen Unterschied. Beim Ringen konnte man sich verletzen, im Kampf oder beim Training. Bei einem Kampf brach der Schiedsrichter eine Aktion vielleicht ab, wenn sie »potenziell gefährlich« wirkte, so Coach Ted. Beim Training schaute kein Schiri zu. Ted fand, dass Honor darüber unangemessen erleichtert wirkte, aber wer konnte schon ahnen, was im Kopf einer Ringermutter vorging. Coach Ted kam nicht auf den Gedanken, Honor Winslow könne sich genau das wünschen: dass Jimmy sich eine der schlimmsten Ringerverletzungen zuzog – also eine der besten.

Jetzt, wo Jimmy an der UNH studierte, nahm er nicht mehr an Wettkämpfen teil. Honor hatte vermutet, die Wahrscheinlichkeit für eine Verletzung wäre geringer, wenn er nur noch mit den Ringern an der Academy trainierte. Sie war erleichtert zu hören, dass er sich auch beim Training verletzen konnte.

James wunderte sich, dass Chantal Beaudette und seine Mom immer noch zu den Wettkämpfen der Academy gingen. Jimmy half schließlich nur beim Training. Er wusste also, dass sie nicht da waren, um ihn ringen zu sehen.

Seine Mutter erklärte, dass Jonah Feldstein ja immer noch antrat. »Jonah ist jetzt dein bester Freund, Jimmy, und ich liebe den Kleinen einfach!«, erklärte Honor. James Winslow wusste genau, wie sehr seine Mom es liebte, Jonah zu umarmen. »Jonah ist so klein. Das erinnert mich daran, wie es war, dich zu umarmen, als du jünger warst«, sagte Jimmys Mutter. Und warum hätte Jimmy das nicht plausibel finden sollen?

Als Jonah sich eines Tages verletzte, saßen Honor und

Chantal unter den Zuschauern, waren aber in ein Gespräch vertieft. Coach Ted und Jimmy saßen nebeneinander, sie sahen die Verletzung kommen, noch bevor Jonah schrie. »Das war's«, sagte Ted. »Zu viel Drehkraft auf dem belasteten Bein, das geht nicht gut, Jimmy«, sagte der Coach. Es traf das Kniegelenk. Jonahs Bein wurde verdreht, als gerade sein ganzes Gewicht darauf war, es war ein scheußlicher Anblick, aber Jimmys Mutter und Chantal bekamen nichts mit, bis Jonah schrie.

»Der Kampfleiter soll erst Jonahs Knie fixieren, bevor wir ihn wegtragen«, sagte Coach Ted zu Jimmy. Nachdem Jonahs Knie fixiert worden war, aber noch bevor sie ihn wegtrugen, war Jimmys Mom schon auf der Matte und umarmte ihn, als wäre sie seine Mutter.

»Deine Mom hat gedacht, du wärst verletzt, Jimmy«, sagte Chantal später zu ihm.

Darin steckte eine Spur Wahrheit, wie dem jungen James Winslow später klar wurde – lange nach Jonah Feldsteins Knieverletzung. (Die ganze Wahrheit lautete, dass Honor Winslow sich gewünscht hatte, ihr Sohn hätte das verdrehte Knie.)

Im postoperativen Zustand erinnerte sich Jonah Feldstein nicht mehr daran, wie der behandelnde Arzt den »Verletzungsmechanismus« beschrieben hatte, der zu Jonahs Meniskektomie führte – seiner Smillie-OP. (Jonah meinte nur, Coach Teds Beschreibung sei leichter zu verstehen gewesen.)

James Winslow war nicht ganz bei der Sache, als seine Mutter ihm die Operation erklärte. »Der Chirurg setzt am Vorderhorn an, schneidet den Meniskus aus der Kapsel und verlagert ihn in die Kniemitte«, trug Honor Winslow ihrem Sohn vor. »Danach wird das Hinterhorn freigelegt und der gesamte Meniskus entfernt.« (Sie erzählte Jimmy nicht, dass Jonah noch Glück gehabt hatte. Jonahs Meniskus war nicht gerissen, was zu einem noch invasiveren Eingriff geführt hätte.) »Dann gipsen sie Jonah ein. So kann sich Narbengewebe bilden und den durch die OP entstandenen Leerraum füllen«, erklärte Jimmys Mom. Honor wusste, wann ihr Sohn nicht richtig zuhörte. Obwohl er angehender Schriftsteller war, weckte das Wort Leerraum nicht seine Aufmerksamkeit.

James Winslow vergaß nie, was für einen Wirbel seine Mutter veranstaltet hatte, als Jonahs Gips entfernt wurde und ihm die Fäden gezogen wurden. Das Skalpell hatte auf Jonahs Knie eine ziemliche Narbe hinterlassen. Honor Winslow wartete ungeduldig darauf, dass sie ausreichend verheilte und massiert werden konnte. Jimmy konnte nicht hinsehen, wenn seine Mom das tat. Honor drückte mit dem Zeigefinger fest zu, die Muskeln ihres Unterarms spannten sich, während sie der Skalpellnarbe folgte. »Du solltest das auch selbst machen, Jonah. Man kann es damit gar nicht übertreiben«, sagte die Krankenschwester zu dem Jungen. »Je mehr du sie massierst, desto weniger erhaben wird sie sein.«

»Das ist mir gleich, sie ist ja an meinem Bein. Ist ja nicht so, als könnte jeder sie sehen«, sagte Jonah. An der Art, wie er zusammenzuckte, konnte Jimmy erkennen, dass man es mit dem Massieren einer Narbe doch übertreiben konnte. (Und Jimmy bezweifelte nicht, dass seine Mom genau das tat.)

Jonah Feldstein machte sich keine großen Gedanken über die Folgen seiner Smillie-Operation. Er sei gewarnt worden, dass er vielleicht nie wieder würde rennen können, sagte Jonah zu Jimmy. »Wir werden Schriftsteller, Jonah, die einzigen Verletzungen, denen wir aus dem Weg gehen müssen, sind Schreibverletzungen«, sagte Jimmy zu seinem neuen besten Freund. Honor konnten die beiden jungen Männer lachen hören.

Wegen Schreibverletzungen mustern sie einen nicht aus, dachte Honor Winslow. Sie hatte Esther bereits wegen eines drängenderen Problems geschrieben. Ihr lieber James hatte fünf Jahre lang Deutsch gelernt, aber er hatte große Mühe damit. Er sprach unsicher und zögerlich, und auch mit dem Verstehen tat er sich schwer. An der UNH lernte James Winslow noch zwei weitere Jahre Deutsch, damit erfüllte er die Anforderungen der Uni in Sachen Fremdsprachen. Worüber Jimmy und seine Mutter sich Sorgen machten, war das Auslandsjahr in Wien.

Zu der Zeit lief ein Auslandsstudium über das Institute for European Studies. Das IES nahm James Winslow in sein Programm für Wien auf. Sie versicherten ihm, dass er mehr Deutschkenntnisse besaß als viele ihrer Studenten; er würde in eine Gruppe mit Fortgeschrittenen kommen. Jimmy war etwas beruhigt, seine Mutter nicht. Honor hatte Esther bereits gefragt, ob sie Deutschlehrer kannte.

»Mach Dir keine Sorgen! Eine junge Jüdin wird auf unseren Jungen aufpassen. Sie ist der reinste Wachhund!«, schrieb Esther zurück. Nun machte Honor sich noch mehr Sorgen.

James Winslow war zweiundzwanzig, als er nach Wien

reiste. Seine Mutter fand nicht, dass er eine junge Jüdin brauchte, die auf ihn aufpasste. »Jimmy braucht nur jemanden, der ihm Deutsch beibringt«, schrieb Honor an Esther.

»Die Frau kennt Wien. Sie ist aus Israel, aber sie kann Deutsch«, schrieb Esther zurück. Jetzt machten sich auch die Rosenthals Sorgen.

»Eine Israelin ist ja nicht in Wien, um Deutsch zu unterrichten«, sagte Daniel Rosenthal zu Honor. Sicher, es gab eine israelische Botschaft in Wien. Aber es waren auch ein paar entschlossene Nazijäger unterwegs. Naomi Rosenthal wies darauf hin, dass Simon Wiesenthal 1961 in Wien das Dokumentationszentrum des Bundes Jüdischer Verfolgter des Naziregimes eröffnet hatte. Wiesenthal hatte die Todeslager überlebt, und seine Dokumentation von Holocaustverbrechen half Mossad-Agenten bei der Gefangennahme von Kriegsverbrechern.

Einer von Wiesenthals jüngeren Fällen war Karl Silberbauer, der Gestapo-Offizier, der Anne Frank verhaftet hatte. Silberbauer arbeitete als Polizeiinspektor in Österreich, als Wiesenthal ihn 1963 gegenüber der Wiener Polizei enttarnte. Silberbauer wurde suspendiert, aber man ließ ihn bald wieder vom Haken. Das geschah im November 1963, als James Winslow in Wien studierte, doch seine Deutschlehrerin erwähnte den Fall nie, und auch Esther schrieb kein Wort darüber. Die österreichischen Behörden erklärten, man würde Silberbauer wegen Anne Frank nicht mehr verhaften oder als Kriegsverbrecher anklagen. Selbst Otto Frank, Annes Vater, sagte aus, Silberbauer habe sich »korrekt« verhalten und »nur seine Arbeit getan«. Der polizeiliche Untersuchungsausschuss entlastete Silberbauer, und man versetzte ihn bei der Wiener Polizei in ein anderes Büro.

Honor Winslow erinnerte das auf merkwürdige Weise daran, wie sie einmal Esther geschrieben hatte, dass Jimmy und sie *12 Uhr mittags* so gemocht hatten, den Western mit Gary Cooper und Grace Kelly. Das war 1952 gewesen, Jimmy war erst elf. Esther antwortete, Honor solle mit Jimmy noch einmal in den Film gehen. Der Regisseur war Fred Zinnemann, Sohn österreichischer Juden, die im Holocaust umgebracht worden waren. Genau wie Billy Wilder war auch Zinnemann ein europäischer Jude, der ungeheuren Einfluss auf den amerikanischen Film hatte. »Fred Zinnemann hat einen jüdischen Western gedreht«, schrieb Esther.

Die Winslows schauten sich alle gemeinsam noch einmal *12 Uhr mittags* an. Beim ersten Mal war ihnen nicht bewusst gewesen, dass sie sich einen jüdischen Western anschauten. Aber auch beim zweiten Mal erkannten sie nicht, was daran jüdisch sein sollte. »Vielleicht muss man jüdisch sein, um es zu erkennen«, meinte Constance Winslow. Aber auch die Rosenthals schauten sich *12 Uhr mittags* ein zweites Mal an. Sie wussten um Fred Zinnemanns Geschichte und was Esther von dem Film hielt.

»Grace Kelly spielt eine Quäkerin und Pazifistin, die ist nun sicher nicht jüdisch«, sagte Daniel Rosenthal.

»Vielleicht muss man Esther sein, um zu erkennen, was an *12 Uhr mittags* jüdisch ist«, sagte Naomi.

Die Bewohner der Kleinstadt, die sich weigern, den Sheriff zu unterstützen, erinnerten Thomas Winslow an die

Bürger von Pennacook. »Vielleicht meinte Esther, dass die Leute aus dem Ort Antisemiten sind, Connie«, sagte Thomas.

»Ich glaube, das ist deine Meinung, Tommy, nicht die von Esther oder Fred Zinnemann«, entgegnete Constance.

Im Jahr darauf führte Fred Zinnemann Regie bei *Verdammt in alle Ewigkeit.* Merkwürdigerweise schrieb Esther nicht, dass sie sich alle den Film anschauen sollten. Thomas und Constance bekamen mit, dass ihre Töchter Jimmy ins Kino geschmuggelt hatten, zusammen mit Arnaud und Chantal. Wie Chantal bezweifelten auch die Winslows, dass die Jungen alt genug waren. Sie hätten sich keine Sorgen machen müssen. Der junge James sei gelangweilt gewesen, erzählte Honor. Es war nun mal nicht *12 Uhr mittags;* nichts kam an die Schießerei heran oder an Tex Ritter, der *Do not forsake me, oh my darlin'* sang.

Thomas Winslow meinte es ernst, als er die Rosenthals fragte, ob sie etwas Jüdisches an *Verdammt in alle Ewigkeit* gesehen hätten. »Juden haben keinen Sex im Freien, schon gar nicht am Strand, Tommy«, antwortete Daniel. Constance und Naomi lachten, aber Thomas verschlug es vor Verlegenheit die Sprache. »War nur ein Scherz, Tommy«, sagte Daniel Rosenthal.

Es war kein Scherz, als Esther den Rosenthals und den Winslows schrieb und ihnen riet zu ignorieren, was Freud dem österreichischen Schriftsteller und Bühnenautor Arthur Schnitzler geschrieben hatte. Esther erklärte, dass Freud und Schnitzler beide in der Wiener Leopoldstadt gewohnt hatten. Freud war sich Schnitzlers »Teilnahme und Verständnisses« sicher gewesen, anstelle der »törichten und frevelhaften Geringschätzung« der meisten anderen »für die Erotik«.

»Glaubt mir, es hat mit Erotik rein gar nichts zu tun, dass ich finde, der Junge sollte Schnitzlers *Der Weg ins Freie* lesen, bevor er nach Wien kommt. Ihr anderen werdet es hassen – vor allem Du, Tommy«, schrieb Esther. Die Wiener Moderne, für die Thomas Winslow nichts übrighatte, erwähnte sie gar nicht erst. Esther war auch so klar, dass ein beklemmender Roman über einen christlichen Aristokraten, der in der Wiener Gesellschaft vor dem Ersten Weltkrieg hauptsächlich Freundschaften mit jüdischen Intellektuellen pflegt (zu einer Zeit, als der Antisemitismus im Aufkommen war), nicht nach Thomas' Geschmack war.

Der Weg ins Freie erschien 1908, die englische Übersetzung 1913. Esther lobte Schnitzler dafür, den zunehmenden Antisemitismus vorhergesehen zu haben – in ihren Briefen an die Rosenthals und die Winslows verwendete sie das deutsche Wort »Judenhass«.

Schnitzlers Bücher wurden in Österreich und Deutschland von den Nazis verboten. Für Hitler waren Schnitzlers Werke nichts als jüdischer Schund. Als Goebbels 1933 Bücher verbot, wurden Schnitzlers Werke zusammen mit denen anderer Juden verbrannt: Einstein, Marx, Kafka, Freud und Stefan Zweig.

Aber das war auch nicht der Grund, warum Jimmy *Der Weg ins Freie* lesen sollte. »Der Junge muss es bis zum Ende lesen. Dann sieht er schon, dass es kein Sittenroman ist. Dann erkennt er schon, worum es eigentlich geht«, schrieb Esther.

Diesen Auftrag seiner leiblichen Mutter, das Buch »bis

zum Ende« zu lesen, nahm sich Jimmy Winslow zu Herzen. Er las es nicht nur voller Aufmerksamkeit, sondern außerdem alles, was er über Arthur Schnitzlers Leben finden konnte. Schnitzler hatte Medizin an der Universität Wien studiert; er hatte am Allgemeinen Krankenhaus Wien gearbeitet, bevor er seine Praxis aufgab, um zu schreiben. Schnitzler trennte sich von seiner Frau. Die beiden hatten eine Tochter, die mit neunzehn Suizid beging. Er selbst starb 1931.

James Winslow war zweiundzwanzig, als Präsident Kennedy im März 1963 die Zurückstellung vom Militärdienst für Männer mit Kindern wieder einführte. JFKs Präsidentenverfügung Nr. 11 098 hielt fest, dass jeder Mann, ob verheiratet oder ledig, der in einer »tatsächlichen Familienbeziehung« mit einem oder mehreren Kindern lebte, aufgrund »extremer Härte für Abhängige« vom Dienst befreit werden konnte. Honor Winslow war ganz bei der Sache und verfolgte Kennedys zunehmendes Engagement in Vietnam genau. (JFK hatte 1961 vierhundert Spezialkräfte entsandt, die südvietnamesische Soldaten ausbilden sollten.)

Doch Jimmy Winslow steckte bis über beide Ohren in Schnitzlers Wien; er hätte nicht sagen können, was die Präsidentenverfügung bedeutete. Jimmy hatte nichts von den Probeläufen der amerikanischen Kriegsführung mit Herbiziden in Südvietnam 1961 mitbekommen. (1962 begannen die Operationen Ranch Hand und Trail Dust, amerikanische Flugzeuge sollten bis 1971 Entlaubungsmittel über Südvietnam versprühen.)

Thomas Winslow wusste, dass sein Enkel kein Universalist war. Der junge James war ein Träumer. Ein angehender

Schriftsteller ist ein im Werden begriffener Roman, dachte Thomas. Jimmy war ganz auf Baron Georg von Wergenthin fokussiert, den unnahbaren christlichen Aristokraten in Wien. Für eine Hauptperson ist Wergenthin nicht sonderlich sympathisch, das zumindest beanstandete Jimmy gegenüber seinem Großvater. Der Baron gesteht, dass ihm die fehlende menschliche Nähe zu anderen Trost spendet. Er verspottet Willy Eißler, einen jüdischen Freund, für dessen scheinbare Überempfindlichkeit, was Antisemitismus betraf. Georg von Wergenthin glaubt, keinen Groll gegen Juden zu hegen, aber er beklagt sich, dass er nur Juden begegnet, die sich dafür schämen, Juden zu sein, oder solchen, die stolz darauf sind, aber befürchten, man könne sie mit jenen verwechseln, die sich schämen.

»Es hilft, Jude zu sein, um zu überblicken, was Antisemitismus ist«, sagte Thomas zu seinem Enkel. Beide waren recht verwirrt über den scheinbaren Antisemitismus unter den Juden in *Der Weg ins Freie*. Und es gab derart viele kontroverse Dialoge über den Zionismus, dass es schwerfiel zu erkennen, was Schnitzler denn nun darüber dachte, aber Jimmy und sein Großvater waren sich einig, dass er wohl aufseiten von Herrn Ehrenberg stand, der zugibt, Jerusalem sehen zu wollen, bevor er stirbt.

»Ich auch, Grandpa. Ich will Jerusalem auch sehen«, sagte Jimmy.

»Mein lieber Junge, da würde sich deine Mutter nur noch mehr Sorgen machen«, erwiderte Thomas. »Das Problem mit *Der Weg ins Freie* ist, dass es zu viele Dialoge gibt. Aber damit muss man rechnen, wenn ein Dramatiker einen Roman schreibt«, wechselte Thomas Winslow das Thema. Er fiel nicht einfach in seine Rolle als Englischlehrer zurück. Thomas wusste, dass die Möglichkeit, James Winslow würde nach Jerusalem gehen, nicht Teil der Idee mit den zwei Moms war.

Sowohl James als auch Thomas Winslow waren so damit beschäftigt, an Schnitzlers Schreiben herumzudeuteln, dass der Tod von Baron von Wergenthins und Anna Rosners Kind sie völlig unvorbereitet traf – der Junge wird bei der Geburt durch seine eigene Nabelschnur erdrosselt. Der Arzt lässt Georg allein mit dem toten Kind, das dem Baron ein Geschöpf ungeahnter Perfektion zu sein scheint, dazu bestimmt, von einer Dunkelheit in die andere zu gehen.

Anna Rosner und Georg von Wergenthin sind nicht verheiratet. Der Tod ihres Kindes entbindet den Baron von jeglicher Verpflichtung einer Ehe mit Anna. Georgs Freunde haben kein Mitleid mit dem Kind, das nie gelebt hat. Sie finden, Georg und Anna haben Glück, weil sie einer problematischen Heirat entgangen sind. Doch Georg und Anna sind durch den Tod ihres Kindes am Boden zerstört. Ihre Beziehung ist am Ende, weil Anna sich dieser Tortur nicht ein zweites Mal unterziehen will. Der Baron fragt sich, ob ein ungeborenes Kind an mangelnder Liebe sterben kann, er fragt sich, ob das Kind gestorben ist, weil es sich niemand sehnlichst gewünscht hat. Gleichzeitig wird Baron von Wergenthin klar (mehr denn je), wie sehr er frei sein will.

Esther hatte gewusst, dass Jimmy verstehen würde: Ein gewolltes Kind war von Bedeutung. Jimmy und sein Großvater waren ganz aufgelöst. Das Kind, das nie gelebt hat, machte James Winslow bewusst, wie sehnlichst seine beiden Moms sich ihn gewünscht hatten.

»Esther war schon immer eine gute Leserin, Tommy«, erinnerte Constance ihren Mann.

»Recht hast du, Connie. Ich hab das tote Kind nicht kommen sehen«, gab Thomas zu.

Was die Winslows hingegen kommen sahen, war, dass Chantal Beaudette und Honor gemeinsam etwas ausheckten. Schließlich stand Thomas und Constance unmittelbar vor Augen, was ihre vierte Tochter mit Esther ausgeheckt hatte.

»Sieht mir ganz nach einer weiteren Zwei-Moms-Idee aus, Tommy«, sagte Constance. Thomas hielt dagegen, Honor habe schließlich das einzige Kind, das sie wollte, und seiner Meinung nach unterschied doch gerade Chantal von den anderen Beaudette-Mädchen, dass sie nichts mit Männern oder Babys zu tun haben wollte. (Vor allen Dingen nichts mit Babys, dachte Constance bei sich.)

»Es hat ganz den Anschein, Tommy, aber wenn ich zwei Frauen sehe, die sich derart intensiv und ausschließlich miteinander unterhalten, dann denke ich, dass sie über Sex reden müssen oder übers Kinderkriegen – oder beides«, erklärte Constance. Sie wusste, Thomas Winslow hätte lieber die Wiener Moderne als literarische Bewegung verteidigt, als freiwillig über Sex und Kinderkriegen zu reden – oder, Gott bewahre, über beides.

Im Mai 1963 demonstrierten die Buddhisten in Südvietnam, aber das schien Jimmy Winslow nicht sonderlich zu kümmern. Er machte sich eher Sorgen darum, erklärte er Chantal, dass Arnaud seine Briefe nie beantwortete oder nur flüchtig.

»Arnaud ist niemand, der schreibt, Jimmy«, meinte

Chantal. »Wenn Arnaud bei einem ist, ist er ganz da, wenn er fort ist, dann ist er ganz weg.«

»Ich habe gesehen, wie du dich mit Chantal unterhalten hast. Findest du sie attraktiv?«, fragte ihn seine Mutter.

»Ob ich sie was finde?«, entgegnete Jimmy.

»Jimmy, ich frage dich doch nur, ob du Chantal körperlich anziehend findest. Nur eine Frage, Liebling«, sagte seine Mutter.

»Ich finde Chantal sehr attraktiv, aber sie ist Arnauds Tante«, gab Jimmy zu bedenken.

»Chantal und du, ihr gebt euch nichts!«, verkündete Honor. »Was hat denn Arnaud damit zu tun?«

Im Juni 1963 zündete sich in Saigon ein buddhistischer Mönch aus Protest an und starb. Fotos davon waren in allen amerikanischen Zeitungen zu sehen. Der junge James Winslow sagte zu Chantal, er sei eher daran interessiert, worüber seine Mutter nachdachte.

»Stell dir mal vor, du schwängerst mich, Jimmy«, fing Chantal an. »Wir heiraten oder auch nicht, oder wir heiraten und lassen uns scheiden, aber das Sorgerecht für das Kind ist ganz allein deins.«

»Klingt nach der Esther-Nummer«, sagte Jimmy. (Ganz langsam begann es ihm zu dämmern.)

»Wenn du alleinerziehend bist, wirst du nicht einberufen, Jimmy«, erklärte Chantal. »Wir müssen auch nicht zusammenleben oder eine richtige Beziehung haben«, sagte sie, als sei eine richtige Beziehung so ungefähr das Schlimmste, was sie sich vorstellen konnte.

»Arnaud dreht durch«, war alles, was Jimmy dazu einfiel.

»Wenn ich wüsste, ich könnte Arnaud so vor dem Krieg

bewahren, dann würde ich auch von ihm ein Baby kriegen – Arnaud dreht so oder so durch!«, erwiderte Chantal.

»Ich dreh so oder so durch!«, rief Jimmy.

»Du gehst ja nach Wien, Jimmy, vielleicht ist es sogar besser, du schwängerst ein europäisches Mädchen«, schlug Chantal vor.

Wenn Isaac und Bluma Drucker noch gelebt hätten, dann wären sie dennoch zu alt gewesen, um zu überblicken, was Esther in Wien vorhatte. Nur den Rosenthals war der Name der Deutschlehrerin aufgefallen: Jimmys private Nachhilfelehrerin war ein gewisses Fräulein Annelies Eißler.

»Annelies Marie Frank war der vollständige Name von Anne Frank«, erklärte Naomi Rosenthal den Winslows.

»Und du erinnerst dich doch an Schnitzlers Willy Eißler, Tommy … den übersensiblen Juden, der ›jedes zweideutige Lächeln‹ für antisemitisch hält«, sagte Daniel.

»Willst du damit sagen, dass Fräulein Eißler einen falschen Namen trägt? Das ist kein Zufall?«, fragte Thomas.

»Es klingt so ausgedacht. Nach einem Namen, den eine Spionin tragen würde«, antwortete Daniel.

»Eine Spionin! Als wäre Fräulein Eißler beim Geheimdienst!«, rief Constance.

»Wir wissen doch, dass Esther Verbindungen zum Mossad hat, Connie«, erinnerte Naomi sie.

»Und wir wissen, dass der Mossad auch außerhalb der Grenzen Israels operiert. Das ist ja kein Geheimnis«, sagte Daniel.

»Aber wir stellen nur Vermutungen an, Daniel. Niemand weiß genau, in welcher Verbindung Esther und Fräulein Eißler stehen«, meinte Naomi.

»Ja, wir stellen nur Vermutungen an«, sagte Daniel zu den Winslows. »Wie Esthers Verbindungen tatsächlich aussehen, weiß niemand. Aber wir glauben einfach, dass Esther und Fräulein Eißler miteinander zu tun haben.«

Die Winslows erzählten den Rosenthals, dass Honor erst neulich an Esther geschrieben und sie gefragt hatte, ob Fräulein Eißler in Wien zufällig Ringer kannte. Gab es einen Ringerclub, ein Sportstudio, in dem Jimmy weiter mit anderen Ringern trainieren konnte?

Was heckten die beiden Moms denn nun schon wieder aus?, fragten sich die Rosenthals und die Winslows. Wenn Honor Winslow wollte, dass ihr lieber James weiter rang, dann hatte sie die Idee mit der Smillie-OP wohl noch nicht aufgegeben. Und wenn Chantal Beaudette vor der Esther-Nummer zurückschreckte, dann kannte Annelies Eißler vielleicht ein europäisches Mädchen, das Jimmy schwängern konnte.

Sein Großvater hatte recht: James Winslow war ein Träumer, so, wie das bei angehenden Schriftstellern nun mal ist. Aber Jimmy hatte *Das Tagebuch der Anne Frank* und *Der Weg ins Freie* sehr sorgsam gelesen – Jimmy wusste, wo der Name Annelies Eißler herrührte. Zuerst hatte er sich ausgemalt, seine leibliche Mutter würde ihn vielleicht selbst unterrichten. Er hatte gehofft, Esther hätte Annelies Eißler nur erfunden, um sich zu tarnen. Aber Jimmy kannte Esthers Geschichte, und bei seiner Deutschlehrerin, sagte man ihm, handle es sich um eine »junge« Frau.

1963 war Esther achtundfünfzig. Dem jungen James Winslow machte der Gedanke dennoch Mut, Esther habe bei der Auswahl seiner jüdischen Deutschlehrerin (und nicht nur ihres Namens) ihre Hand im Spiel gehabt. Jimmy wollte Esther schreiben und ihr dafür danken, dass sie seine Lehrerin nicht Anna Rosner genannt hatte (wie Baron von Wergenthins Geliebte, die Frau, deren Kind bei der Geburt stirbt), aber Jimmy nahm an, dass er seiner leiblichen Mutter nicht schreiben sollte oder gar durfte.

Jimmy gab sich damit zufrieden, Esther beim Einschlafen etwas zuzuflüstern. »Genau wie du gehe ich erst nach Wien, dann nach Jerusalem«, flüsterte er. »Genau wie du.« Und am Tag sprach er es manchmal unbewusst laut aus. »Genau wie du.«

15

Am Telefon

Thomas Winslow konnte nicht ahnen, dass sein geliebter Enkel ihn in Gedanken bereits zur Hauptfigur seines künftigen, ersten Romans machte. Im Sommer 1963, bevor James nach Europa abreiste, schenkte ihm sein Großvater Henry Fieldings Roman *Tom Jones: Die Geschichte eines Findelkindes,* einen Bildungs- und Schelmenroman aus dem 18. Jahrhundert mit romantischem Ende.

»Ach, Tommy … ein Findelkind für das Kind eines Findelkinds!«, sagte Constance und brach in Tränen aus. Thomas kamen ebenfalls die Tränen. Die beiden waren gute Großeltern, die ihren Enkel stets zu beschützen versuchten, doch Jimmys Glaube an seine innere Andersartigkeit war durch nichts zu erschüttern. Er war entschlossen, sich als Waise zu sehen. Das Einzige, was Thomas und Constance für den Jungen tun konnten, war, ihm eine Waisenkindgeschichte mit glücklichem Ausgang zu geben.

Während sich der junge James in seine Sommerlektüre vertiefte, machte sich Honor Winslow Sorgen um den noch ungepackten Überseekoffer ihres Sohnes. Niemand in der Familie Winslow hatte je für ein Auslandsjahr gepackt. Jimmys Mutter konnte es nicht fassen: Er schien weder ein Interesse daran zu haben, was er für Wintersachen brauchte, noch dazu in der Lage zu sein, sie auszusuchen. Honor hatte Esther geschrieben und nach dem Winter in Österreich gefragt. »Seine Wintersachen für New Hampshire reichen«, hatte Esther nur geantwortet. Über den Ringerklub in Wien hatte sie mehr zu sagen.

Die griechisch-römischen Ringer aus dem Club in Haifa hatten die Turnhalle Leopold in der Währinger Straße empfohlen. Esther fragte bei Fräulein Eißler nach. Wie sich herausstellte, war Leopold Spiegel, der Besitzer, der auch eine Ringermannschaft trainierte, ein Freund von ihr. »Leo ist ehemaliger griechisch-römischer Ringer, ein kleiner Kerl«, schrieb Fräulein Eißler an Esther.

Fräulein Eißler kannte den Unterschied zwischen den unterschiedlichen Ringerstilen und wusste, dass Jimmy Winslow Freistilringer war, kein Greco-Römer. Beim griechisch-römischen Ringen sind keine Griffe unterhalb der Taille erlaubt. Freistilringer greifen, was sie zu greifen bekommen; die Greco-Römer setzen auf Armklammern, Armzüge und Armwürfe. In der Turnhalle Leopold waren auch Freistilringer willkommen, aber für sie gab es keine Mannschaft. Es gab nur vier Freistilringer, die regelmäßig dort trainierten, zwei Israelis und zwei Sowjets. Je einer von ihnen war in James Winslows Gewichtsklasse. »Leo hat gesagt, diese zwei Trainingspartner werden gut genug sein für Jimmy«, schrieb Fräulein Eißler an Esther.

Die griechisch-römischen Ringer, die Esther aus dem Club in Haifa kannte, sprachen voller Ehrfurcht von Leopold Spiegel. Leo wurde Kleiner Spiegel genannt, weil er die Bewegungen seine Gegner imitierte – und besser ausführte. Der kleine Kerl war ein Wurfmeister. Man stellte sich ihm nicht entgegen, sonst landete man auf dem Kopf.

Fräulein Eißler kannte auch die beiden israelischen Ringer. »Zwei alte Hagana-Veteranen«, nannte Esther sie. Fräulein Eißler sagte, die beiden seien Ende dreißig.

Jimmy Winslow fragte Coach Ted, ob er die Veteranen zu alt fand zum Ringen. »Wenn die Israelis auf europäische Art trainieren, dann könnten sie noch ziemlich robust sein«, meinte Ted.

Die beiden Sowjets studierten Fräulein Eißler zufolge in Wien Medizin. »Zwei ehemalige Ringer der Roten Armee, bestimmt arbeiten sie für den KGB«, sagte Esther über die beiden. Fräulein Eißler fügte noch an, dass die Russen älter waren als die meisten Medizinstudenten, das mit dem Studium aber stimme.

Coach Ted war der Meinung, wenn die Sowjets für das Team Rote Armee gerungen hätten, wie man im Westen den russischen Club ZSKA Moskau nannte, dann dürften sie wohl auch ziemlich robust sein. Der junge James Winslow fand seine Trainingspartner in Wien vor allem alt.

In jenem Sommer 1963 war Arnaud Beaudette wieder daheim in Pennacook. Jimmy und er hingen miteinander herum und versuchten, wieder beste Freunde zu sein. Wie immer war Arnaud entschlossener und sich seiner Pläne sicherer, als Jimmy es je war. Jetzt, wo er das College beendet hatte, würde er bald nach Fort Benning, Georgia, auf die OCS gehen, die Offiziersschule der U.S. Army. »Die OCS ist der richtige Weg, Jimmy, besser, man ist Offizier«, sagte Arnaud.

»Du gehst ja nach Wien, Jimmy, vielleicht ist es sogar besser, du schwängerst ein europäisches Mädchen«, hatte Arnauds Tante Chantal dem jungen James geraten. Das war ihm nun peinlich, und er schämte sich. Er konnte Arnaud nicht die Wahrheit sagen, aber die Aussicht, ein europäisches Mädchen zu schwängern, sprach ihn mehr an als allein die Vorstellung der Offiziersschule.

Jimmy versuchte, mit Arnaud über andere Themen zu reden. Er erzählte ihm, dass er eine jüdische Deutschlehrerin haben würde, nur um zu hören, was Arnaud dazu sagte. Arnaud enttäuschte ihn. »Das ist genau das, was die Nazis verdienen, nach allem, was sie getan haben!«, sagte Arnaud. Er lachte und fand die Vorstellung einer jüdischen Deutschlehrerin wohl komisch.

Dann kam James Winslow auf Arnauds Tante Chantal zu sprechen. »Was, glaubst du, will Chantal eigentlich? Was stellt sie sich für ihr Leben vor?«, fragte er.

Zu Jimmys Überraschung lachte Arnaud einfach weiter. »Chantal stellt sich vor, sie heiratet einen Franzosen und lebt in Paris. Nur die beiden, ohne Kinder!«, sagte er. »Denk doch mal, ein Franzose, der in Paris glücklich ist, nur mit Chantal!«

Der junge James wusste, wie viele Babypopos Chantal im Haus der Beaudettes abgewischt hatte. Es leuchtete ihm ein, dass sie keine Kinder wollte, und er konnte sich gut vorstellen, nur mit Chantal glücklich zu sein – selbst in Pennacook. Aber das war kein Thema, das er mit Arnaud besprechen konnte. (Und auch nicht mit Chantal.) Es war ein Wendepunkt für James – die Erkenntnis, dass er seinen besten Freund aus Kindheit und Jugend verloren hatte –, und er suchte Trost im Kofferpacken.

Ganz gleich, ob Chantal Beaudette nun große Brüste oder nur einen Einteiler hatte oder auch nicht, sie war jedenfalls kein Dummkopf. »Arnaud und du seid ganz unterschiedliche junge Männer, Jimmy. Ihr seid nicht mehr die Jungs von früher«, sagte sie. »Es hat keinen Zweck, Arnaud zu erzählen, dass du Romane schreiben willst wie Charles Dickens. Arnaud liest nicht mal mehr Romane!«

Unerwarteterweise hatten Chantal Beaudette und Jimmy ein gemeinsames Interesse an männlicher Beschneidung, wie Constance Winslow in der Bücherei von Pennacook entdecken sollte. Dass sich ihr Enkel eines Tages für das Thema interessieren würde, damit hatte sie schon gerechnet. Ob nun nackt in der Umkleide oder beim Wiegen vor den Wettkämpfen, Constance war klar, dass Jimmy schon nicht beschnittene Penisse begegnet waren. Und dann kam der Tag, an dem Chantal und Jimmy um dieselbe Ausgabe derselben medizinischen Zeitschrift baten. Wie Constance vorhergesehen hatte, war es nur eine Frage der Zeit, bis sie ihr gemeinsames Interesse an der Geschichte der Beschneidung entdeckten.

1941 wurden fünfundsiebzig Prozent der in städtischen Krankenhäusern geborenen Jungen in den USA beschnitten. 1942/43 nahm man nach der Schlacht um Guadalcanal eine Massenbeschneidung an amerikanischen Soldaten im Pazifik vor wegen eines »Ausbruchs an Phimose und Paraphimose«. (Die Vorhäute der Soldaten waren so eng, dass sie die Blutzufuhr in die Eichel abschnitten.) Nach dem Krieg warben ehemalige Armeebeschneider in der Bevölkerung für die Beschneidung – in medizinischen wie auch in anderen Zeitschriften. Und nach der Landung der amerikanischen Truppen in Südkorea 1950, während der US-Besatzung des Landes, wurde die Beschneidung von Jungen dort nahezu zum allgemeinen Standard. Um 1955 erreichte die Quote der routinemäßigen Beschneidungen in Australien ihren Höhepunkt bei neunzig Prozent. Angesichts von Jimmys und Chantals Interesse am Beschneiden von Penissen erlag auch Constance dem Thema erneut.

Sowohl Chantal Beaudette als auch Constance Winslow fiel auf, dass nach dem Zweiten Weltkrieg die italienischen und deutschen Soldaten, die ja unbeschnitten waren, kaum noch erwähnt wurden. Jimmy zeigte an unbeschnittenen Penissen keinerlei Interesse bis zu dem Tag, an dem Chantal in der Bücherei zu ihm sagte: »Franzosen, Jimmy, also die in unserem Alter, sind unbeschnitten.« Das hatte Constance nicht gewusst, und es wäre ihr peinlich gewesen, Chantal zu fragen, in welcher Ausgabe welchen Journals sie es gelesen hatte. Jimmy wusste noch, dass er gedacht hatte, eines Tages würde es vielleicht mal einen Glückspilz in Frankreich geben.

Was seinen Überseekoffer anging, konnte sich James Winslow später nicht mehr daran erinnern, ob er nach Wien vorausgeschickt wurde oder mit ihm auf dem Schiff von New York nach Europa fuhr. Als angehender Schriftsteller kümmerte sich Jimmy mehr um seine Fantasie als um die Einzelheiten seines Lebens. Er sollte sich an wenig von seiner Reise nach Wien erinnern, hatte sich aber bereits ausgemalt, wie es sein würde, dort zu sein: ein Fremder in einer fremden Stadt.

Die Studenten des IES fuhren auf der Queen Elizabeth, einem veritablen Hotel. An Bord gab es Deutschunterricht. James Winslow war erleichtert, dass zwar sein Deutsch nicht sonderlich gut war, fast alle anderen aber überhaupt kein Deutsch konnten. Sie zeigten auch Filme an Bord. Das Einzige, woran Jimmy sich von der ganzen Überfahrt erinnerte, war Tony Richardsons Verfilmung von *Tom Jones*, die er wundervoll fand. Der Junge erinnerte sich nicht daran, wo die Queen Elizabeth in Europa als Erstes anlegte – Cherbourg vielleicht. Irgendwie überquerten die IES-Studenten dann den Ärmelkanal. Jimmy erinnerte sich nicht an London und auch nicht, ob man mit den IES-Studenten Oxford oder Cambridge besucht hatte; eins von beiden jedenfalls. Und waren sie auch nach Schottland gefahren, nach Edinburgh eventuell? James Winslow hatte keine Ahnung. Wo sie auch hinkamen, gab es jede Menge Vorträge. (Jimmy kam sich deswegen wie ein Tourist vor, er blendete die Vorträge aus.)

An Brügge im Nordwesten von Belgien sollte sich James Winslow erinnern. (War das Schiff von Schottland aus vielleicht nach Ostende gefahren?) Brügge war eine mittelalterliche Stadt mit jeder Menge Kanälen. Der junge James fand es aufregend, unter Menschen zu sein, die kein Englisch konnten. Er versuchte, sich mit einem jungen Zimmermädchen zu unterhalten, das Flämisch sprach. Sie stellten fest, dass sie beide schlecht Deutsch konnten. Sie war hübsch, auch wenn ihr ein Eckzahn fehlte. (Für einen Jungen aus New Hampshire sah sie damit aus wie eine hübsche Hockeyspielerin.) Sie küssten sich auf einer Brücke über einem der Kanäle. Mehr nicht, nur ein Kuss. Jimmy Winslow sollte sich an Brügge erinnern und an das flämische Zimmermädchen, das ihn geküsst hatte – seine erste fremde Erfahrung in einem fremden Land.

Die IES-Studenten reisten den Rhein entlang. Der historische Fluss kam bedeutungsschwer daher: jede Menge Kathedralen, viele Vorträge, noch mehr Ausblenden. Reisten sie per Schiff, Zug oder Bus – vielleicht alles davon? James Winslow erinnerte sich nicht mehr. Auf ihrem Weg nach Wien fand Jimmy zwei Freunde unter den Studenten. Der eine war ein gutaussehender, unterhaltsamer jüdischer Junge aus Chicago, der andere ein Cornell-Student, der in Ithaca aufgewachsen war. Wie Jimmy wollte er Schriftsteller werden. Beide sprachen besser Deutsch als Jimmy, und er sollte von ihnen lernen, doch zwei amerikanische Freunde waren genug, beschloss er.

Das IES hatte seine Studenten in Wien bei Gastfamilien untergebracht. James Winslow wollte Abstand zu seinen amerikanischen Mitstudenten gewinnen. Er wollte seine Familie kennenlernen und sehen, in welchem Viertel er wohnen würde. Vor allem aber wollte er seine jüdische Deutschlehrerin kennenlernen. Was die Kontaktaufnahme mit Fräulein Eißler anging, hatte sich Esther ungewöhnlich deutlich ausgedrückt. »Sag dem Jungen, er soll Annelies anrufen, sobald er in Wien bei seiner Familie eingezogen ist«, hatte Esther geschrieben.

Als angehender Schriftsteller hatte James Winslow Fräulein Eißlers Telefonnummer überall hingeschrieben. Er hatte sie sogar mit dem Messer in den Koffer seiner Reiseschreibmaschine geritzt. Die IES-Studenten hatten ihn aufgezogen, weil er seine alte Underwood mit sich herumschleppte, aber man würde doch eine Schreibmaschine nicht in einen Überseekoffer packen, oder? Und wenn sich der junge James in Wien eine neue Reiseschreibmaschine kaufen würde, hätte die dann nicht eine deutsche Tastatur?

(So der Gedankengang des angehenden Schriftstellers, der ihn dazu brachte, die ramponierte Schreibmaschine quer durch Europa zu schleppen.)

Am Rhein hatte er ein übrig gebliebenes Stück Wurst in Butterbrotpapier gewickelt und es im Schreibmaschinenkoffer aufbewahrt, in dem ausgehöhlten Halbkreis, wo die Hebel eng beieinanderlagen. (Die Bratwurst in Deutschland hatte möglicherweise einen größeren Eindruck auf ihn gemacht als die Vorträge.) Der Geruch sollte für immer an der kleinen Reiseschreibmaschine haftenbleiben. Wenn er erst einmal bei seiner Gastfamilie in Wien eingezogen war und sich in seinem Zimmer eingerichtet hatte, würde er schon eine Möglichkeit finden, ihn zu beseitigen, glaubte er. Er ahnte nicht, wie lange es dauern sollte, bis er sich an die Familie von Frau Holzinger in der Wohnung der Witwe in der Schwindgasse gewöhnt haben würde. Jimmys nach Wurst riechende Schreibmaschine musste warten. Der junge James wusste auch nicht, dass er sich die Wohnung der Holzingers mit zwei weiteren Studenten teilen würde, keinen Amerikanern, niemandem vom Institut. Es handelte sich um Austauschstudenten an der Universität Wien – eine junge Frau aus den Niederlanden und ein junger Mann aus Frankreich.

Jolanda Lammers kam aus Amsterdam. Sie war groß und schlank, und ihr eckiges Gesicht war auf eine jungenhafte, trotzige Art gutaussehend. Jolandas Reise nach Wien war eine Trennung von ihrer Freundin vorausgegangen. (Jolanda war auf ihre unnahbare Art sehr attraktiv für Jimmy.) Claude Guilbert kam aus Paris, wo er der Kuppelei seiner aristokratischen Familie müde geworden war. Claudes Eltern, gemeinsam mit seinen Onkeln und Tanten, stellten ihm ständig die heiratsfähigen Töchter anderer aristokratischer Pariser vor. (Jimmy schlug ihm nicht vor, er solle Chantal kennenlernen, auch wenn es ihm schwerfiel.) Claude und Jolanda sprachen fließend Deutsch, ihre Vorlesungen an der Uni waren auf Deutsch. Und sie sprachen ausgezeichnet Englisch. Für den jungen James waren Jolanda und Claude der Inbegriff von europäischer Kultiviertheit. Die beiden hatten ihre Zimmer gegenüber der Küche, dazwischen keine Tür, sondern ein schmaler Durchgang mit einem Vorhang. Jolanda hatte das Zimmer mit Fenster, das zur Schwindgasse hinausging. Sie versuche, mit dem Rauchen aufzuhören, erklärte sie. »Wenn ich eine Zigarette brauche, rauche ich zum Fenster hinaus.«

»Ich rieche den Qualm trotzdem durch den Vorhang«, sagte Claude.

»Und ich höre, wenn du dir einen runterholst, Claude«, entgegnete Jolanda.

»Ich höre dich manchmal, Jolanda«, sagte Claude.

»Ich höre Claude jedes Mal«, sagte Jolanda zu Jimmy.

Claude und Jolanda waren erst eine Woche vor Jimmy bei den Holzingers eingezogen, doch erinnerten die beiden bereits an ein lange verheiratetes, streitsüchtiges Paar. In einer Sache aber waren Claude und Jolanda einer Meinung: Sie hielten die Familie Holzinger für absolut dysfunktional, und sie hatten die Hausregeln gelernt. (Jimmy fand, Claude und Jolanda waren bis jetzt das Beste an seinem Auslandsjahr.) »Wir ausländischen Studenten dürfen vom Telefon der Familie im Wohnzimmer aus Ortsgespräche führen«, erklärte Claude Jimmy.

»Aber Frau Holzinger lungert meist herum und lauscht«, ergänzte Jolanda. Claude nickte.

Frau Holzinger sprach kein Wort Englisch und verstand es auch nicht, wie der junge James herausfand, als er sie fragte, ob er das Telefon im Wohnzimmer benutzen dürfe, um Fräulein Eißler anzurufen. Jimmy verwechselte das Wort »Hauslehrerin« mit dem Wort »Hausherrin«. Er hatte seine Hausherrin gefragt, ob er seine Hausherrin anrufen könne. Nachdem das Missverständnis geklärt war, blieb Frau Holzinger im Wohnzimmer, während Jimmy das erste Mal mit Fräulein Eißler telefonierte, die ein präzises Englisch mit starkem österreichischem Akzent sprach.

»Wir werden sechs Stunden pro Woche miteinander arbeiten, dreimal die Woche je zwei Stunden«, sagte Annelies Eißler. »Am besten wird es sein, wir machen immer drei Tage am Stück.«

»Drei Tage am Stück«, wiederholte der junge James. Er hatte sich bereits in die Stimme von Fräulein Eißler verliebt.

»Auf diese Weise wirkt es stärker«, sagte sie.

»Dann ist es wirkungsvoller?«, fragte Jimmy.

»Stärker und wirkungsvoller«, betonte Annelies Eißler. Von ihrer Stimme bekam er im Wohnzimmer seiner Hausherrin einen Steifen, und Frau Holzinger schaute ihn stirnrunzelnd an, so als habe sie Zweifel, ob es sich überhaupt um ein Ortsgespräch handelte. Jimmy fand, die Witwe wirkte dem Tod nahe – so würde er sie zumindest in einem Roman beschreiben. Offensichtlich mochte Frau Holzinger es nicht, wenn ihre Auslandsstudenten komplizierte Gespräche führten, nicht mal als Ortsgespräch.

»Und wo findet der Unterricht statt? Wo treffe ich Sie?«, fragte Jimmy seine jüdische Hauslehrerin.

»Dort, wo Sie schlafen«, antwortete Annelies. In ihrer Stimme lag möglicherweise ein spöttischer Ton, als hätte sie gesagt, in deinen Träumen, dachte (oder schrieb) James Winslow. Machte sich Fräulein Eißler über ihn lustig, oder bildete er sich das nur ein? »Sie haben doch ein Zimmer, oder? Irgendwo müssen Sie ja schlafen«, sagte sie.

Jimmy beobachtete die Witwe Holzinger. Die Witwe zupfte an den uralten, fleckigen Zierdeckchen auf den Arm- und Rückenlehnen der Sofas und Sessel herum. Niemand mochte das Wohnzimmer. Jimmy, Claude und Jolanda durften es benutzen, doch bislang waren die Studenten nur hineingegangen, wenn sie telefonieren mussten. Frau Holzinger selbst schien das Wohnzimmer nicht zu mögen, auch wenn sie oft darin war und sich ihrer Verzweiflung über die schäbigen Möbel hingab – oder über ihre unverheiratete Tochter Irmgard.

Die Tochter war eine alleinerziehende Mutter, die wütend und depressiv wirkte. Oft schlief sie auf einem der Sofas und hatte alle Glieder derart wild von sich gestreckt, dass Jimmy sich mehr als einmal vorstellte, sie sei vergewaltigt und ermordet worden. Ihr fünfjähriger Sohn, Siegfried, metzelte brutal seine Armeen von Plastiksoldaten auf dem Wohnzimmerteppich nieder. Der junge James und seine Mitbewohner nahmen sich während ihrer unbehaglichen Telefonate vor neuen Opfern in Acht, beobachtet von Frau Holzinger, die voller Ungeduld darauf wartete, dass sie endlich fertig wurden.

Gegenüber von Jimmys Zimmer gab es ein Badezimmer,

das er sich mit Jolanda, Claude und Siegfried teilte. Siegfrieds depressive und wütende Mutter badete ihn dort. Wie die Witwe Holzinger erklärt hatte, war das Badezimmer der Studenten das einzige mit Badewanne.

Der Franzose hatte eine geradezu krankhafte Angst vor Siegfried. Neben dem nie endenden Gemetzel, das der Junge im Wohnzimmer anrichtete, fanden die Studenten seine enthaupteten (oder sonst wie verstümmelten) Soldaten auch in ihrer Badewanne. Das einfallsreiche Kind benutzte dazu eine Knoblauchpresse. Aus irgendeinem Grund fürchtete sich Jimmy deretwegen noch mehr vor Siegfrieds lediger Mutter Irmgard.

Etwas weiter den Gang entlang war noch ein kleines Bad mit nichts als einer Toilette darin. Um Kaffee oder Tee zu kochen, durften James, Jolanda und Claude die Küche der Holzingers benutzen, wo sie auch ihr Bier im Kühlschrank lagerten. Der Schlafbereich der Holzingers war für die Studenten tabu. Sie wussten, dass sich dort noch ein zweites Badezimmer befand, doch sie hatten nie einen Fuß hineingesetzt. Sie wussten nur, dass es keine Wanne hatte.

Als ausländischer Student war es Jimmy erlaubt, Gäste in seinem Zimmer zu empfangen. »In Maßen«, hatte Frau Holzinger zu Claude und Jolanda gesagt. Doch dem jungen James war es gar nicht recht, dass der Deutschunterricht in seinem Schlafzimmer stattfinden sollte. Er fragte Annelies Eißler, ob es nicht beim IES ein freies Klassenzimmer gebe, doch sie weigerte sich, das Institute for European Studies zu betreten, das damals am Dr.-Karl-Lueger-Platz lag.

Jimmy war eben erst in Wien eingetroffen, er wusste nicht, wer Karl Lueger war. Der schöne Karl, einst Bürgermeister von Wien, war ein früherer Vorsitzender und der Gründer der Christlichsozialen Partei (cs). Seine populistische und antisemitische Politik fand in Hitlers *Mein Kampf* lobende Erwähnung. Nach Fräulein Eißlers Meinung hatte Luegers Christlichsoziale Partei Einfluss auf Deutschlands Nationalsozialismus gehabt. »Der schöne Karl war ein Vorbild für die Nazis«, wie Jimmys jüdische Hauslehrerin es unzweideutig ausdrückte.

»Nach dem schönen Karl ist sogar ein Platz benannt – scheiß auf den Lueger-Platz!«, rief Fräulein Eißler. Frau Holzinger verstand zwar kein Englisch, aber die lauschende Witwe konnte Jimmys Lehrerin am Telefon schreien hören. Auf dem Lueger-Platz stand eine Statue des schönen Karl, und ein Abschnitt der Ringstraße war nach dem »Judenhasser« benannt. Annelies drückte sich wirklich nicht zweideutig aus.

Der Historiker William L. Shirer schrieb über Karl Lueger: »Selbst seine Gegner, darunter auch die Juden, erkannten bereitwillig seine Anständigkeit (...) und Toleranz an.« Annelies Eißler erkannte nichts dergleichen an.

Sie zitierte zwei jüdische Autoren, die sich nicht eindeutig ausdrückten. Amos Elon notierte: »Luegers Antisemitismus war von einer schlichten, flexiblen – man könnte fast sagen gemütlichen – Art.«

Stefan Zweig, der in Wien aufwuchs, als Lueger dort Bürgermeister war, schrieb, dass dessen »Stadtverwaltung tadellos korrekt und sogar vorbildlich demokratisch« blieb.

Fräulein Eißler verachtete Lueger ganz eindeutig: »Er hat einem Gesetzesentwurf zugestimmt, der die Zuwanderung von russischen und rumänischen Juden begrenzen wollte! Wie ›tadellos korrekt‹ und ›vorbildlich demokratisch‹ ist das bitte?«, fragte Annelies. »Und dann noch sein Wortspiel, wenn von all den Juden in Budapest die Rede war – er nannte die ungarische Hauptstadt ›Judapest‹. Wie ›flexibel‹ und ›gutartig‹ ist das?«

All das kam zur Sprache, noch bevor Jimmy sich mit Fräulein Eißler in seinem Zimmer in der Schwindgasse traf. James Winslow war ein angehender amerikanischer Schriftsteller, der noch kein Wort geschrieben hatte. Er war noch ein Junge. Und wie ein Junge verliebte er sich schon am Telefon in seine jüdische Hauslehrerin.

16
Schlechte Gemälde über Einschusslöchern

1963 nahmen Jolanda und Claude die Ausweitung der amerikanischen Militärpräsenz in Südvietnam unter Präsident Kennedy bewusster wahr, als James Winslow es je getan hatte. Vietnam lag nicht in Jimmys Blickfeld. »Euer JFK mit seiner Manie, die Ausweitung des Kommunismus stoppen zu wollen … Diese Kalter-Krieg-Nummer hat er doch von Eisenhower, Jimmy«, sagte Jolanda. Die Holländerin klang mehr wie eine Muttersprachlerin als Jimmy. »Der amerikanische Imperialismus wird in Südvietnam nicht funktionieren. Der französische Kolonialismus ist gescheitert, weißt du«, sagte Claude zu Jimmy, der das nicht wusste. (Das war noch vor November, als der südvietnamesische Präsident Diêm in einem von der CIA unterstützten Staatsstreich ermordet wurde.)

Jimmy grübelte darüber nach, warum er noch nie eine Freundin gehabt hatte. Es war doch peinlich, eine zweiundzwanzigjährige Jungfrau zu sein – vor allem in Europa! Die ausländischen Filme, die er gesehen hatte, hatten ihm den Eindruck vermittelt, dass die europäischen Frauen schon in jüngeren Jahren sexuell erfahrener waren. Sex und Schwermut waren untrennbar mit den Frauen verbunden, an die sich Jimmy aus diesen Filmen am deutlichsten erinnerte.

Jolandas Trübsinn nach der Trennung von ihrer Freundin machte sie für Jimmy nur noch attraktiver.

Waren Schriftsteller nicht dazu bestimmt, sich zu schwermütigen Frauen hingezogen zu fühlen?, fragte sich der junge James. Als Schriftsteller glaubte Jimmy ans Schicksal. Waren sein Schicksal nicht vielleicht schwermütige Frauen? Waren die größten Liebesgeschichten nicht die verhängnisvollen?

Und im Übrigen war Jimmy ja in Europa. Der Hang zu Sex – oder Schwermut – der amerikanischen Studentinnen am Institut schien James nicht sonderlich ausgeprägt. Diese jungen Frauen waren eher entschlossen, eine gute Zeit zu haben, wie so viele amerikanische Studierende, ob nun im Ausland oder daheim. Außerdem bildete sich James Winslow für den Roman seines Lebens ein, er müsse einer schwermütigen Europäerin begegnen. Er war schließlich nicht nach Wien gekommen, um sich auf eine verhängnisvolle Beziehung mit einer melancholischen Amerikanerin einzulassen (nicht dass Jimmy so jemanden hätte finden können).

Jimmy Winslow war auf der Suche nach Erfahrung und Zynismus. Europäische Frauen waren doch angeblich erfahren und zynisch. Oder dachten das nur junge, naive Amerikaner? In Frau Holzingers Wohnung in der Schwindgasse musste Jimmy nicht lange nach einer wütenden und depressiven jungen Frau suchen. Irmgard, die ledige Mutter des fünfjährigen Siegfried, war mit Sicherheit erfahren und zynisch.

Der sadistisch veranlagte Siegfried war ihr Sohn, über Siegfrieds Vater fiel nie ein Wort, doch gab es auch keine

Anzeichen einer jungfräulichen Geburt. Und so, wie Irmgard auf dem größten der Sofas im Wohnzimmer schlief (oder sich darauf warf) – mit gespreizten Beinen auf dem Rücken liegend –, konnte der junge James nicht anders, als sich vorzustellen, dass sie zu Augenblicken hemmungsloser Hingabe neigte.

Irmgard war kein Morgenmensch. Sie schlief lang. Arbeit hatte sie wohl keine, vermutete Jimmy, denn nur selten hatte sie genug an, um aus dem Haus zu gehen. Irmgard verbrachte den Tag in einem von mehreren abgetragenen Morgenmänteln und lebte praktisch auf dem Wohnzimmersofa.

Frau Holzinger machte am Morgen das Frühstück für Siegfried. Danach brachte sie den Fünfjährigen in den Kindergarten. Ab und zu sah James Winslow Irmgard nachmittags in normaler Kleidung. Eine junge Mutter, kaum älter als er, die mit Siegfried durch die Schwindgasse spazierte. Fand Jimmy Irmgard anziehend? Ja, auf ihre anrüchige Art schon. Und Irmgard war drall, auch das zog Jimmy an, obwohl sie es nicht auf gesunde Art war, eher auf eine widerspenstige Art. Es war vor allem ihre Traurigkeit, die Jimmy berührte – so sehr, wie er sich vor ihrer darunter verborgenen Wut in Acht nahm.

Jimmy erlebte nicht ein einziges Mal, dass Irmgard Siegfried schlug oder ihn sonst wie körperlich züchtigte, aber wenn sie barfuß auf einen seiner Plastiksoldaten trat, schrie sie seinen Namen mit erschreckender Vehemenz und Strenge. Und das kam häufig vor. Irmgard lief immer barfuß, und die von der Knoblauchpresse malträtierten Soldaten lagen überall herum, nicht nur im Wohnzimmer, sondern auch in der vollgestopften Küche oder dem schmalen Flur, der zum Badezimmer der Studenten führte. (In der Wanne dort badete Irmgard Siegfried nicht nur, sie nahm auch oft ein Bad mit ihm.)

»Siegfried!«, schrie oder zischte Irmgard, wann immer sie auf einen enthaupteten oder amputierten Soldaten trat. Manchmal kam sie mit einem der Gefallenen in Berührung, wenn sie sich auf dem Sofa räkelte oder zu schlafen versuchte. »Siegfried!«, stöhnte sie dann, so als würde sie noch einmal die Schmerzen der Geburt durchleben, oder den Kummer darüber, was auch immer dazu geführt hatte.

Im Wohnzimmer stand der einzige Fernseher. Dort liefen nur Filme, egal ob am Nachmittag oder am Abend, als gäbe es keine Nachrichten, keinen Sport, kein Wetter – als gäbe es in Österreich nur alte Filme, und zwar solche auf Deutsch. Warum waren in Österreich alle ausländischen Filme synchronisiert? Warum hatte niemand James Winslow davon erzählt? Jimmy liebte Untertitel, damit war er aufgewachsen. Er hatte sich vorgestellt, er würde sein Deutsch dadurch verbessern können, dass er sich amerikanische Filme anschaute und die deutschen Untertitel las. Aber nicht in Wien.

Und doch waren es die alten amerikanischen Filme im österreichischen Fernsehen, die Irmgard und Jimmy zusammenbrachten, wenn auch auf irreführende und unbefriedigende Weise. Ihre Beziehung gestaltete sich qualvoll und war das Ergebnis gegenseitigen Missverstehens. Noch war weder Scham noch Verachtung im Spiel, zu Beginn schien es, als beruhe ihre Verwirrung auf nichts anderem als der Sprachbarriere. James fand, dass Irmgards Englisch –

vor allem ihr Wortschatz – ziemlich gut war. Ihr Englisch war besser als sein Deutsch, obwohl Jimmy vermutete, dass Irmgard Englisch bewusst mit einer deutschen Wortstellung sprach – nicht immer mit der richtigen deutschen Wortstellung. War sie einfach nur dickköpfig, oder versuchte sie witzig zu sein? Wollte sie ihn dazu bringen, sie zu korrigieren? (Er tat es nicht.) Zu Beginn wirkte es einfach nur unbeholfen, doch Jimmy beging den Fehler und bildete sich ein, an dieser Unbeholfenheit sei etwas Romantisches.

Beunruhigenderweise war in Jimmys Zimmertür eine ovale Milchglasscheibe. Bei einem durchschnittlichen Erwachsenen befand sich die Unterkante der Glasscheibe auf Hüfthöhe. Kam der kleine Siegfried im beleuchteten Flur an Jimmys Zimmer vorbei, konnte Jimmy den Kopf des Jungen nicht in der Scheibe sehen, aber Siegfried hielt immer die Hand über den Kopf und kratzte mit einem seiner Soldaten (oder mit der Knoblauchpresse) über das Glas. So wusste Jimmy, selbst wenn er nicht zur Tür schaute, wenn der kleine Henker vorbeikam.

Frau Holzinger war eine untersetzte, verschwommene Gestalt, wenn sie in Hausschuhen an Jimmys Milchglasscheibe vorbeischlurfte. Seine Mitbewohner liefen schnell vorbei und waren ebenso leicht zu erkennen. Sie kümmerten sich um ihre Angelegenheiten und verbrachten so wenig Zeit in der Wohnung in der Schwindgasse wie möglich. Claude huschte verstohlen durch den Flur, so als habe der französische Adlige etwas stibitzt und fürchte, geschnappt zu werden. Die sehr große Jolanda – so groß, dass ihr Kopf nicht mehr in der Milchglasscheibe auftauchte – wirkte kopflos noch niedergeschlagener und entschiedener lesbisch, sogar noch dünner und körperlich fitter. Jolanda fuhr Fahrrad. Ihre Fahrradpumpe sei zu oft gestohlen worden, sagte sie, deshalb ließ Jolanda sie nicht mehr am Rad. In Amsterdam hatte ihr jemand einen seitlich vorstehenden Handgriff für die Pumpe gebaut, einen Pistolengriff. Jolanda trug ihre Fahrradpumpe in einem Waffenholster am Gürtel ihrer Jeans. Jimmy konnte durch das Milchglas erkennen, ob Jolanda ihre Fahrradpumpe bei sich hatte oder nicht.

Was Irmgard anging, sie war mit niemandem zu verwechseln. Irmgard war nicht so groß wie Jolanda, nur ein Teil ihres Kopfs war oberhalb der Scheibe, aber Irmgard blieb vor Jimmys Tür immer stehen. Sie stellte sich vor die eiförmige Scheibe und lehnte sich mit dem Gesicht an die Tür. Wenn sie den Mund öffnete, beschlug das Glas. Beim ersten Mal rechnete James damit, dass sie etwas sagen würde oder anklopfen, aber das tat sie nicht. Bevor sie weiterging, drehte sie sich zur Seite und hielt erneut still. Trotz ihres locker sitzenden Morgenmantels konnte man die Umrisse von Irmgards großen Brüsten durch das Milchglas gut erkennen.

Was sollte James Winslow davon halten? Es erregte ihn natürlich, doch gleichzeitig konnte sich Jimmy Irmgard gut als eine der hexenhaften Walküren vorstellen, den angsteinflößenden Jungfrauen Odins, welche die im Kampf umgekommenen Soldaten nach Walhalla geleiten.

Irmgard sagte von Anfang an Du zu den Studenten, wie man es bei einem Kind tun würde. Weil Jimmy gehört hatte, dass sie auch Claude und Jolanda duzte, ging er nicht davon aus, dass Irmgard ihn entweder nicht respektierte oder mit ihm flirten wollte.

Eines Abends, es war schon spät, sah Jimmy, wie sie ihren fülligen Körper gegen die Scheibe seiner Zimmertür presste. Er sah, wie ihr unscharfes Gesicht ins Bild kam und ihr Atem das Milchglas beschlug. Er war überrascht, als er sie fragen hörte: »Schläfst du?«

»Nein, ich schreibe«, antwortete Jimmy.

»Möchtest du mit mir ins Kino gehen?«, fragte sie. Noch bevor er antworten konnte, übersetzte sie sich selbst ins Englische, aber in ihrer verdrehten Wortstellung: *»Would you like with me to the movies go?«*

»Ja, gern«, sagte Jimmy schnell.

»Jetzt«, sagte sie, richtete sich auf und zeigte ihre Brüste im Profil, bevor sie wegging. Im ersten Augenblick hatte Jimmy gedacht, Irmgard meine tatsächlich einen Besuch im Kino, nicht einen Film im Fernsehen.

»Ich komme gleich!«, rief Jimmy und zog sich hastig an. Er fragte sich, was für Kleidung sich wohl gehörte, wenn man sich von einem der Sofas der Hausherrin aus einen Film ansah. Er zog eine saubere Trainingshose an, ein frisches T-Shirt und weiße Sportsocken. Die Socken würden seine Füße vor Siegfrieds herumliegenden Soldaten schützen, hoffte er, doch dann zog er sie wieder aus. Irmgard, das wusste er, würde barfuß sein. James Winslow würde mutig und ebenfalls barfuß sein. T-Shirt und Trainingshose mussten reichen. Selbst durch das Milchglas hatte er erkannt, dass Irmgard einen ihrer üblichen Morgenmäntel trug. Ein Kinobesuch bedeutete für sie nicht, sich anzukleiden und aus dem Haus zu gehen. Noch bevor Jimmy das Wohnzimmer erreichte, konnte er Tex Ritter schon zum Vorspann von *12 Uhr mittags* singen hören. In Schwarz-Weiß versammeln sich die bösen Buben, bevor sie sich in die Stadt aufmachen. Zum Glück hatten sie Tex Ritter nicht synchronisiert, und kein Ersatz schmachtete für ihn auf Deutsch.

Hätte es noch besser laufen können? *12 Uhr mittags* war vom großen Fred Zinnemann, einem Österreicher, gedreht worden. Jimmy stellte sich vor, wie er Irmgard erzählte, dass Fred Zinnemann einer der wunderbaren europäischen Juden war, die Hollywood verändert hatten. Zinnemann hatte einen Abschluss in Jura von der Universität Wien, und seine Eltern waren im Holocaust umgebracht worden. Jimmy war froh, dass er etwas zu der Unterhaltung mit Irmgard beisteuern konnte, die er sich im Geiste ausmalte.

Jimmy tapste barfuß den Flur entlang zum Wohnzimmer und achtete auf missbrauchte Plastiksoldaten oder ihre spitzen kleinen Gliedmaßen, während Tex Ritter wiederholte: *»Do not forsake me.«* Und da lag Irmgard lang ausgestreckt auf dem Sofa, ein Arm baumelte träge zu Boden, und ihre Finger berührten den Teppich. In Gedanken an die Killer, die sich bereit machen, in die Stadt zu reiten, musste Jimmy bei Irmgard an ein niedergeschossenes Opfer denken.

Ohne den Kopf vom Sofakissen zu nehmen, wies Irmgard auf das leere Sofa parallel zu ihrem. Jimmy legte sich darauf; entmutigt bemerkte er den Beistelltisch, der zwischen ihnen stand. Irmgard war zu weit weg, um sie berühren zu können. Der Vorspann lief, die Killer ritten in Richtung Stadt.

»Wait along …«, sang Irmgard mit Tex. Jimmy schloss

daraus, dass Irmgard den Film ebenfalls schon gesehen hatte. (Es war 1963, *High Noon* war vor über zehn Jahren gedreht worden.)

»Fred Zinnemann«, sagte Jimmy zögerlich, als erst ein paar Minuten vergangen waren. Er fügte auf Deutsch an: »Er ist Österreicher.«

»Gary Cooper ist Amerikaner«, sagte Irmgard und ergänzte es um ihre Übersetzung: *»He American is.«*

Jimmy kannte das deutsche Wort für Regisseur nicht. Er versuchte es also doch auf Englisch. »Fred Zinnemann«, begann er wieder. »Er hat *12 Uhr mittags* gedreht. Er ist Österreicher, und seine Eltern sind im Holocaust umgekommen. Er ist Jude«, fügte er sicherheitshalber an. »Fred Zinnemann hat an der Universität Wien Jura studiert«, plapperte der junge James weiter.

Irmgard dachte darüber nach, wandte den Blick aber nicht vom Film ab. Als Grace Kelly erschien, zeigte Irmgard auf sie. »Grace Kelly ist Amerikanerin. *She American is*«, sagte sie. »Keine Jüdin. *Not Jew is*«, fügte sie sicherheitshalber an.

»Ich weiß«, sagte James Winslow.

Jetzt erschien Gary Cooper auf der kleinen Mattscheibe; das Deutsch, das er sprach, war nicht lippensynchron. *»His parents in the Holocaust didn't die«,* betonte Irmgard – Garys Eltern waren nicht im Holocaust umgekommen. Und er war auch kein Jurist aus Wien, oder, wie Irmgard es ausdrückte: *»Not a lawyer from Vienna is.«* Sie klang sehr selbstsicher.

»Ich weiß«, konnte Jimmy nur wiederholen. Es war nicht gerade die Art von Unterhaltung, die er erwartet hatte; über den Film als Kunst. (Selbst James Winslow sollte sich später fragen, ob Irmgard ihn nicht von Anfang an hatte verkohlen wollen.)

Wenn Grace Kelly am Ende des Films die Schüsse hört und aus dem Zug springt, rennt sie zum Büro des Sheriffs – eine tolle Kameraeinstellung, wie sie dort zusammen mit dem an der Wand hängenden Revolver im Holster ins Bild kommt. Jimmy warf einen Blick auf Irmgard, deren Busen sich auf dem Sofa hob und senkte. *»I this part love«*, sagte sie, ohne ihn anzuschauen. Grace Kelly schießt durchs Fenster auf einen der bösen Buben und trifft ihn im Rücken. *»She a Quaker no more is«*, bemerkte Irmgard.

»Ich weiß«, sagte James.

»Wait along …«, sang Irmgard zusammen mit Tex, als der Sheriff und seine Braut das Städtchen verlassen.

»Ich schaue gern Filme mit dir«, sagte Jimmy hoffnungsvoll zu Irmgard.

»Im Winter ist es im Wohnzimmer kälter. Da teilt man sich besser ein Sofa – *better on one sofa movie to watch*«, sagte Irmgard. Jimmy versuchte zu ergründen, ob der Blick, mit dem sie ihn ansah, vielsagend sein sollte, ob er ein Versprechen war, doch die Blicke, mit denen Irmgard James Winslow bedachte, waren unerschütterlich neutral, sie gab nichts von sich preis. James war natürlich der Meinung, er kenne sich aus mit ledigen Müttern, und angesichts der Mutter, die er kannte und liebte, ganz zu schweigen von Esther … Jimmy wusste, wie sehr diese beiden mit Dingen hinterm Berg halten konnten.

Im ersten Brief, den Honor Winslow ihrem lieben James nach Wien schrieb, hielt sie mit nichts hinterm Berg. »Verzeih mir, dass ich Dir so etwas schreibe, Schatz, aber vielleicht ist es auf diese Weise einfacher für uns beide«, fing Jimmys Mutter an. James Winslow war Chantal dankbar für die Unterhaltung, die sie kurz vor seiner Abreise aus Pennacook geführt hatten; er ahnte, worauf seine Mutter hinauswollte. Es begann damit, dass er jemanden schwängern sollte. Jimmy würde eine »tatsächliche Vaterschaft« nachweisen müssen, wie seine Mutter schrieb. Vater zu werden war die beste Möglichkeit, nicht in einen »weiteren verfehlten Krieg« einberufen zu werden. Natürlich erwähnte sie auch Chantals Unwillen, die leibliche Mutter zu werden. »Es ist, wie Du sagst: Arnaud würde es nicht verstehen!«, schrieb Honor irritiert.

Jimmy überlegte, dass selbst Jolanda, die sehr groß und lesbisch war, eine bessere Idee wäre als Irmgard. Es schien ihm sicherer, Claude und Jolanda den Brief seiner Mutter gemeinsam zu zeigen. So würde es nicht den Eindruck erwecken, Jimmy wolle irgendetwas andeuten – dachte er zumindest. Allerdings führte das mit dem Brief dazu, dass er Claude und Jolanda die Geschichte seiner zwei Moms erzählen musste, damit sie verstanden, wie seine Mutter überhaupt auf so eine Idee kam. (Sich schwängern zu lassen, um für jemand anderes ein Baby zu kriegen, war nichts Neues bei den Winslows.)

»Augenblick mal!«, rief Claude. »Chantal ist deine Tante?«, fragte er Jimmy.

»Immer mit der Ruhe, Claude. Chantal ist nicht Jimmys Tante«, sagte Jolanda.

Das wiederum führte dazu, dass Jimmy mehr über Chantal erzählte, als er beabsichtigt hatte – wie einzigartig sie war unter den Beaudette-Frauen im gebärfähigen Alter zum Beispiel, und wie zierlich sie wirkte in den abgelegten Sachen ihrer größeren Schwestern.

»Diese fiese Theorie, dass Chantal vielleicht nur eine einzige Brust hat statt zwei, hättest du nicht erwähnen dürfen«, sagte Jolanda später zu Jimmy. »Claude wird sich nie wieder von dem Schreck erholen, dass sie einen Einteiler haben könnte.«

»Augenblick mal! Arme Chantal!«, hatte Claude gerufen. »Das ist so traurig!«

»Das ist nicht traurig, es ist einfach nur ein fieses Gerücht. Niemand hat nur eine Brust, Claude, du Blödmann!«, hatte Jolanda geschimpft.

Dann fiel Claude und James Winslow wieder ein, warum Jolanda mit ihrer Freundin Schluss gemacht hatte. Sie hatte Jolanda gesagt, sie wolle einmal mit einem Mann Sex haben. »Ich will es ja nur mal ausprobieren, ich weiß ja, dass es mir mit dir besser gefallen wird!« (Das war bei Jolanda gar nicht gut angekommen.) Jimmy hoffte, Claude wäre schamlos genug, um Jolanda zu fragen, ob ihre Freundin es nicht vielleicht mal mit Jimmy ausprobieren wolle. Er dachte gerade, dass er sich die Sache mit dem Schwängern vielleicht besser für eine andere Unterhaltung aufhob, da ließ Claude auf seine schamlose, aber tollpatschige Art schon eine ganze Salve an Fragen los.

»Der Name deiner Freundin ist wirklich schwer auszusprechen, Jolanda, wenn man kein Niederländer ist«, sagte Claude. »Mii-köh, Mii-köh, Mii-köh«, machte er.

»Du hast es raus, Claude, so ist es richtig«, sagte Jolanda. »Wenn Mieke es mit einem Kerl probieren will, dann könnte sie es ja mit Jimmy tun. Und du könntest dabei sein! Du könntest die ganze Zeit ihren Kopf halten oder mit ihr reden«, fuhr Claude fort. Dabei schaute er Jimmy unverwandt an, nicht Jolanda, die sprachlos war. »Das wäre ja dann auch nicht so, als hätte Mieke eine Affäre. Sie würde es nur mal ausprobieren.«

»Hör auf, Claude!«, rief Jolanda. »Da würde ich es noch eher mit Jimmy tun, als dass ich Miekes Kopf dabei halte, während sie es tut! Und ich habe ja gar nicht vor, es je mit einem Kerl zu probieren.«

»Aber wollen Mieke oder du den Teil mit dem Schwangerwerden mal probieren?«, fragte Claude. »Da wird es ja dann erst richtig kompliziert«, meinte er.

»Claude, du Blödmann! Das wissen wir doch«, rief Jolanda.

Der junge James entschuldigte sich bei seinen neuen Freunden. Er hatte keinen Streit zwischen ihnen provozieren wollen. Sein Problem, beziehungsweise der Plan seiner Mutter, war nicht ihr Problem. Er erwartete nun wirklich nicht, dass Jolanda oder ihre Freundin Interesse daran hatten, mit ihm Sex zu haben oder sein Kind auszutragen. »Ich verstehe das, es ist okay«, sagte Jimmy zu Jolanda.

»Nein, ist es nicht«, entgegnete sie. »Jetzt können wir nie Freunde werden, nicht, wenn du mich die ganze Zeit willst.« Jimmy hoffte, sie machte nur Spaß.

»Jimmy hat nie gesagt, dass er dich will, Jolanda«, warf Claude ein.

»Ich merke doch, dass er mich will, Claude, so wie ich merke, dass du mich nicht willst«, erwiderte Jolanda. Jimmy wusste immer noch nicht, ob Jolanda es ernst meinte.

»Stimmt, tue ich nicht. Ich suche jemanden Kleineres, weil ich doch so klein bin. Aber ich mag dich, Jolanda«, sagte Claude und sah dabei aus, als würde er gleich in Tränen ausbrechen. Dann umarmten sich die beiden, zwischen ihnen war alles wieder in Ordnung.

»Ich mag euch beide«, sagte Jimmy, und sie umarmten ihn ebenfalls. Claude und Jolanda sagten Jimmy ganz eindeutig, dass er es nicht mit Irmgard ausprobieren solle, die absolut in der Lage zu sein schien, nebenher einen Film zu schauen, während sie sich schwängern ließ.

»Es ist nicht Siegfrieds Fehler, dass er Siegfried ist«, sagte Claude, und es klang rätselhaft, doch Jolanda und Jimmy wussten, was er meinte. Der aufgestaute Frust des Jungen war verständlich. Siegfried war blond und blauäugig, ein blasser Geist von einem Jungen; seine Mutter und Großmutter waren grobknochig und hatten braune Haare und Augen. Da musste Siegfried sich ja fragen, woher er kam oder wohin er gehörte.

»Zu schade, dass du Siegfried nicht einfach adoptieren kannst, Jimmy. Das wäre für euch beide ein Ausweg«, sagte Jolanda. Zu der Zeit hielt Jimmy es für vollkommen unwahrscheinlich, irgendjemand könne Siegfried adoptieren – wenn auch nicht so weit hergeholt wie die Vorstellung, er würde Mieke schwängern, während Jolanda ihren Kopf hielt und mit ihr sprach.

Über Nacht kettete Jolanda ihr Fahrrad immer an einer Stange im Innenhof des Wohnhauses in der Schwindgasse fest. Ihre Fahrradpumpe mit dem Pistolengriff trug sie gern mit sich herum wie einen Revolver im Holster. »Man kann sie ausziehen, wie einen Teleskopknüppel«, erklärte Jolanda. »Dann kann man sie auch gut als Waffe benutzen. Erst zielt man auf die Augen, und wenn er dann die Hände hebt, um sein Gesicht zu schützen, haut man ihm die Kniescheibe raus – oder man zielt auf die Eier«, sagte Jolanda. Sie klang abgeklärt, aber Jolanda war schwer einzuschätzen. Jimmy war sich nicht sicher, ob sie theoretisch oder aus Erfahrung sprach. Als sie allein waren, unterhielten sich Jimmy und Claude darüber.

»Ich wette, ›aus Erfahrung‹, wie du sagst«, meinte Claude.

Manchmal, wenn Jimmy im Halbschlaf war, glaubte er, Jolandas Zigarettenqualm bis zu sich herüber riechen zu können, selbst wenn sein eigenes Fenster geschlossen war. Die Wohnung der Holzingers lag im ersten Stock. Sollte einmal ein Feuer ausbrechen, hatten sie es nicht weit bis zum Gehweg in der Schwindgasse. Jolanda machte sich Sorgen, jemand könne von dort aus bei ihr einsteigen. »Wenn einer sich bei jemandem auf die Schultern setzt oder sich auf ein Motorrad stellt, das auf dem Gehweg steht, dann schafft er es auf den Balkon«, sagte Jolanda zu Jimmy und Claude.

»Ich würde es bestimmt hören, wenn dich jemand vergewaltigt, Jolanda«, versicherte ihr Claude. »Ich würde Jimmy holen, der ist Ringer. Jimmy würde den Kerl zu Boden ringen. Dann könntest du ihn mit deiner Fahrradpumpe erschlagen oder seine Eier zerschmettern«, führte er aus.

»Lass gut sein, am Ende freue ich mich noch drauf, Claude«, sagte Jolanda.

Morgens gingen James Winslow und Claude meistens

zusammen zur Haltestelle am Opernring, nahmen dann aber die Straßenbahn in entgegengesetzte Richtungen entlang der Ringstraße. Eines Nachmittags dann war Claude, als er allein unterwegs war, auf ein paar Radaubrüder gestoßen; er überquerte gerade den Karlsplatz an der Technischen Universität. Claude wusste nicht, ob es sich um Studenten gehandelt hatte.

Auf jeden Fall aber um junge Männer mit der österreichischen Neigung zum Fremdenhass, und Claude war klein und verhuscht. Vielleicht sah er aus wie ein Pariser Aristokrat, vielleicht auch nicht, wie ein Wiener sah er jedenfalls nicht aus. Claudes Deutsch war gut, doch man hörte seinen französischen Akzent. Von einem der aggressiven jungen Männer hatte Claude das Wort »Ausländer« aufgeschnappt. (In Wien war das nicht freundlich gemeint.) Ob er Jude sei, fragte einer der jungen Männer Claude, ein anderer, ob er homosexuell sei.

»Die üblichen Fragen, die üblichen Fremdenhasser«, sagte Claude.

Jimmy und Jolanda mochten Claude sehr, doch er war einfach immer ängstlich – und das aus gutem Grund. Als das Wetter langsam kälter wurde, drehte Frau Holzinger die Heizung bei Nacht herunter, wenn Siegfried und sie zu Bett gingen. Dann verließen Claude, Jimmy und Jolanda gemeinsam das Haus, meist in Richtung des Kaffeehauses Ecke Schwindgasse und Argentinierstraße. Die Studenten brauchten einen warmen Platz, um ihre Hausaufgaben zu machen oder, wie in James' Fall, um zu schreiben. Jolanda hatte ihre Pumpenpistole im Holster bei sich. Sie fand, Claude solle nachts nicht allein ausgehen.

»Ich hoffe, du schreibst nicht darüber, dass ich dich habe abblitzen lassen und dass du mich die ganze Zeit willst«, sagte Jolanda, wann immer sie Jimmy schreiben sah.

»Das wird der Schluss, da bin ich noch nicht«, erwiderte der junge Schriftsteller.

Jetzt, wo Fräulein Eißler seine Hauslehrerin war, wollte Jimmy sie die ganze Zeit und Jolanda nicht mehr so sehr. (Irmgard hielt er allerdings für die realistischere Option.)

James Winslows erste Stunde mit Fräulein Eißler in seinem Zimmer in der Schwindgasse hatte für ziemliches Aufsehen gesorgt. Fräulein Eißler hatte auf zwei Stunden Unterricht bestanden, dienstags, mittwochs und donnerstags am späten Nachmittag und frühen Abend. Das bedeutete, dass Jimmys Unterricht auf chaotische Weise mit der Zubereitung und dem Auftischen von Siegfrieds Abendessen zusammenfiel, währenddem auch Mutter und Großmutter aßen. Der mörderische Fünfjährige legte die Knoblauchpresse nur selten aus der Hand, nicht mal beim Essen. Als Fräulein Eißler um 16 Uhr eintraf, roch es im schmalen Flur vor James Winslows Zimmer bereits nach Bratwurst, das Sauerkraut wurde jeden Abend im Wasserbad auf dem Ofen erwärmt. »Ein bisschen früh fürs Abendessen, oder?«, fragte Fräulein Eißler Jimmy bei ihrem ersten Besuch.

»Hier wohnt ein Fünfjähriger«, erklärte der junge James.

»Ja, ich bin Siegfried und seiner Knoblauchpresse gerade begegnet«, erwiderte Fräulein Eißler.

Sie sah sich in Jimmys Zimmer um; ihren Mantel hatte sie noch nicht ausgezogen. »Essen Mutter und Großmutter immer mit dem Jungen?«, fragte sie. James nickte. »Zieht sich die Mutter je etwas an?«

»Normalerweise nicht«, antwortete Jimmy. Er betrachtete die hübschen kleinen Füße seiner Hauslehrerin. Sie war barfuß, und ihre Fußnägel waren in einem Purpurton lackiert. Bei Frau Holzinger mussten alle ihre Schuhe oder Stiefel auf der übergroßen Fußmatte am Wohnungseingang ausziehen.

»Ich möchte dich um ein Paar Socken von dir bitten, die ich tragen kann, solange ich hier bin, am liebsten weiße«, sagte Fräulein Eißler zu Jimmy. Sie behielt den Mantel an und sah sich weiter um. Es gab ein Bett mit verziertem Kopfteil, das aussah, als würde es jemandem aus Jimmys Großelterngeneration gehören. Es gab einen riesigen Kleiderschrank mit bodentiefen Spiegeln an den Doppeltüren; vielleicht für eine modebewusste Frau gedacht, die sich viermal am Tag umzieht. Es gab einen Schreibtisch, auf dem sich Jimmys Hausaufgaben und seine Schreibhefte stapelten. (Wenn er nachts schrieb, hatte er Angst, das Klappern seiner Schreibmaschinentastatur könnte Claude oder Jolanda aufwecken.) Am Schreibtisch neben dem Brüstungsfenster stand ein Holzstuhl mit strenger Rückenlehne. Als Letztes betrachtete Fräulein Eißler prüfend das Sofa – sie nannte es das »Paarsofa« – mit steifer Rückwand und ungemütlichen Armlehnen aus Holz. Neben dem wenig einladenden Sofa stand ein Glastisch, zu glatt für Jimmys Notizbücher und schlecht beleuchtet.

Fräulein Eißler seufzte, zog nun endlich ihren Mantel aus und legte ihn aufs Bett. Sie wies auf das Sofa und den Glastisch und sagte: »Wir versuchen es auf dem Paarsofa, aber ich habe da so meine Zweifel.«

Kaum hatten sie sich gesetzt, fiel Fräulein Eißlers Blick

auf das große Bild an der Wand, neben dem Kopfende des Betts. Es handelte sich um eins der billigen Bilder aus dem Souvenirladen, eine stilisierte Darstellung der weißen Lipizzanerhengste in der Winterreitschule der Hofburg, Wiens Spanischer Hofreitschule. (Die Lipizzaner und ihre Reiter waren eine Touristenattraktion. Die IES-Studenten statteten ihnen einen Besuch ab, aber James Winslow hatte kein Interesse.)

»Hinter diesem schrecklichen Bild will Frau Holzinger sicher etwas verstecken«, sagte Fräulein Eißler. Sie stand auf und spähte dahinter. »Einschusslöcher«, sagte sie und zeigte sie ihm. »Die Schwindgasse war nach dem Krieg im russischen Sektor. Frau Holzingers verstorbener Mann könnte Soldat gewesen sein, dann könnten sie auch Nazis gewesen sein. Ich habe Freunde, die ich fragen kann«, sagte Fräulein Eißler dem jungen James. »Sehr wienerisch, schlechte Gemälde über Einschusslöchern!«, rief sie.

War dies im russischen Sektor öfter vorgekommen?, fragte James Winslow seine Hauslehrerin. Fräulein Eißlers Antwort war etwas lehrerhaft, ja oberflächlich. 1945 hatten die Alliierten in Wien die vier Besatzungszonen eingerichtet. Die Amerikaner und Briten wählten die feinsten Wohnviertel der Stadt, die Franzosen die Einkaufsviertel. Die Sowjets übernahmen die Industriegebiete, in denen auch die Arbeiter wohnten, ließen sich aber auch rings um die Innenstadt nieder, in der Nähe der Botschaften und Regierungsgebäude, auch in der Schwindgasse. Fräulein Eißler vermittelte Jimmy den Eindruck, dass dies keine Bedeutung mehr habe, da die Besatzung ja vorbei sei.

Die Einschusslöcher hinter den Lipizzanern waren der

Grund, warum James Winslow und Annelies Eißler neben seinem Bett standen, als es an der Tür klopfte. Jolanda und Claude klopften normalerweise nicht an, sondern öffneten leise die Tür, die kein Schloss hatte, und wackelten mit den Fingern einer Hand. Wenn Jimmy schlief oder am Schreibtisch beim Fenster schrieb, sah er die Hand gar nicht erst. Dann schlossen Jolanda oder Claude die Tür leise wieder und gingen weg. War Jimmy nackt, sagte er: »Einen Augenblick!« Hatte er Zeit und war vorzeigbar, bat er sie herein. Jetzt erkannte er die beiden hinter dem Milchglas – die kopflose Jolanda und den schemenhaften Claude. Der junge James verstand die ungewohnte Formalität des Klopfens. Sie wollten wohl einen Blick auf seine jüdische Hauslehrerin werfen.

»Herein!«, rief Jimmy. Die Tür ging auf, und Jolanda trat auf die Schwelle, um noch größer zu wirken. Claude folgte zögerlich und suchte Schutz hinter Jolandas Hüfte, der mit der Pumpe im Holster. Wie üblich ruhte Jolandas rechte Hand auf dem Pistolengriff der Luftpumpe, als müsste sie jeden Augenblick schussbereit sein.

»Deine Mitbewohner, nehme ich an«, sagte Fräulein Eißler zu Jimmy. Sie zog ihre Kaschmirstrickjacke aus und legte sie aufs Bett, darunter trug sie einen farblich passenden Kurzarmpullover, der in ihrer Hose steckte. Er war hellgrau und betonte ihre dunklen Haare und Augen. Ihre kleinen Brüste waren darunter sehr gut zu erkennen, genau wie ihre schmalen, aber wohlgeformten Hüften in der eng anliegenden Stoffhose.

»Annelies«, sagte sie, trat vor und gab Jolanda die Hand. Jolanda murmelte ihren eigenen Namen.

»Claude!«, platzte dieser heraus und stieß gegen Jolandas Hüfte. Er griff nach der kleinen, hübschen Hand mit dem silbernen Daumenring. Als Fräulein Eißler etwas auf Französisch zu ihm sagte, klang Claudes Antwort, als sei Französisch für ihn eine (lange vernachlässigte) Fremdsprache. Jolanda, die den Pistolengriff fest umklammert hielt, stieß sich mit dem Ellbogen am Türrahmen an.

»Autsch«, machte Annelies. Sie lächelte Jolanda und Claude an, die sich bereits wieder in den Bratwurstgeruch im Flur zurückgezogen hatten.

Annelies und Jimmy versuchten, sich nebeneinander auf das Paarsofa zu setzen. Sie hatte ihre Strickjacke wieder angezogen, aber nicht zugeknöpft. Dann fragte sie den jungen James, ob Jolanda eine »potenzielle Freundin« sei. Neigen junge Schriftsteller dazu, stets die ganze Geschichte zu erzählen? Es hätte gereicht, Annelies zu sagen, dass Jolanda lesbisch war, aber Jimmy breitete die ganze komplizierte Geschichte aus. Die »potenzielle Freundin« könnte Mieke sein, die es mal mit einem Kerl ausprobieren wolle. Fräulein Eißler stieß die Vorstellung ab, wie Jolanda Miekes Kopf hielt.

»Es gibt einen natürlicheren Weg, jemanden zu schwängern, Jimmy – seine eigene Freundin«, sagte Annelies. »Eine Freundin zu finden, die das Baby dann dir gibt, das ist der eher unnatürliche Teil«, fügte sie hinzu.

»Ich nehme an, du weißt, was meine Mom und Esther vorhaben«, sagte Jimmy.

»Schau nicht mich an! Ich bin keine potenzielle Freundin, Jimmy Winslow«, sagte Fräulein Eißler. Damit war das Thema Freundin auch schon abgehakt, und sie fuhr fort:

»Jede Woche gibt es vier Tage am Stück, an denen wir uns nicht sehen«, erklärte Annelies. Sie sagte James, er solle auf Englisch jeden Satz aufschreiben, den er »in bestem Deutsch« zu sagen wünsche. (Jimmy schrieb diese Anweisungen mit.) »Irgendwann wirst du nicht mehr alles mitschreiben müssen«, sagte sie und seufzte.

»Werden wir nur sprechen?«, fragte Jimmy auf Deutsch. Er bezweifelte, dass er jemals etwas in bestem Deutsch sagen können würde.

»Das Bett«, sagte sie und zeigte hin. »Wenn du nichts mitschreibst und wir uns nur unterhalten, dann wird es im Bett bequemer sein als auf diesem sogenannten Paarsofa«, sagte Annelies. »Lass mich mal hören, wie du ›bequemer‹ sagst«, sagte Fräulein Eißler.

»Bequemer«, sagte James und versuchte, nicht zum Bett zu schauen (oder daran zu denken). Er schaute unter den Glastisch auf Fräulein Eißlers Füße in seinen weißen Sportsocken. »Bequemer«, wiederholte er, weil Annelies den Kopf schüttelte.

»Noch einmal«, sagte sie.

»Bequemer«, versuchte es Jimmy erneut.

»Noch einmal und noch einmal«, sagte Annelies. Jimmy wiederholte das Wort, bis es richtig herauskam. »Wiederholung ist der Schlüssel zum Sprachenlernen. Du bist doch Ringer, richtig?«, fragte sie ihn. »Ist es da nicht auch so? Muss man nicht alles, worin man gut werden will, ständig wiederholen? Wie Sex, zum Beispiel«, sagte Annelies beiläufig, als ob James Winslow sich mit Sex auskennen würde – dabei hatte er noch nie welchen gehabt, nicht ein einziges Mal.

»Bequemer«, wiederholte Jimmy, als hätte er Sex mit ihr, und es würde niemals aufhören.

»Das reicht«, sagte sie leise. Sie war mit ihren Gedanken woanders. »Siegfrieds Mutter, ich habe sie schon mal gesehen. Ich weiß nur nicht mehr, wo«, sagte sie und seufzte wieder.

»Du meinst Irmgard?«, fragte Jimmy.

»Die so wenig anhatte eben, wie auch immer sie heißt«, sagte Annelies ungeduldig. Sie mochte keine Abschweifungen und sprach auf ihre bestimmte Art weiter. »Ich weiß nicht, was ich von diesem Parfüm halten soll. Es ist neu, und hier beißt es sich mit den Kochgerüchen. Gefällt es dir?«, fragte sie, drehte den Kopf zur Seite und deutete an ihren Hals, als Einladung für Jimmy, daran zu riechen. Sie einzuatmen war berauschend. Der junge James musste mehr Selbstbeherrschung aufbringen, als er zu haben glaubte, aber er schaffte es, sich zusammenzureißen. Er küsste ihren Hals nicht. Zweifellos verriet ihn Jimmys Gesichtsausdruck, nachdem er ihren Duft gerochen hatte.

»Verlieb dich nicht in mich, Jimmy, das hat keine Zukunft«, sagte Annelies. James Winslow wusste, die Warnung kam zu spät. (Fräulein Eißler musste das ebenfalls gewusst haben, denn sie schaute weg.)

Jimmy dachte an Irmgards undurchdringliche Aussage, die merkwürdige Wortstellung und den ganzen Rest. Er würde nie vergessen, was Siegfrieds unverheiratete Mutter gesagt hatte und wie: »Im Winter ist es im Wohnzimmer kälter – *better on one sofa movie to watch*.« Noch war nicht Winter, aber im Wohnzimmer war es bereits kälter, und er war noch nicht eingeladen worden, mit Irmgard einen weiteren Film zu schauen, weder auf zwei Sofas noch auf einem. Ohnehin hatte Irmgard Jimmy nichts weiter versprochen, als ein Sofa mit ihm zu teilen. Irmgards Mimik verriet, wie wütend und deprimiert sie war. Was er sonst noch auf dem müden Gesicht von Siegfrieds Mutter sah, konnte er nicht zwischen finster und gleichgültig unterscheiden.

Kurz nach 18 Uhr beendete Fräulein Eißler ihren ersten Unterrichtstag und ging. Sie wies Jimmy noch auf die Unterbrechung durch Jolanda und Claude hin. Sonst, sagte sie, wäre sie pünktlich gegangen. James Winslow war weder an seine Zuneigung zu ihr gewohnt noch an ihre Genauigkeit. In den zwei Stunden, die sie miteinander verbracht hatten, hatte Annelies immer wieder kurz auf ihre Armbanduhr geschaut. Wann immer sie das tat, hatte Jimmy einen Blick auf ihre Brüste unter dem Pullover geworfen.

In der Zwischenzeit hatten sich Irmgard und Frau Holzinger Fräulein Eißlers Stiefel auf der Fußmatte an der Haustür genau angesehen. Jimmys Hausherrin meinte, es sei ungewöhnlich, dass seine Hauslehrerin in ihren kniehohen Winterstiefeln keine Socken trug. Irmgard fand es nicht merkwürdig, die Stiefel der Hauslehrerin waren ja gefüttert.

»Trotzdem ungewöhnlich«, entgegnete Frau Holzinger.

»Nach Flanell- oder Vliesfutter sich es angefühlt hat«, sagte Irmgard mit ihrer ungewöhnlichen Satzstellung zu Jimmy. Hatte sie in Fräulein Eißlers Stiefel hineingefasst?, dachte Jimmy, als Irmgard noch hinzufügte: »Die Jüdin ihre Zehen lackiert.«

»Annelies lackiert sich die Nägel«, korrigierte Jimmy sie.

»Wer ist Annelies?«, fragte Frau Holzinger. Sie hatte den Vornamen von Fräulein Eißler noch nicht gehört.

»Die Jüdin«, antwortete Irmgard ihrer Mutter. »Deine Lehrerin Jüdin ist, weißt du«, sagte sie zu Jimmy.

»Ich weiß«, sagte er, wie er es zu Siegfrieds Mutter ständig sagte.

Am nächsten Abend ging Jimmy mit Jolanda und Claude in ihr Stammkaffeehaus. Sie hatten ihren eigenen Namen für das Café und nannten es »Kaffeehaus Nachtmusik«, auch wenn es anders hieß (wie, wusste keiner mehr). Ja, das Kaffee spielte immer wieder Mozarts *Kleine Nachtmusik*, aber es gab auch noch andere Stücke, von denen sie dort nicht weniger besessen waren. Es war eine streng begrenzte, aber vielseitige Auswahl.

Im Café versuchte Jimmy zu erklären, warum ihn Siegfrieds allabendliches Bad vor dem Schlafengehen so verstörte. Es ging darum, dass Irmgard zusammen mit Siegfried badete. »Wie lange ist es angemessen, dass die Mutter eines Fünfjährigen mit ihm badet?«, fragte er Claude und Jolanda.

»Es ist jetzt schon nicht angemessen«, sagte Claude. Ihn schauderte bei dem Gedanken an Irmgard, die nackt in der Wanne saß.

»Was ›angemessen‹ ist, ist doch scheißegal! Aber wir reden hier von einem Wal und einem Hering«, sagte Jolanda. »Der Kleine könnte glatt ertrinken, in einer Wanne mit dieser Kuh!«

»Und dann wickelt sich die Kuh hinterher auch noch in alle Handtücher ein, und der arme Siegfried steht tropfend im Flur!«, sagte Claude mit klappernden Zähnen.

Es lief ein Walzer. *Wiener Blut* von Johann Strauss (Sohn) war nicht jedermanns Lieblingsstück. Im Fernsehen liefen die Nachrichten, aber er war wie immer auf stumm geschaltet. (Für die Stammgäste des Kaffeehauses Nachtmusik waren Nachrichten etwas, das man erraten musste.)

Was Mozarts *Kleine Nachtmusik* anging, so hielten die ausländischen Studenten die üblichen englischen Übersetzungen des Titels für ein wenig irreführend. *A Little Night Music* oder *A Little Serenade* hatten sie die Leute sagen hören, aber Jimmy und Claude gefiel Jolandas Name dafür: *A Little Frivolous (Eine kleine Albernheit)* hatte Jolanda das einzige Stück von Mozart getauft, das je im Café gespielt wurde (immer und immer wieder). In den Schlaf gewiegt wurde davon jedoch keiner.

»Deine jüdische Hauslehrerin«, sagte Jolanda und sprach dabei jede einzelne Silbe deutlich aus, langsam und klar wie ein Totengeläut. »Fräulein Eißler ist etwa zehn Jahre älter als wir, aber sie kleidet sich wie eine Frau mittleren Alters. Bestimmt kauft sie ihre Kleidung gebraucht, aber in einem teuren Laden, in einer Gegend, in die betuchte Geschiedene sich zum Sterben zurückziehen«, sagte Jolanda.

»Annelies ist wunderschön!«, rief Claude, er zitterte noch immer.

»Deine Annelies, Jimmy, ist die Art von Frau, die durchgehend ihre Tage hat, wenn du verstehst, was ich meine«, sagte Jolanda.

»*Was* meinst du?«, platzte Claude heraus, sein Zähneklappern übertönte die Musik. Auch der junge James war sich nicht sicher, was Jolanda meinte.

»Himmel noch mal, Claude, wir sind hier, um uns aufzuwärmen. Hör endlich mit dem Zittern und Zähneklappern auf!«, schrie Jolanda ihn an. Ein älterer Kellner ging mit missbilligendem Gesichtsausdruck vorbei. Sein Tablett voller Wassergläser wackelte, die Gläser waren zu voll und schwappten über. Wann immer Jolanda laut wurde, und das kam oft vor, zuckten die uralten Kellner zusammen und schauten mürrisch. Die Studenten gaben ihnen die Schuld für die sich oft wiederholende Auswahl an klassischer Musik.

In der Küche arbeiteten junge Leute, und nur junge Leute konnten für die völlig willkürliche und überraschende (und nicht weniger repetitive) Auswahl an neuer Musik verantwortlich sein. Es gab ein paar gute Stücke und viele weniger gute. Vielleicht hatte sie ein nie gesehener Souschef oder die tätowierte Tellerwäscherin ausgesucht, die die Studenten in der Seitengasse hatten rauchen sehen, dort, wo der Müll gesammelt wurde und ein traurig blickender Schäferhund an der Leine lag. Im Kaffee Nachtmusik rauchten alle, auch in der Küche. Vielleicht wollte die tätowierte Tellerwäscherin dem Hund Gesellschaft leisten, vielleicht war der traurig blickende Schäferhund auch ihr Hund.

Jimmy entschied sich dagegen, Jolanda und Claude von der Aussicht zu erzählen, dass er sich mit Irmgard ein Sofa teilte, beim Filmschauen im Halbdunkel des immer kälter werdenden Wohnzimmers. Außerdem kam Jolanda jetzt mit ihrer Erklärung in Fahrt, was sie damit meinte, Annelies sei »die Art von Frau, die durchgehend ihre Tage hat«. »Ich hatte kurz vergessen, dass ihr Anfänger seid in Sachen Sex«, sagte Jolanda, um sicherzugehen, dass Jimmy und

Claude das auch ja nicht vergaßen. Sie hatte bereits kompromittierende Bemerkungen über ihre Penisse gemacht.

»Ich bin ja nicht absichtlich sexueller Anfänger. Es hat sich einfach so ergeben«, protestierte Claude. Jolanda seufzte und wandte sich an Jimmy.

»Fräulein Eißler ist die Art Frau, die dir sagt, sie hat ihre Tage, wenn sie keinen Sex haben will. Wenn sie es nicht mit dir tun will, dann gibt sie ihrer Periode die Schuld«, erklärte Jolanda.

»Ach«, sagten Claude und Jimmy unisono. James Winslow fiel ein, dass ihm das schon mal ein Ringerkollege erzählt hatte, noch in Pennacook.

»Ihr zwei seid mir vielleicht ein paar Chorknaben!«, rief Jolanda aus.

Es hatte mal einen peinlichen Zwischenfall im Flur vor dem Badezimmer gegeben – Claude und Jimmy, beide nur mit einem Handtuch um die Hüften. Claude hatte ein Bad genommen; Jimmy wartete darauf, dass er an der Reihe war. Als Jolanda sich im Flur an ihnen vorbeidrücken wollte, hatte sie die beiden gestreift, und die Handtücher waren zu Boden gefallen. Bevor sie sich wieder bedecken konnten, hatte Jolanda auch schon bemerkt, worin sich die beiden jungen Männer unterschieden. Jimmy war beschnitten, Claude nicht.

»Halt, halt, halt!«, rief Jolanda. »Ihr Jungs habt ja unterschiedliche Penisse!« Typisch Jolanda führte das zu einer genaueren Inspektion in Jimmys Zimmer. »Das ist vielleicht meine einzige Gelegenheit, einen Penis zu sehen, geschweige denn zwei!«, erklärte Jolanda. Claude und Jimmy hatten sich bereits über Beschneidung unterhalten. Jolanda fand beide Penisse abstoßend, aber auf unterschiedliche Weise. »Jimmys ist kleiner. Er ist fast niedlich, aber er sieht aus, als hätte er eine Klitoris werden sollen«, befand sie. »Claudes sieht aus wie der Schwanz von einem Pferd oder von einem großen Hund!«

Im Kaffeehaus lief nun der zweite der beiden Johann-Strauss-(Sohn)-Walzer, der bekanntere *An der schönen blauen Donau*. (Weitere Walzer von Strauss (Sohn) gab es nicht im unergründlichen Repertoire des Kaffeehauses Nachtmusik.)

Und Claude sagte zum hundertsten Mal: »Ich frage mich, warum der junge Strauss Walzer geschrieben hat. Angeblich war er ein schrecklicher Tänzer.«

Und Jolanda erwiderte wie immer: »Wenn ihm einer die Kniescheibe rausgehauen hätte, dann hätte er vielleicht damit aufgehört.« Jimmy dachte nur, dass er zurück in sein Zimmer bei Frau Holzinger gehen sollte. Sie hatte zwar die Heizung abgedreht, aber vielleicht konnte er sich ins Bett legen und unter der Decke schreiben. Nachts war im Café nicht viel los. Die drei Studenten bekamen einen Sechsertisch, so hatten sie Platz für ihre Lernsachen und Jimmys Notizbücher. Am Tag war das Kaffeehaus Nachtmusik besser besucht, aber die Ausländer wussten nicht, wer die paar intellektuellen Gäste waren. Vielleicht kamen sie aus dem Polnischen Lesesaal, der ebenfalls in der Schwindgasse lag.

Jimmy wollte schon los, doch bei der Aussicht auf die nächtliche Kälte in der Wohnung blieb er lieber noch bei seinen neuen Freunden und der musikalischen Dauerschleife. Dann wechselte die Musik (auf ihre oft holprige, aber stets unlogische Weise), und er beschloss, sich nun doch der Kälte in seinem Zimmer zu stellen. Es war Oktober, die Nächte wurden kälter. Am besten, ich gewöhne mich daran, dachte James, während das einzige Stück von Elvis, das jemals im Kaffeehaus Nachtmusik gespielt wurde, auf sie eindrosch. Die älteren Kellner zuckten zusammen, und Claude schloss die Augen, weil er es hasste, wenn Jolanda jedes Mal bei *It's Now or Never* ihren Teelöffel zu einem u-förmigen Armband verbog, das sie sich wie eine Handschelle ums Gelenk legte.

»Ich möchte mal sehen, wie Elvis die Hüften schwingt, wenn ich ihm die Kniescheibe rausgehauen habe«, murmelte Jolanda wie zum Gebet. Sie hasste Elvis. Jolanda glaubte, dass die tätowierte Tellerwäscherin für den Song verantwortlich war, und während Elvis weiter schmachtete, sagte Jolanda, sie wolle auch dem Tintenjunkie die Kniescheibe raushauen. Wenn die tätowierte Tellerwäscherin in der Müllgasse rauchte, hatte sie etwas von Elvis und *Now or Never* – jetzt oder nie – an sich. Doch Claude und Jimmy sahen, wie Jolanda den Tintenjunkie musterte. Das war kein Kniescheibenblick. Jolanda schien auf ganz andere Weise an der Frau interessiert. Die Tellerwäscherin war wohl Jolandas Typ Frau, dachten sich Claude und Jimmy.

Jimmy wünschte seinen Freunden eine gute Nacht. Er kehrte in die Wohnung in der Schwindgasse zurück und versuchte, unter der Bettdecke zu schreiben. Er legte sich in T-Shirt und Trainingshose unter die Decke, an den Füßen das Paar weiße Socken, das Annelies getragen hatte. Jimmy hörte, wie Jolanda und Claude vom Kaffeehaus nach Hause kamen, sie wechselten sich im Bad gegenüber von Jimmys Zimmer ab. Er versuchte noch immer, unter der Decke zu schreiben, als die große, verschwommene Gestalt sich an die Scheibe presste. Erst beschlug die Scheibe von ihrem Atem, dann zeigte sie ihre Brüste im Profil.

»*Verdammt in alle Ewigkeit – in all eternity damned*«, sagte Irmgard. Meinte sie damit etwa, das solle Studenten mit jüdischen Hauslehrerinnen blühen?

Dabei meinte Irmgard nur, dass *From Here to Eternity* schlecht ins Deutsche übersetzt worden war. »Burt Lancaster, Deborah Kerr, Frank Sinatra, Montgomery Clift, Donna Reed«, zählte Irmgard die Schauspieler auf. Ihre Stimme verklang, während sie den Flur entlang zum Wohnzimmer ging, wo der Film anfing. »Jetzt!«, rief sie. Jimmy eilte ihr nach, ließ aber seine Socken an – natürlich, jetzt wo sie von Fräulein Eißler getragen worden waren.

James Winslow wusste sehr wohl, dass es sich um einen weiteren Schwarz-Weiß-Film von Fred Zinnemann handelte, aber er hütete sich, Irmgard daran zu erinnern, dass der Regisseur ein in Österreich geborener Jude war. *Verdammt in alle Ewigkeit* war Jimmy ziemlich egal. Vielmehr übte er auf dem Weg ins Wohnzimmer, wie er Irmgard gegenüber die kälteren Temperaturen ansprechen konnte. Er hätte sich die Mühe sparen können. Jimmy fand sie auf dem Sofa ausgestreckt vor, wo sie ihn mit offenen Armen erwartete. »Es ist schon kälter – *better on one sofa movie to watch*«, sagte Siegfrieds ledige Mutter.

Auf Irmgard zu liegen, zwischen ihren Beinen, die sie um ihn geschlungen hatte, den Kopf zwischen ihren großen Brüsten, stellte den Höhepunkt von James Winslows bisheriger erotischer Erfahrung dar. Und sie war sehr sauber, auch wenn sie ein wenig nach Babypuder roch. Wahrscheinlich hatte sie nach dem abendlichen Bad sowohl Siegfried als auch sich selbst eingepudert. Doch die Art, wie Irmgard es sich unter Jimmy bequem machte – ihn so zwischen Beinen und Busen zurechtschob, wie es ihr passte –, machte auf Jimmy den Eindruck, dass er als Bettdecke benutzt wurde. Sie schien nicht im Geringsten sexuell an ihm interessiert zu sein. Und was für Jimmy völlig unverständlich war: Sie war von *Verdammt in alle Ewigkeit* ebenso gefesselt wie von *12 Uhr mittags.*

»Burt Lancaster«, sagte Irmgard und zeigte auf den kleinen Bildschirm. Wenn Jimmy hinsah, würde er bald einen steifen Hals davon bekommen, es sei denn, er hob den Kopf aus Irmgards berghohem Busen, woran er nicht im Traum dachte. *»Burt not a Jew is, Montgomery Clift und Deborah Kerr also not are«,* stellte Irmgard fest und seufzte.

»Ich weiß«, sagte Jimmy und seufzte ebenfalls.

»*Frank Sinatra Italian is.* Er ist wahrscheinlich katholisch.«

»Ich weiß. Wahrscheinlich ist er das«, stimmte Jimmy ihr zu.

»Ja, wahrscheinlich«, erwiderte Irmgard. Sie hatte sich unter ihm bewegt und seinen Kopf in die gemütliche Kuhle zwischen linker Brust und Unterarm gedrückt, von wo aus er den Bildschirm überhaupt nicht mehr sehen konnte. Er interessierte sich ohnehin mehr für ihr Deodorant als für *Verdammt in alle Ewigkeit.* Jimmy hatte das Fläschchen im Badezimmer mit der Wanne stehen sehen. Er sollte es in seine Schreibmaschine sprühen, dachte Jimmy. Das würde den Wurstgeruch erledigen.

»Ernest Borgnine ist wahrscheinlich auch Italiener und

katholisch«, sagte Jimmy. (Sie hatte Ernest Borgnine nicht mit den anderen Schauspielern genannt.)

»Der Dicke?«, fragte Irmgard. Jimmy nickte und versuchte, keine Unruhe in ihre Brust- oder Unterarmgegend zu bringen. »Wahrscheinlich«, sagte Irmgard.

Er war eingeschlafen, als er hörte, wie sie etwas Merkwürdiges über Donna Reed sagte. *»Donna not a real prostitute is«*, glaubte Jimmy gehört zu haben. Meinte Irmgard damit, dass Donna Reed im wahren Leben keine Prostituierte war, oder wagte sie sich auf das Feld der Filmkritik hinaus – fand sie Donna im Film als Prostituierte nicht glaubwürdig? Doch diese Frage überstieg Jimmys Deutschfähigkeiten. Er würde noch weitere Stunden mit Fräulein Eißler brauchen.

Außerdem war es einfach zu bequem, in Irmgards nicht erotischer, aber warmer Umarmung zu liegen. Er hatte noch nie mit dem Gesicht in den Busen einer Frau vergraben geschlafen, und seine Füße steckten wohlig warm in den Socken, die seine jüdische Hauslehrerin getragen hatte.

James Winslow bekam nicht mit, als Irmgard ihn allein auf dem Sofa zurückließ. Wahrscheinlich war sie müde zu Bett gegangen. Er roch ein weiblicheres Parfüm als Babypuder, aber das war wohl nur in seinen Träumen. Und er musste wohl auch geträumt haben, dass Irmgard sich angekleidet hatte wie noch nie zuvor. In seinen Träumen erschien sie ihm als sinnliche Frau in schönen Kleidern – als wolle sie ausgehen.

Jimmy wachte am Ende des Films auf, als die untreue Gattin (Deborah Kerr) und die Prostituierte (Donna Reed) auf dem Schiff sind – direkt vor dem Abspann. Jimmy musste wohl geträumt haben, dass Irmgard während der Liebesszene am Strand etwas gesagt hatte – als Burt Lancaster und Deborah Kerr nass zusammen im Sand liegen. Ach, was man sich nicht alles einbildet, wenn man zum ersten Mal am Busen einer Frau schläft! Doch in Jimmys Traum (wenn es denn einer gewesen war) hatte es wie etwas geklungen, das Irmgard tatsächlich gesagt haben könnte.

»Man kriegt Sand in die Scheide, wenn man am Strand vögelt«, sagte Irmgard. Aber was wusste Jimmy schon? Er hätte geschworen, er habe geschlafen.

17
Ein Deutscher Schäferhund namens Hard Rain

Der 22. November 1963 war ein Freitag – der erste von vier aufeinanderfolgenden Tagen, an denen James Winslow keinen Termin mit Fräulein Eißler hatte.

In Dallas war es 12:30 Uhr, als JFK erschossen wurde. Gegen 20 Uhr Wiener Zeit kam die Meldung im österreichischen Fernsehen, dass Präsident Kennedy verstorben war. An ihrem Sechsertisch im Kaffeehaus Nachtmusik gingen Jolanda, Claude und Jimmy ihren üblichen Beschäftigungen nach. Den drei Gaststudenten war schon vor 20 Uhr aufgefallen, dass sich vor dem Schwarz-Weiß-Fernseher am Tresen ein Grüppchen gebildet hatte. Trotz des ungewöhnlichen Interesses an den Nachrichten blieb der Ton (wie üblich) aus. Jimmy erfand ja ständig irgendwelche Geschichten. Geschah es nur in seinem Kopf, dass ein paar Gäste sich auf ihren Barhockern umdrehten und ihm einen schnellen Blick zuwarfen? Dann schauten sie ebenso schnell wieder weg. Zuckten die älteren Kellner noch mehr zusammen, wenn sie in der Nähe des Sechsertisches vorbeiwankten? Die überschwappenden Gläser setzten ihre Tabletts unter Wasser.

Nachdem das Wetter nun tatsächlich kälter geworden war, waren Jimmy und seine Mitbewohner fast jeden Abend hier. Normalerweise waren die drei die Einzigen im Café, die Englisch sprachen. Die uralten Kellner wussten, dass Jimmy der einzige Amerikaner im Raum war, ebenso wie Dagmar, die attraktive, aber reservierte Geschäftsführerin. Dagmar war Witwe, ungefähr im Alter von Jimmys Mutter, hätte er geschätzt. Dagmar hatte sich eigens nach den Herkunftsländern der Studenten erkundigt, sie war immer freundlich zu ihnen, auf ihre distanzierte Art.

»Dagmar sucht die Musik sicher nicht aus. Sie scheint sie nicht mal zu hören«, hatte Jolanda zu Jimmy und Claude gesagt. Jolanda ließ nicht locker bei ihrer Suche nach dem Schuldigen für die Musikauswahl im Café.

»Dagmar sieht aus, als würde sie trauern oder als stünde sie kurz vor einem Nervenzusammenbruch«, sagte Claude zu Jimmy und Jolanda.

»Du sagst im Schlaf andauernd ›arme Chantal‹, Claude. Wenn hier jemand kurz vor einem Nervenzusammenbruch steht, dann du«, sagte Jolanda.

»Vielleicht kann ich deshalb Dagmars Symptome erkennen«, sagte Claude.

»Dagmar ist hübsch, aber sie wirkt traurig.« Kaum hatte Jimmy das gesagt, bedauerte er es schon. Jolanda verbog einen Teelöffel zu einer ihrer u-förmigen Handschellen, sodass Claude die Augen schließen musste.

»Schlag dir mal diese Schwäche für traurig aus dem Kopf, Jimmy – vor allem für ältere, traurige Frauen«, sagte Jolanda.

»Annelies ist nicht traurig, und für die habe ich auch eine Schwäche«, erklärte Jimmy.

»Annelies spielt in einer anderen Liga. Die solltest du dir auch aus dem Kopf schlagen«, sagte Jolanda.

Dagmar schaute zum Fernseher am Tresen. Nur einmal wandte sie kurz den Blick ab, um sich zu Jimmy umzudrehen. »Dagmar bemerkt die Musik überhaupt nicht«, beschwerte sich Jolanda bei Claude und Jimmy. Gerade lief Bob Dylan. James Winslow dachte, dass er von Bob Dylan gar nicht genug bekommen konnte, nicht in Wien, und sogar Claude bewegte die Lippen zum Text von *Blowin' in the Wind,* den er (wie wohl jeder in einem gewissen Alter) auswendig konnte. Jimmy sah, wie Dagmar einem alten Kellner etwas zuflüsterte, es sah aus, als würde sie ihn in die Küche schicken, doch bevor der Kellner durch die Schwingtür wankte, warf er Jimmy noch einen verzweifelten Blick zu.

»Dagmar bemerkt vielleicht die Musik nicht«, sagte Claude, »aber die Nachrichten schon. Sieht aus, als hätten die USA und die Sowjets ihre Raketen abgeschossen, und jetzt haben wir nur noch ein paar Minuten zu leben – vielleicht auch nur Sekunden.«

»Himmel noch mal, Claude!«, setzte Jolanda an, unterbrach sich dann aber. Die drei Freunde sahen den zitternden Kellner; er war fast augenblicklich mit der tätowierten Tellerwäscherin wieder durch die Schwingtür gekommen. Dagmar führte die muskulöse Frau zum Tisch der Studenten. »Dass der Tintenjunkie Bob Dylan mag, macht den Rest fast wieder wett«, sagte Jolanda.

Alle, die sich am Tresen um den Fernseher drängten, hatten sich jetzt zu den ausländischen Studenten umgedreht. Dagmars Handzeichen zum Barmann hinüber war eindeutig: Sie fuhr sich mit dem Zeigefinger über die Kehle, und er schaltete die Musik aus. Das war das erste Mal, dass Jimmy *Blowin' in the Wind* nicht bis zu Ende hörte.

»Washington und Moskau sind ausgelöscht«, verkündete Claude. »Paris, London, New York, alles futsch. Wir sind nur noch am Leben, weil Wien kein strategisches Ziel ist. Wir werden ganz langsam am radioaktiven Niederschlag sterben!«, rief Claude und schaute geschlagen zu den dunklen Fenstern. »Die Radioaktivität ist bereits in der Luft.«

»Jesus, Maria und Josef, Claude, du schwarzmalerischer Arsch!«, sagte Jolanda.

Als die Witwe sprach, sah sie Jimmy an. »Sie sollten etwas wissen«, sagte Dagmar auf Englisch. Jimmy konnte nur daran denken, wie Irmgard das gesagt hätte: *»You something know should.«*

»Es ist etwas passiert.« (Jetzt übersetzte die tätowierte Tellerwäscherin für James Winslow.)

»Wo?«, rief Claude und sprang auf.

»Nicht in Frankreich«, versicherte ihm Dagmar.

»In Dallas. Mit Ihrem Präsidenten«, teilte der Tintenjunkie Jimmy mit.

Die Witwe flüsterte so leise, dass man sie nur schwer verstehen konnte. »Er wurde erschossen«, sagte Dagmar.

»Sie haben auf ihn geschossen?«, fragte Jimmy. Er konnte nicht klar denken.

»Er ist tot«, flüsterte Dagmar.

»JFK ist tot?«, fragte Jimmy. Er bekam kaum ein Wort heraus.

»Ja, tot. Es tut mir leid«, bestätigte Dagmar auf ihre formelle Art. »Hildegund spricht besser Englisch als ich«, sagte sie und schob die tätowierte Tellerwäscherin näher zum Sechsertisch.

»Wie kann ein und dieselbe Person Bob Dylan *und* Elvis

Presley mögen?«, fragte Jolanda Hildegund. Sie war aufgestanden, um Hildegund wissen zu lassen, wie groß sie war, aber Claude und Jimmy bemerkten, dass Hildegund fast ebenso groß war. Hildegunds Tattoos zeigten Gargoyles und andere Dämonen.

»Ich mag auch die Beatles«, sagte Hildegund.

»Das ist uns schon aufgefallen«, sagte Jolanda. »Wie kann man denn Elvis überhaupt mögen?«, fragte sie.

»Ich mag nur *It's Now or Never.* Nur diesen Song«, antwortete die Tellerwäscherin.

»Klingt definitiv nach deinem Motto«, sagte Jolanda.

Claude und Jimmy sahen, worauf das hier hinauslief – nicht auf eine Knieverletzung.

»Der Hund in der Gasse, der Deutsche Schäferhund, mit dem du rauchst«, sagte Jolanda, »ist das dein Hund?«

Jolanda hatte dem Tintenjunkie nie die Kniescheibe raushauen wollen. Sie wollte mit ihr schlafen. »Ja, sie gehört mir. Jedenfalls zurzeit«, antwortete die tätowierte Tellerwäscherin, während Claude und Jimmy sich einen Weg zum Tresen bahnten.

»Wie heißt sie denn?«, fragte Jolanda.

»Hard Rain. Das ist ein Bob-Dylan-Song«, antwortete Hildegund.

»Ich weiß, was das ist«, sagte Jolanda, während Claude und Jimmy sich gebannt die Nachrichten aus Dallas ansahen. Im Fernseher am Tresen zeigten sie immer wieder die Aufnahmen, wie Kennedys Autokolonne sich der Dealey Plaza nähert, und vom Tumult nach den Schüssen; anschließend Bilder vom Parkland Hospital, wo der Präsident für tot erklärt wurde.

James Winslow wusste, er sollte seine Mutter anrufen, aber am liebsten hätte er mit seinem Großvater gesprochen. Als die Studenten wieder in Frau Holzingers Wohnung kamen, ging Jimmy nicht noch einmal telefonieren. Er wollte nicht über JFK reden. Das Wohnzimmer war dunkel, der Fernseher aus.

»Irmgard ist wohl zu Bett gegangen«, sagte Jimmy nur.

»Oder sie ist ausgegangen«, sagte Jolanda. »Man kann ihr Parfüm noch riechen.«

»Irmgard trägt Parfüm?«, fragte Claude.

»Wenn sie ausgeht, Claude. Ich hab sie schon mal gesehen, als sie sich so aufgedonnert hatte«, sagte Jolanda. »Ich hab auch ihr Parfüm schon gerochen.«

Da wusste James Winslow, dass auch er Irmgard schon einmal »so aufgedonnert« gesehen hatte. Auch er hatte ihr Parfüm schon gerochen. (Er hatte es nicht nur geträumt, als er *Verdammt in alle Ewigkeit* verschlafen hatte.)

»Neulich musste ich nachts mal pinkeln, da lagen im Flur Frauenkleider verstreut, und es roch nach Parfüm. Und jemand nahm ein Bad. Das war nicht Siegfried, nicht um zwei oder drei Uhr nachts. Es muss Irmgard gewesen sein«, sagte Claude.

»Ich denk nicht gern drüber nach, wie du nachts pinkeln gehst, Claude«, sagte Jolanda. Doch da fiel Jimmy ein, dass er schon mal gehört hatte, wie mitten in der Nacht jemand ein Bad nahm. Er hatte es sich also nicht nur eingebildet, in den frühen Morgenstunden das Wasser ein- oder ablaufen zu hören.

»In der Wand in meinem Zimmer sind Einschusslöcher«, erzählte Jimmy Jolanda und Claude. »Fräulein Eißler hat sie mir gezeigt. Sie sind hinter dem hässlichen Gemälde. Vielleicht haben die Sowjets jemanden an die Wand gestellt, als sie die Gegend hier besetzt haben.«

»Himmel noch mal, zeig uns die Wand!«, rief Jolanda.

»Vielleicht sollten wir nicht zu dritt in einem Zimmer sein, nicht um diese Zeit«, sagte Claude aus keinem ersichtlichen Grund.

»Wir sind Jimmys Mitbewohner, Claude. Wir sind doch keine Besucher, wir wohnen hier!«, rief Jolanda. »Wir drei könnten es in einem Bett miteinander treiben, wenn wir wollten!«

»Das meinte ich gar nicht! Ich hab nur gedacht …«, entgegnete Claude.

Die Freunde besahen sich angelegentlich die Einschusslöcher. Es gab nur drei Löcher, sie lagen dicht nebeneinander in einer diagonalen Linie. Ihr Durchmesser war etwas größer als der eines Bleistifts, irgendwas zwischen Bleistift und dem Zeigefinger eines Erwachsenen. Für Jimmy waren die Löcher brusthoch, aber er nahm an, Jolanda hätten die Kugeln wohl in den Unterleib getroffen. Wer weiß, worüber Claude nachdachte. Die Vorstellung, wie sie drei es in einem Bett miteinander trieben, war für ihn wohl verstörender gewesen als die Einschusslöcher, die er eingehend zu begutachten schien. »Sie sehen schon wie Einschusslöcher aus, aber wenn hier jemand an die Wand gestellt worden ist, wo ist dann das Blut?«, fragte Claude. »Wenn sie hier jemand erschossen haben«, dachte er mit Blick auf die Löcher laut nach, »wären die Kugeln dann nicht durch den Körper hindurch? Müsste die Wand nicht voller Blut sein?«

»Vielleicht haben sie über die Blutflecken drüber tapeziert, Claude«, sagte Jolanda.

»Und warum haben sie sich dann nicht die Mühe gemacht, die Löcher zuzugipsen? Und hätten sie über die Löcher nicht auch drüber tapeziert?«, dachte Claude auf seine irritierende Art weiter nach.

»Willst du damit sagen, jemand hat einfach nur auf die Wand geschossen, Claude?«, fragte Jolanda. »Warum würde denn irgendjemand bitte einfach nur auf eine Wand schießen, selbst ein schießwütiger Sowjet?«

»Ich sag doch nur, wie es aussieht«, protestierte Claude. Nachdem sie sich so festgefahren hatten, verkam die Unterhaltung der Studenten zusehends.

Jolanda beklagte sich, dass es unmöglich für sie war, Sex mit Hildegund zu haben. Es gab schlichtweg keinen Ort dafür. Dass sie es in der Wohnung der Tellerwäscherin taten, sei ausgeschlossen, hatte Hildegund zu Jolanda gesagt – sie wohne mit »einem Haufen Barbaren« zusammen.

»Findest du, du solltest Sex mit jemandem haben, der mit Barbaren zusammenwohnt?«, fragte Claude, doch sie ignorierte ihn.

»Und wenn Hildegund zu uns kommt, was ist dann mit ihrem Hund?«, fragte Jolanda. »Wo kann Hard Rain solange hin?«

»Willst du damit sagen, der Hund ist bei Hildegund und dir? Im selben Zimmer, in dem ihr Sex habt?«, fragte Claude.

»Jesus, Maria und Josef, Claude, was ich meine, ist doch: Erlaubt die Witwe überhaupt Hunde? Und wenn ich sie frage, und sie sagt Nein – was dann?«, rief Jolanda.

»Also, auf jeden Fall sollte der Hund nicht in deinem

Zimmer sein, wenn Hildegund und du Sex habt! Hard Rain sollte das nicht sehen, er sollte nicht *zuschauen*. Der arme Hund!«, erklärte Claude.

»Himmel noch mal, Claude! Hunden ist es egal, wenn Menschen Sex haben. Ob wir vögeln, interessiert sie nicht!«, entgegnete Jolanda.

»Der arme Hund!«, rief Claude. »Ich muss mich erst noch an die Vorstellung gewöhnen – ein Deutscher Schäferhund namens Hard Rain«, sagte er ohne ersichtlichen Grund.

»Wir können den Hund an den Fahrradständer im Innenhof ketten. Da ist er in Sicherheit«, argumentierte Jolanda.

»Der arme Hund!«, rief Claude. »Hockt da allein mit einem Haufen Räder im kalten Hof!«

»Hard Rain hockt allein in einer Gasse mit einem Haufen Müll!«, schrie Jolanda. »Vielleicht kann der Hund ja bei einem von euch im Zimmer bleiben, wenn Hildegund mich besuchen kommt.«

»Ich hab noch nie mit einem Deutschen Schäferhund geschlafen«, sagte Claude.

»Du überraschst mich immer wieder, Claude«, sagte Jolanda.

»Ich mein doch nur, dass Hard Rain ein großer Hund ist«, betonte Claude.

»Was, wenn er mal pinkeln muss oder so?«, fragte Jimmy.

Das einzige Problem waren Gewitter, hatte Jolanda erfahren.

Bei Blitz und Donner, hatte Hildegund gesagt, kauerte sich Hard Rain in eine Badewanne und schiss sich die Seele aus dem Leib. Wie Jolanda Jimmy und Claude erklärte: »Bei Gewitter lassen wir am besten die Badezimmertür auf, damit Hard Rain dort reinkann. Die Holzingers haben nur diese eine Badewanne.«

»Augenblick mal!«, sagte Claude zu Jolanda. »Deine neue Freundin wohnt mit einem Haufen Barbaren zusammen, und ihr Hund kriegt bei Gewitter Durchfall in der Badewanne?«

Die Benennung »neue Freundin« war für Jolanda schwer zu verdauen. Jimmy und Claude war klar, dass sie Mieke immer noch vermisste.

»Der Winter fängt gerade erst an. Er dauert vier Monate oder länger«, gab James Winslow seinen Mitbewohnern zu bedenken. »Und im Winter sind Blitz und Donner gar nicht so häufig.« Er hatte keine Ahnung vom Winter in Wien. James Winslow hätte nicht erklären können, warum ihm die Vorstellung gefiel, einen Deutschen Schäferhund in der Wohnung der Holzingers zu verstecken.

»Normalerweise mache ich nach zwei, drei Monaten mit einer Freundin Schluss«, erklärte Jolanda Jimmy und Claude. »Ich hatte nur nicht gedacht, dass es mit Mieke je so weit kommt, aber da wusste ich ja auch noch nicht, dass sie es mal mit einem Kerl ausprobieren will!«, klagte sie. Die drei Freunde waren sich einig, dass es keine gute Idee war, Hard Rain an den Fahrradständer im Innenhof zu ketten. Hard Rain war freundlich, aber trotzdem ein Deutscher Schäferhund. Die Menschen hatten Angst vor Deutschen Schäferhunden.

Also erklärten Jimmy und Claude, sie würden sich dabei abwechseln, Hard Rain zu verstecken, während Jolanda Sex mit Hildegund hatte. So etwas tun Mitbewohner füreinander, wenn sie Mitte zwanzig sind, und wenn nur eine sehr geringe Wahrscheinlichkeit besteht, dass es blitzt und donnert.

Nachdem Claude und Jolanda in ihre Zimmer gegangen waren und wahrscheinlich längst schliefen, lag Jimmy noch immer unter seiner Bettdecke und schrieb. Bei dem Roman, den er begonnen hatte, bestand der einfache Teil darin, sich die auf seinem Großvater basierende Hauptfigur vorzustellen. Thomas Winslows Fürsorge als Lehrer ging über das Klassenzimmer hinaus: Er war ein guter Lehrer als Vater und Großvater, er lehrte ununterbrochen. In James Winslows erstem Roman ist die Figur des geliebten Englischlehrers ein überzeugter Junggeselle. In einer reinen Jungenschule gibt es immer ein paar Lehrersgattinnen und Schüler, die solche Männer für nicht praktizierende Homosexuelle halten. Nichts dergleichen würde sich in Jimmys Roman finden lassen, was einer solchen schablonenhaften Homophobie Vorschub leistete. Der Junggeselle ist so asexuell wie Honor Winslow. Im Roman heißt er Tom oder Lehrer Tom. Er nimmt sich der Schüler an, die verloren oder depressiv sind. Er rettet sie mit Dickens. Lehrer Tom weiß, welcher Roman von Dickens sie aufheitern wird.

In jener Nacht unter der Bettdecke in Wien entschied sich der junge James für den Titel seines ersten Romans: Er hatte beschlossen, ihn *Der Dickens-Mann* zu nennen. Dann war Jimmy zur Toilette am Ende des Flurs gegangen; später hatte er sich im Bad gegenüber von seinem Zimmer das Gesicht gewaschen und die Zähne geputzt. Er lag im Bett und hatte das Licht ausgemacht, aber war hellwach, als Irmgard nach Hause kam. Sie schaltete das Licht im Flur ein, ihr fülliger Körper war durch die Milchglasscheibe in Jimmys Tür zu erkennen. Er konnte sehen, dass sie sich auszog. Sie tat es nicht für ihn, das sah er auch. Sie zog sich nur aus, bevor sie ins Bad ging, wo sie sich gerade Wasser einlaufen ließ. Er stand auf und öffnete leise die Tür, nur einen Spalt breit, gerade breit genug, um den Wäscheberg im Flur zu sehen. Die Kleidung roch nach dem starken Parfüm, das sie aufgelegt hatte – keine Spur von Babypuder.

Jimmy wartete in seinem Zimmer, im Dunkeln, bis er das Wasser ablaufen hörte. Dann schaltete er das Licht auf dem Schreibtisch am Fenster an. Als Irmgard in Handtücher gewickelt aus dem Bad kam, öffnete Jimmy die Tür ganz. Sie sammelte gerade ihre Kleider zusammen.

»Kann ich dich was fragen? Ich muss es dir zeigen«, sagte er.

»Mich was fragen? Mir was zeigen?«, wollte sie wissen und betrat sein Zimmer.

Jimmy trug nur ein T-Shirt und eine Sporthose, als er sich mit dem schlechten Gemälde an der Wand neben dem Kopfende seines Bettes abmühte. Irmgard musste ihm dabei helfen.

»Ach, die Einschusslöcher. Ist das alles?«, fragte Irmgard. Ihre Sachen hatte sie auf sein Bett geworfen. Sie hatte ihm bereits einen Großteil der Geschichte erzählt, bevor ihm auffiel, dass an ihrer Wortstellung im Englischen nichts falsch war. »Vermiete nie ein Zimmer an einen Russen, es sei denn, du hast Ratten und willst sie loswerden«, so begann Irmgard. Der Russe konnte nicht schlafen, weil zwischen den Wänden Ratten herumkrochen. Überall in der

Gegend hatte es damals Ratten gegeben, das ganze Haus war voll von ihnen gewesen, als Irmgard noch klein war. »Ich war nicht viel älter als Siegfried, als der Russe hier wohnte«, sagte Irmgard in makellosem Englisch.

»Und der Russe hat die Ratten durch die Wand erschossen?«, fragte Jimmy.

»Natürlich nicht! Der Russe hat an der passenden Stelle drei Löcher angebracht«, entgegnete sie.

»Und warum hat er dazu keinen Bohrer benutzt?«, fragte der junge James.

»Das hier ist eine Familie ohne Vater, Jimmy. Väter haben Werkzeug. Aber der Russe hatte eine Waffe, also hat er damit die Löcher gemacht«, erklärte Irmgard. Der Russe schob Pinzetten in zwei der Löcher; ins dritte steckte er etwas, das wie ein Stück Würfelzucker aussah und von den Pinzetten gehalten wurde. Tatsächlich handelte es sich um Rattengift. »Man wusste, wann die Ratten das Gift gefressen hatten, weil dann die Pinzetten ins Zimmer fielen«, erklärte Irmgard.

»Sind die Ratten zwischen den Wänden krepiert?«, fragte Jimmy.

»Natürlich nicht! Das hätte ja fürchterlich gestunken. Vom Gift bekamen sie Durst. Und wenn sie rausrannten, um etwas zu trinken, platzten sie. Sie starben draußen«, sagte Irmgard.

»Deine Wortstellung ist perfekt. Das war sie vorher nicht«, bemerkte Jimmy.

»Ich habe keine Lust mehr, Spielchen zu spielen, Jimmy. Mein Englisch ist nicht so schlecht«, gab Irmgard zu. »Deine Mutter hat vorher angerufen und wollte mit dir sprechen. Sie hat gesagt, mein Englisch sei ziemlich gut. Sie hat mich gefragt, ob du ins Sportstudio gehst, zum Ringen. Ich habe gesagt, ich glaube nicht, wisse es aber nicht genau. Deine Mutter will, dass du weiter ringst, weißt du.«

»*I know;* ich weiß«, sagte Jimmy. »Ich dachte, sie hätte angerufen, weil Kennedy erschossen wurde. Das wäre ein besserer Grund gewesen anzurufen.«

»Deine Mutter hat mich gefragt, ob du je an Vietnam denkst. Sie meinte, das sollest du, jetzt wo Kennedy weg ist«, sagte Irmgard. »Ich habe gesagt, ich glaube nicht, wisse es aber nicht genau.« Jimmy fiel nichts ein, was er darauf erwidern könnte, während Irmgard und er sich mühten, das Bild wieder über die Einschusslöcher zu hängen. »Deine Mutter hat mich gefragt, ob du eine Freundin hast, Jimmy«, sagte Irmgard.

»Und du hast gesagt, du glaubst nicht, wissest es aber nicht genau«, vermutete Jimmy.

»Deine Mutter hat mich gefragt, wer ich bin, und ich habe ihr meine Situation geschildert; das mit Siegfried und so weiter«, sagte Irmgard und verstummte. Dann sammelte sie ihre Kleider von Jimmys Bett zusammen.

»Ich hoffe, meine Mom hat dich nicht gefragt, ob du meine Freundin werden könntest und ob du wieder schwanger werden und mir das Baby überlassen würdest«, sagte der junge James zu Irmgard.

»Ich habe ihr gesagt, das müsse nicht sein.«

»Es tut mir so leid, Irmgard. Meine Mutter ist entschlossen, mich von der Armee fernzuhalten. Sie ist ganz besessen davon«, sagte Jimmy.

»Das kann ich ihr nicht verdenken, Jimmy, aber ich bin

die Falsche dafür«, erwiderte sie. Sie blieb im Flur stehen und schaute zu ihm zurück, aber ihr Blick war weder warm noch einladend.

»Danke. Dann weiß ich jetzt Bescheid«, sagte Jimmy.

»Das nicht, Jimmy, aber du weißt genug«, sagte Irmgard. Auch diesmal war nichts auszusetzen an ihrer Wortstellung. Sie würde keine Spielchen mehr mit ihm spielen. Es würde keine Kinoabende mehr im Wohnzimmer geben.

Zurück in seinem Zimmer entdeckte er Irmgards schwarzen BH. Er war ihr am Fuß von Jimmys Bett aus dem Arm voller Kleidung gefallen. Jimmy hatte nur eingeschränkte Erfahrung mit BHs. Zwischen den Körbchen gab es einen deutlichen Einschnitt; die Körbchen selbst standen hervor. Er konnte spüren, dass darunter eine Art Draht im Spiel war. Irmgards BH war nicht einfach nur Unterwäsche, nur so viel sei gesagt. Er war dazu da, gesehen zu werden, ein BH, bei dem man sehen sollte, wie ihn jemand auszog, zumindest bildete Jimmy sich das ein.

James Winslow hätte den BH beinahe mit ins Bett genommen – sein Duft, wie er sich anfühlte, das weckte Fantasien. Doch wenn Irmgard keine Spielchen mehr mit ihm spielen würde, dann würde Jimmy ernstlich versuchen, mit ihr und ihrem Judenhass abzuschließen. Irmgards Antisemitismus brachte Jimmy dazu, sie zu hassen. Er schämte sich zutiefst für sein andauerndes Verlangen nach ihr, das im Widerspruch zu diesem Hass zu stehen schien.

Irmgard hatte das Licht ausgeschaltet, aber aus Jimmys Zimmer fiel genug Licht, dass er sehen konnte, wo der schwarze BH landete. Er hatte ihn in den Flur geworfen, dort lag er nun auf halber Strecke zwischen Bad und WC.

18
Sich ein Bett teilen

Jimmy war nicht auf den Gedanken gekommen, dass Claude auf dem Weg zum Klo im Dunkeln barfuß auf den BH treten könnte oder dass Claude, nachdem er das Flurlicht angemacht und gesehen hatte, worauf er getreten war, sich bei dem Anblick des aufreizenden BHs in die Schlafanzughose machen würde. (Jimmy und Jolanda verschliefen Claudes traumatische Begegnung tief und fest.)

Am Samstagmorgen fanden dann Frau Holzinger oder Siegfried als Erste den BH. Die Witwe hätte mit Sicherheit gewusst, wem der BH gehörte, und sie hätte ihn zweifellos der rechtmäßigen Besitzerin zurückgegeben. Selbst Claude konnte erkennen, dass der BH für Jolanda viel zu groß war.

Bei der Unruhe, die aus dem Flur zu Jimmy drang, dem Gespräch, das ihn aufweckte, ging es nicht um den BH. »Nicht Dienstag, nicht Mittwoch, nicht Donnerstag«, meckerte Frau Holzinger. »Samstag ist ungewöhnlich«, beschwerte sie sich.

»Kennedys Tod ist auch ungewöhnlich«, hörte Jimmy Annelies zu seiner Hausherrin sagen. Jimmy konnte Annelies durch die Milchglasscheibe seiner Tür erkennen.

»Trotzdem«, hörte er die Witwe sagen, ohne sie zu sehen. Wahrscheinlich bereitete sie gerade in der Küche Siegfrieds Frühstück zu.

Annelies zeigte in dem Milchglasoval auf sich selbst. »Ich bin ungewöhnlich«, sagte sie und öffnete Jimmys Tür. Dann streckte sie einen nackten Fuß hindurch und wackelte mit den lackierten Fußnägeln. »Bist du präsentabel?«, fragte Annelies. Die altmodische Ausdrucksweise hätte zu Jimmys Großmutter Constance gepasst, aber die hätte zu der Frage nicht mit den Zehen gewackelt.

»Ja! Herein!«, rief Jimmy und stand aus dem Bett auf. Er hatte in T-Shirt und Sporthose geschlafen. Er machte sich Sorgen, dass er Mundgeruch haben könnte, weil er noch keine Zähne geputzt hatte. Jimmy konnte sich in den Spiegeln an seinem Kleiderschrank sehen: Er sah schrecklich aus.

»Du hast Besuch gehabt. Ihr Parfüm ist *schrecklich*«, sagte Fräulein Eißler, das letzte Wort auf Deutsch, und machte der Witwe die Tür vor der neugierigen Nase zu. Dann öffnete sie das Brüstungsfenster. »Das bedeutet ›*terrible*‹«, erklärte sie.

Jimmy hoffte, dass der schreckliche Geruch nur von Irmgards Parfüm stammte und nicht das Ergebnis seiner unklugen Bemühungen war, ihr Deodorant auf seine Schreibmaschine zu sprühen, das sich dort mit dem anhaltenden Bratwurstgeruch vermischte. Jimmy erklärte Irmgards Besuch so einfach wie möglich – ihr übermächtiges Parfüm, ihre Schilderung des Anrufs seiner Mutter –, doch dann verzettelte er sich in ihrer Geschichte zu den Einschusslöchern. Er zitierte als Moral, was Irmgard zu ihm gesagt hatte: »Vermiete nie ein Zimmer an einen Russen, es sei denn, du hast Ratten und willst sie loswerden.«

»Das ist nicht die Moral der Geschichte, Jimmy«, sagte

Annelies. »Die Moral der Geschichte ist, dass in jeden Haushalt ein Bohrer gehört.« Sie saß auf seinem Bett und wies auf ihre lackierten Fußnägel. »Socken, bitte«, sagte sie, als habe sie entschieden, eine Weile zu bleiben. »Es sieht aus, als ob es dir gut geht«, sagte sie, während er die Socken holte. »Es kommt ja nicht jeden Tag vor, dass einem der Präsident ermordet wird. Im Augenblick bist du der einzige Amerikaner, den ich in Wien kenne. Ich dachte, ich schau mal nach, wie es dir geht.«

»Mit geht's gut«, sagte Jimmy, doch im selben Moment wurde ihnen beiden bewusst, dass er auf den Boden neben seinem Bett kniete und Annelies ein Paar seiner weißen Sportsocken über ihre hübschen Füße zog.

»Das ist schon recht merkwürdig, Jimmy. Dieses Hinknien ist ein wenig zu unterwürfig für ein normales Schüler-Lehrerinnen-Verhältnis«, sagte Fräulein Eißler.

»Mir macht es nichts aus, wenn es dir nichts ausmacht«, sagte Jimmy.

Natürlich wusste Annelies alles über Honor Winslows Hoffnung, ihren lieben James vor dem Wehrdienst zu bewahren und vor dem Krieg in Vietnam zu schützen. Esther musste ihr von Honors Schwangerschaftsplänen berichtet haben. Jimmys Hauslehrerin wusste also bereits, dass er jemanden schwängern sollte.

»Lass deine Zimmertür offen, Jimmy«, sagte Annelies, als er ins Bad ging, um sich die Zähne zu putzen und das Gesicht zu waschen. Als er zurückkehrte, lag sie unter der Decke, und ihr Kopf ruhte auf dem Kissen, so als habe sie sich ausgezogen. Nachdem er die Tür geschlossen hatte, stand Annelies wieder auf – wie er sah, hatte sie alle ihre

Kleider an. Sie habe nur dafür sorgen wollen, dass die Witwe sie in seinem Bett sehe, sagte Annelies zu Jimmy: »Soll die alte Judenhasserin doch denken, was sie will.« Wie sehr Irmgard die Juden hasste, hatte Jimmy ihr schon erzählt.

»Ich hasse sie dafür, dass sie dich hasst«, hatte er zu Annelies gesagt, doch ihre Antwort hatte ihn überrascht.

»Das solltest du nicht. Es ist eine traurige Geschichte mit Siegfrieds Mutter«, sagte sie. »Der Judenhass kommt aus der Generation von Frau Holzinger. Hass die Witwe, nicht Irmgard«, sagte die Hauslehrerin.

Annelies dachte wie immer schon weiter, aber worauf sie hinauswollte, war aus dem, was sie sagte, nicht erkennbar. »Wenn das Institut dich fragt, ob du mit mir schläfst, dann sag ihnen bitte die Wahrheit – dass du es nicht tust. Aber lass dabei aus, wie ich Frau Holzinger auf die Idee gebracht habe.« Annelies zog Jimmys Socken aus. Es war klar, dass sie ihre Mission als erfüllt ansah und gehen wollte.

»Okay«, sagte Jimmy. Die Befragung, die Annelies vorhergesagt hatte, fand vor Weihnachten statt. Die Dekanin des IES, die Jimmy mochte, deren Name er sich aber nicht merken konnte, rief ihn zu sich. Jimmy hatte Fräulein Eißlers Anweisungen befolgt. Er hatte die Dekanin darauf hingewiesen, dass Frau Holzinger und ihre Tochter (»eine wütende, ledige Mutter«) Judenhasserinnen waren, auch das hatte Annelies ihm aufgetragen. Schließlich gab es jüdische Studenten am Institut. Was, wenn einer von denen in der Wohnung der Holzingers untergekommen wäre?

Natürlich wies die Dekanin Jimmy darauf hin, dass Frau Holzinger Fräulein Eißler in seinem Bett gesehen hätte, unter seiner Decke, doch Annelies hatte ihn auf die Frage vorbereitet. Jimmy berichtete, dass die Witwe des Nachts die Heizung abdrehte und sie häufig an den Wochenenden abgedreht ließ. Er schreibe des Nachts unter der Decke, erzählte er der Dekanin. An dem Samstagmorgen nach der Ermordung Kennedys sei es in Jimmys Zimmer kalt gewesen, deshalb habe sich Annelies unter seine Decke gelegt. »Und wenn Fräulein Eißler mich zum Unterricht besuchen kommt, zieht sie immer Socken von mir an«, sagte er zu der Dekanin. (Das mit dem Hinknien und dass er es war, der seiner Hauslehrerin die Socken anzog, ließ Jimmy aus.)

Danach wurde es in der Wohnung in der Schwindgasse an den Abenden etwas wärmer. Die Witwe drehte die Heizung immer noch herunter, aber nur ein wenig, und sie ließ sie an den Wochenenden nicht mehr aus. Jimmys Freundschaft mit Jolanda und Claude hielt an, die drei gingen am Abend noch immer gemeinsam ins Kaffeehaus Nachtmusik, aber Jimmy musste nicht mehr unter der Bettdecke schreiben. Fräulein Eißler hatte sich durchgesetzt. Der Judenhass war in der Wohnung in der Schwindgasse immer noch spürbar, vor allem dienstags, mittwochs und donnerstags – vor, während und nach dem Unterricht mit Annelies –, aber das Wort Jude fiel nur noch selten. Weder Frau Holzinger noch Irmgard sagten »die Jüdin«, wenn sie Fräulein Eißler meinten. Sie hielten sich mit ihrem Judenhass zurück.

»Etwas muss ich dir noch zeigen«, sagte Annelies zu Jimmy. »Wir werden einmal nachts ausgehen, wenn es schon spät ist.«

»Wie spät?«, fragte Jimmy, aber Fräulein Eißler machte

schon weiter. »So spät es eben ist, wenn Irmgard nachts ausgeht. Wenn sie losgeht oder später.«

»Okay«, sagte Jimmy. Dann wechselte seine Hauslehrerin das Thema.

Die Ringer in der Turnhalle Leopold würden sich wundern, wo Jimmy blieb, sagte Annelies. Leo (»Kleiner Spiegel«) selbst hatte nach ihm gefragt. Die Freistilringer, die beiden Sowjets und die beiden Israelis, hatten sich darauf gefreut, den Amerikaner kennenzulernen. Solomon war der Name des Israelis in Jimmys Gewichtsklasse. Er sei früher mit zweiundsechzig Kilo angetreten, sagte Annelies, aber jetzt sei der ehemalige Hagana-Kämpfer schwerer. (»Ich ja auch«, sagte Jimmy.) Jimmy hatte auf die Weihnachtsferien gewartet, um dann in das Studio in der Währinger Straße zu gehen, erklärte er Annelies. Claude und Jolanda würden über Weihnachten nach Hause fahren, und Jimmys Kommilitonen beim IES verbrachten die Ferien in Kaprun, einem Skiort in den österreichischen Alpen. Der junge James würde also den halben Dezember allein in Wien sein – eine gute Zeit, um an seinem Roman zu arbeiten und die anderen Ringer kennenzulernen, sagte er zu Annelies.

Fräulein Eißler nahm nicht an, dass die Ringer über Weihnachten irgendwo hinfuhren. Der andere Israeli hieß Simon, der größere der beiden Hagana-Veteranen wog mindestens fünfundsiebzig Kilo, sagte sie zu Jimmy. Simons einziger Trainingspartner war Sergei, der größere der beiden Sowjets. Der Name des ehemaligen Ringers der Roten Armee in Jimmys Gewichtsklasse war Zander, sagte Fräulein Eißler.

Das Thema Weihnachten führte dazu, dass Annelies eine

antiweihnachtliche Schmährede hielt. Österreich sei ein katholisches Land und würde sozialistisch regiert, Weihnachten sei eine religiöse und eine sozialistische Ausrede, nicht zu arbeiten. Außerdem wusste sie, dass Jimmys Mutter ihm schrieb. Aber wozu einen Aufschlag für die Luftpost bezahlen, wenn die österreichische Post über Weihnachten nicht arbeitete? Sie jedenfalls würde den Unterricht in den Weihnachtsferien fortsetzen, nur am Weihnachtstag nicht; es sei denn, Jimmy sei zu beschäftigt mit Schreiben und Ringen.

»Hast du das von Esther, dass meine Mutter mir schreibt?«, fragte der junge James, aber auf den Esther-Teil seiner Frage ging Annelies bei ihrer Antwort nicht ein.

»Deine Mutter hat dir einen Vorschlag zu machen, Jimmy«, sagte Annelies. Was das war, behielt sie für sich. Weil sie einen neuen Geruch in seinem Zimmer wahrgenommen hatte, öffnete sie das Brüstungsfenster. Kälte strömte herein. »Du triffst dich doch nicht mit Irmgard, oder?«, fragte Annelies. »Hat sie das Parfüm gewechselt? Es ist nicht viel besser. Immer noch furchtbar.«

»Nein, ich treffe mich nicht mit Irmgard«, erwiderte er. Was Annelies gerochen hatte, war Hard Rain. Jimmy wusste nicht, was seine jüdische Hauslehrerin davon halten würde, dass er sich ein Bett mit einem Deutschen Schäferhund teilte. Der Hundesitterplan war noch ganz neu. Claude und Jimmy wechselten sich ab, aber Claude hatte Albträume, bei denen er im Schlaf winselte. Dann winselte und jaulte Hard Rain mit ihm, und beide bekamen Albträume.

»Es sollte wirklich nicht so kompliziert sein, mit einem Hund im Zimmer zu schlafen, Claude«, hatte Jolanda gesagt, aber Jimmy und Claude spürten, dass Jolanda es kompliziert fand, mit Hildegund, ihrer tätowierten Tellerwäscherin, zu schlafen. Jolanda hatte ihnen keine Einzelheiten genannt, sie gab nur dem »Haufen Barbaren« die Schuld, mit denen Hildegund zusammenwohnte.

Was Hard Rain anging, so liebten Jimmy und Claude den Hund. Sie hatten nie einen Hund gehabt oder mit einem zusammen geschlafen und wussten also nicht, ob Hard Rains Angewohnheiten allein die der Hündin waren oder allen Deutschen Schäferhunden (oder allen Hunden) eigen waren. Es war nicht Hard Rains Schuld, dass sie ein wenig nach Abfall roch, schließlich war der arme Hund in der Gasse angekettet, in der die Mülltonnen des Kaffeehauses stand. Und dass Hard Rain ein wenig nach Qualm roch, war Hildegunds Schuld – sie war Raucherin.

Es entging Jimmy und Claude nicht, dass Hildegunds Rauchen diese Gewohnheit auch bei Jolanda wieder entfacht hatte.

»Wer immer sie ist, Jimmy, ihr Parfüm riecht verdorben, und sie raucht, aber wenn sie sich von dir schwängern lässt, hat das ja alles einen Zweck«, sagte Annelies.

»Es ist eine Deutsche Schäferhündin. Ich verstecke sie drei, vier Nächte die Woche«, gab Jimmy zu.

Fräulein Eißler ließ sich durch nichts aus der Ruhe bringen. »Ich nehme doch an, dass du mir das erklärst«, sagte sie ruhig. Das tat Jimmy. Seine Zuneigung zu Hard Rain war offenkundig.

»Sie haart nicht sehr«, sagte der junge James zu seiner Hauslehrerin und schlug die Bettdecke zurück, um Annelies das Laken zu zeigen.

»Nein, nicht sehr«, sagte Annelies und zuckte mit den Schultern. Jimmy liebte es, wie sie das tat, ihre schmalen Schultern rollten sich nach vorn, ihre Brüste bewegten sich leicht, als sie seufzte. »Eine sehr symbolträchtige Hunderasse, aber es ist ja nicht die Schuld des Hundes, wer seine Herrchen waren oder sind«, sagte Fräulein Eißler orakelhaft. Diese Bemerkung verwirrte Jimmy, und nun zögerte er, Annelies zu erzählen, wovor die Studenten gewarnt worden waren – Hard Rains angebliche Reaktion auf Gewitter. Jimmy sah keinerlei Anzeichen dafür, dass es sich bei dem Hund, den er da gerade kennen- und lieben lernte, um ein Exemplar handelte, das sich bei Blitz und Donner in der Badewanne die Seele aus dem Leib schiss. Ohnehin misstrauten Jimmy und Claude allem, was Jolandas tätowierte Tellerwäscherin ihr gesagt hatte; sie hassten Hildegund.

Was, wenn Hard Rain bloß einmal Durchfall in der Badewanne gehabt hatte? Wenn sie verdorbenes Hundefutter gegessen hatte und Blitz und Donner nur zufällig dazugekommen waren? Wer waren überhaupt diese angeblichen Barbaren, mit denen Hildegund lebte, wie sie sagte? In welcher Hinsicht waren sie Barbaren?

Jimmy wusste, dass Claude Hard Rain wirklich mochte, auch wenn sie Albträume bekamen, sobald sie miteinander in einem Raum schliefen. »Sie ist ein braves Mädchen«, sagte Claude. »Ich glaube nicht, dass sie sich bei jedem Gewitter die Seele aus dem Leib scheißt. Wenn Hard Rain je in eine Wanne scheißen würde, dann wäre ihr das peinlich«, behauptete Claude. »Ihr ist es doch sogar peinlich, wenn sie furzt, oder?«, fragte er Jimmy, der das auch dachte – zumindest schaute Hard Rain trauriger, wenn sie gefurzt hatte. Dann wedelte sie mit dem Schwanz, etwas unsicher, so als warte sie auf Billigung. Und was das Wannenscheißen anging, so war das »reines Hörensagen«, schloss Claude.

Es schien den Studenten sowieso nicht realistisch, dafür zu sorgen, dass die Badezimmertür immer offen wäre – für den Fall, dass Hard Rain beim ersten Blitz oder fernen Donner in die Badewanne springen würde, schon gar nicht, wenn Irmgard in den frühen Morgenstunden badete. Jolanda sagte über Hard Rains Reputation als Badewannenscheißerin nur: »Sie furzt viel.« Weil Jolanda wusste, dass sie während der Weihnachtsferien in Amsterdam Mieke sehen würde, hatte sie schon jetzt Schuldgefühle, dass sie mit Hildegund schlief.

Jimmy berichtete Annelies von der Nacht, als Irmgard gehört haben musste, wie er mit Hard Rain sprach, die unter der Decke an seinen Zehen knabberte. Sie biss nicht fest zu, sie spielte nur. »Nicht beißen, sei ein braves Mädchen«, sagte Jimmy. Hard Rain wedelte unter der Bettdecke mit dem Schwanz. »Braves Mädchen«, sagte Jimmy, und der Hund wedelte noch stärker mit dem Schwanz. Dann schnaubte oder nieste sie und warf dabei den Kopf herum. Manchmal klang sie eher wie ein Schwein, nicht wie ein Hund, vor allem, wenn sie unter der Bettdecke steckte.

In dem Moment entdeckte er Irmgards fülligen und verschwommenen Körper, der sich an die Milchglasscheibe presste. Sie war in Handtücher gewickelt und kam eben aus dem Bad, die Scheibe in Jimmys Tür beschlug.

»Ich kann hören, wie du mit jemandem redest, Jimmy«, sagte Irmgard. »Ist deine Hauslehrerin bei dir?«

»Nicht die Hauslehrerin«, erwiderte Jimmy, aber Irmgard öffnete schon die Tür, und ihr Körper füllte die Öffnung aus.

In den frühen Morgenstunden, wenn es noch dunkel war und Hildegund aus Jolandas Bett stieg, kam die tätowierte Tellerwäscherin in Claudes oder Jimmys Zimmer, um Hard Rain mit nach Hause zu nehmen, zurück zu den Barbaren. Hard Rain ging nicht gern mit Hildegund, sie wollte zu dieser nachtschlafenden Zeit nicht hinaus in die dunkle Kälte. Sie machte sich dann immer ganz klein unter der Decke.

»Was ist denn mit ihr, ist sie schüchtern?«, fragte Irmgard jetzt. Hard Rain wedelte einmal mit dem Schwanz, es sah aus wie das Zucken eines Arms oder eines Beins. Dann folgte ein betterschütterndes Schnauben, ein heftiger, unterdrückter Nieser. Dann drehte sich Hard Rain auf den Rücken und hob die Decke mit den Vorderpfoten an.

»Sie ist nur schüchtern, und sie ist erkältet«, erklärte Jimmy. »Und sie ist nackt. Sie will nicht, dass du sie siehst.«

»Ich hoffe doch, sie ist nicht minderjährig, Jimmy. Das ist sie doch nicht, oder? Wir wollen hier keine Polizei«, sagte Irmgard.

»Keine Polizei, versprochen. Sie ist nicht minderjährig«, sagte Jimmy zu Siegfrieds wütender und depressiver Mutter. Hard Rain streckte unter der Decke den Rücken durch und kratzte sich. Sie nagte auch sanft an Jimmys Handgelenk. »Sie benimmt sich nur so«, versuchte Jimmy Irmgard zu versichern, doch die machte bereits kehrt und schloss abrupt die Tür hinter sich.

Bevor Irmgard im Flur das Licht ausschaltete, hörte Jimmy sie noch sagen: »Ich seh schon, wie alt sie ist, wenn ich sie erst zu Gesicht kriege.«

»Was immer Irmgard sich da eingebildet haben mag, aber doch nicht, dass du das warst unter der Decke«, sagte Jimmy zu Fräulein Eißler. Er dachte, sie würde die Geschichte komisch finden, aber danach sah es überhaupt nicht aus: Sie schaute besorgt oder abwesend drein oder beides.

»Ich habe dir gesagt, dass du Irmgard nicht hassen sollst, und das solltest du wirklich nicht«, erklärte Annelies, »aber du solltest ihr auch nicht zu nahekommen, Jimmy. Es ist sicherer, du schläfst mit dem Deutschen Schäferhund.« Das dachte Jimmy auch, aber Fräulein Eißler wechselte bereits wieder das Thema, diesmal zu den Olympischen Winterspielen von 1964. Alle redeten darüber, wie sich die Österreicher in der Abfahrt schlagen würden. Die Winterspiele 1964 sollten von Ende Januar bis in den Februar hinein in Innsbruck stattfinden. Das österreichische Fernsehen würde alles übertragen, aber Irmgard würde wahrscheinlich lieber weiter Filme schauen. Jimmy, Claude und Jolanda zählten auf Dagmar, die den Gaststudenten gesagt hatte, dass sie im Kaffeehaus Nachtmusik die Olympiade laufen lassen würde. Dagmar war sogar bereit, den Ton anzudrehen, wenn die Reihe an den Österreichern war. Fräulein Eißler, die nicht Ski fuhr, sagte nur, ihr graute vor der Olympiade. »Das befördert nur den Nationalismus, und der hat in diesem Land keine gute Vorgeschichte«, sagte sie. Aber Jimmy, Claude und Jolanda freuten sich darauf, das Skifahren in ihrem Kaffeehaus zu schauen, wo sie ihre Hausaufgaben machten, wo Jimmy versuchte zu schreiben oder daran zu glauben, dass er einmal schreiben würde, wo es wenigstens warm war und sie es nicht weit hatten, wenn sie müde waren und zu Bett gehen wollten.

Claude meinte, die Franzosen hätten ein paar gute Fahrer in der Abfahrt. Selbst Jolanda brachte etwas Interesse an den Winterspielen auf. »Die Holländer laufen Schlittschuh. Also, nicht ich, aber andere schon«, sagte sie und seufzte. Jimmy und Claude machten sich Sorgen um Jolanda, es lief nicht gut mit Hildegund. Jimmy und Claude hingen an Hard Rain, aber Jolanda hatte das Interesse an der tätowierten Tellerwäscherin verloren. Was würde dann aus Hard Rain, wenn Jolanda die Tellerwäscherin abservierte? (Auch darüber machten sich Jimmy und Claude Sorgen.)

In dieser Nacht war Claude an der Reihe, Albträume mit Hard Rain zu haben. Jimmy lag allein im Bett, als er wach wurde und bemerkte, dass es in seinem Zimmer ungewöhnlich kalt war, er spürte einen Zug vom Fenster am Schreibtisch her. Vor dem Haus in der Schwindgasse stand eine Straßenlaterne. Jimmy konnte das Gespenst sehen, das an seinem Schreibtisch saß. Es rauchte und pustete den Qualm zum Fenster hinaus, das einen Spalt offen stand. Vielleicht waren in Jimmys Zimmer noch mehr Kugeln abgefeuert worden; womöglich war diese junge Frau, die Raucherin, ein Opfer gewesen. Jimmy beobachtete sie eine Weile. Es handelte sich um ein junges Gespenst, das seinen Gedanken nachhing. Es tat Jimmy leid. Wenn sie saß, war schwer zu erkennen, wie groß die junge Frau war, aber nach einer Weile erkannte Jimmy sie doch. Er wollte sie nicht erschrecken, indem er ihren Namen aussprach, also drehte er sich im Bett um, damit sie auf ihn aufmerksam wurde.

»Tut mir leid, dass ich dich geweckt habe«, sagte Jolanda. Sie schnippte ihre Kippe auf die Straße und schloss das Fenster.

»Ich dachte, du wolltest mit dem Rauchen aufhören«, sagte Jimmy. Jolanda war kalt und zitterte, als sie sich zu ihm ins Bett legte. Jimmy wusste, dass nichts Sexuelles gewünscht oder beabsichtigt war. Jolanda wollte sich nur aufwärmen, und sie wollte nicht in ihr Zimmer zurück, wo die tätowierte Tellerwäscherin schlief.

»Ich hatte schon fast aufgehört, bevor du und Claude mich kennengelernt habt, aber bei dem Geruch von Qualm an Hildegund und Hard Rain habe ich es vermisst«, sagte Jolanda. »Jetzt rauche ich wieder, und dabei *hasse* ich Hildegund. Sie ist grausam, und sie schläft mit einem, wie sie Teller abwäscht, als würde sie es nur tun, um es hinter sich zu bringen. Meist habe ich bessere Gründe, um mit jemandem Schluss zu machen«, fügte Jolanda hinzu.

»Das sind gute Gründe«, meinte Jimmy.

»Ich brauche aber immer *bessere* Gründe!«, rief Jolanda. »Und wenn ich mit der Tellerwäscherin Schluss mache, verlieren wir den Hund. Ich *liebe* den Hund! Ich will mit Hildegund Schluss machen, nicht mit Hard Rain«, sagte sie.

»Ich liebe Hard Rain auch«, sagte Jimmy. Sie lagen im Bett und hielten sich im Arm, als Claude hereinkam; er hatte Hard Rain bei sich. Der Hund sprang aufs Bett, grub sich unter die Decke und schob sich zwischen Jimmy und Jolanda. Claude sagte, er habe Jolanda erst für Fräulein Eißler gehalten.

»Himmel noch mal, Claude, Annelies ist klein, und ich bin groß! Außerdem ist sie hübsch und ich nicht«, sagte Jolanda.

Es war wohl nicht der richtige Augenblick, um Jolanda

zu erzählen, dass Jimmy sie erst für ein Gespenst gehalten hatte.

»Es ist wirklich kalt hier drin«, sagte Claude zitternd, »und Hard Rain und ich haben uns gegenseitig Angst gemacht wie verrückt.«

»Himmel noch mal, Claude, wenn du frierst, dann komm doch zu uns ins Bett!«, sagte Jolanda. Sie lagen zu dritt mit Hard Rain unter der Decke, als Hildegund ins Zimmer gestürmt kam und nach ihrem Hund suchte, vielleicht auch nach ihrem Hund und ihrer Freundin, und sie alle zusammen vorfand. »Ich mag dich nicht mehr«, sagte Jolanda zu der Tellerwäscherin. Wie üblich wollte Hard Rain nicht aus dem Bett und hinaus in die dunkle Kälte. Warum auch? Der Hund bewegte sich keinen Deut auf Hildegund zu, stattdessen legte Hard Rain die Vorderpfoten auf Claudes Brust und schob ihre lange Nase auf dem Kissen in Claudes Ohr.

»Du liebst sie nicht genug«, sagte Claude zu Hildegund. Unter den Umständen hätte Claude Jolanda meinen können, aber Jolanda und Jimmy wussten es besser: Hildegund liebte Hard Rain nicht genug. Die tätowierte Tellerwäscherin verdiente es nicht, einen Hund wie Hard Rain zu haben.

»Ihr Ausländer«, sagte Hildegund und reckte ihre Mittelfinger in Richtung von Claude und Jimmy. »Du Ausländerin«, sagte sie und zeigte mit dem Zeigefinger auf Jolanda. Die tätowierte Tellerwäscherin hielt Hard Rain das Geschirr hin, und der Hund stand zögernd auf und ließ sich von ihr an die kurze Leine legen. Geschirr und Leine sahen aus wie bei einem Blindenhund. Einmal angeleint, schaute Hard Rain unglücklich drein.

»Typisch ausländisch«, erklärte Hildegund und ging hinaus. Jimmys Zimmertür ließ sie offen stehen.

»Du ausländerfeindliches Arschloch!«, rief Jolanda ihr nach. Wie die ausländischen Studenten langsam mitbekamen, war Ausländer zu sein für die Wiener etwas Schlechtes.

»Das geht bei uns nicht«, sagte Frau Holzinger zu Jimmy, Claude oder Jolanda, wenn einer von ihnen eine offene Flasche Bier im Kühlschrank oder eine ungespülte Kaffeetasse im Waschbecken stehenließ.

Laut Fräulein Eißler war der Antisemitismus in Österreich Teil einer »allgemeinen Fremdenfeindlichkeit«. Sie hatte die Gaststudenten auch (auf nette Weise) damit aufgezogen, dass sie immer im Kaffeehaus Nachtmusik herumhingen. »Niemand geht in dieses triste Café. Nicht mal die Leute aus dem Polnischen Lesesaal«, sagte Annelies, was ein Scherz sein sollte, denn man sah nie jemanden in den Polnischen Lesesaal in der Schwindgasse hineingehen oder herauskommen. Keiner wusste, wer überhaupt dort hinging.

Annelies hatte Jimmy, Claude und Jolanda daran erinnert, dass sie fußläufig zur Kärntner Straße wohnten. Sie sollten im Café Hawelka herumhängen, sich im Augustinerkeller amüsieren. »Geht doch dorthin, wo auch die anderen jungen Leute hingehen!«, ermutigte sie Annelies. Claude hatte natürlich Angst, dass er dort verprügelt wurde. Orte, wo auch die anderen jungen Leute hingingen, waren bislang nicht gut zu ihm gewesen. Was Jimmy und Jolanda betraf, waren sie nur wenig zuversichtlich, wenn sie andere junge Leute kennenlernen sollten. Sie hatten auch wenig

Interesse daran. Außerdem hatten sie Hausaufgaben zu erledigen. Im Café Hawelka konnte man keine Hausaufgaben machen oder versuchen zu schreiben, dort waren zu viele Leute, die sich unterhielten und es sich gutgehen ließen. Jimmy, Claude und Jolanda brauchten einen düsteren Ort, an dem man sich keine Unterhaltung vorstellen konnte außer über die strikt begrenzte und vollkommen willkürlich zusammengeschusterte Musikauswahl.

Fräulein Eißler hatte die Studenten auch dazu angehalten, etwas zur »Rettung Siegfrieds« zu unternehmen. Sie meinte, die drei könnten einen »internationalen Einfluss« auf das Einzelkind haben. Die Fremdenfeindlichkeit und der Judenhass von Siegfrieds Mutter und Großmutter würden entweder mit Siegfried aufhören oder von ihm fortgeführt werden, hatte Annelies gesagt. »Ihr könntet das Kind dazu inspirieren, über den Tellerrand zu schauen«, hatte sie ihnen versichert. Nur, was konnten sie denn tun?, fragten sich die Gaststudenten. Jimmy liebte Annelies, und auch seine Mitbewohner waren zunehmend angetan von ihr. Doch Siegfried zu retten trauten sie sich kaum zu; möglicherweise deuteten die Grausamkeiten, die er mit der Knoblauchpresse anrichtete, gar auf einen künftigen Kriegsverbrecher hin. Siegfried schien ihnen ein mürrischer, maulfauler Fünfjähriger zu sein. Was, wenn Irmgard dem Jungen ihre Wut und Deprimiertheit vererbt hatte? Wie sollten drei ausländische Studenten Siegfried da retten können?

An dem Morgen, als Jimmy und seine Mitbewohner bei weit offener Tür in seinem Bett lagen – diesem kalten, dunklen Morgen, als die tätowierte Tellerwäscherin sie als »typisch ausländisch« tituliert, ihnen Hard Rain weggenommen und zurück zu den Barbaren gebracht hatte –, waren Jimmy, Claude und Jolanda in einen tiefen und mutlosen Schlaf gefallen. Sie hatten die ersten drei Monate ihres Auslandsjahres vergeudet, weil sie sich kaum auf irgendwelche anderen Menschen eingelassen hatten außer auf sich selbst.

James Winslow war vor allem peinlich, was ihn in Fräulein Eißlers Augen und in den Augen seiner beiden Mitbewohner einzigartig machte: die Entschlossenheit seiner Mutter, ihn vor Vietnam zu bewahren, und dass er zu diesem Zweck jemanden schwängern sollte. Noch peinlicher war es, dass das (Jimmys Ansicht nach) noch am ehesten passieren würde, wenn sie Claudes Idee in die Tat umsetzten, Jimmy solle Mieke schwängern – die Freundin, von der sich Jolanda getrennt hatte –, während Jolanda Miekes Kopf hielt und mit ihr redete. Derart verwirrt und mutlos lagen Jimmy, Claude und Jolanda einander schlafend in den Armen, und das bei geöffneter Zimmertür, als Frau Holzinger ihren frühmorgendlichen Marsch in die Küche antrat, um Siegfried Frühstück zu machen. Die Witwe weckte sie nicht, ganz sicher aber hatte sie ihnen im Vorübergehen einen missbilligenden Blick zugeworfen. Die drei hörten nicht, was sie bei sich murmelte, die übliche Belehrung: »Das geht bei uns nicht.« Das Erste, was die Studenten hörten, war das grobe Geräusch von Frau Holzingers Kaffeemühle. Selbst bei geschlossenen Türen war die Kaffeemühle der Weckruf für die Gaststudenten, und bevor sie nicht erst den Kaffee aufgesetzt hatte, rührte die Witwe keinen Finger für Siegfrieds Frühstück.

Claude wimmerte, und Jolanda gab ihm unter der Decke einen Tritt. »Es klingt, als würde Siegfried seine Soldaten zusammen mit den Kaffeebohnen mahlen«, stöhnte Claude. Doch als die drei die Augen aufschlugen, sahen sie Siegfried neben dem Bett stehen, wie er sie anstarrte. Der Junge war es mit Sicherheit nicht gewohnt, drei Erwachsene zusammen in einem Bett zu sehen. Er stand entschlossen da wie ein Soldat, die Knoblauchpresse fest in der kleinen Hand. In der anderen hielt er etwas, das wie ein Luftpostbrief aussah.

»Guten Morgen, lieber Briefträger«, sagte Jolanda zu dem Kind.

»Ist Post für mich da?«, fragte Claude.

»Nein, nur für *Yimmy*«, sagte Siegfried und reichte Jimmy den Brief.

19
Der Vorschlag

Auf dem Luftpostbrief klebten zusätzliche Briefmarken. Es fühlte sich an, als steckte noch ein Foto mit im Umschlag. Jimmy, der seine Mutter kannte, nahm an, dass sie ein Foto von Chantal beigelegt hatte.

»Von deiner Mutter, richtig?«, fragte Jolanda.

»Der Vorschlag!«, rief Claude und erschreckte Siegfried, der die Knoblauchpresse auf Jolandas Knie fallen ließ.

»Jetzt erschreck doch Siegfried nicht so, du Blödmann«, sagte Jolanda. Sie gab dem Jungen die Knoblauchpresse zurück und sagte etwas Beruhigendes, um das Kind zu beschwichtigen: »Nur von *Yimmys* Mutter«, und zeigte auf den Brief.

»Wenn du uns den Brief vorliest, Jimmy, versuch so gut es geht nach deiner Mutter zu klingen«, begann Claude. »Sie ist schließlich deine Mutter, aber Jolanda und ich kennen sie überhaupt nicht.«

»Jesus, Maria und Josef, Claude! Erfahrung mit Mädchen hast du ja wirklich nicht im Überfluss, aber es scheint fast, als hättest du mit Müttern genauso wenig«, sagte Jolanda. »Jimmy muss uns seine Mutter doch nicht vorspielen!«

»Meine Mutter versucht andauernd mich zu verkuppeln, Jolanda«, entgegnete Claude.

Erst ein paar Jahre später, als er seinen ersten Roman beendete, sollte James Winslow erkennen, dass dies eine Lektion in Sachen Schreiben war. Ganz unabsichtlich hatte er das Problem noch verschlimmert: Seine Wohnungsgefährten (im Augenblick Bettgefährten) warteten darauf, dass er ihnen laut vorlas, was seine Mutter ihm vorschlug, um heil durch den Vietnamkrieg zu kommen. Und auch Jimmys jüdische Hauslehrerin hatte von Honor Winslows Vorschlag bereits gehört. Als Jimmy nun endlich den Umschlag öffnete, bemerkte er, dass auch Siegfried abwartete. Der kleine Soldat stand noch immer am Bett. Er verstand zwar kein Englisch, aber Siegfried rührte sich nicht vom Fleck.

»Arme Chantal«, sagte Claude wie zum Gebet, als er das Foto sah. Natürlich kam das Foto als Erstes aus dem Umschlag; es war das Erste, was sie alle sahen. Chantal trug ausnahmsweise einmal ein Oberteil, das ihr passte. Jimmy kannte es – es war eine altmodische Kaschmirstrickjacke, die seine Mutter oft getragen hatte. Es passte Chantal ausgezeichnet, auch wenn es sie etwas älter machte, als sie war. Selbst Siegfried besah sich das Bild eingehend. Den Studenten hätte klar sein müssen, dass Siegfried die Person auf dem Foto für *Yimmys* Mutter hielt.

Jemand hätte etwas sagen sollen, bevor Claude anfing zu improvisieren.

Claude sprach in einem äußerst sorgfältigen Deutsch mit Siegfried, so als habe der Junge noch in keiner Sprache sprechen gelernt. Jolanda und Jimmy nahmen an, Claude wolle das Kind einfach nur überreden zu gehen. Dabei kannten sie doch Claude und sein unglaublich schlechtes Timing, sie hätten also darauf vorbereitet sein müssen, dass er den Jungen mit irgendetwas verwirrte, das gerade in seinem Unterbewusstsein lauerte. »Was hältst du von Hunden, Siegfried?«, fragte Claude. Er sprach übertrieben langsam, die Frage schien von schwerwiegender Bedeutung.

Als Siegfried antwortete, sprach er verständlicherweise genauso langsam, wie er angesprochen worden war. Siegfried glaubte wahrscheinlich, dass Claude geistig auf dem Stand eines Zwei- oder Dreijährigen war. »Ich kenne keine Hunde«, sagte Siegfried in einem Deutsch, das sogar Jimmy verstand.

»Aber *hättest* du gern einen Hund, Siegfried – eine *Hündin*?« Letzteres betonte Claude auf unnatürliche Weise.

Er hielt das Geschlecht des Tieres offensichtlich für eine entscheidende Information. Ein Wunder, dass Claude dem Jungen nicht noch erzählte, dass Hard Rain sterilisiert war.

Dass die Frage, ob man einen Hund wollte (oder eben nicht), mit dem Geschlecht des Tiers zusammenhängen sollte, brachte Siegfried sichtlich aus der Fassung. Wie Jolanda (glücklicherweise erst später) sagen würde, lag es vielleicht auch an den Frauen in seiner Familie, wenn Siegfried nicht unbedingt eine Hündin haben wollte. Claudes Frage veranlasste Siegfried dazu, mit der Knoblauchpresse herumzuwedeln, als würde er ein unsichtbares und unhörbares Orchester dirigieren.

»Himmel noch mal, Claude«, sagte Jolanda und versetzte ihm unter der Decke einen Tritt. »Siegfried!«, sagte sie dann plötzlich zu dem Jungen, der aufschreckte. »Möchtest du nicht lieber frühstücken gehen?« Sie sprach ganz normal zu dem Kind, in ihrem geradlinigen Deutsch, so, wie sie mit Claude oder Jimmy auf Englisch gesprochen hätte.

»Ich möchte lieber …«, setzte Siegfried an. Als er weitersprach, war klar, dass der Junge meinte, was er sagte: »Ich möchte lieber eine *Hündin*«, erklärte Siegfried deutlich.

»Und was jetzt, Claude?«, fragte Jolanda. Man musste es Claude zugutehalten, er hatte etwas bei Siegfried angestoßen, doch zu diesem Zeitpunkt verstand niemand, worum es sich handelte.

»Siegfried! Frühstück!«, rief Frau Holzinger, und Siegfried flitzte davon. Dass der Junge lieber eine Hündin haben wollte, hielt ihn trotzdem nicht vom Frühstück ab. Natürlich nahm Siegfried das Foto von *Yimmys* Mutter mit, um es seiner Großmutter zu zeigen. Die Witwe brachte es zurück in Jimmys Zimmer. Sie hielt ganz offenkundig nichts davon, dass die drei zusammen in einem Bett lagen, machte sofort kehrt, und Jimmy verstand nicht, was sie über das Foto sagte, das sie ihm zurückgab.

Jolanda stand auf und schloss die Tür. Sie trug ein übergroßes T-Shirt, das ihr bis zu den Knien reichte, und als sie zurück ins Bett stieg, versetzte sie Claude erneut einen Tritt; vor ihren langen Beinen war kein Entkommen. Claude starrte das Foto von Chantal an, das er Jimmy aus der Hand genommen hatte. In dieser Strickjacke, die ihr passte, war – selbst für Claude – deutlich zu erkennen, dass Chantal nicht nur einen Busen hatte. »Alle haben zwei, Claude, du Blödmann«, sagte Jolanda. Die Witwe hatte gesagt, dass *Yimmys* Mutter sehr hübsch sei. Sie hatte sich gewundert, wann das Foto aufgenommen worden war. Jimmys Mutter würde so jung aussehen, hatte sie hinzugefügt.

»Chantal *ist* auch sehr hübsch, und sie sieht wirklich so jung aus!«, sagte Claude.

»Chantal ist nur zwei Jahre älter als wir, Claude. Chantal *ist* jung, du Blödmann«, erwiderte Jolanda.

»Fang einfach an vorzulesen, Jimmy. Wir kommen schon mit«, sagte Claude. Anfänge konnte seine Mutter gut, das wusste Jimmy. Wenn Honor Winslow sich zu etwas entschlossen hatte, dann wusste sie, wie sie es in Gang setzen konnte.

»Schätzchen, Du weißt, ich würde nichts von alledem sagen (oder auch nur denken), wenn es nicht zu Deinem Besten wäre, das weißt Du doch, oder?«, fing der Brief an.

»Halt, halt, halt, das mit dem ›Schätzchen‹ ist schon kompliziert!«, rief Claude. »Nennt deine Mutter alle Leute ›Schätzchen‹ oder nur dich?«

»Wenn seine Mutter alle Leute ›Schätzchen‹ nennt, dann ist das eine andere Geschichte. Aber nicht diese hier, Claude«, sagte Jolanda.

»Du hast ein Einstufungsproblem, Schätzchen«, fuhr Jimmys Mom fort. »Im Augenblick bist Du zurückgestellt, wegen Deines Studiums. Damit bist Du vorübergehend sicher. Aber was ist nach dem College? Ich habe doch nicht so lange gewartet, Dich zu bekommen, nur um Dich jetzt in einem verfehlten Krieg zu verlieren!«

»Ich mag deine Mutter«, sagte Jolanda. Claude machte Hechelgeräusche, das hatte er sich von Hard Rain abgeguckt.

»Zu schade, dass Du nicht zum Ringen gehst, Schätzchen, die richtige Art Knieverletzung könnte nützlich sein«, hatte Jimmys Mutter geschrieben. »Eine dauerhafte Dienstuntauglichkeit wäre ideal. Weißt Du, ›nicht wehrdienstfähig‹, das klingt für eine Mom ganz wunderbar! Aber man kann nicht auf die richtige Art von Sportverletzung hoffen, oder?«

Claude schüttelte den Kopf so wild, wie Hard Rain das immer tat (so, dass ihre Ohren dabei flogen). Jolanda versetzte ihm einen Tritt unter der Decke.

»Daher gefällt mir ›verheiratet mit Kind‹«, schrieb Honor Winslow. »Aber Du hast noch niemanden kennengelernt, den Du schwängern könntest, oder, Schätzchen?«

Was für einen spöttischen Blick Claude und Jolanda James Winslow zuwarfen. Claude schüttelte erneut den Kopf wie Hard Rain. Jimmy dachte an die jungen Frauen, die er am Institute for European Studies kannte, aber es fiel ihm nicht eine Einzige ein, die mit ihm ausgehen würde.

»Im Allgemeinen musst du ein Mädchen erst mal kennenlernen und dann ein paarmal mit ihr ausgehen, bevor sie in Betracht zieht, sich von dir schwängern zu lassen«, sagte Jolanda, so als könne sie dort unter der Decke Jimmys Gedanken lesen.

»Die arme Chantal. Ich seh es schon kommen!«, rief Claude verzweifelt.

»Im Idealfall solltest Du noch in diesem Frühjahr mit dem Schwängern anfangen, im März oder April«, versicherte Jimmys Mutter.

»Wieso findet deine Mutter, du solltest ›mit dem Schwängern anfangen‹, dazu genügt doch, dass man es ein Mal tut, oder?«, fragte Claude.

»Normalerweise tun die Person, die du schwängern willst, und du es gern mehr als nur ein Mal, Claude«, erklärte ihm Jolanda. Doch sie alle drei sahen es kommen: Sie wussten, dass Jimmys Mutter auf Chantal hinauswollte.

»›Verheiratet mit Kind‹ hast Du JFK zu verdanken, Schätzchen, aber nun, da er fort ist, solltest Du nicht damit rechnen, dass das für immer so bleibt«, schrieb Jimmys Mutter.

»Was ist mit Dagmar? Ist sie noch jung genug, um sich schwängern zu lassen?«, fragte Claude unvermittelt. Jimmy hatte Claude und Jolanda erzählt, dass er die verwitwete Geschäftsführerin des Kaffeehauses attraktiv fand. »Jesus, Maria und Josef, Claude! Dagmar muss über vierzig sein. Warum sollte Dagmar wollen, dass Jimmy sie schwängert?«, fragte Jolanda.

»Ich hab mich nur gefragt, ob sie noch jung genug ist, um sich schwängern zu lassen«, sagte Claude betrübt.

Dagmar war wahrscheinlich noch jung genug, um Kinder zu bekommen, nahm Jimmy an. Er schätzte, dass die Witwe etwa so alt war wie seine Mutter, also um die vierundvierzig.

»Chantal kann im März oder April nach Wien kommen. Chantal tut das für mich – für *uns,* Schätzchen«, schrieb Jimmys Mutter. »Ich glaube, Chantal hat eingesehen, dass sie wohl niemals einem Franzosen begegnen wird, der keine Kinder will, sondern nur sie.« Wenn Jimmy *das* hätte kommen sehen, hätte er den Brief wahrscheinlich nicht laut vorgelesen. Darauf hätte er Claude besser vorbereiten können.

»Halt, halt, halt! Was, was, *was*?«, rief Claude.

»Ich hätte dir sagen können, dass Claude keine Kinder will, Jimmy«, sagte Jolanda später. »Wir hätten ihn beide besser vorbereiten können.«

Claude setzte sich abrupt im Bett auf und schlug dabei unabsichtlich Jolanda seinen Ellbogen gegen den Mund.

»Chantal will keine Kinder?«, murmelte er wie im Gebet. »Chantal will einen Franzosen kennenlernen, der nur sie will?« Er hielt das Foto von Chantal fest umklammert. Er konnte den Blick nicht von ihr abwenden.

»Mach das Foto nicht kaputt, Claude, näher kommst du im Augenblick nicht an Chantal heran«, sagte Jolanda. Sie hatte sich auf die Zunge gebissen, als Claude ihr gegen den Mund geschlagen hatte, und untersuchte nun, ob vielleicht Zähne locker waren.

Wenn er allein gewesen wäre, hätte Jimmy den Brief seiner Mutter vielleicht nicht weitergelesen, doch selbst ein Schriftsteller, der noch Anfänger ist, weiß, dass die Geschichte erst richtig in Fahrt kommt, wenn man ein Publikum hat. »Ich weiß, Du magst Chantal, und das ist auch in Ordnung, das macht es leichter, oder?«, hatte Jimmys Mom geschrieben.

»Halt, halt, halt! Du bist scharf auf Chantal?«, fragte Claude mit gedämpfter Stimme. Er war wieder unter die Decke gekrochen, um Jolandas bösem Blick zu entgehen; ihre Zunge blutete.

»Ach, meint deine Mom das mit *mögen*?«, fragte Jolanda Jimmy, doch der starrte weiter auf den Brief, er konnte Jolanda nicht ansehen. »Heilige Scheiße, du bist wirklich scharf auf sie«, schloss Jolanda.

»Nein, nein, nein«, stöhnte Claude und schüttelte unter der Decke den Kopf, wie Hard Rain es getan hätte. Jolanda trat nach ihm.

»Weißt du, Claude, ich kann mich im Bett mit dir nicht entspannen, nicht, wenn du unter der Decke herumstrampelst wie ein Hund«, sagte Jolanda.

»Wir sind eine ungewöhnliche Familie, oder etwa nicht, Schätzchen? Dann müssen wir uns auch nicht wie andere Leute verhalten«, las Jimmy einfach weiter vor. »Sieh es doch mal so«, fuhr Honor fort, »wenn Du einmal heiraten möchtest, wärst Du ein lediger Vater, der keine erste Frau oder Exfrau hat. Du wirst keine Frau haben, nur ein wunderbares Kind! Ideal für die erste Ehe, wenn Du mich fragst, Schätzchen!« Jimmy verstummte und ließ den Brief aufs Bett fallen; er war fertig, wussten Claude und Jolanda.

Claude war unter der Bettdecke aufgetaucht. »Deine Mom macht keinen Spaß, oder?«, fragte er. »Aber ich bin sicher, sie meint es gut.«

Dieses eine Mal trat oder schlug Jolanda nicht nach Claude, sie umarmte ihn. »Heilige Scheiße«, flüsterte sie.

»Nein, sie macht keinen Spaß, und ja, sie meint es gut«, war alles, was Jimmy sagen konnte. Claude stellte keine weiteren Fragen. Selbst Jolanda hatte nichts mehr zu sagen. Die Gaststudenten lagen da, als seien sie ganz plötzlich krank geworden, und versuchten sich vorzustellen, wie Jimmys Mutter und Chantal sich das Aufwachsen des potenziellen Kindes ausgemalt hatten. Zumindest untereinander mussten Honor Winslow und Chantal Beaudette sich doch eingestanden haben, dass Jimmys Kind auch als ihrer beider Kind aufwachsen würde. Um vom Wehrdienst zurückgestellt zu werden, dürfte James Winslow kein abwesender Vater sein, er würde eine tatsächliche Familienbeziehung mit seinem Kind eingehen müssen. Aber wie lange würde Jimmy noch studieren? Sobald oder falls er jemanden heiraten wollte, wie würden seine Mutter und Chantal seinem Kind dieses sexuelle Hippietum erklären (selbst wenn das

Kind bis dahin bereits ein Teenager oder junger Erwachsener war)? Und was würde James Winslows Kind davon halten, als Grund für die Kriegsdienstverweigerung seines Vaters gedient zu haben?

So lagen Jimmy und seine Mitbewohner schweigend und reglos da, ganz benommen – als seien sie vergiftet worden oder im Schlaf ermordet –, als sie Siegfrieds kleine Hand an der Milchglasscheibe in der Tür sahen. Sie hörten, wie die Knoblauchpresse übers Glas kratzte. Mit der anderen Hand hielt der Junge etwas in die Höhe, eine Fotografie vielleicht, die er ans Glas über seinem Kopf presste.

»Was zu sehen«, verkündete der Fünfjährige so langsam, dass auch Jimmy ihn verstand.

»Herein!«, rief Jolanda, und der Junge kam. Siegfried konnte es kaum erwarten, ihnen das Foto zu zeigen. Es war ein verblichenes Schwarz-Weiß-Foto, die Ecken waren geknickt, und an den Rändern war es eingerissen. Vielleicht hatte Siegfried zu viel Kraft eingesetzt (oder die Knoblauchpresse), um das Bild aus einem Rahmen zu befreien. So, wie Jimmy Jolanda zuerst für ein Gespenst gehalten hatte, meinte er jetzt, Siegfrieds lang verstorbene Vorfahren auf dem Bild zu erkennen. Doch die junge Mutter, die aussah wie eine schlankere Irmgard, war Frau Holzinger. Weil sie lächelte, brauchten Jimmy, Jolanda und Claude einen Augenblick, um sie zu erkennen. Und auch ihre hübsche, vielleicht zehn Jahre alte Tochter erkannten sie nicht gleich. Sie hätten es nie gedacht, doch Irmgard war einmal ein hübsches kleines Mädchen gewesen. Was Irmgard verriet, waren ihre Wut und Deprimiertheit, die schon mit zehn oder elf erkennbar waren und obwohl sie so hübsch war.

Der Grund dafür, dass Siegfried ihnen das Familienfoto zeigen wollte, war natürlich der Hund. Der Deutsche Schäferhund saß wachsam zwischen der Witwe und Irmgard. Die Ohren waren gespitzt, so als habe der Fotograf gerade ein Kommando gegeben. Was auch immer er gesagt hatte, hatte auch Frau Holzinger und Irmgard erstarren lassen. Hätten die Witwe und ihre Tochter Ohren wie ein Deutscher Schäferhund gehabt, dann hätten sie sie wohl auch gespitzt.

»Eine Hündin?«, fragte Siegfried.

»Schon möglich«, antwortete Jolanda.

Zog man Irmgards Alter in Betracht, war das Foto nicht lange nach dem Krieg aufgenommen worden, als die Schwindgasse in der sowjetischen Besatzungszone lag. Wenn es von einem Soldaten aufgenommen worden war, dann wahrscheinlich von einem sowjetischen. Vielleicht war der Schäferhund sein Hund. Es hätte der Russe mit der Waffe sein können, der Russe, der in die Wand in Jimmys Zimmer geschossen hatte. (Aber nicht Siegfrieds Vater, dachte James Winslow.)

Claude fragte den Fünfjährigen umständlich, wer das Foto aufgenommen hatte, aber Siegfried zuckte nur mit den Schultern, er wusste es nicht. Der Schäferhund auf dem Foto war der einzige Hund, den er kannte, und war vielleicht schon gestorben, bevor Siegfried auf die Welt kam.

»Siegfried!«, rief Frau Holzinger.

»Steck das lieber wieder in den Rahmen zurück«, flüsterte Jolanda auf Deutsch und reichte dem Jungen das Foto. Mit einem Nicken gab Siegfried zu erkennen, dass er den Rat verstanden hatte. Er schob das Bild unter sein Hemd und rannte hinaus. Im Nachhinein erweist sich das Schicksal als vorgezeichnet. Im Rückblick kann man sehen, wo das Schicksal begann. Aber das Schicksal verrät einem nicht, wo es anfängt. Siegfrieds Schicksal fing gerade erst an.

Als sich Jimmy, Jolanda und Claude an jenem Abend von der Musikabfolge im Kaffeehaus Nachtmusik zu erholen versuchten, zeigte Jimmy seinen Mitbewohnern die Postkarten, die er an seine Mutter und Chantal geschrieben hatte. Dem Foto auf den beiden Postkarten, die er in einem Tabakgeschäft gekauft hatte, hatte er keine Bedeutung beigemessen. Die Karten waren beide gleich und zeigten die Wiener Karlskirche – die Barockkirche am Karlsplatz, wo Claude von den Fremdenhassern angepöbelt worden war. (Der heilige Karl Borromäus war ein Gegenreformer im 16. Jahrhundert, nicht zu verwechseln mit einem anderen Karl, dem antisemitischen Bürgermeister von Wien, Karl Lueger, den Annelies Eißler so verachtete.)

In den Nachrichten auf den Postkarten stand nichts dazu, dass Hedwig Eva Maria Kiesler 1933 mit achtzehn Jahren (bevor sie zur amerikanischen Schauspielerin Hedy Lamarr wurde) in der Karlskirche einen dreiunddreißigjährigen Munitionsfabrikanten und Austrofaschisten geheiratet hatte. Auf Jimmys Postkarten ging es nicht um Hedy Lamarr.

»Liebe Mom: Chantal sollte einen Franzosen kennenlernen, dem ich in Wien begegnet bin. Claude ist aus Paris, und er will keine Kinder. Chantal sollte nach Wien kommen und mit Claude ausgehen, nicht mit mir! Alles Liebe, Jimmy.«

»Liebe Chantal: Ich bin mit einem Franzosen aus Paris

befreundet, der keine Kinder will. Du solltest nach Wien kommen, um Claude kennenzulernen – nicht um schwanger zu werden! Alles Liebe, Jimmy.«

So wie Claude das Bild von der Karlskirche betrachtete, dachte Jimmy, der Franzose würde sich an die Fremdenhasser erinnern, denen er dort begegnet war, doch Claude wies auf die Kirche und sagte nur: »Da hat Hedy Lamarr einen austrofaschistischen Waffenhändler geheiratet.«

Weil nacheinander Schuberts *Ave Maria,* Bob Dylans *Girl from the North Country* und Wagners *Liebestod* (aus *Tristan und Isolde*) im Kaffeehaus Nachtmusik gespielt worden waren, waren Jolandas Nerven überreizt. Mehr noch als Wagner war daran der Tod von Jolandas Liebe zu ihrer Tellerwäscherin schuld, aber die Musik half nicht gerade.

An einem Nachbartisch saß ein Paar mit einem gut erzogenen Beagle. In vielen Cafés und Restaurants in Wien waren Hunde erlaubt. Wann immer Claude einen sah, fragte er, warum Hard Rain nicht im Café bleiben konnte, statt in die Müllgasse verbannt zu werden. Auch für Jimmy und Jolanda war das rätselhaft. Vielleicht weigerte sich Hard Rain, im Café zu sitzen, wenn ihre Besitzerin in der Küche Teller wusch? (Niemand wusste, ob es Einschränkungen gab, was Hunde in Restaurantküchen anging.)

Jolanda beschwerte sich, sie hätte sich nicht offiziell von Hildegund getrennt, und es würde sich nicht richtig anfühlen, dass Hildegund sich nicht offiziell von ihr getrennt hatte. Jimmy und Claude versicherten Jolanda, dass die Trennung auf sie beide durchaus offiziell gewirkt hatte. Jolanda hatte Hildegund ein Arschloch genannt. Und Hildegund hatte sie Ausländer genannt, auf jene überhebliche Weise, in der Wiener dieses Wort artikulieren. Das war eine Trennung – und offiziell genug für Claude und Jimmy. Jolanda war auf der Suche nach einem größeren Grund oder weiteren Gründen. Auch *Love Me Do* von den Beatles half ihr nicht gerade weiter, angespannt wie sie war nach dem *Liebestod*.

Als das Paar mit dem Beagle ging, waren die Studenten überrascht, Dagmar mit Hard Rain zu sehen. Die Geschäftsführerin ging von Tisch zu Tisch und machte die Gäste mit dem Deutschen Schäferhund bekannt, als gehöre Hard Rain ihr. Als Dagmar an den Tisch der Studenten kam, staunte sie, wie sehr sich Hard Rain freute, die drei zu sehen. Dagmar war weniger reserviert als je zuvor. Sie setzte sich zu ihnen und erzählte, wie froh sie war, endlich ihre »böse Tellerwäscherin« entlassen zu haben. Dagmar hatte Hildegund schon lange rausschmeißen wollen, sie hatte sie nur deswegen behalten, weil sie sich Sorgen machte, was aus Hard Rain werden würde. Das konnten Jimmy und seine Mitbewohner nachvollziehen, vor allem Jolanda, die zu schluchzen begann.

Dann erzählte ihnen Dagmar, dass der Mann der bösen Tellerwäscherin und seine Schlägertruppe »ein Haufen Barbaren« seien. Deshalb habe Hildegund den Hund auch zur Arbeit mitgenommen, erklärte Dagmar: Ihr Mann und seine Kumpel hatten Hard Rain misshandelt. Im Café hatte Hildegund den Hund allerdings nicht haben wollen. Sie hatte Dagmar gesagt, das Kaffeehausleben würde den Hund verderben.

»Hildegund hat einen Mann?« Jolanda heulte auf. Hard

Rain legte den Kopf in ihren Schoß, um sie zu trösten. Jimmy und Claude taten ihr Möglichstes, Dagmar die ganze Situation zu erklären, die erst heute beim Müllrausbringen Hildegund mit Hard Rain in der Gasse gesehen hatte. Hildegund hatte Hard Rain mit der kurzen Leine geschlagen, nachdem die boshafte Frau den armen Hund angekettet hatte.

»Hildegund hat bestimmt gedacht, wir würden Hard Rain verderben, weil wir sie im Bett haben schlafen lassen!«, rief Claude. Jolanda schluchzte noch immer. Vielleicht hatten auch Liszts *Liebesträume* etwas damit zu tun. Jolanda war nicht in Stimmung für Liebesträume, schon gar nicht nach *Love Me Do* von den Beatles.

Dagmar hatte ihre Tellerwäscherin nicht nur gefeuert, sie hatte ihr auch Hard Rain abgenommen und ihr gesagt, sie solle lieber ihre Barbaren zu Hause an die Kette legen. Sie hatte Hildegund auch gesagt, sie würde sie wegen Tierquälerei bei der Polizei melden, wenn die Tellerwäscherin Hard Rain nicht im Kaffeehaus Nachtmusik zurückließ.

»Ich musste warten, bis der Beagle weg war, bevor ich Hard Rain herumführen konnte«, sagte Dagmar zu den Gaststudenten. »Hard Rain mag keine Rüden. Sie hasst Hunde mit Eiern.«

»Das versteh ich«, sagte Jolanda, wieder ganz die Alte. Jimmy und Claude hofften, dass ihre Trennung von Hildegund nun offiziell war. Den Ehemann hielt Jolanda doch sicher für einen ausreichend großen Grund.

Die Abneigung, die Hard Rain Hunden mit Eiern gegenüber hegte, machte sie nicht gerade zum idealen Kaffeehaushund, musste Dagmar zugeben. Es war schon peinlich genug, alle Hundebesitzer zu warnen, vor allem aber wusste Hard Rain stets sofort, welche Hunde das waren. Dagmar vermutete, sie habe wohl eine traumatische Erfahrung gemacht, »vielleicht mit einem Rüden, der sie besteigen wollte«. Jimmy und Claude mussten Jolanda nur ansehen, um zu wissen, dass Jolanda das nachvollziehen konnte, aber sie sagte nichts. Die drei kannten noch einen weiteren Grund, der Hard Rain nicht gerade zum idealen Kaffeehaushund machte. Wenn Hard Rain ein Gewitterproblem hatte, dann konnte das möglicherweise zu einer noch größeren Schwierigkeit werden als Hunde mit Eiern. Es gab keine Badewanne im Kaffeehaus Nachtmusik, wo eben Hard Rains Lied lief: Bob Dylans *A Hard Rain's A-Gonna Fall*. Die drei Freunde hofften, dass sich das Timing nicht als prophetisch herausstellen würde.

Dagmar war offen den Studenten gegenüber, was ihre Situation anging. Sie lebte mit ihrer Mutter (die ebenfalls Witwe war) und deren Schnauzer zusammen. Der Hund war ein alter Rüde (mit Eiern). »Dem kann man nicht mehr an die Eier, außer man bringt ihn gleich um«, erklärte Dagmar.

»Hard Rain kann bei uns schlafen«, sagte Claude sofort.

»Aber es gibt da noch was, das Sie über das brave Mädchen wissen sollten«, setzte Jolanda an und griff, für sie eher ungewöhnlich, nach Dagmars Hand.

»Es mag ein Gerücht sein«, ging Claude dazwischen. Er kraulte Hard Rain hinter den Ohren. So zogen also die Gaststudenten die Geschäftsführerin ins Vertrauen, weil sie sich ihnen auch anvertraut hatte. Zweifellos hungerte Claude nach Optimismus, denn plötzlich wurde er übermäßig optimistisch. Eine andere Erklärung gab es nicht dafür, warum er nun Dagmars andere Hand ergriff, die, die Jolanda nicht hielt. »Ich bin mir sicher, Sie denken nicht daran, noch einmal zu heiraten. Warum sollte das auch irgendjemand tun wollen«, sagte Claude aus heiterem Himmel zu der verwitweten Geschäftsführerin. »Aber haben Sie je daran gedacht, es mal mit einem jüngeren Mann zu machen und vielleicht sogar ein Kind von ihm zu kriegen?«, fragte er. Arme Dagmar. Sie zog ihre Hände von Claude und Jolanda zurück.

»Ich bin der Typ für Hunde, Claude. Kinder liegen mir nicht so«, sagte Dagmar. »Am besten, wir kümmern uns einfach um Hard Rain, so gut es geht.«

Die Geschäftsführerin war nicht nur im Alter seiner Mutter, Jimmy fand die beiden Frauen auch in ihrer Reserviertheit ähnlich. Auch Dagmar war undurchsichtig und eigensinnig wie Honor Winslow, die sich mit Veränderungen schwertat.

Dagmar setzte ihren Gang von Tisch zu Tisch fort, hatte aber Hard Rain bei den Studenten zurückgelassen. Die Hündin hatte den Kopf wieder in Jolandas Schoß gelegt. Jolanda beugte sich vor, gab ihr einen Kuss, und der große Schwanz des Hundes klopfte auf den Boden. »Dich rührt keine Tellerwäscherin mehr an, versprochen«, sagte Jolanda dem braven Mädchen. »Und wenn es blitzt und donnert, dann kommst du zu mir. Vergiss die Badewanne«, sagte Jolanda. »Und was soll das mit den Eiern?«, fragte sie Hard Rain, die nur noch heftiger mit dem Schwanz wedelte. »Kümmer dich nicht um Hunde mit Eiern. Ignorier sie einfach und ihre Eier gleich mit«, riet Jolanda dem Deutschen Schäferhund. Jimmy und Claude glaubten nicht, dass Hunde mit Eiern zu ignorieren ein Ratschlag war, den Hard Rain befolgen würde. »Wenn sie sich mit dir anlegen, dann beißt du ihnen die Eier ab«, sagte Jolanda dem pflichtbewusst schauenden Hund. »Aber erst ignorierst du sie.«

Jimmy und Claude hätten nur zu gern gewusst, wie Hard Rain sich hinsichtlich Blitz und Donner oder Hunden mit Eiern verhalten würde. Sie war eine Deutsche Schäferhündin in einem gewissen Alter und mit einer komplizierten Vorgeschichte. Wie Hard Rain sich verhalten würde, entschied sich wohl erst, wenn es so weit war. Jimmy beobachtete Dagmar, die noch immer von Tisch zu Tisch ging. Claude stierte wieder die Postkarten von der Karlskirche an, in der die junge Hedy Lamarr einen Austrofaschisten geheiratet hatte. Und Jolanda, wie Jimmy und Claude sehen konnten, war in die Planung ihrer eigenen Zukunft und der von Hard Rain vertieft – das, was nach der bösen Tellerwäscherin kam. Sie hielt Hard Rains großen Kopf in den Händen.

Als angehender Schriftsteller verstand James Winslow diesen Wendepunkt in der Geschichte. Wie Hard Rain sich verhalten würde, lag anders als ihr großer Kopf nicht in Jolandas Händen. Wie die verwitwete Geschäftsführerin, die ihre Runde drehte – wie Jimmys Mutter, die wild entschlossen war, ihr einziges Kind zu retten –, würde Hard Rain tun, was ihrer Neigung entsprach. Man konnte sie nicht einfach anders einstellen. Hard Rain würde ihre eigene Geschichte erzählen.

»Der Vorschlag, oder wie immer man das nennen will, er liegt nicht ausschließlich in den Händen meiner Mutter«, sagte Jimmy zu Fräulein Eißler, als sie sich wieder trafen. Er hatte ihr den Brief seiner Mutter gezeigt. Er hatte ihr die beiden Postkarten von der Karlskirche beschrieben und seine Nachrichten an seine Mutter und Chantal. (Die Karten hatte er bereits per Luftpost nach New Hampshire geschickt.)

Fräulein Eißler las Honor Winslows Brief zweimal. Sie nickte wie zur Zustimmung, als er ihr sagte, was er auf die Postkarten geschrieben hatte, aber sie wunderte sich, dass er Bilder von der Karlskirche ausgesucht hatte. »Hedy Lamarr hat dort geheiratet«, sagte Jimmy, als ob Annelies das nicht wüsste.

»Das weiß jeder«, sagte sie.

Jimmy hoffte, seine Hauslehrerin würde noch etwas sagen, nun, da er ihr alles offenbart hatte, doch sie saß nur neben ihm auf dem Paarsofa – so als warte sie darauf, dass er ihr noch mehr offenbarte. Jimmy starrte auf ihre Füße in seinen weißen Sportsocken und sagte: »Es ist wie immer: Meine Mutter ist sehr entschlossen, wenn sie etwas will oder an etwas glaubt, und Esther zieht immer mit, egal, worum es geht.«

Annelies erwiderte nichts darauf. Sie wartete, als wüsste sie, dass Jimmy noch mehr zu erzählen hatte. Und James Winslow hielt tatsächlich etwas zurück. Er hatte aus dem Brief seiner Mom etwas Neues erfahren: Warum er wieder zum Ringen gehen sollte, dass »die richtige Art Knieverletzung« nützlich sein könnte. Jimmy rechnete sich aus, dass Esther davon wissen musste. Und wenn Esther davon wusste, würde es Fräulein Eißler nicht auch wissen?

»Worum es letzten Endes geht, Jimmy, ist, wie sehr du

Herr über dein eigenes Schicksal sein willst«, sagte Annelies. »Wir sollten uns die Idee mit Mieke noch einmal durch den Kopf gehen lassen, Jolandas Exfreundin. Die lesbische Frau, die es mal mit einem Mann ausprobieren will.«

Natürlich erinnerte sich Jimmy noch daran, wie abstoßend Annelies die Vorstellung gefunden hatte, dass Jolanda Miekes Kopf hielt. (»Es gibt einen natürlicheren Weg, jemanden zu schwängern, Jimmy«, hatte Annelies gesagt.) Nun schien Fräulein Eißler angesichts des Mangels an möglichen Freundinnen auch eine unnatürliche Lösung für Jimmys Dilemma in Betracht zu ziehen. Aber sie hielt sich nicht lange bei Jolanda und Mieke auf. Wie es ihre Art war, wechselte sie einfach das Thema.

Es galt noch die »Tortur« von Weihnachten in einem katholischen Land durchzustehen, erinnerte Annelies Jimmy. Und vor Weihnachten musste sie noch acht Tage voller fettigem Essen »durchleiden«. Damit meine sie die acht Tage von Chanukka zu Ehren des Makkabäeraufstandes und der Wiedereinweihung des Tempels 164 v. Chr. nach der Schändung durch die Griechen, erklärte Fräulein Eißler. »So machen sich Juden eine schöne Zeit, Jimmy«, sagte Annelies. »Wir feiern unser Überleben, nachdem jemand uns geschändet hat.«

20
Nicht wie Donna Reed

Beziehungen, echte wie erträumte, lassen uns nicht mehr los – das, was zwischen zwei Menschen geschieht, genauso wie das, was hätte geschehen können. James Winslow hatte sich in Fräulein Eißler verliebt. Gleichzeitig waren Jimmy und seine Mitbewohner auf komplizierte Art mit Dagmar verbandelt, der verwitweten Chefin des Kaffeehauses Nachtmusik. Und zwar nicht nur, weil sie sich mit ihr einen Deutschen Schäferhund teilten. Es war auch nicht gerade hilfreich gewesen, dass Claude Dagmar gefragt hatte, ob sie sich vorstellen könne, »es mal mit einem jüngeren Mann zu machen und vielleicht sogar ein Kind von ihm zu kriegen«. Dagmar hatte zuerst nicht verstanden, dass Claude für Jimmy fragte. Claude war ein schüchterner kleiner Franzose, er hatte bisher nicht den Eindruck gemacht, als wäre er scharf auf sie. Warum sollte er sie schwängern wollen? Als Dagmar ihn bat, die Sache zu erläutern, wurde es noch verwirrender. »Ich hab für Jimmy gefragt. Er sucht dringend jemanden zum Schwängern«, erklärte Claude ihr auf seine unbefangene, gedankenlose Art. Das leuchtete Dagmar schon eher ein, denn ihr war aufgefallen, wie Jimmy sie ansah. All das geschah über Jimmys Kopf hinweg.

»Dagmar flirtet mit dir, Jimmy. Das merkst du doch, oder?«, fragte Jolanda eines Abends im Café. Jimmy hatte bemerkt, dass Dagmar sich in letzter Zeit eigenartig benahm, aber das mit dem Flirten hatte er nicht kapiert. Erst jetzt beichtete Claude, was er zu Dagmar gesagt hatte.

»Du hast Dagmar erzählt, dass ich sie schwängern will?«, fragte Jimmy.

»Nicht, dass du willst – dass du dringend jemanden suchst«, präzisierte Claude.

Jimmy hatte es eigenartig gefunden, als Dagmar aus heiterem Himmel zu ihm gesagt hatte: »Ich mache alles, Jimmy, nur keine Kinder. Keine Kinder kriegen kann ziemlich Spaß machen, weißt du.« Hatte das nicht ein wenig zweideutig geklungen? Aber ihm war immerhin aufgefallen, dass Dagmar weniger reserviert war als sonst.

James Winslow fragte sich, ob seine Andersartigkeit – die in ihm drinsteckte, ein Teil von ihm war – ihn taub und blind für Dagmars Flirten machte. Oder lag es daran, dass Dagmar im Alter seiner Mom war und Jimmy Angst davor hatte, mit einer älteren Frau zu schlafen? (War er denn so spießig, so ein New-Hampshire-Junge, dass er meinte, zuerst mit einer Gleichaltrigen schlafen zu müssen?) Er fand die Witwe attraktiv, sie erinnerte ihn an seine Mutter, allein das war kompliziert genug. Und lebte Dagmar nicht mit ihrer Mutter und deren altem Schnauzer zusammen? Er stellte sich die beiden Witwen in einer kleinen Wohnung vor, irgendwo in der Nähe einer Straßenbahnhaltestelle. Nachts hörte man die Bahn über die Schienen rumpeln. Der greise Schnauzerrüde reagierte empfindlich auf die kreischenden Straßenbahnbremsen. Die ganze Nacht hindurch bellte der alte Hund bei jedem Kreischen – und bei jedem Bellen zogen sich seine Eier zusammen.

Jimmy fand Dagmar begehrenswert, aber er versuchte, die Empfindung zu unterdrücken, indem er sich ausmalte, wie schrecklich es womöglich wäre, die Nacht bei ihr zu verbringen. Er wollte auf keinen Fall Dagmars Mutter oder dem Hund begegnen. Außerdem hatten Jimmy und seine Mitbewohner ja ausgemacht, Hard Rain bei sich schlafen zu lassen. »Von mir aus schlaf mit Dagmar, aber komm bloß nicht nach Hause und riech nach Hund mit Eiern«, wie Jolanda es ausdrückte. Claude schüttelte nur wie wild den Kopf, genau wie Hard Rain es immer tat.

Dabei kam Jimmy nicht in den Sinn: Dagmar zu widerstehen konnte eine gute Vorbereitung dafür sein, Chantal zu widerstehen, falls es je so weit kommen sollte. »Würde es deiner Mom ähnlich sehen, Chantal einfach unangekündigt nach Wien kommen zu lassen?«, hatte Annelies Jimmy gefragt.

»Ich weiß es nicht«, musste er zugeben.

Jimmys geliebter Großvater schickte ihm eine Schwarz-Weiß-Postkarte – ein bedrohliches Bild aus einer sehr alten Inszenierung von *König Lear*. Die Regieanweisung lautete: *Lear tritt auf, mit Cordelia tot in den Armen* – 5. Akt, 3. Szene. Von allen schlimmen Momenten, die zwischen Eltern und ihren Kindern möglich sind, ist ein vor Schmerz heulender Vater, der seine tote Tochter hält, einer der übelsten, aber Jimmy wusste, dass Thomas Winslow keine Ahnung von den Plänen seiner vierten Tochter hatte. Der pathetische Englischlehrer wurde (wie sein Held Charles Dickens) einfach sentimental, wenn es um Weihnachten ging. Thomas hatte nur einen einzigen Satz auf die Postkarte geschrieben: »Weihnachten wird nicht dasselbe sein ohne dich, mein lieber Junge!« Er bezog sich nicht auf das, was Honor Winslow im Schilde führte, nichts lag Thomas Winslow ferner als die Vorstellung, dass Jimmy Chantal Beaudette schwängern sollte. Jimmy war klar, dass *König Lear* keine Anspielung auf irgendwelche Zeugungsvorhaben sein sollte.

Honor Winslow drangsalierte in der Zwischenzeit die Einberufungsbehörde von Pennacook. Sie quetschte ihre Botschaft auf eine normale Postkarte ohne Bild. »Wenn Du in Europa kein Kind zeugst, schießen wir Dir in die Kniescheibe, wenn Du nach Hause kommst. Wir können Dir auch den Zeigefinger der stärkeren Hand abschneiden. Man nennt ihn den Abzugsfinger. Es mit Chantal zu treiben wäre einfacher und würde mehr Spaß machen, Schätzchen.« Für »Alles Liebe, Mom« war kein Platz mehr.

Im Kaffeehaus Nachtmusik entdeckte Claude in einer Zeitung ein Foto – ein amerikanischer Helikopterangriff auf Vietkong-Guerillas im Mekong-Delta. Das Luftbild zeigte einen US-Soldaten, der von oben die Bodenbewegungen der feindlichen Truppen beobachtete. 1963 waren schon fast sechzehntausend amerikanische Soldaten in Südvietnam stationiert.

Jolanda entdeckte in einer anderen Zeitung ein Foto von Brandbomben, die auf ein Dorf bei Huế fielen. Im Vordergrund glitten Hausboote den Parfümfluss hinab, die Rauchwolken der Bomben verdunkelten den hellgrauen Himmel. Es kursierten noch weitere Napalm-Bilder in den Nachrichten. »Dein Baby hätte einen ganzen Haufen Moms um sich herum, Schätzchen!«, schrieb Jimmys Mutter auf eine Napalmbomben-Ansichtskarte.

»Wenn Chantal plötzlich in Wien auftauchen würde, das wär wie eine Napalmbombe«, sagte Jolanda zu Jimmy und Claude.

»Nein, nein, *nein* – die arme Chantal!«, stöhnte Claude.

»Vergesst den Chantal-Vorschlag. Ich werde sie nicht schwängern«, erklärte Jimmy.

Die drei Mitbewohner versuchten, nicht mehr an die Brandbombensituation zu denken, aber in der Wohnung in der Schwindgasse entkam man dem Anblick schlimmster Kriegsverstümmelungen nicht – Siegfrieds niedergemetzelte Armeen, die abgehackten Körperteile seiner Spielzeugsoldaten waren überall.

»Wander nach Frankreich aus. In Paris will niemand Kinder!«, rief Claude.

»Hetero-Holländerinnen haben Kondome bei sich, Jimmy«, sagte Jolanda.

Aber es half ja alles nichts. Ein Blutbad wäre unweigerlich die Folge, wenn Jimmy nicht Chantal schwängerte oder sich nicht von seiner Mutter und seinen Tanten verstümmeln ließe. Die drei Mitbewohner hatten ausführlich darüber diskutiert, was besser wäre, eine Kugel im Knie oder ein amputierter Zeigefinger. Jimmys Abzugsfinger war zugleich der Zeigefinger seiner Schreibhand. Er würde sich lieber ins Knie schießen lassen, erklärte er Claude und Jolanda. Die beiden waren keine Schriftsteller. Sie sagten, sie würden ohne den Zeigefinger ihrer dominanten Hand zurechtkommen.

Napalm beherrschte die Nachrichten und Jimmys Post. Eines Abends jagte Irmgard ihm mit nur einem Wort einen Heidenschreck ein. Er saß in seinem Zimmer und schrieb;

er war nicht mit Claude und Jolanda in ihr kompliziertes Café gegangen.

»Death«, hörte er Irmgard sagen. Von seinem Schreibtisch am Fenster sah er, wie sie ihre unverwechselbare Gestalt gegen das Milchglas presste. Er hatte noch nie von einem Film mit diesem Titel gehört, aber *Death* klang auch nicht unbedingt wie ein amerikanischer Film. »Er ist schon fast vorbei, falls du noch Lust hast«, sagte Irmgard und ging davon.

Jimmy fand sie im Wohnzimmer auf ihrem üblichen Sofa, sie schaute *Das siebente Siegel* von Ingmar Bergman in der deutschen Synchronfassung. Der Tod war die Hauptfigur des Films, da waren Irmgard und Jimmy sich einig, und deshalb nannte Irmgard den Film *Tod* – auch wenn Bergman und die Deutschen das nicht getan hatten. Gerade begann das letzte Schachspiel, und Jimmy legte sich zu Irmgard auf das Sofa. (Er hatte das Drehbuch so oft auf Englisch gelesen, dass er weder Schwedisch noch die lästige deutsche Synchronfassung verstehen musste.)

»Ist dein Zug, Antonius Block«, sagt der Tod zum Ritter, aber wir sehen die Furcht im Blick des Ritters. Block will, dass der Gaukler mit seiner jungen Frau und ihrem Kind dem Tod entkommt.

»Was entgeht dir eigentlich?«, fragt der Ritter den Tod.

»Nichts auf der Welt entgeht mir. Gar nichts, Antonius Block«, erwidert der Tod. (Die Antwort des Todes klang auf Deutsch viel länger als auf Englisch.)

Dann tut der Ritter so, als wäre er ein Tollpatsch, und stößt mit seinem Ärmel die Schachfiguren um. Natürlich sagt er zum Tod, er habe vergessen, wie sie standen, der Tod aber hat nichts vergessen. »So leicht kommst du mir nicht davon«, sagt er lachend. Dies ist der Augenblick, in dem der Ritter den Tod ablenkt – der Gaukler und seine Familie entkommen. Antonius Block, seine Frau und seine übrigen Gefährten werden sterben.

»Gott, den es irgendwo gibt, den es irgendwo geben muss, hab Erbarmen mit uns«, betet der Ritter. Es sind seine letzten Worte. Während der Abspann lief, ließ Irmgard Jimmy nicht los, er lag auf ihr, sein Kopf steckte zwischen ihren Brüsten.

»Apropos Tod, wie läuft es mit dem Plan deiner Mutter? Gehst du jetzt nach Vietnam oder nicht?«, fragte Irmgard. »Nicht zu gehen klingt für jede Mutter vernünftiger, Jimmy.«

Da wurde James Winslow klar, wie falsch es war, seine Mutter dafür zu verurteilen, dass sie alles daransetzte und sogar Chantal einbinden wollte, um ihn vor einem verfehlten Krieg zu bewahren. An dem Krieg war viel mehr verfehlt als an Honor Winslows unkonventionellem Vorschlag. In diesem Moment kehrten Jolanda und Claude aus dem Kaffeehaus Nachtmusik zurück und fanden Jimmy reglos in Irmgards Armen vor – ihre Beine um seine Taille geschlungen, ihre Fersen in die Rückseiten seiner Oberschenkel gedrückt. »Es ist nicht, was ihr denkt«, versuchte er seinen Mitbewohnern zu erklären, aber da sich sein Gesicht zwischen Irmgards Brüsten befand, klang seine Stimme gedämpft.

»Ich versuche ihm nur klarzumachen, dass er nicht nach Vietnam gehen soll. Er sollte auf seine Mutter hören«, sagte Irmgard zu Jolanda und Claude. (James Winslow fragte sich, ob es vielleicht einfacher gewesen wäre, Hard Rain die ganze Situation zu erklären.)

Fräulein Eißler seufzte nur, als Jimmy ihr alles erzählte. Er zeigte ihr auch die Postkarten, die er bekommen hatte. Die Auswahl der Ansichtskarten, die er zurückschickte, war allerdings nicht nachzuvollziehen. Die mit dem sowjetischen Heldendenkmal am Schwarzenbergplatz schien für die betreffende Angelegenheit besonders unpassend, aber es befand sich nun mal in Jimmys Nachbarschaft, am Ende der Schwindgasse. Das Heldendenkmal der Roten Armee erinnerte an die siebzehntausend sowjetischen Soldaten, die im Zweiten Weltkrieg in der Schlacht um Wien gefallen waren. Es war von deutschen Kriegsgefangenen und österreichischen Arbeitern erbaut worden. Im Laufe der Jahre gab es immer mehr politisch motivierten Vandalismus gegen das Denkmal, aber James Winslow schickte die Karte mit diesem Motiv an seine Mutter und an Chantal.

»Das mit dem Haufen Moms leuchtet mir ein«, schrieb Jimmy an Honor. »Und ich weiß Dein Angebot zu schätzen, mich zu verstümmeln. Vielleicht nehme ich es an.«

»Bitte komm nicht her, um Dich schwängern zu lassen«, schrieb Jimmy an Chantal. »Komm einfach her, um Claude kennenzulernen.«

James Winslow hätte seine Mitteilungen nicht so salopp formulieren sollen, nicht auf einer so ernsten Postkarte wie der mit dem Bild des sowjetischen Heldendenkmals. Außerdem befürchtete er später, das Denkmal für die getöteten Sowjetsoldaten könne (fälschlicherweise) den Eindruck erwecken, er habe nun doch eine Faszination für das Soldatendasein entwickelt.

Da Claude und Jolanda über Weihnachten nach Hause fuhren, war es kein Wunder, dass Jimmy wieder anfing zu ringen. Es gab zu viele offene Fragen: Mit Dagmar schlafen oder nicht, Chantal schwängern oder nicht, sich von seiner Mom verstümmeln lassen oder nicht. Das Ringen wäre ihm wenigstens vertraut, so dachte Jimmy jedenfalls. Er fragte sich allerdings, wo Leo Spiegel von der Turnhalle Leopold sich mit Fräulein Eißler angefreundet hatte und woher sie die beiden israelischen Freistilringer kannte. »Wir sind Israelis, Jimmy. Ich kenne Sol und Simon aus einem früheren Leben«, war alles, was Annelies dazu sagte.

Woher Fräulein Eißler über die Knie der Russen Bescheid wusste, verriet sie nicht. Sicher hatte Kleiner Spiegel es ihr erzählt, Leo wusste es bestimmt. Die sowjetischen Ringer kannten das Smillie-Meniskusmesser, und zwar nicht nur, weil sie Medizin studierten. Sie hatten beide die Operation hinter sich.

Annelies erklärte, dass die Turnhalle nicht weit von der Medizinischen Universität Wien und der zugehörigen Bibliothek entfernt war, dort gab es einen ganzen Komplex von Kliniken und Apotheken. Wegen der vielen Studenten in der Gegend fanden sich in diesem Abschnitt der Währinger Straße einige Kaffeehäuser sowie ein italienisches und ein ungarisches Restaurant. Von außen sah die Turnhalle nicht aus wie eine Turnhalle. Sie war im Keller unter einem Friseursalon. Helene, die Friseurin, war genervt, dass sie ständig nach der Turnhalle gefragt wurde.

»Unten«, sagte sie zu Jimmy bei seinem ersten Besuch und zeigte auf die Kellertreppe. Helene und ihre Friseurkolleginnen bedachten die Ringer stets mit einem giftigen

Blick. Es gefiel weder den Friseurinnen noch den Ringern, dass sie sich die Waschmaschinen und Trockner, die im Keller neben den Ringermatten standen, teilen mussten.

Die Zementwände im Keller waren mit einer dicken Polsterung versehen. Die Duschen, die Spinde im Umkleidebereich, die Pissoirs und sogar die Klokabinen hatten keine Türen. Die Turnhalle Leopold war ein einziger riesiger Raum. Die Waschmaschinen und Trockner standen von der Treppe aus gesehen an der hinteren Wand. Um dorthin zu gelangen, musste man die Matten überqueren. Die Friseurinnen hassten es, dass sie dafür die Schuhe ausziehen mussten. Den Ringern missfiel es, dass Friseurinnen durch ihre Ringerhalle liefen – besonders, wenn diese Friseurinnen sie unter der Dusche, an den Pissoirs oder auf den Klos beobachteten. Auch wenn die Ringer sich nackt auf die Waage stellten, konnten die Friseurinnen ihnen dabei zusehen.

Kleiner Spiegel, der Namensgeber der Turnhalle Leopold, wog nur achtundfünfzig Kilo, knapp hundertdreißig Pfund. Er trat nicht mehr bei Wettkämpfen an, aber er hielt sich fit. Griechisch-römisch war in Österreich bekannter als Freistil, aber Ringen war insgesamt unbeliebt, nicht nur bei Helene und ihrer Friseurinnen-Clique. Da Jimmys Deutsch nur mittelmäßig war, verständigten er und die vier anderen Freistilringer in der Turnhalle Leopold sich auf Englisch. Als Minderheit betonten die fünf untereinander stets, dass sie sich für die bessere Variante des Ringens entschieden hatten. Keine Griffe unterhalb der Gürtellinie, kein Beinstellen, keine Beinangriffe – überhaupt nichts mit den Beinen –, das erschien den Freistilringern eine absurde Einschränkung beim Kämpfen. Wenn sie unter sich waren, ohne griechisch-römische Ringer in der Nähe, nannten die beiden Israelis, die beiden Sowjets und Jimmy die Greco-Römer die »Beinlosen«. Fräulein Eißler fand das nicht in Ordnung.

»Das klingt, als wären sie amputiert, Jimmy«, sagte Annelies. Als er sie den Ringern gegenüber als seine Deutschlehrerin bezeichnet hatte, hatten Sol und Simon, die Israelis, ungläubige Blicke ausgetauscht. Selbst die ehemaligen Rotarmisten Sergei und Zander schienen mehr über Annelies Eißlers Tätigkeitsfeld zu wissen als Jimmy.

»Wir wetten, die Eißler arbeitet für Wiesenthal, oder für den Mossad«, sagte Sergei. Dabei sahen er und Zander erwartungsvoll zu Simon und Sol, nicht zu Jimmy. Sergei und Zander sagten nicht, dass sie Fräulein Eißler jemals im Jüdischen Dokumentationszentrum in Wien gesehen hatten.

»Die meisten Israelis unterstützen Simon Wiesenthal. Tief im Herzen sind wir alle Nazijäger«, sagte Sol. Den Mossad erwähnte er nicht.

»Wir gehen davon aus, dass Zander und du für den KGB arbeitet, wann immer euer Medizinstudium euch Zeit dazu lässt«, sagte Simon zu seinem Trainingspartner Sergei. Sergei und Zander lachten nur, sie hörten das nicht zum ersten Mal. Selbst Helene und ihre Friseurinnen hatten sie schon beschuldigt, für den KGB zu arbeiten.

Wie Jimmy bereits vermutet hatte, waren die ehemaligen Rotarmisten-Ringer eine Klasse für sich, sie waren ihm technisch überlegen. Fräulein Eißler hatte recht gehabt, sie waren älter als normale Medizinstudenten. Wie die Hagana-Veteranen waren auch Sergei und Zander Ende dreißig. Wer konnte sagen, wie ihr Einsatz für die Rote Armee ausgesehen hatte? Und Annelies hatte auch damit recht gehabt, dass sie noch immer gut in Form waren. Die beiden nahmen Jimmy von Anfang an nicht zu hart ran. Mit Sergei, dem Größeren der beiden, machte er nur Techniktraining, keine Kämpfe. Sergei war ein sanfter Bär. Und wenn Jimmy mit Zander rang, merkte er, dass Zander sich zurückhielt. Die Russen warnten Jimmy vor Leo, dem Turnhallenbesitzer. Der kleine Greco-Coach lud Neue in seiner Halle gern zu einem kleinen Faustkampf ein.

»Aber das ist nicht alles. Nach dem kleinen Faustkampf packt Leo dich von vorne oder von hinten und wirft dich auf den Kopf«, warnte Zander Jimmy.

»Die Greco-Jungs nennen ihn den Wurfmeister. Und Leo ist ein Spaßvogel, er albert gern rum«, sagte Sergei.

»Bei Leo ist das Werfen zwanghaft, Jim«, sagte Zander. »Er kann nicht anders. Er wirft aus Jux und Tollerei.«

Und so lehnte Jimmy Leos Einladungen, mit ihm einen kleinen Faustkampf zu machen, höflich ab. Ein- oder zweimal gelang es Kleiner Spiegel, Jimmy zu überraschen. Er schlich sich von hinten an, umklammerte Jimmy auf Hüfthöhe und hob ihn in die Luft. Dann setzte er ihn wieder auf der Matte ab und ließ ihn los. »Siehst du? Kein Suplex. Ich werf nicht, Jim«, sagte Kleiner Spiegel lächelnd.

»Du wirfst, Leo, das weiß ich«, erwiderte Jimmy.

»Ja, das stimmt, ich werfe. Aber nicht dich, Jim!«, sagte Kleiner Spiegel.

»Du kannst Leo vertrauen, Jim«, sagte Sol. »Als du unter der Dusche warst, hat Kleiner Spiegel deinen jüdischen Penis gesehen.« Jimmy mochte es, wenn über jüdische Penisse gescherzt wurde.

»Leo weiß, dass du das Herz auf dem rechten Fleck hast, Jim«, sagte Simon. Jimmy mochte es, dass die Ringer ihn Jim nannten, dadurch fühlte er sich erwachsen.

Als Jimmy sich bei Zander beklagte, er sei als Ringer nicht gut genug, erwiderte der: »Wir sind doch nur ehemalige Ringer, Jim. Wir sind alle gleich.« Aber in der Turnhalle Leopold waren nicht alle Ringer gleich. Da gab es Leo, den geborenen Werfer, und da gab es die beiden Rotarmisten – diese drei wussten, was sie taten. Nur die anderen waren »alle gleich«.

Die israelischen Ringer waren Jimmy technisch nicht überlegen, aber sie waren stark und sehr fit. Selbst mit Ende dreißig hielt Sol noch länger durch als Jimmy.

Vom ersten Training an achtete Jimmy darauf, welches Zanders schlimmes Knie war. Natürlich erkannte er die Narbe von der Meniskusoperation. Sergei hatte zwei schlimme Knie, an beiden war eine Smillie-Narbe.

»Ich weiß doppelt so viel über das Smillie-Messer wie Zander, Jim«, sagte Sergei und lächelte Zander an. Die Sowjets wussten definitiv mehr als James Winslow – nicht nur über das Ringen und Knieoperationen.

Leo Spiegel hatte den israelischen und russischen Freistilringern das Café Meisel in der Währinger Straße gezeigt, wo alle Ringer nach dem Training hingingen. Mit den Greco-Römern auszugehen machte nicht besonders viel Spaß, denn Ringer, die sich auf Wettkämpfe vorbereiteten, mussten auf ihr Gewicht achten und tranken deshalb nicht. Mit Leo machte es mehr Spaß, und er ging nach jedem Training ins Meisel. Selbst die Ringer, die nicht an Wettkämpfen teilnahmen und sich nicht wiegen mussten, tranken nur Bier, und auch davon nicht viel. Aber zwei Bier reichten, damit Kleiner Spiegel anfing, lustige Geschichten zu erzählen. Die Biertrinker lachten, die Wassertrinker waren fest entschlossen, sich zu langweilen.

»Als ich noch Wettkämpfe hatte, hab ich viel zu viel Kaffee getrunken«, erzählte Leo. »Und dann wollte ich immer alle werfen, andauernd!« Das erschien den Sowjets, den Israelis und Jimmy vollkommen plausibel. Sie waren froh, dass Leopold Spiegel auf Bier umgestiegen war; wenn er zu viel Wiener Kaffee intus gehabt hätte, wären sie lieber nicht mit ihm ausgegangen. Die Stimmung im Café Meisel gewann sehr durch die Anwesenheit der biertrinkenden Ringer.

Irgendwann vor Silvester versprachen Zander und Sergei, mit Sol, Simon und Jimmy in einen Nachtclub im Bezirk Favoriten in der Nähe des Wiener Südbahnhofs zu gehen. Favoriten war der 10. Bezirk der Stadt, ein Arbeiterviertel im ehemals sowjetisch besetzten Sektor. Der Nachtclub hieß »Die Ägypterin«, was sich auf die Bauchtänzerin des Clubs bezog. Zander und Sergei bezweifelten, dass sie Ägypterin war; sie sei Türkin, sagten die Sowjets. »Little Egypt« war schon seit den 1890er-Jahren ein beliebter Künstlername bei Bauchtänzerinnen gewesen, aber diese hier war zu groß, um sich »klein« zu nennen.

»Der Name ›Ägypterin‹ verleiht der Frau eine gewisse Anonymität«, sagte Sergei. Im Bezirk Favoriten gab es damals mehr Muslime als im Wiener Durchschnitt.

»Diese sogenannte Ägypterin ist Türkin«, beharrte Zander. Im Bezirk Favoriten gab es eine beträchtliche Anzahl Türken. Die ehemaligen Rotarmisten hatten bei einigen türkischen Männern, die der Bauchtänzerin zusahen, verformte Ringerohren entdeckt. Die Türken seien gute Ringer, hatten die Russen Jimmy berichtet.

Sol und Simon erkundigten sich nach der Stimmung in der »Ägypterin«. »Vielleicht ist ein Bauchtanzclub in Favoriten nicht gerade der sicherste Ort für ein paar Juden«, sagte Sol. Keine Scherze mehr über jüdische Penisse.

»Wir sind doch nur ehemalige Ringer, Sol. Wir sind alle gleich«, erklärte Zander seinem Trainingspartner, genau, wie er es zu Jimmy gesagt hatte.

»Was für einen Umfang hat denn die Bauchtänzerin?«, fragte Simon.

»Sie ist in unserer Gewichtsklasse«, sagte Sergei. Ein dralles Mädchen, um die fünfundsiebzig Kilo. Die Israelis sagten, sie würden sich mal ansehen, wie die Stimmung dort so wäre.

Die Stimmung im Kaffeehaus Nachtmusik hatte in der Zwischenzeit durch Hard Rain sehr gewonnen. Dagmars Kunden liebten es, wenn die freundliche Hündin sie an ihren Tischen besuchte. Auch Dagmars Stimmung war besser geworden, und das lag am neuen Tellerwäscher. Walter war Ende dreißig, ihm fehlte ein Ohr, und er war ebenso erfindungsreich wie handwerklich begabt. Er verstand sofort, was Hard Rain brauchte, und baute in der Gasse hinter dem Kaffeehaus eine Hundehütte. Um die Hütte kam ein Gehege – weit genug entfernt von den Mülltonnen und groß genug, dass eine Badewanne hineinpasste. Walter war ein Tüftler mit Sicher-ist-sicher-Philosophie. Hard Rain sollte sich für nichts zu schämen brauchen. Wenn es blitzte und donnerte, sollte sie einen Zufluchtsort haben.

Hard Rain mochte ihre Hundehütte, und sie war auch lieber im Gehege als an der Kette. Sie roch besser, weil sie nicht mehr zwischen den Mülltonnen herumschnüffelte. Dagmar ging mit ihr zu einem Tierpflegesalon in der Argentinierstraße, wo man Hard Rain das Fell wusch, ihr die Ohren säuberte und die Krallen schnitt; sogar die Zähne bekam sie geputzt. Die seltsam deplatziert wirkende Badewanne in ihrem Gehege bedachte Hard Rain allerdings weiter nur mit unsicherem Blick – wenn sie überhaupt hinsah. Manchmal schien die Schäferhündin die Wanne einfach bewusst zu ignorieren.

Jolanda, Claude und Jimmy merkten, dass auch die Badewanne bei den Holzingers Hard Rain verstörte. Wenn die drei Mitbewohner die Hündin durch den Flur schmuggelten, stand die Tür zum Bad üblicherweise offen. Der Blick, mit dem Hard Rain die Wanne ansah, war beunruhigend vieldeutig. »Wenn das arme Mädchen uns nur sagen könnte, was sie denkt«, seufzte Walter.

Walter war »Kindersoldat« gewesen, wie Dagmar den ausländischen Studenten erzählt hatte. Das Kriegsende hatte er in einem amerikanischen Kriegsgefangenenlager erlebt. »Walter hat Glück gehabt«, hatte Dagmar gesagt. Genau wie Hard Rain konnte (oder wollte) Walter seine geheimsten Gedanken niemandem mitteilen – und der neue Tellerwäscher sprach auch nicht über sein fehlendes Ohr.

Claude hatte wegen Hard Rains möglicher Reaktion auf ein Gewitter keine ruhige Minute mehr. »Himmel noch mal, Claude, wir werden es schon sehen, wenn es so weit ist! Es gibt ja wohl schlimmere Orte zum Scheißen als eine Badewanne«, sagte Jolanda.

»Es könnte der wärmste Februar seit sechzig Jahren werden«, warnte Claude. »Vielleicht warten Blitz und Donner nicht bis zum Frühling, vielleicht gibt es schon im Winter ein Gewitter! Und ich frage mich: Was, wenn in Wirklichkeit *Hildegund* sich in der Wanne die Seele aus dem Leib scheißt? Was, wenn wir die Badezimmertür in Wirklichkeit für sie offen lassen sollten und nicht für Hard Rain?«

»Du bist wirklich ein unverbesserlicher Optimist, Claude«, erwiderte Jolanda.

Derweil hatte Claude aus heiterem Himmel bei Siegfried einen Wunsch geweckt – der Fünfjährige wollte nun unbedingt einen Hund. Das war auch Irmgard und Frau Holzinger nicht entgangen. Der Junge redete im Schlaf von einer Hündin, genauer gesagt, von einer Deutschen Schäferhündin, und Irmgard hatte bemerkt, dass er das Familienfoto mit dem anderen Deutschen Schäferhund mit ins Bett nahm. Die Witwe machte sich Sorgen, Siegfried spüre in der Wohnung den ruhelosen Geist dieses längst verstorbenen Tieres.

»Du und deine Geister«, sagte Irmgard zu ihrer Mutter.

»Das ist auch ein Weibchen gewesen«, erinnerte die Witwe ihre Tochter. Das war alles, was Jimmy von ihrer auf Deutsch geführten Unterhaltung mitbekam.

Jimmy verstand nicht viel, wenn Frau Holzinger und Irmgard sich stritten, aber Claude und Jolanda übersetzten, was Irmgard zu ihrer Mutter sagte: »Siegfried will nicht *diesen* Deutschen Schäferhund, er will nicht deinen alten, toten Hund! Er will eine neue, lebendige Hündin!«

Es war Abendbrotzeit bei den Holzingers. Jolanda, Claude und Jimmy schlichen auf Zehenspitzen durch die

Küche. Siegfried beteiligte sich nicht am Gespräch, sondern aß still sein Abendessen. Da stellte Irmgard sich plötzlich Claude in den Weg, sodass er den Raum nicht mehr verlassen konnte. »Siegfried hat gesagt, du hast ihn auf die Idee mit dem Hund gebracht«, schimpfte sie. Siegfried, der den Mund voll hatte, zeigte nur mit der Knoblauchpresse auf Claude und kaute weiter.

Claude antwortete in seinem quälend langsamen Kinderdeutsch. »Als ich ein kleiner Junge war, wollte ich einen Hund. Aber nicht irgendeinen, sondern eine Deutsche Schäferhündin.« Er klang so verzweifelt, dass Siegfried aufhörte zu essen. »Wenn ich einen Hund bekommen hätte, wäre ich vielleicht ganz anders geworden!« Jetzt weinte er, und Jolanda schien ein Schluchzen zu unterdrücken oder mit einem Brechreiz zu kämpfen, vielleicht schauspielerte sie auch nur. Es war womöglich viel mehr Emotion als das, was die Holzingers sonst so in ihrer Küche erlebten. Einen Moment lang herrschte respektvolle (oder fassungslose) Stille. Jolanda musste sich erst noch erholen von den qualvollen Geräuschen, die sie gemacht hatte; Siegfried hatte wieder angefangen zu essen. Die Witwe Holzinger sah ihren alten, toten Hund vor sich – den Deutschen Schäferhund auf dem Foto, das Siegfried mit ins Bett nahm. Irmgard Holzinger, merkte Jimmy, war es eindeutig egal, ob Claude anders geworden wäre, wenn er einen Hund gehabt hätte. Und doch stand sie da wie versteinert. Claude hatte sie auf die Idee gebracht, dass für Siegfried vielleicht alles anders werden würde, wenn der Fünfjährige eine Deutsche Schäferhündin hätte.

»Hausaufgaben«, entschuldigte sich Jimmy, nahm die

röchelnde Jolanda an der Hand und zog sie aus der Küche. Claude, der den Hals seiner Bierflasche umklammerte, als wollte er sie erwürgen, folgte ihnen. Sie waren eigentlich nur in die Küche gekommen, um sich Bier aus dem Kühlschrank zu holen. Normalerweise hüteten die ausländischen Studenten sich, die Holzingers beim Essen zu stören.

An diesem Abend befolgten die drei Fräulein Eißlers Rat: Sie gingen in den Augustinerkeller, um sich zu amüsieren, statt ihre Hausaufgaben zu machen. Aber da waren drei Typen, die Jolanda unangenehm anstarrten, und sie glaubte, die drei schon mal gesehen zu haben, vielleicht mit Hildegund. »Das sind Freunde von diesem Hundequäler, dem Arschlochehemann vom Tintenjunkie«, wie Jolanda es ausdrückte. Die Studenten verließen den Augustinerkeller und gingen ins Café Hawelka. Es war angenehm, aus dem großen, lauten Lokal in ein kleines, ruhiges zu gehen. Sie mochten auch die kleinere, ruhigere Straße, in der das Hawelka sich befand – die Dorotheergasse –, auch wenn Claude auf dem Nachhauseweg behauptete, er habe die Typen aus dem Augustinerkeller noch mal gesehen. Claude befürchtete, dass sie ihnen gefolgt waren, aber Jolanda und Jimmy hatten nichts bemerkt.

Die drei waren mit sich zufrieden, weil sie sich aus ihrer Nachbarschaft heraus und in die Innere Stadt gewagt hatten. Sie fühlten sich gleich nicht mehr nur wie Studenten. Eine Menge war noch ungewiss. Jimmy hatte das Gefühl, dass alles bereit war, aber wofür? Viel zu viele Dinge konnten passieren, oder auch nicht. So musste seine Mom sich gefühlt haben, als sie beschlossen hatte, Mutter zu werden und Esther das Baby bekommen zu lassen, dachte Jimmy. Es war ein Alles-in-der-Schwebe-Moment.

Jimmy hätte sich daran erinnern müssen, dass Fräulein Eißler ihm noch etwas zeigen wollte. Hatte sie nicht gesagt, sie würden eines Abends spät zusammen ausgehen?

Es war spät genug, die letzte Runde im Kaffeehaus Nachtmusik war schon vorbei. Hard Rain schlief unter dem Tisch der Studenten, ihre schwere Schnauze ruhte auf Claudes Fuß. Als Annelies plötzlich an den Tisch trat, sprang Claude überrascht auf und stolperte über Hard Rains großen Kopf. Dagmar erklärte Annelies, dass das Café gleich schließen würde, aber die Hauslehrerin zeigte auf Jimmy. »Es gibt da etwas, das er sehen sollte, und ich bringe ihn hin, damit er es sieht«, sagte sie und streckte der neugierig schnuppernden Hard Rain die Hand hin.

Annelies führte Jimmy an der Staatsoper vorbei und die Kärntner Straße entlang. Damals traf man die Prostituierten des 1. Bezirks in den Seitenstraßen der Kärntner Straße an – in der Johannesgasse und in der Annagasse, wie Jimmy sich später vielleicht erinnern würde. In der Krugerstraße gab es ein Hotel, in das die Frauen dann mit den Freiern gingen. Bisher hatte Jimmy Prostituierte nur in der Umgebung des West- und Südbahnhofs gesehen, aber dort waren die Frauen nicht so jung und hübsch wie im 1. Bezirk. Jetzt stand Jimmy mit Fräulein Eißler in der Krugerstraße, schräg gegenüber dem berüchtigten Hotel.

»Du weißt, wen wir hier treffen, wenn wir lange genug warten, oder?«, fragte Annelies Jimmy.

Und erst in diesem Moment wurde es Jimmy klar. »Ja, wenn du Irmgard meinst«, brachte er heraus.

»Deshalb solltest du Nachsicht mit ihr haben, Jimmy«, erklärte Fräulein Eißler. »Und denk daran, wenn wir warten, bis wir sie sehen, wird sie uns ebenfalls sehen.«

Natürlich wollte Jimmy Irmgard nicht zu erkennen geben, dass er von ihrer Arbeit als Prostituierte wusste, aber da standen Annelies und er schon zu lange auf der Krugerstraße.

Selbst ein Anfänger erkannte sofort, wie es im Hotel lief. Eine Prostituierte ging mit ihrem Kunden hinein, aber der Kunde kam allein wieder heraus. Die Prostituierte blieb länger, um sich zurechtzumachen. In der Zwischenzeit traf sie im Hotel eine andere Prostituierte, und dann verließen die beiden Frauen das Hotel gemeinsam. Auch Irmgard war, als sie aus dem Hotel kam, mit einer anderen Prostituierten zusammen – einer hübscheren, wenn auch nicht unbedingt jünger als sie. Natürlich sah Irmgard Jimmy mit Fräulein Eißler auf der Straße stehen.

»Wir sind zufällig hier vorbeigekommen«, sagte Jimmy auf Englisch wie ein Idiot.

»Das ist der Student, von dem ich dir erzählt habe«, sagte Irmgard zu der hübscheren Prostituierten, ebenfalls auf Englisch. »Seine Familie finanziert ihm alle Ausgaben, die etwas mit Bildung zu tun haben, das hat seine Mutter mir erzählt«, fügte sie hinzu. Das Lächeln der hübscheren Prostituierten ließ keinen Zweifel daran, dass sie Englisch verstand. »Aber ich vermute, wir zählen nicht als Bildungsausgabe«, fuhr Irmgard auf Englisch fort.

»Außer er ist noch Jungfrau, dann haben wir definitiv etwas mit seiner Bildung zu tun«, sagte die hübschere Prostituierte. Ihr Englisch war genauso gut wie Irmgards. Als sie sprach, sah Jimmy, dass mit ihrer Oberlippe etwas nicht in Ordnung war; eine kleine Narbe ließ die Lippe schief aussehen, aber dieser leichte Schönheitsfehler war nur zu erkennen, wenn sie den Mund bewegte.

»Jimmy ist bestimmt noch Jungfrau«, sagte Irmgard und lächelte.

»Freut mich, dich kennenzulernen, Jimmy. Ich bin Berta«, sagte die hübschere Prostituierte.

»Und das ist Fräulein Eißler, die Hauslehrerin, von der ich dir erzählt habe«, sagte Irmgard zu Berta.

»Und was genau führt euch beide ›zufällig‹ in der Krugerstraße vorbei?«, fragte Irmgard Annelies unvermittelt.

»Eine Vokabelübung, Irmgard«, antwortete Fräulein Eißler. »Wir laufen durch die Stadt, und ich zeige auf alle möglichen Dinge. Dann muss Jimmy mir die deutschen Wörter dafür sagen.«

Irmgard zeigte auf sich und Berta, aber sie sah dabei Jimmy an. »Prostituierte«, sagte sie. Jetzt verstand Jimmy, was sie gemeint hatte, als sie ihm bei *Verdammt in alle Ewigkeit* erklärt hatte, Donna Reed sei keine echte Prostituierte. »Wir sind nicht wie Donna Reed, Jimmy. Wir sind echt«, sagte Irmgard. Um ihre Aussage zu unterstreichen, zeigte sie noch nachdrücklicher auf sich und Berta.

»Ich weiß«, sagte Jimmy wie immer zu Irmgard. Die beiden Prostituierten hakten sich ein, wie europäische Frauen das beim Gehen machten. Irmgard und Berta waren bereit zum Aufbruch.

»Du weißt, wo du mich findest«, sagte Berta zu Jimmy.

»Ich weiß«, wiederholte James Winslow.

Aber Berta war noch nicht fertig. Sie legte den Finger auf

die Narbe an ihrer Oberlippe. »Es war bei einem Picknick, ich war noch ein Kind. Ich bin mit so einem Mayonnaise-Ding in der Hand gerannt«, erzählte sie Jimmy. »Wie nennt man die blöden Dinger auf Englisch?«, fragte sie Fräulein Eißler.

»Ein Glas, ein Mayonnaiseglas«, erwiderte Annelies.

»Ja, genau, ein Mayonnaiseglas. Ich bin hingefallen und hab mir die Lippe aufgeschnitten. Jetzt küsse ich ein bisschen komisch.« Berta lächelte.

James Winslow brachte Annelies zu ihrer Straßenbahnhaltestelle am Opernring. »Es wäre besser gewesen, wenn ich es dir einfach gesagt hätte, aber ich fand, du solltest Irmgard mit eigenen Augen sehen«, sagte Annelies. Später wusste Jimmy nicht mehr, wie sie darauf gekommen waren, aber sie waren beide beeindruckt gewesen, wie gut Irmgard und Berta Englisch sprachen. »Ganz sicher haben sie im 1. Bezirk eine Menge englischsprachiger Touristen als Kunden«, sagte Fräulein Eißler.

Jimmy hätte Annelies gern etwas gefragt, aber er traute sich nicht. War sie es nicht gewesen, die Frau Holzinger erfolgreich vorgegaukelt hatte, dass Jimmy mit seiner jüdischen Deutschlehrerin schlief? Und hatte Irmgard Jimmy nicht überrascht, als jemand mit unter seiner Bettdecke steckte? Warum war Irmgard dann so sicher, dass Jimmy *bestimmt* noch Jungfrau war? War Jimmys erbärmliche Unerfahrenheit so offensichtlich, nicht nur für eine Prostituierte? Aber Jimmy fürchtete Fräulein Eißlers Antwort. Außerdem kam jetzt ihre Straßenbahn, und sie hatte ihm noch etwas zu sagen.

»Du hast hoffentlich verstanden, Jimmy, warum Berta

dir von ihrer Lippe erzählt hat?«, fragte Annelies, als die Straßenbahn sich kreischend der Haltestelle näherte. »Du sollst dich zu ihr hingezogen fühlen, das hast du verstanden, oder?«

Und es hat funktioniert, wollte James Winslow sagen. Jimmy wollte unbedingt herausfinden, inwiefern es *komisch* wäre, Berta zu küssen. Aber er brachte nur sein übliches »Ich weiß!« heraus. Er musste laut sprechen, um das Quietschen der Bahn zu übertönen.

»Und du solltest noch etwas wissen«, sagte Fräulein Eißler, als sie in die Straßenbahn stieg. »Prostituierte weigern sich normalerweise, ihre Kunden zu küssen!«, rief sie ihm auf Englisch zu. Sicherlich hörten es auch die anderen Fahrgäste, aber es war schon sehr spät. Um diese Uhrzeit saßen wahrscheinlich keine Englisch sprechenden Touristen oder Innenstadtprostituierte in der Bahn. Als Fräulein Eißlers Tram losfuhr, sah Jimmy in den vorbeiziehenden Fenstern kein Gesicht, das so hübsch war wie das von Donna Reed. Annelies musste sich einen Platz auf der anderen Seite gesucht haben.

21
Keine Ägypterin

Es hätte Honor Winslow gefallen, wie die sowjetischen Medizinstudenten gemeinsam das Blumenkohlohr ihres Sohnes versorgten. Zander saugte mit einer Nadel die Flüssigkeit ab, Sergei drückte die in Gips getränkten Binden in Jimmys Ohr, um es wieder in Form zu bringen. Jimmy hatte ihnen erzählt, dass seine Mom Krankenschwester war und immer seine Blumenkohlohren aufgestochen hatte. Alle seine Ringerfreunde hatten auffällige Blumenkohlohren. Dass seine Tanten Blumenkohlohren mit Tierköteln verglichen hatten, erzählte Jimmy seinen neuen Teamkameraden nicht.

»Du solltest versuchen zu tun, was deine Mom will, Jim«, sagte Sergei.

Beide Moms?, dachte Jimmy, aber er sprach es nicht aus.

James Winslow war beeindruckt, dass die sowjetischen Ringer in ihrem Spind in der Turnhalle Leopold Mullbinden und Gips und Kanülen aufbewahrten. »Es sind Russen, Jim«, sagte Leo ihm unter vier Augen. »Selbst Russen, die nicht Medizin studieren, kommen auf dem Schwarzmarkt an Kanülen.«

Bevor seine Mitbewohner über die Feiertage nach Hause fuhren, hatte Jimmy ihnen erzählt, dass Zander und Sergei mit ihm in einen Nachtclub in Favoriten gehen wollten. Er erwähnte die Bauchtänzerin, die Ägypterin, die vermutlich keine war.

»Die arme Bauchtänzerin!«, rief Claude, der immer Mitleid mit den Außenseitern hatte.

»Vielleicht könnte ja die Bauchtänzerin dein Baby bekommen, Jimmy«, überlegte Jolanda. »Deine Familie müsste ihr einfach mehr zahlen, als sie jetzt verdient, das kann ja so viel nicht sein.« Jolanda und Claude wussten, dass die Familie Winslow jemanden dafür bezahlen konnte, Jimmys Baby zu bekommen, aber Honor hatte Angst vor unvorhersehbaren juristischen Problemen.

»Nein, nein, *nein*! Nicht die arme Bauchtänzerin«, stöhnte Claude. Er war immer noch der Meinung, dass Jolandas Exfreundin Mieke die beste Mom wäre, um Jimmy vor Vietnam zu bewahren. Er war auch immer noch überzeugt, dass Jolanda Miekes Kopf halten und mit ihr reden sollte, während sie geschwängert wurde.

Aber jetzt waren Claude und Jolanda über Weihnachten in Paris und in Amsterdam, und Jimmy blieb mit Hard Rain in Wien zurück. Nun war er dafür verantwortlich, die Hündin nachts versteckt zu halten. Er probierte, sie mit zum Training zu nehmen. Die Ringer liebten sie, aber Hard Rain mochte das Gefühl der Matten unter den Pfoten nicht, und sie erschrak bei dem Geräusch, wenn Körper darauf prallten. Sie verkroch sich in einer Klokabine. Irgendwann schlich sie sich nach oben in den Friseursalon. Helene und ihre Friseurinnen waren begeistert. Die Sprays und Haarpflegeprodukte brachten die Hündin zum Niesen, aber ansonsten war Hard Rain bei den Friseurinnen und ihren Kundinnen glücklich und zufrieden.

Zander und Sergei luden auch Leo Spiegel ein, mit ihnen, Jimmy, Sol und Simon nach Favoriten in die »Ägypterin« zu kommen. Kleiner Spiegel hielt es für keine gute Idee, dass die Israelis dort hingingen. Er war in Favoriten mal ein paar türkischen Ringern begegnet, die er von einem Turnier kannte. Einer der Türken hatte ihn »kleiner Jude« genannt. Daraufhin hatte Kleiner Spiegel den türkischen Ringer umklammert. »Ich habe ihn geworfen«, erzählte Leo den Freistilringern.

Kleiner Spiegel lehnte also höflich ab, mit in die »Ägypterin« zu kommen.

An dem Abend, als die Sowjets mit Jimmy und den Israelis nach Favoriten gingen, gingen sie beim Kaffeehaus Nachtmusik vorbei und gaben Hard Rain dort ab. Falls Jimmy noch nicht zurück war, wenn Dagmar das Café zumachte, würde Walter Hard Rain mit nach Hause nehmen – der gute Tellerwäscher, wie inzwischen alle den freundlichen, einohrigen Mann im Geiste nannten.

James Winslow war in Gedanken, wie man eben in Gedanken ist, wenn man einen Roman schreibt. Für einen jungen Mann, der noch nie eine Bauchtänzerin gesehen hat, war er sehr auf seine Romanfiguren und ihre Geschichte konzentriert. Gerade erst hatte er ein langes Telefonat mit seinem Großvater geführt, der ihm versichert hatte, ein Roman dürfe durchaus lose autobiografisch sein. »Je loser, desto besser«, hatte Thomas Winslow gesagt. Außerdem ging Jimmy nicht aus dem Kopf, was sein Großvater ihm über das Waisenhaus in St. Cloud's erzählt hatte. Es hatte Jimmy überrascht, dass seine Großeltern überhaupt von Honor Winslows Plan wussten, Chantal Beaudette Jimmys

Baby bekommen zu lassen. Thomas war der Meinung, es sei besser, ein Baby aus dem Waisenhaus von St. Cloud's zu adoptieren. Sowohl Thomas als auch Constance Winslow waren enttäuscht, als Honor Thomas' Idee ablehnte. Schließlich war ihre vierte Tochter in einer Familie mit wunderbaren Waisen aufgewachsen. Aber Honor wollte unbedingt mehr über die leibliche Mutter von Jimmys Kind wissen, als man jemals über die Eltern einer Waise wissen konnte. Von Honors Plan B war im langen Gespräch mit seinem Großvater nicht die Rede gewesen, davon hatten die Winslows offensichtlich keine Ahnung. Jimmy erzählte nichts vom Schuss in seine Kniescheibe oder dem abgeschnittenen Zeigefinger seiner Schreibhand – den Konsequenzen, die drohten, wenn es ihm nicht gelang, jemanden zu schwängern.

Während James Winslow auf dem Weg nach Favoriten über diese Dinge nachdachte, erörterten die sowjetischen Medizinstudenten mögliche Auswirkungen der Menstruation auf Bauchtänzerinnen. Die israelischen Ringer machten sich eher Gedanken über Antisemitismus. Sergei war der Meinung, Bauchtänzerinnen seien mit Ende dreißig, Anfang vierzig am besten. »Wenn sie schon Kinder haben, dann haben sie mehr Bauch«, erklärte Zander.

»Während der ersten drei Tage ihrer Periode könnten die Unterleibsbewegungen einer Bauchtänzerin zu übermäßigen Blutungen führen«, spekulierte Sergei.

»Kein Auf und Ab mit der Hüfte und keine Shimmys, zumindest keine wilden«, schlug Zander vor.

»Kein Beckenkippen und keine Rückwärtswellen, nicht, dass es noch wehtut«, sagte Sergei.

Sol fragte die Sowjets über das Publikum im Nachtclub aus. Waren es hauptsächlich Türken, oder stellten die Türken nur einen kleinen Teil der Gäste? Den Russen waren nur die Türken mit den Blumenkohlohren aufgefallen, aber es waren nicht viele Ringer unter den Zuschauern. Simon wollte wissen, ob die Bauchtänzerin sich nach ihrer Darbietung unters Publikum mischte. Kontakt zum Publikum, so berichteten sie, hatte die Bauchtänzerin nur sehr zurückhaltend. Sie berührte niemanden. Auch für die Zuschauer war Anfassen nicht erlaubt. Nach der Vorstellung wanderte die Bauchtänzerin beiläufig zwischen den Männern an den Tischen herum, unterhielt sich mit dem einen oder anderen, mehr nicht. Manche Männer rückten vom Tisch ab in der Hoffnung, sie würde sich auf ihren Schoß setzen, doch die Bauchtänzerin setze sich immer nur bei einem einzigen Mann auf den Schoß. Sergei sagte, auch dann sei Anfassen nicht erlaubt, nichts offensichtlich Erotisches sei erwünscht.

James Winslow war und blieb ein in sich gekehrter Mensch, selbst wenn die Unterhaltung sich um die Hüftbewegungen einer Bauchtänzerin drehte, ihren Beckenschwung und ihre verführerischen Körperwellen. Die Russen hatten einen Tisch in der Nähe der Bühne reserviert. Die Ringer würden die Bauchtänzerin aus nächster Nähe erleben können.

»Mit zwei Jungs Anfang zwanzig zusammenzuwohnen, die noch nie Sex hatten, kann für eine lesbische Frau ein Wunschtraum oder ein Albtraum sein«, hatte Jolanda zu Claude und Jimmy gesagt, bevor sie über Weihnachten nach Hause gefahren war, um sich – wie sie hoffte – mit Mieke zu versöhnen.

Daran musste Jimmy seltsamerweise denken, während er mit seinen Ringerkollegen auf die Bauchtänzerin wartete. Sollte Jimmy tatsächlich mit Mieke Sex haben und Mieke ein Kind von Jimmy zur Welt bringen, würde dieses Kind nicht irgendeine Art Beziehung zu Mieke haben wollen? Außerdem dachte er an sein Gespräch mit Fräulein Eißler. Er hatte sie gebeten, Esther, seine leibliche Mutter, zu fragen, ob er ihr schreiben dürfe. Nicht sie treffen oder mit ihr sprechen, sondern nur schreiben. Er hatte angefangen, Annelies vom Pakt zwischen Honor Winslow und Esther zu erzählen, aber sie hatte ihn unterbrochen. »Ich weiß, wer dich zur Welt gebracht hat, Jimmy«, hatte sie gesagt. Wollte James Winslow Esther schreiben, weil er Schriftsteller wurde, oder war es ganz normal und unvermeidlich, dass er den Kontakt zu seiner leiblichen Mutter suchte? Während Jimmy über all das nachdachte, wurden im Saal die Lichter gedimmt. Die Silhouetten der Männer an ihren Tischen blieben trotzdem deutlich erkennbar, selbst im Halbdunkel. Auf der Bühne stand die Bauchtänzerin reglos im Scheinwerferlicht und schien Jimmy direkt in die Augen zu sehen. Er schätzte sie auf Mitte dreißig, das Alter, in dem Esther Mutter geworden war.

»Wenn du keinen Ständer kriegst, stimmt was nicht mit dir«, flüsterte Jimmys Trainingspartner Zander ihm ins Ohr, als die Musik einsetzte und die Bauchtänzerin anfing, die Hüften zu wiegen. Die wellenförmigen Tanzbewegungen, mit denen sie ihr Becken kreisen ließ, sorgten im Nu dafür, dass Jimmy einen Ständer bekam. Trotzdem fand er den Tanz nicht pornografisch – erotisch schon, aber ihm war nicht klar gewesen, wie hart eine Bauchtänzerin trainieren musste. Es war wirklich eine Kunstform, dachte Jimmy, während die Hüften der Tänzerin im Einklang mit der Musik immer schneller vibrierten. Dann standen die Männer auf und applaudierten. Der Tanz war zu Ende, die Bauchtänzerin verbeugte sich und verließ die Bühne.

»So, wie sie sich bewegt hat, hat sie heute nicht ihre Periode«, sagte Sergei. Die Sowjets erklärten Jimmy, dass die Tänzerin sich gleich unters Publikum mischen würde. Sie würde bei den Tischen anfangen, die am weitesten von der Bühne entfernt waren, und sich nach und nach vorarbeiten. So konnte sie sich am Schluss mit einer letzten Verbeugung auf der Bühne verabschieden. Die Ringer schoben wie viele andere Männer ihre Stühle vom Tisch weg in Erwartung des Schoßsitzens. Jimmy war erleichtert, dass seine Erektion wieder abgeklungen war. Sonst hätte er den Schoß unter dem Tisch gelassen. Wirklich alles, worüber James Winslow nachdachte, war, dass es Spaß machen würde, mit Jolanda und Claude in die »Ägypterin« zu gehen, um ihnen die Bauchtänzerin zu zeigen.

Der Saal war jetzt wieder hell erleuchtet, und Simon und Sol versuchten angestrengt, die Unterhaltungen der Männer an den Nachbartischen mitzubekommen, aber weil alle durcheinanderredeten und im Hintergrund immer noch Musik lief, war kaum zu verstehen, um welche Sprache (oder Sprachen) es sich handelte. James Winslow hätte ohnehin keinen Unterschied zwischen Türkisch, Kurdisch und Arabisch ausmachen können, aber er nahm auch nur undeutliches Gemurmel wahr. »Wenn die Tänzerin uns anspricht, sollten wir englisch mit ihr reden«, sagte Zander plötzlich.

»Das wäre besser als Deutsch, mit unseren verschiedenen ausländischen Akzenten«, erklärte Sergei den Ringerfreunden. In diesem Moment wirkten die Sowjets selbst auf Jimmy übertrieben argwöhnisch, sie klangen mehr nach KGB-Agenten als nach Medizinstudenten.

Simon hatte im Publikum einige Frauen bemerkt, wenn auch nur wenige. »Manche sind sogar in deinem Alter, Jim«, sagte er.

»Aber die meisten sehen nicht wie Türkinnen aus«, flüsterte Sol, als die Bauchtänzerin endlich wieder auftauchte. Schon in ihrem Tanzkostüm hatte sie nicht wie eine Stripperin ausgesehen. Sie hatte einen BH mit breiten Rüschen getragen, der kaum Dekolleté zeigte, und einen langen, geschlitzten Rock, aus dem nur ab und zu ein nackter Oberschenkel blitzte, dazu schwarze Strümpfe bis übers Knie. Für die Begegnung mit ihrem Publikum hatte sie sich umgezogen. Jetzt war sie gekleidet wie eine Geschäftsfrau.

Später mussten die Israelis und die Sowjets Jimmy erklären, dass Türkinnen in der Öffentlichkeit nicht Hidschab oder Kopftuch tragen mussten. Auch die Bauchtänzerin trug kein Kopftuch, nur eine langärmlige, locker sitzende Bluse, eine Hose und eine Jacke (die wie eine Anzugjacke für Männer aussah). In dieser Kleidung wirkte sie fast ein wenig maskulin. Sie ging zwischen den Tischen hin und her und sprach genauso entspannt mit den Frauen wie mit den Männern.

Als sie sich dem Tisch der Ringer näherte, ignorierte sie Sergei, lächelte aber Zander an. »Wir sprechen Englisch, falls das geht. Unser Freund hier ist Amerikaner«, sagte Zander.

»Englisch ist kein Problem«, sagte die Bauchtänzerin und lächelte Sol an.

»Er ist der Amerikaner«, sagte Sol und zeigte auf Jimmy.

Ohne zu zögern, setzte die Bauchtänzerin sich auf Jimmys Schoß. Sie legte ihm die Hände auf die Schultern, und es war nicht klar, ob sie ihn umarmen wollte oder ihn davon abhalten, sie zu umarmen. Höflicher Applaus brandete auf und verebbte wieder. »Sag mir, was du werden willst, falls du es weißt«, forderte die Bauchtänzerin Jimmy auf.

»Ich schreibe gerade meinen ersten Roman, ich versuche es zumindest. Ich bin noch kein Schriftsteller, aber ich will es werden«, sagte Jimmy.

Die Bauchtänzerin zog ihn zu sich heran und flüsterte ihm ins Ohr: »Verrat es niemandem, aber ich bin keine Ägypterin und werde auch nie eine sein.«

Als sie ihn wieder weggeschoben hatte, merkte Jimmy, dass das Publikum auf eine Reaktion von ihm wartete. »Keine Sorge, ich verrate es niemandem«, versprach er der Bauchtänzerin. Alle lachten, und sie, die Ältere, gab ihm einen Kuss auf die Stirn. Dann ging sie wieder auf die Bühne und verbeugte sich noch einmal. Als sie abgetreten war und alle den Nachtclub verließen, verrieten die Sowjets Jimmy und den Israelis, dass die Abende immer so endeten. Wenn die Bauchtänzerin bei jemandem auf dem Schoß saß, flüsterte sie ihm etwas ins Ohr. »Und jedes Mal sagt der Kerl, dass er es niemandem verrät!«, verkündete Sergei.

»Was hat sie dir zugeflüstert, Jim?«, fragte Zander seinen Trainingspartner.

»Ich darf es nicht weitersagen«, erwiderte Jimmy ernst.

»Komm schon, Jim, verrat uns, was sie geflüstert hat!«, bat Simon.

»Das Flüstern gehört zu ihrer Nummer, Jim. Du kannst es uns ruhig erzählen«, sagte Sol. Aber James Winslow wollte es nicht einmal seinen Ringerfreunden verraten, was die Bauchtänzerin ihm zugeflüstert hatte. Er war aufrichtig gewesen, als er gesagt hatte, er schreibe seinen ersten Roman oder versuche es zumindest und er sei eigentlich noch kein Schriftsteller, wolle aber einer werden. Und die Tänzerin hatte ebenso aufrichtig geklungen. James Winslow würde ihr Vertrauen nicht enttäuschen, selbst wenn das Flüstern nur Teil ihrer Nummer war.

»Ein Geheimnis bleibt ein Geheimnis«, beharrte Jimmy.

Es war noch nicht so spät, dass das Kaffeehaus Nachtmusik geschlossen war, und die Ringer tranken noch ein paar Biere zusammen. Die anderen hänselten Jimmy, weil er das Geheimnis der Bauchtänzerin nicht preisgeben wollte. Aber Dagmar sagte zu den Ringern: »Wenn ein Mann ein Geheimnis bewahren kann, wird eine Frau eher mit ihm schlafen.« Für den Rest der Weihnachtsferien nahmen Jimmy und Walter abwechselnd Hard Rain mit nach Hause, und Jimmy machte einfach weiter mit Schreiben und Ringen.

Er bekam eine Weihnachtskarte von Claude, der ihn fragte, ob er an Chantal schreiben dürfe. Jimmy hatte Chantal angerufen und sie gefragt, ob sie Post von Claude haben wolle. Irmgard hatte Jimmy erklärt, wie ein R-Gespräch funktionierte, er konnte Chantal auf ihre Kosten anrufen. »Man nennt das ein Gespräch mit Voranmeldung, Jimmy«, hatte Irmgard gesagt. Chantal trug Jimmy auf, Claude ihre

Adresse zu geben. Claude hatte das Foto von Chantal gesehen, von dem Siegfried und die Witwe immer noch glaubten, es zeige Jimmys Mutter. Jetzt sollte Jimmy Claude bitten, Chantal auch ein Foto von sich zu schicken.

Außerdem bekam Jimmy einen langen Brief von Jolanda. Mieke hatte immer noch Interesse daran, es mal mit einem Mann »zu probieren«, aber sowohl sie als auch Jolanda hatten noch Fragen, was die Sache mit der Schwangerschaft anging. »Wenn Mieke ein Baby von dir kriegt, Jimmy, wollen wir auch von Zeit zu Zeit seine Mutter (oder Mütter) sein«, hatte Jolanda geschrieben.

»Sag Mieke, das Kind wird euch auch kennenlernen wollen«, schrieb Jimmy ihr zurück. »Das weiß ich, denn mir geht es so mit meinen beiden Moms«, fügte er hinzu.

In einem Spielzeuggeschäft kaufte James Winslow für Siegfried einen kleinen Deutschen Schäferhund unbestimmten Geschlechts. Er war aus lackiertem Metall und größer als Siegfrieds Plastiksoldaten, er war genauso groß und schwer wie die Knoblauchpresse. Mit etwas Glück, hoffte Jimmy, würde er die Knoblauchpresse ersetzen. Der kleine Weihnachtsbaum im Wohnzimmer in der Schwindgasse war auch aus Metall. Es lagen nur wenige Geschenke darunter, und Jimmy legte seines für Siegfried dazu.

Am Weihnachtsmorgen lag Jimmy noch im Bett, als Siegfried mit dem Deutschen Schäferhund statt der Knoblauchpresse in der Hand in sein Zimmer kam. Der Junge kletterte zu Jimmy ins Bett und umarmte ihn. Dann rannte er zurück in den Flur und ließ die Zimmertür offen. Jetzt kam Irmgard herein und umarmte Jimmy ebenfalls. Ihr Gesicht war tränennass, und sie brachte kein Wort heraus.

Später an diesem Weihnachtstag rief Jimmy zu Hause an. Seine Großmutter ging ans Telefon und nahm das R-Gespräch entgegen. Jimmy sprach mit seinem Großvater und mit seiner Mom. Alle sagten, wie sehr sie ihn vermissten. Honor Winslow redete nicht einmal vom Schwängern. Während des Telefonats sah Jimmy Siegfried dabei zu, wie er seine Plastiksoldaten mit dem Metallschäferhund niedermetzelte. Er war eine stabilere Waffe als die Knoblauchpresse.

In der Woche zwischen Weihnachten und Neujahr waren sowohl das Kaffeehaus Nachtmusik als auch Helenes Friseursalon geschlossen, aber Leo hielt die Turnhalle für die Ringer offen. Manchmal nahmen Sol und Simon Hard Rain über Nacht mit zu sich, und manchmal tat das auch Leo. Zander und Sergei sagten, bei ihnen seien Hunde verboten. Die Medizinstudenten sagten das so, als handele es sich dabei um ein Wohnheim. »Ich bezweifle, dass die zwei zusammenwohnen und dass es ein Wohnheim ist«, sagte Kleiner Spiegel. »Russen tun einfach, was sie tun müssen, Jim.«

Es sprach für Zander und Sergei, dass sie Jimmy auf seine Verfolger aufmerksam machten. »Dieselben drei Schläger, die das holländische Mädchen verfolgt haben. Auf die haben sie es eigentlich abgesehen«, sagte Zander.

»Aber jetzt ist auch eine Frau dabei«, sagte Sergei.

»Ist die Frau tätowiert?«, fragte Jimmy.

»Wir haben Winter, Jim. Sie ist dick angezogen. Aber es ist definitiv die Tellerwäscherin, die es bei der Holländerin versucht hat«, sagte Zander.

»Wer soll es auch sonst sein? Hat es sonst noch wer auf die Holländerin abgesehen?«, fragte Sergei.

»Wenn du nachts unterwegs bist, Jim, nimm deine Ringerkollegen mit«, sagte Sol.

»Nimm alle deine Ringerkollegen mit«, sagte Simon.

»Und mich, Jim! Ich hab noch nie eine Tellerwäscherin geworfen!«, sagte Kleiner Spiegel.

»Leo hat recht, Jimmy«, redete ihm Annelies gut zu. »Die Ringer sind auf deiner Seite.« Sie bereitete ihn außerdem darauf vor, dass er bald von Esther hören würde. »Ich will nicht, dass du verletzt wirst, Jimmy. Aber ich fürchte, Esther ist nicht unbedingt der mütterliche Typ. Und wahrscheinlich auch keine gute Brieffreundin. Außerdem wird sich ständig ihre Adresse ändern, sie ist immer ›wohnhaft bei‹. Esther hat keinen festen Wohnsitz, sie ist eine Frau ohne eigene Anschrift.«

»Ich weiß«, sagte Jimmy, der schon früher die Beschwerden seines Großvaters über Esthers unstetes Wesen mitbekommen hatte. Jimmy fragte sich, ob er selbst auch ein unstetes Wesen hatte.

Nach dem Training am Silvesterabend hatten die Greco-Jungs geduscht und die Turnhalle verlassen. Nur Leo war noch da, er ging immer als Letzter. Kleiner Spiegel hatte geduscht und sich umgezogen und lief auf Socken und mit einem feuchten Tuch in der Hand über die Matte, um Schweiß-, Spucke- oder Blutflecken aufzuwischen. Jimmy saß ebenfalls in Socken auf der Matte. Er war fertig und wartete auf seine Ringerkollegen. Sol und Simon waren noch in der Umkleide, Zander und Sergei unter der Dusche. Niemand schrie oder brüllte Flüche, denn Helene und ihre Friseurinnen waren im Urlaub, endlich einmal hatten sie nicht das ganze warme Wasser aufgebraucht. Helene und Leo befanden sich in einer Dauerverhandlung über die Anschaffung eines neuen oder zusätzlichen Warmwasserboilers, konnten sich aber nicht über die Aufteilung der Kosten einigen. In diesem ungewöhnlich stillen Moment kam Annelies die Treppe herunter in die Ringerhalle. Sie zog die Stiefel aus und trat mit ihren lackierten Zehennägeln barfuß auf die Matte, dann setzte sie sich, wobei sie den Duschen elegant den Rücken zukehrte.

»Es muss schön sein, keine Friseurinnen und dafür jede Menge warmes Wasser zu haben, Leo«, sagte Annelies.

»Ich befinde mich mit Helene in einem Warmwasserkrieg«, erwiderte Kleiner Spiegel.

Sol und Simon hatten Annelies' Stimme gehört und konnten sie von den Umkleiden aus sehen. Sie waren nur halb angezogen, aber sie gaben sich keine Mühe, das zu verbergen. Auch Sergei sagte zu Zander: »Es ist nur die Eißler«, und dann duschten die beiden einfach weiter.

»Und ihr seid nur die Sowjets, nur Russen. Eure Schwänze sind keine große Sache für mich!«, rief Annelies ihnen zu. Alle lachten, Sergei und Zander am lautesten. Leo tigerte um Annelies herum und besah sich ihre Zehennägel. »Denk nicht mal dran, dir die Nägel zu lackieren, Leo«, sagte Annelies.

»Ich denke darüber nach, dich hochzuheben. Nicht zu werfen, nur hochzuheben«, sagte Kleiner Spiegel.

»Ich sage dir Bescheid, wenn ich von dir hochgehoben werden möchte«, erklärte Annelies.

Als alle Ringer angezogen waren, setzten sie sich auf die Matte, als warteten sie auf Anweisungen von Fräulein Eißler. Kleiner Spiegel tigerte weiter herum, ohne jemanden hochzuheben oder zu werfen. »Ihr Ringer«, begann Annelies, »ihr habt wirklich kein Sozialleben, das diesen Namen verdient, oder?« Jimmys Ringerkollegen ließen die Köpfe hängen, und auch Jimmy war bewusst, dass er kein Sozialleben hatte. »Es ist Silvester, und ihr habt nichts vor, stimmt's?«, fragte Annelies. Hard Rain lag bei den Umkleiden und winselte, sie traute sich nicht auf die Ringermatte.

»Hard Rain hat auch kein Sozialleben und nichts vor zu Silvester«, sagte Kleiner Spiegel ohne ersichtlichen Grund. Er tigerte immer noch herum.

»Ich weiß, wo man am Silvesterabend hingehen kann, und der Hund kann auch mit«, sagte Annelies. Sie führte sie in ein ungarisches Restaurant, wo es gebratenes Paprikahuhn und Gulasch mit Paprika gab. Der Zitherspieler spielte leise genug, dass man sich noch unterhalten konnte. Danach brachten Sol und Simon Annelies nach Hause, Leo nahm Hard Rain mit, und Sergei und Zander begleiteten Jimmy bis zur Schwindgasse.

»Die Eißler wird doch nicht verfolgt, die kann doch problemlos allein nach Hause gehen«, beschwerte Zander sich bei Sergei.

»Die Israelis vergöttern sie. Sie können sich nicht von ihr trennen«, erwiderte Sergei.

»Ich vergöttere sie auch. Ich bin in sie verliebt!«, sagte Jimmy zu den Russen.

»Das wissen wir, Jim«, sagte Zander.

»Sogar die Eißler weiß, dass du in sie verliebt bist«, sagte Sergei.

Als Claude Anfang Januar nach Wien zurückkehrte, erzählte er Jimmy und Jolanda, dass er sich in Chantal Beaudette verliebt hatte. »Das Französisch in ihren Briefen ist so gut wie meins, aber ich habe sie noch nicht sprechen hören!«, beklagte er sich. Seine Mutter hatte ihn gefragt, ob Chantal einen frankokanadischen Akzent habe. Claude hatte sie gebeten, ein paar Fotos von ihm zu machen, die er Chantal schicken wollte. »Und wenn Chantal quakt wie eine Ente, das ist mir ganz egal!«, rief Claude. Er hatte Chantal die Fotos, die seine Mom von ihm gemacht hatte, schließlich doch nicht geschickt, weil er darauf aussah wie ein beleidigtes Kind. Jetzt fotografierte Jolanda ihn in verschiedenen Posen in ihren Schlafzimmern.

»Aber ich mach keine Penisbilder, Claude. Wenn du Chantal Penisbilder schicken willst, musst du Jimmy fragen«, sagte Jolanda.

»Die arme Chantal! Keine Penisbilder!«, rief Claude aus.

Jolanda war mit Fotos von Mieke nach Wien zurückgekehrt. Claude und Jimmy fanden Mieke mädchenhafter als die burschikose Jolanda.

»Ihr meint, Mieke ist eher Femme und ich bin eher Butch«, sagte Jolanda. »Ihr meint, Mieke ist hübscher als ich. Sie ist auch unterwürfiger. Außerdem ist sie sensibler, man kann ihre Gefühle leichter verletzen.« Jolanda wirkte ungewöhnlich emotional. »Ich will nicht, dass Mieke nach Wien kommt, solange diese Schlägertypen mich verfolgen und solange Hildegund mit denen rumhängt«, sagte sie zu Jimmy und Claude.

James Winslow verstand, dass Annelies mit Jolanda in Kontakt stand. »Überlass es der Eißler und Kleiner Spiegel, sich für die Verfolger was einfallen zu lassen, Jim«, sagte Sergei. Zander nickte bestätigend.

»Mieke muss gar nicht nach Wien kommen. Wir müssen das nicht machen, Jolanda, nicht, wenn ihr ein ungutes Gefühl dabei habt«, sagte Jimmy zu Jolanda.

»Wir wollen es aber machen, Jimmy. Für dich und für uns«, erklärte Jolanda. »Es würde uns gefallen, mit dir ein Kind zu teilen, wenn du Vollzeitvater bist und wir Teilzeitmütter sein können.« Dann machte sie Fotos von Jimmy für Mieke, die wissen wollte, wie er aussah.

»Keine Penisbilder für Mieke, dafür ist sie zu sensibel!«, jammerte Claude. Jolanda stimmte ihm zu, Mieke war zu sensibel für Penisse.

Simon und Sol hatten ebenfalls mit Jimmy über Jolandas Verfolger gesprochen.

»Was habt ihr vor?«, fragte James Winslow die israelischen Ringer.

»Hildegund ist eine dieser Heterofrauen, die sich schuldig fühlen, weil sie's mit einer Frau versucht haben. Manchmal sind die Heterofrauen und -männer, die es mit dem gleichen Geschlecht probiert haben, die schlimmsten Homophoben, Jim«, sagte Sol.

»Aber was haben Annelies und Leo damit zu tun?«, fragte Jimmy.

»Letzten Endes werden die Russen sich um Hildegund und ihre Schläger kümmern. Die Russen machen ihr Ding. Aber Annelies und Leo bereiten alles vor«, erklärte Simon.

Bereiten was vor?, fragte sich James Winslow, aber es war einfacher für ihn, sich von Jolanda vor verschiedenen Hintergründen fotografieren zu lassen und alles zu tun, was die Ringer ihm sagten. Anfangs bedeutete das, dass Jimmy und Claude mit Jolanda nicht weiter als bis zum Café an der

Ecke gingen. Wenn die Mitbewohner weiter wegwollten, zum Augustinerkeller oder zum Café Hawelka, dann kamen die Ringer auch dorthin. Sie gingen kein Risiko ein.

In der ersten Februarwoche hoben die alpinen Skiwettbewerbe der Winterolympiade 1964 die Stimmung im Kaffeehaus Nachtmusik. Wegen des milden Wetters musste das österreichische Bundesheer ganze Wagenladungen Schnee mit Lastwagen nach Innsbruck auf die Pisten karren. »Wenn du Österreicher wärst, hätte deine Mom vielleicht nicht so ein Problem damit, dass du Soldat wirst«, sagte Claude zu Jimmy.

»Herrgott noch mal, Claude!«, sagte Jolanda nur.

Anfangs standen die Skiwettbewerbe in Innsbruck unter keinem guten Stern. Beim Training für das Abfahrtsrennen der Männer verlor ein Australier die Kontrolle über seine Ski und prallte gegen einen Baum; er erlag seinen Kopfverletzungen. Den Österreichern erging es besser, sie gewannen Gold in der Abfahrt und im Slalom sowie eine Silber- und eine Bronzemedaille im Riesenslalom. Dagmar bejubelte die österreichischen Frauen, die in der Abfahrt abräumten.

Claude freute sich für Frankreich. Die Goitschel-Schwestern gewannen Medaillen im Slalom und Riesenslalom der Frauen, und auch beim Abfahrtsrennen der Männer gingen zwei Medaillen an die Franzosen. Jolanda ärgerte sich, dass die niederländischen Eisläufer nicht besser waren, eine sowjetische Eisschnellläuferin gewann gleich vier Medaillen. Immerhin gewann eine Niederländerin den Eiskunstlauf der Frauen, und im Eisschnelllaufen der Männer über 1500 Meter ging die Silbermedaille ebenfalls an einen Niederländer. Jolanda blieb unbeeindruckt, aber vielleicht war sie auch nur gelangweilt, weil sie Abend für Abend im Kaffeehaus Nachtmusik sitzen musste.

Sie meckerte auch über Jimmys Ringerkollegen, die sie nun ständig wie Bodyguards überallhin begleiteten. »Das ist mir eindeutig zu viel Testosteron«, sagte sie zu Jimmy und Claude.

»Besser, als vergewaltigt oder totgeschlagen zu werden!«, rief Claude.

»Danke, Claude, das tröstet mich sehr«, sagte Jolanda.

Jimmy wusste, dass Jolanda diese Art von Beaufsichtigung nicht leiden konnte.

»Kleiner Spiegel ist gruselig. Er starrt mich die ganze Zeit an, und dabei reicht der Wicht mir grade mal bis zum Bauchnabel!«, beschwerte sie sich.

»So klein ist Kleiner Spiegel nun auch wieder nicht, und er ist kein Wicht«, wandte Claude ein.

Die Blicke, die Leo Jolanda zuwarf, ließen nicht erkennen, ob Kleiner Spiegel scharf auf sie war oder ob er sie werfen wollte. So oder so konnte er nicht widerstehen, sie hochzuheben, die Hände fest unter ihrem Po verschränkt. »Ich werfe nicht, ich hebe nur!«, versicherte er, den Kopf wie eine Kanonenkugel unter Jolandas Brüsten. So, wie Jimmy Jolanda kannte, hätte sie einen Wurf bevorzugt.

Die Blicke, die die sowjetischen und die israelischen Ringer Jolanda zuwarfen, ließen sofort erkennen, dass sie scharf auf sie waren – mehr als auf andere Frauen, denn ihnen war klar, dass Jolanda auf Frauen stand und deshalb tabu war. Immer wenn die drei Mitbewohner sich im Café Hawelka mit Jimmys Ringerkollegen trafen, scharten die Ringer sich an einem ovalen Tisch um Jolanda. Sie sagte kein Wort, sondern saß nur mit finsterem Gesicht da und atmete schwer. Claude redete in einer Tour davon, dass er in eine Frau verliebt war, die er noch nicht kennengelernt hatte. Chantal habe ihn vor der Pariser Erbin gerettet, mit der er Kinder zeugen sollte, wenn es nach seiner Mutter ging. Jolanda guckte nur noch finsterer und atmete noch schwerer.

Um Claude nicht länger zuhören zu müssen, erzählten die sowjetischen Medizinstudenten Jolanda von den männlichen und weiblichen Leichen, die sie sich mit den anderen Medizinstudenten teilten.

»Ich will gar nicht wissen, wie ihr euch eine weibliche Leiche teilt«, sagte Jolanda.

»So, wie du atmest, musst du dich gleich übergeben. Du solltest mal an die frische Luft gehen!«, sagte Claude zu Jolanda.

»Wenn ich nach draußen gehe, werde ich möglicherweise vergewaltigt oder totgeschlagen«, erinnerte Jolanda Claude. Leo stand auf und tigerte um den Tisch herum, dann berührte er Sol sanft an der Schulter.

»Solange wir in der Nähe sind, tut dir niemand was«, sagte Sol zu Jolanda. Kleiner Spiegel wippte auf den Fußballen, dann tätschelte er Simon den Kopf.

»Wir werden die Tellerwäscherin und ihre Schläger ködern«, sagte Simon zu Jolanda. Leo war inzwischen zu Zander gegangen und zog ihn am Ohr.

»Wenn Jim an Krücken gehen würde, als wäre er verletzt, und du wärst mit ihm und Claude allein unterwegs … Du verstehst, was wir vorhaben, oder?«, fragte Zander Jolanda. Kleiner Spiegel legte Sergei die Hände auf die Schultern.

»Aber wir werden wissen, wo ihr seid. Wir werden rechtzeitig bei euch sein«, sagte Sergei. Er saß neben Jolanda, die mit den flachen Händen auf den Tisch drückte, als müsste sie verhindern, dass er wegfliegt.

»Was ist mit dem Tisch los?«, rief Claude. »Schwebt er etwa?«

»Da sind so viele Ständer unterm Tisch, Claude, dass ich Angst habe, er hebt gleich ab«, erklärte Jolanda. Claude steckte den Kopf unter den Tisch.

»Ich gehe an Krücken, aber ich tue nur so, als wäre ich verletzt, oder?«, fragte Jimmy. Seine Ringerkollegen nickten. Kleiner Spiegel hatte die Hände jetzt auf Claudes Schultern. Claude hatte unter dem Tisch keine Ständer entdeckt, und der Tisch hob auch nicht ab.

»Du siehst aus, als wärst du schnell, Claude. Kannst du gut sprinten?«, fragte Leo.

»Rennen ist das Einzige, was ich gut kann«, klagte Claude.

»Wo sind wir denn, wenn Hildegund und ihre Schläger uns überfallen?«, fragte Jolanda Leo, der alles vorbereitete. Als Kleiner Spiegel ihre Handgelenke mit einem Ringergriff umklammerte, zuckte sie zusammen.

»Zwischen dem Augustinerkeller und dem Hawelka, aber näher am Hawelka. In der Dorotheergasse ist es dunkler«, erklärte Leo ihr.

»Die Eißler sagt, eine dunkle Straße ist unauffälliger«, sagte Sergei.

»Die Eißler meint, die Augustinerstraße wäre auffälliger als die Dorotheergasse«, erläuterte Zander.

»Annelies sagt, Hildegund und ihre Schläger treiben sich

in der Nähe der Turnhalle und am Café Meisel herum«, fügte Sol hinzu.

»Das heißt, sie wissen, wann Jim bei uns ist und du mit Claude allein bist«, sagte Simon zu Jolanda. Leo war so aufgeregt, dass er sich nicht mehr hinsetzen konnte.

»Es ist egal, was sie wissen, wenn wir sie vernichten!«, rief er. Er wippte immer noch auf den Fußballen, als Jolanda plötzlich ihren Stuhl zurückschob und vom Tisch aufstand. Kleiner Spiegel tänzelte im Kreis herum, und Jolanda wartete, bis er ihr den Rücken zuwandte. Dann ging sie in die Knie und hob ihn hoch, sie umklammerte seine Taille mit ihren langen Armen, beugte sich vor und küsste ihn in den Nacken. Der Suplexmeister war ein Greco-Ringer; er rechnete mit einem Wurf, nicht mit einem Kuss. Als Jolanda ihn sanft wieder absetzte, war Kleiner Spiegel sprachlos. Er stand da wie vom Donner gerührt.

»Danke, Leo. Ich liebe dich!«, sagte Jolanda. Jimmy und seine Ringerkollegen merkten, dass dieser Satz Kleiner Spiegel fast so viel bedeutete wie der Kuss.

»Ich liebe dich auch, Leo!«, rief Claude und brach in Tränen aus. Es blieb Jimmy nicht verborgen, dass Jolanda Claude so lange in den Arm nahm, bis er wieder aufhörte zu weinen. »Ich will, dass das endlich vorbei ist!«, sagte Claude immer wieder, aber die Ringer wussten, dass die Falle einer guten Vorbereitung bedurfte, sie mussten trainieren wie für einen Ringkampf.

»Nach Ostern sind wir bereit.« Das war alles, was Annelies dazu sagte.

Ostern war früh in diesem Jahr, das letzte Wochenende im März. Mitte Februar war Aschermittwoch – in einem katholischen Land trugen die Fahrgäste in der Straßenbahn dann graue Flecken auf der Stirn. Die drei Mitbewohner entdeckten die Aschespur auch auf Siegfrieds Stirn, als er mit der Witwe aus der Messe kam. Der kleine Soldat sah aus wie mit Schießpulver versengt. Während die Witwe am Herd geschäftig Würste anbrannte, winkte der Junge Jimmy (mit seinem Spielzeugschäferhund) zu sich an den Küchentisch. Langsam und deutlich, als würde er Claude etwas beichten, flüsterte Siegfried, dass er darum gebetet hatte, einen Hund zu bekommen – eine Deutsche Schäferhündin.

Jolanda und Claude hatten Pläne für das lange Osterwochenende geschmiedet. Sie wollten mit Hard Rain in die Berge fahren, damit die Hündin im Schnee spielen konnte. In Zell am See hatten sie einen Gasthof ausfindig gemacht, in den man Hunde mitbringen durfte. Das Pinzgau war von Wien aus mit dem Zug erreichbar. Jimmy würde natürlich in der Stadt bleiben. »Das wird für mich eine gute Gelegenheit zum Schreiben«, hatte er Fräulein Eißler erklärt.

»Du und dein Schreiben, Jimmy. Du bist wie ein Pferd mit Scheuklappen«, sagte Annelies.

Dagmar berichtete, der Hund mit Eiern ihrer Mutter mache keine Anstalten zu sterben und ihre Mutter ebenso wenig. Sie hatte aufgehört, mit Jimmy zu flirten, der annahm, Dagmar habe vielleicht nie wirklich Interesse an ihm gehabt, oder nur kurz. Doch Jolanda sagte, Dagmar habe die Hoffnung aufgegeben, als die Kaffeehauschefin Fräulein Eißler gesehen habe: »Dagmar weiß, dass sie mit so einer Augenweide nicht mithalten kann«, erklärte Jolanda Jimmy.

Claude brachte mehr Licht in die Angelegenheit. Als

Annelies Jimmy im Kaffeehaus abgeholt hatte, um mit ihm zu den Prostituierten zu gehen, habe Dagmar ihn und Jolanda gefragt, wer die hübsche Frau sei. »Oh, Annelies ist Jimmys Deutschlehrerin. Er ist verrückt nach ihr«, hatte Jolanda erzählt. »Wenn die zwei nicht schon vögeln, tun sie's bestimmt bald.«

Nachdem Claude Jolanda verraten hatte, fragte Jimmy sie, warum sie das zu Dagmar gesagt hatte. »Mir hat nicht gefallen, wie sie mit dir geflirtet hat, Jimmy. Ich glaube nicht, dass es ihr ernst damit war«, erwiderte Jolanda. So einsam und verwirrend Jimmys Auslandsjahr manchmal auch sein konnte, hatte er doch zwei Freunde fürs Leben gefunden. Claude und Jolanda machten ihm seine Andersartigkeit erträglich. Und es half ihm, sich selbst als Pferd mit Scheuklappen zu sehen – Jimmy erkannte, dass das eine gute Analogie für einen Schriftsteller war. Wie sich herausstellte, schafften Claude und Jolanda es über Ostern doch nicht nach Zell am See. (Bei all dem Training wurde nichts daraus.)

Der März in Wien fühlte sich nicht wie Frühling an. »Kein Gewitter heute«, sagte Claude in der ersten Märzwoche jeden Tag aufs Neue. Eine Zeitlang spielte Dagmar im Café nicht mehr *A Hard Rain's A-Gonna Fall.* Jolanda und Dagmar sagten, sie bräuchten mal eine Pause davon. Aber Jimmy und Claude fehlte der Song. Wie Hard Rain darüber dachte, wusste niemand.

Als die sowjetischen Medizinstudenten die Holzkrücken in die Turnhalle Leopold brachten, achteten sie darauf, dass Helene und ihre Friseurinnen es mitbekamen. »Für wen sind die Krücken?«, wollte Helene wissen.

»Nur für alle Fälle«, sagte Sergei. »Falls sich jemand verletzt.«

»Knieverletzungen lassen sich kaum vermeiden«, erklärte Zander.

»Ihr Tiere!«, rief eine Friseurin, die gerade einer Dame die Haare wusch, den russischen Ringern hinterher, die wussten, dass durch das Haarewaschen das warme Wasser aufgebraucht wurde.

Die Krückenchoreografie musste geübt werden. Jimmy lernte schnell, an den Krücken zu gehen, als hätte er eine Knieverletzung. Eine der Krücken im vollen Lauf an Claude weiterzureichen, erforderte schon etwas mehr Übung. Genau wie Hard Rain mochte auch Claude das Gefühl der Ringermatten unter den Füßen nicht, weder barfuß noch mit Socken. Und was das Schwingen der Krücke wie einen Baseballschläger anging – Claude hatte noch nie einen Baseballschläger geschwungen; er musste erst den richtigen Griff lernen. Annelies ließ Jolanda üben, ihre Fahrradpumpe aus dem Holster zu ziehen, wenn ihr das Holster um die Fußknöchel hing. »Wenn dir einer der Schläger die Jeans runterzieht, ist das Holster nicht mehr da, wo du es gewohnt bist«, erklärte sie. Anders als Hard Rain oder Claude mochte Jolanda, wie sich die Ringermatte anfühlte. Tapfer legte sie sich rücklings vor den Ringern auf die Matte, während ihr die Jeans samt Revolverholster um die Knöchel baumelte.

Jolanda akzeptierte das als Teil des Trainings. Sie musste sich nun mal vor den Ringern in Unterhose auf dem Rücken wälzen. Aber beobachtet zu werden, wenn sie in einer der Klokabinen ohne Tür auf der Toilette saß – da war für

Jolanda Schluss. »Hier wird weder geguckt noch zugehört!«, rief sie aus dem offenen Umkleidebereich.

Als Jimmy mit Fräulein Eißler in der Turnhalle Leopold auftauchte, starrten Helene und ihre Friseurinnen sie finster an. Annelies sah nicht aus wie Jimmys übliche Trainingspartner – nicht, dass Claude und Jolanda wie Ringer ausgesehen hätten. Als es endlich an der Zeit war, Jimmys Knieverletzung zu simulieren, hatten Helene und ihre Friseurinnen sich an Annelies gewöhnt. Selbst Claude und Jolanda ernteten inzwischen keine abschätzigen Blicke mehr.

Helene und ihre Friseurinnen waren es gewohnt, dass die Ringer unter der kalten Dusche schrien. Wenn sie den ganzen Tag lang Haare gewaschen hatten, war abends kein Tropfen warmes Wasser übrig. Aber Leo hatte Jimmy angewiesen, schriller und gequälter zu schreien, als Helene und ihre Friseurinnen es gewohnt waren. Dann erklang das Geräusch der Eismaschine im Umkleidebereich. Klackernd landete das Eis auf dem Fliesenboden, und während Hard Rain genüsslich auf den heruntergefallenen Würfeln herumkaute, schrie Jimmy einfach weiter.

Sergei und Zander packten Eis auf Jimmys Knie und umwickelten es mit einem elastischen Verband. Jimmy schrie noch lauter. Wenn er Luft holte, hörte er Helene von oben herunterbrüllen. Sie klang hysterisch. Jimmy schnappte die Wörter »Polizei« und »Krankenwagen« auf. Den Rest verstand er nicht, aber Annelies übersetzte für ihn. »Sie ruft: ›Bringt ihr Tiere da unten etwa einen um?‹ Sie holt gleich die Polizei und den Krankenwagen, wenn das Geschrei nicht aufhört.« Dann flüsterte Annelies ihm zu: »Schrei einfach ein bisschen leiser, Jimmy.« Jetzt sprang eine andere

Friseurin oben an der Treppe für Helene ein und brüllte die Ringer an. Kleiner Spiegel brüllte zurück.

Fräulein Eißler übersetzte den Wortwechsel. »Nehmt doch Messer, dann könntet ihr euch schneller und leiser umbringen!«, hatte die Friseurin gerufen.

»Ein Ringer hat sich verletzt!«, schrie Kleiner Spiegel. »Ihr habt ja wohl überhaupt kein Mitgefühl. Euch Friseurinnen müsste man mit euren eigenen Haaren erdrosseln!«

»Die Ringer und die Friseurinnen klingen, als wären sie verheiratet«, bemerkte Annelies. Sie hatte Jimmy schon früher erzählt, dass sie niemals heiraten würde. Er wusste auch, wie sie zum Kinderkriegen stand. »Wenn ich je ein Kind will, werde ich eines adoptieren. Es gibt viele Kinder, die auf eine Adoption warten, Jimmy.« Sergei und Simon, die größeren Ringer, trugen Jimmy die Treppe hinauf. Sol und Zander, die Leichtgewichtler, folgten mit seinen Krücken.

Oben warteten schon Helene und ihre Friseurinnen. Sie wollten den schreienden Verletzten sehen. »Sieht aus, als würde er noch leben«, sagte Helene zu Leo. Sie klang enttäuscht. (Annelies hatte kommentarlos für Jimmy übersetzt.)

Als Fräulein Eißler auf Deutsch etwas zu Helene und ihren Friseurinnen sagte, sprach sie so langsam, dass sogar Jimmy es verstand. »Ihr solltet euch dringend um eure Haare kümmern«, sagte Annelies. »Ihr seht wirklich furchtbar aus.« Leo fügte noch etwas hinzu, das Helene und die Friseurinnen offensichtlich schockierte, aber Jimmy verstand ihn nicht.

Es war entscheidend, dass Claude und Jolanda draußen

beim Taxi warteten. Falls Hildegund und ihre Schläger wirklich die Turnhalle Leopold beobachteten, sahen sie jetzt, wie Jimmy ungeschickt an den Krücken herumhumpelte; er schien Schmerzen zu haben. Jolanda und Claude halfen ihm auf den Beifahrersitz, dann quetschten sie sich mit Annelies auf die Rückbank. Die Krücken auf ihrem Schoß machten das Ganze noch ungemütlicher. Im Taxi erzählte Fräulein Eißler Jimmy widerwillig, was Kleiner Spiegel zu Helene und den Friseurinnen gesagt hatte.

»Die da ist Ringermeisterin«, hatte der Wurfmeister gesagt und auf Annelies gezeigt. »Die reißt euch die Titten und Mösen raus und versteckt sie, wo ihr sie nie wieder findet!« Jimmy wusste, dass Fräulein Eißler keine Ringerin war, und er verstand, warum sie zögerte, so etwas Vulgäres zu übersetzen. Aber tief in seinem Inneren dachte Jimmy, was für ein loyaler kleiner Kerl Leo doch war.

»Und du sagst, die Ringer und die Friseurinnen klingen, als wären sie verheiratet«, erinnerte Jimmy Annelies.

»Als wären sie schon ewig verheiratet, Jimmy«, erwiderte Fräulein Eißler.

Jemand, der an Krücken ging, hatte es auf dem rutschigen Wiener Kopfsteinpflaster und den Straßenbahnschienen nicht leicht, und es gab noch eine weitere unvorhergesehene Schwierigkeit: Hard Rain leckte gerne die Gummikappen am Ende der Krücken ab (oder kaute darauf herum). Wenn man es ihr verbot, war der Hund beleidigt.

Als Jimmy zu seinem angeblichen Reha-Training in die Turnhalle Leopold zurückkehrte, freuten die Ringer sich, ihn wiederzusehen. Helene und ihre Friseurinnen zollten ihm widerwillig Respekt. Sie waren sichtlich erleichtert, dass Fräulein Eißler nicht dabei war. Kleiner Spiegel schwor, dass sie ihm geglaubt hatten. Helene und ihre Friseurinnen hielten Jimmys jüdische Deutschlehrerin für eine Ringermeisterin, die bereit war, ihnen die Titten und Mösen rauszureißen und sie verschwinden zu lassen.

Das Osterwochenende kam und ging vorüber. Der Anschein einer Routine hatte sich eingespielt. Claude und Jolanda und Jimmy auf seinen Krücken gingen ins Kaffeehaus Nachtmusik oder trafen sich mit Jimmys Ringerkollegen im Augustinerkeller oder im Café Hawelka. Dann, eines Abends, taten die drei Mitbewohner so, als würden sie einer spontanen Laune von Jolanda nachgeben – sie konnte nun mal ein bisschen kapriziös sein. Alles sah danach aus, als wären sie auf dem Weg zum Café Hawelka, um den Wurfmeister und die anderen Ringer zu treffen, da schlug Jolanda – Freigeist, der sie war – plötzlich eine Planänderung vor. »Trinken wir erst noch ein Bier im Augustinerkeller«, sagte sie zu ihren Mitbewohnern.

»Aber der Augustinerkeller liegt eigentlich nicht auf dem Weg zum Hawelka. Wir wollen doch in die Dorotheergasse«, wandte Claude ein.

»Verdammt noch mal, Claude. Nur ein Bier!«, sagte Jolanda. »Ich brauch eins, bevor der Wicht wieder meinen Bauchnabel beäugt und die Russen mir alles erzählen, was sie im Studium so über Geburtshilfe und gynäkologische Untersuchungen lernen.«

Dagegen konnten Jimmy und Claude nichts sagen, und so ganz ab vom Weg war der Augustinerkeller auch wieder nicht. Jolanda hatte ihr Bier erst halb ausgetrunken, als Claude die Schläger der Tellerwäscherin entdeckte und sich verschluckte. Jolanda sah auf der Frauentoilette nach und entdeckte Hildegund, die sich dort versteckt hatte.

»Wie geht's Jimmys Knie, du Fotze?«, fragte der Tintenjunkie Jolanda. »Das hat er jetzt vom Ringen«, fügte Hildegund hinzu.

Als Jolanda von der Toilette zurückkam, waren Claude und Jimmy schon aufbruchbereit. Es war Zeit, sich mit den Rotarmisten und den Israelis im Hawelka zusammenzutun, aber sie waren noch ein ganzes Stück von der Dorotheergasse entfernt. Jimmy sollte (wegen seiner Krücken) ja Schwierigkeiten haben, mit Claude und Jolanda Schritt zu halten. Den Mitbewohnern war klar, dass die Tellerwäscherin und ihre Schläger sie einholen würden, aber nicht, bevor sie die relativ dunkle Dorotheergasse erreichten, wo ein Überfall weniger Aufsehen erregen würde.

Die drei fingen erst an zu rennen, als sie hinter sich die Schritte von Hildegund und ihren Schlägern hörten. Jimmy warf Claude im Laufen eine Krücke zu. Jolanda und Jimmy ließen Claude einen Vorsprung, dann blieben sie stehen. Als Hildegund und ihre drei Schläger sie umzingelten, standen sie Rücken an Rücken. »Geh als Erstes auf Hildegund los«, hatte Annelies Jimmy eingeschärft. »Damit rechnen sie nicht.« Jimmy hielt seine Krücke am schmalen Ende wie einen Baseballschläger. Es war kein Louisville Slugger, aber immerhin aus Holz, und Jimmy schlug mit dem schweren Ende zu. Wie Kleiner Spiegel ihn angewiesen hatte, zielte er genau auf Hildegunds Kniescheibe. Annelies hatte Jimmy darauf vorbereitet, dass einer der Schläger meinen würde zu wissen, welches Jimmys schlechtes Knie war. Der Schläger duckte sich und versuchte, danach zu packen. Jimmy öffnete die Beine wie beim Ringen, schob sich hinter den Kerl und setzte einen Armhebel an. Er brauchte nicht mal die Krücke, um seinem Angreifer die Schulter zu verrenken.

Die beiden Schläger, die auf Jolanda losgegangen waren, hatten sie aufs Pflaster gedrückt. Einer der beiden hielt sie fest, während der andere ihr die Hose herunterzerrte. Das Holster hing ihr um die Knöchel, aber Jolanda hatte den Griff danach geübt. Sie schnappte sich die Fahrradpumpe und drosch sie dem Schläger, der sie zu besteigen versuchte, ins Gesicht und in die Rippen. Die Unterhose hing ihr zwischen den Knien, aber der Kerl über ihr war wesentlich schlechter dran.

»Fickt sie, ihr Idioten!«, schrie Hildegund. Jimmy war überrascht, dass er sie verstand. Claude war selbst mit der Krücke in der Hand so schnell zum Hawelka und zurück gerannt, dass er schon vor den Ringern eintraf. Sofort schwang er die Krücke wild herum, wie er es geübt hatte. Er verprügelte den Typen, der Jolanda festhielt. Dem anderen, der versucht hatte, sie zu besteigen, schlug Jolanda bereits den Schädel ein.

Claude hatte dem Schläger, der Jolanda festgehalten hatte, die Nase gebrochen und ein Auge ausgehauen. Der andere war blutverschmiert und schluchzte. Hildegund mit ihrem kaputten Knie mühte sich ab, wieder auf die Beine zu kommen, was der Schläger mit der verrenkten Schulter schon geschafft hatte. Der Ringer, der als Erster eintraf, war unterhalb von Jimmys Sichtfeld, aber Jimmy erkannte die Hände und den festen Griff des Wurfmeisters. Es war ein Belly-to-Back-Suplex – Landung auf dem Kopf, Lichter aus.

Hildegund stand jetzt wieder. Sie und Jimmy hielten beide seine Krücke fest, aber das Patt war nur von kurzer Dauer. Kleiner Spiegel umklammerte Hildegunds Hüften. Sie musste gewusst haben, wessen Hände das waren. »Kleiner Jude!«, sagte sie. (Es schien passend, dass das ihre letzten Worte waren). Jimmy ließ sein Ende der Krücke los.

»Adieu«, sagte er zur tätowierten Tellerwäscherin. Der Wurfmeister hatte Hildegund fest im Griff. Jimmy wusste, dass die Krücke ihr keine Hilfe sein würde. Es war der beste Wurf, den Jimmy je gesehen hatte. Und die Tellerwäscherin landete nicht auf einer Ringermatte – der Tintenjunkie landete mit dem Hinterkopf auf der Dorotheergasse.

Jimmy hatte kein Mitleid mit Jolandas zwei Angreifern. Sie hatten es verdient, wie Jolanda den einen noch immer mit ihrer Fahrradpumpe prügelte, während Claude dem anderen immer wieder die Krücke überzog. Was die Rotarmisten anschließend mit ihnen anstellten, wirkte fast ein bisschen unnötig. Sergei nahm Jolandas Schläger in eine feste Umklammerung, dann hämmerte er ihn mit dem Rücken flach aufs Straßenpflaster. Als Jimmy sah, wie der Schläger sich die Brust hielt, als hätte er Angst zu atmen, fragte er Sergei (der ja schließlich Medizinstudent war), ob der Kerl sich eventuell die Rippen gebrochen hätte.

»Könnte sein, Jim. Könnte auch das Brustbein sein«, sagte Sergei.

»Na toll, jetzt seid ihr Russen da! Ihr hättet echt mal früher auftauchen können!«, schimpfte Jolanda. Endlich gelang es ihr, sich die Jeans wieder hochzuziehen. Der arme Scheißkerl, der von Claude verdroschen wurde, befand sich irgendwie noch in der Senkrechten, aber dann duckte Zander sich, packte von außen sein Bein und warf ihn zu Boden, sodass sein Knie zu Bruch ging. Wenigstens waren Jolandas zwei Angreifer noch bei Bewusstsein, dachte Jimmy.

»Wir kümmern uns um die Sauerei hier«, sagte Sergei und deutete auf das Blutbad auf dem Bürgersteig. »Geht ruhig rein, wir warten hier auf die Polizei. Du kannst auch reingehen«, wandte er sich an Leo.

»Tut mir leid, dass wir erst so spät hier waren«, entschuldigte Zander sich bei Jolanda. »Wir mussten erst noch die Polizei rufen.«

»Es ist wichtig, dass man die richtige Polizei ruft«, erklärte Sergei.

»Was meint er mit ›die richtige Polizei‹?«, fragte Claude, als er mit seinen Mitbewohnern und Leo zum Café Hawelka ging.

»Lass die Sowjets ihr Ding machen, Claude«, antwortete Kleiner Spiegel.

Jimmy wusste, dass Leo nach seinen zwei großen Würfen entspannt war. Als sie im Hawelka eintrafen, wirkte er schon fast wieder normal. Claude wollte wissen, welcher der Schläger Hildegunds Mann gewesen war, aber Jolanda hatte keine Ahnung. »Jesus, Maria und Josef, Claude, man hat ihn mir nicht vorgestellt!«, sagte sie.

Jimmy hatte die Krücke, die er als Waffe benutzt hatte, bei sich, aber Claude hatte seine am Ort der Schlägerei liegenlassen. »Jimmy braucht sie ja nicht, und da war fremdes Blut dran!«, rief er.

»Sieh mich doch mal an, Claude. An mir ist auch fremdes Blut dran! Danke, dass du mich nicht liegenlassen hast!«, sagte Jolanda.

In diesem Moment betrat ein Mann in Anzug und Krawatte das Café Hawelka. Er brachte Claudes blutverschmierte Krücke an den Tisch der drei Mitbewohner. »Sind Sie nicht der Amerikaner? Ist das nicht Ihre Krücke?«, fragte er höflich (auf Englisch, mit russischem Akzent). Er hätte ein Polizist in Zivil sein können – dagegen sprachen nur sein Akzent und die Art von Anzug. Leo hatte recht: Die Russen kamen auf dem Schwarzmarkt an alles ran. Aber, wie Jolanda sagen würde, Herrenanzüge waren nicht gerade eine Spezialität der Sowjets. Jimmy bedankte sich nur für die Rückgabe der Krücke. Wenn es ein echter Polizist gewesen wäre, das war ihnen allen klar, hätte der Kerl mit dem schlecht sitzenden Anzug ihnen ein paar Fragen gestellt.

Claude war neugierig, und so folgte er dem fragwürdigen Zivilpolizisten nach draußen. Wenig später kam er aufgeregt wieder zurück. Niemand lag mehr auf dem Bürgersteig. Die Tellerwäscherin und ihre Schläger waren wie vom Erdboden verschluckt. Claude war bis zum Graben gegangen. Keine Polizisten in Uniform, nur Männer mit Krawatten und schlecht sitzenden Anzügen, und alle sprachen russisch.

»Es gibt keine jungfräuliche Geburt, Claude, es sind ja auch Russen!«, sagte Jolanda. »Kapierst du es nicht? Hier sind keine Polizisten, hier sind *nur* Russen.«

Kleiner Spiegel summte vor sich hin. So zufrieden hatte Jimmy ihn noch nie erlebt. »Lass die Sowjets ihr Ding machen«, sang er wie ein Liedchen.

»Aber was ist mit Hildegund und ihren Schlägern passiert?«, fragte Claude den kleinen Wurfmeister.

»Verdammt noch mal, Claude, jetzt lass doch mal gut sein!«, sagte Jolanda.

Als die ehemaligen Rotarmisten ihre Angelegenheiten erledigt hatten, gesellten sie sich zu Kleiner Spiegel und den drei Mitbewohnern. Nach Sergeis knochenzermalmender Umklammerung, Zanders Beinwurf und dem Aufräumen der ganzen Sauerei hätten die Sowjets allen Grund gehabt, ein bisschen zu feiern, aber sie bestellten nichts als ihr übliches Bier.

»Habt ihr Jungs eigentlich auch mal Spaß?«, fragte Jolanda.

»Das sind Russen, die können nichts dafür. Sie machen einfach ihr Ding«, erinnerte der Wurfmeister sie. Jimmy merkte, dass Sergei und Zander lieber das Thema wechseln wollten.

»Du bist der wahre Held, Claude«, sagte Sergei. »Du hast keine Ahnung, was du tust, aber als Jolanda in Schwierigkeiten war, hast du einfach losgelegt.«

»So bist du, Claude, ein Held, der keine Ahnung hat, was er tut«, fasste Zander zusammen.

»Kaum Übung, aber echt Eier in der Hose, Claude«, sagte Sergei.

»So richtig Eier, Claude, ein echter Held!«, sagte Zander.

»So richtig Eier!«, rief Kleiner Spiegel und erhob sein Bierglas auf Claude.

»Du bist mein Held, Claude, für immer«, sagte Jolanda. »Ich würde alles für dich tun, das weißt du, oder?« Es war schwer zu sagen, ob Claude vom allseitigen Lob seines Heldentums überwältigt war oder doch eher beunruhigt von Jolandas Angebot, »alles« für ihn zu tun.

»Himmel noch mal, Claude, das meine ich nicht mit ›alles‹«, beschwichtigte Jolanda ihn.

Zum Abschied umarmten sie sich, obwohl sich Claude und Jolanda vor Leos Umarmung fürchteten. Vor der Umarmung eines Greco-Römers sollte sich jeder fürchten, und Kleiner Spiegel war ein großer Umarmer. Er konnte niemanden umarmen, ohne ihn hochzuheben – nur ein Stückchen. »Bitte nicht die Hände verschränken, okay?«, bat Jolanda Kleiner Spiegel, bevor er sie umarmte. Aber natürlich tat der Wurfmeister das trotzdem, als er sie hochhob, nur ein Stückchen. Greco-Römer können nicht anders – andere fest zu umklammern und hochzuheben ist nun mal das, was sie tun.

Auf dem Nachhauseweg wies Claude Jolanda darauf hin, dass Leo ihr bis zu den Brüsten reichte, nicht bis zum Bauchnabel, wie sie einmal behauptet hatte.

»Bitte erinnere mich nicht daran, Claude. Ich spüre noch ganz genau, wo der Wicht seinen Kopf hatte«, sagte Jolanda.

»Du Krückenmeister, Claude. Du bist der wahre Held!«, sagte Jimmy zu dem tapferen Franzosen.

»Du bist *mein* Held, Claude, für immer und ewig«, sagte Jolanda und umarmte ihn. Jimmy fiel auf, dass Claudes Kopf kaum höher reichte als bis zu Jolandas Brüsten und dass sie ihre Hände verschränkte, als sie ihn hochhob.

Jimmy lief wieder ohne Krücken, er hatte sie einem der Kellner vom Café Hawelka geschenkt. Die Gummikappe an Claudes Krücke war verloren gegangen, sie ohne die Kappe zu benutzen war riskant. Aber der Sohn des Kellners spielte in der Schule bei einem Theaterstück mit. Der Regisseur hatte die Eltern gefragt, ob sie Krücken hatten, die sie als Requisiten benutzen konnten. Jimmy gab seine blutverschmierten nur zu gern ab. Die drei Mitbewohner waren schon an der Staatsoper vorbei, als ihnen aufging, wie früh es noch war. Claude sah auf die Uhr und sagte: »Wenn man sich prügelt, fühlt es sich wie eine Ewigkeit an, aber in Wirklichkeit hat die ganze Gewalt überhaupt nicht lang gedauert!«

»Manche Gewalt geht aber eine Ewigkeit, Claude«, erwiderte Jolanda. »Manche Gewalt ist verdammt noch mal endlos.«

Sie hatten gedacht, sie müssten sich beeilen, um Hard Rain abzuholen, bevor das Kaffeehaus zumachte, aber die Nacht war noch jung. Jolanda sagte, sie wolle ein Bad nehmen. Schließlich habe sie in Unterhose auf dem dreckigen Bürgersteig gelegen und ihr Angreifer habe sie vollgeblutet. Claude kalkulierte auf seine beflissene Art, dass die Zeit für ein Bad günstig war: »Irmgard ist sicher noch unterwegs. Für ihr Feierabendbad ist es noch zu früh. Und Frau Holzinger und Siegfried sind sicher schon im Bett«, bemerkte er.

Aber als sie die Wohnung in der Schwindgasse betraten, war Frau Holzinger hellwach und voller Unruhe. Normalerweise wäre sie längst im Bett gewesen, aber jetzt war sie so aufgeregt, dass sie selbst aus nächster Nähe, im Flur direkt vor den Zimmern der Studenten, kaum zu verstehen war.

»Ihre Mutter war hier!«, rief die Witwe Holzinger aus und ergriff Jimmys Hände. »Sie ist so hübsch, so wunderschön!«

»Meine *Mutter*?«, fragte Jimmy überrascht. Die Tür zum Bad stand offen, und es war niemand in der Wanne.

»Sie wollte nicht bleiben, aber sie kommt wieder«, sagte Frau Holzinger. »Ich habe sie gebeten zu bleiben, ich habe gesagt, sie kann hier auf Sie warten, aber wir konnten uns nicht verständigen. Ich habe ihr gesagt, dass Sie vielleicht im Café an der Ecke sind, aber ich weiß nicht, ob sie mich verstanden hat.«

»Sind Sie sicher, dass es Jimmys *Mutter* war?«, fragte Jolanda die Witwe. »Hat sie das gesagt?«

»Ja, *Yimmys Mutter*!«, beharrte die Witwe.

»Moment mal, Moment mal!«, rief Claude und hüpfte auf und ab. »Deine Mom will doch wohl nicht, dass du *sie* schwängerst, oder?«

»Jesus, Maria und Josef, Claude!«, sagte Jolanda. »Ich gehe jetzt in die Wanne. Klärt ihr beide das ohne mich.«

Frau Holzinger hatte die ganze Zeit weitergeplappert. »So hübsch, so schön«, wiederholte sie, »und *mütterlich*. Ihre Mutter kann natürlich gern hier wohnen«, sagte sie zu Jimmy. »Es geht doch nichts über *Mutterliebe*!«, erklärte sie genau in dem Moment, als Jolanda im Bademantel und mit einem Handtuch in der Hand leise fluchend wieder aus ihrem Zimmer auftauchte.

»Was hat sie gesagt?«, fragte Jolanda Claude und Jimmy.

»Es geht doch nichts über Mutterliebe«, wiederholte Claude.

»Bitte, Claude, mir wird schlecht. Ich gehe jetzt in die Wanne, bevor ich kotzen muss«, sagte Jolanda, aber sie war noch im Flur, da redete Frau Holzinger weiter, dieses Mal langsamer und verständlicher. Wer hätte geahnt, dass Frau

Holzinger beim Thema Mütterlichkeit so ins Schwärmen geraten würde?

»Mütterlichkeit!«, rief sie ekstatisch. »Ihre Mutter ist so hübsch und so unglaublich jung!« Als sie »jung« sagte, wurde den Studenten das Missverständnis klar. Die Witwe hatte das Foto von Chantal gesehen; sie hielt Chantal immer noch für Jimmys Mutter. Wenn das Wort Mutter gefallen war, hatte Chantal sich vermutlich als Freundin von Jimmys Mutter vorgestellt.

»Es liegt nicht nur an dir, Claude. Wir sind allesamt Schwachköpfe«, erkannte Jolanda. Dann sagte sie zu Jimmy: »Es ist Chantal, oder?«

22

In die Zukunft

Natürlich war es Chantal, die sich als Freundin von Jimmys Mutter vorgestellt hatte. *Yimmys Mutter*, wie die Witwe es aussprach.

Claude konnte nie die beiden deutschen Wörter für *accident* auseinanderhalten: Unfall und Zufall. Anders als ein Unfall kann ein Zufall auch ein glückliches Ereignis sein – aber eben ein unerwartetes.

»Junge, Junge, ist das jetzt ein Unfall oder ein Zufall?«, fragte Claude.

»Es ist egal, wie du es nennst, Claude. Chantal ist da. Du bist derjenige, der ein Bad nehmen sollte«, erwiderte Jolanda.

»Sehen Sie, *Yimmy*?«, sagte die Witwe und zeigte in sein Zimmer. Auf dem Boden am Fußende des Bettes stand Chantals großer Rucksack. »Ihre Mutter hat ihre Sachen hiergelassen, sie kommt wieder zurück«, erklärte die Witwe. »Wenn sie mich verstanden hat, sucht sie Sie im Café an der Ecke.«

»Wir baden später, Claude«, sagte Jolanda. »Wir gehen jetzt sofort ins Nachtmusik.« Damit stapfte sie zurück zu ihrem Zimmer und zog noch im Flur den Bademantel aus. Claude ging in Jimmys Zimmer und versuchte vergeblich, Chantals Rucksack hochzuheben.

»Vielleicht ist deine Mom hier drin!«, sagte er.

Frau Holzinger rief ihnen vom anderen Ende des Flurs »Gute Nacht!« zu und machte das Licht im Wohnzimmer aus. Nur eine Lampe ließ sie an, vielleicht für die Frau, die sie für Jimmys Mutter hielt. Es war nicht ganz klar, ob Irmgard schon weg war, möglicherweise machte sie sich noch fertig.

Es war ein Moment der Erkenntnis für James Winslow. Als er und seine Mitbewohner zum Kaffeehaus Nachtmusik gingen, versicherte er Claude und Jolanda, dass seine Mutter und Chantal nicht verrückt waren. Zugegeben, seine Mom hatte zu extremen Maßnahmen gegriffen, um ihn zu bekommen; sie war weiter gegangen als die meisten Frauen, die sich ein Kind wünschten. Aber auf einmal leuchtete Jimmy ein, warum seine Mutter nun zu so extremen Maßnahmen griff, um ihn vor einem Krieg zu bewahren. Und Chantal liebte und bewunderte Jimmys Mom. Sie würde tun, was Honor Winslow wollte, allerdings nur bis zu einem bestimmten Punkt.

»Chantal ist deinetwegen hier, Claude. Das hast du hoffentlich verstanden?«, fragte Jolanda.

»Ich hoffe nur, dass sie mich mag!«, rief Claude und schloss die Augen, um ein Stoßgebet gen Himmel zu schicken. An der Bordsteinkante der Schwindgasse standen noch einige historische Anbindepfosten aus Stein, obwohl hier natürlich längst keine Pferde mehr festgemacht wurden. Vielleicht war es zu teuer, die hüfthohen Steinpoller zu entfernen. Jolanda ermahnte Claude, die Augen offen zu halten.

»Pass auf, wo du hinläufst, Claude! Heute ist nicht der

passende Tag, um dich an einem Scheißpoller zu kastrieren!«

Nach den Ereignissen dieses Abends sah Jimmy mit anderen Augen, was es bedeutete, sich extrem zu verhalten. Was Hildegund und ihre Schläger vorgehabt hatten, war extrem. Wie die Rotarmisten Vergeltung geübt hatten, war extrem. Jimmys Mutter und Chantal mochten vielleicht anders als die meisten sein, aber sie waren nicht gefährlich. Und was das Schwängern anging – Jimmy hatte Mieke schon auf den Fotos liebgewonnen. Jetzt, wo Hildegund und ihre Schläger weg waren und Jolanda in Sicherheit, würde Mieke bestimmt nach Wien kommen. Zum ersten Mal in seinem Leben fühlte James Winslow sich wie ein Erwachsener, als er das Kaffeehaus Nachtmusik betrat und Chantal mit Dagmar und Fräulein Eißler am Tisch sitzen sah. Ein Fremder hätte die drei attraktiven Frauen für enge Freundinnen gehalten. Hard Rains großer Kopf sah auf Chantals kleinem Schoß noch größer aus als sonst. Untermalt wurde die Ankunft der drei Mitbewohner von Wagners *Walkürenritt*. (Auch wenn mit Sicherheit weder Dagmar noch Chantal oder Annelies den Jungfrauen Odins, den Geleiterinnen nach Walhalla, irgendwie ähnelten.)

»Chantal sieht genauso aus wie auf dem Foto!«, flüsterte Claude.

»Behalt den Schwanz in der Hose, Claude«, sagte Jolanda.

»Warum ist Fräulein Eißler bei ihnen?«, fragte Claude. Jimmy wurde klar, dass Annelies von Anfang an gewusst haben musste, wann Chantal kommen würde.

»Annelies weiß nicht nur über alles Bescheid, Claude, ich

glaube, sie fädelt auch fast alles ein«, sagte Jolanda. Jimmy war überzeugt, dass Annelies auch darüber Bescheid wusste, was in der Dorotheergasse in der Nähe des Cafés Hawelka geschehen war. Hard Rain freute sich, ihre Mitbewohner wiederzusehen. Auch Chantal und Jimmy freuten sich, einander wiederzusehen. Aber Fräulein Eißlers Augenmerk galt Jolanda. Annelies war offensichtlich erleichtert, dass Jolanda unversehrt schien, aber sie hatte das Blut in deren Haaren entdeckt.

»Meine Liebe, ist das Blut von dir oder von denen?«, fragte sie.

»Von mir nicht«, antwortete Jolanda. Annelies umarmte sie.

Claude wollte natürlich von Annelies wissen, ob sie eine Ahnung hatte, wo Hildegund und ihre Schläger letztendlich abgeblieben waren.

»Keine Ahnung«, sagte Fräulein Eißler automatisch. »Wenn im Frühling die Schneeschmelze einsetzt, führt die Donau immer sehr viel Wasser«, fügte sie hinzu. Niemand vergoss Krokodilstränen wegen der tätowierten Tellerwäscherin und ihrer Schläger, die in der Donau schwammen, dem zweitlängsten Fluss Europas, in Richtung Bratislava, gut sechzig Kilometer flussabwärts.

Dagmar hatte die Sache schon abgehakt und spielte im Café wieder *A Hard Rain's A-Gonna Fall.* Bob Dylan konnte ja schließlich nichts für das miese Verhalten der dahingeschiedenen Tellerwäscherin.

»Hard Rain ist ein großartiger Name für einen Hund. Für diesen Hund hier«, sagte Chantal, während Hard Rains Kopf auf ihrem Schoß lag, aber sie sah dabei Jimmy an, der sie ansah. »Deine Mom vermisst dich, Jimmy, aber ich fürchte, du musst mit mir auskommen.« Jetzt sah sie Claude an.

»Warte, warte, warte!«, begann Claude, aber Jolanda unterbrach ihn.

»Himmel noch mal, Claude, sprich doch französisch!«, sagte sie.

Jimmy und Jolanda hatten Claude noch nie Französisch sprechen hören. Sie verstanden natürlich nicht, was er sagte, doch er klang selbstsicher und gelassen, leidenschaftlich, aber beherrscht; er wirkte wie ein völlig anderer Mensch. Alle im Kaffeehaus waren verblüfft, Dagmar eingeschlossen. Sie hatten den Akzent des Franzosen natürlich bereits vernommen, im Englischen und im Deutschen, aber noch nie sein Französisch selbst. Auch Hard Rain spitzte die Ohren. Das hier war ein anderer Claude als sonst, das fiel selbst einem Hund auf.

Aber natürlich übertrieb Claude es. Er ließ Chantal nicht einmal zu Wort kommen. Er hätte weitergeredet, bis das Kaffeehaus dichtmachte, wenn Jolanda ihm nicht unter dem Tisch einen Tritt verpasst hätte.

»Wir teilen uns abwechselnd das Bett mit Hard Rain und auch miteinander. Aber nicht so, wie du vielleicht denkst«, erklärte Jolanda Chantal.

Chantal grinste die Mitbewohner an. »Und jetzt müsst ihr auch noch mit mir auskommen. Aber nicht so, wie ihr vielleicht denkt«, erwiderte sie. Sie sagte etwas auf Französisch zu Claude, das ihn aufstöhnen ließ. Dann wandte sie sich zu Fräulein Eißler um. »Wir haben über die Sache mit Siegfrieds Hündin geredet, darüber, wie wir Siegfried retten können«, sagte sie. Dann fuhr sie fort: »Jolanda, deine Idee mit den Teilzeitmüttern gefällt uns. Nachdem wir uns also nicht länger damit aufzuhalten brauchen, wie wir Jimmy vor dem Krieg in Vietnam bewahren, können wir uns als Nächstes um Siegfried kümmern.« Sich nicht lange aufzuhalten war, wie Jimmy wusste, Annelies' Spezialität. Auch wenn das Verweigern des Militärdienstes nicht seine Idee gewesen war, vertraute Jimmy darauf, dass Jolanda und Mieke ihn vor dem Krieg bewahren würden. Und Siegfried zu retten war jetzt also Fräulein Eißlers nächstes Projekt. Claude hatte eigentlich nur Hard Rain retten wollen, aber er hatte mehr als das getan: Er hatte eine Geschichte in Gang gesetzt. Claude hatte dafür gesorgt, dass Siegfried eine Deutsche Schäferhündin haben wollte. Und daraus wurde für James Winslow nun eine Lektion in Sachen Schreiben.

»Du bist der Schriftsteller, Jimmy, oder du willst einer werden«, sagte Fräulein Eißler. »Erzähl uns, wie Hard Rain und Siegfried einander retten können. Du bist der Geschichtenerzähler. Sag uns, wie wir die beiden zusammenbringen.«

Damals, als Anfänger, wusste Jimmy nur, dass er eine Geschichte zu Ende bringen sollte, die Claude angefangen hatte – oder Annelies, indem sie die drei Mitbewohner aufgefordert hatte, Siegfried irgendwie zu retten. Seine Geschichte würde also damit beginnen, dass er ihre zu Ende führte. Jimmy musste lernen, eine Geschichte von ihrem Ende her aufzubauen. Er musste herausfinden, wie Hard Rain Siegfrieds Hund werden konnte.

Walter, der einohrige Tellerwäscher, kam ihm zu Hilfe.

Der ehemalige Kindersoldat und Kriegsgefangene erschien plötzlich an ihrem Tisch und verschaffte Jimmy so ein wenig mehr Zeit, seine Geschichte zu erzählen. Alle sahen sofort, dass Walter beunruhigt war. Und Dagmars neuer Tellerwäscher kam direkt zur Sache. Ein *Gewitter* sei im Anzug. Walter hatte die Wettervorhersage gesehen oder gehört. In den frühen Morgenstunden sollte es losgehen. Walter brachte erneut seine Besorgnis zum Ausdruck: Hard Rain solle sich für nichts »zu schämen brauchen«. Wenn es blitzte und donnerte, solle sie einen »Zufluchtsort« haben.

»Ich lasse die Badtür offen, selbst wenn ich in der Wanne sitze«, versprach Claude dem mitfühlenden Tellerwäscher.

»Ich lasse Hard Rain in die Wanne scheißen, wenn ich drinsitze«, sagte Jolanda.

»Ich lasse Hard Rain selbst dann ins Bad, wenn Irmgard in der Wanne sitzt!«, rief Claude. (Sein neues Heldentum kannte keine Grenzen.)

Fräulein Eißler hatte die Worte des einohrigen Tellerwäschers für Chantal übersetzt, einschließlich Walters wiederholtem Ausdruck des Mitgefühls für Hard Rain. (»Wenn das arme Mädchen uns nur sagen könnte, was sie denkt.«) Hard Rain blickte ihre Beschützer von Chantals sicherem Schoß aus liebevoll an.

»Dieser Hund kann doch kein Wannenscheißer sein«, sagte Chantal. »Ich habe bisher nur von einem einzigen Hund gehört, der bei Gewitter in eine Wanne geschissen hat«, fuhr sie fort. »Ich dachte immer, das sei einfach ein New-Hampshire-Ding gewesen.«

»Natürlich war es das!«, rief Claude, aber Jolanda und Jimmy waren nicht überzeugt. Sie hatten noch nie von einem in eine Wanne scheißenden Hund gehört. Wenn es aber davon noch mehrere gab, dann konnte Hard Rain ja wohl auch ein Wannenscheißer sein. Und jetzt zog ein Gewitter auf. Möglicherweise machte es das komplizierter, Hard Rain und Siegfried zusammenzubringen, aber Jimmy war dankbar für Walters Warnung und die Extrazeit, die er damit für seine Geschichte bekam.

Es findet wohl niemand passend, wenn beim Musikhören auf Wagner direkt die Beatles folgen. Im Kaffeehaus Nachtmusik folgte auf den *Walkürenritt* ohne Pause *I Saw Her Standing There,* und genauso unharmonisch ging es weiter mit dem *Donauwalzer.* Von den Beatles zu Johann Strauss (Sohn) war es schon ein ziemlicher Sprung, und außerdem wollten die drei Mitbewohner und ihre Freunde an diesem Abend lieber nicht an die Donau erinnert werden, in der die tätowierte Tellerwäscherin und ihre Schläger flussabwärts trieben – und zwar nicht im Walzertakt. Keine Jungfrauen Odins geleiteten sie nach Walhalla. Hildegund und ihre Schläger waren auf dem Weg zum Schwarzen Meer, ein schöner blauer Donauabend war es für sie nicht. Zum Glück half das aufziehende Gewitter Jimmy, sich zu konzentrieren. An diesem Abend wurde James Winslow ein echter Geschichtenerzähler.

Frau Holzinger hatte Chantal ja nur falsch verstanden. Es würde nicht schwer sein, ihr zu erklären, dass Chantal eine Freundin von Jimmys Mutter war. Aber Jimmy würde seiner Mom die Idee unterjubeln, Siegfried einen Hund zu schenken, die Hündin, die er haben wollte. In Jimmys Geschichte hatte er seiner Mutter von dem Fünfjährigen erzählt, mit dem er zusammenwohnte. Daraufhin hatte seine

Mom ihn gefragt, ob Siegfried sich nicht irgendetwas wünsche. Natürlich konnte Chantal keine Deutsche Schäferhündin aus den USA mitgebracht haben. Hier kam Fräulein Eißler ins Spiel. Sie hatte die perfekte Deutsche Schäferhündin organisiert: sterilisiert, geimpft und mit gepflegtem Fell. Außerdem konnten sich die Holzingers den Hund mit dem Café an der Ecke zur Argentinierstraße teilen. Die verwitwete Chefin liebte Hunde, und der einohrige Tellerwäscher hatte für Hard Rain eigens eine Hundehütte gebaut. Und im Übrigen konnte die Schäferhündin auch gern bei den Studenten schlafen, bis die Witwe, Irmgard und Siegfried einen Schlafplatz für das Tier eingerichtet hatten. Ein Geschenk von Jimmys Mutter konnten die Holzingers wohl kaum ablehnen? Es war ja für Siegfried, da würden die Witwe und Irmgard es doch bestimmt annehmen. Und wenn Fräulein Eißler bei der Sache ihre Hände im Spiel gehabt hatte, wäre es dann nicht auch zu auffällig, wenn die Holzingers den Hund ablehnten? Ein bisschen was hatte Jimmy in Wien doch schon gelernt. (Manche Antisemiten zeigen ihren Antisemitismus nicht gern allzu offen.)

Jolanda gefiel Jimmys Geschichte. Claude hatte sich Notizen gemacht. Dagmar war untröstlich. Sie bedauerte, dass der Hund ihrer Mutter mitsamt Eiern immer noch am Leben war, aber sie versprach, Hard Rain so lange mit den Holzingers zu teilen, wie diese wollten.

»Wie heißt die Geschichte, Jimmy?«, fragte Annelies.

»Ein Junge und sein Hund!«, rief Claude und brach in Tränen aus. Jolanda verpasste ihm einen Fußtritt unter dem Tisch.

»Eine Hündin für Siegfried«, schlug Jolanda vor. Aber Fräulein Eißler fand, *A Bitch for Siegfried* würde auf Englisch merkwürdig klingen.

»Ich denke noch darüber nach«, sagte Jimmy. Aber er hatte nun jedenfalls einen Plan, und an den würde er sich halten. Hard Rain zeigte keine Reaktion auf Jimmys Geschichte. Was, wenn sie nicht Siegfrieds Hund werden wollte? Jimmy machte sich Sorgen. Er hoffte, dass Hard Rain Kinder mochte. Das ist nicht bei allen Hunden der Fall. Und Jimmy erkannte noch etwas: Er konnte die Zukunft nicht herbeischreiben, aber immerhin hatte er nicht nur ein Ende, sondern auch eine Handlung. Das war ein Anfang.

Als die drei Mitbewohner, Chantal und Annelies sich allseits mit Küsschen verabschiedeten und das Café verlassen wollten, wurde ein Bob nach dem anderen gespielt. Gerade war *Don't Think Twice, It's All Right* dran.

»Sei ein braves Mädchen«, sagte Dagmar zu Hard Rain.

Jimmy nahm es als gutes Omen, dass der nächste Dylan *A Hard Rain's A-Gonna Fall* war, aber als Claude den Song hörte, ging es bei ihm los. Für Claude gab es nur schlechte Omen, und drohendes Unheil führte bei ihm zu unwillkürlichen, heftigen Muskelzuckungen, die Jimmy und Jolanda nur schwer ignorieren konnten.

Bob Dylan sang von einem neugeborenen Baby, umgeben von Wölfen, was eindeutig nicht zu Claudes Beruhigung beitrug.

»Reiß dich zusammen, Claude«, sagte Jolanda.

Bob Dylan sang ungerührt weiter. Jetzt ging es um kleine Kinder, die mit Waffen hantierten. Claudes Zucken hatte aufgehört, aber er stöhnte noch leise vor sich hin. Draußen war der Nachthimmel wolkenverhangen, die Luft still und schwül. Es herrschte die typische drückende Stimmung vor einem Gewitter.

Als Claude den finsteren Himmel nach ersten Blitzen absuchte, lief er gegen einen der steinernen Anbindepfosten. Die anderen warteten, bis er wieder auf den Beinen war und normal atmete.

»Wahrscheinlich bist du derjenige, der sich in der Wanne die Seele aus dem Leib scheißt, Claude«, sagte Jolanda. Chantal griff nach Claudes Hand und drückte sie beruhigend.

»Ich sag dir einen Titel: Nenn es einfach *Ein Geschenk von Yimmy*«, sagte Annelies. »Siegfried wird sich an *dich* erinnern, Jimmy. Deine Mutter kennt er ja gar nicht.« Sie gab allen ein Küsschen und verabschiedete sich.

Hard Rain, die gute Seele, machte einen Haufen, und alle mussten warten. Dann blieben Jimmy und Chantal mit der Hündin auf der Straße stehen, während Claude und Jolanda sich vergewisserten, dass bei Holzingers die Luft rein war. Zu dieser Nachtzeit arbeitete Irmgard im Hotel in der Krugerstraße, und die Witwe und Siegfried waren schon im Bett. Die beiden schliefen normalerweise durch.

»Was hast du zu Claude gesagt, als du französisch gesprochen hast?«, fragte Jimmy Chantal.

»Dass er mein Französisch hört, wenn wir allein sind. Ich habe gesagt: ›Dann spreche ich nur französisch.‹«

Claude badete als Erster. Er bestand darauf, dass Hard Rain mit ihm ins Bad kam. »Es war tragisch«, sagte er, als er fertig war. Er hatte nicht den Eindruck, dass Hard Rain sich mit Badewannen auskannte. Sie hatte ordentlich Abstand gehalten, solange Claude in der Wanne saß. »Wenn ihr mich fragt, hat das arme Mädchen Angst vor dem Baden oder vor Leuten in Wannen!«, rief Claude.

Als Nächstes war Jolanda an der Reihe. »Ich glaube, Hard Rain findet Badewannen langweilig«, sagte sie. Während sie in der Wanne gesessen hatte, war die Hündin auf dem Badewannenvorleger eingeschlafen und auch nicht aufgewacht, als Jolanda sich abgetrocknet und in ihr Handtuch gewickelt hatte. »Ich bin es nicht gewohnt, ignoriert zu werden, wenn ich nackt bin«, sagte Jolanda.

Claude hatte seine Enzyklopädie in einem Überseekoffer aus Frankreich mitgebracht. Nein, nicht alle Bände, es hätten nicht alle in den Koffer gepasst. Deshalb hatte er auf gut Glück entschieden, welche Buchstaben er vielleicht brauchen würde und welche nicht. Er beschwerte sich ständig, dass er die falschen Bände zu Hause gelassen hatte, aber diesmal nicht. Der Band mit allem, was mit D anfing, war mitgereist. Nachdem Claude und Jolanda in der Wanne gewesen waren, ging Chantal mit Hard Rain ins Bad. Claude übersetzte derweil für Jolanda und Jimmy aus seiner französischen Enzyklopädie. Er war besessen von der Donau und teilte seinen müden Mitbewohnern alles über ihren Lauf mit. Budapest befand sich ungefähr dreihundert Kilometer flussabwärts von Wien, erklärte Claude. Belgrad war noch einmal etwa fünfhundert Kilometer weiter als Budapest.

»Das hättest du Hard Rain im Bad vorlesen sollen«, sagte Jolanda. »Sie hätte sich so sehr gelangweilt, dass sie niemals in eine Wanne scheißen würde. Das arme Mädchen würde es an jedem anderen Ort eher tun!« Als Jimmy schließlich als Letzter an der Reihe war, weigerte Hard Rain sich, das Badezimmer noch einmal zu betreten.

Chantal und Jolanda hatten sich in Jimmys Zimmer die Haare trockengerieben, aber jetzt waren sie bettfertig. Jolanda war schon im Schlafanzug. Sie hatte das Fenster an Jimmys Schreibtisch aufgemacht, angeblich, um auf den Donner zu lauschen, aber Jimmy wusste, dass es wegen des Zigarettenqualms war. »Ich kann nicht zuhören, wie Claude flachgelegt wird, wenn ich nicht vorher eine letzte Zigarette rauchen kann«, flüsterte sie ihm zu.

»Wenn Siegfried mein Sohn wäre und ihm jemand einen Deutschen Schäferhund schenken würde, ohne mir vorher Bescheid zu sagen, dann wäre ich, glaube ich, ganz schön sauer«, sagte Chantal zu den Mitbewohnern.

Jimmy versicherte ihr, dass er Irmgard höchstwahrscheinlich vorher noch sehen würde. »Sobald Irmgard von der Arbeit kommt, nimmt sie ein Bad«, erklärte er. Und sein Zimmer sei ja schließlich direkt gegenüber.

»Ich hoffe nur, dass Irmgard nicht gerade in der Wanne sitzt, wenn das Gewitter anfängt«, sagte Jolanda.

Daran hatten die anderen auch schon gedacht. Sie einigten sich darauf, dass Hard Rain zunächst bei Claude und Chantal schlafen sollte, während Jolanda bei Jimmy schlief. So würden Jimmy und Jolanda Irmgard alles über das Geschenk von Jimmys Mutter erzählen können. Danach konnte Irmgard dann Hard Rain kennenlernen und Chantal vorgestellt werden – nicht zwingend in dieser Reihenfolge.

Würde die Nacht ein Lustspiel oder ein Trauerspiel werden? Jimmy schaltete das Licht im Flur aus. Wenn Irmgard nach Hause kam, würde sie es wieder anmachen. Auch in Jimmys Zimmer brannte kein Licht, aber es war heller als sonst, weil Jolanda das Fenster offen gelassen hatte und auch den Vorhang. Sie wollte sichergehen, dass sie den Donner hören und die Blitze sehen konnten. Doch Jolanda konnte nicht schlafen, zumindest wälzte sie sich so im Bett hin und her, dass Jimmy davon wach blieb. Er glaubte zu hören, wie sie mit den Fingernägeln leise gegen das hölzerne Bettgestell trommelte – als würde sie ungeduldig auf das Gewitter warten.

»Du hörst den Regen auch, oder?«, fragte Jolanda Jimmy. Sie lauschten auf das Prasseln des Regens am Brüstungsfenster, es klang ein bisschen wie Fingernägel auf Holz. Dann redeten sie über dies und das, in keiner besonderen Reihenfolge.

»Manchmal wünschte ich, ich wäre mit Fräulein Eißler liiert«, gestand Jimmy.

»Kann ich nachvollziehen«, erwiderte Jolanda, »aber ich bin Mieke jetzt treu.« Inzwischen goss es in Strömen, der Regen war nicht mehr mit Fingernägeln zu verwechseln. Jimmy und Jolanda waren so vertieft in ihr Gespräch, dass sie nicht hörten, wie Irmgard die Wohnung betrat. Die Blitze kamen immer näher. Als Irmgard im Flur das Licht anmachte, erschien ihre unverwechselbare Silhouette an der Milchglasscheibe in Jimmys Zimmertür. Er und Jolanda sahen zu, wie Irmgard ihre Kleider auszog und sich in ein Handtuch wickelte.

»Ich kann hören, dass ihr zu zweit seid, Jimmy«, sagte Irmgard. »Ist sie alt genug?«

»Ja, ist sie. Es ist Jolanda«, rief Jimmy zurück.

»Das will ich sehen«, sagte Irmgard und machte seine Zimmertür auf.

Wie die meisten großen Menschen konnte auch Jolanda bei Bedarf noch größer wirken. Irmgard jedoch füllte in ihrem Zelt von einem Handtuch die gesamte Türöffnung aus. »Okay, Jolanda ist erwachsen, aber Claude hat doch auch jemanden bei sich. Ich höre da drüben Stimmen«, sagte Irmgard.

»Claude schläft mit einer Freundin meiner Mom. Sie heißt Chantal, und sie ist älter als Claude. Chantal hat etwas für Siegfried mitgebracht, ein *Geschenk* von meiner Mutter«, sagte Jimmy zu Irmgard. Mehr bekam er in drei tiefen Atemzügen nicht heraus, und da stand Chantal auch schon im Flur.

»Ich bin Chantal«, sagte sie und streckte Irmgard die Hand entgegen. Irmgard schien nicht viel Erfahrung im Händeschütteln zu haben. »Es ist ein sehr lebhaftes Geschenk, deshalb konnte ich es nicht aus den USA mitbringen. Fräulein Eißler hat mir geholfen, es hier vor Ort zu organisieren«, erklärte Chantal Irmgard.

»Annelies ist gut im Organisieren«, warf Jolanda ein.

»Ja, Fräulein Eißler ist gewiss ein Organisationstalent«, sagte Irmgard nur.

Claude hielt Hard Rain wohl noch fest. Dann krachte ein Donner. Das war kein fernes Grollen mehr. Jimmy erhob sich; er wollte nicht im Bett liegen, wenn Claude Hard Rain losließ. Jolanda war auch aufgestanden. Auf ein leeres Bett würde Hard Rain wahrscheinlich nicht springen, aber wer wusste das schon mit Sicherheit?

»Ich würde ungern bei Gewitter in der Wanne sitzen«,

sagte Irmgard und schob sich zurück in den Flur. »Wenn es euch nichts ausmacht, versuche ich schnell noch zu baden, bevor es losgeht.«

Claude nahm den nächsten Donnerschlag als Stichwort. »Wartet! *Wartet!*«, rief er aus seinem Zimmer. »Es ist noch nie jemand in der Wanne vom Blitz erschlagen worden, jedenfalls nicht, wenn ein Hund dabei war.«

»Nicht, wenn *Siegfrieds* Hund dabei ist. Dieser Hund passt auf dich auf«, sagte Chantal zu Irmgard.

»Es tut mir leid. Ich habe meiner Mom erzählt, dass Siegfried sich eine Deutsche Schäferhündin wünscht. Ich hätte wissen müssen, dass sie das auf Ideen bringt«, erklärte Jimmy.

»Deine Mutter hat für Siegfried einen Hund besorgt?«, fragte Irmgard ungläubig. Sie stand auf der Schwelle zum Badezimmer.

»Wenn du nicht möchtest, dass Siegfried einen Hund hat, kannst du sie problemlos zurückgeben«, sagte Jolanda schulterzuckend.

»Sie heißt Hard Rain!«, rief Claude. Das führte zu Radau in seinem Zimmer, wo Hard Rain ihren Namen gehört hatte.

»Himmel noch mal, Claude, jetzt lass sie schon raus!«, rief Jolanda. Dann erklärte sie Irmgard: »Der Name Hard Rain ist aus dem Bob-Dylan-Song.«

»Hard Rain«, unterbrach Irmgard sie. Dann fing sie an, das Lied zu singen, die Stelle mit dem blauäugigen Sohn und der Frage, wo er wohl gewesen sei.

Irmgard kniete in der offenen Badezimmertür. Es ist nicht leicht, in ein Handtuch gewickelt zu knien, aber Irmgard schaffte es. Sie wusste wohl, dass Hunde es mögen, wenn man ihnen auf Augenhöhe begegnet.

Und Hard Rain konnte es kaum abwarten, sie zu beschnuppern. Ihre Kleider lagen in einem Haufen auf dem Boden. Als die Hündin daran roch, musste sie niesen und stieß sich die große Nase am Fußboden. Irmgards Gesicht war nah genug, um es abzuschlecken, also schleckte Hard Rain es ab. *»Oh, where have you been, my darling young one?«*, sang Irmgard. Dann nahm sie Hard Rain mit ins Bad, und selbst nachdem sie die Tür zugemacht hatte, hörten Chantal und die drei Mitbewohner sie dort noch singen.

Das Gewitter war heftig, aber jetzt machte sich niemand mehr Sorgen. *A Hard Rain's A-Gonna Fall* hat fünf Strophen, und der Refrain wird fünfmal wiederholt. Es ist ein langes Lied für die Badewanne, aber Irmgard sang einfach immer weiter. Chantal und Claude und Jolanda und Jimmy kuschelten sich zusammen auf Jimmys Bett und hörten zu. Sie wussten, wenn Hard Rain sich in der Wanne die Seele aus dem Leib geschissen hätte, hätte Irmgard anders geklungen. Wer einem Hund vorsingt, hat einen neuen Freund.

Es war 1964, der Frühling von Jimmys Auslandsjahr. Den Mitbewohnern blieben nicht mehr viele gemeinsame Nächte in Wien. Wenn sie später durchs Wohnzimmer der Holzingers gingen, wussten sie, wer da mit Irmgard auf einem Sofa lag und Filme schaute. Es war nicht Irmgard, die im Halbdunkel beim Flackern des Fernsehers und dem Stakkato der deutschen Synchronfassung mit ihrem Schwanz gegen das Polster schlug.

An jenem ersten Abend hatte sich Irmgard nach ihrem Bad nicht lange bei ihnen aufgehalten. Sie hatte sich fast schüchtern bei Chantal und den drei Mitbewohnern bedankt. Als Jolanda und Jimmy am nächsten Morgen aufwachten, stand Siegfried vor ihnen und starrte sie an. Er hatte gehört, dass ein *Geschenk* auf ihn warte, von *Yimmys* Mutter! Es war Wochenende, Siegfried war noch im Schlafanzug. Jimmy sagte ihm, er solle sich zu Jolanda ins Bett legen. Dann weckte er Claude und Chantal auf, damit sie Siegfried sein Geschenk brachten. Jimmy wusste, dass Hard Rain mit Begeisterung zu einem kleinen und einem großen Menschen ins Bett springen würde.

»Das lief gut«, sagte Jolanda später zu Jimmy, »außer, dass Siegfried sich in die Hose gepinkelt hat.« Hard Rain hatte sich über Siegfried genauso gefreut wie er sich über sie. (Auch Hard Rain hatte in Jimmys Bett gepinkelt, aber nur ein bisschen.)

Wenn Claude und Chantal nicht gerade vögelten, sprachen sie die ganze Nacht französisch. Jolanda qualmte an Jimmys Brüstungsfenster, bis sie im Nebel ihrer Zigaretten verschwand.

Wenn Jolanda nicht gerade rauchte, schlief sie mit Jimmy und Hard Rain in Jimmys Zimmer. Rauchend konnte sie sich allerdings besser auf Miekes bevorstehenden Besuch in Wien konzentrieren. Der Gedanke an Mieke lenkte Jimmy vom Lernen für seine Philosophieprüfung am Institute for European Studies ab. Gegenstand der Prüfung würde Ludwig Josef Johann Wittgenstein sein. In jenem Frühjahr trieben die IES-Studenten sich gegenseitig in den Wahnsinn, indem sie immer wieder den siebten Satz von Wittgensteins *Tractatus* wiederholten. »Wovon man nicht sprechen kann, darüber muss man schweigen«, murmelte

Jimmy unaufhörlich vor sich hin. Je öfter Jolanda das hörte, desto mehr musste sie rauchen. Allein der Gedanke daran, dass Mieke kommen würde, trieb Jimmy und Jolanda in den Wahnsinn.

Als Chantal nach New Hampshire zurückkehrte, wurde auch Claude für ein paar Tage wahnsinnig. Claude und Chantal hatten sich verliebt. Bald würde Chantal nach Paris ziehen, und Claude drehte fast durch vor Glück. Er vermisste Chantal wie verrückt. Das brachte Jolanda dazu, noch mehr zu rauchen. Sowohl der wahnsinnige als auch der vor Glück durchdrehende Claude brachten Jolanda auf die Palme.

»Jesus, Maria und Josef, Claude! Hard Rain sollte bei dir schlafen«, sagte sie zu ihm. »Sie würde immerhin dafür sorgen, dass du nicht dein Kissen bespringst.«

Trotz Jolandas Raucherei fanden Jimmy und sie es richtig, zusammen in einem Bett zu schlafen, nur sie beide – jetzt, wo Mieke bald kommen würde.

Siegfried liebte die drei Mitbewohner heiß und innig, seit er Hard Rain bekommen hatte, wodurch auch er Jimmy und Jolanda ans Herz wuchs. Er hatte aufgehört, seine Spielzeugsoldaten zu verstümmeln. Irmgard hatte ihn gewarnt, Hard Rain könne an den abgehackten Körperteilen ersticken. Wenn Siegfried Jimmy und Jolanda umarmte, konnten sie sich schon vorstellen, wie ihr gemeinsames Kind sie umarmen würde. Claude dagegen war so vernarrt in Chantal, dass er Siegfrieds Umarmungen gar nicht wahrnahm. Manchmal schien es Jimmy und Jolanda, als könnte der blonde, blauäugige Siegfried unmöglich zur dunkelhaarigen, dunkeläugigen Irmgard gehören. Wem würde Miekes und Jimmys Kind wohl ähneln?, fragte Jolanda sich. Mindestens ebenso viele Gedanken machte sie sich über Miekes sogenanntes Fruchtbarkeitsfenster und über alles, was mit Miekes Eisprung zu tun hatte. Jolanda schätzte, Mieke habe einen »ziemlich regelmäßigen« beziehungsweise »ziemlich zuverlässigen« Zyklus. Die Wörter »Eisprung« und »Zyklus« riefen bei Claude Muskelzuckungen hervor.

»Verdammt noch mal, Claude, du willst doch heiraten! Dir sollte klar sein, dass Frauen über den Zeitpunkt ihres Eisprungs einigermaßen Bescheid wissen«, sagte Jolanda. »Man hat ähnliche Symptome wie beim prämenstruellen Syndrom, Krämpfe zum Beispiel, einen aufgeblähten Bauch oder empfindliche Brüste, aber man ist noch lange nicht dran mit der Periode«, erklärte sie, während Claude weiter zuckte. Jimmy dachte im Stillen, dass Wittgensteins Satz auch zu Eisprung und Regelblutung passte.

Er überlegte, ob es lustig sein könnte, wenn er es tatsächlich laut sagen würde: *Wovon man nicht sprechen kann, darüber muss man schweigen,* aber er hütete sich. Claude machten Eisprung und Regelblutung Angst, und Jolanda verstand keinen Spaß, wenn es um Miekes »Fruchtbarkeitsfenster« ging. Mieke hatte die Tage seit ihrer letzten Regelblutung gezählt. Vierzehn Tage später, also zwei Wochen vor ihrer nächsten Periode, würde sie nach Wien kommen. »Mieke und du macht es dann drei Tage in Folge, Jimmy, an Tag zwölf, dreizehn und vierzehn von Miekes Zyklus.« Selbst die Zahlen ließen Claudes Muskeln zucken.

Auch Jimmys Deutschlehrerin lenkte ihn vom Lernen für die Philosophieprüfung ab, sie war eher ein Hindernis als eine Hilfe. Fräulein Eißler verkündete, dass sie Wittgensteins reiche Familie missbillige, die sich als römisch-katholisch dargestellt habe, obwohl ihre Vorfahren assimilierte Juden waren. »Ich mag Wittgenstein nur halb, Jimmy«, sagte Annelies. Sie saß auf seinem Bett und knöpfte sich die kurzärmlige Strickjacke auf. »Nicht, dass du auf falsche Gedanken kommst, ich zeige dir nur meine Tätowierung.« Unterhalb ihres Schlüsselbeins und oberhalb ihrer Brüste prangte der Anfang des ersten Satzes aus Wittgensteins *Tractatus*: »Die Welt ist alles«, aber ohne Komma hinter *alles,* der zweite Teil des Satzes fehlte. »›Die Welt ist alles‹ reicht, der Rest ist bloß Wittgenstein, wie er versucht zu reimen, Jimmy«, erklärte Annelies und knöpfte die Jacke wieder zu.

Den Schluss des ersten Satzes, »was der Fall ist«, mochte Fräulein Eißler also nicht. James Winslow beschloss, dass er Wittgenstein auch nur halb mochte, aber den kurzen Blick, den er auf Annelies' Tätowierung und den Ansatz ihrer Brüste im BH erhascht hatte, würde er nie vergessen.

Jolanda beschwerte sich bei Jimmy über seinen Haarschnitt. »Dein Friseur ist *furchtbar,* Jimmy«, sagte sie. Er war bislang zu einem Laden in der Argentinierstraße gegangen, aber Jolanda nahm ihn mit zu Helene und ihren Friseurinnen über der Turnhalle Leopold. Es war früh am Morgen. Unten in der Ringerhalle war es merkwürdig still. Niemand prallte laut auf der Matte auf, kein Ringer schrie unter der eiskalten Dusche. Während die Frauen um Jimmy herumwuselten, tätschelte Helene ihm das (vermeintlich verletzte) Knie. »Er hat bald ein sehr wichtiges Date«, erklärte Jolanda den Friseurinnen. »Jimmy ist noch Jungfrau, müsst ihr wissen.«

»Ich bin froh, dass du wieder ganz in Ordnung bist!«, sagte Helene und tätschelte ihm noch einmal das Knie. Jolanda und die Friseurinnen bogen sich vor Lachen und redeten über nichts anderes mehr als Jimmys wichtiges Date und natürlich die Tatsache, dass er noch Jungfrau war.

Claude war fast so aufgeregt wie Jimmy, Mieke kennenzulernen. »Behalt bloß den Schwanz in der Hose, Claude«, sagte Jolanda. »Jetzt ist Jimmy dran, seine Jungfräulichkeit zu verlieren. Du warst schon.«

Es war vielleicht nicht der beste Moment, an Esther zu schreiben, unmittelbar vor seiner Entjungferung, aber sie hatte sich bei ihm gemeldet, wie Annelies vorausgesagt hatte. »An Honors Kind«, in dieser Deutlichkeit begann Esthers Brief. »Du kannst mir schreiben, aber ich bin nicht Deine Mutter. Sie hat die ganze Arbeit gehabt und Dich großgezogen. Alles, was ich getan habe, ist, schwanger zu werden und Dich zur Welt zu bringen.« Der Brief war mit Schreibmaschine geschrieben. Sie hatte ihn nicht unterschrieben, sondern nur ihren Vor- und Nachnamen getippt: Esther Nacht. Der Brief war aus Tel Aviv gekommen – Esther war dort wohnhaft bei jemand anderem, wie Fräulein Eißler prophezeit hatte.

»Liebe Esther Nacht«, begann Jimmy seinen ersten Brief an seine leibliche Mutter. »Ich spüre eine Andersartigkeit in mir, und zwar nicht nur, weil ich hier in Wien bin. In mir steckt mehr Fiktion als Realität, und ich frage mich, woher das kommt. Ich will Romanautor werden (mehr Fiktion), und ich frage mich, ob Du jemals Schriftstellerin werden wolltest – ob Du diese Andersartigkeit auch empfindest.« Er schrieb den Brief mit der Schreibmaschine, aber er wollte ihn von Hand unterzeichnen. Er war kurz davor, *Alles Liebe, Jimmy* zu schreiben, aber dann tippte er doch mit der Maschine »James Winslow«.

Beim Ringertraining machten Sol und Simon sich über Jimmys Haarschnitt lustig, seine »Aufmachung«, wie Leo es nannte. Helene und ihre Friseurinnen hatten getratscht. Selbst die Greco-Jungs wussten über Jimmys wichtiges Date Bescheid. Jimmy war den Friseurinnen dankbar, dass sie wenigstens die Sache mit der Jungfräulichkeit nicht ausgeplaudert hatten. Sonst hätten die Ringer sich noch viel gnadenloser das Maul zerrissen.

»Wo sind Zander und Sergei?«, fragte Jimmy Leo und die Israelis. Die Frage schien sogar den Greco-Jungs unangenehm zu sein, und was kümmerte es die, wenn zwei Freistilringer das Training schwänzten? Sol und Simon sahen Leo an.

»Sie sind Sowjets, Jim. Sowjets ziehen nun mal weiter«, sagte Sol.

»Aber sie sind doch Medizinstudenten«, wandte Jimmy ein. »Wohin ziehen Medizinstudenten denn weiter?« Er sah Kleiner Spiegel an, der um ihn herumhüpfte. »Heißt das, sie sind fertig mit dem Studium? Sind sie jetzt Ärzte?«

»Die Russen machen ihr Ding, Jim. Und dann gehen sie eben«, sagte Kleiner Spiegel. Die ehemaligen Rotarmisten waren weitergezogen. Jetzt hatte Jimmy nur noch Sol als Trainingspartner, und Simon hatte niemanden mehr. Für ihn gab es keine Kämpfe mehr, er trainierte nur noch Technik mit einem der Greco-Jungs. Jimmy ging auf, dass auch Sol und Simon eines Tages weiterziehen würden. Auch die Israelis würden noch anderes erledigen müssen. Genau wie die Russen machten auch die Israelis ihr Ding, und gingen dann eben.

James Winslow erinnerte sich daran, wie Esther ihn Schnitzlers *Der Weg ins Freie* hatte lesen lassen. Während Jimmy darauf wartete, dass Mieke nach Wien kam, las er noch einmal die Stellen, die er sich in Schnitzlers Roman angestrichen hatte. Keiner von Georg von Wergenthins Freunden hat nach der Totgeburt des Kinds von Georg und Anna Rosner Mitleid mit dem Kind, das nie gelebt hat, und Else Ehrenberg hat kein Mitleid mit Georg. »Sie ahnte wohl nicht einmal, wie der Tod des Kindes ihn erschüttert hatte«, las Jimmy. »Wie konnte sie es auch ahnen! Was wusste sie von der Stunde, da der Garten seine Farben, der Himmel sein Licht für ihn verloren hatte, weil sein wunderschönes Kind tot drin im Hause lag.« In diesem Moment wurde James Winslow klar: Esther hatte schon immer gewusst, dass er dazu bestimmt war, Vater zu werden. Sie wusste, Honor Winslow würde sich wünschen, dass auch ihr Kind ein Kind hatte.

Doch als Jimmy Fräulein Eißler fragte, was sie von Esthers Absichten hielt – warum sie ihn *Der Weg ins Freie* hatte lesen lassen –, da erinnerte seine Deutschlehrerin ihn nur daran, dass er ja jetzt wisse, wie er an Esther schreiben könne. »Das ist eine Frage für Esther, Jimmy«, sagte Annelies. »Wir kümmern uns um deine Deutschprüfung. Heute wiederholen wir die starken Verben. Das ist nämlich meine Aufgabe.« Im Deutschen gab es über zweihundert unregelmäßige Verben, und Jimmy würde in der Prüfung ihre Präsensform, das Präteritum und das Partizip nennen müssen. Weil Fräulein Eißler wusste, dass Jimmy Schriftsteller werden wollte, fing sie mit einem für ihn einfachen Verb an. *»I write, I wrote, I have written«*, sagte sie sanft.

»Ich schreibe, ich schrieb, ich habe geschrieben«, antwortete Jimmy laut.

»I think, I thought, I have thought«, sagte Annelies leiser.

»Ich denke, ich dachte, ich habe gedacht«, sagte Jimmy mit kräftiger Stimme. Irmgard, die im Flur am Zimmer vorbeiging, hörte Fräulein Eißler nicht, nur Jimmys Antworten.

»I sleep, I slept, I have slept«, flüsterte Annelies verschlafen.

»Ich schlafe, ich schlief, ich habe geschlafen!«, rief Jimmy.

»Du klingst, als müsstest du dringend flachgelegt werden, Jimmy«, sagte Irmgard im Flur. Daraufhin hörte sie Fräulein Eißler lachen.

»I speak, I spoke, I have spoken!«, schrie Annelies.

»Ich spreche, ich sprach, ich habe gesprochen!«, rief Jimmy Irmgard zu, die aus der Küche zurückbrüllte: »Ich trinke, ich trank, ich habe getrunken!«

»I drink, I drank, I have drunk«, übersetzte Annelies leise für Jimmy.

»Ich weiß, ich wusste, ich habe gewusst«, erwiderte Jimmy ruhig. Es war ihre letzte gemeinsame Stunde, und eine antiklimaktische – nur Verben.

»Bevor ich abreise, komme ich noch mal vorbei und verabschiede mich, Jimmy«, sagte Annelies.

»Wohin gehst du?«, fragte Jimmy. Er hatte sie nach draußen auf die Schwindgasse begleitet.

»Ich habe andere Angelegenheiten zu erledigen, Jimmy, jüdische Angelegenheiten. Wo die mich hinführen, dort gehe ich eben hin«, erwiderte Fräulein Eißler.

»Ich war auch eine deiner Angelegenheiten. Und du warst nicht nur meine Deutschlehrerin, du hast dich um mich gekümmert«, sagte Jimmy.

»Du bist Esthers Angelegenheit, Jimmy. *Sie* kümmert sich um dich. Und ich kümmere mich um Esther«, erwiderte Annelies. Sie habe Pläne mit Irmgard geschmiedet, teilte Fräulein Eißler ihm mit: Sie und Irmgard würden die Dinge mit Siegfried von nun an anders angehen.

Sie standen an der Ecke zur Argentinierstraße. »Ich liebe dich!«, sagte Jimmy, und es fühlte sich an, als würde ihm das Herz brechen.

»Oh, Jimmy, sei nicht albern. Hab deinen Spaß mit Mieke und Jolanda«, sagte Fräulein Eißler. »Ich komme noch mal vorbei und verabschiede mich«, wiederholte sie. Dann ging sie davon in Richtung Karlskirche, in der einst die achtzehnjährige Hedwig Kiesler, die sich später Hedy Lamarr nennen sollte, einen dreiunddreißigjährigen Waffenhändler aus Österreich geheiratet hatte. Von dort, wo Jimmy weinend an der Straßenecke stand, konnte er den Song hören, der im Kaffeehaus Nachtmusik lief.

Bob Dylans *Girl from the North Country* war fast zu Ende, als Jimmy zu Claude und Jolanda an ihren üblichen Tisch im Kaffeehaus trat. Seine Mitbewohner wussten, dass Fräulein Eißler länger als sonst geblieben war, und sie sahen, dass Jimmy weinte.

»Nicht weinen, Lover Boy. Rate mal, wer morgen kommt«, sagte Jolanda. Claude stand auf und nahm Jimmy in den Arm, aber Jimmy weinte weiter. »Versuch, an was Positives zu denken, Jimmy«, sagte Jolanda. »Miekes Busen zum Beispiel, der ist nämlich größer als meiner.« Sie wusste, wie man eine dreiundzwanzigjährige Jungfrau aufheiterte.

Als sie später wieder in der Wohnung der Holzingers waren, wartete Claude, bis Jolanda im Bad war, dann wandte er sich im Vertrauen an Jimmy. »Du bist klein, und Jolanda ist groß«, sagte er, als wäre das nicht offensichtlich. »Mieke ist so groß wie Jolanda, aber mach dir deswegen keine Sorgen, Jimmy. Im Liegen ist das egal.« Jetzt, wo Claude Sex gehabt hatte, sprach er als Experte.

Am frühen Abend des nächsten Tages kam Jimmy nach dem Ringen zurück in die Wohnung. Siegfried spielte gerade im Flur mit Hard Rain. »Mädchen im Schlafzimmer«, sagte er nur. Er meinte Mieke.

Als die drei Mitbewohner an diesem Abend mit Mieke um ihren Tisch im Kaffeehaus saßen, sagte Jolanda, dass es für Mieke vielleicht entspannter wäre, wenn sie Jimmy erst etwas besser kennenlernte, bevor sie es taten. »Heute ist deine erste Nacht in Wien, wie wär's, wenn ihr zusammen in einem Bett schlaft, aber erst mal nur redet oder so?«, fragte Jolanda Mieke.

»Okey-dokey«, sagte Mieke. Ihr Englisch war amerikanischer als Jolandas. Miekes Deutsch war auch *okey-dokey,* wie Jimmy bemerkte.

»Sollen Mieke und ich in meinem Zimmer schlafen, und du schläfst bei Claude und Hard Rain?«, fragte Jimmy Jolanda.

»Ich schlafe bei dir und Mieke, Jimmy«, sagte Jolanda.

»Okey-dokey«, sagte Mieke und sah dabei Jimmy an.

»*Okey-dokey*«, wiederholte Jimmy und sah dabei Mieke an.

»So ein peinliches Date habe ich noch nie erlebt!«, rief Claude.

»Jesus und Familie, Claude, es ist nicht dein Date!«, wies Jolanda ihn zurecht.

Es wurde nicht weniger peinlich, als Jolanda, Mieke und Jimmy zusammen im Bett lagen, Mieke in der Mitte. Jolanda hatte den Vorhang aufgemacht, damit Jimmy und Mieke sich im Licht der Straßenlaterne sehen konnten. Jolanda drehte sich von ihnen weg zur Zimmertür. »Berührt euch, redet miteinander, lernt euch kennen … Tut einfach so, als wäre ich gar nicht da«, sagte Jolanda.

»Aber du bist da«, erinnerte Mieke sie. Jolanda hatte Mieke und Jimmy angewiesen, sich bis auf die Unterhose auszuziehen, deshalb waren Miekes Brüste nackt.

»Ich will Jimmys Penis nicht sehen, Mieke, aber du solltest ihn dir ansehen«, sagte Jolanda.

»Ich will deinen Penis auch nicht sehen, Jimmy, aber kann ich ihn anfassen?«, fragte Mieke.

»*Okey-dokey*«, sagte Jimmy. Als Mieke seinen Penis in die Hand nahm, bekam er einen Ständer.

»Oh!«, sagte Mieke.

»Na ja, was hast du denn erwartet, wenn du einen Penis in die Hand nimmst?«, fragte Jolanda ihre Freundin. Jimmy berührte zaghaft Miekes Brüste.

»Ist das in Ordnung?«, fragte er sie.

»Ja, kein Problem«, sagte Mieke.

»Was ist in Ordnung? Was ist kein Problem?«, wollte Jolanda wissen. Mieke sagte etwas auf Niederländisch, es klang wütend. »Okay, Mieke, dann tu es doch einfach!«, erwiderte Jolanda. »Guck mal aus dem Fenster, Jimmy, nicht zu uns.« Jimmy drehte ihnen den Rücken zu und starrte in den Lichtkegel der Straßenlaterne auf der Schwindgasse. Er konnte Jolanda und Mieke hören, vielleicht küssten sie sich. Er hörte, wie Miekes Atmung sich veränderte. »Zieh die Unterhose aus, Jimmy. Jetzt«, sagte Jolanda.

Es lief natürlich nicht so, wie Claude es sich vorgestellt hatte. Jolanda hielt nicht Miekes Kopf und redete auch nicht mit ihr. Jolanda drehte ihnen den Rücken zu und rollte sich auf ihrer Seite des Bettes zusammen. Vielleicht hatte sie die Augen zu, oder sie starrte das Milchglasfenster in Jimmys Zimmertür an. Miekes Augen waren offen, als Jimmy sie küsste, und sie küsste ihn zurück. Als sie ihn in sich hineinführte, war sie überraschend feucht. Es war herrlicher, als Jimmy sich jemals vorgestellt hatte, und er wünschte, es würde niemals enden, aber dann war es ganz plötzlich vorbei. Er lag still auf ihr, und sie starrten sich in die Augen. »Ach du Scheiße, das ging ja schnell! Ist alles in Ordnung?«, fragte Jolanda.

»Das war superschnell, aber besser als in Ordnung«, antwortete Mieke und lächelte Jimmy an. Später zog Jolanda ihr T-Shirt aus, behielt aber die Unterhose an. Mieke und sie kuschelten sich aneinander, Mieke wandte Jimmy den Rücken zu. Er lag da und starrte auf das Licht der Straßenlaterne, er döste ein, er wachte wieder auf. Er hörte, wie Jolanda und Mieke auf Niederländisch flüsterten. »Sie erzählt mir, was die Prostituierte macht, wenn sie nach Hause kommt. Dass sie badet, und so weiter«, erklärte Mieke Jimmy, bevor er wieder einschlief.

Als Irmgard nach Hause kam, sich im Flur auszog und in ein Handtuch wickelte, hörte sie Jolanda und Mieke auf Niederländisch flüstern. »Wie viele Mädchen hast du denn heute bei dir, Jimmy?«, fragte sie und machte die Tür auf.

Mieke wünschte sich wohl möglichst weit weg von der hünenhaften Frau im Handtuch. Hastig krabbelte sie über Jimmy hinweg; nun lag sie auf der Fensterseite des Bettes und Jimmy in der Mitte. »Sie sieht alt genug aus«, sagte Irmgard.

»Ein Dreiecksverhältnis«, erklärte Jolanda Irmgard.

»A love triangle«, übersetzte Mieke flüsternd in Jimmys Ohr.

»Das ist mir wurst«, sagte Irmgard zu Jolanda und machte die Tür wieder zu.

»Hat sie gerade ›Wurst‹ gesagt?«, fragte Mieke Jolanda.

»›Ist mir wurst‹. So sagt man in Wien ›Ist mir egal‹«, sagte Jolanda.

»Irmgard geht es nur darum, ob du alt genug bist. Das ist ihr nicht egal«, erklärte Jimmy Mieke. Sie hörten, wie Irmgard Wasser einließ, aber diesmal sang sie nicht. Hard Rain schlief bei Claude. »Bitte sag noch mal das Wort für *love triangle,* das klingt zum Piepen«, bat Jimmy Jolanda.

»Vergiss es am besten gleich wieder, Jimmy«, sagte Jolanda.

»Dreiecksverhältnis«, flüsterte Mieke Jimmy ins Ohr, und prompt erwachte sein Penis wieder. Er lag nackt zwischen zwei Frauen mit entblößten Brüsten, und Jolanda hatte als Einzige eine Unterhose an.

»Das hab ich gehört, Mieke. Jetzt wird nicht mehr geflüstert«, sagte Jolanda. »Und es wird auch nicht an Jimmys Penis rumgespielt, ihr beiden.«

»Ich liege gern in der Mitte«, sagte Jimmy.

»Ich liege noch lieber in der Mitte«, sagte Mieke.

»Gönnt euren Fortpflanzungsorganen eine Pause«, sagte Jolanda.

Am nächsten Morgen wirkte Siegfried enttäuscht darüber, dass Jimmy und Jolanda mit dem neuen Mädchen im Bett lagen und nicht mit Hard Rain. Jolanda ließ Siegfried Miekes Namen üben. Bald fand er Spaß daran, ihn auszusprechen, es fiel ihm leicht, und der Fünfjährige blieb eine Weile bei ihnen. Dann schickte Jolanda ihn ins Nachbarzimmer, um Claude zu wecken. Hard Rain würde sich freuen, ihn zu sehen, und außerdem musste Jolanda pinkeln und Mieke und Jimmy auch. Mieke nahm außerdem ein Bad. »Ich wollte nicht, dass Siegfried zwei Mädchen mit nackten Brüsten sieht, von deinem Penis ganz zu schweigen, Jimmy«, sagte Jolanda. Jimmy wusste nur, dass ihm noch zwei Nächte blieben, um Mieke zu schwängern.

»Wie ist es gelaufen?«, platzte Claude heraus, sobald Hard Rain und Siegfried sich ausgiebig begrüßt hatten. Jolanda erklärte Claude noch einmal, dass Mieke schon wieder in Amsterdam sein würde, bis sie feststellen konnte, ob ihre Periode ausblieb. Und dann würde es noch ein paar Wochen dauern, bis sie einen Schwangerschaftstest machen konnte. In den 1960ern musste man sich dafür einen Arzttermin besorgen, eine Urinprobe abgeben und dann zwei Wochen auf das Ergebnis warten. »Ich weiß, ich weiß!«, rief Claude. »Ich wollte doch nur wissen, wie es mit dem *Ausprobieren* gelaufen ist!«

»Gut. Ich fand es toll«, sagte Jimmy zu Claude.

»Es ging superschnell, aber es war besser als in Ordnung«, sagte Mieke.

Jolanda sagte nur: »Hergott noch mal, Claude!«

»Ich mag dieses Zeug nicht, dass aus mir rauskommt«, berichtete Mieke nüchtern. »Ich hab sogar schon gebadet, aber es kommt immer noch mehr«, sagte sie zu Jimmy, der nicht wusste, was er erwidern sollte. »Sollte das Zeug nicht eigentlich in mir drinbleiben?«, fragte Mieke Jolanda. Claude sah natürlich entsetzt drein.

Jolanda sagte nur: »Gut, dass du nachgefragt hast, Claude.«

Claude hatte gelesen, dass der Urin der Frau einem Kaninchen injiziert wurde. Wenn das Kaninchen einen Eisprung bekam, war die Frau schwanger. Manchmal starb das Kaninchen auch. Selbst Claude war klug genug, nicht Jolanda und Mieke danach zu fragen; er fragte Jimmy, aber der wusste nichts von irgendwelchen Kaninchen. »Vielleicht war das früher so, Claude. Ich glaube nicht, dass ein Kaninchen einen Eisprung bekommt oder stirbt, wenn Mieke schwanger ist«, antwortete Jimmy.

Die nächsten beiden Nächte lag Mieke wieder in der Mitte, und Jimmy versuchte, es länger dauern zu lassen. Mieke sagte, länger sei besser als superschnell.

»Wie lang ihr es tut, hat keinen Einfluss auf die Anzahl von Jimmys Spermien«, informierte Jolanda die Liebenden. Nachdem Jimmy ejakuliert hatte, wollte Jolanda nicht, dass er mit dem Rausziehen herumtrödelte. »Was liegst du da noch so lange auf ihr rum, Jimmy?«, fragte sie. Dann wies Jolanda ihre Freundin an, die Knie an die Brust zu ziehen.

»So behältst du Jimmys Zeug vielleicht länger in dir drin«, sagte Jolanda.

»Okey-dokey«, sagte Mieke nur. Als sie in der dritten und letzten Nacht mit dem Ausprobieren fertig waren, lagen sie alle drei nebeneinander auf dem Rücken. Mieke lag noch in der Mitte, und sie sagte: »Ihr sollt beide wissen, dass ich das nie wieder machen möchte, aber falls ich nicht schwanger bin, mache ich es trotzdem noch mal. Danke, dass ich es ausprobieren durfte«, fügte sie hinzu. Jimmy wusste wie immer nicht, was er sagen sollte. Er hatte insgeheim gehofft, dass Mieke nicht schwanger war, denn natürlich wollte er die Sache gern wiederholen, aber bei der Vorstellung, Mieke müsste es gegen ihren Willen noch einmal tun, bekam er ein schlechtes Gewissen. »Ich will damit nicht sagen, dass es unerträglich war, Jimmy«, sagte Mieke. »Aber wenn ich die Wahl habe, möchte ich es lieber nicht noch einmal machen.« Daran, wie schnell sie ihre Hand wegzog, bemerkte Jimmy, dass sie seinen Penis nur aus Versehen berührt hatte.

»Ich hoffe, du musst es nicht noch einmal machen, Mieke«, versuchte Jimmy sie aufzumuntern.

»Wenn du nicht schwanger bist, Mieke, dann mache ich es mit Jimmy«, sagte Jolanda.

»Nein!«, rief Mieke. »Nachher gefällt es dir noch!« Darüber mussten Mieke und Jolanda lachen. Jimmy lachte auch. Sogar ihm war klar, dass Jolanda keinesfalls Gefahr lief, es zu mögen, ganz zu schweigen von dem eigenartigen Geruch. Am dritten Morgen schnupperte Siegfried und zog die Nase kraus. Der Junge dachte, es wäre der Geruch von Hard Rain, aber es war der Geruch von Sperma. Das behauptete zumindest Jolanda, nachdem sie ihn weggeschickt hatte, um Claude und den Hund zu wecken. »Ich glaube, der Geruch, das sind das Sperma und ich. Es ist die Mischung!«, verkündete Mieke. »Deshalb will ich ja unbedingt in die Wanne. Es riecht nach dem Zeug, das aus mir rausläuft!«

»*Das Sperma und ich,* das ist ein guter Titel«, sagte Jolanda.

»Ein Roman mit einer Ich-Erzählerin«, sagte Mieke. Auf diese Weise fanden Jimmy und Mieke heraus, dass sie beide Schriftsteller werden wollten; wie Jimmy schrieb auch Mieke an ihrem ersten Roman. Jolanda hatte nicht gewollt, dass sie es erfuhren.

»Wehe, ihr verliebt euch. Es würde mich umbringen, euch zwei zu verlieren«, sagte Jolanda.

»Es würde mich umbringen, auch nur eine von euch zu verlieren. Oder Claude!«, rief Jimmy. Hard Rain, die im Flur getobt hatte, preschte in Jimmys Zimmer. Siegfried weinte, weil Hard Rain ihn über den Haufen gerannt hatte. Claude hatte Jimmys Ausruf bis in die Küche gehört.

»Was redest du da? Warum solltest du mich denn je verlieren?«, jammerte er. Dann sagte er tröstend zu Siegfried: »Hard Rain hat dich nicht absichtlich über den Haufen gerannt.«

»Ich gehe jetzt baden. Der Sperma-und-ich-Geruch macht mich fertig«, flüsterte Mieke Jimmy und Jolanda zu. Der Geruch machte auch Hard Rain fertig, die arme Hündin nieste sich fast das Hirn aus dem Schädel.

»Jetzt beruhigt euch doch alle mal!«, brüllte Jolanda aus Jux. Für Jimmy war es der glücklichste Tag seines Lebens –

er hoffte nur, dass dies noch nicht das Ende war. Was dann kam, das formelle Brimborium, erinnerte ihn an Dickens. Sein Großvater wäre bestimmt begeistert gewesen. Während Claude und Jolanda in Wien blieben, stiegen Jimmy und Mieke am Westbahnhof in den Zug. Sie fuhren um sieben Uhr morgens los und würden erst um acht oder neun Uhr abends in Amsterdam ankommen. Bestimmt stiegen sie drei- oder viermal um, Jimmy erinnerte sich später nicht mehr daran. Die ganze Zeit redeten sie über Romane, die sie gelesen hatten – die Romane, die in ihnen den Wunsch geweckt hatten zu schreiben.

Am nächsten Morgen ging das Paar aufs Standesamt im Rathaus – Mieke nannte es *»het Stadhuis«* –, um die Heiratserlaubnis zu beantragen. Mieke erklärte, dass die geplante Eheschließung für sechs Wochen öffentlich bekannt gemacht würde, um sicherzugehen, dass keine formellen Hindernisse bestanden. »Also, ich bin keine Bigamistin, Jimmy. Was ist mit dir?«, fragte sie. In sechs Wochen würde Jimmy noch einmal mit Mieke zum Standesamt gehen, zusammen mit vier Trauzeugen, zwei für jeden von ihnen. Es würde eine schlichte Trauung werden. Die Trauzeugen konnten Verwandte oder Freunde sein, notfalls sogar Rathausangestellte oder fremde Leute von der Straße.

Claude und Chantal hatten versprochen, aus Paris zu kommen und für Jimmy als Trauzeugen zu fungieren, Miekes Trauzeugen würden ihre Mutter und Jolanda sein. Miekes Mutter war »eingeweiht«, Jolandas Eltern »wussten noch nicht Bescheid«, wie Mieke es ausdrückte. Hätte Jimmy in Amsterdam leben wollen, hätte er für die Heirat eine Aufenthaltserlaubnis benötigt. Aber da er in den USA leben wollte, war das nicht nötig. Doch an all diese rechtlichen Details dachte Jimmy auf der langen Zugfahrt zurück nach Wien überhaupt nicht. Er war in Gedanken bei Mieke, die jetzt ganz allein in Amsterdam warten musste, ob ihre Periode ausblieb, und erst ein paar Wochen später einen Schwangerschaftstest machen lassen konnte. Jimmy wusste, dass es sechs nervenaufreibende Wochen für Mieke werden würden. Und währenddessen blieben Jimmy nicht mehr viele Wochenenden in Wien, bis er sich von seinen Mitbewohnern verabschieden musste.

Auf Vorschlag von Fräulein Eißler machten die drei Studenten an einem dieser letzten Wochenenden einen Ausflug mit Siegfried und Hard Rain. Zuerst nahmen sie Siegfried mit in ihr Café an der Ecke Argentinierstraße, damit der Junge Dagmar und Hard Rains »andere Familie« kennenlernen konnte. Dann spazierten sie mit Hard Rain und Siegfried zum Stadtpark. Sie kannten die Vorschriften für Hunde nicht, aber Hard Rain trug ihr Blindenhundgeschirr und sie blieben am Rand des Parks. Auf einer Wiese wurde eine Szene für einen Film gedreht. Die drei Mitbewohner und Siegfried blieben stehen und sahen zu. Siegfried war natürlich verwirrt, weil die Szene ständig wiederholt wurde.

Folgendes spielte sich ab: Ein junger Mann hat ein Stativ mit einem Fernrohr aufgebaut. Als er seine Freundin hindurchsehen lässt, ist sie aufgebracht von dem, was sie sieht. Sie gibt ihm eine Ohrfeige und geht weg. Der junge Mann aber interessiert sich mehr für das, was er durch das Fernrohr sieht, als für seine Freundin. Das war die ganze Szene.

Claude hätte besser nicht versuchen sollen, Siegfried zu erklären, wie ein Fernrohr funktioniert, aber Jolanda und

Jimmy passten nicht auf, was er zu dem Jungen sagte. Die Filmleute waren fertig mit ihrem Dreh. Sie hatten eine Menge Ausrüstung dabei, die Hard Rain interessiert beschnupperte. Vielleicht war Siegfried das einzige Kind unter den Zuschauern, Jimmy wusste es später nicht mehr. Jedenfalls fragte einer der Filmleute, ob Siegfried Lust habe, einen Blick durch das Fernrohr zu werfen. Zur Überraschung aller wollte Siegfried nichts davon wissen. Jolanda und Jimmy fragten sich, was Claude ihm wohl erzählt hatte, dass er vor einem optischen Vergrößerungsgerät solche Angst hatte. Jolanda und Jimmy blickten durch das Fernrohr. Man sah eine Parkbank in einer entfernten Ecke des Stadtparks, an der Ecke Stubenring und Wollzeile. Das Gesicht der jungen Frau auf der Bank war so nah wie das eigene in einem Badezimmerspiegel.

»Nicht die Zukunft!«, sagte Siegfried flehend.

»Jesus, Maria und der Gearschte, Claude!«, schrie Jolanda. »Was hast du ihm bloß erzählt?«

Claude hatte nur mal wieder ein klein wenig Vokabeln vertauscht, aber das hatte auf Siegfried eine große Wirkung. Claude hatte »Zukunft« gesagt, aber eigentlich »Entfernung« gemeint. Er hatte sagen wollen, dass ein Teleskop die Entfernung heranholt, dass man damit in die Ferne sehen kann, aber er hatte aus Versehen gesagt, dass ein Teleskop die Zukunft heranholt, dass man damit in die Zukunft sehen kann. Und das hatte Siegfried Angst gemacht.

»Nicht die Zukunft!«, schrie der Fünfjährige. (Später erzählte er Jimmy, er habe nicht sehen wollen, wie sein Hund stirbt.)

Jolanda versuchte, Siegfried zu beruhigen. »Die Entfernung, nicht die Zukunft«, sagte sie immer wieder zu dem Jungen, aber Siegfried wollte trotzdem nicht mal in die Nähe dieses Geräts gehen, in dem die Zukunft lauerte.

Claude hatte ein furchtbar schlechtes Gewissen wegen seines Fehlers, er konnte Siegfrieds Angst vor der Zukunft gut nachvollziehen. Am Abend nach dem Missgeschick im Park überredete Jimmy Irmgard und Frau Holzinger, Siegfried mit Hard Rain in seinem Bett schlafen zu lassen. Jimmy selbst schlief bei Jolanda im Bett, und Claude ließ die Zimmertür offen. Siegfried hatte keine Fernrohr-Albträume und schlief friedlich die ganze Nacht durch. »Jeder will mit diesem Hund schlafen«, sagte Irmgard. Es bedeutete Jimmy viel, dass Irmgard sich bei Fräulein Eißler für ihren Anteil an dem Geschenk bedankt hatte.

In diesen letzten Wochen ließen Jimmy und seine Mitbewohner ihre Zimmertüren offen, damit Hard Rain kommen und gehen konnte, wie sie wollte. Wenn Irmgard nach der Arbeit badete, sang sie der Hündin im Bad immer etwas vor. Die Witwe Holzinger war und blieb überzeugt, dass Hard Rain der Geist des Deutschen Schäferhunds war, dem sie einst begegnet war, aber sie war deshalb nicht weniger nett zu der Hündin. Jimmy hatte den Eindruck, dass Frau Holzinger der Unterschied zwischen »Jimmys Mutter« und »Freundin von Jimmys Mutter« bis zum Schluss unklar blieb, denn sie sprach von Chantal unverändert mit dem Respekt, den sie nur Müttern entgegenbrachte.

Das Sommersemester endete an der Universität Wien zu einem anderen Zeitpunkt als am Institute for European Studies. Claude und Jolanda waren eine Woche früher als Jimmy fertig. Sie fuhren nach Hause, nach Paris und Amsterdam, und Jimmy blieb allein in der Wohnung in der Schwindgasse zurück. Er war froh, dass Jolanda und Mieke jetzt gemeinsam auf das Ergebnis von Miekes Schwangerschaftstest warten konnten. (Alle Beteiligten hatten die gute Nachricht erhalten, dass Miekes Periode ausgeblieben war.)

Eines Nachmittags schaute Jimmy in der Turnhalle Leopold vorbei, aber Sol und Simon erschienen nicht zum Training. Jimmy trainierte Technik mit Leo, der ihm mitteilte, dass die Israelis ihre Sachen für eine lange Reise packten.

»Eine Reise wohin?«, fragte Jimmy Kleiner Spiegel, der traurig wirkte.

»Sie sind Israelis, Jim. Wenn israelische Angelegenheiten auf sie warten, dann gehen sie eben«, sagte Kleiner Spiegel, nahm Jimmy in den Arm und hob ihn hoch, aber ohne ihn zu werfen.

»Leo, wo wollen sie hin?«, fragte Jimmy noch einmal. Der kleine Wurfmeister zuckte nur die Schultern, als wäre es egal, wo die Leute heutzutage alle hingingen.

»Ich hab was von Argentinien gehört, Jim. Vielleicht gehen sie nach Argentinien«, sagte Leo dazu nur, nahm Jimmy noch einmal in den Arm und hob ihn hoch.

Als Irmgard von der Arbeit nach Hause kam, schlief Jimmy bei offener Zimmertür mit Hard Rain in seinem Bett. Im Bad sang Irmgard der Hündin *Girl from the North Country* vor. Sie wusste einfach, welche Musik Hard Rain am liebsten mochte. Nach ihrem Bad kam Irmgard in Jimmys Zimmer, um mit ihm zu reden. Hard Rain sprang zu Jimmy ins Bett, aber Irmgard setzte sich fast schon verschämt ans Fußende.

»Ich schulde dir was«, fing sie an, sie klang sehr geschäftsmäßig. Irmgard hatte Berta dafür bezahlt, Sex mit Jimmy zu haben. Es war alles abgemacht; Jimmy brauchte Berta nur aufzusuchen, und die würde sich dann um den Rest kümmern. »Keine Sorge, ich habe Studentenrabatt bekommen«, sagte Irmgard. Sie ahmte gemein, aber treffend Berta mit ihrer Narbe an der Lippe nach. »Annelies ist nicht die Einzige, die Dinge organisieren kann«, sagte Irmgard lächelnd. Jimmy verstand, dass sie ihm etwas Gutes tun wollte – was sie eben dafür hielt.

Es war seine letzte Woche in Wien. Er musste noch eine Hausarbeit über den viktorianischen Roman schreiben. Es fiel ihm schwer, sich auf die Brontë-Schwestern und Dickens und Hardy und Eliot und Kipling zu konzentrieren, wenn er über die Zukunft nachdachte. Claude hatte Siegfried mit einem Fernrohr, das die Zukunft zeigte, zu Tode erschreckt – und was noch schlimmer war, Jimmys Deutschstunden mit Fräulein Eißler waren zu Ende. Wohin würde Annelies gehen? Die Witwe und Siegfried schliefen schon, Irmgard war bei der Arbeit oder machte sich gerade fertig. Jimmy war mit Hard Rain allein. Er überlegte, ob er in seinem Zimmer arbeiten oder ins Café an der Ecke gehen sollte. Schon als die ersten Steinchen ans Fenster klackerten, wurde Hard Rain unruhig. Jimmy öffnete das Brüstungsfenster. Auf dem Bürgersteig stand Annelies. Sie sprach laut und deutlich. »Heute Abend bin ich nicht deine Lehrerin, Jimmy. Ich bin nur gekommen, um mich zu verabschieden.« Aber würde sie nicht immer seine Lehrerin bleiben?

Nein, sie wolle nicht reinkommen, und sie wolle auch nicht, dass Jimmy zu ihr auf den Bürgersteig komme. Sie müsse ihre Sachen für eine lange Reise packen – nach Argentinien. »Simon und Sol sprechen kein Spanisch, Jimmy, und mir fallen Sprachen nun mal leicht.« (Wie Sergei einmal gesagt hatte, arbeitete die Eißler für Wiesenthal, oder für den Mossad.)

»Ich hoffe, du wirst, was du sein möchtest, Jimmy. Schriftsteller, wenn das dein Ziel ist«, sagte Annelies. »Man kann sich nicht alles aussuchen, aber Schriftsteller zu werden schon.«

»Was kann ich mir denn nicht aussuchen?«, fragte Jimmy. (Er hätte wissen müssen, worauf sie hinauswollte.)

»Du kannst dir nicht aussuchen, ob du Jude bist, Jimmy. Du bist es ganz einfach«, sagte Fräulein Eißler. »Ganz gleich, was deine beiden Moms sagen, dein Vater und deine leibliche Mutter sind Juden. Du bist Jude, Jimmy«, sagte Annelies. »Du musst deshalb nichts ändern. Du kannst selbst entscheiden, welche Art Jude du sein möchtest, aber jüdisch bist du.« Damit drehte sie sich um und ging in Richtung Argentinierstraße davon. Fräulein Eißler wusste, wie man weiterzog.

»Ich lerne doch immer noch von dir! Ich habe mir nicht aussuchen dürfen, dich zu verlieren!«, rief Jimmy aus dem Fenster, aber Fräulein Eißler war schon unterwegs nach Argentinien.

Von der Schwindgasse brauchte man ungefähr fünfzehn Minuten zu Fuß bis zu jenen kleinen Seitenstraßen der Kärntner Straße. Jimmy würde sich später nicht mehr daran erinnern, ob er Berta in der Johannesgasse oder in der Annagasse traf, aber sie ging mit ihm in das berüchtigte Hotel in der Krugerstraße. Genau wie Annelies gesagt hatte, erklärte Berta ihm, dass Prostituierte ihre Kunden nicht küssten. In Jimmys Fall aber hatte Irmgard dafür gesorgt, dass Berta ihn küsste. Sie musste gewusst haben, dass Bertas leicht deformierte Oberlippe etwas in ihm auslöste. Das war Jimmys letzte Nacht in Wien – sein bittersüßer Abschied von der Stadt an der Donau.

Jimmy packte gerade in seinem Zimmer für die Fahrt nach Amsterdam, und Hard Rain schnüffelte in seinen Sachen herum, als Irmgard nach Hause kam. Falls sie wusste, dass er bei Berta gewesen war, erwähnte sie es nicht. Sie streckte sich auf seinem Bett aus, noch in ihrer Arbeitskleidung, aber nicht, weil sie mit ihm flirten wollte. Hard Rain sollte zu ihr aufs Bett springen, und Hard Rain tat ihr den Gefallen. Die Hündin war ein Wunder, nicht nur für Siegfried. Jimmy erzählte Irmgard, dass er noch immer darüber nachdachte, was im Stadtpark passiert war – Siegfrieds Angst vor dem Fernrohr, durch das man die Zukunft sehen konnte. »Ich hoffe, Siegfried ist über den Schreck hinweggekommen«, sagte Jimmy.

»Ich habe das Gefühl, du bist derjenige, der noch nicht darüber hinweg ist«, erwiderte Irmgard.

Jimmy sagte auch, wie sehr es ihn freue, dass sie gemeinsam mit Annelies die Dinge mit Siegfried von nun an anders angehen wollten. Er erlaubte sich sogar die Bemerkung, dass es gut für Siegfried sein konnte, Annelies zu kennen.

»Wenn Siegfried Glück hat, adoptiert ihn Annelies«, sagte Irmgard. Sie zog sich im Flur aus, als wäre Jimmy gar nicht da, als würde er nicht zusehen oder als wäre es ihm egal. Jimmy fiel es in Wien immer schwer zu unterscheiden, was ehrlich und unverstellt war und was einfach nur zynisch.

Hard Rain folgte Irmgard schwanzwedelnd ins Bad. Irmgard blieb auf der Schwelle stehen und drehte sich zu Jimmy um. Weil sie nackt war, sah Jimmy zu Boden, dann wandte er sich ab.

»Es gibt ein Fernrohr, das die Zukunft zeigt, Jimmy, man nennt es den Lauf der Zeit. Wart einfach ab, du wirst schon sehen«, sagte Irmgard, dann schloss sie die Tür.

Am nächsten Morgen verabschiedete Jimmy sich von der Witwe und Siegfried und Hard Rain. Irmgard schlief wie immer aus. Wenn Siegfried nach seinem Deutschen Schäferhund gefragt wurde, pflegte er zu sagen: »Hard Rain ist ein Weibchen.« Irgendwann hatte der Junge Jolanda gefragt, wie man das auf Englisch sagte.

Stattdessen hatte Jolanda, die gern Unsinn machte, ihm beigebracht zu sagen, dass Hard Rain eine Frau war: *»Hard Rain is a woman.«* Siegfried hatte kapiert, dass der Satz auf Englisch lustig klang. Deshalb sagte er ihn häufig, und er erntete damit immer Lacher.

Und so verabschiedeten Jimmy und Siegfried sich voneinander, mit dem Satz: *»Hard Rain is a woman.«* Frau Holzinger bat Jimmy nur immer wieder darum, seiner gütigen Mutter viele Grüße auszurichten.

Jimmy hatte so viele Taschen, dass er mit dem Taxi zum Bahnhof fahren musste. Als er auf dem Bürgersteig der Schwindgasse darauf wartete, sah er Siegfried und Hard Rain am Fenster seines Zimmers stehen. Hard Rain stellte die Ohren auf, als Jimmy ihren Namen rief. Siegfried bewegte stumm den Mund. Jimmy konnte ihm den Satz von den Lippen ablesen. Der Junge sagte: *»Hard Rain is a woman«*, wieder und wieder, bis Jimmys Taxi kam.

23

Die letzte Lehrerkonferenz

James Winslow war dreiundzwanzig und ein Tagträumer. Alle Schriftsteller sind Tagträumer. Was Jimmy über den Lauf der Zeit wusste, stammte aus den Romanen des 19. Jahrhunderts, die er so liebte. Wie Irmgard gesagt hatte, war der Lauf der Zeit die einzige Möglichkeit, in die Zukunft zu blicken. Aufgabe des Schriftstellers war, sich die Zukunft auszumalen, das lernte Jimmy beim Schreiben seines eigenen Romans. Er wusste, dass er eine Sterbeszene für die Figur schreiben würde, die seinem Großvater nachempfunden war.

James Winslow erinnerte sich nicht, wie oft er auf dem Weg vom Wiener Westbahnhof nach Amsterdam Centraal umgestiegen war, und es war ihm auch egal. Für einen jungen Schriftsteller bedeuten vierzehn Stunden Zugfahrt vierzehn Stunden ungestörtes Schreiben und Lesen. Jimmy las zum ersten Mal *Anna Karenina* von Tolstoi – den Roman, der in Mieke den Wunsch geweckt hatte zu schreiben, wie sie ihm erzählt hatte. Auch sein Großvater hatte ihm das Buch bereits vor langer Zeit empfohlen. Thomas Winslow hatte damals erklärt, übersetzte Literatur werde im Unterricht vernachlässigt. Jimmy hatte an seinen Großvater geschrieben, aber Thomas schrieb nicht zurück, jedenfalls nicht so wie früher. »Alle Familien mit Kindern, die wieder

Kinder haben, sind kompliziert auf ihre Weise«, hatte Jimmy den Brief begonnen. »Rate mal, was ich gerade lese, Grandpa?« Aber er hatte keine Antwort erhalten.

Hatte sein Großvater den Witz nicht verstanden? Bei den Winslows hatte man schon Witze über den ersten Satz von *Anna Karenina* gemacht, lange bevor Jimmy den Roman zu lesen begann. Wie die Winslow-Schwestern über den Satz gelacht hatten! »Alle glücklichen Familien sind einander ähnlich, jede unglückliche Familie ist unglücklich auf ihre Weise.« So beginnt Tolstois Roman, doch da hatten die Winslow-Töchter widersprochen!

»*Wir* sind eine glückliche Familie, aber wir sind anders als alle anderen Familien«, hatte Faith gesagt.

»Nicht mal wir Winslow-Mädchen sind einander ähnlich«, hatte Hope behauptet.

»Ja, jede von uns ist glücklich auf ihre Weise!«, hatte Honor gerufen.

»Was dich glücklich macht, Honor, wäre auch für niemanden sonst geeignet!«, erklärte Prudence, und alle lachten, auch Thomas und Constance. Daran erinnerte Jimmy sich noch genau. Erst vor Kurzem hatte er seiner Mom in einem Brief davon erzählt. Er hatte ihr berichtet, dass Grandpa Tommy nicht mehr schrieb wie früher, aber Honor Winslow hatte nicht geantwortet. Natürlich waren Briefe ins Ausland lange unterwegs, selbst mit Luftpost brauchten sie ewig. Also gab Jimmy Irmgard seine Nachsendeadresse und Geld fürs Porto. Er schärfte ihr die Namen seines Großvaters und seiner Mutter ein und schließlich noch den von Esther. Für die Zugfahrt nach Amsterdam hatte er einen ungeöffneten Brief von Esther an einem sicheren Ort verstaut – ihre sehnsüchtig erwartete Nachricht steckte als Lesezeichen in *Anna Karenina*.

»Lieber James Winslow«, begann Esthers Antwort auf Jimmys ersten Brief. »Dass Fiktion in Dir steckt, ist wohl meine Schuld. Schriftstellerin wollte ich nie werden, aber ich hatte nicht die Möglichkeit, jüdisch aufzuwachsen, also war ich zu sehr damit beschäftigt, mir mein Leben auszudenken, um Schriftstellerin zu werden. Dein Großvater war der einzige Vater, den ich je hatte. Meine Mutter hat nicht lange genug gelebt, um mir eine Mutter zu sein. Ich wollte nicht werden, was meine Mutter nicht sein konnte. Ich versuche einfach, eine so gute Jüdin zu sein, wie ich nur kann. Ob ich auch eine Andersartigkeit in mir habe? Darauf kannst Du wetten! Ich habe gehört, dass Du ein bisschen Deutsch gelernt hast«, schrieb sie dann und beendete ihren Brief auf Deutsch mit den Worten: »Ich wünsche Dir alles Gute.« Diesmal hatte sie mit ihrem Vornamen unterschrieben – nur Esther. Auf dem Absender stand eine andere Adresse als beim letzten Mal, diesmal in Jerusalem, wieder war sie wohnhaft bei jemand anderem. Fürs Erste, fand Jimmy, eignete Esthers Brief sich sehr gut als Lesezeichen für *Anna Karenina,* handelte der Roman doch ziemlich sicher von Untreue, Vertrauen, Familie, Ehe und Begehren – zumindest nahm Jimmy das an. Er hatte bisher nur den ersten Teil gelesen, in dem Wronski zum ersten Mal einen Blick auf Anna wirft und Anna mitansieht, wie ein Bahnarbeiter vor einen Zug stürzt und getötet wird. James Winslow vermutete, dass dieser Unfall nichts Gutes für Annas Zukunft verhieß; vor Zügen sollte sie sich wohl besser in Acht nehmen. Jimmy hoffte, dass Irmgard sich vor

Hunden mit Eiern in Acht nahm, wenn Siegfried und sie mit Hard Rain Gassi gingen, aber Irmgard hatte seine Warnung in den Wind geschlagen.

»Niemand kann Hunde mit Eiern leiden, Jimmy, am wenigsten kastrierte Rüden. Die hassen Hunde mit Eiern noch viel mehr, als Hard Rain es tut«, hatte Irmgard gesagt. »Sie kann sich schon gegen rollige Rüden zur Wehr setzen. Niemand lässt sich gern von irgendeinem räudigen Köter bespringen. Ich spreche da aus Erfahrung.« Jimmy konnte es kaum erwarten, Claude und Jolanda davon zu erzählen.

»Liebe Esther«, schrieb Jimmy auf der Zugfahrt. »Ich kann Dir bestätigen, dass auch in mir hauptsächlich Fiktion und Andersartigkeit steckt. Ich weiß, dass Ihr Euch schreibt, Du und Grandpa Tommy. Ich mache mir Sorgen um ihn. Wir schreiben uns auch, aber er schreibt mir nicht mehr zurück wie früher. Hast Du den Eindruck, dass er abgebaut hat?« Diesmal unterschrieb er: »Alles Liebe, Jimmy.«

In einem der Notizbücher, in die er seinen Roman schrieb, rechnete James Winslow nach, wie alt sein Grandpa Tommy und seine Grandma Connie waren. Sie waren beide gleich alt, Jahrgang 1880 – das konnte Jimmy sich leicht merken, denn als er zur Welt gekommen war, 1941, waren seine Großeltern einundsechzig gewesen. Und jeder in der Familie Winslow kannte die Geschichte, dass Prudence zehn gewesen war, als die vierte Schwangerschaft bei Constance Winslow »nicht mehr zu übersehen war«. Hope war damals zwölf gewesen und Faith vierzehn.

1919, als Honor Winslow geboren wurde, waren Thomas und Constance neununddreißig, damals ein fortgeschrittenes Alter für werdende Eltern, wie Jimmy wusste. Im

Herbst 1963, als Jimmy nach Wien ging, waren seine Großeltern dreiundachtzig. Die beiden waren ausdauernde Spaziergänger, sie waren schlank und fit und bewältigten alle Wege zu Fuß. Sie waren geistig rege wie eh und je, und es sah nicht danach aus, als müssten sie bald in das vielgeschmähte Altersheim des Ortes umziehen, The Meadow, das die dort untergebrachten pensionierten Lehrer und Mitarbeiter der Pennacook Academy »die letzte Lehrerkonferenz« nannten. Für diejenigen, die noch an der Academy unterrichteten, war der Spitzname ein gewisser Trost – für ihre Frauen eher weniger. Seine Großeltern würden vierundachtzig sein, wenn James Winslow jetzt, 1964, von seinem Auslandsjahr zurückkehrte.

»Liebe Tante Faith«, schrieb Jimmy an seine älteste Tante. Er wusste, dass die Winslow-Schwestern nicht gerade sparsam mit Worten waren, und Faith machte üblicherweise als Erste den Mund auf, sie beschönigte nichts. Er erklärte ihr, warum er sich Sorgen um Grandpa Tommy machte und dass er schon an seine Mom und an Esther geschrieben hatte. »Als ich nach Wien abgereist bin, war The Meadow noch nicht in Sicht«, schrieb er. Jetzt hatte Jimmy zwei Briefe, die er in Amsterdam abschicken wollte, und keine Ahnung, wie lange er dortbleiben würde. Seine Versuche, Mieke zu schwängern, erwähnte er weder im Brief an Esther noch in dem an Faith. Da war er abergläubisch. Mieke zuliebe hoffte er einfach nur, dass sie die Sache nicht wiederholen mussten.

Als er in Amsterdam Centraal auf den Bahnsteig trat, entdeckte er Jolanda schon von Weitem. Sie war größer als alle anderen und winkte ihm wild zu. »Hey, Spermaheld, gut gemacht! Du hast meine Freundin geschwängert!«, rief sie. An den Blicken der Leute erkannte Jimmy, dass viele Niederländer Englisch verstanden. Im Taxi auf dem Weg zu seinem Hotel am Oudezijds Voorburgwal, einer der Grachten im Rotlichtbezirk der Stadt, erklärte Jolanda ihm, dass die hohen Kanalmauern zum Schutz vor Überschwemmungen gebaut worden waren. Aus diesem Grund hieß das ganze Viertel De Wallen, »die Wälle«. Es gebe jedoch keine Wälle, die vor ihren Eltern schützten, fuhr sie fort. »Mein Dad ist ein devoter Anwalt und meine Mom die Domina, der er sich unterwirft«, erklärte Jolanda.

Nachdem Jimmy im Hotel eingecheckt und sein Gepäck abgestellt hatte, machte Jolanda mit ihm einen Spaziergang durch De Wallen. In den Fenstern und Türen der Häuser konnte man die Prostituierten sehen, die gerade keine Kunden hatten. Jolanda wusste, dass sie sich nicht gern von Frauen anstarren ließen, aber sie war geübt darin, unauffällig hinzusehen. Sie flüsterte Jimmy zu, wer ihre Lieblinge waren, ein paar davon hatten allerdings gerade Kundschaft. Jimmy traute sich nicht zu sagen, welche beiden ihm am besten gefielen, aber ihm gefielen viele von denen, die auch Jolanda mochte. »Gucken ist in Ordnung, Jimmy, aber wehe, du gehst zu einer hin! Denk dran, du bist zum Heiraten hier«, sagte Jolanda. »Mieke benimmt sich schon wie eine schwangere Braut. Sie will bis zur Hochzeit nicht mal mehr mit mir schlafen, erst, wenn ihr den Trauschein habt. Bis dahin: zwei einsame Scheiden. Das wäre doch mal ein Titel, Jimmy! *Zwei einsame Scheiden!«*, rief Jolanda. Die Blicke der Prostituierten in den Fenstern ließen Jimmy vermuten, dass auch sie Englisch verstanden. Jolanda bereute ihren Ausruf sofort, sie hatte den Frauen gegenüber nicht respektlos sein wollen. Jimmy versuchte, sich *Zwei einsame Scheiden* als Eheroman vorzustellen. Erst später, als Jolanda ihn zu seinem Hotel zurückgebracht hatte, wurde Jimmy klar, was ihr Sorgen machte. Ihre Eltern wollten Jimmy zum Frühstück treffen, aber sie selbst würde dann schon wieder am Bahnhof sein; sie holte Claude und Chantal vom Zug aus Paris ab.

Jimmy konnte sich kaum vorstellen, dass Herr und Frau Lammers als Eltern von Jolanda wirklich so verklemmt sein sollten, wie sie es beschrieben hatte, aber Jeroen und Els Lammers verarbeiteten gerade noch, dass ihre Tochter in einer festen lesbischen Beziehung lebte. Und jetzt bekamen Jolanda und Mieke plötzlich ein Baby, das sie sich irgendwie mit einem Mann teilen würden, der aber nicht an einer echten Ehe interessiert war. Also, nach der standesamtlichen Trauung wären Jimmy und Mieke natürlich schon rechtmäßig verheiratet – sie würden ein eheliches Kind bekommen –, aber in bester Anwaltsmanier sah Herr Lammers einen Haufen juristischer Streitigkeiten auf sie zukommen. Und in bester Dominamanier konnte Frau Lammers es keinesfalls gutheißen, dass ein Ehepaar nicht zusammenleben wollte. »Du darfst dich von mir aus beim Frühstück gern übergeben, Jimmy«, sagte Jolanda. »Aber bitte tröste dich nicht mit einer dieser armen Frauen hier.« Jimmy verschwieg ihr, dass er in Wien bei Berta gewesen war, zweifellos um sich darüber hinwegzutrösten, wie sehr er es vermisste, mit Mieke und Jolanda zu schlafen.

Jeroen und Els Lammers waren beide so groß wie Jolanda. Bis sie sich an den Frühstückstisch setzten, war es

Jimmy unangenehm, dass er so klein war. »Wenn das Kind nur so groß wird wie du, wäre ein Mädchen damit wahrscheinlich glücklicher als ein Junge«, sagte Jeroen Lammers zu Jimmy.

»Mädchen sind auch glücklicher, wenn sie größer sind, Jeroen«, sagte die Domina, ohne Jimmy anzusehen, der überzeugt war, dass er als Mädchen glücklicher gewesen wäre – egal, ob klein oder groß. Angesichts der harschen Kritik, der Jimmy sich vonseiten der Lammers ausgesetzt sah, überraschte ihn das Selbstvertrauen, das er plötzlich verspürte. Es war das Selbstbewusstsein eines Geschichtenerzählers, es kam vom Schreiben. Jimmy erzählte ihnen die Geschichte seiner zwei Moms. Es war eine lange Geschichte, und er erzählte sie von Anfang bis Ende; er kam kaum zum Essen. Seine beiden Moms waren die Heldinnen seiner Geschichte.

»Und doch wünschte ich, ich würde meine leibliche Mutter kennen. Ich wünschte, ich könnte Zeit mit ihr verbringen«, sagte er. »Mein Kind soll auf jeden Fall Zeit mit Mieke und Jolanda verbringen. Er oder sie soll die beiden richtig kennenlernen können.«

»Deine Mutter, also diejenige, die dich wollte, die dich aufgezogen hat, arbeitet als Geburtshelferin?«, wiederholte Frau Lammers. »Dann vermute ich, sie möchte dabei sein, wenn das Kind auf die Welt kommt.« Jimmy versicherte ihr, dass seine Mom dabei sein wolle, das mit dem Kind sei ja überhaupt ihre Idee gewesen. »Ich mag deine Mutter, deine beiden Mütter«, sagte die Domina. Niemand übergab sich beim Frühstück, nicht einmal Herr Lammers. Zweimal warf Jolanda heimlich einen Blick in das Café, aber sie ging nicht hinein – nicht, solange Jimmy redete. Sie hatte Claude und Chantal bereits einmal durch De Wallen geführt.

Zu Jimmys Glück richtete Jeroen Lammers seinen prüfenden Anwaltsblick lieber auf die erwartbare Unzulänglichkeit der niederländischen Gesetze. Das Kind würde sowohl die niederländische als auch die amerikanische Staatsangehörigkeit haben. Die niederländische blieb lebenslang erhalten, egal, wie lange ein Kind im Ausland lebte. »Man kann jederzeit einen neuen Pass beantragen«, sagte Herr Lammers. Dem Scheidungsplan stand er etwas kritischer gegenüber. Jolanda lebte mit der Vorstellung, dass Jimmy und Mieke sich scheiden ließen, wenn das Kind drei oder vier war. Eine Scheidung war nur bei einer Haftstrafe von mindestens vier Jahren erlaubt oder im Fall von Missbrauch, Vernachlässigung oder Ehebruch. »Am einfachsten ist es, wenn der Mann einen Ehebruch eingesteht«, erklärte Jeroen Lammers. »Ich hoffe, diese Notlüge wird eines Tages nicht mehr nötig sein.« (Jimmy rechnete eher nicht damit, dass er würde lügen müssen – nicht, wenn er drei oder vier Jahre lang mit Mieke verheiratet blieb.)

Was Jolandas Beziehung mit Mieke betraf, sah die Sache so aus: Lesbische Paare konnten zwar eine »Lebensgemeinschaft« eintragen lassen, »rechtlich anerkannt« war so etwas allerdings nicht, wie Herr Lammers erklärte (über eingetragene Partnerschaften oder die gleichgeschlechtliche Ehe sprachen sie gar nicht erst). Sollte Jimmy erneut heiraten und sollten in dieser Ehe noch ein oder mehrere Kinder geboren werden, wirkte sich das möglicherweise auf das Sorgerecht für Jimmys und Miekes Kind aus – das zumindest vermutete Jeroen Lammers in bester Anwaltsmanier.

»Freundschaften halten länger als Ehen. Freunde bleiben Freunde, nur Paare trennen sich«, sagte Jimmy zu Jolandas Vater, doch die Skepsis gegenüber den ungewöhnlichen Beziehungen seiner Tochter konnte er ihm nicht nehmen.

Bis Jimmy mit Claude und Chantal zusammentraf, hatte Claude sich vom Rundgang durch das Rotlichtviertel erholt, wo er Jolanda zufolge in Tränen ausgebrochen war. Claude war der Meinung, man müsse die Prostituierten aus der sexuellen Sklaverei befreien. Jolanda gab zu, dass einige der Frauen in den Fenstern und Türen wohl tatsächlich gerettet werden mussten, und Chantal war nach seiner emotionalen Reaktion auf die Frauen gleich noch verliebter in Claude. Jolanda sagte, sie brauche eine Pause von dem andauernden Geturtel auf Französisch und dem Gerede über Claudes und Chantals Hochzeitspläne, über die noch keine Einigkeit bestand. Claude wollte lieber in New Hampshire heiraten, um den extravaganten Vorstellungen seiner Mutter zu entkommen; Chantal dagegen graute davor, Claude und seine Mutter mit den fortpflanzungsfreudigen Beaudettes zu konfrontieren, die nur Windeln wechseln konnten und kein Französisch. Chantal hoffte, dass zu einer Hochzeit in Paris nur wenige Beaudettes anreisen würden; Claude hoffte, in New Hampshire vor seiner manipulativen Mutter sicher zu sein. Jimmy wollte einfach nur, dass Jolanda ihm half, seine Briefe nach Israel und New Hampshire abzuschicken.

»Du wirst vor diesem Brief in New Hampshire sein«, sagte Jolanda.

Am Abend lud Miekes Mutter alle zum Essen in ein Restaurant ein, vielleicht am Rokin, in der Nähe vom Dam.

Oder vielleicht auch direkt auf dem Dam, in der Nähe vom Rokin, Jimmy erinnerte sich später nicht mehr daran. Mieke und Jolanda hatten ihn beide vor Bente, Miekes Mutter, gewarnt. »Mit jungen Männern flirtet sie immer. Sie wird garantiert auch mit dir flirten, Jimmy«, hatte Mieke gesagt.

»Wenn Bente es übertreibt, sag einfach das Wort *Penis,* Jimmy. Es ist das gleiche Wort auf Niederländisch, Deutsch und Englisch«, riet Jolanda ihm. Sie hatte ihm schon erzählt, dass Miekes Vater Bente noch vor Miekes Geburt verlassen hatte. Mieke war ohne Vater aufgewachsen – nur sie und Bente.

Das Flirten störte Jimmy nicht. Bente starrte ihn einfach nur schmachtend an, unter dem Tisch lag ihre Hand auf seinem Oberschenkel. »Danke, Jimmy«, flüsterte sie, als wäre es eine Zumutung für ihn gewesen, Mieke zu schwängern.

»*Moeder!* Hände auf den Tisch«, sagte Mieke. (Das Wort »Mutter« klang auf Niederländisch wie »Muuder«.)

Jimmy mochte Bente. Sie fand, das Baby solle in Amsterdam zur Welt kommen, wo es genug Ärzte und Schwestern für Mieke gab. »Ich bin diejenige, die eine Krankenschwester brauchen wird, Jimmy. Ich hoffe, deine Mutter kommt und kümmert sich um mich«, sagte Bente. Seine Mom würde bestimmt gern nach Amsterdam kommen, dachte Jimmy. Honor Winslow war gut darin, sich um Babys zu kümmern – und um Mütter.

Am nächsten Morgen besuchte Chantal das Anne-Frank-Haus, sie ging allein. Zurück im Hotel verkroch sie sich für den Rest des Tages im Bett. Deshalb bat Claude Jimmy, ihn bei seinem Besuch zu begleiten; er wollte das alte Haus an der Prinsengracht lieber nicht allein besichtigen. Jimmy weinte dort genauso viel wie Claude. Sie weinten um Anne als Kind und um Anne als Jüdin, aber Jimmy weinte auch um Anne als Schriftstellerin.

Nachdem er die versklavten Frauen in den Fenstern und Türen des Rotlichtbezirks gesehen und das Anne-Frank-Haus erlebt hatte, war Claude bei Miekes und Jimmys Trauung sehr aufgewühlt. Er sah, dass das Paar im Anschluss an sein Jawort etwas überreicht bekam, aber er erkannte nicht, worum es sich handelte. Er fragte Jolanda, die weinte. »Es ist ein *trouwboekje*!«, schluchzte sie.

»O nein, ein *trouwboekje*! Die Ärmsten!«, rief Claude.

»Das ist nur ein Büchlein, Claude! Da ist die Heiratsurkunde drin«, erklärte Jolanda. Diese Art Hochzeit war es. Jimmy und Jolanda küssten beide die Braut, und Bente küsste Jimmy ein bisschen zu intensiv. Jimmy dachte, er hätte sich auf die Zunge gebissen, aber Mieke war überzeugt, dass ihre Mutter das gewesen war. »Vergiss nicht, *Penis* zu sagen, wenn nötig, Jimmy«, erinnerte ihn Jolanda.

Unter den gegebenen Umständen war die Hochzeitsnacht vielleicht nicht so, wie ein Bräutigam sie sich üblicherweise erträumt, aber James Winslow war glücklicher als je zuvor. Er würde diese Nacht nie vergessen und auch nicht, wie oft er sich ausmalte, in Zukunft nach Amsterdam zurückzukommen. Das Kind war das Allerwichtigste, da waren sie sich einig. Sollte es ein Junge werden, würde Jimmy einen Namen aussuchen, für einen Mädchennamen waren Mieke und Jolanda zuständig. Jimmy entschied sich für Leo. (Er hatte Kleiner Spiegel nichts davon erzählt, er wusste, dass der bei einem Mädchen dann enttäuscht wäre.)

Mieke und Jolanda wollten ein Mädchen Vienna nennen. »Vienna ist ein hübscher Name, und außerdem ist es die Stadt, in der wir es getan haben!«, rief Jolanda.

Da war Jolandas Vater in bester Anwaltsmanier anderer Ansicht. »Genau genommen, Jolanda, haben nur Jimmy und Mieke es getan«, sagte Herr Lammers, aber Mieke und Jimmy schüttelten den Kopf. Sie wussten, dass Jolanda genauso beteiligt gewesen war.

»Wir haben es zu dritt getan, Daddy. Für dieses Kind hat es uns alle drei gebraucht«, erklärte Jolanda, und jetzt nickten Mieke und Jimmy. Es gab keinen Zweifel, dachte Jimmy: Dieses Kind würde einen Dad und zwei Moms haben. Claude und Chantal hatten aufgehört, über den Ort ihrer Hochzeit zu streiten, aber sie tuschelten weiter auf Französisch und küssten sich. »Egal, wo, Claude, ich werde ordentlich Radau machen«, hatte Jolanda versprochen.

Vielleicht lag es daran, dass er ein Kind bekam, aber James Winslow hatte sich verändert. Auf dem Flug zurück nach Amerika nahm er eine bedeutende Korrektur an der Romanfigur vor, die seinem geliebten Großvater nachempfunden war. Der ehrwürdige Englischlehrer ist doch kein eingefleischter Junggeselle, er ist nicht asexuell wie Jimmys Mom. Lehrer Tom, der titelgebende Dickens-Mann, ist ein Familienmensch. Er will, dass seine einsamen und depressiven Schüler genauso glücklich werden, wie seine eigenen Kinder es sind. Diesen Englischlehrer halten keine homophoben Lehrergattinnen und Schüler für einen nicht praktizierenden Homosexuellen. Die Ursache für die Überarbeitung war James Winslow klar: Er dachte schon wie ein Vater, wie ein Beschützer. Jimmy kam seine Mom in den

Sinn – er konnte nun ihre Überfürsorglichkeit besser verstehen. Der Dickens-Mann spürt weiter unglückliche Jungs auf und rettet sie; Lehrer Tom findet den Dickens-Roman, der ihnen neuen Lebensmut gibt. Jimmy verstand, dass er die Hauptfigur von *Der Dickens-Mann* normaler machte, um ihn zu schützen, und das ließ seine Gedanken in eine dunkle Richtung schweifen. Er erinnerte sich an eine Geschichte, die Grandpa Tommy ihm erzählt hatte – die Winslows hatten sie einst von Dr. Larch erfahren. Als Larch dem Rabbi in Portland sagte, dass Esther nicht an Gott glaube, verurteilte der Rabbi sie dafür nicht. Er sagte nur, Esther verdiene zu wissen, wie viel Angst ihre Mutter um sie gehabt hatte. »Furcht ist Liebe«, hatte der Rabbi gesagt.

James Winslow verstand jetzt: Sogar Eltern, die nicht normal sind, wünschen sich, dass ihre Kinder es sind. *Denn sind normale Kinder nicht weniger in Gefahr?*, überlegte er sich. Jimmy bekam Angst um sein eigenes Kind. Angesichts der Tatsache, was für ein Wendepunkt seine Entjungferung gewesen war und wie ahnungslos er selbst dabei, bezweifelte Jimmy, dass sein Kind normal sein würde – ganz zu schweigen von Miekes Beitrag und von Jolandas. Und damit wurde Jimmy auch klar: Je mehr Angst man um ein Kind hatte, desto mehr musste man es lieben. Er hatte keinen Zweifel daran, dass Mieke und Jolanda genauso empfanden. Wenn ihr Kind ein schwuler Junge war, dann würden sie mehr Angst um ihn haben, sie würden ihn mehr lieben. Dasselbe galt für ein lesbisches Mädchen: Je mehr Angst sie um sie hatten, desto mehr würden sie sie lieben.

All das während des Flugs zurück nach Amerika, wo die Vaterschaft James Winslow vor einem verfehlten Krieg bewahren würde. Als er in New York landete, noch bevor er das Flugzeug nach Boston bestieg, wusste Jimmy, dass mit seinem Großvater etwas nicht stimmte. Das war eine Furcht-ist-Liebe-Sache; Grandpa Tommy war etwas zugestoßen, aber seine Töchter hatten es Jimmy nicht gesagt, um ihn zu schützen, das vermutete er zumindest. Er wusste nur, dass er in Boston abgeholt werden würde. Faith und Hope fuhren gern Auto, und Hope besaß einen Kombi. Seine Mom und Prudence mussten vermutlich arbeiten. Krankenschwestern und Ärztinnen arbeiteten ja eigentlich immer.

Am Gepäckband in Boston sah Faith ihn schon, bevor er sie entdeckte. Wie immer sprach sie als Erste. »Hope ist beim Kombi. Wir dachten uns schon, dass du viel Zeug hast«, sagte sie. »Jede Menge Platz für Prudence und dich auf dem Rücksitz, Jimmy.« Mit dreien hatte er nicht gerechnet.

»Ist Prudence nicht arbeiten?«, fragte Jimmy.

»Du musst es von der Ärztin hören, Jimmy. Und wenn Prudence es mit dem Ärztelatein übertreibt, übersetzen Hope und ich für dich«, erwiderte Faith.

Thomas Winslow hatte vor einiger Zeit »Anfälle« bekommen. Er hatte versucht, die Episoden für sich zu behalten, um Constance nicht zu beunruhigen. Anfangs dauerten sie nur eine oder zwei Stunden. Aus heiterem Himmel wurde ihm schwindelig, er war kurzatmig und kraftlos, und sein Herz schlug schnell und unregelmäßig. Ab und an, erzählte Prudence, hatte Tommy unruhig gewirkt; ein oder zweimal war jemandem aus der Familie aufgefallen, dass er unsicher auf den Beinen war, wenn er zu einem Stuhl wankte. Aber sobald er saß, schien es ihm wieder gut zu gehen. Die Episoden endeten so plötzlich, wie sie gekommen waren, und hinterließen keinerlei Schäden.

»Alles in Ordnung, Tommy?«, hörten die Winslow-Töchter Connie oft fragen, wenn er sich wieder einmal hastig zurückzog, oft ins Badezimmer.

»Die Badezimmertür wird nicht mehr abgeschlossen, ihr beiden«, hatte Prudence sie ermahnt.

»Leute in ihrem Alter sterben oft im Bad, während der Rest der Familie noch versucht, die Tür aufzubrechen«, erklärte Faith Jimmy. Jimmy wusste, dass Tommy immerzu an Dickens dachte. Dickens hatte 1870 einen Schlaganfall erlitten. Im Sterben schloss er die Augen, aber auf seiner rechten Wange glitzerte eine Träne. Er war achtundfünfzig Jahre alt geworden.

Jetzt meldete sich Hope, die am Steuer saß, zu Wort. Connie habe sich Sorgen um Tommy gemacht, da er immer wieder gesagt habe, wie ungerecht es sei, dass er so lange lebte, während ein so wichtiger und produktiver Mensch wie Dickens so jung gestorben sei. »Daddy muss gemerkt haben, dass er dieselbe Art von Herzrasen hatte wie Dickens«, sagte Hope.

»Daddy hatte paroxysmales Vorhofflimmern, Jimmy. Die Anfälle wurden immer häufiger und dauerten immer länger«, fuhr Prudence fort. Jimmy sah im Rückspiegel, wie Faith beim medizinischen Fachchinesisch die Augen schloss und eine Grimasse zog, aber Prudence war entschlossen, Jimmy die Lage ganz genau zu erklären. Beim Vorhofflimmern pumpen die kleinen Herzkammern das Blut nicht mehr in die großen Herzkammern, die Vorhöfe »flimmern« nur noch (sie »zittern«, so Prudence). Es fließt zwar noch

Blut in die Herzkammern, aber die elektrischen Impulse sind gestört. Weil das Herz so schnell schlägt, gelangt nicht genug Blut in die Kammern, und es wird fast kein Blut herausgepumpt. Das hatte Thomas Winslows Schwindelgefühle, seine Erschöpfung und Kurzatmigkeit hervorgerufen – dieser schnelle, unregelmäßige Herzschlag.

»Komm zum Punkt, Prudence«, unterbrach Faith. »Jimmy hat Jetlag und hat sich damit abgemüht, eine Niederländerin zu schwängern. Er muss nicht wissen, wie ein gesundes Herz funktioniert.«

Aber Prudence ließ sich nicht aus der Ruhe bringen. Wenn die Vorhöfe nicht mehr vernünftig pumpten, so erklärte sie, staute sich dort das Blut, und es bildeten sich Gerinnsel. »Und die schießen dann heraus, wenn ein Anfall vorbei ist und die Vorhöfe wieder zu pumpen beginnen. Die Gerinnsel gelangen ins Gehirn und verursachen dort Embolien, was wiederum zu einem Schlaganfall führt. Das bedeutet, dass Hirngewebe abstirbt, Jimmy«, sagte Prudence. Sie war nicht mehr zu bremsen – diese medizinischen Details waren als Ärztin ihre Angelegenheit.

Thomas Winslow war im Bad gewesen. Wahrscheinlich hatte er einen Anfall und fühlte sich unwohl. Nach einer Weile ging es vorbei, aber dann schoss, wie Prudence erklärte, »ein ganzer Schwall Gerinnsel« durch seine Adern. Es kam zum Verschluss der linken mittleren Hirnschlagader, und das Broca-Areal starb ab (das »Sprachzentrum des Gehirns«, so Prudence). Thomas brach zusammen. Constance musste ihn fallen gehört haben, sie eilte sofort ins Badezimmer.

»Mommy ist über ihn gestolpert. Daddys rechte Gesichtshälfte war schon gelähmt. Der rechte Mundwinkel war schief, und es floss Speichel heraus«, fuhr Prudence fort. »Daddy kann nicht mehr sprechen, Jimmy, und seine ganze rechte Seite ist gelähmt. Aber er kann hören, er versteht alles. Mommy ist bei ihrem Sturz mit dem Kopf auf die Kante der Badewanne gefallen. Sie war bewusstlos, und sie hat sich das Becken gebrochen.«

Faith und Hope unterbrachen Prudence jetzt nicht mehr. Thomas' Vorhofflimmern wäre vielleicht behandelbar gewesen, aber der Schaden durch den Schlaganfall war unwiderruflich. Er war bei Bewusstsein, aber er konnte nicht mehr sprechen, und er war halbseitig gelähmt. Er wurde durch einen Schlauch ernährt, weil er nicht mehr in der Lage war zu schlucken. Thomas Winslow war bettlägerig und inkontinent. Es war unvorstellbar: Er konnte nicht mehr kommunizieren, nur noch mit der linken Hand. Connie war noch schlimmer dran. Eigentlich hätte ihr Becken operiert werden müssen, aber bei ihrem Alter und der Kopfverletzung war eine OP riskant. Die Winslow-Schwestern hatten beschlossen, sie gehen zu lassen. Constance hatte überdies noch eine Hirnblutung erlitten (so Prudence) und war ins Koma gefallen. Sie wurde ebenfalls künstlich ernährt. »Mommy hält vielleicht noch einen Monat durch«, sagte Prudence. Thomas war sich der Situation, in der er und seine geliebte Frau sich befanden, schmerzlich bewusst. Sie lagen beide auf der Intensivstation von The Meadow.

»Sie waren zwei Wochen im Krankenhaus, Jimmy, dann sind sie ins Heim gekommen«, erzählte Faith, als sie glaubte, unterbrechen zu dürfen. Jimmy nahm an, dass sie dann wohl mit den medizinischen Details fertig waren.

»Wir wissen nicht, ob Daddy demnächst oder erst in ein paar Jahren stirbt, aber Mommy wird höchstwahrscheinlich vor ihm gehen«, sagte Hope.

»Deinen Brief habe ich gerade erst bekommen, Jimmy, und wir hatten noch keine Zeit, ihn zu beantworten«, sagte Faith. »Wir haben deine Briefe an Daddy abwechselnd beantwortet. Nicht, dass wir es geschafft hätten, dir etwas vorzumachen.«

»Die meisten Briefe hat deine Mom geschrieben«, fügte Hope hinzu.

»Wir haben es alle zusammen gemacht und uns gegenseitig korrigiert. Deswegen haben wir es verbockt. Wir konnten ja nicht alle gleichzeitig wie Daddy klingen!«, rief Prudence.

»Nur die Ruhe«, sagte Faith. »Morgen fahren wir mit Jimmy ins Heim. Was ich jetzt wissen will, ist, wie es mit dem Schwängern gelaufen ist.«

»Das wird das Erste sein, was deine Mom dich fragt, Jimmy. Ist die Niederländerin schwanger oder nicht?«, wollte Hope wissen.

»Wenn nicht, solltest du nicht hier sein, sondern mit ihr im Bett«, sagte Prudence.

»Mieke ist schwanger. Sie und ihre Freundin, meine Mitbewohnerin Jolanda, benehmen sich, als wären sie beide schwanger«, erzählte Jimmy.

»Die beiden klingen herrlich!«, rief Hope.

»Sie klingen wie wir, das ist mal sicher!«, warf Prudence ein.

»Das meint Hope doch, Prudence. Die beiden werden gut zu uns passen, Jimmy«, sagte Faith. Jimmy schien es angemessen, dass er hinten saß. Er hielt hier eindeutig nicht das Steuer in der Hand.

James Winslow würde allein Vater sein, aber sein Kind würde keinen Mangel an Müttern haben. »Ich freue mich tatsächlich schon darauf, Vater zu sein«, sagte er von hinten. Jimmy war klar, dass er bei so viel Unterstützung keine Ausrede hatte, kein guter Vater zu sein.

»Deine Mom weiß, dass du an Esther geschrieben hast, Jimmy«, sagte Hope.

»Esther und Honor schreiben sich ständig«, erklärte Prudence.

»Es ist ein Brief für dich von Esther gekommen, zusammen mit deinem Brief an mich aus Amsterdam«, sagte Faith.

Den Winslow-Töchtern konnte man nichts verheimlichen und Esther auch nicht, dachte Jimmy. Und bei Mieke und Jolanda würde es genauso sein. Für jemanden, der Schriftsteller und Vater werden wollte, war das eine gute Sache.

Als Jimmy das Haus der Winslows betrat, fiel seine Mom ihm um den Hals und küsste ihn. Honor war so glücklich, dass Mieke schwanger war, sie vergaß fast, ihm Esthers Brief zu geben.

»Es ist ein dünner Brief«, sagte Honor nur, als sie ihn überreichte.

»Unabhängig davon, was Annelies dir gesagt hat, ist es zu spät für dich, Jude zu sein, Jimmy. Du bist nicht in Angst aufgewachsen«, hatte Esther geschrieben.

»Sind Esthers Briefe nicht immer dünn?«, fragte Faith Honor.

»Meiner Erfahrung nach sind Esthers Antworten kurz, wenn man ihr eine Frage stellt«, erwiderte Honor und sah Jimmy an.

»Vor allem, wenn es ums Jüdischsein geht oder darum, was in Israel passiert!«, rief Hope.

»So ist Esther, sie will uns vor ihren jüdischen Angelegenheiten beschützen«, sagte Honor.

»Esther ist eben nicht nur *dein* Kindermädchen, Honor. Sie gibt auf uns alle acht!«, warf Prudence ein.

»In dem Fall hatte ich Esther keine Frage gestellt. Es ging um etwas, das meine Deutschlehrerin zu mir gesagt hatte«, erklärte Jimmy und reichte Esthers Brief seiner Mom. Natürlich lasen ihn alle Winslow-Töchter, es dauerte nicht lange.

»Annelies, Jimmys Deutschlehrerin, ist Jüdin«, erklärte Honor.

»Annelies ist diejenige, die sich nach Anne Frank benannt hat«, warf Prudence ein.

»Mochtest du sie, Jimmy?«, fragte Hope.

»Ich war in sie verliebt, aber sie hat es mir ausgeredet«, sagte er.

»Sehr professionell. Gut gemacht, Annelies!«, rief Prudence. Honor wechselte das Thema und besann sich auf das, was jetzt viel wichtiger war.

»Hast du Fotos von Mieke, Jimmy?«, fragte seine Mom. In Jimmys Erinnerung hatte Jolanda die meisten Fotos geschossen. Trotzdem war es ihr gelungen, dass sie auf vielen auch selbst zu sehen war. Jimmy verkniff sich die Bemerkung, dass Mieke die Hübschere war, das wäre ihm Jolanda gegenüber gemein vorgekommen.

»Ist Mieke die Hübschere?«, fragte Faith als Erste.

»Ja, das ist Mieke«, sagte Jimmy und zeigte auf sie.

»Und die Große war deine Mitbewohnerin, stimmt's?«, fragte Hope.

»Ja, das ist Jolanda«, sagte Jimmy und zeigte auf sie.

»Jolanda ist auf ihre Art auch hübsch«, sagte Prudence.

»Ja, das stimmt«, konnte Jimmy nur erwidern.

»Mieke kriegt ein hübsches Kind«, sagte seine Mom. Als die Winslow-Töchter sich so über die Fotos von Mieke beugten und sich vergewisserten, was für ein hübsches Kind Jimmy haben würde, wirkte das auf den zukünftigen Schriftsteller James Winslow wie ein schlechtes Omen. Er hoffte nur, dass die Beschwörung der Schönheit von Miekes Baby nichts Schlimmes verhieß. Gutes Aussehen war schließlich keine Garantie für das Wohlergehen eines Kindes. Jimmys plötzliche Furcht vor den Gefahren, die seinem Kind drohen mochten, war nicht nur ein Zeichen seiner literarischen Fantasie – sie deutete schon darauf hin, was für ein Vater er sein würde.

»Mieke und Jolanda werden euch gefallen. Mit ihnen kann man Spaß haben«, sagte Jimmy. Das schien bei seiner Mom und seinen Tanten nicht besonders gut anzukommen. Vielleicht hatten sie bei ihrem dringenden Wunsch, dass er jemanden schwängern sollte, nicht bedacht, dass ihm das Schwängern an sich Spaß machen könnte. Honor wechselte das Thema.

»Du solltest dich jetzt besser auf den Besuch bei deinen Großeltern vorbereiten, Jimmy«, sagte sie. »Connie ist gar nicht ansprechbar, aber mit Tommy ist es eigentlich noch trauriger. Er weiß genau, was los ist, er versteht alles, aber er kann nicht sprechen. Und du weißt, wie dieser Mann reden konnte.«

Ja, reden konnte sein Großvater wirklich, besonders über Dickens. »Und Dickens übertreibt es mit den Satzzeichen!«, hatte Thomas Winslow gerufen. Jimmy erinnerte sich sogar noch daran, dass sein Grandpa gesagt hatte, Dickens' Satzzeichen seien »eine Art Regieanweisung«. Ja, der Mann konnte reden.

»Scheiß auf Dickens' Satzzeichen!«, hatte Honor ihrem Vater zugerufen. (Auch daran erinnerte Jimmy sich.)

»Ich werde Grandpa aus dem Roman vorlesen, den ich schreibe. Er heißt *Der Dickens-Mann*«, verkündete er. Das kam ungefähr genauso gut an wie seine Bemerkung zum Spaß, den man mit Mieke und Jolanda haben konnte.

»Ist das ein Roman über deinen Großvater, Jimmy?«, fragte Faith als Erste.

»Die Hauptfigur ist ein Lehrer, der lose Grandpa nachempfunden ist. Er unterrichtet Dickens und setzt ihn dabei als Lebensretter ein«, erklärte Jimmy.

Alle in der Familie Winslow wussten, dass Thomas seinen Enkel niemals mit dem altmodischen Wunsch »belasten« wollte, er möge ein Schriftsteller wie Charles Dickens werden. Einen »Dinosaurier unter den Ambitionen«, hatte Thomas Winslow das genannt. Es tat Thomas leid, dass er seinen geliebten Enkel inspiriert hatte, einem Schriftsteller des neunzehnten Jahrhunderts nachzueifern, dabei hatte er den armen Jungen nur zu einem Leser machen wollen.

»Wie ›lose‹ denn, Jimmy?«, fragte Faith als Erste.

»Wie genau rettet Dickens Leben?«, wollte Prudence (die Ärztin) wissen.

»Ich kann mich nicht daran erinnern, dass Daddy besonders viele selbstmordgefährdete Schüler hatte!«, rief Hope.

»Ein paar waren schon depressiv. Vielleicht hat Dickens ihnen geholfen«, sagte Jimmys Mom zu ihren Schwestern.

»Ich glaube, ›lose‹ bedeutet ›nicht exakt‹«, sagte Jimmy. Als Anfänger musste er lernen, dass man Kritik erntete, wenn man über reale Personen schrieb, ob nun exakt oder nicht. »Großvater wird mir schon sagen, ob ich Dickens richtig verstanden habe. Ob er dem Dickens-Mann ähnelt oder nicht, ist ihm bestimmt egal«, sagte Jimmy.

Das *hoffte* Jimmy wohl, dachten seine Mom und seine Tanten bei sich. Sie fanden es anmaßend – er ging mit heiligem Familienwissen hausieren, nur um einen Roman *Der Dickens-Mann* nennen zu können.

»Wir nehmen dich morgen mit ins Heim, Jimmy«, sagte Faith.

»Ich fahre. Ich finde den Weg inzwischen blind«, sagte Hope.

»Ich kann nicht zwei Tage hintereinander freinehmen«, verkündete Dr. Prudence.

»Ich muss arbeiten«, sagte Jimmys Mom, ohne ihn anzusehen.

»Wir werden euch alles erzählen«, versicherte Hope Honor und Prudence.

Jimmy hatte gedacht, dass sein Publikum nur aus seinem Großvater Tommy bestehen würde. Aber ein Schriftsteller muss lernen, dass sämtliche Familienmitglieder seine Bücher lesen und sich selbst darin suchen. Wer sich erkennt, wird wütend, wer sich nicht erkennt, ist enttäuscht. *Wessen*

Tanten sind das?, sollten Jimmys Tanten sich bei der Lektüre seines Romans fragen. *Wessen Mutter ist das?*, fragte sich Honor Winslow. In den einsamen, depressiven und selbstmordgefährdeten Schülern, die Lehrer Tom in *Der Dickens-Mann* rettet, erkannten sich weder James Winslows Klassenkameraden noch die Jungs aus seinem Ringerteam wieder. Die hilfsbedürftigen Schüler hatte Jimmy sich ausgedacht. Er wusste, dass diese unglücklichen Jungen mögliche Versionen seines unsichersten Ichs waren. Wenn Arnaud oder Chantal Beaudette nicht gewesen wären, was wäre wohl dann aus Jimmy geworden?

Und was Jimmys Überleben an der Academy anging: Was, wenn Coach Ted oder Jonah Feldstein oder sein Großvater nicht gewesen wären? Wie einsam und depressiv wäre Jimmy gewesen, wenn er nie Charles Dickens gelesen hätte? In *David Copperfield* erinnert sich Dickens an sein Leben als Leser (in der Dachkammer des Hauses seiner Kindheit in Chatham), wenn er schreibt: »Ich bin Tom Jones gewesen – eine kindliche Art von Tom Jones, ein ganz harmloses Geschöpf.« James Winslow beweifelte nicht, dass sein Großvater ihn verstehen würde. Jimmy glaubte, dass es für ihn ohne *Große Erwartungen* wenig Hoffnung gegeben hätte.

In *Große Erwartungen* ersteht das Chatham aus Dickens' Kindheit wieder auf – in den Gräbern auf dem Kirchhof, die er aus seinem Dachzimmer sehen konnte, im schwarzen Gefängnisschiff, das »wie eine verruchte Arche Noah« im Wasser liegt. Dickens sah das Schiff während seiner Bootsfahrten auf dem Medway in Richtung Themse, dort sah er auch zum ersten Mal Strafgefangene. Thomas Winslow würde das Vorbild Pennacook erkennen, nach dem Jimmy seine Landschaft erschaffen hatte: die beiden Flüsse, die beiden Gemeinschaften, die krassen Unterschiede zwischen der Academy und dem Ort. Die Academy stellte die herrschende Klasse von Pennacook. Der Schriftsteller James Winslow würde über die Bürger der Stadt Pennacook spotten, wie sie die Familie Winslow verspottet hatten. Die Landschaft in *Große Erwartungen* basiert auf der Landschaft von Chatham – die nebligen Marschen, der Dunst über dem Fluss, sogar das Haus, in dem Miss Havisham lebt. Auf Spaziergängen in Kent von Gravesend nach Rochester hielten Dickens und sein Vater inne, um das Herrenhaus auf dem Hügel zu bewundern, Gad's Hill. Charles' Vater prophezeite ihm, wenn er hart arbeitete, könne er vielleicht eines Tages dort wohnen. Angesichts der Situation seiner Familie und der Geldprobleme seines Vaters muss das für den jungen Charles schwer zu glauben gewesen sein. Doch später wohnte er tatsächlich dort, die letzten zehn, fünfzehn Jahre seines Lebens. Er schrieb dort *Große Erwartungen*, und er starb dort. Wahrheitsgetreue Übertreibung, das war Dickens' Realität.

Wie Jimmys Großvater gesagt hatte: »Leser, die Dickens' Geschichten unglaubwürdig finden, sollten sich sein Leben anschauen.« Weil Dickens' Familie verarmt war, musste sie aus dem Chatham seiner Kindheit wegziehen.

»Das Leben erschien mir schmutziger, als ich erwartet hatte«, schrieb Dickens.

Doch Selbstmitleid sucht man in seinen Romanen vergebens. »Seine Waffen waren die der Karikatur und der Burleske«, schreibt sein Biograf Edgar Johnson, »des Melodrams und der ungehemmten Emotionalität.«

Als Jimmy Grandpa Tommy die ersten Seiten von *Der Dickens-Mann* vorlas, wurde deutlich, dass Lehrer Toms Klassenzimmer ein Schlachtfeld der Gefühle war. Von Klamauk bis Pathos war alles dabei. Ein Schüler hatte Suizid begangen, er hatte eine Nachricht für seinen Zimmergenossen auf sein Kissen gelegt und sich in der Gemeinschaftsdusche des Internats aufgehängt. Auf dem Zettel stand: »Bin unter der Dusche.«

Die Eltern eines anderen Schülers von Lehrer Tom ließen sich scheiden. Sie schliefen mit derselben Frau – der Lieblingslehrerin ihres Sohnes aus der Grundschule. In den Schulferien hatte er einmal auf ihr Haus aufgepasst, während sie mit einer Freundin in der Karibik herumstromerte. Er hatte mit dem Gesicht in ihrer Unterwäsche masturbiert. Der Dickens-Mann las dem unglücklichen Jungen aus *Schwere Zeiten* vor und ahmte dabei Mr. Slearys Lispeln nach, als dieser die Zirkusartisten verteidigt: »Ärgert Euch nicht über arme Vagabunden. Dat Volk mut amütiert werden. Nicht alle Leute können gelehrt und nicht alle können Arbeiter tein; untereint it nicht dafür gemacht. Ihr *mütt* unt haben, Tquire. Teit daher klug und freundlich tugleich, und macht dat Bete aut unt, und nicht dat Tlechtete!«

In Thomas und Constance Winslows Zimmer in The Meadow gab es einen Sichtschutz auf Rollen. Connies Bett stand gegenüber von dem ihres Mannes, sodass er seine Frau sehen konnte – es sei denn, Alma, die Schwesternhelferin, rollte den Vorhang dazwischen. Das tat sie, um Connies Intimsphäre zu wahren, wenn sie Connie wusch. Obwohl Connie im Koma lag, rollte die Schwesternhelferin den Vorhang auch zwischen die Betten, wenn sie Tommy wusch. »Nach dem Wasserlassen und Stuhlgang muss man ihre Intimsphäre wahren«, sagte Alma zu Jimmy.

Alma war eine unermüdliche Verfechterin von Intimsphäre und Körperhygiene. All das Gepinkel und Gepupse unterbrach immer wieder den Erzählfluss von Jimmys gefühlvollem Vortrag aus *Der Dickens-Mann* – ganz zu schweigen vom Schnaufen, Luftschnappen und Luftanhalten seiner Tanten Faith und Hope, die mithilfe ihrer Atmung Kritik von hinter dem Vorhang übten. Hope lachte ein- oder zweimal laut auf, und bei ihrem mädchenhaften Gekicher reckte Tommy den linken Daumen in die Höhe. Dickens' Leser, das wusste Jimmy, sollten seine Figuren entweder lieben oder hassen – genau wie Dickens selbst.

»Seht euch Orlick an. Den *soll* man hassen«, sagt Lehrer Tom zu seinen Schülern. Orlick aus *Große Erwartungen* ist so gefährlich wie ein misshandelter Hund. Dickens hat kein Verständnis für Orlicks Boshaftigkeit und deren soziale Hintergründe. Orlick ist schlicht und einfach ein Bösewicht, er ist darauf aus zu töten. »Und seht euch Joe an! Den *muss* man lieben«, sagt Tom zu den Jungen. Joe ist stolz, ehrlich, fleißig, geduldig und unendlich gutmütig, obwohl er nicht die geringste Anerkennung erfährt. Joe ist schlicht und einfach ein guter Mensch, er will niemandem etwas Böses. »Dickens hat an Gut und Böse geglaubt. Er hat geglaubt, dass es wahrlich gute und wahrlich böse Menschen gibt, genau wie ihr es tut. Ihr Jungs kennt keine Gleichgültigkeit«, sagt Lehrer Tom zu seinen Schülern. »Ihr seid wie Dickens, entweder ihr liebt oder ihr hasst. Das weiß ich genau.«

Jaggers aus *Große Erwartungen* allerdings scheint Dickens eher zu fürchten als zu verachten, als wäre Jaggers für Hass zu gefährlich. »Als Jugendlicher dachte ich, Jaggers würde sich ständig die Hände waschen und sich mit dem Taschenmesser den Dreck unter den Fingernägeln herauskratzen, weil seine Mandanten moralisch verwerflich, also moralisch schmutzig, sind«, sagt Lehrer Tom zu seinen Schülern. »Ein Rechtsanwalt, der sich säubern will, weil er sich durch die Nähe zu den kriminellen Elementen besudelt hat. Inzwischen glaube ich, dass dies nur zum Teil der Grund dafür ist, dass Jaggers niemals wirklich sauber sein kann. Ich bin sicher, dass der Schmutz, der durch seine Arbeit an ihm hängen bleibt, von der Juristerei selbst stammt. Es ist der Schmutz und Dreck seines eigenen Berufsstands, der an ihm haftet!«

Jimmy las und las. Es fiel ihm schwer, seinen Vortrag an das verunstaltete Gesicht seines sterbenden Großvaters zu richten und nicht nur an seine linke Hand. Jimmy erzählte weiter von Jaggers' »immerwährender Beschmutzung«, vom Zuhause des Rechtsanwalts, das so nüchtern eingerichtet ist wie sein Büro, und wie die Anwesenheit seiner Haushälterin Molly »an seinem Esstisch eine Gefängnisatmosphäre schafft«. Molly ist eine Mörderin, die nicht dank ihrer Unschuld dem Galgen entkommen ist, sondern weil Jaggers sie rausgehauen hat. Wenn Jimmys liebevoller Großvater auch an dieser Stelle den Daumen gehoben hätte, hätte es Jimmy das Herz gebrochen.

Jimmys Held in *Große Erwartungen* war Magwitch, der Sträfling, der sein Leben riskiert, um zu erfahren, was aus seinem Geschöpf geworden ist. Es ist typisch Dickens, dass Magwitch von der Antwort verschont bleibt – sein Geschöpf hat sich nämlich nicht besonders gut entwickelt. »Magwitch bringt Schwung in den dramatischen Beginn des Romans: Er ist ein entflohener Strafgefangener und zwingt einen kleinen Jungen, ihm Essen und eine Feile für seine Ketten zu besorgen«, erklärt Lehrer Tom seinen Schülern. Und wie Jimmy seinem bettlägerigen Großvater vorlas, bringt Magwitch, indem er als Gejagter nach London zurückkehrt, auch Schwung in das dramatische Ende. Genauso erfolgreich, wie er Pips Erwartungen geschürt hat, zerstört er sie auch wieder. »Und ihr glaubt, ihr hättet Probleme«, erzählt Tom auch noch den unglücklichsten Jungen, die kurz davor sind sich umzubringen. »Seid froh, dass ihr nicht in Pips Haut steckt, der erfahren muss, dass sein Wohltäter Abel Magwitch war, der entflohene Sträfling. Aber habt nicht zu viel Mitleid mit Pip. Ihr solltet viel mehr Mitleid mit Magwitch haben! Erzählt mir nicht, ihr hättet Heimweh«, sagt der Dickens-Mann zu den heimwehkranken Jungen. »Seht euch Magwitch an. Er liefert uns den Schlüssel dazu, wer Miss Havisham sitzenlassen hat. Nur durch ihn erfahren wir, wer Estella ist und woher sie stammt, aber erzählt mir jetzt bloß nicht, Magwitch sei nur ein Handlungselement!« Wie Jimmy seinem sterbenden Großvater vortrug, kann Pip sich – und damit auch Estella – nie ganz von Magwitchs »Gefängnismakel« befreien.

Bis hierhin gelangte Jimmy bei seiner ersten Lesung aus *Der Dickens-Mann*. Dann ertönte im Bett seines Großvaters ein blubberndes Geräusch, und aus der Windel des Sterbenden stieg ein überwältigender Gestank. Der Raumtrenner wurde herangerollt, als hätten das Geräusch und der Geruch Alma herbeigerufen. Auf der Wange der Schwesternhelferin glitzerten Tränen, und Jimmy sah, dass auch seinen Tanten weinten. Sie hatten alle zugehört, als er aus *Der Dickens-Mann* vorgelesen hatte. Nicht viele Schriftsteller erhalten so positive Reaktionen auf ihren ersten Roman. Der gute Tommy reckte noch einmal den linken Daumen in die Höhe – es war herzergreifend. Tränen liefen ihm über die Wangen, trotz seines halb gelähmten Gesichts strömten sie Jimmys Großvater aus beiden Augen.

»Mach dir keine Sorgen, Jimmy«, sagte Alma. »Schlaganfallpatienten sind emotional labil. Sie weinen oft beim geringsten Anlass. Sie können ihre Gefühle kaum noch filtern und zeigen sie sehr direkt.« Das erklärte allerdings nicht ganz, warum auch seine Tanten und die Schwesternhelferin schluchzten. Jimmy hoffte, dass *Der Dickens-Mann* für seinen Großvater mehr war als ein »geringer Anlass«. Außerdem verwirrte ihn Almas Wortwahl. Er kannte das Wort »labil« nicht und nahm an, es müsse mit »Labien« zusammenhängen, dem lateinischen Wort für Schamlippen.

Die arme Alma. Sie sah, dass Jimmy auf einmal ganz betroffen dreinblickte. Sie konnte ja nicht wissen, dass er zu begreifen versuchte, was die Verbindung zwischen den Emotionen seines armen Großvaters und weiblichen Geschlechtsorganen sein konnte, als gäbe es irgendeine Verbindung zwischen Schlaganfallpatienten und Vulven. »Was hat das denn miteinander zu tun, Schlaganfallpatienten und Schamlippen?«, fragte Jimmy die Schwesternhelferin. Die Frage reichte, um Jimmys schluchzende Tanten zum Schweigen zu bringen. Faith und Hope stand das Entsetzen ins Gesicht geschrieben. Jetzt waren sie diejenigen, die betroffen dreinblickten. Jimmys Großvater war der Einzige, der verstand, dass es sich um ein sprachliches Problem handelte und nichts mit Schlaganfällen und Geschlechtsorganen zu tun hatte. Er drehte so schnell den linken Daumen nach unten, dass alle es sofort bemerkten. Später auf der Rückfahrt im Auto sollten Faith und Hope zu Jimmy sagen, wenn ihr lieber Daddy noch lachen könnte, hätte er es in diesem Moment bestimmt getan.

Noch im Krankenzimmer fragte Faith als Erste: »Weißt du denn nicht, was *labil* bedeutet, Jimmy?« Jetzt schien Alma an der Reihe mit dem betroffenen Gesichtsausdruck, während Hope in Gelächter ausbrach. Die Winslow-Schwestern und Jimmy bemühten sich nach Kräften, Alma zu versichern, dass es sich bei der Verwechselung von *labil* und *Labien* nur um ein sprachliches Missverständnis handelte.

»Daran ist Latein schuld!«, rief Hope. Sie erklärte, dass die Wörter *labil, Labien, Vulva* und *Vagina* alle aus dem Lateinischen stammten. Dafür bekam sie einen Daumen hoch von Sie-wissen-schon-wem.

Zu Hause bei den Winslows waren Prudence und Honor begierig zu hören, wie Jimmys Lesung aus *Der Dickens-Mann* angekommen war. »Es gab die ganze Zeit Daumen hoch, bis Jimmy Alma einen Vulvenwitz erzählt hat«, sagte Faith als Erste.

»Die arme Alma!«, rief Prudence, während Hope vor Lachen brüllte.

»Man erzählt Schwesternhelferinnen keine Vulvenwitze, Jimmy«, rügte seine Mom. Nachdem die Labien-Geschichte bis zum Umfallen durchgekaut worden war, erzählten Faith und Hope ihren Schwestern, wie die ersten Seiten von *Der*

Dickens-Mann alle zu Tränen gerührt hatten, sogar Alma. »Das klingt gar nicht nach Alma!«, sagte Honor. »Jimmy, ich will, dass du mir das Buch auch vorliest.«

»Ich lese es selbst«, verkündete Prudence. »Ich hasse es, wenn man mir vorliest.«

Der Schluss seines Romans war für den werdenden Schriftsteller James Winslow ungeheuer wichtig. Wenn man einem Sterbenden eine Geschichte erzählt, sollte man besser wissen, wo man hinwill, wie die Geschichte endet. Sein eigenes Ende kennt der Sterbende. Jimmy hatte sich das Ende von *Der Dickens-Mann* schon ausgemalt, es aber noch nicht aufgeschrieben. Als er seinem Großvater vorlas, konnte er es sich noch besser vorstellen. Er sah die Schüler vor sich, die Lehrer Tom gerettet hatte. Sie kamen in einem Heim wie The Meadow zusammen, um dem sterbenden Dickens-Mann ihren Respekt zu erweisen.

»Ich habe eine medizinische Frage an Prudence. Es geht nicht um Großvater, sondern um meine Romanfigur, die auch stirbt, am Ende des Buches«, begann Jimmy.

Sofort entbrannte unter den Winslow-Schwestern eine Diskussion über das Sterben, im echten Leben, nicht über die Darstellung in Romanen. In der Aufregung fiel Jimmys Frage an die Ärztin im Haus vollkommen unter den Tisch.

»Du darfst deine Romanfigur nicht so sterben lassen wie Daddy«, sagte Faith nüchtern.

»Und lies Daddy die Sterbeszene ja nicht vor, ganz egal, wie dein Dickens-Mann stirbt«, sagte seine Mutter.

»Daddy hängt an deinen Lippen, Jimmy. Mach so langsam du kannst, zögere das Sterben heraus, komm einfach nie ans Ende«, riet Hope.

»Ich bin noch lange nicht am Ende. Ich hab erst weniger als die Hälfte aufgeschrieben«, gab Jimmy zu.

»Du solltest unbedingt weiterschreiben, außer du liest Daddy gerade vor«, sagte Faith.

»Zuerst mal liest du mir alles vor, was du bisher hast, und zwar auf einmal. Und danach schreibst du dir die Finger wund«, befahl seine Mom.

»Daddy ist kein Idiot, Jimmy. Wenn du langsamer wirst, merkt er, dass du den Rest noch nicht geschrieben hast«, sagte Hope.

»Wie lautet denn deine medizinische Frage, Jimmy?«, machte sich Prudence bemerkbar.

»Könnte jemand wie Tommy noch in der Lage sein zu schreiben?«, wollte Jimmy wissen.

Sein Großvater konnte die Finger der linken Hand bewegen und bekam alles mit. Er konnte zwar nicht sprechen, aber das musste doch nicht heißen, dass er nicht mit der linken Hand schreiben konnte – oder? Würde er vielleicht seine Gedanken zu Papier bringen können, wenn man es ihm nur richtig vorhielt, auf einem Klemmbrett vielleicht? Eine Romanfigur, die seinem Großvater *ähnelte*, konnte doch vielleicht einen Stift halten und schreiben (vorausgesetzt, sie war noch in der Lage, die Sätze im Kopf zu formulieren). Oder nicht?

Faith, nicht Prudence, war die Erste, die Jimmys medizinische Frage beantwortete. »Daddy ist Rechtshänder, und er war immer stolz auf seine Handschrift. Er würde nicht wollen, dass wir sehen, wie er mit links schreibt.«

»Eine Romanfigur könnte auch Linkshänder sein, Faith«, bemerkte Hope.

»Daddy will seine Gedanken nicht schriftlich äußern, Jimmy«, sagte seine Mom. »Er will in seinem Zustand gar nichts weiter sagen als Daumen hoch oder Daumen runter.«

»Vom *ärztlichen* Standpunkt aus«, warf Prudence ein, »ist es durchaus denkbar, dass dein Protagonist mit der linken Hand schreibt, dass er keine kognitive Beeinträchtigung hat und seine Gedanken schriftlich abbilden kann. Wenn er allerdings kognitiv wesentlich fähiger ist als motorisch, dann könnte das natürlich auch frustrierend sein. So jemand knurrt dann vielleicht verärgert und fuchtelt wild herum, oder er tut, als würde er einen Stift halten. Er kann sehr viel wütender sein als Daddy«, sagte Prudence.

Mehr musste Jimmy nicht wissen. Jetzt konnte er seinen Schluss schreiben. In seinen zukünftigen Romanen, das war ihm klar, würden noch mehr geliebte Menschen sterben. Er würde diese Szenen immer zuerst Prudence, der Ärztin unter seinen Tanten, zu lesen geben. Die Sterbedetails am Ende eines Romans waren wichtig. Der Dickens-Mann war enttäuscht, als er merkte, dass er nicht alle seine Schüler hatte retten können. Als Erwachsene waren sie zu alt, als dass Dickens noch etwas hätte ausrichten können. Sie hatten ihre prägenden Jahre hinter sich. Lehrer Tom verstand, dass Dickens' beste Figuren Erlösung fanden. Es schmerzte ihn zu erkennen, dass Schüler leichter erlöst werden konnten als Erwachsene. Mit der linken Hand schrieb er auf, was er aufgrund seines Schlaganfalls nicht mehr sagen konnte. Lehrer Tom versuchte nun, seinen ehemaligen Schülern, die noch nicht gerettet waren, *Angst* einzujagen, denn um sie zu inspirieren, war es zu spät. Jimmy glaubte, dass Tommy die Textstelle gutheißen würde, die der Dickens-Mann für die traurigen Gestalten unter seinen ehemaligen Schülern auswählt: In *Große Erwartungen* stellt Pip sich eine Nacht vor, die so kalt ist, dass ein Mann, der sie in den Marschen verbrachte, erfrieren würde: »Und dann sah ich zu den Sternen und dachte mir, wie grauenhaft es für so einen Mann wäre, zu ihnen hochzublicken, während er erfror, und in all der glitzernden Vielfalt keine Hilfe und kein Erbarmen zu sehen.« Sein Großvater hatte diese Stelle immer sehr bewundert.

Das wahre Leben ließ sich, wie Jimmy und sein Großvater wussten, nicht planen wie eine Romanhandlung. Als Constance Winslow starb, bemerkte ihr lieber Tommy es als Erster, auch wenn sie keine Regung zeigte. Er unterbrach Jimmy beim Vorlesen und wies mit dem linken Zeigefinger auf die Lücke zwischen den Vorhängen. Jimmy rief nach Alma, die sofort erschien; an den Tränen auf Tommys Wangen erkannte er, dass Connie gestorben war. Jimmy wusste, was der weinende Mann gesagt hätte, wenn er noch hätte sprechen können. Jimmy sagte es an seiner Stelle. »Recht hast du, Connie!« Bei diesen Worten reckte sein Großvater den Daumen so stürmisch in die Höhe, dass Jimmy wusste: Der Mann, der ihn und Dickens liebte, war bereit, sich zu verabschieden.

Bei der Alles-was-er-bisher-hatte-Lesung für seine Mutter – »und zwar auf einmal«, wie sie verlangt hatte – hörten auch Faith und Hope zu. Die drei Schwestern lachten unter Tränen: eine befriedigende Reaktion auf ein Erstlingswerk. Jimmys restliche Lesestunden im Heim waren gezählt. Obwohl Constance Winslows Bett nach ihrem Tod entfernt wurde, hörte Alma weiterhin hinter dem Vorhang zu. Doch

Jimmy wollte nicht, dass *Der Dickens-Mann* zu einer Last für seinen Großvater wurde, der nur noch sterben wollte. Nachdem er ein Stückchen gelesen hatte, wartete er, bis Alma leise wegging, um sich heimlich die Tränen abzuwischen. Dann beugte er sich über Tommy, bis ihre Stirnen sich fast berührten.

»Ich höre jetzt auf, Grandpa«, flüsterte Jimmy und hoffte, dass Alma ihn nicht hören konnte. »Ich wollte nur, dass du weißt, ich schaffe das. Ich kann Schriftsteller sein.« Die Kraft in der linken Hand seines Großvaters überraschte ihn. Der Sterbende packte den Hals seines Enkels wie ein Ringer und hielt ihn fest, Wange an Wange. So fand sie Alma – regungslos, als wünschten sie sich, die Zeit könnte genau in diesem Moment stehenbleiben.

Danach – Alma sollte erzählen, sie habe das schon öfter erlebt – verweigerte Thomas Winslow jegliche Nahrung und Pflege. Mit seiner starken linken Hand zog er sich die Schläuche aus dem Körper. Jimmys Großvater, der gute Lehrer, das Vorbild für den *Dickens-Mann,* starb nur wenige Tage nach seiner geliebten Connie.

24
Der Lauf der Zeit

Die Bürger der Stadt Pennacook wussten, dass Alma, die Schwesternhelferin, schon viele Abschiede in The Meadow begleitet hatte. Alma machte keine große Sache daraus, dass die Winslows unmittelbar nacheinander gestorben waren. Wie so oft sagte sie nur, sie habe alles schon erlebt. Dennoch ließ Almas Hochachtung vor Thomas und Constance Winslows Liebesgeschichte die Bürger der Stadt Pennacook demütig werden. Die Damen des Ortes blieben auffallend still. Fragten sie sich, ob auch ihre Ehemänner sich die Schläuche herausgezogen hätten, um nur wenige Tage nach ihren Frauen zu sterben? Lag es an der hohen Meinung, die die Bürger der Stadt Pennacook von Alma als erfahrener Sterbebegleiterin hatten, dass sie Thomas und Constance Winslow im Tod größeren Respekt zollten als jemals zu deren Lebzeiten? Es wurden haufenweise Blumensträuße ins Haus in der Front Street geliefert.

Und dann wurde Alma zum Auslöser eines der seltenen Zerwürfnisse zwischen den Winslow-Töchtern – oder, falls »Zerwürfnis« ein zu starker Ausdruck ist, zumindest einer Meinungsverschiedenheit. Alma selbst war alles andere als eine Unruhestifterin. Die Winslow-Schwestern liebten sie und hatten größten Respekt vor ihr. Constance hatte Alma einst in der Bibliothek kennengelernt. Alma Vásquez war unverheiratet, stammte aus Mexiko und war ungefähr so alt wie Faith oder Hope. Sie war schon als junge Frau eine Leserin gewesen.

»Ich habe früher gern Romane gelesen, aber meine Ausbildung ging vor. Und dann musste ich ja auch noch Englisch lernen und aus Mexiko auswandern«, hatte Alma Constance erzählt, als sie sich kennenlernten. »Jetzt möchte ich wieder Romane lesen, aber diesmal auf Englisch.« Damals hatte Constance Alma auf Ende zwanzig oder Anfang dreißig geschätzt. In der Bibliothek gab es einen Buchclub – allesamt ältere Frauen. Der Buchclub war nichts für Alma. Dafür war sie zu wortgewandt, und sie war auch eine bessere Leserin als die Damen des Ortes. Außerdem gab es in New Hampshire kaum Menschen aus Mexiko. Mit ihrer braunen Haut und den kohlrabenschwarzen Haaren stach Alma heraus. Sie war eine Schönheit mit feinen Gesichtszügen und ausladendem Busen, und sie war Single. Über die Bücher, die Alma las, sprach sie lieber mit Constance. Aber bevor Jimmy Winslow aus *Der Dickens-Mann* las, hatte Alma noch nie ein Buch vorgelesen bekommen.

Da Alma Thomas und Constance Winslow so zugetan war, freuten die Schwestern sich, als sie nach dem Tod der geliebten Eltern in der Front Street vorbeikam, um sich bei Jimmy zu erkundigen, wie es mit dem *Dickens-Mann* voranging. In Wirklichkeit wünschte sich Alma, dass Jimmy ihr weiter vorlas, aber im Beisein seiner Mom oder einer seiner Tanten war sie zu schüchtern, darum zu bitten. Wenn es bei den Winslows klingelte, liefen die Schwestern um die Wette zur Tür. Bei ihrem dritten Besuch traute Alma sich endlich zu sagen, was sie eigentlich wollte.

Dass Honor Winslow dieses Mal allein die Tür öffnete, machte es Alma leichter. Honor war Krankenschwester wie sie. »Jimmy ist wahrscheinlich in seinem Zimmer und schreibt, aber ich hol ihn mal«, sagte Honor.

»Ich möchte, dass er mir vorliest, falls das nicht zu merkwürdig klingt«, platzte Alma heraus. Sie erklärte Jimmys Mom, dass sie es geliebt hatte, als er für seinen Großvater aus *Der Dickens-Mann* las. »Das Buch hat für mich jetzt seine Stimme. Ich möchte es hören, nicht lesen«, sagte sie.

»Das klingt überhaupt nicht merkwürdig. Ich höre Jimmy auch gern lesen«, erwiderte Honor. Sie ging Jimmy suchen, der tatsächlich in seinem Zimmer saß und schrieb. Er fand es sehr wohl merkwürdig, Alma vorzulesen. »Es ist überhaupt nicht merkwürdig. Es wäre nur merkwürdig, wenn du ihr im Schlafanzug vorlesen würdest, Jimmy«, sagte seine Mutter. Er schrieb oft im Schlafanzug, aber um Alma vorzulesen, zog er sich Jeans und T-Shirt an.

Zum Vorlesen setzten sie sich ins sogenannte Lesezimmer. Dort hatten Thomas und Constance immer gemeinsam gesessen und gelesen, meist ohne miteinander zu sprechen. Der Fernseher stand im Wohnzimmer, das später, als Faith und Hope Kinder hatten, Familienzimmer genannt wurde. Als Faith und Hope an diesem Tag vorbeikamen, hörten sie Jimmy laut lesen. »Wem liest Jimmy denn vor?«, fragte Faith Honor.

»Oder schreibt Jimmy laut im Lesezimmer?«, fragte Hope. Als Honor ihnen die Sache mit Alma erklärte, waren Faith und Hope schockiert.

»Alma ist bestimmt so alt wie ich, fast sechzig!«, rief Faith entsetzt aus.

»Selbst wenn sie nur so alt ist wie ich, ist sie trotzdem noch zu alt für Jimmy!«, sagte Hope. Sie war siebenundfünfzig.

»Sie haben ja keinen Sex, Jimmy liest Alma nur vor«, erklärte Honor und lachte, was ihre älteren Schwestern nur noch mehr auf die Palme brachte. »Außerdem wäre es auch nicht das Schlechteste, wenn sie Sex hätten, jetzt oder in Zukunft«, flüsterte Honor. Faith und Hope starrten sie entgeistert an. »Schließlich ist Jimmy nicht so richtig verheiratet. Irgendwann wird er sowieso mit jemandem schlafen. Wenn es eine Frau in Almas Alter ist, dann wird sie wenigstens nicht schwanger, oder? Es wäre das Beste für unsere Familie, wenn Jimmy nicht noch jemanden schwängert!«, verkündete Honor.

In diesem Moment kam Prudence nach Hause, die noch mit Honor in der Front Street wohnte. Faith und Hope erzählten Prudence, dass Jimmy und Alma im Lesezimmer »etwas miteinander anfingen« und dass da »mehr als Vorlesen« im Gange war.

»Alma ist doch zu alt, um schwanger zu werden, nicht wahr?«, fragte Honor Prudence, die Almas Ärztin war und deshalb genau wusste, wie alt Alma war. Außerdem war Prudence diskret.

»Alma ist älter als ich«, sagte Prudence zu Honor. »Alma ist jünger als ihr beiden«, sagte sie zu Faith und Hope. Jetzt wussten sie, dass Alma sechsundfünfzig war. »Es ist sehr unwahrscheinlich, dass Alma schwanger wird, und wenn sie es würde, wüssten sie und ich, was zu tun ist«, erklärte Prudence ihren Schwestern, während Jimmy weiterlas.

Als Jimmy Alma an diesem Tag aus *Der Dickens-Mann*

vorlas, kam es ihnen gar nicht in den Sinn, miteinander zu schlafen. Dass Honor sich das wünschte, erfuhren sie erst, als Jimmys Mom Alma beiseitenahm und sie bat, den aufstrebenden Autor davon abzuhalten, eine jüngere Frau zu schwängern. Faith und Hope dagegen schnappten sich Jimmy, als er in seinem Zimmer saß und schrieb. Sie erklärten ihm, dass es »zwangsläufig pervers« wäre, wenn er Sex mit Alma hätte, und dass sein Vorlesen mit Sicherheit dazu führen würde. Aber seine Tanten hatten auch noch eine wichtigere Botschaft für ihn, die nicht Alma betraf.

»Dir ist sicherlich aufgefallen, Jimmy, dass deine Mom in sexueller Hinsicht ein wenig *undurchsichtig* ist«, sagte Faith als Erste.

»Es ist okay, dass sie asexuell ist, das ist völlig in Ordnung, aber deine Mom ist in anderer Hinsicht sexuell undurchsichtig, Jimmy. Als gäbe es da bei ihr eine *Leere*, als wäre da in puncto Sex etwas nicht da«, sagte Hope.

»Es ist uns egal, wenn Honor nicht ›normal‹ ist, Jimmy. Prudence hat schließlich auch kein ganz normales Sexleben«, fing Faith an, aber Hope unterbrach sie.

»Prudence hatte ja einen Freund, der sie heiraten wollte, Faith«, warf sie ein, »aber Prudence wollte lieber Medizin studieren. Zugegeben, Prudence führt ihre Beziehungen gern mit einer Armlänge Abstand, aber wenigstens hat sie Beziehungen, Jimmy«, sagte Hope.

»Ich habe es satt zu hören, deine Mom und Esther seien ›Seelenverwandte‹ gewesen, Jimmy. Na und? Esther hat einfach alles für deine Mom getan. Es ist fast, als hätte deine Mom überhaupt nicht die Gelegenheit gehabt, selbst eine Jugendliche oder eine junge Frau zu sein«, erklärte Faith.

»Deine Mom wollte, dass du die Erstbeste schwängerst – gut, sie hat eben einen etwas übertriebenen Beschützerinstinkt«, sagte Hope. »Aber du bist jetzt erwachsen, und du wirst Vater, Jimmy. Du kannst nicht jemandem, der selbst nie Sex hatte, das Kommando über dein Sexleben überlassen.«

Wie so oft war Jimmy sprachlos. Was sein Sexleben betraf, befürchtete er, dass es nie wieder so aufregend sein würde wie mit Jolanda und Mieke – insbesondere, wie in jener ersten Nacht, als die beiden das Kommando übernommen hatten. Und obwohl es Jimmy nicht gefiel, wie Faith und Hope über seine Mutter redeten, empfand er doch bei Honor eine Unbestimmtheit, die sie mit Esther gemeinsam hatte. Seine Mom und Esther lebten im Hintergrund, wie Nebenfiguren eines Romans.

Alma Vásquez sagte, es wäre »besser«, wenn Jimmy ihr in seinem Zimmer vorlas. Als sie die Tür hinter sich geschlossen hatten, erklärte sie ihm, was sie damit gemeint hatte: »Deine Mom findet, wir sollten miteinander schlafen, Jimmy, aber ich habe mehr mit deiner Mom gemeinsam, als sie ahnt.« Alma hatte Mexiko verlassen, weil sie zwar keine Nonne werden, aber auch niemals Sex haben oder (noch viel schlimmer) heiraten und Kinder kriegen wollte. »Kommt dir das bekannt vor?«, fragte sie Jimmy. Alma hatte gedacht, in einem kleinen Ort in Neuengland würde es für sie als mexikanischstämmige Amerikanerin leichter sein (also, gesellschaftlich eher akzeptiert werden), allein zu leben.

»Faith und Hope finden es ›zwangsläufig pervers‹, wenn wir Sex haben, aber meine Mutter will, dass wir es tun«, sagte Jimmy zu Alma, als wäre es ein Gedicht, das er als Kind auswendig gelernt hatte.

»Wenn du mir weiter in deinem Zimmer vorliest, Jimmy, dann können wir so tun, als hätten wir Sex«, sagte Alma. »Dann ist deine Mom zufrieden, und für deine Tanten ist es eine Genugtuung, dass sie recht hatten.«

Bei einem schwesterlichen Marathongespräch, bei dem Jimmy anwesend war, aber kein Wort sagte, äußerten Faith und Hope ihre Sorge, die Bürger der Stadt Pennacook könnten von der peinlichen Beziehung Wind bekommen. Sie sorgten sich um Almas Ruf, aber Prudence widersprach. »Wenn alle im Ort wüssten, dass Alma einen jüngeren Freund hat, dann würden einige ältere Männer – die meisten davon übrigens verheiratet – vielleicht endlich aufhören, sich ihr in unangemessener Weise zu nähern.« Faith und Hope waren schockiert, von diesem abstoßenden Benehmen zu hören, aber Honor überraschte es nicht. Als alleinerziehende Mutter waren ihr die unangemessenen Avancen älterer, verheirateter Männer in Pennacook vertraut.

Jimmy konnte es kaum erwarten, Alma davon zu erzählen. Sie schlug vor, er solle ihr hin und wieder in ihrem Wohnheim vorlesen, das sich direkt neben der Tuchfabrik des Ortes befand. Die Fabrikarbeiter würden Jimmys Besuche bemerken und ihren Frauen davon erzählen, und bestimmt würde auch die Vermieterin des Wohnheims den Damen des Ortes davon berichten.

»Das wird meinem Ruf nicht schaden, sondern ihn verbessern, Jimmy. Den älteren Männern, die mich belästigen, wird es unangenehm sein, wenn sie hören, dass ich mich mit einem jüngeren Mann treffe. Sie werden sich genieren, dir

Konkurrenz zu machen, und mich in Ruhe lassen«, sagte Alma.

Und so hatte James Winslow während der Arbeit an *Der Dickens-Mann* eine echte Zuhörerin. Wie sein Held Charles Dickens lehrte Alma Vásquez Jimmy, dass die Leser wichtig sind. Und noch in einer weiteren Hinsicht war Alma als fiktive Freundin hilfreich: »Wenn du mit einer jüngeren Frau schläfst, und das wirst du, Jimmy, dann brauchst du sie nicht vor mir zu verstecken. Ich bringe dich nicht um, wenn du mich betrügst. Ich sage dir auch gern, was du tun kannst, damit sie nicht schwanger wird. Man kann da durchaus Vorkehrungen treffen, weißt du«, sagte Alma.

»Ich weiß«, sagte Jimmy, wie in seinen Wiener Zeiten.

Der Sommer '64 wurde für James Winslow eine sehr produktive Zeit. »Nicht aufhören!«, rief Alma laut in seinem Zimmer, wenn er beim Lesen eine Pause einlegte.

»Lauter«, flüsterte Jimmy dann, und Alma legte sich mit ihrem *Nicht aufhören!* noch mehr ins Zeug. Jimmy liebte es, Jolanda und Mieke von seiner älteren Freundin zu schreiben. Im August lernten die beiden Alma kennen, bei Claudes und Chantals Hochzeit in Pennacook, für die Claudes Familie im Haus in der Front Street untergebracht wurde – obwohl bei den Beaudettes vielleicht mehr Platz gewesen wäre. Viele der Beaudette-Kinder waren inzwischen erwachsen und hatten selbst Kinder (und Häuser).

Damit Claudes Familie im Haus in der Front Street Platz fand, teilten Prudence und Honor sich ein Zimmer, und Jimmy schlief mit Mieke und Jolanda in einem Bett. Er war sehr glücklich. »Nicht rummachen, ihr beiden«, sagte Jolanda. Jolanda musste natürlich in der Mitte schlafen, um

Jimmy und Mieke voneinander zu trennen. Miekes Babybauch wurde ausgiebig bestaunt (und berührt). Mieke wünschte, er wäre noch größer. Jimmy hatte einen Ständer und war froh, dass er nicht in der Mitte schlief. Er lag wach und hoffte, dass Jolanda seine Erektion nicht bemerkte. Als sie eines Morgens nach dem Aufwachen zusammen im Bett lagen, vertraute Jimmy Mieke und Jolanda an, dass der Sex mit ihnen sicher für immer der Höhepunkt seiner sexuellen Erfahrungen bleiben würde.

Jolanda schnaubte wie ein Pferd, und Mieke fing an zu weinen, was Jolanda zu der Bemerkung veranlasste, bei Schwangeren würden die Hormone verrücktspielen. Von Claudes Mutter war Jolanda schwer enttäuscht; sie war lange nicht so schlimm, wie Claude sie dargestellt hatte. Die Winslow-Schwestern waren Jimmy damit auf die Nerven gegangen, dass sie möglichst affektiert miteinander umgingen, um sich auf die hochnäsige Französin vorzubereiten. Chantal hatte den Beaudettes eingeschärft, sich so gut wie möglich zu benehmen. Aber was genau sollte das heißen? Dass die Beaudettes ihre Fortpflanzungsfreudigkeit nicht öffentlich zur Schau stellten? (Es musste für Claudes französische Familie enttäuschend gewesen sein, dass die Beaudettes ihre Fortpflanzungsfreudigkeit für sich behielten.)

Jolanda hob sich den Radau, den sie für Claudes Hochzeit angekündigt hatte, bis zum Empfang auf. In ihrer Rede sagte sie, das Einzige, was Claude von seinen Panikattacken abhalte, sei pausenloser Sex mit Chantal. Als Claudes ehemalige Mitbewohnerin wolle sie alle wissen lassen, dass es angenehmer sei, mit Claude und Chantal zusammenzuwohnen, die pausenlos Sex hatten, als mit dem panischen Claude allein. »Das nennst du Radau? Das war doch nur die Wahrheit«, flüsterte Claude Jolanda später zu und gab ihr einen Kuss aufs Ohr. Jolanda und Jimmy freuten sich sehr für Claude, er war entspannt wie nie. Chantal dagegen war mit den Nerven am Ende. Sie war überwältigt von der schieren Anzahl von Beaudettes bei der Trauung und der anschließenden Feier, aber sie war die Einzige, der auffiel, dass die Beaudettes allen anderen Gästen zahlenmäßig überlegen waren.

Die Winslow-Schwestern waren einer Meinung: Die Beaudettes benahmen sich immer gut. Wie Constance einst gesagt hatte: »Die Fortpflanzungsgewohnheiten der Beaudettes gehen nur sie selbst etwas an und gewiss nicht die Bürger der Stadt Pennacook.« Was die zwei großen Niederländerinnen betraf, die von beiden Seiten den Arm um Jimmy Winslow legten – also, die eine sehr große und die eine hübsche, jedenfalls waren beide größer als Jimmy –, lagen die Damen des Ortes nicht falsch mit ihrer Vermutung, dass sie eine neue Version der Zwei-Moms-Idee waren, ein weiteres künftiges Mütterdoppel.

Und natürlich kam Arnaud Beaudette zu Chantals Hochzeit nach Hause. Er war Jimmy dankbar, dass der seine unverheiratbare Tante Claude vorgestellt hatte. Arnaud hatte Chantal immer bemitleidet – er hatte damit gerechnet, dass sie als alte Jungfer enden würde. Jimmys heranwachsende Wehruntauglichkeit, von Jimmys Ehe mit Mieke ganz zu schweigen, missbilligte Arnaud sichtlich (wenn auch stillschweigend). Jimmy war enttäuscht darüber, dass sein früherer bester Freund so engstirnig war. Aber vielleicht hatte Arnauds moralischer Kompass schon immer in Richtung spießig gezeigt, und Jimmy hatte es nur nicht bemerkt. Der angehende Offizier hielt jedenfalls nichts von Jimmys Beziehung mit Jolanda und Mieke. Jimmys Ehe bestand seiner Ansicht nach nur auf dem Papier.

Jolanda witterte Arnauds bigotte Haltung zum Sexleben ihres Mitbewohners und zu seiner Familienplanung. Das ganze Hochzeitswochenende redete sie Jimmy, sobald Arnaud in der Nähe war, nur mit »Spermaheld« an. Ihre Unterstützung tat Jimmy gut. Auch die Sache mit Jimmys sehr viel älterer Freundin Alma Vásquez missfiel dem verklemmten Arnaud.

Jimmy war dankbar, dass Chantal sich mit Alma solidarisierte, obwohl sie nur wenig älter war als Claude. Als sie Jimmy und Alma zusammen sah, stimmte sie ein Loblied auf Paare aus älteren Frauen und jüngeren Männern an. Wie sich herausstellte, kannten – und mochten – Alma und Chantal sich bereits. Alma hatte als Schwesternhelferin mehr Beaudettes auf die Welt geholfen, als sie zählen konnte, wenn auch vermutlich nicht Chantal selbst (nicht, dass eine der beiden sich daran erinnert hätte).

Jolanda versuchte, sich nicht ausgeschlossen zu fühlen, wenn Mieke und Jimmy über das Schreiben sprachen, und das taten sie selbst im Bett, wenn Jolanda zwischen ihnen lag. Beide waren sich bewusst, dass sie Romane des neunzehnten Jahrhunderts schrieben. Miekes ähnelte eher Tolstoi als Dickens.

»Der Lauf der Zeit ist fast eine Art Hauptfigur«, sagte Jimmy vorsichtig.

»Der Lauf der Zeit ist definitiv eine Hauptfigur!«, rief Mieke aus.

»Im echten Leben bekommt ihr beiden den Lauf der Zeit überhaupt nicht mit«, sagte Jolanda. Und das stimmte. Mit den Jahren zeigten Anfang, Mitte und Schluss ihrer Romane, wo Jimmy und Mieke als Autoren jeweils standen. Die Jahre, in denen ihre Romane erschienen, wurden zu Jimmys und Miekes Wegmarken. Nach der Geburt ihres Babys stellte Jolanda fest, dass das Alter des geliebten Kindes die einzige Verbindung zur Realität war, die die beiden Schriftsteller wahrnahmen.

Vienna Winslow kam im März 1965 in Amsterdam zur Welt. Jolanda hatte von Anfang an gesagt, dass es ein Mädchen werden würde. Jimmy und seine Mom waren gekommen und wohnten im Hotel am Oudezijds Voorburgwal, dem Kanal, der durch den Rotlichtbezirk führte. Vor der Geburt machte Jolanda mit Honor einen Spaziergang durch De Wallen und zeigte ihr die Prostituierten in den Türen und Fenstern. Im Krankenhaus saß Honor neben Bente, Miekes Mutter, und die beiden hielten sich an den Händen. Jolanda saß neben Jimmy und hielt seine Hand. Als die Krankenschwester aus dem Kreißsaal trat, verstanden Honor und Jimmy das niederländische Wort für Mädchen *(meisje)* nicht, aber Jolanda schrie: »Es ist eine Vienna!«

Jolandas Eltern, der devote Anwalt Jeroen und seine Domina-Frau Els, luden Jimmy und Honor zum Essen in ihr Lieblingsrestaurant am Dam ein. Wie Honor über das Wochenbett sprach, kam bei Bente besser an als bei den Lammers, denen die Erwähnung von Miekes Blutungen und Schwellungen und ihren Brustwarzen auf den Magen schlug.

Jolanda ging mit Honor ins Anne-Frank-Haus, wo beide

weinten, und Honor sagte etwas zu Jolanda, das sie zu Jimmy nie gesagt hatte. Nicht die Sache mit der »treibenden Kraft hinter der Gründung Israels«. (Dass »Antisemitismus dazu führen kann, dass Staaten ihre jüdische Bevölkerung verfolgen, überall und zu jeder Zeit«, hatte Jimmy schon öfter gehört.) Honor sagte: »Manche Palästinenser wachsen mit Hass gegen die Juden auf. Sie glauben ans Märtyrertum, an den Tod als den Weg in ein glorreiches Paradies.« Das erschien Jimmy hart und klang für ihn eher nach Esther als nach seiner Mutter.

Jolanda zuckte nur mit den Schultern. In den Niederlanden gebe es viele palästinensische Flüchtlinge. Von denen habe sie durchaus schon welche sagen hören, es solle kein Israel geben, nach Palästina würden nur Palästinenser gehören. Solange Mieke sich noch im Krankenhaus erholte, war Jolanda aber mehr damit beschäftigt, Bentes Hand von Jimmys Oberschenkel fernzuhalten oder zumindest aufzupassen, dass sie Jimmys Penis nicht berührte. Weil Mieke beim Abendessen nicht dabei war, konnte sie nicht *Moeder* sagen, wenn Bente Jimmy unter dem Tisch begrapschte. Aber dieses Mal biss Bente Jimmy bei ihrem Abschiedskuss nicht in die Zunge, und Jimmy musste auch nicht *Penis* sagen, damit Jolanda Bente zurechtwies. Als Mieke und Vienna aus dem Krankenhaus nach Hause kamen und mit dem Stillen alles gut klappte, flogen Jimmy und seine Mom zurück nach Boston.

Als wolle sie die Zurückhaltung ihres Sohnes auf die Probe stellen, sagte Honor im Flugzeug zu ihm: »Ich weiß, Bente ist attraktiv … Sie ist auch jünger als Alma und trotzdem zu alt, um schwanger zu werden.« Jimmy schwieg. »Sie ist die *Art* Frau, mit der du schlafen solltest. Aber natürlich solltest du nicht mit Bente schlafen – nicht mit der Mom der leiblichen Mutter deines Kindes, Jimmy«, sagte Honor. *Herrgott noch mal!,* hätte Jolanda geantwortet, und Jimmy dachte es, aber er sprach es nicht aus.

Im Frühjahrssemester '65, dem letzten vor seinem Abschluss an der University of New Hampshire, traf Jimmy sich mit Maud, einer Kommilitonin aus seinem Creative-Writing-Kurs. Bevor die beiden das erste Mal miteinander ins Bett gingen, hatte Jimmy Maud erzählt, dass er mit einer Niederländerin verheiratet war, einer lesbischen Frau, die mit ihrer Freundin in Amsterdam lebte. Maud hatte erwidert, das klinge wie eine erfundene Geschichte. Sie hatte einen Ausschnitt aus *Der Dickens-Mann* gelesen und angenommen, Mieke, Jolanda und nun das Baby wären nur Figuren in Jimmys Roman. Er musste Maud Fotos der drei zeigen, um ihr klarzumachen, was er und sein Großvater schon immer gewusst hatten: »Das wahre Leben lässt sich nicht planen wie eine Romanhandlung.« Dann erfuhr Maud (wie auch immer) von Alma. Sie glaubte Jimmy nicht, als er ihr sagte, dass er in Wirklichkeit nicht mit Alma schlief. Zum Examen schenkte Maud Jimmy den Tripper, mit allen üblichen Symptomen. Die Gonorrhö ließ ihn beim Pinkeln laut aufschreien. Das hörte Alma natürlich.

»Klingt nach einem Fall für Dr. Prudence, Jimmy. Maud scheint durch mehrere Betten gehüpft zu sein«, sagte sie, als sie ihn jammern hörte. Sie war und blieb eine Verfechterin von Körperhygiene und Intimsphäre. Jimmy wusste einfach nur, dass es stimmte: Das wahre Leben ließ sich nicht planen wie eine Romanhandlung.

»Es ist eine Frage der Vernunft, Jimmy. Was an Kondomen verstehst du nicht?«, fragte Prudence ihn.

Damals konnte man nur in Stanford und Iowa einen Master in Creative Writing machen, aber James Winslow wollte auf keinen Fall aus Pennacook weg, wo Vienna nun lebte, umgeben von ihren vier Winslow-Ersatzmüttern. Also machte er einen Master in Viktorianischer Literatur an der University of New Hampshire, wo die Lehrkräfte der Englisch-Fakultät schon wussten, dass er *Große Erwartungen* und *David Copperfield* als Ideale des Bildungsromans verehrte. Ein Englischdozent der UNH, der ebenfalls Romanautor war, stellte Jimmy seinem Literaturagenten vor. Ein Lektor, der ein hohes Tier bei Random House war, kaufte *Der Dickens-Mann,* als der Roman halb fertig und Jimmy noch Student war. Inzwischen hatte selbst Honor Winslow mitbekommen, dass Jimmy nicht wirklich mit Alma schlief, und Alma kannte Jimmys Vorlesestimme mittlerweile so gut, dass er ihr nicht mehr vorlesen musste. Alma las jetzt lieber für sich.

Jonah Feldstein hatte vor Kurzem bei einem Universitätsverlag einen Band Kurzgeschichten veröffentlicht. Er verkaufte sich kaum und bekam auch nur wenige Kritiken, aber diese wenigen waren positiv und verhalfen Jonah zu einer Vollzeitstelle an einer Uni im Süden, wo er Englisch und Creative Writing unterrichtete. Außerdem hatte er eine feste Freundin, über die Jonahs Schwester Sarah an Jimmy schrieb: »Hochzeit und Kinder sind kein Thema, es ist lange nicht so originell wie bei dir.« So begann ihr Briefwechsel. Wenn er schon nicht mit Sarah Feldstein schlafen konnte, konnte er ihr wenigstens schreiben.

Nun war auch Mieke Kosters erster Roman in den Niederlanden erschienen. Ihr Mädchenname klang auf Niederländisch besser als ihr Ehename Winslow. Der Titel war dem ersten Satz des Romans *Middlemarch* von George Eliot entnommen, der Miekes Buch als Motto voranstand: »Miss Brooke besaß jene Art von Schönheit, die durch ärmliche Kleidung offenbar besonders zur Geltung kommt.« *Zur Geltung kommen* lautete der Titel von Miekes Roman, der wie *Middlemarch* vom Wesen der Ehe und der Stellung der Frau handelte. Ähnlich wie *Middlemarch* erhielt auch Miekes Buch gemischte Kritiken, wurde aber sehr viel besprochen. Jimmys Verlag Random House veröffentlichte die englische Ausgabe von *Zur Geltung kommen,* die zusätzlich zu den europäischen Übersetzungen auch einen Verlag in Großbritannien fand.

1969, als Vienna Winslow vier Jahre alt war, erschien der erste Roman ihres Vaters, *Der Dickens-Mann*. Wie *Middlemarch* und *Zur Geltung kommen* erhielt auch er zahlreiche, aber gemischte Kritiken. Es war kein Zufall, dass Miekes niederländischer Verlag zu den ersten der vielen europäischen Verlage gehörte, die eine Übersetzung von James Winslows Roman herausbrachten. Dass ein literarischer Roman über einen Lehrer, der seine Sorgenkinder mit Dickens rettet, in vielen Sprachen zum Bestseller wurde, war ungewöhnlich. Manche von Jimmys ausländischen Verlegern wurden zu guten Freunden – nicht nur in den Niederlanden, auch in anderen Ländern Westeuropas und Skandinaviens. Als Motto für *Der Dickens-Mann* hatte James Winslow einen seiner Lieblingssätze aus *Große Erwartungen* gewählt, aus dem vierzehnten Kapitel. »Es ist ein überaus scheußliches Gefühl, sich für das eigene Zuhause zu schämen.« Die Schüler, denen es am schlechtesten ging, die am dringendsten gerettet werden mussten, waren diejenigen, die sich ihrer Herkunft schämten. Vielleicht sprach gerade dies Leser an, die ebenfalls nach Rettung suchten.

Claude stellte auf seine streberhafte Art fest, dass eine französische Rezension von Miekes *Zur Geltung kommen* und eine von Jimmys *Der Dickens-Mann* – zwei unterschiedliche Artikel, von unterschiedlichen Kritikern – bei beiden Romanen dieselbe Eigenschaft lobten. Das französische Wort, das die Rezensenten benutzten, lautete *»intertextualité«*. Claude erklärte, Intertextualität sei ein neues Wort, es bezeichne »die Wechselbeziehung zwischen einem Text und anderen Texten, aus der ein neuer Text entsteht«.

»Wer, wenn nicht Claude, kann aus einer einfachen Sache etwas komplett Unverständliches machen«, sagte Jolanda.

Als *Der Dickens-Mann* erschien, arbeitete Jimmy als Englischlehrer und Ringer-Coach an der Pennacook Academy. Außerdem war er Vollzeitvater mit einem Haus voller Ersatzmütter. Nach dem internationalen Erfolg seines ersten Romans konnte er vom Schreiben leben und brauchte nichts anderes mehr zu tun. Mieke Koster ging es genauso. Ihre etwas ungewöhnliche Ehe war natürlich ein Thema in der Presse: Sie waren ordentlich verheiratet, aber Mieke hatte eine Partnerin – ihre Beziehung mit Jolanda war ihre eigentliche Beziehung –, und Jimmy stand es frei, eine Freundin zu haben (oder so viele Freundinnen, wie er eben wollte). Vienna Winslow war ein gemeinschaftliches Kind, sie hatte zwei Moms und einen Dad. »Vienna hat einen ganzen Haufen Moms, wenn man meine Mutter und meine drei Tanten auch noch mitzählt«, pflegte Jimmy zu sagen.

Obwohl Chantal Beaudette – jetzt Madame Guilbert – eine begeisterte Leserin war, brauchte sie lange, bis sie den *Dickens-Mann* las. Und das nicht nur, weil sie auf die französische Übersetzung warten wollte. Second Lieutenant Arnaud Beaudette – Kompanie A, 502. Infanterieregiment, 101. Luftlandedivision – war im Krieg gefallen.

Chantals Neffe war im Februar 1968 in Vietnam getötet worden, als er unter Beschuss von Raketen und Kleinwaffen nach der Leiche eines vermissten Soldaten gesucht hatte. James Winslow verstand, dass Chantal sich mit dem Lesen seines Buches Zeit ließ. In ihren Augen hatte er sich, anders als Arnaud, vor dem Militärdienst gedrückt.

Esther berichtete Honor in einem Brief von Matzpen (hebräisch für »Kompass«), einer revolutionären sozialistischen Organisation, gegründet von ehemaligen Mitgliedern der israelischen Kommunistischen Partei, in der Esther ihre Ansichten vertreten fand – auch wenn sie genervt war von den ideologischen Grabenkämpfen innerhalb der Gruppe. Es kam zur Spaltung in eine trotzkistische und eine maoistische Gruppe, und darüber hinaus gab es noch Matzpen Tel Aviv und Matzpen Jerusalem, Letztere nannte sich Matzpen Marxist. »Verfickte Eierköpfe!«, schrieb Esther, was für die Winslow-Schwestern sehr nach Esther klang.

Matzpen hatte eine Erklärung abgegeben, mit einer Pauschalisierung, die Esther verstimmt hatte. Sie lautete: »Es ist das Recht und die Pflicht eines jeden besiegten und unterworfenen Volkes, Widerstand zu leisten und für seine Freiheit zu kämpfen.«

»Nicht, wenn dieses Volk die Juden auslöschen will«, schrieb Esther.

1973 veröffentlichte James Winslow einen Roman, der in der Vergangenheit spielt. In *Der Beitrag des Arztes* geht es um ein fiktives Waisenhaus, das St. Cloud's nachempfunden ist, mit einem fiktiven Arzt, der Dr. Larch nachempfunden ist und der den Frauen gibt, was sie wollen: Entweder nimmt er eine Abtreibung vor, oder er bringt ein Baby auf die Welt, das sie als Waisenkind zurücklassen können. Auch in seinem dritten Roman blickte Jimmy in die Vergangenheit, ins Wien der Jahre 1963 und 1964. Die Geschichte basiert auf Jimmys Auslandsjahr, aber die Figuren von Jolanda und Claude sind beide Frauen. *Drei Mitbewohner in Wien* (1977) ist ein Schlüsselroman – ein amerikanischer Student teilt sich zwei Zimmer und ein Bad mit einem lesbischen Paar aus den Niederlanden. Die Holländerinnen wollen ein Baby, ihr Mitbewohner macht es ihnen. »Eine alternative Familiensaga«, nannte es ein Rezensent. Frau Holzinger hat einen anderen Namen; Irmgard, die keine Prostituierte ist, ebenso. Der Amerikaner, der Jimmy nachempfunden ist, hat ein Prostituiertenproblem, er kommt nicht von ihnen los. Aber die Holländerinnen wollen ihn das Baby erst zeugen lassen, wenn er die Prostituierten aufgibt. Die jüdische Deutschlehrerin in *Drei Mitbewohner in Wien* heißt nicht Fräulein Eißler, und sie arbeitet auch nicht für die Israelis. Sie hat nur ein Ziel: die antisemitische Vermieterin und ihre Familie von ihrem Antisemitismus zu heilen und so das Kind, das auf Siegfried basiert, zu retten, in diesem Fall ein fünfjähriges Mädchen. Jimmy widmete seinen dritten Roman seiner Tochter Vienna.

Fräulein Eißler hatte recht damit gehabt, James Winslow als ein »Pferd mit Scheuklappen« zu bezeichnen. Immerzu dachte er sich Geschichten aus, immerzu schrieb er. Die Figuren, die er erschuf, schienen ihm näher zu sein als alles, was um ihn herum geschah und gesagt wurde. Die einzige Ausnahme war Vienna, die all seine Aufmerksamkeit bekam, und auch die Freundschaft mit Jolanda und Mieke pflegte Jimmy. Regelmäßig reisten sie zwischen New Hampshire und den Niederlanden hin und her. Jimmy und Mieke ließen sich nicht scheiden, sie waren gern verheiratet. 1971 hätten sie in Amsterdam die Scheidung einreichen können (ohne dass Jimmy einen Ehebruch gestand), da war Vienna Winslow sechs. Sie hatte Freunde, deren Eltern sich scheiden ließen oder schon geschieden waren. Vienna war ein fröhliches kleines Mädchen, sie würde nicht wollen, dass ihre Eltern sich scheiden ließen. Auch Jolandas Eltern und Miekes Mutter wollten nicht, dass ihr Enkelkind eine Scheidung durchmachen musste. Wie Jolandas Vater, der Anwalt Jeroen Lammers, sagte: »Es gibt keinen Grund für eine Scheidung, außer Jimmy will wieder heiraten.«

James Winslow sagte oft, dass er eine glückliche Ehe mit einer Niederländerin führe. Noch lieber sagte er (nach einer kurzen Pause), dass er sich mit ihr ein Kind teile. »Meine Frau ist mit einer Frau zusammen, sie sind ein glückliches Paar«, fügte er (nach einer noch längeren Pause) hinzu. Das hielt Freundinnen mit ernsthafteren Absichten auf Abstand. Warum sollte Jimmy es eilig haben, sich scheiden zu lassen? Er wollte nicht wieder heiraten. Freundinnen kamen und gingen. Da er mit Mieke verheiratet und Vollzeitvater war, blieben die Frauen auf Distanz. Als Autor war er ein Pferd mit Scheuklappen oder einfach ein Workaholic, wie man einen Schriftsteller wie Jimmy in Amerika wohl eher nennen würde.

Vienna Winslows niederländischer Pass hätte auch im Generalkonsulat in New York verlängert werden können, aber Jimmy, Mieke und Jolanda machten das immer in Amsterdam. Es führte sie zurück in das Zimmer im Rathaus, in dem Jimmy und Mieke geheiratet hatten. Dort waren sie auch 1971, als die American Academy of Pediatrics feststellte, es liege »keine medizinische Indikation für die routinemäßige Beschneidung männlicher Säuglinge« vor.

Bestand da eine merkwürdige Parallele zu Esther, die Jimmy nicht erlauben wollte, jüdisch zu sein? Als Vater wusste Jimmy zu schätzen, wie Esther ihn beschützt hatte. Jimmy hätte auch nicht gewollt, dass Vienna Jüdin war.

James Winslows viertes Buch, sein zweiter Wien-Roman, erschien auf Englisch im Herbst 1981. *Keine Ägypterin* ist ebenfalls ein Schlüsselroman. In Jimmys erstem Wien-Roman, *Drei Mitbewohner in Wien,* wird nicht gerungen, es gibt nicht mal Ringer und auch keine Turnhalle in der Währinger Straße. Im Mittelpunkt stehen die drei Mitbewohner und ihr Stammkaffeehaus, das nicht Nachtmusik heißt und nicht von Dagmar, sondern von einer Figur namens Maria geführt wird, außerdem ist Hard Rain der einzige Hund – Hunde mit Eiern kommen nicht vor.

James Winslow hatte sich die Ringer für *Keine Ägypterin* aufgespart. Der Roman basierte auf Jimmys erster Rückkehr nach Wien seit seiner Studentenzeit, 1978, auf Lesereise für die deutsche Übersetzung von *Drei Mitbewohner in Wien*. Er ging zu Leopold Spiegels Turnhalle in der Währinger Straße, aber die Turnhalle existierte nicht mehr.

»Keine Turnhalle mehr, Gott sei Dank!«, sagte Helene auf Deutsch, als Jimmy ihren Friseursalon betrat. »Kleiner Spiegel ist weg.« Vor vierzehn, fast schon fünfzehn Jahren sei Leo »seinen Leuten« nach Israel gefolgt, in einen Ringerclub in Haifa. Helene freute sich zu sehen, dass Jimmy von seiner »schrecklichen Verletzung« kein Humpeln zurückbehalten habe.

Zusammen mit jemandem aus der Presseabteilung seines deutschen Verlags machte Jimmy sich auf die Suche nach dem Bauchtanzclub im Bezirk Favoriten. Es stellte sich heraus, dass der Club nicht »Die Ägypterin« hieß – so hatte sich nur die Bauchtänzerin genannt. An den Namen des Clubs konnte sich niemand mehr erinnern. Jimmy erkundigte sich nach der Tänzerin, aber niemand wusste, was aus ihr geworden war. In einem türkischen Kaffeehaus in Favoriten sprach Jimmys deutsche Verlagsbegleitung ein paar ältere türkische Männer an, und einer von ihnen erinnerte sich tatsächlich an die Ägypterin. Seine Ohren sahen nicht wie Ringerohren aus, aber er stimmte Jimmy zu: »Die Bauchtänzerin war keine Ägypterin.«

In *Keine Ägypterin* wohnt Jimmy in Wien mit einem anderen IES-Studenten zusammen, einem jüdischen Ringer aus New York. Klugerweise hat das Institute for European Studies die beiden zusammengebracht. Der Roman ist ein Rückblick auf die Zeiten, als die beiden IES-Studenten mehr Zeit mit den Ringern in einer Turnhalle in der Währinger Straße verbringen als mit den anderen Amerikanern. Jimmys fiktionaler Mitbewohner ist eine Mischung aus Jonah

Feldstein und Claude, aber seine Zukunft ist dem Schicksal von Arnaud Beaudette nachempfunden. Er heißt Feldstein – aber nicht Jonah, sondern Noah. Die Turnhalle heißt Turnhalle Daniel, aber Daniel heißt auch Spiegel. Der Wurfmeister ist kein Leo, sondern ein Danny, aber er wird auch Kleiner Spiegel genannt. Die Namen der sowjetischen und israelischen Ringer ließ James Winslow unverändert, wahrscheinlich waren es sowieso nicht ihre echten gewesen, beschloss er.

Die Figur des Noah in *Keine Ägypterin* ist genauso panisch und liebenswert wie Claude. Er ist Jungfrau und wird nach dem Ringertraining in einer Bierhalle von einer gefährlichen Tellerwäscherin verführt. (Jimmy blieb bei Hildegunds unpassend altmodischem Namen. Das geschah ihr recht.)

Keine Ägypterin ist der erste James-Winslow-Roman, in dem die Figur, die Jimmy nachempfunden ist, Schriftsteller wird. Er kehrt nach Wien zurück, um die deutsche Übersetzung eines seiner Bücher vorzustellen, und erfährt, dass die Turnhalle Daniel nicht mehr existiert und Danny seinen Leuten nach Israel gefolgt ist. Er erkundigt sich in Favoriten nach der Bauchtänzerin, und anders als bei Jimmy meldet sie sich bei ihm. Sie weiß noch, dass er ihr ins Ohr geflüstert hat, er wolle Schriftsteller werden, und sie freut sich, dass er es geschafft hat. Sie selbst ist inzwischen zu alt zum Tanzen, aber, wie sie ihm mitteilt, immer noch keine Ägypterin.

Die eigentliche Geschichte dreht sich um Noah, die Figur, die sich aus Jonah Feldstein und Claude zusammensetzt und ein bisschen aus Arnaud Beaudette. (Noah fällt 1968 in Vietnam.) In *Keine Ägypterin* erinnert sich die Bauchtänzerin auch an Noahs Wunsch: Er hatte ihr ins Ohr geflüstert, dass er Soldat werden würde. »Er hatte keine Zweifel«, sagt die Bauchtänzerin.

Ja, die Bauchtänzerin bemerkt, dass der ehemalige Ringer, der jetzt Schriftsteller ist, humpelt. In einem Rückblick erfährt man von seiner vorsätzlich herbeigeführten Knieverletzung in der Turnhalle Daniel; all seine Ringerkollegen sind eingeweiht. Er hat Noah erzählt, dass seine Mom auf eine Verletzung hofft, damit er ausgemustert wird, der hat es den Sowjets und den Israelis weitergesagt. Danny, der kleine Wurfmeister, weiß auch Bescheid.

Innerhalb der zwölf Jahre von 1969 bis 1981 veröffentlichte James Winslow vier Romane. Die Winslow-Schwestern waren nicht überrascht, dass der erste, *Der Dickens-Mann,* die besten Kritiken bekam. Jimmys Hommage an Dickens gefiel den Rezensenten. Seine späteren Romane waren, jeder auf seine Art, politisch. »Nicht jeder hat das gleiche soziale Gewissen«, kommentierte Jimmys Mom den *Beitrag des Arztes,* den sie seinen »Abtreibungsroman« nannte.

»Was du als gesellschaftliche Ungerechtigkeit siehst, Jimmy, sehen homophobe Arschlöcher eben anders«, sagte Faith als Erste über *Drei Mitbewohner in Wien,* den Roman über das von Mieke und Jolanda inspirierte lesbische Paar.

Hope bewunderte die jüdische Deutschlehrerin, die in dem Roman die Familie von ihrem Antisemitismus heilt. »Annelies hat definitiv für Esther gearbeitet, Jimmy«, sagte sie.

Und was den Mitbewohner aus *Keine Ägypterin* anging,

den jüdischen Jungen, der Soldat wird und in Vietnam zu Tode kommt, bereitete Prudence Jimmy schon auf Verrisse vor. »Damit machst du dir todsicher ein paar Feinde, Jimmy, zumindest unter den fanatischen Vietnamveteranen und den Antisemiten.«

Ebenso wenig überraschte es die Winslow-Schwestern, dass Jimmys zwei Lieblingsverleger aus Europa, ein Schwede und eine Französin, Juden waren. Die beiden wussten, dass Jimmy ein Verbündeter war, was Frauenrechte (inklusive des Rechts auf Abtreibung), die Rechte Homosexueller (und die Rechte anderer sexueller Minderheiten) sowie die Rechte von Juden anging. Dank dieser beiden europäischen Juden hatte James Winslow von Anfang an auch einen israelischen Verlag. Er hatte ihnen von seiner leiblichen Mutter erzählt und wie sie ihn davor geschützt (und sogar daran gehindert) hatte, Jude zu sein. Vielleicht hoffte er insgeheim, einer der beiden europäischen Juden würde ihm sagen, er solle Jude sein.

»Sei einfach ein Verbündeter und lass gut sein, Jimmy«, sagte Matthias. Er war Jimmys schwedischer Verleger, ein in Deutschland geborener Jude.

»Sei einfach ein guter Schriftsteller, Jimmy, das ist schwer genug«, sagte Gabrielle. Sie war seine französische Verlegerin. Sie war den Vichy-Marionetten in einer katholischen Klosterschule für Mädchen durch die Finger geschlüpft.

»Sei ein guter Vater, Jimmy, das ist deine wichtigste Aufgabe«, sagte Matthias.

1971 hatte Esther sich mit Jimmys schwedischen und französischen Verlegern solidarisch erklärt. Wie Esther waren auch sie linke, nicht praktizierende Juden. In jenem

Sommer gab es in Jerusalem Unruhen, weil die Egged-Busse an Samstagen fuhren. »Die Ultraorthodoxen protestieren gegen die Entweihung des Sabbats«, schrieb Esther an Honor. Angeführt von einem Rabbi gingen über zweihundert Orthodoxe auf die Straße. Die Polizei trieb die Eiferer mit Wasserwerfern auseinander. Esther war begeistert von den Wasserwerfern. Schon Anfang der 1970er-Jahre sagten Jimmys jüdische Verleger aus Europa, die Gesellschaft in Israel werde immer religiöser und rechte Kräfte seien auf dem Vormarsch. Das machte ihnen Sorgen – und Esther wohl auch, vermutete Jimmy.

Als seine schwedischen und französischen Verleger später vorschlugen, mit ihm Jerusalem zu besuchen, wanderten Jimmys Gedanken mehr zu Annelies als zu Esther. Warum auch nicht? Auf seiner Lesereise in Wien war er in die Schwindgasse gegangen, aber genau wie Kleiner Spiegel war auch Frau Holzingers Familie nicht mehr da. Jimmy stellte sich vor, Fräulein Eißler könnte Irmgards Hoffnung erfüllt und Siegfried adoptiert haben. Warum sollte er sich dann nicht auch vorstellen, dass Annelies mit Siegfried nach Israel gegangen war, um ihn zu retten?

Und hatte Irmgard nicht recht gehabt mit dem Lauf der Zeit? Er ist tatsächlich ein Teleskop, mit dem man in die Zukunft sehen kann. Auch Vienna Winslow wuchs heran. Sie war kein kleines Mädchen mehr, sondern im Sommer 1978 bereits dreizehn. Die Winslow-Schwestern meinten, es sei Zeit für sie, über einen BH nachzudenken. Jimmy wollte mit den BHs seiner Tochter nichts zu tun haben. Aber Vienna hatte ohnehin ihre eigenen Vorstellungen. »In Amsterdam bekommt man bessere BHs als in Pennacook,

Dad«, flüsterte sie ihrem Vater ins Ohr. Selbst Jimmy wusste, dass Mieke und Jolanda modernere BHs trugen als die Winslow-Schwestern.

Von der Siedlungspolitik der HaMa'arach (hebräisch für »die Verbindung«), eines Zusammenschlusses sozialdemokratischer Parteien in Israel, hatte Esther Honor Winslow schon geschrieben, als James Winslow noch ein Student mit einer zweijährigen Tochter war. Eine berühmte Siedlung war die Neugründung von Kfar Etzion – nicht, dass Jimmy davon gewusst hätte oder sich später daran erinnern würde. Er war vollauf damit beschäftigt, Vater und Schriftsteller zu sein.

Zwischen 1967 und 1977, als Esther zufolge »die Rechte das Kommando übernahm«, wurden fast dreißig Siedlungen errichtet. Sie lagen in Gebieten, die von Palästinensern nur dünn besiedelt waren, »mit Sicherheitsbedenken nicht zu rechtfertigen«, wie Esther schrieb, und ihrer Meinung nach »ein Riesenfehler«. Die Siedlungen würden »gegen das Völkerrecht verstoßen«, gemäß der Vierten Genfer Konvention zum Schutz von Zivilpersonen in Kriegszeiten. Esther schrieb von einem »Ex, der Friedensaktivist war«, er habe sich geweigert, zum Militär zu gehen. Die Winslow-Schwestern waren in Aufruhr – Esther als Friedensaktivistin, das klang für sie nicht sehr typisch oder wahrscheinlich.

Nach der Wahl 1977 gelangte in Israel die Cherut an die Macht, als Teil des Likud-Blocks, einem Zusammenschluss jener rechten Kräfte, von denen Esther gesprochen hatte. Menachem Begin wurde israelischer Ministerpräsident. Esther zufolge errichtete die Begin-Regierung neue Siedlungen in unmittelbarer Nähe zur palästinensischen Bevölkerung. Sie sagte, so werde eine friedliche Lösung des israelisch-palästinensischen Konflikts erschwert. Aber Jimmy achtete nicht auf das, was in Israel passierte.

Im Herbst 1979 war Vienna Winslow fast so alt wie Esther, als sie aus St. Cloud's gekommen war. Es war Viennas erstes Jahr an der Academy, und alle Mädchen beneideten sie um ihre schicken BHs aus Amsterdam. Seit 1973 nahm die Pennacook Academy auch Mädchen auf. Die Lehrkräfte wussten, dass Vienna die Urenkelin des *Dickens-Mannes* war, die Tochter des Romanautors und eine bessere Schülerin als ihr Vater.

Im Herbst 1980, als Vienna fünfzehneinhalb war, lernte sie Auto fahren, zuerst mit ihrem Vater, dann mit einer der Großtanten. Sie ging auch in die Fahrschule. Im Sommer 1981 sollte sie die Fahrprüfung ablegen, da wäre sie sechzehn, ein großes, hübsches Mädchen (größer als ihr Vater, der Schriftsteller).

Im April 1981 reiste Jimmy auf Anregung seiner jüdischen Verleger aus Europa und auf Einladung der Jerusalem International Book Fair, wie sie damals noch hieß, nach Israel. Matthias und Gabrielle hatten langjährige Verbindungen dorthin und kannten Jerusalem gut. Sie luden Jimmy ein, mit ihnen im American Colony Hotel zu übernachten. Es sei ein bei ausländischen Journalisten, Diplomaten und UN-Mitarbeitern beliebtes Hotel.

Jimmy hoffte, Esther in Jerusalem zu treffen. Honor hatte ihr von Jimmys Reise geschrieben, aber Esther blieb wie immer ausweichend und vage. Sie legte sich nicht auf ein Treffen fest. »Esther ist in einem Alter, Jimmy, in dem sie sich wahrscheinlich zur Ruhe gesetzt haben wird«, sagte seine Mom.

»Aber wovon zur Ruhe gesetzt? Das ist so unklar wie eh und je!«, erwiderte Faith als Erste.

»Esther *muss* einmal für den Mossad gearbeitet haben«, erinnerte Hope Jimmy, der oft wirkte, als könne er sich an gar nichts erinnern.

»Und bevor sie für den Mossad gearbeitet hat, muss sie einen hohen Rang in der israelischen Armee gehabt haben«, fügte Prudence hinzu.

Als Honor Winslow Esther am Telefon gefragt hatte, was sie zurzeit mache, hatte sie geantwortet, sie *mache* überhaupt nichts mehr. »Ich berate nur noch, ab und zu beschaffe ich Informationen«, lautete Esthers vage Erklärung.

Jimmy hatte das Gefühl, die Winslow-Schwestern verschwiegen ihm etwas. »Schickt Esther keine Fotos mehr von sich oder zeigt ihr sie mir nur nicht mehr?«, fragte er seine Mom. Er merkte, wie die Schwestern darauf warteten, dass eine von ihnen als Erste antwortete. Es war dann Faith, die ihm erzählte, sie hätten keine Fotos von Esther mehr bekommen, seit die ihren Arm verloren hatte. Auch Hope meinte, Jimmy solle von der Sache mit dem Arm erfahren, bevor er Esther in Jerusalem traf – falls sie ihn denn treffen wollte. Und Prudence tadelte Honor, dass sie Jimmy nichts von Esthers verlorenem Arm erzählt hatte. Es war vor drei Jahren geschehen.

»Du bist die Ärztin, Prudence. Du weißt mehr über verlorene Arme als ich. Sag du Jimmy doch, wie Esther ihren verloren hat!«, rief Honor.

»Wir kennen keine medizinischen Details«, sagte Prudence.

»Wir kennen überhaupt keine Details, Jimmy«, sagte seine Mutter.

Faith war ans Telefon gegangen, als ein sehr junger IDF-Soldat angerufen und nach Honor gefragt hatte. »Ich rufe wegen Esther an. Es geht ihr so weit gut«, sagte der Soldat. Faith holte Honor ans Telefon.

»Ist was mit Esther?«, fragte Hope Faith, die nur antwortete, der Soldat klinge, als müsse er sich noch nicht rasieren. Seinen Namen wollte er Honor nicht verraten.

»Keine vertraulichen Informationen, keine unnötigen Details«, sagte er. Er wiederholte nur, dass es Esther »so weit gut« ginge. Der Anruf kam kurz nach dem Küstenstraßen-Anschlag von 1978. Militante Palästinenser waren aus dem Libanon nach Israel eingedrungen, hatten auf der Küstenstraße bei Tel Aviv einen Bus gekapert und achtunddreißig israelische Zivilisten getötet, ein Drittel von ihnen Kinder. (Der Bus war explodiert und vollkommen ausgebrannt.) Die PLO bekannte sich zu dem Anschlag, der von der Fatah geplant worden war, um die israelisch-ägyptischen Friedensgespräche zu torpedieren. Drei Tage später marschierte Israel in den Süden des Libanon ein und griff PLO-Stützpunkte in der Nähe der Grenze an. »Unser Kommandowagen geriet unter schweren Beschuss, und Esther wurde verletzt. Es war kein Militäreinsatz, wir haben nur Informationen beschafft«, erklärte der junge Soldat Honor, die Fotos des M325 kannte. Esther hatte sie ihr geschickt – ein leichter Lkw, ausgestattet mit Maschinengewehren, geeignet für bewaffnete Patrouillenfahrten.

»Was für schwerer Beschuss?«, hatte Honor gefragt. »Maschinengewehre? Granaten?«

»Maschinenpistolen auf jeden Fall, vielleicht auch zwei Granaten«, hatte der Soldat erwidert.

Esther war nicht so schwer verletzt gewesen, dass sie keine Kommandos mehr hätte geben können. Ihr Befehl an die Soldaten, die sie im M325 begleiteten, waren unmissverständlich.

»Ihr lasst jetzt entweder mich zurück oder meinen Arm«, hatte Esther befohlen. Der junge Soldat berichtete Honor, dass dieser Satz unter den IDF-Rekruten zu einem Mantra geworden war. Die Geschichte, wie Esther im Libanon ihren Arm verloren hatte, sprach sich herum.

»Aber wie genau hat sie denn jetzt im Libanon ihren Arm verloren?«, fragte Honor Winslow.

»Keine vertraulichen Informationen, keine unnötigen Details«, erwiderte der Soldat.

Esther hatte schon früher klargemacht, dass sie den linken israelischen Ministerpräsidenten der Arbeiterpartei nahestand und Menachem Begin ablehnte. Sie war entsetzt, als er 1973 Anführer des Likud-Blocks wurde. Die Winslow-Schwestern erinnerten sich noch daran, wie wütend Esther war, als Begin 1977 Ministerpräsident wurde, nachdem das Land zuvor über Jahre linke Regierungen gehabt hatte. Esther kritisierte Begins kompromisslose Position, Israel müsse das Westjordanland und den Gazastreifen behalten, die es 1967 im Sechstagekrieg besetzt hatte. Sie hatte sich sogar über Begins Kleidung beschwert. (Obwohl er Soldat gewesen war, trug er Anzug und Krawatte.)

Aber als Honor Esther anrief, um ihr zu sagen, dass

Jimmy nun über den Arm Bescheid wusste, schickte Esther ein Bild von sich, das sie aus einer israelischen Zeitung herausgerissen hatte und das die Winslow-Schwestern überraschte: Die einarmige Esther sagte etwas zu Begin, und der Ministerpräsident hörte ihr zu. Im Unterschied zu dem formell gekleideten Begin trug Esther eine legere dunkle Hose, die wie eine Männerhose aussah, und knöchelhohe Stiefel ohne Schnürsenkel. Ihr weißes, aufgeknöpftes Polohemd hing ihr aus der Hose. Der Stumpf ihres rechten Arms ragte nur wenige Zentimeter aus dem kurzen Ärmel.

Als die sechzehnjährige Vienna Winslow das Foto sah, klang ihre Reaktion eher nach Jolanda als nach Mieke. »Vielleicht sagt Esther zu Ministerpräsident Begin: ›Sie lassen jetzt entweder mich zurück oder meinen Arm.‹«

25
Honors Kind

Mit sechzehn war Vienna Winslow alt genug, um sich zu fragen, ob das lateinische Motto der Pennacook Academy vielleicht auch für sie und die ganze Familie Winslow galt. *Finis Origine Pendet* – Das Ende hängt vom Anfang ab – passte genau zu dem, was Vienna über die Umstände von Esthers Geburt wusste. Esthers Kindheit und frühe Jugend hatten schon erahnen lassen, dass sie eines Tages nach Israel gehen würde. Das sagte Vienna Winslow jedenfalls zu ihrem Dad. Kluges Mädchen.

Jimmy wusste, dass man nie vorhersehen konnte, was Esther Nacht tun würde, aber er widersprach seiner geliebten Tochter nicht. »Sicher hat Esthers Herkunft damit zu tun, wo sie heute ist«, sagte er nur. Dann dachte er daran, woher der Name seiner Tochter kam.

Als Vienna älter wurde, nannte Jolanda Jimmy nicht mehr »Spermaheld«, sie flüsterte es ihm höchstens noch hier und da zu. Auch Jolandas verlockender Romantitel *Zwei einsame Scheiden* war nicht für Viennas Ohren bestimmt.

»Oder für die verfickten Mainstream-Verlage der Achtziger«, sagte Mieke.

Wie Jimmy und sein Großvater wussten, ließ sich das wahre Leben nicht planen wie eine Romanhandlung. Und doch stellte sich das, was Mr. Sleary in *Schwere Zeiten* sagt, ob nun mit oder ohne Lispeln, als Leitsatz von James Winslows und Mieke Kosters Schreiben heraus. »*Teit* daher klug und freundlich *tugleich*, und macht *dat Bete aut unt*, und nicht *dat Tlechtete*!« (Mieke entschied sich dafür, die gelispelten Wörter *hervorzuheben*.)

Ein Kind zu haben und es zu lieben eröffnete James Winslow eine neue Sicht auf seine eigene Kindheit und frühe Jugend. Schon als Junge hatte er gehört, dass die Namen seiner Tanten von seiner Großmutter ausgesucht worden waren und dass Faith, Hope und Prudence nach Tugenden benannt waren. Und er wusste auch seit jeher, dass der Name seiner Mom eher eine Erwartung ausdrückte und dass diesen Namen sein Großvater ausgewählt hatte. »Honor ist so ein Name wie Chastity – eine Erwartung ist ja nicht zwingend eine Tugend«, hatte Constance es formuliert. Für die Bürger der Stadt Pennacook, vor allem die Damen des Ortes, klang Honor dennoch wie ein Name, dem man nur schwer gerecht werden konnte. Im Rückblick hatte Jimmy den Eindruck, seine Mutter hatte sich gar nicht so sehr angestrengt, dieser Erwartung gerecht zu werden. Anstrengend waren eher die Erwartungen, die sie an andere hatte, nicht zuletzt an Esther und Jimmy.

Constance Winslow hatte von ihrem Mann unzählige Male gehört, dass die Religion der Fluch der Zivilisation sei. Die Winslow-Schwestern sagten den Satz oft zueinander, und auch zu Jimmy. Sie waren liberale Demokraten und Jimmy ebenso. In den 1980ern setzten sich Präsident Ronald Reagan und die christliche Rechte, die »Moral Majority«, für Schulgebete und gegen Abtreibungen ein – ein

Beweis, dass die Religion der Fluch der Zivilisation war. 1981 diagnostizierten Ärzte bei homosexuellen Männern Kaposi-Sarkome und Pneumocystis-Pneumonien, es war der Beginn der Aids-Epidemie. Aber der frisch gewählte Präsident Reagan beklagte in seinem Anti-Abtreibungseifer lieber das Schicksal der Ungeborenen. Es interessierte ihn schlicht mehr als der Tod schwuler Männer oder der Frauen, die starben, weil Abtreibungen illegal und gefährlich waren.

Es war kein Zufall, dass auch Jimmys europäische Verleger nicht praktizierende Juden waren. Sie hatten ihre eigenen Gründe, die Religion für den Fluch der Zivilisation zu halten. Sie waren erbost, dass charedische Männer von der Wehrpflicht befreit waren. Diese Regelung existierte seit der Geburt des Staates Israel, dem Israelischen Unabhängigkeitskrieg im Jahr 1948. »Die Abmachung gilt für Charedim, die sich ausschließlich dem Thorastudium widmen«, sagte Matthias.

»Charedim dürfen an der Jeschiwa studieren, statt in der Armee zu dienen. Sie nennen es ›Torato Umanuto‹ – ›die Thora als Beruf‹«, erklärte Gabrielle Jimmy.

Matthias beklagte die hohen Geburtenraten in den charedischen, »ultraorthodoxen« Gemeinden. »Sie lehnen interkonfessionelle Ehen ab, und sie bekommen sehr viele Kinder, deshalb wächst ihr Bevölkerungsanteil exponentiell«, sagte er. Durch den Holocaust sei »die Thora-Welt«, wie er es nannte, fast verschwunden gewesen. Nun aber wachse das orthodoxe Judentum und sei längst nicht mehr gefährdet. 1977 hatte die Knesset unter Begins Likud-Regierung die Zahl der Torato-Umanuto-Männer erhöht, die vom Wehrdienst befreit werden konnten.

Jimmy hatte Schwierigkeiten, die nicht zionistischen und die antizionistischen Ultraorthodoxen zu unterscheiden.

»Die Nichtzionisten haben keine Einwände gegen den Staat Israel, sie nehmen ihn einfach nicht so ernst oder beschäftigen sich nicht damit«, sagte Gabrielle.

»Die Antizionisten dagegen lehnen die Existenz eines jüdischen Staates strikt ab, also, bis zur Ankunft des Messias«, sagte Matthias und verdrehte die Augen.

»Das wäre doch mal ein guter Titel, ihr beiden: *Bis zur Ankunft des verfickten Messias*«, schlug Jolanda Mieke und Jimmy vor.

Jimmy vermutete, dass er noch einiges von Jolanda hören würde, bevor er sich auf den Weg nach Israel machte. Während seiner Reise würden Jolanda und Mieke nach New Hampshire kommen. Sie konnten Jimmys Zimmer haben, Mieke würde dort tagsüber schreiben und beide hätten Zeit mit Vienna. Die Winslow-Schwestern freuten sich natürlich darauf, Mieke und Jolanda für sich zu haben, während Jimmy in Jerusalem war. »Das ganze Haus voller Mädchen!«, rief Vienna Winslow begeistert.

»Jungs gibt es hier doch außer mir sowieso keine«, sagte Jimmy. Da war er vierzig und Vienna brachte keine Jungen aus der Schule mit nach Hause – noch nicht.

Während Jimmy seine Koffer packte, redete seine Mom mehr als sonst über Esther. Das lockte auch Jimmys Tanten an. Die Unterhaltung drehte sich eher um Esthers Verborgenheit als um irgendetwas Neues. Vienna wollte natürlich auch gern mehr über Esther hören.

Jimmys Mutter begann mit einer Geschichte über einen Rabbi. Sie hatte mit ihm über die biblische Ester gesprochen, die Königin, die ihre jüdische Identität im Verborgenen hält. »Weder bei der Ester des christlichen Alten Testaments noch bei der Ester der hebräischen Bibel taucht Gott auf, Jimmy. Selbst Gott ist verborgen«, sagte Honor.

»Die Königin, nach der unsere Esther benannt ist, schon klar«, versicherte Jimmy ihr. (Als gäbe es auch nur einen Winslow, dem das nicht klar wäre.)

»Wenn die Juden an Purim das Buch Ester lesen, tragen sie Masken, die das Gesicht verbergen. Noch mehr Verborgenes, Jimmy«, sagte Faith. Sie verriet nicht, ob sie das von demselben Rabbi erfahren hatte oder von einem anderen.

»Das zweitwichtigste jüdische Fest nach Purim ist Pessach. Zu Beginn des Sedermahls wird symbolisch ein Stück Matze versteckt. Der Seder ist erst zu Ende, wenn die Matze gefunden wurde. Pessach ist wie der Übergang von der Verborgenheit zur Sichtbarkeit, Jimmy«, fügte Hope hinzu. (Weiß Gott, das *wusste* Jimmy alles!)

»Neunundvierzig Tage später ist dann Schawuot. Da feiert man den Empfang der Thora auf dem Berg Sinai, Jimmy«, sagte Prudence.

»Du kannst Gift drauf nehmen, dass *unsere* Esther keine Rabbinerin ist. *Ihr* Beruf ist nicht die Thora!«, rief Vienna und klang dabei mehr nach Prudence als Prudence selbst.

»Unsere Esther ist Königin Esther. Die Esther ist sie, Vienna«, sagte Honor. »Aber vergiss nicht, Jimmy: Eine Nacht bleibt immer eine Nacht.«

James Winslow war klar, dass diese Warnung seiner Mutter nicht von einem Rabbi stammte, und er hätte wissen müssen, dass die Winslow-Schwestern mit ihren Warnungen noch nicht fertig waren. »Denk an die Charlotte-Brontë-Sache, die unsere Esther vorhatte, Jimmy«, sagte Faith als Erste.

»Unsere Esther wird dir ihre *Jane-Eyre*-Tätowierung zeigen«, sagte Hope.

»Und denk daran, dass unsere Esther keinen BH trägt, Jimmy«, sagte Prudence.

»Igitt! Eine Sechsundsiebzigjährige ohne BH wird doch wohl ihrem leiblichen Kind nicht diese komplette Tätowierung zeigen!«, sagte Vienna Winslow entsetzt.

»Du kennst Esther nicht, Vienna«, sagte Honor und öffnete ihre obersten zwei Blusenknöpfe – nur mit links, so wie die einarmige Esther es tun würde. Beim dritten Knopf konnte man nicht nur ihr Schlüsselbein sehen, sondern auch einen ersten Blick auf ihren BH erhaschen. »Das *Mich kümmert's* und das *Je einsamer ich bin* stehen oberhalb von Esthers Brüsten. Hoffen wir mal, dass das alles ist, was sie dir zeigt, Jimmy«, sagte seine Mom. Himmel noch mal, er kannte das Brontë-Zitat. Er hoffte, er würde Esther überhaupt sehen, Tätowierung hin oder her, denn er wusste nicht, ob sie ihn sehen wollte.

»Falls du Esther triffst, Jimmy, hängt ihr bestimmt das Hemd aus der Hose«, sagte Faith. Jimmy wusste, dass die letzten beiden Zeilen der Jane-Eyre-Tätowierung sich unterhalb von Esthers Bauchnabel befanden, sowohl das *desto mehr will ich* als auch das *mich selbst achten*. Faith, Hope und Prudence wetteten, dass Esther ihm den Bauch zeigen würde und nicht den Brustansatz.

»Irgendwas wird Esther dir schon zeigen, Jimmy – wenn du sie denn siehst«, sagte Honor. Doch was Jimmy auf dem ganzen Weg nach Jerusalem viel eher beschäftigte, war der Satz *Eine Nacht bleibt immer eine Nacht*.

Warum nur ließ eine Reise an einen Ort, an dem er noch nie gewesen war, ihn derart nostalgisch werden? Gehörte das dazu, wenn man Schriftsteller war? Natürlich hatte er sich schon oft ausgemalt, nach Jerusalem zu reisen, viel zu oft. Allein die Vorbereitungen stimmten ihn nostalgisch. Anfangs hatte er überlegt, über Wien nach Tel Aviv zu fliegen. Es würde doch bestimmt Spaß machen, eine oder zwei Nächte in Wien zu verbringen – das hatte Jimmy zumindest gedacht, bevor er Mieke und Jolanda von der Idee erzählte.

»Jesus und Kollegen, weißt du nicht mehr, Jimmy?«, fragte Jolanda ihn am Telefon. Auf Deutsch fügte sie hinzu: »In Wien kann man keinen Spaß haben.« Jimmy erinnerte sich dunkel an diesen Wiener Spruch, Irmgard hatte ihn manchmal sarkastisch zitiert. Wie er Jolanda kannte, meinte sie wahrscheinlich nur, dass er ohne sie und Mieke in Wien keinen Spaß haben konnte.

Am Ende ging sein Flug nach Tel Aviv über Frankfurt. An einer Zwischenlandung in Deutschland war nichts Nostalgisches. Als Jimmy im April 1981 nach Jerusalem reiste, war ihm die unruhige Lage im Libanon nur am Rande bewusst. Er wusste, dass dort Bürgerkrieg herrschte. Er hatte gehört, dass sich im Libanon Stützpunkte der PLO befanden und auch syrische Truppen im Land waren. »Es wird zum Krieg mit dem Libanon kommen«, sagte Matthias.

»Die Golanhöhen werden immer ein Problem bleiben«, fügte Gabrielle hinzu.

Anfang April fuhr Jimmy mit Matthias im Auto von Tel Aviv nach Jerusalem. Jimmy war es peinlich, dass er nicht wusste, wo im Bezug zum Libanon und zu Syrien sich die Golanhöhen befanden. Daraufhin ließ Matthias sich darüber aus, was Ministerpräsident Begin wohl gegen die syrischen Truppen im Libanon unternehmen würde. Zu diesem Thema hatte Jimmy nichts Sinnvolles beizutragen, und so merkte er nur etwas lahm an, dass am 7. April die Buchmesse beginnen würde.

Eigentlich hätte James Winslow gern gesagt, dass er nicht wusste, wer er war. Auch wenn er Honors Kind war, fühlte er sich doch nicht wie ein Winslow. Wenn er kein Jude war, wer war er dann? Er konnte sich nicht einmal vorstellen, wie es sich anfühlte, Jude zu sein. Als sie das American Colony Hotel erreichten, hatte Jimmy Matthias und Gabrielle nichts von dieser Unsicherheit erzählt. Die beiden Juden kannten James Winslow gut, aber sie kannten doch vor allem seine Bücher.

Das American Colony war wie ein Hotel in Europa. Es gab eine schwedische Sauna, die Jimmy am späten Nachmittag aufsuchte, und zwei Swimmingpools. An allen Mauern wuchsen Bougainvilleen. In New Hampshire ist der Frühling nicht der Rede wert, aber in Jerusalem kommt er zeitig. Jimmy allerdings war spät dran zum Abendessen mit seinen europäischen Verlegern. Er wusste nicht, ob sie im Speiseraum des Hotels waren oder im Innenhof mit dem Springbrunnen. Sie mussten schon mit dem Wein angefangen haben, denn Gabrielles Lachen führte Jimmy zu ihnen. Wenn Gabrielle ein oder zwei Gläser getrunken hatte, klang ihr Lachen ganz unbeschwert.

Es war nicht das erste Mal, dass Jimmys jüdisch-europäische Verleger über seinen israelischen Verleger lachten.

Jimmy kannte Yehuda noch nicht; jetzt erfuhr er, dass er ihn auch nicht kennenlernen würde. Yehuda war berüchtigt für seine Zurückgezogenheit. Zu allen seinen Autoren, die keine Israelis waren, wahrte er Distanz und delegierte den Umgang mit »fremden« Autoren an eine Lektoratsassistentin. Matthias hatte Jimmy versichert, Yehudas Verlag sei ein gutes Haus mit guten Autoren. Allerdings hatte Matthias auf der Frankfurter Buchmesse gehört, dass er dennoch Gefahr lief, von einem größeren, besseren Verlag aufgekauft zu werden. Gabrielle erzählte Jimmy, dass Yehuda der Jerusalemer Buchmesse reserviert gegenüberstehe. »Yehuda findet, die Messe solle sich selbst um die Betreuung der internationalen Autoren kümmern. Vielleicht glaubt er, Gott verbiete es israelischen Verlegern, ihre ›fremden‹ Autoren selbst zu betreuen«, sagte Gabrielle auf ihre gelassene Art.

Anat, die Lektoratsassistentin, kannte bisher niemand. »Aber bestimmt ist sie gut. Yehuda delegiert absolut alles an seine Assistenten, also sucht er sich immer gute«, sagte Matthias. Als in Deutschland geborener Jude interessierte Matthias sich mehr für James Winslows Hebräisch-Übersetzer. Der war auf jeden Fall sehr gut: Yaakov Himmelman hatte schon *Drei Mitbewohner in Wien* übersetzt und arbeitete jetzt an *Keine Ägypterin*. In den beiden Wien-Romanen kamen viele deutsche Wendungen vor, und Yaakov konnte Deutsch.

Matthias fand, Jimmy solle wissen, dass Yaakov, ein in Österreich geborener Jude, Häftling im oberösterreichischen KZ Mauthausen gewesen war. Anfangs waren dort nur Männer inhaftiert, Deutsche und Österreicher, aber während der zweiten Hälfte des Krieges gab es in Mauthausen auch weibliche Häftlinge. Es war als ein reines Zwangsarbeiterlager gebaut worden, die Gaskammer wurde erst 1942 in Betrieb genommen. In Mauthausen mussten die Häftlinge im Granitsteinbruch arbeiten, erzählte Matthias, und der hebräische Übersetzer hatte einst Steine die sogenannte »Todesstiege« hinaufgetragen. Oft brachen Männer unter der Last der schweren Steinblöcke zusammen und begruben die Häftlinge unter sich, die hinter ihnen die Treppe hinaufstiegen. 1945 war Mauthausen von der US-Armee befreit worden, da war Yaakov Himmelman zweiunddreißig Jahre alt gewesen. Seine amerikanischen Befreier waren der Grund dafür, dass er Englisch gelernt hatte.

Gabrielle hatte nachgerechnet: Dann war Yaakov Himmelman inzwischen achtundsechzig. »Aber zurück zu Anat, James. Sie betreut Himmelmans Übersetzung von *Keine Ägypterin*«, sagte Gabrielle. Sie hatte mit Anat telefoniert, die Assistentin sprach besser Englisch als Yehuda. Gabrielle war beeindruckt von der »Offenheit«, mit der Anat über die Armee und die israelische Gesellschaft gesprochen hatte. Sie hatte vor Kurzem ihren Wehrdienst beendet und die Zeit in »scheußlicher Erinnerung«, wie Gabrielle erzählte.

»Diese Zeit haben wohl viele in ›scheußlicher Erinnerung‹«, sagte Matthias auf seine mürrische Art.

Gabrielle war besonnener als Matthias, aber oft auch genauer. Sie berichtete, dass Anat in der Armee als Journalistin gearbeitet hatte. Anat hatte die Grundausbildung und Schutzeinsätze absolviert und Küchendienste geleistet. Obwohl es eine »hervorragende Position mit vielen Freiheiten« gewesen war, beschrieb Anat das Klima in der Armee und in der israelischen Gesellschaft als »sexistisch, militaristisch und brutal«. Was Anat über die »heutige säkulare Gesellschaft« dachte, hatte Gabrielle sich bis zum Schluss aufgehoben: dass sie ihnen »entgleite«. Jimmy begann, sich auf Anat zu freuen. Für einen Vierzigjährigen klang sie nach einer rebellischen jungen Frau.

Als er mit ihr zu Fuß vom American Colony Hotel in die Altstadt lief, sprachen ihn vor allem die trubeligen kleinen Essensstände in der Straße der Propheten an, ganz in der Nähe des Damaskustors, wo sie durch die alte Stadtmauer hindurch das muslimische Viertel betraten. Der Rest des zwanzigminütigen Weges war nicht sehr aufregend, da war das American Colony selbst noch interessanter: Im späten 19. Jahrhundert hatte eine christliche Familie aus Amerika dort eine kleine Kolonie gegründet, später stießen noch einige Schweden und schwedischstämmige Amerikaner dazu. Das Hotel hatte den Ruf politischer Neutralität; Juden und Araber konnten dort entspannt zusammentreffen. Jimmy erinnerte sich später besonders an die Innenhöfe – den mit dem kleinen Pavillon und den schöneren mit dem Springbrunnen. Die Tischlein mit den Keramikplatten waren armenisch. Obwohl James Winslow Biertrinker war, beeindruckte ihn auch der Weinkeller mit den schmiedeeisernen Gittertüren, in den man vom großen Speisesaal mit den weißen Tischdecken gelangte.

Die runden Tische für vier Personen waren perfekt für Jimmy und seine beiden europäischen Lieblingsverleger. Jeden Morgen hofften die drei, dass Anat sich zum Frühstück zu ihnen gesellen würde, aber das tat sie nie. Entweder sie frühstückte nicht, oder sie hatte schon gegessen, wenn sie auftauchte, um Jimmy zu seinem hebräischen Übersetzer ins jüdische Viertel der Altstadt zu bringen.

Anats Meinung nach war das American Colony »cooler« – sogar »supercooler« – als das King David Hotel. Sie fand es auf jeden Fall »internationaler« und leistete Jimmy und seinen Verlegern oft am Abend in der Kellerbar des Hotels Gesellschaft, dort war um die Zeit viel Betrieb. Eine Treppe führte vom großen Speisesaal oder vom Innenhof mit dem Springbrunnen hinunter. Man sah dem Raum mit seiner niedrigen Gewölbedecke an, dass man sich in einem Keller befand, in den gemütlichen Nischen standen bequeme Möbel.

Jimmy liebte die allmorgendlichen Spaziergänge mit Anat durch das Damaskustor ins muslimische Viertel. Anat erklärte ihm, es gebe auch einen direkteren Weg an der Grabeskirche im christlichen Viertel vorbei ins jüdische Viertel der Altstadt, wenn man auf dem Suq Chan ez-Zeit blieb, anstatt die al-Wad zu nehmen, die Straße vom Damaskustor zur Via Dolorosa. Aber Anat wollte Jimmy die christlichen Pilger zeigen, die dem Leidensweg folgten, auf dem Christus sein Kreuz getragen hatte. Außerdem war Chan ez-Zeit die Hauptmarktstraße der Altstadt, und Jimmy sah, dass Anat an den aggressiveren unter den Straßenhändlern möglichst schnell vorbeiwollte.

Anat war klar, dass Jimmy wie sie nicht gläubig war. Beide betrachteten neugierig den Eifer der christlichen Touristen, die an der fünften Station des Kreuzwegs auf der Via Dolorosa knieten (und sogar weinten). Hier sah man weniger Katzen als in der Marktstraße Chan ez-Zeit, fast als würden die betenden (und manchmal klagenden) christlichen Pilger die Tiere stören. Auf beiden Wegen gelangte man im Nu vom muslimischen ins christliche Viertel und umgekehrt. Jedes Mal kamen sie am selben Ort heraus, an den auch die betenden Christen wollten – dort, wo auch Christus schließlich angekommen war: an der Grabeskirche. Schon morgens standen Christen Schlange, um an seinem Grab zu knien (oder zu beten oder zu klagen). Jimmy gestand Anat, dass er sich das Grab gern ansehen würde.

»Vielleicht mal an einem Nachmittag auf dem Rückweg«, sagte Anat. Aber nachdem sie drei Tage hintereinander den Weg durch das Labyrinth der Altstadt genommen hatten – vom muslimischen Viertel ins christliche, von dort ins jüdische und wieder zurück –, war auch Jimmy klar, dass nachmittags nur noch mehr Christen in der Schlange standen.

Manchmal nahmen sie von der Grabeskirche aus die Muristan-Straße und betraten das jüdische Viertel an der David-Straße, wo sie links abbogen und dann wieder rechts auf die Straße des jüdischen Viertels. Seltener nahm Anat mit ihm von der Grabeskirche aus den Weg über die Straße des christlichen Viertels zur David-Straße, dann gingen sie ein längeres Stück über den Markt auf der David-Straße. Vielleicht hatte Anat an diesen Tagen mehr zu erzählen, oder sie war offener als gewöhnlich. Jimmy versuchte, den Unterschied zu erkennen.

Im jüdischen Viertel ließ Anat sich Zeit. Hier fühlte sie sich zu Hause und sah den Passanten öfter in die Augen. Links ging es in die Lohame ha-Rova be-Tashah-Straße, die »Straße der Kämpfer, die 1948 das Viertel verteidigten«, so übersetzte Anat es ihm. Sie führte zum »Ruinenplatz«, wie Anat ihn nannte. Hier stand einst die Churva-Synagoge.

»Sie wurde 1948 von den Jordaniern zerstört«, hatte Anat ihm erzählt. (Manchmal sagte sie statt »zerstört« auch »weggebombt« oder »in Schutt und Asche gelegt«.) Aus Gründen, die Anat Jimmy nicht erklärte, war die Synagoge eine Ruine geblieben, selbst nach der Wiedervereinigung Jerusalems nach dem Sechstagekrieg.

Yaakov Himmelman lebte in einer Wohnung im ersten Stock eines schmalen, fast versteckten Hauses ohne Fahrstuhl an der Kreuzung zweier Gassen in der Nähe des Ruinenplatzes; Ha-Ugav, »die Harfe«, und Bonei Ha-Homa, »Erbauer der Mauer«, wie Anat übersetzte. Sie erklärte, dass es von Yaakovs Wohnung nicht weit zum Zionstor war, aber dass sie trotzdem auf demselben Weg zum American Colony zurückkehren würden, auf dem sie gekommen waren: durch das jüdische, das christliche und das muslimische Viertel und dann durch das Damaskustor. Das Jerusalem, das Jimmy kennenlernte, wirkte wie ein zutiefst friedlicher Ort.

Jimmy bewunderte, wie genau sein hebräischer Übersetzer auf kleinste Details achtete, und er liebte den Wiener Akzent des Mannes, ob er deutsch sprach oder englisch. Yaakov lachte nie, aber man merkte, dass er die lustigen Stellen in *Keine Ägypterin* mochte. Jimmy fand auch Yaakovs palästinensische Haushälterin Nour und ihren fünfjährigen Sohn Omar sympathisch. Nour trug stets Hidschab. Sie war ständig beschäftigt, putzte Yaakovs Wohnung oder kochte Essen. Jimmy nahm an, dass sein hebräischer Übersetzer seiner Haushälterin und ihrem Sohn ein wenig Englisch beigebracht hatte. Schließlich war das Übersetzen aus dem Englischen sein Beruf. Doch selbst als Nour sich längst daran gewöhnt hatte, dass Jimmy mit Yaakov am Küchentisch arbeitete, kam kein Gespräch zwischen ihr und Jimmy zustande. Er wechselte nur ein paar Worte mit Omar. Der Fünfjährige brachte irgendeinen Gegenstand zu Jimmy – einen Löffel, einen Stift, Yaakovs Brillenetui. Dann sagte Jimmy, wie dieser Gegenstand auf Englisch hieß, und Omar wiederholte das Wort mit Begeisterung.

Der Küchentisch, an dem Jimmy und Yaakov an der Übersetzung von *Keine Ägypterin* arbeiteten, war sehr lang. Es war Yaakovs einziger Tisch, ein Esszimmer gab es in der Wohnung nicht. Wenn Nour und Omar auch in der Küche waren, hatte Jimmy den Eindruck, sie würden seiner Unterhaltung mit Yaakov lauschen – Nour auf jeden Fall. Nour und Omar waren immer da, wenn Jimmy und Yaakov arbeiteten.

Yaakov Himmelman übersetzte *Keine Ägypterin* mit einer solchen Hingabe, dass Jimmy ihn schnell ins Herz schloss, aber in ein Gespräch über andere Dinge ließ er sich nicht verwickeln, besonders nicht über politische Fragen. Ob Yaakovs Schweigen typisch für einen KZ-Überlebenden war, wusste James Winslow nicht, aber es kam ihm nicht richtig vor, sich bei seinen jüdisch-europäischen Verlegern oder Anat danach zu erkundigen. Doch da Jimmy Yaakovs Urteilsvermögen vertraute, fragte er ihn immer wieder nach seiner Meinung zu Dingen, die er gehört hatte. Matthias und Gabrielle äußerten sich ihm gegenüber oft zu politischen Themen, und auch Anat sprach sehr offen. Außerdem waren da die Fragen und Kommentare seiner Interviewpartner. Jimmy fragte stets nach Yaakovs Standpunkt – ohne Erfolg. Derselbe Yaakov, der Jimmys Romane so gut kannte und verstand, wollte auf seine Fragen zu aktuellen Themen einfach nicht antworten. Es war frustrierend.

Nour hörte all diese politischen Fragen mit Sicherheit. Doch wenn sie und Yaakov miteinander redeten, sprachen sie arabisch. Yaakov hatte Jimmy erklärt, er würde seine Romane nicht gut ins Hebräische übersetzen können, wenn er nicht auch arabisch spräche. Jimmys Dialoge waren oft vulgär oder sexueller Natur. Für diese »unaussprechlichen Dinge«, wie Yaakov sie nannte, gebe es keine hebräischen Wörter, dafür benutze man arabische. Jimmy konnte sich gut vorstellen, dass Yaakov Nour und Omar ein paar englische Wörter beigebracht hatte, aber er ging nicht davon aus, dass Nour Englisch verstand, und noch weniger, dass sie es sprechen konnte.

Auf seinen Lesereisen hatte James Winslow sich angewöhnt, verschiedene Dinge, die ihm gesagt wurden, in einem kleinen Notizbuch festzuhalten. In Israel hatte er vor allem aufgeschrieben, was Matthias und Gabrielle ihm erzählt hatten, und Anat. Er las es Yaakov Himmelman wörtlich aus dem Notizbuch vor. Dieses Vorgehen war natürlich sehr penibel, aber schließlich war Jimmy Schriftsteller. Er wollte seinem geschätzten Hebräisch-Übersetzer gegenüber wortgetreu zitieren.

»Wenn von der ›Vertreibung‹ der Palästinenser durch die Israelis die Rede ist, dann klingt das, als wäre das Land hier immer und ausschließlich das Land der Palästinenser gewesen«, hatte Gabrielle zu ihm gesagt. »Als hätte das Land Israel früher nie existiert, als wären hier keine Juden umgebracht oder von hier vertrieben worden, und zwar Jahrhunderte bevor es überhaupt das Palästinamandat gab.«

»Wer so spricht, hat einen sehr verkürzten Blick auf die lange Geschichte der Juden im Land Israel. Die reicht viel weiter zurück als nur bis ins zwanzigste Jahrhundert«, hatte Matthias bemerkt. Er war der, der mit seiner Familie aus Deutschland nach Schweden geflohen war. Von Jimmys beiden jüdisch-europäischen Verlegern war vor allem er es, der betonte, wie wichtig Frieden und Versöhnung mit dem palästinensischen Volk seien. Die »verhängnisvollen Konsequenzen der Siedlungspolitik«, wie er es nannte, belasteten ihn. Und doch hatte selbst Matthias gesagt: »Wenn die Palästinenser darauf beharren, uns zu töten – uns *auszulöschen* –, dann werden wir mehr von ihnen töten müssen, als sie von uns töten, sonst töten sie uns alle.«

»Wir Juden sind nur dorthin zurückgekehrt, wo wir ursprünglich herkommen«, wiederholte Gabrielle.

»Die jüdische Diaspora nahm schon im achten und sechsten Jahrhundert vor Christus ihren Anfang. Und wenn du Exodus gelesen hast, erinnerst du dich vielleicht noch daran, dass Mose sogar noch davor die Israeliten aus der Sklaverei in Ägypten geführt hat«, sagte Matthias, als hielte er ein Referat. (Er war noch zur Schule gegangen, als er nach Schweden fliehen musste.)

»Eine Grundannahme des Antizionismus ist falsch«, sagte Anat rundheraus zu Jimmy. »Die sephardischen und die aschkenasischen Juden aus dem Nahen Osten und aus Europa sind *nach Hause* zurückgekehrt. Vor langer Zeit war das Land Israel ihr Heimatland. Jetzt ist es unseres.«

Matthias erinnerte an den beständigen Schmerz, den der unaufhörliche Konflikt beiden Seiten zufügte. »Versöhnung mit den Palästinensern ist der einzig mögliche Weg zum Frieden«, sagte er. Anschließend legte er eine lange Pause ein, das tat er immer. Dann sagte er: »Wir teilen uns dieses kleine Land mit den Palästinensern, aber wenn wir nicht irgendeine Art der Kontrolle über sie haben, dann werden sie uns alle umbringen.«

Diesen Refrain hörte Jimmy immer wieder. »Wenn wir nicht …, dann werden sie …«

War dies der ewige Klang Israels?, fragte sich James Winslow. Ihm war klar, dass seine jüdisch-europäischen Verleger politisch links standen. Er wusste, dass sie Begins rechtsgerichtete Likud-Regierung für den Bau von immer mehr Siedlungen im Westjordanland kritisierten. Die Likud-Regierung hatte »das Recht des jüdischen Volkes auf Eretz Israel« verkündet. Sollte das heißen, dass das gesamte historische Land Israel das unabdingbare Erbe des jüdischen Volkes war?

Jimmys linksgerichtete Verleger erklärten ihm, dass im Westjordanland und im Gazastreifen möglicherweise schon so viele Juden lebten, dass eine palästinensische Selbstbestimmung nur noch schwer durchzusetzen sein könnte. »Die Möglichkeit einer Zweistaatenlösung könnte uns entgleiten«, sagte Gabrielle auf ihre zurückhaltende Art.

Jimmy war verwirrt. Er war mit großem Mitgefühl für die Zionisten aufgewachsen, die verfolgte Juden aus Europa (und anderen Teilen der Welt) zurück ins Land Israel geführt hatten. Jetzt wurden diejenigen Zionisten genannt, die Siedlungen in von Israel besetzten Gebieten errichteten. In Jimmys Ohren klang das ein wenig nach Segregation, es erinnerte ihn an den Kampf um die Bürgerrechte in den USA. Seine europäischen Verleger und Anat taten diesen Vergleich ab. Trotzdem hielt Anat sich nicht zurück, wenn sie von der »Selbstjustiz der Siedler in Hebron« sprach und von den, wie sie es nannte, »illegalen Aktivitäten« von Siedlern gegen Palästinenser im Westjordanland, ganz zu schweigen von der »überaus brutalen Unterdrückung« jeglichen palästinensischen Widerstands. Das alles klang für Jimmy immer noch ein bisschen nach Segregation, aber was wusste ein Junge aus New Hampshire schon von Politik in Israel?

Dann kam das Interview, das Jimmy einem israelischen Journalisten im King David Hotel gab. »Warum kommt ein James Winslow überhaupt nach Israel?«, fragte der Journalist ihn provozierend. *Sie sind ja nicht mal Jude,* hörte Jimmy heraus, und schon war er verunsichert.

»Na ja, die Buchmesse hat mich eingeladen«, fing Jimmy an. Er berichtete, dass er mit seinem Hebräisch-Übersetzer an *Keine Ägypterin* arbeitete und dass der Roman bald in Israel erscheinen würde. Dann wagte Jimmy die Aussage, er sei schon immer ein Unterstützer Israels und des jüdischen Volks gewesen. Dieser letzte Teil schien den israelischen Journalisten nur noch mehr zu reizen.

Es war leicht für das »Sackgesicht«, wie Anat den Journalisten nannte, ein Thema zu finden, bei dem er James Winslows Ahnungslosigkeit bezüglich Israel bloßstellen konnte. Er fragte Jimmy nach seiner Meinung über den Ursprung und die unterschiedliche Verwendung des umstrittenen Ausdrucks *»From the river to the sea«*. Jimmy hatte keine Ahnung, worauf der Typ hinauswollte. Es klang nach einer Falle, selbst für Jimmy, der nur ein Junge aus New Hampshire war.

»Bitte fragen Sie mich nach meiner Arbeit – falls Sie einen meiner Romane gelesen haben«, sagte James Winslow. »Ich bin zur Buchmesse eingeladen worden, weil ich Schriftsteller bin.«

Anat rief den Herausgeber der israelischen Zeitung an, um sich zu beschweren. »Ich hatte das eigentlich klargestellt«, sagte sie zu Jimmy. »Keine Journalisten, die nicht zumindest einen deiner Romane gelesen haben. Dieser Typ liest *nie* einen Roman. Er hatte nur das Ziel, dich schlecht aussehen zu lassen. Man kann ›*from the river to the sea*‹ überhaupt nicht kommentieren, ohne jemanden vor den Kopf zu stoßen.«

»Der Ausdruck ist toxisch. Egal, wer ihn benutzt oder wie man ihn benutzt«, erklärte Gabrielle. »Er ist immer entweder antisemitisch oder antipalästinensisch.«

»Vom Jordan bis zum Mittelmeer bezeichnet für Palästinenser das gesamte Gebiet des ehemaligen Palästinamandats und für Israelis das gesamte Land Israel«, sagte Matthias und legte eine Pause ein.

Dann berichtete er, dass die rechtsgerichtete Likud-Partei in ihrem Wahlprogramm 1977 erklärt hatte: »Zwischen dem Meer und dem Jordan wird es nur Israel als Staatsgewalt geben.« Der israelische Journalist wollte definitiv Stunk machen.

»Verstehe«, sagte James Winslow nur.

»Selbst wenn du es ab und an hörst, sprich es bloß nicht aus. ›*from the river to the sea*‹, das kann bedeuten, dass sie uns ins Meer treiben wollen – uns auslöschen«, sagte Anat.

Im Gegensatz zum American Colony, so Anat, galt das King David als Hotel fürs »Establishment«. Es war »unter dem britischen Mandat« gebaut worden und laut Anat ein Symbol israelischer Identität. Jimmy kannte im King David nur den Lesesaal neben der Lobby. Er hatte nie verstanden, warum einige seiner Interviews dort stattfanden. In der Mitte des Raums stand auf einem imposanten orientalischen Teppich ein riesiger Tisch, der meist mit Blumen geschmückt war. An der Decke prangte ein gemalter Davidstern, und an den beige gestrichenen Wänden hingen vier Menora. Die siebenarmigen Leuchter brachten nur schwaches Licht in den seltsam düsteren Raum. Breite, gepolsterte Sessel waren um kleine Marmortischchen gruppiert. Die langen Vorhänge an den Fenstern waren immer zugezogen. Man konnte nicht sagen, ob draußen Nacht oder Tag war. Jimmy stellte es sich schwierig vor, im Halbdunkel des Lesesaals tatsächlich zu lesen. Durch die dunklen Farben und das gedämpfte Licht fühlte Jimmy sich bei seinen Interviews im King David Hotel immer wie bei einem Verhör.

Beim Stichwort Verhör kamen Jimmy die Soldaten in den Sinn. Junge Männer und junge Frauen – sie fielen auf, in ihren Uniformen und mit ihren Waffen. Jimmy hatte Fragen zu den Soldatinnen und Soldaten, aber er hatte nicht vergessen, dass Anat ihre Zeit in der Armee in »scheußlicher Erinnerung« hatte. Wenn Anat Dinge für den Verlag erledigen musste, wurde Jimmy manchmal von jungen Soldaten durch die Altstadt zu seinem Hebräisch-Übersetzer oder wieder zurück zum Damaskustor gebracht. Von dort kannte er den Weg zum American Colony. Er fragte zwei Soldatinnen nach ihren Aufgaben; sie klangen enttäuscht, als sie ihm erzählten, dass Frauen meist nur für Verwaltungstätigkeiten eingesetzt wurden.

Anat war wütend, dass man sie durch Soldaten ersetzt hatte; es war nicht ihre Idee gewesen. Yehuda, ihr Chef, den niemand mochte, hatte ihr gesagt, »die Einarmige« habe sie angefordert. Anat hatte den Eindruck, dass Esther bei Begin ein offenes Ohr für ihre Anliegen fand, obwohl sie seinen Ausbau der jüdischen Siedlungen in den besetzten Gebieten ablehnte.

»Aber ein *Schriftsteller* braucht doch in der Altstadt keine Eskorte!«, rief Anat. Auch die Buchmesse im Kongresszentrum wurde von Soldaten bewacht. Bei manchen Veranstaltungen sah man Soldaten ohne Gewehre, vielleicht waren sie nicht im Dienst, dachte Jimmy, aber er fragte Anat nicht danach, um sie nicht zu verärgern. Anat wusste, dass Esther Nacht Jimmys leibliche Mutter war, das ehemalige Kindermädchen und auch eine enge Freundin von Honor Winslow. Ein Skandal war das nur für die biederen Bürger der Stadt Pennacook. Für alle anderen, besonders für James Winslows Verleger, war es eine gute Geschichte.

Das Kongresszentrum war durch einen langen Korridor unter freiem Himmel mit einem hohen Hilton-Hotel verbunden. Am Nachmittag, oder eigentlich vom späten Nachmittag bis in den frühen Abend hinein, wehte ein Wind durch die Palmen vor dem Haupteingang des Kongresszentrums. Am größten Vortragssaal, dem Ussishkin-Auditorium, wo Jimmy sein Bühneninterview hatte, fielen ihm der hufeisenförmige Rang und die utilitaristischen, robusten Sitze auf. »Typische moderne Architektur der Fünfziger. Einfach, bescheiden, aber vor allem hässlich«, hatte Anat gesagt.

Anat sprach von den Fünfzigern, als wären sie schon

Jahrhunderte her und entsprechend überholt. Ein Stockwerk unter dem Auditorium befanden sich die Literaturagenten und die Ausstellungsflächen, wo die verschiedenen Verlage ihre Bücherstände aufgebaut hatten. Die Signierstunde nach Jimmys Interview auf der Bühne fand am Stand seines israelischen Verlags statt. Das Chaos zwischen all den Büchern am Verlagsstand erinnerte Jimmy an den Verkehr am zentralen Busbahnhof von Jerusalem direkt gegenüber. Die hässliche moderne Architektur der Fünfziger war nun wirklich nicht Anats einziger Kritikpunkt am Kongresszentrum, auch der purpurrote Teppichboden sei »einfach scheußlich«, verkündete sie.

Anat begleitete Jimmy nicht zu allen seinen Veranstaltungen auf der Buchmesse. Sie schwänzte eine Podiumsdiskussion, zu der er gemeinsam mit anderen Autoren eingeladen war, sein Interview auf der Bühne des Ussishkin-Auditoriums und auch die anschließende Signierstunde. Er fand aber immer jemanden, mit dem er vom Kongresszentrum zum American Colony Hotel zurückgehen konnte, und wenn nicht, waren zwei von Esthers Soldaten da. James Winslows Interview zog ein großes Publikum an, und am Signiertisch bildete sich eine lange Schlange. Viele Leute hatten ihre eigenen Exemplare seiner Bücher mitgebracht, manche auf Englisch oder in anderen europäischen Sprachen.

Die Verlagsmitarbeiterin war zufrieden, achtete aber trotzdem voller Ungeduld darauf, dass die Reihe sich vorwärtsbewegte, herrisch unterbrach sie jedes Gespräch in der Signierschlange. Jimmy hatte Schwierigkeiten, die ungewohnten hebräischen Namen zu buchstabieren, und auch bei einigen komplizierten Widmungen, um die seine Leser ihn baten, musste er nachfragen. Ein junger Vertriebsmitarbeiter seines israelischen Verlags verteilte in der Warteschlange Stifte und Papier. »Notieren Sie *deutlich* Ihren Namen und die gewünschte Widmung!«, rief die herrische Frau immer wieder auf Englisch und auf Hebräisch.

Der blonde, blauäugige Soldat fiel Jimmy erst auf, als er direkt vor ihm am Tisch stand. Das Buch, das er Jimmy zum Signieren reichte, war eine englische Ausgabe von *Drei Mitbewohner in Wien*.

»Eißler, Siegfried Eißler. Du weißt, wie man das schreibt«, sagte der junge Soldat zu Jimmy. »Und du weißt auch, was die Widmung sein sollte.« Siegfried hatte eine tiefe, klangvolle Stimme. Er war ungefähr so alt, wie Jimmy gewesen war, als er den Jungen mit der Knoblauchpresse kennengelernt hatte. Jimmy stand auf, um Siegfried zu umarmen, und stellte fest, dass er dem groß gewachsenen Soldaten gerade einmal bis zur Brusttasche der Uniform reichte.

»Hard Rain is a woman!«, riefen sie wie aus einem Mund, und genau das schrieb Jimmy auch in Siegfrieds Exemplar von *Drei Mitbewohner in Wien*. In der Bücherwelt war er für alle »James«, aber in Siegfrieds Buch unterschrieb er mit »Jimmy«. James Winslow wusste, dass er für Siegfried immer noch *Yimmy* war.

Fräulein Eißler hatte Siegfried adoptiert, bevor seine Mutter gestorben war – mit nicht mal fünfzig Jahren. (Woran Irmgard gestorben war, sagte Siegfried nicht.) Wegen Annelies war Siegfried jetzt Jude, er lebte in Israel. Er würde nicht mehr nach Österreich zurückkehren, sagte er, Israel sei seine Heimat. Hard Rain war tot, und seine Großmutter erwähnte Siegfried nicht. Jimmy nahm an, dass Frau Holzinger auch gestorben war.

»Und wie geht es Annelies?«, fragte Jimmy. Die anderen Soldaten standen dicht neben Siegfried, wie gute Freunde. Jimmy war überrascht, als Siegfried sich vorbeugte und ihm etwas ins Ohr flüsterte, als wollte er nicht, dass seine Kameraden es hörten.

»Annelies hat es mir erzählt, *Yimmy*. Ich habe gewusst, dass Esther Nacht deine leibliche Mutter ist, vor allen anderen habe ich es gewusst. Die Einarmige ist ein Teil von dir, *Yimmy*!«, flüsterte Siegfried. Warum nur wurde so ein verdammtes Geheimnis um Esther gemacht?, fragte sich James Winslow. Jetzt hielt er den Mund an Siegfrieds Ohr.

»Ich weiß nicht, ob ich sie hier treffe, ob sie mich überhaupt sehen will«, flüsterte Jimmy. »Ich weiß nicht mal, wie sie im Libanon ihren Arm verloren hat!«, fügte er etwas lauter hinzu.

»Das weiß niemand. Und niemand fragt nach«, sagte Siegfried. Jetzt flüsterte er nicht mehr. In seiner Stimme lag eine Art soldatische Härte. »Aber ich habe mir die Geschichte so überlegt, *Yimmy*, dass die Engel Esther gefragt haben, ob sie ihren Arm haben können, und Esther hat ihn hergegeben.«

»Ehrlich, lieber Siegfried, das glaubst du?«, fragte Jimmy den guten Soldaten.

»Ich glaube nicht an Gott, nur an Engel. Und deine Esther ist unser Engel, lieber *Yimmy*«, erwiderte Siegfried.

Direkt neben ihm stand eine junge, hübsche Soldatin, die genauso groß war wie er. »Ihre Esther ist Israels Engel, Mr. Winslow«, sagte sie.

James Winslow wusste, dass es Annelies gewesen sein musste, die gute Lehrerin, die aus Siegfried einen Leser gemacht hatte. Jimmy versuchte ihm klarzumachen, dass Esther für ihn eher mythisch als real war. Schien die Einarmige nicht viel mehr ein Symbol zu sein als ein echter Mensch, wie eine literarische Figur?, fragte Jimmy Siegfried.

»Wenn du sie siehst, *Yimmy*, wird ihr fehlender Arm echt sein, nicht symbolisch«, erwiderte Siegfried.

»Und ich hoffe, dass ich auch Annelies treffe, falls sie in Jerusalem ist«, sagte Jimmy. Er hatte gemerkt, dass Siegfried versucht hatte, vom Thema Annelies abzulenken.

Fräulein Eißler hatte ihre Verbindungen zur IDF gehalten. Siegfried erzählte, dass sie 1967 im Sechstagekrieg als Dolmetscherin gearbeitet hatte und während des Jom-Kippur-Kriegs 1973 im Sinai gewesen war – Siegfried war damals acht beziehungsweise vierzehn. »Du weißt ja, dass Sprachen ihr leichtfielen«, sagte Siegfried, plötzlich ganz unbeholfen. Da verstand Jimmy, dass sie nicht mehr lebte. »Sie hat sich so gefreut, dass du geworden bist, was du sein wolltest«, sagte der große Soldat zu Jimmy, ganz ohne den Zynismus seiner leiblichen Mutter.

Es warteten nicht mehr viele Leute am Signiertisch, aber die herrische Frau regte sich auf, weil Jimmys und Siegfrieds Unterhaltung alles ins Stocken brachte. Auch Siegfrieds Kameraden standen noch in der Schlange.

»Was ist mit Annelies passiert?«, fragte Jimmy. Die große Soldatin – es war die hübscheste – drückte Siegfrieds Hand.

Es war in Hebron im Westjordanland geschehen, wo Annelies als Vermittlerin gearbeitet hatte, eine gute Aufgabe für sprachbegabte Menschen. »Es war eine Bombe, in einem Auto am Straßenrand«, sagte Siegfried. Ein paar palästinensische Kinder hatten sich neugierig um das verlassene Auto geschart. Fräulein Eißler musste gedacht haben, die Kinder wären zu nah am Auto; sie hatte sie weggeschickt. Aber da war irgendetwas an dem Auto, das Annelies dazu bewegte, es sich näher anzusehen.

James Winslow gab Siegfried die Adresse und Telefonnummer seines Hotels. Sie sprachen davon, sich zum Abendessen zu treffen oder auch nur zum Frühstück, falls es abends nicht klappen sollte. Jimmy bezweifelte nicht, dass Siegfried Eißler ein junger Mann mit vielen Optionen war. Fast hätte Jimmy zu ihm gesagt: *Hab keine Angst vor dem Fernrohr, nur der Lauf der Zeit kennt die Zukunft!* Aber Siegfried erinnerte ihn an Annelies, die einzigartige Frau, die ihn gerettet hatte. Genau wie sie wusste der große, gut aussehende Soldat, wie man weiterzog.

So plötzlich, wie er aufgetaucht war, war Siegfried mitsamt seinen Kameraden wieder verschwunden. James Winslow rechnete aus, dass der junge Soldat mit den blauen Augen inzwischen zweiundzwanzig oder dreiundzwanzig sein musste. *Er wird mich nicht anrufen. Wir werden uns weder zum Abendessen noch zum Frühstück treffen,* begriff Jimmy, genauso wie er begriff, dass Fräulein Eißler wirklich nicht mehr lebte.

Natürlich erzählte Jimmy seinem Hebräisch-Übersetzer Yaakov Himmelman von der Begegnung mit Siegfried, dem österreichischen Jungen, der ihn zu einer der Figuren in *Drei Mitbewohner in Wien* inspiriert hatte. »Die Vergangenheit ist nicht Siegfrieds Freundin«, sagte Yaakov auf Deutsch zu Jimmy.

Auch ein Häftling, der im Konzentrationslager Mauthausen gezwungen worden war, Steinblöcke die »Todesstiege« hinaufzuschleppen, hatte die Vergangenheit nicht zur Freundin.

Eines Tages, als Yaakov und Jimmy wieder an der Übersetzung von *Keine Ägypterin* arbeiteten, entschuldigte Yaakov sich und ging zur Toilette, was er oft tat, wenn Jimmy ihn nach seiner Meinung zur aktuellen Situation in Israel fragte. Er war noch im Bad, als Omar Jimmy den Stein brachte.

Er war so schwer, dass der Fünfjährige ihn mit beiden Händen tragen musste. *»Stone«,* sagte Jimmy, und gewissenhaft wiederholte Omar das Wort. Hoffentlich kein Souvenir aus Mauthausen, dachte James Winslow. »Vielleicht sollte Omar ihn lieber wieder zurücklegen«, sagte er zu Nour und reichte ihr den Stein. Sie schien ihn zu verstehen, oder vielleicht wusste sie wie jede Putzfrau einfach, wo alles hingehörte.

Nach der Begegnung mit Siegfried als erwachsenem Mann konnte Jimmy sich nur schwer wieder daran gewöhnen, ein »James« zu sein, aber der war er nun mal für alle, die ihn als Schriftsteller kannten, einschließlich Nour und Omar. Omar zeigte auch manchmal auf Jimmy, als wäre er eines der namenlosen Objekte, die Omar fand. »James«, sagte Jimmy dann zu Omar, der das lustig klingende Wort lachend wiederholte.

»Yames«, sagte Omar meistens beim ersten Versuch, bevor er es richtig hinbekam.

Eines Tages erzählte Jimmy Yaakov etwas, das Anat zu ihm gesagt hatte. Er hatte sich darüber geärgert, dass seine jüdisch-europäischen Verleger von Palästinensern und Israelis immer als *sie* und *wir* sprachen. Anat ärgerte sich aus einem anderen Grund über die Europäer. Sie erklärte Jimmy, dass es in Israel nicht üblich war, die Bezeichnung »Palästinenser« zu verwenden – damit man den Palästinensern keine nationale Identität zugestand.

Jimmy offenbarte Anat, dass es ihm nicht richtig vorkam, welche Einschränkungen die Israelis den Palästinensern auferlegten. Er fragte sie, ob man hier nicht von einer Unterdrückung der Palästinenser sprechen müsse.

»Von mir aus nenn es ruhig ›Unterdrückung‹, James«, erwiderte Anat. »Aber wenn wir sie nicht einschränken, dann werden sie uns ins Meer treiben. Sie werden uns *auslöschen.*«

Jimmy erzählte Yaakov Himmelman davon. Als Antwort auf Anats »Wenn wir nicht …, dann werden sie …« verabschiedete sich Yaakov wieder einmal ins Bad. Jimmy saß am langen Küchentisch, beobachtet von Nour und Omar. Nour sah aus, als wolle sie etwas sagen, aber ihnen fehlte eine gemeinsame Sprache. Omar hielt nichts in den Händen – keinen Gegenstand, den Jimmy benennen, kein Wort, das Omar wiederholen konnte.

Es war einer dieser Tage, an denen Soldaten für Anat einspringen sollten, aber es tauchte niemand auf. Yaakov erklärte es Nour auf Arabisch. Dann sagte er zu Jimmy: »Nour und Omar können dich problemlos durch die Altstadt zum Damaskustor bringen. Von dort findest du ja allein zurück zum American Colony.« Jimmy fand es herrlich, mit Nour und Omar durch die Stadt zu spazieren. Sie waren die einzigen Palästinenser, die er kannte, und sie waren fabelhaft. Omar ging an Jimmys Hand, nicht an der seiner Mutter.

Und es war Omar, nicht Jimmy, der bemerkte, dass vor der Grabeskirche keine Christen anstanden und darauf warteten, vor dem Grab Christi niederzuknien (oder zu beten oder zu klagen). Omar ließ Jimmy los und zog bettelnd an der Hand seiner Mutter. »Omar will sehen, wo Jesus gestorben ist. Da drin liegt der tote Jesus«, sagte Nour zu Jimmy.

»Ich weiß. Ich will das Grab auch sehen«, sagte Jimmy. Gemeinsam betraten sie die kühle, dunkle Kirche. Im Düsteren griff Omar wieder nach Jimmys Hand. Die hohe Kuppel zog ihre Blicke zum Oberlicht weit über ihren Köpfen. So wurden sie von dem schluchzenden Christen überrascht, der schon beim Betreten der Kirche weinte und nicht zögerte, die höhlenartige Grabkammer Christi zu betreten. Omar hatte Fragen an seine Mutter zu dem schluchzenden Mann. Im schwachen Kerzenlicht der dunklen Grabkammer konnten sie ihn nicht mehr sehen. Sie hörten nur, wie er laut aufschrie, dann trat er wieder aus der Grabkammer, mit tränenüberströmtem Gesicht und strahlendem Lächeln.

»Jesus hat mich *berührt*! Ich habe es gefühlt, er hat mich *berührt*!«, rief der verrückte Christ.

Nour musste Omar beruhigen, der Kleine weigerte sich nun, in die Grabkammer zu gehen. Der schluchzende Christ verließ die Grabeskirche. Noch immer rief er, dass Jesus ihn berührt habe.

Als Jimmy die Grabkammer vorsichtig betrat, blieben Nour und Omar zurück. Möglicherweise bildete Jimmy es sich nur ein, aber das Kerzenlicht flackerte im selben Moment, als die Katze an seinem Bein entlangstrich. Als sie klagend miaute, mussten Omar und seine Mutter lachen. Jimmy und die Katze kamen gleichzeitig aus der Grabkammer Christi. Es war ein warmer Nachmittag in der Altstadt, eine von Hunderten Katzen hatte ein kühles, dunkles Plätzchen gefunden.

»Not Jesus«, sagte Jimmy zu Omar, der es perfekt wiederholte. Er sagte nicht erst *Yesus,* sondern gleich *Jesus.*

»Not Jesus«, wiederholte auch Nour, und dann lachten sie alle drei.

Als sie am Damaskustor waren, von wo aus Jimmy allein zurückfinden würde, musste er sich zusammennehmen, um Nour nicht zu umarmen. Anat hatte ihn vor zu viel Vertraulichkeit gewarnt. »Der Hidschab bedeutet, dass du sie respektvoll behandeln sollst, du solltest sie nicht einmal zu genau ansehen. Der Hidschab ist Ausdruck ihrer Sittsamkeit in Gegenwart eines Mannes, der nicht ihr Ehemann oder ein Verwandter ist«, hatte Anat erklärt. Jimmy fand, der Hidschab umrahmte Nours Gesicht wie das einer Heiligen. Sie verabschiedeten sich unbeholfen voneinander.

»Und wir werden es tun«, sagte Nour leise.

»Was werdet ihr tun?«, fragte Jimmy.

»Wir werden sie ins Meer treiben. Wir werden es tun«, sagte Nour.

»Wir werden es tun«, wiederholte Omar und strahlte Jimmy an.

»Wir werden sie auslöschen«, sagte Nour langsam, Silbe für Silbe.

Davor hatte Esther ihn schützen wollen, erkannte James Winslow – vor diesem nicht enden wollenden Konflikt, diesem ewig währenden Hass. Als Nour sich von Jimmy abwandte, war ihr Lächeln verschwunden. Omar strahlte noch, als er seinen Namen rief, und er sprach *James* auf Anhieb richtig aus. Der Fünfjährige zeigte auf Jimmy – genauso, wie er auf den Stein gezeigt hatte, den Yaakov vielleicht von der Todesstiege in Mauthausen mitgebracht hatte.

Danach sprach Nour nicht mehr mit Jimmy. Wenn er mit Yaakov an der Übersetzung arbeitete, kam sie nicht in die Küche. Omar blieb meistens in der Nähe seiner Mutter. Er kam nur in die Küche, wenn Yaakov im Bad war und er einen Gegenstand hatte, den Jimmy für ihn benennen sollte. An einen dieser Gegenstände würde Jimmy sich immer erinnern: ein gerahmtes Schwarz-Weiß-Foto von Yaakov mit Anfang zwanzig – vor Mauthausen. Das ältere Paar mussten Yaakovs Eltern sein, die beiden Mädchen seine jüngeren Schwestern. Jimmy kannte ihre Geschichten. Sie waren in anderen Konzentrationslagern gestorben, die Kinder in Dachau, die Eltern in Auschwitz. Oder andersherum. Es schmerzte Anat, dass Jimmy nicht auseinanderhalten konnte, wer wo gestorben war.

»Family«, sagte Jimmy, und Omar wiederholte das Wort. Nour musste es gehört haben, denn sie kam schnell zu ihnen und nahm das Familienfoto, um es zurückzustellen – vielleicht auf den Nachttisch neben Yaakovs Bett, wo ein Foto von einer solchen Tragik hingehörte. (Das nahm James Winslow zumindest an.)

Es gab noch eine letzte Signierstunde in der Filiale einer Buchhandelskette in der Jaffa Street, Steimatzky, das zumindest, glaubte Jimmy, hatte Anat gesagt. Anat selbst war nicht dabei. Die Einarmige hatte ein paar Soldaten organisiert, die ihn zurück zum American Colony geleiten sollten. Der Buchladen führte auch seine älteren Werke, auf Hebräisch und auf Englisch – sie hatten sogar *Der Dickens-Mann* –, doch signieren musste James Winslow hauptsächlich Exemplare von *Drei Mitbewohner in Wien.* Die lange Schlange am Signiertisch wand sich durch die labyrinthischen Gänge zwischen den Bücherregalen. Jimmy wusste: Dies war seine letzte Chance, Esther zu sehen, falls sie sich blicken ließ.

Hatte Esthers Verborgenheit nicht schon biblische Ausmaße angenommen? Würde sie sich nicht immer wieder ganz ans Ende der Warteschlange zurückfallen lassen? Passte es nicht zur Einarmigen, unerkannt zu bleiben, die Letzte in der Reihe? Jimmy hatte sich mit dem Gedanken abgefunden, dass er sie nicht treffen würde, aber trotzdem gab er die Hoffnung nicht auf – er hätte ihr wenigstens gern dafür gedankt, dass sie auf ihn und seine Mom aufgepasst hatte. Er hätte sie wenigstens gern *umarmt,* falls eine so schwer greifbare Person wie Esther so etwas überhaupt zuließ.

Esther war zwar schon sechsundsiebzig, aber Jimmy hatte erwartet, dass sie genauso unbesiegbar war wie ihre Geschichte. Wie immer fielen ihm die Soldaten auf. Sah es Soldaten ähnlich, am Ende der Warteschlange zu stehen?, fragte Jimmy sich. Tatsächlich standen jetzt *nur noch* junge Soldaten in der Schlange. Wer hätte gedacht, dass Soldaten solch eifrige Leser waren? James Winslow stellte sich Esther immer noch groß und dünn vor, aber weil ihre Haare auf dem Foto mit Ministerpräsident Begin hervorgestochen hatten, wusste er, dass sie weiß waren.

Jimmy sah lauter große, dünne Soldaten – und auch Soldatinnen. Von Nahem stach Esthers weißer Haarschopf tatsächlich hervor, aber Jimmy entdeckte sie trotzdem erst, als sie direkt vor ihm stand. Neben der Einarmigen standen zwei *sehr* große Soldatinnen.

»Die beiden hier bringen dich zum American Colony«, sagte Jimmys leibliche Mutter. Eine der jungen Frauen hielt sich an Esthers vorhandenem linkem Arm fest, die andere blieb in gebührendem Abstand zu Esthers fehlendem rechtem. Als Jimmy den Armstumpf sah, zuckte plötzlich ein scharfer Schmerz durch seinen eigenen rechten Arm. Er war gerade dabei, ein Buch für einen der jungen Soldaten zu signieren, als Esther auf einmal vor ihm auftauchte. Sie stand einfach da, und Jimmy fiel vor Schmerz der Stift aus der Hand.

Die große Soldatin, die sich an Esther festhielt, sprach als Erste. »Das ist mir auch passiert, als ich es zum ersten Mal gesehen habe. Der Schmerz vergeht wieder«, sagte sie zu Jimmy. Die andere junge Frau, die neben Esthers Armstumpf stand, sprach als Nächste.

»Ich spüre den Schmerz jedes Mal, wenn ich es sehe. Aber er lässt wieder nach«, sagte sie.

»Glaub bloß nicht, dass der Schmerz, den du spürst, *genetisch* ist, Jimmy«, sagte Esther und lachte über sich selbst, sodass die jungen Soldatinnen mit ihr lachen konnten. Selbst Jimmy lachte ein bisschen, obwohl der Schmerz in seinem rechten Arm kein Witz war.

Esther trug verwaschene Jeans und ein rotes Polohemd, das aus der Hose hing. Mit den langen Fingern der linken Hand hob sie den Saum des Shirts. Selbst in ihrem Alter hatte die Einarmige noch einen flachen Bauch. Über dem Bund der Jeans prangten unter ihrem Bauchnabel die letzten zwei Zeilen des *Jane-Eyre*-Zitats – sowohl das *desto mehr will ich* als auch das *mich selbst achten*.

»Ich wette, du hast Charlotte Brontë gelesen, was?«, fragte Esther.

Jimmy kannte Esthers Geschichte besser als die von Jane. Als er aufstand, um Esther zu umarmen, drückte sie ihn (mit einem Arm) so fest an sich, dass er dachte, er würde sich an ihrem Brustbein die Nase brechen. Jetzt wusste er aus erster Hand, dass Esther niemals einen BH tragen würde. »Annelies hatte recht, du bist doch jüdisch. Du bist Jude, Jimmy«, flüsterte Esther ihm ins Ohr. »Du spürst den Schmerz, weil du Jude bist.«

Als er später für eine ganze Clique von Soldatinnen Bücher signierte, stand die Einarmige hinter ihm, die linke Hand auf seiner rechten Schulter. Jimmy war erleichtert, dass sie ihm nicht noch den Rest des Jane-Eyre-Zitats gezeigt hatte.

Esther beugte sich vor, um ihm etwas ins Ohr zu flüstern, und er spürte, wie die langen Finger ihrer starken linken Hand sich in seinen rechten Arm bohrten, der immer noch wehtat. »Du weißt, wie lange ich gewartet habe, bis ich mein Jüdischsein nachgeholt habe«, flüsterte sie. »Bitte warte du mit dem Jüdischsein, bis deine beiden Moms tot sind, Jimmy. Aber was ist mit deiner Tochter?«, fragte sie dann. »Wenn dich jemand liebt, wenn du irgendjemanden liebst, sei einfach ein Winslow, Jimmy. Denk daran, wie die Bürger der Stadt Pennacook deine Familie hassen, einfach nur, weil sie Winslows sind! Ist dieser Hass nicht genug?

Findest du nicht sogar Gefallen daran?«, fragte die Einarmige ihn. Seine Signierhand pochte vor Schmerz.

Als er das Buch der letzten Soldatin signiert hatte, standen noch einige männliche Soldaten herum. Jimmy ging auf, dass die jungen Männer nicht nur wegen der jungen Frauen geblieben waren. Sie waren nicht weniger von Esther fasziniert als die Soldatinnen. Jimmy musste an das dreijährige Mädchen denken, das vor dem Waisenhaus ausgesetzt worden war, nachdem seine Mutter von Antisemiten ermordet worden war. Hier steht Königin Esther mit ihrem Gefolge, dachte Jimmy gerade, als Esther ihm noch einmal ins Ohr flüsterte: »Sei einfach ein Winslow, Jimmy.«

In diesem Moment fragte ein Journalist, der die ganze Zeit Fotos gemacht hatte, Jimmy nach Esthers Namen. Der junge Mann sprach Englisch mit deutschem Akzent. Er sei Israelkorrespondent einer deutschen Zeitung und berichte von der Buchmesse in Jerusalem, erklärte er Jimmy und Esther.

»Sie brauchen meinen Namen nicht zu wissen, junger Mann«, sagte Esther zu ihm. Dann wiederholte die Einarmige es auf Deutsch.

»Aber die Ähnlichkeit mit Ihrem Sohn ist so frappierend. Wenn meine Zeitung ein Bild von Ihnen beiden bringt, muss ich Ihren Namen wissen. Ich kann Sie nicht einfach nur als die Mutter des Schriftstellers bezeichnen«, sagte der junge Fotojournalist zu Esther und Jimmy.

James Winslow und Esther Nacht starrten sich so verunsichert an – als hätten sie eben erst bemerkt, wie sehr sie sich ähnelten –, dass der Journalist glaubte, einen peinlichen Fehler gemacht zu haben. »Es tut mir leid«, sagte er zu Esther. »Ich hätte nicht einfach davon ausgehen dürfen, dass Sie James Winslows Mutter sind.« James Winslow war, wie so oft, sprachlos. Hatte er die Geschichte so viele Male erzählt, dass er es jetzt leid war, oder genoss er einfach nur den Hass der Bürger der Stadt Pennacook?

»Junger Mann«, sagte Esther und packte den Fotojournalisten mit eisernem Griff am rechten Handgelenk, »James Winslows Mutter ist eine liebe Freundin von mir.« Dann ließ sie den jungen Deutschen los. »Dieser wunderbare Junge ist Honors Kind«, sagte Esther und umklammerte nicht weniger fest das Handgelenk von Jimmys Schreibhand, als wollte sie ihn nie wieder loslassen. Der Fotograf packte seine Ausrüstung zusammen. Er machte keine weiteren Fotos von Jimmy mit seiner leiblichen Mutter. Jimmy spürte seine Finger nicht mehr, in seine rechte Hand schien kein Blut mehr zu fließen.

Endlich wusste James Winslow, wer er war. Er hatte kein Soldat sein dürfen, er war nicht geboren worden, um in einem verfehlten Krieg zu sterben. Jimmy wusste, er war Honors Kind – ein trauriger Tagträumer, in dem ein mutiges jüdisches Mädchen steckte. Er würde blaue Flecke auf seinem rechten Handgelenk davontragen, so fest hatte Esther ihn gepackt, bevor sie ihn losließ. Jetzt wusste der Junge aus New Hampshire, dass er das Herz der letzten Waise der Winslows hatte. Die jüdische Waise war die beste. James Winslow würde auf ewig ein Verbündeter von Königin Esther sein.

Danksagung

Robbert Ammerlaan
Hannah Brown
Rabbi Michael Cohen
Ornit Cohen-Barak
Dean Cooke
Amy Edelman
Julia Fermentto-Tzaisler
Ari Folman
Anne Freyer
Per Gedin
Khalida Hassan
Kati Hertzsch
Eva Irving
Janet Irving
Gili Izikovich
Jonathan Karp
Diana Kogan
Ada Paldor
Marty Schwartz
Jackie Seow
Alix Shaw

Bibliografie

Bergman, Ingmar: *Das siebente Siegel,* 1957.

Brontë, Charlotte: *Jane Eyre,* Frankfurt 2019. Deutsch von Melanie Walz.

Das Tagebuch der Anne Frank. Frankfurt am Main 2000. Deutsch von Mirjam Pressler.

Dickens, Charles: *David Copperfield,* Hamburg 2024. Deutsch von Melanie Walz.

Dickens, Charles: *Dullborough Town.* In: *All the Year Round,* 1860. Deutsch für diese Ausgabe von Eva Regul.

Dickens, Charles: *Große Erwartungen,* München 2013. Deutsch von Melanie Walz.

Dickens, Charles: *Schwere Zeiten,* Leipzig 2007. Deutsch von Carl Kolb.

Elliot, George: *Middlemarch,* München 2019. Deutsch von Rainer Zerbst.

Fiedler, Lutz: *Matzpen. Eine andere israelische Geschichte,* Göttingen 2017.

Johnson, Edgar: *Charles Dickens. His Tragedy and Triumph,* New York 1977. Deutsch für diese Ausgabe von Eva Regul.

Schnitzler, Arthur: *Das erzählerische Werk. Band 4. Der Weg ins Freie,* Frankfurt am Main 1978.

Shakespeare, William: *König Lear,* München 1997. Deutsch von Frank Günther.

Tolstoi, Leo: *Anna Karenina,* München 2009. Deutsch von Rosemarie Tietze.

Roman
Aus dem amerikanischen Englisch von Jürgen Abel
848 Seiten
Auch erhältlich als eBook

Wer diesen Roman noch nicht gelesen hat, ist zu beneiden. Denn ihn erwartet eine Welt voller skurriler Ereignisse und liebenswert verschrobener Figuren in Neuengland und Wien. Garps Welt eben, in der alles passieren kann und meistens auch passiert.